泥淖

上册

彭成刚◎著

黄河出版传媒集团
宁夏人民出版社

图书在版编目(CIP)数据

泥淖:全2册/彭成刚著.—银川:宁夏人民出版社,2016.7
ISBN 978-7-227-06392-6

Ⅰ.①泥… Ⅱ.①彭… Ⅲ.①长篇小说—中国—当代
Ⅳ.①I247.5

中国版本图书馆CIP数据核字(2016)第165860号

泥淖(上下册) **彭成刚 著**

责任编辑 陈 晶
封面设计 王 稳
责任印制 肖 艳

黄河出版传媒集团
宁夏人民出版社 出版发行

出 版 人 王杨宝
地 址 宁夏银川市北京东路139号出版大厦(750001)
网 址 http://www.nxpph.com http://www.yrpubm.com
网上书店 http://shop126547358.taobao.com http://www.hh-book.com
电子信箱 nxrmcbs@126.com renminshe@yrpubm.com
邮购电话 0951-5052104 5019391
经 销 全国新华书店
印刷装订 四川金邦印务有限公司
印刷委托书号 (宁)0001832

开本 880mm×1230mm 1/32
印张 19 字数 500千字
版次 2016年7月第1版
印次 2016年7月第1次印刷
书号 ISBN 978-7-227-06392-6/I·1649
定价 68.00元(全2册)

麻　将

一顿晚饭，前前后后，几个小时，费事儿。各家各户，厨房炉孔，红彤彤地燃着火。锅碗瓢盆，叮叮当当，天空飘荡着墨黑的烟。院子中，唯有一人，已吃了饭，坐着，瘦腿儿在椅子下晃荡。此人名叫吉星场，单身汉。一人吃了全家饱，舒服呀，藤椅嘎吱嘎吱地叫。优越感越来越放肆，喜悦在脸上蔓延。耸着肚子，还想放声大笑，胃却被食物撑着，硬硬的，笑不出声音。破藤椅里，屁股很不耐烦，扭了许多圈，脑袋跟着打转。转得头晕，天色由明到暗，仍不见一个人放下碗，出门打招呼。连着几个饱嗝，米饭和炒土豆正在胃里迅速消化。锅铲铁勺的声音渐渐停止，至少又产生了四五种食物气味。吉星场憋了憋气，肠子一连串蠕动，气窜到末端，几个响屁，肚子立刻瘪下去。饿了，口水升上喉头，又无力退缩，咽下肚腹。

几个牌友正在忙着煮晚饭，吉星场的心，却早已陷入一场必然到来的鏖战。扭着打，几个人，手和脑袋缠在一起，天昏地暗，日子搅成一团乱麻。一种强迫的情绪，习惯性在肚子里乱窜，化成无形的火。每次刚把输的钱赢回来，马上就是惨败。裤子输掉了，心里不服气。再来，再来，再来。接着打，总有赢的可能性吧。锅碗瓢盆，几个经常赢钱的搭档是不着急的，晚饭的节奏慢吞吞，消磨着时光。此时此刻，黄昏的天色暧昧地变化。院子里弥漫的煤烟，释放着吉星场心中的焦灼。连续十来天雨，煤炭灶孔渗水，空气生霉。煤炭灶火不容易烧旺，张俊明似乎特别倒霉。别人家在开始吃饭了，他还蹲在灶孔下，嘴里骂着娘，不停地掏火。白色的粉尘从张俊明耸起的屁股升起，形成一团烟雾，渐渐笼罩了他的身体，剩下一团模糊的影子。没有人听，张俊明的骂声是寂寞的。再过一会儿，老婆汪美龄回来，家里才会热闹。汪美龄一张嘴，张俊明立即沉默。沉默是金。汪美龄骂人了，轻车熟路，张俊明哑口无言，五脏六腑舒服熨帖。那时，张俊明会觉得自己骂人有先见之明。柳如紧绷着嘴皮，一会儿飞进屋，一会儿飘出来。她衣服后背绣了花，走起路来，花朵仿佛被风吹起，要脱离出去。柳如的脸黑而干瘦，就像一朵枯萎的花。柳如的心永远是鲜嫩的，身体却在时间中老去。皮肤萎缩，骨质疏松，动作迟缓。与她一起衰老的还有老公王红宝，老王前列腺明显不好，医生要他吃中药，九个月，一天也不能间断。还有，不抽烟，不喝酒，不近女色。

农场距离场镇一公里，却仿佛是一个丛林中孤立的部落，农场的人不大与镇上居民往来，也不理睬周围居住的农民。吃供应粮，干农民活儿。尤其四合院里，奇风异俗，令人咋舌。起初，非常不适应。家家户户必须大开着门，冬天也不例外，人们随时串门，自由进出，就像逛大马路。吉星场读书，不喜欢别人打扰，他的习惯是关上门，耳孔再塞个纸团。可只要一关门，不到一分钟，嘭，嘭，嘭，嘭，有人敲门来了。不开门，敲的动作会越来越大，看样子，门马上就要砸开了。受不了，门才开一道缝，不由分说，一个身子野蛮地挤了进来，眼睛贼溜溜转，粗鲁地嚷道，小吉，大白天，干吗关起门来呀，是不是偷了牛在杀？没有办法，吉星场只好屈从，把门大开着，任凭外面暧昧的目光不断扫射而过。当然，公厕的苍蝇也会嗡嗡飞旋，趁势而入，在锅碗瓢盆上兀自盘桓，什么也没捞着，就发泄私愤，撒下几个卵子，又飞走了。院子里，飞不走的是一群叽叽喳喳的女人，手上抓着麻将，死死地护着桌子，一上午，一下午，一晚上，哎呀，日子就这样过去了。牌桌子像洒了厚厚的胶水，人一上去，手指粘住，屁股坠落下来，别想着挪移位置了。凳子，椅子，无所谓。关心的是钱，输钱赢钱，手头上的活儿。刘婉儿牌瘾儿大，一双胖手把麻将翻来翻去，从不厌倦。老公冯梦蹲在家里劈柴生火、淘米煮饭、洗衣，揽了全部的家务，毫无怨言。刘婉儿手气好，赢了钱，脸上堆着笑。

又是周末，镇上职工篮球赛。院子里，打牌的人气立刻低落了。牌桌边，刘婉儿无聊地坐着，织着毛衣，长一声短一声，打着呵欠。柳如穿了一条萝卜裤，屁股和腿儿小巧玲珑，准备去看篮球比赛。刘婉儿晃动着白萝卜一般的手腕笑道，衣服裤子不穿，骨头缝都在冒汗，一堆糙肉跳来跳去，有什么看头？又脏又臭的。柳如肚脐发痒，手一挠，露出一块雪白的肉，浑然不觉，嘴里说，我们家老王请我去的。刘婉儿打了个哈哈：我们家老冯还是篮球队主力呢，算球了，男人玩男人的，女人玩女人的，咱们打牌。柳如犹豫着，捡了个凳子坐着，心神不定。丝厂放假，汪美龄骑着自行车，从风里驶来，一身尘土。刘婉儿招手说，妹子，打牌！汪美龄把自行车一扔，屁股哐当一声落了下来，爽快地说，打！人够不够？柳如笑道，等一会儿吧，差一个人。汪美龄坐在牌桌边，两只手轮流拍打衣服，一会儿，地上积了厚厚的粉尘。柳如站起来，皱着鼻子，捧着屁股，远远地逃窜。刘婉儿埋头数着毛衣的针数，鼻子不时打着喷嚏。汪美龄清理完身上的尘埃，突然说，人呢，到底打不打嘛？坐了不到五分钟，汪美龄顶不住上班的劳累困倦，头儿乎垂在胸前，睡了，仿佛一只病猫。柳如重新走拢，看了看桌子上的麻将，无人理睬，拍拍屁股，准备上街。刘婉儿把毛衣放回家，用手弄醒汪美龄。汪美龄笑道，刚才我赢了钱，在梦中。柳如说，人都不齐，打个屁！刘婉儿在院子里挨家挨户看了一遍，回来告诉柳如：算啦，可能找不到人了。柳如不信，转悠了一圈，惊喜地说，小吉呀，在屋里看书。汪美龄突然抬起头说，小吉那个书呆子，上次看书看晕了头，竟然走进了女厕所。柳如笑道，吓坏了吧，结了婚的人，何必大惊小怪？汪美龄笑道，老娘怕什么，他一进来，我大声呵斥，他像狗一样，夹着尾巴溜了。柳如说，请他打牌，也许他脑子可以变得聪明，下次不至于走错厕所。汪美龄说，好长时间了，小吉还没向我道歉呢。刘婉儿说，道什么歉，他看见你什么了？汪美龄说，虽没看见什么，但还是吓倒我了。刘婉儿骂道，你刚才不是说，你什么也不怕吗？汪美龄说，嘴里说不怕，心里还是担心。柳如说，是啊，该请小吉来道歉。刘婉儿骂道，放屁，要道歉，到一边去，小吉又不欠我们的。汪美龄说，婉姐，莫非要小吉到女厕所对我道歉？刘婉儿骂道，狗日的，太过分了。柳如笑道，姐呀，你怎么这样，干脆……刘婉儿冷眼看着柳如的薄嘴唇，笑道，干脆——我知道你想说什么，坏婆娘！柳如黑着脸说，我不说话了。刘婉儿说，没人缝你嘴巴，有屁就放啊，我洗耳恭听呢。

汪美龄带来了吉星场。吉星场手上还捧着一卷书，眼睛呆滞，心不在焉，耷拉着眉毛。柳如请吉星场坐，吉星场果然坐下来，眼睛仍然看着书上的文字。刘婉儿看着汪美龄，一脸的笑，便问，你是怎么跟小吉说的话？汪美龄张开嘴，哈哈哈，柳如受到感染，突然也跟着张开嘴，哈哈哈。两个女人的笑把吉星场从书中拖出，狠狠地摔到现实中来了。他扶了扶眼镜框，看着刘婉儿严肃的脸，不自然低下了头。刘婉儿冷眼道，小吉，刚才汪美龄跟你怎么说的？吉星场摸了摸后脑勺，目光茫然：不记得了。“是不是让你来打牌？”“不，不，真的想不起来了。”“小吉，打麻将。”吉星场恍然大悟，他转身就想回屋子去，被柳如一把拉住，硬是丢在桌子边的椅子里。刘婉儿肥手在桌上一拍，麻将立刻飞了两枚起来，柳如伸手去接，被刘婉儿抢先拿住了。刘婉儿动作灵敏，柳如真还不是对手呢。刘婉儿说，小吉，自己回屋看书，打牌不是你这种人干的。柳如张开嘴巴，露出一口白牙：既来之，则安之，小吉，今天，多少得陪我们打几圈牌。吉星场说，没问题。刘婉儿说，我不同小吉打，要打你们打！柳如冷笑道，婉姐，明明是你请我和小汪打牌，你不打，怎么可能？刘婉儿说，我要给老冯送一张膏药，改天吧。汪美龄说，婉姐，我的牌瘾发了。吉星场说，怕谁？可以打呀！

第一次输钱，那印象太深了。吉星场的手在身上翻来覆去倒腾，最终，把裤袋里唯一的十元钞放在桌上，好像交出了老命一条。愿赌服输。愿赌服输。这有什么话说？汪美龄乐得嘴巴合不拢：小兄弟，终于破戒了哈。刘婉儿说，小吉，下次别来，别跟着学坏了。赢钱的柳如拍着吉星场肩膀，爽快地说，小吉，你不是需要讨婆娘吗？输了的钱，算是送礼物给媒人吧。刘婉儿和汪美龄张大嘴巴，几乎同时“噗嗤”一响，笑着，立即转身走了。

大　雨

二三子住进四合院，一家人。工作调到农场，还带着老婆和女儿，住房刚好安排在吉星场隔壁。

二三子身着蓝白条纹相间的T恤衫，黑色的短裤，屁股干瘪，双腿瘦小，走路不太稳定，像醉汉一样。二三子的老婆鱼幼身着黑色无袖的V字领长绸裙，长发飘飘，大腿修长，走动的时候晃动着洁白的肤色，仿佛翩翩欲飞的仙鹤。在她身后，紧跟着一个头发卷曲、面色苍白的小女孩——二丫丫——他们的女儿，白色的连衣裙染着污迹，如同一个弄脏了的芭比娃娃。

几天后，好奇感消失，院子里便无人不讨厌他们一家人了。四合院，房子不隔音，任何人只要动作稍大，整个院子的人都听得见。白天无所谓，大家都在忙，声音混在一起，搞不清对方在干什么。夜深，大家都得注意，动作小一点儿。四合院的人渐渐习惯了。夜间，小声说话，甚至不说话。脱裤子，拿东西，轻手轻脚，个个练就了贼的功夫。吉星场刚到农场，刘婉儿来敲门告诫：晚上洗澡，不要哗哗哗哗放水，放收录机，不要咕咕咕咕，带朋友进屋，不要那些叽叽喳喳的哦。吉星场说，我看书，保证不说一句话。刘婉儿看他家里的书，大包小袋，沉着灰尘，够得读，二话没说，转身就走。

二三子在农场的家，相当于旅舍，只是晚上睡个觉而已。洋歪歪的，在镇上开一家照相馆。桥头，当道，特别挣钱。只是大路边，卫生方面，差一点儿。车一过，尘土扑上天，照相馆笼罩在尘垢里，像个面粉加工坊。二三子咳着嗽，胡乱挥手，扑打着头发和衣领，嘴里含着舌头，咕噜咕噜，骂着人。他妈的，二三子坏了院里的规矩。白天他烦，夜里，别人烦他呢。白天，四合院基本上看不见他的人影。晚上回来，大家已经洗脚，上了床，从来没有人去敲门告诫他，注意安静。他的老婆成天跟着二三子，好像一条甩不掉的尾巴。二三子的家门从不对人开放，自然，院子里的人也懒得去敲他家的门。二三子的老婆脸色不好，从不主动与邻居打招呼，常常面无表情，从人们眼皮子底下穿过。衣服裤子和鞋子，一身是名牌。

邻居。哼，什么东西。两口子那鸟样，吉星场最不能忍受。白天，偶尔看得见他俩，恩爱夫妻，进进出出，手指相扣，卿卿我我。晚上，一上床，就开始打架。二三子没喝醉，能一脚把老婆从床上踢到地上。轰隆一响，确实是人掉到地上了。女人，质地柔软。二三子的老婆手腕上套着黄金镯子，脖子上挂着珍珠项链，这些东西要发出响亮的声音。若是醉了，从床上啪嗒滚落下地的，一定是二三子。二三子从地上爬起来，先掏打火机，烧一支烟，嘴巴蠕动，吧唧吧唧。然后，相安无事。有时候，大半夜了，隔壁突然莫名其妙地响起来，估计又是打架了。哐当哗啦，砸台灯，踢板壁，还有钝器砸碎玻璃的声音。遥远的黑暗深处，仿佛驶来一艘摇晃的船，快快慢慢，吱吱嘎嘎，水在下面晃荡，无边无际。四合院，沉睡的耳膜从黑暗中迅速醒来，也跟着水波震荡。吉星场的床与二三子的床，隔着薄薄的一层板壁，中间还有许多破洞和缝隙。翻个身，被窝里放个屁，一清二楚。吉星场买了个收音机，咕咕咕放，这些噪音能抵挡部分干扰。只是二三子那厮不肯收敛，全无羞耻。吉星场修养再好，也还未到耳聋的地步。地动山摇，无法看书，失眠焦虑，虚汗淋漓。白天，头重脚轻，心烦意乱。

真是的。吉星场是邻居，有话也得憋着，那些结了婚的，便无所畏忌地骂人。不分昼夜地打架，还是人吗？伤风败俗，让男人心邪。不要脸，婊子。败坏风水，怪不得农场连工资也发不出来。请李天才来录音，看他听不听得下去？可怜哪，小吉，好端端的青年，就这样毁了。小吉，去李天才那里投诉，不然，哪天疯了，咋办？众人怂恿，吉星场找农场的许多人调换寝室，都遭到拒绝。二三子两口子晚上的动静，四合院里，哪间房的人不清楚？吉星场找到李天才，李天才说，农场只有这个条件，有房子住就不错了，小吉，你还挑三拣四？吉星场低头沉思，二三子的床又在耳朵里响，砸毁的器物碎片在脑袋上盘旋，随时可能扎破头皮，鲜血淋漓，受不了啊。骂人的粗话，一箩筐，一箩筐存放在心里，问题马上就来了。开怀大笑——暧昧的快乐，身体无法忍耐的享受，有节制的放纵，一本正经的伪装，疯狂地撕裂吉星场的耳膜，无数盲目的虫子在黑暗中飞旋着翼翅，惶急地寻求出路——唉，老子真的要疯了！

也许是二三子在粗暴撕扯，鱼幼逃难似的求饶和满足的低吟——不完整的声音，在黑夜的庇护下，不断制造暧昧的幻觉，时断时续，在吉星场空虚的大脑浮现、破灭，像一些石头丢进粪坑，那声音里带着臭味，这样的想象令人堕落。吉星场把书狠狠地扔在地上：老子要打人！老子一拳头把房子打垮，看你们瞎闹什么！吉星场捏着拳头，肚子里的气胀得胸口又闷又慌。

“打牌——呢——”吉星场故意把第三个字喊得有些凄怆，仿佛黑夜里巫师在叫魂。有些时候，晚饭没有着落，肚子虽是空的，但手指头已经发痒了。几个晦暗的门口同时伸出毛茸茸的女人脑袋来。“打牌，打牌，三缺一——不，一缺三啊。”那些脑袋很快又缩了回去，剩下冯梦的老婆刘婉儿，脑袋连着身体，一起倾斜到院子。“吉星场，这么早就吃了晚饭？”没有啊，打牌的时候，想着打牌呢。吉星场望着刘婉儿，嘿嘿嘿，笑啊，笑的有气无力。刘婉儿身体肥硕，皮肤白净，此刻穿着冯梦的白色运动背心，湿漉漉的头发乱蓬蓬的散在肩上。三丈远就闻到一股肥皂的臭味。这个女人刚刚洗了澡，也洗了头发。附近的房里，锅碗瓢盆响亮地碰击。渴望打牌的心总是这样急切，互相传递，感染。几分钟后，几个嘴角带着饭粒的妇女便围上了牌桌，稀里哗啦地摸起麻将。

痴迷于打牌，这是好几年前的生活。如今的院子，打牌已经过时，牌桌上最有热情的那一批人散了。调工作搬了家，出门打工去，剩下吉星场一个人成天坐在家里看书，据说要考研究生了。偶尔出门，吉星场手里也是捧着一本书，嘴里叽里咕噜，目不斜视。研究生是个什么玩意儿，大家看着呆头呆脑的吉星场：研究生是一匹什么官？吉星场摇着头说，研究生不是官。冯梦抖动着双腿，冷笑道，不是，读那玩意儿有球用？

院子里突然不打牌了。从热闹到萧条，简直是个白日梦。梦里的欢笑，不知踪影。不过几年，院子翻天覆地，如同八级地震。吉星场不仅拿到了专科文凭，而且只用了一年时间拿到自考本科文凭。华阳省自考办专门请了记者来南辕镇采访，局长曾当着县领导数次表扬。这样的荣耀令吉星场癫狂，他完全泡进书堆了。房间里，书从地上堆到椅子，再堆到床上，一摞一摞的，向屋顶靠近。要看书，随手一捞，就是一本。当然，数量不多的工资基本上也为了这些书化为乌有。冯梦说对了，越读书越穷，越穷越读书。裤袋里摸不到一毛钱，吉星场经常也会为此着急，望着书堆，一声又一声地叹气。这么读下去，迟早会饿死人的。饥肠辘辘，在屋子里转悠。可是，只要能在财务室赊到五块钱，嘴里塞进半截冷馒头，立刻会心满意足，重新安静地坐在书堆旁。吉星场眼珠放出亮光，从一本书跑到另一本书。除了小小的肉身暂时还寄居在南辕镇一个阴暗潮湿的房间，心早就与周围环境脱离了联系。寒来暑往，不知有汉，更无论魏晋，吉星场常常把时间弄错。有时候，灯光昏黄，他误以为是黄昏，走出门，四合院一片漆黑，家家房门紧闭，人们已经进入梦乡。迅速退回房间，种种记忆纠缠着，得费力摆脱。只要一天不离开农场，过去几年的许多事就会像乌云一样，被狂风卷过来，淅淅沥沥，变成枕边的雨水。晚上，基本上不睡觉，睁着眼睛看书。书看不进去，睁着眼睛看灯光。窸窸窣窣，窸窸窣窣，满屋子老鼠。小老鼠，大老鼠，黑色的空穴，灯光照射不到。

闭着眼睛，天地全黑，形成巨大的洞穴。二三子，一只大老鼠，倏忽溜进来了。厉害。小男人，身材瘦小，与此同比例的，有小尺寸的脸。唯一不成比例的是眼睛，特别大，看人的时候，不停地眨。看二三子眨眼，吉星场的眼睛也会不自觉地跟着眨，直至疲惫。有人说，照相的师傅，职业习惯。按快门，咔嚓一下，眼睛也跟着，咔嚓一下。咔嚓，咔嚓，剪断时间，记忆残缺，千丝万缕，牵动衰弱的神经。

二三子在华阳省与云贵省的交界地工作了两年，才调到这个农场的。二三子来的时候，推着自行车，驮着全部的家当。二三子是个闷葫芦，在四合院里从不主动与人攀谈。别人打招呼，他只是抬起头，冷冷地瞅一眼，然后像兔子一样逃走。很长时间，二三子一家人就是四合院里的一个谜团。可是，在本农场，二三子绝对是最先富起来的人。来二三子相馆照相的人主要是本地去沿海打工的那些青年男女，找了钱回家，除了修一两间大房子，就是把自己拍成电影明星的模样，好让媒人带给相亲的一方。但是，院子里的人研究过他那个相馆，又脏又暗，哪像挣钱的地方。然而，镇上有人经常在说，二三子照相技术好，可以把丑陋的乡下人照得漂亮，上了画报似的。

院子里的女人多数是家庭妇女，家里收入，只有男人每月挣的那三五十元，平常用一毛钱都放不开胆子。二三子老婆鱼幼，她不是这样吝啬的人。皮靴，皮衣，皮手套，一身皮货，亮铮铮的。就这样，二三子夫妇一日一日地暴露金银财宝，一把大火，点燃了院子里的欲望。平静的心躁动起来，想钱了。

刘婉儿嫁给冯梦，从未干过重活儿。一家人，吃喝拉撒睡，就靠冯梦那点儿死工资。裤袋是空的，不像个男人。骨头是软的，说不起半句硬话。像冯梦这样有责任心的男人，总是要想办法挣点儿小钱。勤奋的冯梦把人生唯一的爱好——打篮球都给扔了。东拼西凑，买了摩托跑出租。车一上路，整个人好像换了灵魂，每天都想着挣一大笔钱。冯梦在摩托车上做着梦，那些钱在公路上、街道上飘舞。发狠地加大油门，摩托飞起来了，前方的路飞起来了，该得意地捞钱了。好哇，挣钱就是过瘾。回到家，刘婉儿看他一脸亢奋，以为他在外面有了争执，便一千遍一万遍地嘱咐：小心又小心，开车的人，时刻得把性命放在心上呢。冯梦洗了脸，体温变凉。兜里的钱，全抖出来，放在床上，慢慢清点。刘婉儿像个小孩子，好奇地观看。钱，好啊，好啊。好啊，好啊，有钱了。刘婉儿冷不防伸舌头，舔了冯梦亮晶晶的额头。冯梦又笑起来了，他专门从城里为刘婉儿买了一套内衣，粉红色的，有花边。刘婉儿生气地扔了。这哪里是正经人穿的，再说，四十多岁的人，怎么可能这样穿？冯梦说，城里女人都穿这种样式。刘婉儿骂道，人家穿在里面，你怎么知道？冯梦着急了，只得说，卖衣服的人推荐，他觉得好看，就买下来了。刘婉儿说，妖精，洗了衣服，这玩意儿我敢挂在院子里吗？冯梦憨笑道，院子里，这东西又不是没有出现过？刘婉儿猛地揪住冯梦的耳朵说，老冯，你是个贼呀，院子里，就那个妓女才穿的东西，你都看见了？冯梦说，看见了，我才给你买，只要你穿上，我就只看你，保证不看其他女人。刘婉儿批了冯梦一个嘴巴骂道，你敢！

王红宝老老实实上班，挣的也是死钱。工资的数据在农场财务室写得清清楚楚。圆，角，分，哦，还有小数点儿呢。每次领工资，柳如巴不得把小数点儿后的钱也领走。柳如从不奢望王红宝能在哪天大发横财，她只是省着用钱。打小麻将也是千方百计赢钱，五元十元，装在钱包里，看着舒服，用着心慌。柳如晾晒衣服，总要好奇地看一看鱼幼的衣服。刘婉儿招呼柳如，柳如垂头噘嘴，落落寡合。刘婉儿说，皮衣、腰带、花头巾和皮靴，这些花哨货，都是妓女穿的。柳如干笑道，你怎么知道的？刘婉儿低声说，老冯告诉我，城里那些坏女人全都这样穿，家里男人养不起，都到什么旅店去卖身，哎呀呀，社会风气太不好了。柳如嘴巴张成一个巨大的零，等刘婉儿把话说完，又渐渐合拢，然后，两边的皱纹像肉松一样，迅速裂开：婉姐呀，老冯开摩托，三天两头往城里跑，有几个钱，得看紧一些哟。刘婉儿立即正脸正色地说，我老冯不是那样的人，你想多了。刘婉儿气急败坏地走了。柳如一个人干笑着，在鱼幼的衣服上，吐了些唾沫，得意地回到家中。王红宝端端正正地坐在小书桌边，一页一页地翻一本中药书，旁边，一个工作笔记本上抄了不少汉字。医院开的药价格高，王红宝便给自己当医生。起初，柳如把王红宝到野外扯来的草药扔了，她害怕王红宝中毒。王红宝背着柳如在农场上自己熬药，在办公室喝。喝得满面红光，自信心来了，端着药盅回来炫耀，柳如这才放心。王红宝的前列腺可能问题不大，柳如打牌的兴趣就增加了。王红宝还是安安静静，坐在家里翻看药书。晚上，柳如赢了几毛钱，兴冲冲地回家。王红宝一把搂住柳如，柳如觉得奇怪，悄声问，老王，怎么啦？王红宝喘着粗气，手脚发抖，把柳如搂得更紧，吃吃吃，吐出一句话来：我病了，病了哇。柳如一把掀开男人，厉声骂道，放你娘的臭屁！你不是吃了药效果很好吗？王红宝又扑上来，扭着柳如的手，直接往床上推。柳如从未遭受过这样的待遇，踉踉跄跄，被摔倒在床上。王红宝轰的一声，身体像蝙蝠一样扑在柳如身上，柳如喊痛，王红宝说，小声点！柳如骂道，你妈的，假正经，你想让我忍着痛，是不是？王红宝粗暴地抚摸着柳如干枯的身体，紧张地说，真的病了！老婆，我发高烧了！柳如伸手一摸王红宝的额头，就像火焰烤着，一双眼睛放射着滚烫的光芒。老王，吃错药了吗？柳如想摆脱王红宝的控制，王红宝的手却更加有力，仿佛要掰开柳如的骨架。柳如骂道，老妖精，你弄死我了！王红宝抓着柳如的肩胛骨和髋骨，拼命摇晃道，吃了这么久的药，老子才发觉吃错了！柳如紧紧护卫着衣服裤子，每天穿针引线，知道旧布已衰朽不堪。王红宝的手像章鱼的触须，在黑暗的庇护下肆意张狂、游动。柳如喊痒，王红宝笑道，我也痒！柳如喊痛，王红宝笑道，我也痛！柳如笑道，去你妈的，老娘说一句，你跟一句，太没意思了！王红宝说，那我学驴叫！柳如骂道，不行，得学母驴叫！果然，王红宝嘴里嘟哝着，发出母驴一般的咆哮。柳如高喊道，你这个东西，禽兽不如！王红宝听不懂柳如的话，在地上爬来爬去，继续嗷嗷吼着。柳如羞愧万分，她已经控制不住王红宝的动作了。好在外面哗哗下起雨来，逐渐淹没了屋子里的声音。

晚上，冯梦把摩托车停在四合院，屋檐上，雨水哗哗如注。冯梦脱光上衣，一身肌肉，光溜溜地进了屋。湿透的衣服撂在地上，一手揽住刘婉儿的腰，一只手在裤袋里一拔，钞票抓了一把，摁在刘婉儿手里：老子今天赚了。刘婉儿把钱扔在地上，推开冯梦的手，委屈地说，好多钱嘛？冯梦说，老子今天从城里接了两个客，一个人给了三十，总共挣了一百元。刘婉儿没好气地说，什么人那样大方？冯梦干笑着说，管他妈什么人，老子凭劳动挣钱，不偷不抢。冯梦自豪地脱下裤子，又伸手揽住刘婉儿的腰肢，自言自语：婉儿啊，当你的老公好辛苦，摩托车比牛还犟，不听使唤咧。刘婉儿捧着冯梦的脸，用嘴唇碰了一下。冯梦说，再亲一下。刘婉儿说，臭，洗澡去！冯梦立马拿起水瓢，哐啷哐啷，把铁锅里的开水舀到大脚盆，再兑上几瓢冷水，青蛙一样跳了进去。洗到高兴了，招呼刘婉儿搓背。刘婉儿懒洋洋地抓起毛巾，看着冯梦的笑脸说，怎么这么开心啊？冯梦把脚伸出来，嘘唏道，老子今天差点儿惹祸，幸亏只是脱了一层皮。刘婉儿俯身一看，冯梦的大脚趾上一道新鲜的口子，仍然慢慢地沁出血丝。刘婉儿心疼，找来碘酒纱布把冯梦的脚趾包扎好。冯梦把刘婉儿抱上床，自己像个孩子一样跳来跳去。冯梦说，我想睡觉。刘婉儿说，早着呢。冯梦说，我累呀。刘婉儿看见冯梦受伤的脚，便默许了。冯梦搂着刘婉儿睡，不到两分钟，手上的神经又兴奋起来。刘婉儿睁开眼睛说，你不累吗？冯梦笑道，不累了。冯梦光着肉，像一条顽皮的鱼在温暖的河滩跳跃，一张床摇得吱吱嘎嘎响，刘婉儿压低了嗓门说，老冯，外面是不是下雨了？冯梦笑着说，下雨了才好呢，老子就是热得慌。正说着，屋顶上噼噼啪啪滴着水。他妈的，咋搞的嘛，漏雨了。刘婉儿要起床找盆子接，免得把东西淋湿。冯梦的胳膊紧紧地压着刘婉儿的脑袋，刘婉儿用手推，冯梦马上做了一个拦截动作，手腕打在刘婉儿的腮帮上，刘婉儿大叫道，疯子，打老娘干什么！冯梦连忙求饶道，对不起，我是当篮球场打比赛了。刘婉儿说，要是打篮球才好咧，一晚上睡得死死的。冯梦得意地说，老子现在不打篮球，有的是体力。刘婉儿骂道，你犯贱哪！冯梦咯咯咯笑着，那屋外的雨突然大起来，淹没了他想要说的话。刘婉儿挥拳头打冯梦，每一拳都打在空气里。冯梦单手招架，左晃右晃，甚是得意。刘婉儿叹息道，男人怎么都经不起诱惑啊？冯梦说，你说谁？刘婉儿说，屁股一翘，屙屎屙尿，老娘说谁，你该知道！冯梦笑道，很正常，狗日的二三子，就是他，坏了咱们院子的风气。刘婉儿看着冯梦兴奋到歪曲的脸说，你这个老骚货，在城里学坏了。冯梦说，没有，没有的事，我把人送到城里，马上就往乡下跑了。刘婉儿说，你担心那些坏女人来追你的摩托吗？冯梦说，我是怕了那些妖精，太坏了。刘婉儿问，怎么个坏法？冯梦低声笑道，就像咱们院子里的那个——什么来着？刘婉儿补充道，鱼幼吗？冯梦奇怪地问，什么鱼幼？刘婉儿着急了，唯恐冯梦把话题带走，忙不迭地说，二三子的骚婆娘，每天晚上都咿咿哇哇叫床的。冯梦摇着头说，我一觉睡到天亮醒，什么鱼幼鱼老的，不懂。刘婉儿拎着冯梦的耳朵骂道，你刚才还在说二三子呢，马上就不认账了。冯梦叫屈道，婉儿，你误解我了，我说的是二三子挣那么多钱，让我压力大，你却想到另外的方面去，哎哎，我投降，举双手双脚，彻底投降。刘婉儿笑道，哦，嚯嚯，这还差不多。刘婉儿一放手，冯梦又开始发疯，连续做了几个投篮的动作，床架子哐啷哐啷响，刘婉儿笑啊，咯咯咯，笑得欢。冯梦也笑，喉咙被刘婉儿捏着，笑得像个女人。刘婉儿止住笑，问，你又傻笑什么呢？冯梦说，今天拉了两个妓女，一个给了三十元。刘婉儿打了个呵欠说，我瞌睡来了。冯梦说，妓女要挣大钱，抢时间，抢生意，多给钱，很正常嘛。刘婉儿猛地推开冯梦，径直坐了起来，呜呜哭了。冯梦连忙问，怎么回事？刘婉儿说，妓女脸上又没写招牌，你凭什么知道的？冯梦说，人家要到外贸公司招待所，露骨头露肉的，又舍得出钱，我就猜想——钱来得容易，干的就是那一行——也许是错的，万一人家是大老板，这也有可能。

第二日，天晴，院子里又挂满衣服、被子。老房子，不用刮大风，瓦自己就碎了。每家每户屋顶都在漏雨，院子里像是在举行服装大赛。打湿的怕发霉，发霉的怕烂掉。铁丝悬挂的重物太多，中间部分已经坠落。不能再挂了，铁丝也会断的。冯梦穿着背心，蹲在门口劈柴，偶尔发出长长的呻吟。刘婉儿招呼冯梦把斧头放下，自己回屋去休息。冯梦果然放下斧头，迈着沉重的脚步回家了。刘婉儿弯腰，抓塑料桶里的衣服，莫名其妙，也要抬起头来，长长呻吟几声。柳如本来端着碗喝稀饭，受到感染，嘴巴在碗里发出叹息。王红宝端坐在门口的破木椅子里，认真地翻着中医书，突然发出沉重的叹息。这些声音把另一头晾晒衣服的汪美龄笑乐了，汪美龄笑道，这种声腔啊，怎么啦？刘婉儿应声道，破房子漏雨，一晚上没睡好，有啥办法。汪美龄说，也不好说，昨晚我就睡得好，耳朵里全是雨水的声音，多干净呢。柳如打着哈哈说，就是，就是，昨晚最干净。

吉星场扛着滴水的棉被，在院子里走了一圈，没一处可以摆放。汪美龄望着吉星场苍白的面色，咳咳干笑道，小吉，你说是不是？吉星场裤子全是湿的，眼神惶惑，望着汪美龄，莫名其妙：噫，哪里可以晒被子？汪美龄用嘴努了努，在铁丝的一段，泾渭分明，张挂着的是一些颜色鲜艳的衣服。时髦哟，二三子家的，不嫌脏，靠着挂嘛。吉星场把棉被狠狠地放上去，铁丝发出吱吱的响声，汪美龄骂道，书呆子，你真不怕脏？铁丝会断的。王润生从门口伸出脑袋说，不会断，这铁丝是我在丝厂偷的，质量好。

槐　树

院子不大，一个大屁股的人站在天井，周围便剩不了多少空隙。纵横交错，连着长长的铁丝，男女老少，洗了的衣服裤子都会晒在上面，一年四季总是淌着水，地面生着厚厚的青苔，稍有不慎就会摔倒。靠近大门一侧，一棵高大的洋槐树，冬天光秃秃，偶尔站着一两只无聊的鸟儿。一到初夏，洋槐树迅猛地生出苍翠的叶子，随后，白惨惨的花朵，一串串的芬芳，从风中脱落。

吉星场的房子紧邻这棵槐树，所有的铁丝都在树干上挽结，槐树的伤痕越陷越深，表面隆起巨大的疙瘩。每当女人们肆意地抖动衣服和被子，哗哗拧出水，吉星场就能明显感觉到，槐树承重后的摇晃和呻吟。去年夏天，槐树生了虫子，叶子和花枝爬满了蠢蠢欲动的蚜虫。一时间，花败叶枯，天空不停落下虫子和黏液，害得院子里的人不敢晾晒衣服，甚至连过路也不敢。吉星场一般不会把自己的衣服裤子晾晒在铁丝上面，他会在槐树上搭一根长竹竿，随晒随收。

二三子两口子，外省人，据说老家在云贵省一个偏僻的山区。二三子和鱼幼说话的口音怪怪的，一听就不是本地人。平常，二三子很少说话，他尽量不让别人发现他是外地人。鱼幼则成天在模仿本地人说话。现在，不注意听，根本分不出她的口音与本地人有什么差别。

一个院子的人，收错衣服裤子是很常见的事，并不是很糟糕。二三子的老婆成天在相馆缠着男人，家里的事交给眼睛不好的婆婆。老太婆每次都要把其他人家的衣服收错，过了两三天，才会让孩子二丫丫重新送出来。柳如蓄意要惩戒二三子，让他收敛一些。一次，一条裤衩被二三子的老母亲收错了，她拒绝接受那条裤衩。老太婆说，没人动过，绝对是干净的。柳如说，我不管，不穿裤子，在大街上走路，那才有味道。拗不过，老太婆只好给二三子说，柳如要光着屁股在大街上走，还是赔她一条裤衩吧。二三子给了柳如十元钱，让柳如自己去买。不久，鱼幼的一条高档裙子丢了。先是二三子的小女儿挨家挨户敲门，向每个阿姨询问，后来又是老太婆出面，最后，鱼幼自己来问。刘婉儿说，我穿的裙子是中年人的，一眼就可辨别出来，不会收错。柳如不客气地说，别人的脏东西我从来不要，就是丢在厕所也会把粪坑弄脏的。鱼幼没说什么，转身就走，也没别的表达。

柳如最恨鱼幼的裤衩乳罩，如枯死的蝙蝠，悬挂在铁丝上，让人浮想联翩。鱼幼穿着这些脏玩意儿，或脱下，光着身子叫，恶心哪，那种叫法简直就是畜生。说着说着，柳如脸上升起了愤怒，她告诉刘婉儿，老王思想出问题了。刘婉儿咳咳咳地笑道，老王怎么了，他不是一本正经的吗？柳如双手捧着嘴巴嘟哝：你们家老冯有没有对你提什么过分的要求？刘婉儿说，什么要求？柳如跺着脚说，老没正经的，有没有让你叫床？刘婉儿哈哈笑了，身体颤抖着，红着眼睛说，叫什么啊叫，七老八十，疯癫的日子已经过去了。柳如凑拢刘婉儿的耳朵说，老冯脑筋也有问题。刘婉儿摇头说，我们每天睡同一张床，他的肠子里有些什么我还会不清楚吗？柳如笑道，老冯每次过路都要用眼睛瞅二三子的家门，很有好奇心。刘婉儿说，我不信。柳如说，老冯盯着鱼幼的乳罩裤衩看，口水掉到膝盖上了。刘婉儿心里咯噔一响，脸上仍然平静，看着柳如说，我不信。柳如笑道，信不信由你，当我开玩笑吧。刘婉儿说，我不相信老冯会对一个婊子感兴趣。柳如说，当然不会，院子里，只是可怜了一个人。“谁呀？”“谁，小吉啊，就在隔壁。”

过了些日子，贵重衣服连续不断丢失，鱼幼连问也懒得问了。有一天，王润生蹲厕所，上海牌手表不小心掉进了粪坑。王润生私人请了几个伙计，一勺一桶地舀干粪池，捞了一堆衣物起来，方才发现是鱼幼的。王润生说，也许，也许，可能是有人故意丢在厕所里的。鱼幼说，算了，反正是旧衣服，本来就是准备丢的东西。刘婉儿猜测是柳如捣鬼，冯梦说，别瞎猜，你不做这种缺德事儿就行了。刘婉儿说，凭直觉，我就觉得柳如有问题，她生得太阴。冯梦说，也许有人喜欢鱼幼的衣服裤子呢。刘婉儿说，大家都知道鱼幼以前是干那个的，绝对不会穿她的东西。冯梦笑道，万一是哪个男人喜欢呢？刘婉儿转身抱住冯梦骂道，老冯，你不会这样肮脏吧。冯梦说，我对天发誓，好不好？刘婉儿骂道，去你妈的，听男人发誓，还不如看婊子树牌坊呢。柳如匆匆忙忙，提心吊胆来找刘婉儿，她怀疑吉星场可能干出这等傻事。刘婉儿说，天下的男女，就你最干净，是不是？柳如说，你想，一个单身汉，每晚受折磨，能挺多久？刘婉儿说，全世界的人被你怀疑遍了，就不怀疑你家老王？柳如愁眉苦脸地说，我正在怀疑呢，只是没抓着把柄。刘婉儿问，为什么？柳如说，老王对我一点儿兴趣也没有，晚上躺着就像具尸体，他的心肯定跑到别的女人身上去了。刘婉儿说，疑神疑鬼，累不累？柳如说，累呀，婉姐，我告诉你，苍蝇不定无缝的蛋，苍蝇打不死，坏蛋还是舍得扔的。刘婉儿问，你想干什么？柳如什么也不说，兀自笑了一通，就走了。反正自那以后，鱼幼的衣服基本上不晒在铁丝上了。眼不见心不烦，鱼幼是鱼幼，柳如是柳如。槐树下，倒霉的是吉星场。屋子在树荫下，尤为阴暗。

红　尘

离婚。纸上签字，大路朝天，各走一边。

红尘，吉星场的老婆。红尘到底是怎样成为他老婆的，这个问题可能农场的人比他本人还清楚。现在，问题不是怎样结婚的，而是怎样才能离婚。红尘十五岁出门打工，用她姐姐红小妃的身份证。红小妃长得像她娘，肤色白皙，脸庞丰满，好歹念完高中，嫁给洛城乡黄彰武的儿子，在山里开煤矿炼焦煤，炼好后运到南辕镇桥头出售。与红小妃的长相差别甚大，红尘身材高大、瘦削，皮肤偏黑，五官平淡。当初相亲，吉星场第一眼就没看上，但后来还是睡到一张床上了。

回忆起这段婚姻，吉星场脑子里只剩下了一张床的印象。一夜之间，床上多了个陌生人，粗鲁地打鼾、放屁，突然把昏睡中的吉星场惊醒过来。红尘在梦里念着吉星场的名字，咬牙切齿地骂。吉星场不由自主地笑了。他的笑没有声音，却能让红尘从梦中警觉。驴！吉星场的肚皮挨了一拳：红尘打人了。吉星场身体自觉地蜷缩，保证红尘做梦的安全感。蠢驴！冷不防，脸上又来一拳，吉星场嘴角冒出带着咸味的甜：流血了。红尘这一拳不是做梦，是真的挥拳打人。凭什么打人？牙齿缝隙的血丝吞入喉咙，吉星场含糊不清地抗议。蠢驴！人彻底醒来，红尘骂道，我刚才在做梦，你把我打得够惨！吉星场拉开电灯，要红尘自己找身上的伤痕。红尘伸手在皮肤上摸了一遍，完好无损，打着呵欠，兀自睡去。吉星场说，我牙齿流血了。红尘不作声。我牙齿流血了。吉星场继续说。大蠢驴，我在梦里被你骑着打，然后，然后，你强奸了我，把我的牙齿打落在地上呢。红尘得意地笑道。

笑不得，要惹祸哟。任何时候，红尘看不得吉星场笑，她似乎清楚吉星场的笑包藏的恶意。吉星场一笑，她的嘴巴开始骂人了。红尘骂吉星场，一度是四合院的一台大戏，自始至终，红尘唱的就是独角戏。红尘骂得开心，吉星场保持沉默，如果红尘嗓子嘶哑，吉星场还会小心翼翼，为她倒一杯开水，放在旁边。红尘骂得五脏六腑舒服透了，一屁股坐在牌桌子边，专心致志打起麻将来。吉星场自觉地钻进漆黑的房子，噼噼啪啪地劈柴，生炉火做饭。

红尘一手砌麻将，一手用筷子往嘴里铲饭。牌局从早晨持续到中午，再到下午、晚上。吉星场耳朵里装满了麻将的呼啸，红尘刺耳的骂声自然烟消云散。挺着大肚子，红尘照样把其他牌友打得落花流水。红尘生了女儿吉娃娃，刚满月，麻将瘾犯了，一手托着吉娃娃，一手摸麻将。吉娃娃饿了，红尘撩起衣裳，粗暴地掏出胀鼓鼓的奶子，对着吉娃娃的脸晃荡，奶水四射。吉娃娃没收获，咿咿哇哇，蹬着腿儿抗议，红尘一声怒吼：吉星场！吉星场赶紧扔下手里的书，从房子里冲出来，迅速接走吉娃娃，用奶瓶兑好米粉，塞在吉娃娃嘴里，以解燃眉之急。

吉星场和红尘第一次见面是在南辕镇桥头，二三子的照相馆。桥头有一家烧腊店子，旁边卖焦炭的就是红小妃的婆家。红小妃乘坐一辆运煤的农用四轮车在滚滚的黄尘中赶到镇上，顺便给吉星场介绍她的妹妹红尘。矿上的水硬，据说是矿物质多，那里的人普遍喜欢吃肉，不然大肠燥热，不能正常排便。红小妃每次都要买几公斤烧腊回到山里，好让那些工人打牙祭，心满意足，自愿下井，顺利出煤。

作为农场的元老，王红宝自始至终严肃地关心着吉星场的婚事。李天才叮嘱过，吉星场这小子业务上有发展前途，值得老同志关照、栽培。王红宝和红小妃的公公洛城乡黄彰武是转折亲，因此，吉星场实际的媒人是两个：明的是王红宝，暗的是黄彰武。见到红小妃，吉星场误以为是红尘，满心满脸的喜悦和兴奋，脸几乎笑烂了。

此前，柳如给吉星场先看了一张红尘的照片，那模样与红小妃毫无二致。大美人。不过，吉星场那时完全不知道照片上的人是红小妃的，连媒人柳如也不知道。那时，红尘还在广东的工厂上班。因此，吉星场特别想见到红尘本人。半年后，红小妃突然告诉柳如，红尘马上从广东回来，请吉星场考虑清楚，订婚还是结婚。吉星场看见红小妃，想到照片上的红尘，觉得姐妹俩是一个模子铸出来的，心里开满了艳丽的花朵。然而，红小妃并不像吉星场那样兴奋和激动，冷冷地侧着脸，肤色如雪，宛若寒冬。

红小妃说，红尘正在二三子的相馆里照相，估计要半个小时才能过来。吉星场一分钟也不能等待，想见到的人近在咫尺，心里打着鼓，几乎站立不稳。他站在烧腊店旁边，看着厨师一把牛刀三下五除二将一大坨卤得发黑的肥肉解为碎片。烧腊切好了，红尘还是没来。红小妃脸上极不耐烦，便提着一袋子碎烧腊，径直带着王红宝和吉星场去找人。

相馆外面悬着一张巨幅的美人头像，吉星场老远就认出那是二三子的老婆鱼幼。乡场上，这张脸显得实在太完美和高贵了。镇上的人路过的时候都会好奇地问，这个美女是谁。二三子骄傲地声称：我老婆。二三子说话的时候，他的老婆脸青面黑，正佝偻着腰，在店里打杂。

在四合院，吉星场几乎没正眼看过鱼幼。他实在想不通，这个气质高雅的美女晚上就在离他不到一尺远的地方变成一个荡妇，肆无忌惮。他低下头，为自己难过，好像放荡的是自己。他刻意远离着二三子，大混蛋。在相馆，二三子不时甩动头发，面色冷峻，目光聚集在手里的相机上。要是没有晚上那些乱七八糟的事儿，吉星场对这两口子的印象还不是很差。

吉星场远远地站在街边，像避着一场瘟疫。二三子正站在相机架子前指挥一个低头弄裙摆的女子，吉星场猜测：这人可能就是红尘。二三子的老婆心事重重，坐在店门口剥蚕豆，她不时转过身，警觉地看着二三子，对店里的事儿抱着深刻的敌意。院子里都在传说，二三子在店里乱搞女人。搞了女人，很多女人拍照片都不用给钱。

那女子抬起头，吉星场脑袋轰的一响，心里咯噔一下，体温骤然降到零下一度。眼里一片空白，什么也看不见，没给王红宝打招呼，悄悄躲回四合院，脑袋蒙进被子，什么也不想了。不知道过了多久，有人来敲门了，也不回应。他恨，恨王红宝，恨柳如，恨那个红尘，竟然用假照片来骗自己。有钱无钱，有工作无工作，无所谓，但相貌不应该太糟糕。那个女人，拉到大街上，随便让个赶集的瞎子看看，怎么配得上我吉星场呢。吉星场曾经把自己的照片寄给那个女人，心想，男女间，美丑之别，起码的自知之明，应该有的。特别可恶，红小妃那么美，红尘那么逊色。

细　君

中专学校毕业，分配到木鱼县南辕区洛城乡，最偏僻的来凤村。走一趟路，浑身都是泥巴。工作同志，只剩下鼻梁上的一副骄傲的眼镜。洛城乡，本来就是全县最偏僻的一个地方。完了，彻彻底底，农民一个。好不容易升学，跳出农村，毕业后重新回到农村，就像只土里的蚂蚱，朝天上蹦了几蹦，又回到草丛里，就这点儿本事。

在来凤村打了五年的滚，碰上区公所换了负责人，时来运转。新的负责人关万能，同吉星场的外婆有转了十八个弯的亲戚关系，不然，不一定买账。求爹爹告奶奶，逢场买个红鸡公送，关万能受不了折腾，向局里打招呼，把他调到现在的农场来。这几年，吉星场一次也没去找过关万能的麻烦，关万能倒是显得大度，见了吉星场的母亲还是认亲：快退休了，当不了两年啦，啊，小吉，什么忙要帮，尽管早说！说来也是，吉星场仿佛突然有了骨气，啥忙也不要人帮了。俗话说，有权不用，过期作废。吉星场不求，难道没别的人去求？吉星场明白，求人办事不大光彩，关万能爱羞辱人。以前，吉星场每次见他，总是要挨批，浑身上下被关万能的嘴巴戳得千疮百孔，血流不止。

来到南辕镇，吉星场到了谈恋爱的年龄，自然就有人来提亲说媒，第一个给吉星场说媒的就是冯梦的老婆刘婉儿。这个女人一共生了四个孩子：三个儿子，一个女儿。每生一个小孩，腰围就增一圈。现在，近二十年了，体形像快要临盆的孕妇。吉星场第一次见到她，吓得说不出话来。她穿着裤衩和男式背心，公然在院子里走来走去。不过，因为过于肥胖，身体各部位之间的界限趋于模糊。在没有见过异性身体的吉星场眼里，就像高度近视眼看风景一样，朦朦胧胧，似是而非。

冯梦的女人姓刘，但大家都喊她婉姐。起初，吉星场每次喊她冯大嫂，刘婉儿全身的脂肪就会立刻抖动起来：记清楚，小兄弟，我姓刘，不姓冯。吉星场又连忙改口喊“刘大嫂”，这让刘婉儿更生气，她不愿别人把她喊老了，压根儿不承认自己是嫂子。这个女人可能有心理疾病，她总是那么害怕衰老。

吉星场发现四合院里，刘婉儿是最受男人宠的女人，冯梦从不让她干活儿。而王红宝的女人柳如什么都要干，成天把王红宝伺候得像个奴隶主。柳如一大早端一盆衣服去井边，碰上吉星场在门口读书，两人的眼圈都是黑的。刘婉儿养尊处优，四十多岁的人了，智力水平只相当于一个幼儿园的孩子。吉星场不明白冯梦这个大男人为何会这样养老婆，宠老婆天经地义，吃点儿苦也应该，关键是刘婉儿成天只会嘻嘻哈哈，叽叽喳喳，啥也不干，一无所知。冯梦是何等辛苦的男人，起早摸黑打摩的，挣钱也不安全。晚上一回四合院，还在门外就在喊婉儿。刘婉儿像个小姑娘，屁颠屁颠地跑出门，迎接老公。柳如坐在门口，气咻咻地骂道，真是肉麻，几十岁的人了。吉星场问，柳姐，你骂谁？柳如叹气道，人同命不同，我家那个老王，在床上居然客客气气的，嫁这样的男人，没意思。吉星场说，你看婉姐……柳如说，人家冯梦把老婆当神供奉，一张大照片拿到相馆去挂着，像个电影明星。

吉星场听了，马上跑到镇上，欣赏了一遍那张巨幅照片。年轻时，刘婉儿是乡里出了名的大美人，只是嫁给冯梦，不知疲倦地生儿子，才把自己的身体搞得一塌糊涂。怪不得，冯梦那态度恐怕是年轻那阵就有的，时间长了，就成了习惯。现在，简直像一张乱写乱画的草稿纸，谁见了都会扔在地上，踏上两脚，吐几口唾沫。

回到四合院，吉星场自然就喊婉姐，口气亲切，甚至带着一丝怜悯。刘婉儿听得出吉星场发自内心的情感，对吉星场自然另眼相待，什么事情都护着。看到刘婉儿那张震撼人心的照片，再看冯梦对刘婉儿的态度，似乎觉得冯梦还做得不够好。好端端的一个大美人，邋遢到现在这种地步，吉星场到底有些心痛。刘婉儿的形象彻底毁了，生活之随便，超出所有男性对大龄已婚妇女的想象。脚上的拖鞋是大儿子的，背心是男人冯梦的，裤衩是大红花布，宽大得像裙子一样，两条雪白的大腿像饲养场里侥幸逃出的肥猪，淘气而可爱。吉星场正处在渴望与异性恋爱的年龄，见了刘婉儿这种模样，真的不愿意想象自己未来的老婆会是个什么状态。曾经有人提醒刘婉儿，院子里的男性不排除个别人有好色倾向，要注意个人安全。刘婉儿放大了嗓门，说自己肚子里就生了三个男人出来，男人有什么可怕的？

王红宝的老婆柳如，身体遮得严严实实，大热天里从不穿裙子。柳如友善地提醒刘婉儿，说吉星场还没耍女朋友，要特别在意吉星场的感受。刘婉儿误会了柳如的意思，以为是要她做媒人，帮吉星场物色对象。刘婉儿爽快地答应，为吉星场找个漂亮姑娘当老婆，柳如连声说“错了，错了，错了”，刘婉儿受不得指责，她真的起劲儿操劳起这件事情来。

某日，冯梦的门口站着一个姑娘，娉娉婷婷，人高肩窄，面容如雪。她弯腰跨门槛那一刹那，简直像地上飘起来的一朵云。吉星场傻乎乎站在门口，恍若梦境，甚至忘了冯梦家的门是什么时候关的。这个姑娘就是刘婉儿的侄女刘细君，那模样活脱脱就是年轻时的刘婉儿。有福气，呆头呆脑的吉星场被刘婉儿邀请到家做客。吉星场坐在刘婉儿对面，与刘细君比邻而坐，他的心脏一阵紧似一阵，好像有什么力量捏拿着，想跳，跳不起来。

刘婉儿说任何话，吉星场都笑着点头。刘细君娇小颀长，坐在旁边，散发着一股神秘的力量。这力量源源不断输入吉星场的大脑，激发了无穷的幻想，舌头悬挂在幻想之中，独自说话。吉星场完全记不清那一顿饭是怎么吃下来的，他不敢伸手夹菜，不敢张嘴巴吞咽食物，不敢咀嚼。他像个雕塑一样端着碗，望着刘婉儿傻笑。刘婉儿左一筷子右一筷子，吉星场的碗里堆砌着如山的肉。冯梦中午回来吃午饭，看见吉星场碗里那么多肉，眼睛瞪得像盏探照灯。

菜冷了。吉星场还在说。废话连天，婆婆嘴。刘细君不理他了。吃啊，吃啊。刘婉儿不停地劝，吉星场似乎听不见。直到刘细君起身往外走，吉星场才意识到吃饭也是一种重要任务。他埋头吃饭，狼吞虎咽。那边刘细君已经走出四合院的大门，刘婉儿气喘吁吁回来招呼吉星场，让他赶紧去送一下。吉星场端着一碗饭，面有难色。刘婉儿一把抢了吉星场的饭碗，推着吉星场说，去，不然就迟了。

吉星场狼狈不堪地追出四合院，刘细君已经走入一片桑树林。吉星场怅然若失，望着桑树林发呆。刘婉儿又在他身后推了一把：去，继续追。吉星场打起精神，小跑着追进了桑树林。

刘细君身着粉红色的连衣裙，细长白皙的手臂伸入桑叶，在摘桑葚呀。紫色的桑葚，一粒粒悬挂在绿叶中，像一些调皮的眼睛在眨。吉星场个子高，能摘到的是最饱满最鲜艳的，多得意呢。刘细君倒也直截了当，问吉星场来干什么。吉星场说，送你呀。刘细君说，我和你有什么关系，送什么，你这不是自作多情吗？吉星场红着脸说，啊，我不是流氓，不信，问你姑妈。刘细君笑道，我什么时候说过你是流氓，我只是说，你凭什么要来送我，呵呵。吉星场摸着脑门，冷汗淋漓：是啊，我凭什么要送你呢。刘细君大笑，吉星场也大笑。刘细君说，混蛋。吉星场笑了。刘细君说，我骂你，怎么还笑？吉星场笑道，我跟着你笑，没别的意思。刘细君说，鬼子。吉星场丈二和尚摸不着头脑，反问道，哪一点儿像鬼子？刘细君认真地说，在姑妈家里，不停地点头，鸡啄米，不停地说是，是，是，嘴里不停，啊，啊，啊，电影上，鬼子，不就是这副德行？

刘细君说完，匆匆离开，吉星场摘的桑葚也没带走。吉星场回到四合院，浑身瘫软，坐在门口织毛衣的刘婉儿，又是大笑和发问，他都没注意到。倒在床上，骨头软绵绵的。他突然感到疲惫不堪，平常老是坐着看书，摘桑葚的活儿也不轻松。他把桑葚放在刘婉儿的窗台上，一会儿就被院子里几个孩子拿光了。

休息两天，吉星场身上的酸痛消失了。他穿上蓝色的中山装，对着镜子笑了一遍，身上的力量又来了。他觉得自己个子还在长高，头快顶着天花板了。五官虽然严肃却更加端正，身后，仿佛还晃动着刘细君的脸。他主动找到刘婉儿说，要是同刘细君结了婚，以后也会像冯梦一样不准刘细君干活儿。刘婉儿一阵哈哈大笑，肉体的快乐向内心高速移动，眼睛像行驶中汽车的后视镜，带着后面的景物冲进宽广的光芒。

在刘婉儿摇头晃脑的背后，吉星场看见了年轻时的刘婉儿和冯梦在阴影中亲热。两个人恋爱时拍的黑白照片挂在破烂的小相框里，相框表面积着厚厚的尘垢，冯梦还顽强地张开嘴巴笑。这一笑，持续了二十来年，冯梦的心依旧在笑，而现实中的冯梦，牙齿已经脱落了三枚，平常基本不张开嘴巴。

吉星场年轻，站在阳光里，皮肤随时都在排汗。他也张嘴笑着，好像从年轻时的冯梦躲着的镜框里找到自己的未来。刘婉儿有空就在洗衣台上忙碌，洗冯梦的背心裤衩，洗自己的花衬衣和乳罩，洗破了洞的袜子。实在没有洗的，就打肥皂搓自己的手指。唯独忘了的，就是挂在墙上的相框。吉星场不知道刘婉儿是疏漏还是懒惰，刘婉儿几乎不会注意到它的存在。

吉星场心里有了底，他看出刘婉儿有意要促成侄女刘细君与自己的姻缘，她似乎要在下一辈人身上延续自己已经消逝的美梦。说来有缘，刘婉儿是洛城乡鲤鱼村的人，老家在一个叫打鱼子垭口的地方。那里，几百号人都姓刘，是洛城乡最大的家族。吉星场也是洛城乡的人，住在黄泥村，离鲤鱼村八九里路。两个村放电影的时候，不嫌麻烦的村民就会走夜路往来。

吉星场八岁时同父亲一起去鲤鱼村看电影《龙江颂》，回家走散了，一时找不到父亲，急得哇哇大哭。一个小孩在黑暗中迷了路，走进一大片榕树林。听见附近有一条溪流哗哗流淌，循着溪水声步行，却是越走离家越远。夜半，月亮升空，高大茂密的榕树林，偶尔传来白鹤的鸣声。一个人走在白茫茫的田野，恐惧到了极点。吉星场对着鲤鱼村高喊爸爸妈妈，回应他的是村里此起彼伏的狗叫声。

说到鲤鱼村，吉星场身体就会不由自主地哆嗦。鲤鱼村，起码有上千条狗在黑暗中奔袭狂吠。吉星场被鲤鱼村的狗吓倒在溪水里，衣服裤子湿透了，干脆不上岸来，就在溪里行走。后来，才得知，小溪名叫澄溪，发源于孤山后山，在山腰绕了几个弯，突然直流而下，汇入南辕河。

刘细君再次出现，完全换了模样。长衣宽裤，头巾，面纱，口罩，手套，只有一双眼睛滴溜溜地转，整个人几乎与世隔绝。刘婉儿带着侄女到镇上的中药铺看中医，背着一大背篓的草药回四合院。午饭时，满院子飘着奇异的草药气味。刘细君躲在屋里，外面见不到个影子。吉星场不好主动上门询问，在路上遇到刘婉儿，刘婉儿愁眉苦脸简单聊了几句。

春夏之交，细君最苦的日子。她患有严重的过敏症，全身长满红色斑疹，皮肤瘙痒，昼夜难忍。说起这个病，刘婉儿竟是满面愁容。细君出生在端午，据说这一天，天地之间，百毒丛生，很不幸，让刘细君给碰上了。刘婉儿怪罪于细君的妈，说细君的妈怀孕期间特别喜欢吃榕树上白鹤下的蛋，落下病根。

以前，鲤鱼村榕树林里经常看见白鹤成群结队地飞行，至少上千只。每到春夏之交，上千只白鹤便向村里的麦田发起进攻，一亩地的麦子不到两个小时竟然颗粒无存。白鹤大量吞噬粮食，然后把粪便拉得满地都是，村里连衣服也不敢晾晒出来。榕树上，数不清的巢穴，白鹤每天都要下蛋，巢穴装不下了，鸟蛋纷纷坠落，砸在路面和行人头顶，色彩斑斓，散发着异味，同粪便差不多。端午前后，草丛中布满了各种毒蛇，它们扭着身子，吐着信子，在鸟蛋气味的引诱之下，缓慢地爬上榕树，钻进白鹤的巢穴，等着白鹤的屁股下蛋。

有些年份，白鹤数量少，村里大胆的男人晚上便爬上榕树，伸手去巢穴中掏鸟蛋，还是一道难得的美味。村里老人说，鲤鱼村的风水被新修的孤山公路破坏了，所以，白鹤才这么多，招惹了这么多的毒蛇出来作怪。村民恼恨这些坏家伙，很早就打算杀光它们。村里的老人不赞成，几个壮年便找来雷管导火索，趁着晚上白鹤归巢休息，便摸索着爬上榕树，在树身和枝丫缠满爆炸物。准备妥当，同时点燃，树上雷管突然开花爆炸，白鹤们受到惊吓，纷纷蹿上天空，哀嚎着，飞向远方。从此，榕树上再无一只白鹤。

五岁起，刘细君一直在吃中药，吃偏方，花了很多冤枉钱，效果却不甚显著。上天真是作怪，让细君生了这样的怪病，好像做了亏心事一样，又给了细君绝好的相貌。不用说，鲤鱼村甚至南辕镇上，数一数二。算命先生说，细君的寿命活不过二十五岁，若是遇上贵人，逢凶化吉，方可延年益寿。

冯梦宰了一只仔鸡，一斤多，海带汤，炖了一铝锅。院子里，所有的鼻子都遭到仔鸡肉的袭击，那芬芳几乎拆卸了本已衰朽的板壁。吉星场把书扔在床上，肉身逼迫他靠近芬芳之源。刘婉儿没邀请，刘细君紧闭在房子里，不见天日。吉星场的唾液一遍又一遍消化着想象中的仔鸡，刘婉儿恐怕察觉不了。

鸡肉的芬芳消失，吉星场的头脑空虚。有一天，刘婉儿来敲门，吉星场颇觉意外。刘婉儿说，灯泡坏了，老冯不在家，麻烦小吉帮忙换一换。吉星场跟着刘婉儿走进黑乎乎的房子，看不见刘细君人在哪里。等灯泡换上，灯一亮，才发现刘细君坐在床头，一身黑衣，也不抬头。刘婉儿把侄女拉到电灯下，分享吉星场的劳动成果。吃了一周的草药，刘细君身上症状减轻多了。但是，刘细君仍然只能坐在家里看书。刘细君揉着眼睛说，读书真是受罪，连灯泡也看坏了一只。刘婉儿说，小吉家里书多，想看去拿就是。吉星场微笑着，本想点头，突然僵住了脖子。刘细君没有发出笑声，她的脸躲在面纱后。

吉星场赶紧回自己屋子拿了几本有趣的书，刘细君摇着手说，不用，不用，看不懂。刘细君说，过一两天，就要回家，镇上的医生开的草药单子效果也不咋样，还是回家去，自己上山挖草药。刘婉儿挽留说，等等吧，镇上的医生水平总要比乡里高一些。刘细君叹息道，没用的。

吉星场没声张，他溜到区医院，找了本草药图谱，东翻西翻，翻出四五种治过敏症的草药。有一种效果最好，俗名蛤蟆兰。蛤蟆兰，阔叶，一年生草本植物，性喜阴，多生长于水泽洼地。可惜吉星场不能拿着书到野外寻找，他只能凭印象到野外辨别。顾名思义，蛤蟆兰，可能是草长得像蛤蟆，多芬芳。他沿着南辕河岸步行，看见的蛤蟆不少，草尖叶的居多，没有香气。

沿路遇到割猪草的妇女，她们把背篓放下来，让吉星场自己找。有人说南辕河边的磨盘石那里有一大片烂泥塘，泥塘周围长着千奇百怪的草。吉星场赶到磨盘石，果然发现一望无际的水塘。春夏水满，芦苇初生，水面绿得像块翡翠。水塘周围泥沙沉积，一簇一簇的嫩草骄傲地昂着头。更高的地方，是丛集的柳树和灌木，水牛埋着头，专心致志地啃草。吉星场遇到放牛的老头，老头说，从来没听说过什么蛤蟆兰，烂泥塘危险，最好走远些。

吉星场看那水塘中一大片草，零星地开着花，远远地嗅到一股兰花的芬芳。他便仗着自己个子高，拄了一截木棍，尝试着向泥塘中走去。老头站起来破口大骂，吉星场听不见。他心里只有蛤蟆兰，那花距离他越来越近了。

吉星场小心翼翼，踩过灌木丛和丰茂的水草，然后，踏进了密密麻麻的芦苇丛。只见芦苇粗硕的茎部，光秃秃地裸露着，偶尔有浑浊的河水推上来，再缓缓消退。时间一长，泥沙越来越细软光滑，上面清晰地印着动物的脚印。定眼细看，青色的芦苇根部，褐色的沙地，死一般地蹲着的是肥硕而丑陋的癞蛤蟆。它们眼球突出，盲目地张望着芦苇丛的上空，身体一动也不动。

吉星场跺脚呐喊，甚至用棍子去捅，这些愚蠢的家伙也无动于衷。大概这是它们世袭的领地，从未有任何力量来挑战。吉星场鼓起勇气，几次想伸手去抓一只丑类，但一看见它皮肤上满是疙瘩，便恶心地放弃了。大概是那丑类也对吉星场失去了耐心，趁吉星场不注意，放了一个臭屁，突然跳走了。吉星场被一股浓烈的恶臭熏晕了过去，等他清醒过来，出现在眼前的竟然是一株奇异的植物。它约摸一寸长，只有三片叶子，颜色蓝得透亮，像一朵幽暗中飘曳的火苗。吉星场心中一阵暗喜，估计这就是所谓的蛤蟆兰了。

重新回到岸上，吉星场惬意地望着泥塘，身体被胜利占领了。芦苇初长，新绿如染，一枝枝一叶叶，好像风画在空气中一样纤柔。太阳升起，泥塘里弥漫着一层水雾，所有水里的植物好像画在玻璃上，轻轻一抹，就会消失。这所谓的泥塘看似美丽，实际上最为凶险。

吉星场拿着他发现的蛤蟆兰，兴冲冲地敲开刘婉儿的门，开口就是：蛤蟆兰，我找到了。刘婉儿吃惊地问，这是什么？吉星场上气不接下气，讲述了他在磨盘石那个烂泥塘的冒险经历。刘细君说，疯子，疯子。吉星场摸着脸上的泥浆说，我还以为自己会死在泥塘里呢。刘细君说，我不要你的药，要是你死了，我们赔不起的。吉星场笑道，关键是我没有死去。刘婉儿笑道，没有死就好，没有死就好嘛。

第二天，吉星场遇到刘婉儿，顺便问蛤蟆兰的效果如何。刘婉儿说，细君自己回家了，好啊，皮肤不痒了，斑疹也消了大半。吉星场笑道，真有这样神奇？刘婉儿笑道，过不了几天，细君还要来镇上，到时候你看细君的样子就知道了。

细君有那个过敏症，可把她害苦了。从前，读书三天打鱼两天晒网，成绩太差，连初中都无法顺利毕业，只得依赖冯梦向乡里的校长求情，最终弄了个及格的分数，混了一张文凭。细君到北京、上海去找过亲戚，想在大城市找个事情做，但没办成。细君在外面混了几年，什么本事也没学到，就是人越来越漂亮了。父母不赞成细君到粤海省福建省打工，怕她被人带坏，就托亲戚在村里给她找了一个临时工的事情做，看以后有没有机会转正，端上铁饭碗。

女孩相貌出众，不完全是好事。细君的父母经常暗中监督她周围的人，怕她被人诱拐。细君学习不咋样，连临时工的事也做不好，但是脑子不算笨，在社会上，至少这几年还没人说她的闲话。在大城市混过几年，细君的心变野了，村上的临时工，工作环境差，她总是三天两头往城里窜。细君的父母做梦也想她早日转正，安安稳稳，吃一辈子供应粮。细君的父母多次委托刘婉儿，想办法管住这个正在撒野的丫头。刘婉儿说，干脆给她寻个对象，把婚结了吧。

可是，冯梦嘴里的消息让刘婉儿坐不住了。冯梦送客进城，在东门国营旅馆门口，看见细君也从一辆摩托下来，跟着一个烫发的男人进了房间。冯梦一直在旅馆对面的电影院门口坐着，几个小时也没看见细君出来，害得他少挣了十来元钱。冯梦在公路上遇到细君的父亲刘彻底卖猪仔，刘彻底问，细君在姑妈家里没有？冯梦脱口而出，把事情告诉了小舅子。那还了得！咱们刘家的脸以后往哪里搁？刘彻底是个急性子，细君脚一迈进家门，也不问个青红皂白，一根绳子，像捆畜生似的，把细君捆起来，吊在屋梁上打，不准叫喊。打了，吊着，像只剥皮的兔崽子。

两天，细君饿了，屈服了。解开绳子，腿一落地，一溜烟就跑了。刘彻底和老婆带着绳子从山里找到镇上，恨不得绑回家宰了吃了。问到四合院，刘婉儿说，细君没来，鬼知道这疯丫头到哪里去了。刘彻底咬牙切齿地说，逮住直接杀了，老子来收尸就行了。刘婉儿笑道，说得轻巧，又不是杀一只鸡。细君躲在姑妈家里，一听见刘彻底的声音，便全身发抖。刘彻底两口子气势汹汹走了。刘婉儿说了几天几夜几大筐儿大箩的好话，让细君安心读书，等待转正考试。只要吃了供应粮，什么都好了。

细君这人怪，天生与书有仇。一拿起书，不到三分钟，人就昏睡过去了。歪着个身子，腰肢细细的，衣衫遮不住，肉白白嫩嫩，如一段新笋，稍有风吹便会折断。刘婉儿心疼，拉着细君的手大哭道，乖女子也，你这皮肉筋骨，落在农村，能挑能抬吗？不好好读书，吃什么供应粮嘛。细君反倒安慰道，姑妈，放心，我算过命，有贵人相助，这辈子不会落在田里的。刘婉儿心想，少不更事，稀里糊涂的，得找个老师辅导一下。找谁呢？刘婉儿的脑子转了几圈，忽然想起院子里有个人，最合适不过了。吉星场，任何时候都在读书，那滋味比吃大鱼大肉来劲儿。让吉星场带着细君读书吧，看不懂的地方，也好张嘴问一问。刘婉儿把想法告诉细君，细君皱眉道，不喜欢那个人。刘婉儿哀叹道，我的儿，不是要你喜欢他，他只是帮帮你，把考试过了，就不再理他了。细君说，试试吧。

吉星场走进房子，顿时觉得亮堂堂的，好像墙壁拆卸了一垛。刘婉儿嫌光线不好，让冯梦在屋子里又安了两盏白炽灯。三盏灯亮着，好像三只眼睛盯着屋子里的人，一举一动都不含糊。细君仍然戴着头巾面纱，整个人像罩在梦里。吉星场问刘婉儿，婉姐，她不是好了吗？细君骂道，好个屁，谁说我好了？吉星场想起他冒险采集的蛤蟆兰，便问道，我那草药……细君冷笑道，谁稀罕，那玩意儿我从没用过，扔了。吉星场额头上突然沁出一层汗珠，冷冰冰的。他掏心掏肺的事儿，人家就当废物，扔了。

刘婉儿尴尬地说，丫头，那蛤蟆兰还是有效果，你不能这样说。吉星场笑道，算啦，算啦，那草药也是我在马路边随便扯来的，我只是开了个玩笑，什么蛤蟆兰，什么要命的玩意儿。刘婉儿抖动了一下屁股上的肥肉，哈哈笑道，小吉，你也会开玩笑了。细君笑道，这还差不多，想蒙我，哼，没那么容易。

下半年九月，细君这一批临时工有一次转正考试。还有一个来月可以看书，死记硬背。细君读这书，压力也够大的。书上的东西，一问三不知。吉星场讲得口干舌燥，她就躲在面纱里笑，好像与她毫不相干，对转正一事，她不抱任何希望。不高兴了，就喊吉星场：喂，脸上笑，心里坏。吉星场说，我又不生你气，怎么个坏法？细君说，给村里的孩子发糖，然后，哼哼。吉星场笑道，然后，然后呢。细君说，你懂得什么意思吧。吉星场摇头说，不知道啊。细君笑道，大笨蛋。辅导一个月，细君仍然像个白痴，一道题也做不来。吉星场在每道习题画上红色的大叉，最后，零分。细君把习题册抢过，画了个乌龟，写上吉星场的名字。刘婉儿突然靠拢，问细君：得了多少分？刘婉儿不识字，细君笑道，满分。刘婉儿张开嘴笑了，连声夸奖细君：乖呀，乖，用功就好嘛。吃供应粮，好啊，细君，你看你爹妈，在农村多辛苦，汗水从没干过。细君骂道，好，好啊，喝西北风。刘婉儿脸色骤变，冷眼看着细君问，你说什么？吉星场连忙笑道，细君说我呢。刘婉儿严肃地问，她说你什么？吉星场笑道，她说我讲课像说相声，很喜欢听我讲课呢。刘婉儿笑道，细君，姑妈给你请的老师水平不错嘛，一定要通过考试，吃供应粮哟。细君抓住习题册，扯了两下，地上就是一堆碎纸了。刘婉儿弯腰，把碎纸捧起来，看了看，盯着细君，恶声骂道，野丫头，早知道该让你爹把你抓回家，打断骨头，你在书上画乌龟，以为我不知道吗？刘婉儿扬起肥肥的手，做出要打人的架势，细君立刻低下头，道歉认错。

考前两天，人失踪了。冯梦又从摩托车上带回来一个不好的消息：细君又坐在那个烫发的男人摩托车上，屁屁屁，一溜烟，人就进了城。这一天，正好遇上南辕镇赶集，刘彻底背着两个多月前没卖出的猪仔踏进四合院，猪仔咕噜咕噜地叫。刘婉儿知道她兄弟来找细君了，细君走得真是时候。刘彻底吃了三碗饭，打着饱嗝，马上又到猪市河坝去，他一个字也没问细君的事儿。考试那天，细君自己坐在考场上，不知道她是从哪里来的。刘婉儿守在区公所门口，考试一结束，就看见细君匆匆出来，还没来得及上去打招呼，细君就冲到马路边，上了烫发男人的摩托车，一溜烟跑了。考试结果出来，刘细君考得一塌糊涂，她的成绩是冯梦去区公所打听到的。全区通过转正考试的只有三个人，参考的临时工有三十来个。刘细君有自知之明，干脆连影子也不出现。

见了吉星场，刘婉儿一个劲儿地骂那个烫发男人，说细君被勾引学坏了。刘婉儿咬牙切齿地说，她要老冯用摩托车把那个烫发男人的摩托车从马路上撞到悬崖下去。刘婉儿的话飞进吉星场的耳朵，吉星场觉得害怕，似乎冯梦那辆摩托车正在向他撞来，他忙着躲闪，随后，却见烫发男人又骑了一辆摩托车冲过来。冯梦的摩托车不会撞过来，没生意的时候，偶尔还会让吉星场搭乘一段路。烫发男人的那辆摩托车很快出现了。刘细君果然坐在后面，在尘土飞扬的马路上，刘细君用尖细的声音喊着吉星场的名字，吉星场还没来得及回应，刘细君整个人都飞走了。刘细君穿着蓝底白花的衬衣、黑色紧身长裤，一头长发被风狂乱地扯散，一双眸子闪闪亮亮，仿佛星光在黑夜消失。吉星场浑身尘垢，被雾一般的沙粒包裹着，扔弃在散发着牛粪味的路边。他的脚托着全身的重量，摇摇晃晃，行走在高大的桉树林中。

躺在床上，吉星场发起烧来。他的身体好像在滚烫的体温中失去了重量，轻轻地脱离了发霉的床铺。他用手捧着额头，觉得自己的脸像一张纸飘了起来。那个烫发的男人与刘细君是什么关系，吉星场心里不停地追问。在这个问题上，刘婉儿对细君的意见也很大，细君从未给姑妈讲过。

老冯，你认识烫发的男人吗？

城里那么多男人烫发，谁认识谁。

下一次，骑摩托车，一看见那个男人，你就跟着追，追到人以后，一定要问个清楚。

婉儿，你还是少管年轻人的事儿吧。

呕　吐

南辕镇。雨水多。屋梁，瓦背，树，草，铁皮棚，叮叮咚咚，雨珠子乱溅。雨，半夜开始下。天亮，院子里积水还在器物上滴落。木床，衣柜，厨房漏，半夜漏，觉睡不好，骂人的话多起来了。

李天才从四合院外路过，喉咙痒，咳咳，咳咳，吐！咳咳，才两声，被人听出来了，院子里一片骂声。有人追到门口去骂，李天才，狗日的，床上像个澡堂，晚上咋个睡觉？李天才说，龟儿子，天要下雨，我有什么办法。你没办法，当场长干什么？如果不派人来检修，房子垮了，老天长了眼睛，要来收拾你的。我上面还有局长，局长头上顶着天呢。天才，不怕你是天才，上天专门收拾天才的。收拾老子？大不了不当嘛，说那么严重干什么。过了两天，工会副主席刘国歌对四合院突然产生了兴趣，有空就来溜溜，瞧瞧，问问，哼哼。刘国歌，这个名字很容易联想到升国旗奏国歌之类的大事，只是农场不搞升旗仪式，院子里的人难得见到这样的场面，多数人习惯称刘哥哥。男女老少都喊刘哥哥，他那个工会主席的头衔，实在少有人喊。如今，两三岁的孩子都喊刘哥哥。刘国歌习以为常，并不纠正。

刘婉儿在院子里晒雨淋湿的棉被，刘国歌挺着肥硕的肚子，从院子门口出现。刘婉儿笑道，哦哟，起码有三个月，又要准备一笔超生罚款了。刘国歌笑道，老子想生呢，老婆又不答应。刘国歌站在天井里东转西走，看看天，摸摸板壁上的青苔，自言自语道，危房改造的报告打了十来遍，局长就是没空看，我有什么办法？刘婉儿低声骂道，没办法，你就去死吧。

柳如从门里探出脑袋说，主席来了，我们这房子漏雨，咋办？刘国歌摸着光溜溜的脑门说，哈，就是有人反映，四合院长期漏雨，不只是这个问题，还有呢，公厕堵塞严重，特别是吉星场住的那间房子，又脏又臭，我就是来亲眼看看的。刘婉儿说，主席，你早该来了，人家小吉老实，你们就欺负。张俊明站在门口，伸出半张脸笑道，院子哪家不是这样，你进屋来看看吧。刘国歌看见张俊明的老婆汪美龄守着一盆颜色鲜艳的衣服裤子在搓肥皂，凑过鼻子嗅了嗅说，狗日的，张俊明昨晚上又把尿撒在床上了。汪美龄伸手拎起一条红色的女士内裤说，这是老娘的，老娘的尿骚味，你嗅得出来吗？刘国歌笑道，味道好不好，张俊明最清楚，我只是过路，鼻子不灵咧。汪美龄抓了一把肥皂泡扔在刘国歌的后颈窝，刘国歌一边骂着，一边飞快地逃窜。汪美龄在后面紧追不舍，刘国歌情急之下，跑进了吉星场的屋子，嘭的一声关上门。汪美龄高声骂道，刘国歌，缩头乌龟，给老娘出来！

汪美龄假惺惺地挥拳打了两下门，人撤了。刘国歌仍然如临大敌，半天不敢出门。刘国歌从吉星场的书堆里挑了七八本书，每翻一本嘴里就说，太高深了，看不懂，看不懂。吉星场尴尬地笑道，不好意思，我不喜欢看杂志。刘国歌遗憾地说，让我老刘背诵语录还可以，你这些书呀，尽是欺负老年人的。吉星场站起来，把门打开，朝外面看了看，大声说，刘主席，现在安全了。刘国歌仍然低着头翻着书，并没有要离开的意思。过了一会儿，刘国歌突然放下书，大声抗议道，臭，简直是从屁眼出来的臭气。小吉，这是怎么回事？公厕里的气味，有人在拉稀。吉星场若无其事地说。缺德，哪个龟儿子给你安的房子，明天，我给你换一间。刘国歌一本正经地说。是吗？吉星场笑道。

为换房子，吉星场直接找了李天才好几次，根本不起作用。场长不管，刘国歌，嘿嘿，看你的吧。刘国歌的隔壁有间寝室空歇了两年，住在里面的年轻职工罗铁不辞而别，那间房子积着灰尘，很多人的眼睛望绿了。有人试探过场长李天才，罗铁那间房子怎么办？李天才一句话挡了回来：谁找回罗铁这个人，那间房子就归谁。罗铁那家伙离开农场后到底是死是活，谁也不知道。刘国歌知道吗？刘国歌也不知道。刘国歌和李天才坐在水泥台上喝老白干，喝得李天才脖子发红，额头冒汗。李天才打了个喷嚏，抗议道，龟儿子老刘，喝了酒马上感冒，你这酒里放了什么？刘国歌笑道，我这是托亲戚从县国营酒厂打的酒，平时都是局长喝的。

李天才拍着大腿骂道，局长喝的我们也敢喝，这不是犯罪吗？刘国歌诡秘地笑道，我小舅子就是国营木鱼县酒厂的经理，这个，这个，他少喝一两杯，呵呵，我的杯子里不是就有了？李天才愤愤不平地说，你那个小舅子上次打我的官腔，我不过是为农场的事儿找他要五斤高粱酒，哼哼，简直不拿正眼看老子，真是气愤，一个小经理眼里，场长算个啥！刘国歌笑道，天才，这事儿你要是早告诉我，不要说五斤，就是五十斤嘛，也没说的。李天才笑道，刘主席，农场的事儿，你还是多操点儿心。刘国歌严肃地说，我去检查了四合院，所有的房子都漏雨，万一哪天垮下来，你说怎么办。李天才骂道，龟儿子说不吉利的话，房子垮了，老子得坐牢。刘国歌脸上升起一股义愤道，四合院的事儿，真得怪局里的人，报告打了无数次，连个股长也不来看一眼，他奶奶的。

刘国歌的女儿刘亚玲在沿海一家制衣厂打工，每年回来那么两三次。回来一次，短短两三天，刘国歌就要给她介绍一个对象。对象见面的地点经常选在镇上，图方便，晚上就只好住在农场上。刘国歌的房子太小，只能一个人住，李天才答应把罗铁那间积灰的房子暂时借给刘亚玲住，刘亚玲走了再归还钥匙。

前不久，刘亚玲人走了，刘国歌没有马上把钥匙交还农场，而是捏在手里。刘亚玲这次出走前，同刘国歌大吵大闹一场，气得他喊心肝痛。刘国歌非要刘亚玲同镇上粮站的郑三根订婚，刘亚玲自己在广东看中厂里的小伙子，一个安徽人。刘亚玲要嫁到外省，刘国歌却铁了心要女儿留在身边。

刘国歌坐在门口石头上喝闷酒，吉星场路过，便招呼喝酒。吉星场不好意思拒绝，只好陪着刘国歌喝酒。他心里记着刘国歌那天说的话，看刘国歌还有记性没有。刘国歌只是喝酒，他心情不好，反复抱怨他的女儿刘亚玲不听父母的话。吉星场连续陪喝了三杯，头脑昏沉，整个人站立不稳了。刘国歌把罗铁那间房子打开，让吉星场进去躺一会儿。刘亚玲是一气之下突然走的，床上的枕头和被子没有动。房子里打扫得干干净净，没一点儿灰尘。看来，这个刘亚玲比较讲究清洁卫生。昏睡的吉星场，鼻子里满是刘亚玲的气味。刘亚玲长什么样，没见过。刘亚玲的名字在脑袋里嗡嗡乱飞，怎么也扑灭不了。反正喝醉了，胡思乱想也制止不了。昏昏沉沉，他梦见刘亚玲和自己躺在一张床上，紧紧地搂在一起。一张脸越来越近，眼睛闪闪烁烁，猩红的小嘴巴蠕动着，兔子似的狡猾。不等吉星场细看，刘亚玲早已凑过嘴唇来亲吻，吉星场再看，竟然是刘国歌布满皱纹的老脸，两片被酒精熏染得乌黑的嘴唇，他胃里一痉挛，一股胃液嗖的一响，四处喷射。完啦，呕吐了。吉星场从梦里逃了出来，听见刘国歌也在门外的石头上大声呕吐。

酒有问题？还是酒精中毒？吉星场一身虚汗，他拖着软沓沓的脚步，带着疑虑走向门外。小吉，我这酒是局长喝的，味道如何？刘国歌嘴角沾着呕吐物，眼睛红红的，仿佛梦中的兔子。吉星场还没来得及回答，哇的一声，又是一堆呕吐物喷了出来。吐了就好，吐了就舒服了。刘国歌把钥匙插在吉星场手指缝，好像吉星场是一把锁一样。吉星场心里咯噔一响，整个人就打开一扇大门，刘国歌脚上带着泥浆，大摇大摆闯了进来。吉星场看见的刘国歌是一团阴影，牢牢地盘踞在自己心里。有这样的好事？以后不用每天闻公厕的臭味，也不用听二三子晚上令人疯狂的声音了。李天才那里怎么说？吉星场望着刘国歌，傻傻地说，真要搬家了？刘国歌骂道，书读傻了，不要搬家，只是过来住，院子的嘴巴多，堵不住的。

刚开始，吉星场还记得刘国歌的忠告，偷偷摸摸晚上到罗铁的房子看书。过了一段日子，吉星场脑门子里丢了刘国歌的话，大白天也坐在罗铁的房子里读书。这还了得？院子里几十双眼睛里突然不见了吉星场的影子，吉星场哪里去了，难道像老鼠一样溜到下水道去了？农场就屁大一点儿，不到十分钟就解决了疑问。原来如此！老老实实的吉星场，看不出来，嘿嘿。走谁的后门？李天才，还是刘国歌？刘国歌什么东西，拍马溜须的。一定是李天才。听说，李天才有个女儿，小儿麻痹症，一条腿粗，一条腿细，三十岁了还嫁不出去。吉星场没骨气，钻李天才的裤裆，老子们把这只兔崽子轰出来，看他还有没有脸见人？

吵闹声从四合院漫延到李天才的小办公室，一群女人，愤怒像炸弹在空中炸出一个大坑，声音的碎片胡乱飞溅，李天才的耳朵受到尖利的刺杀。凭什么，这不公平！吉星场算什么东西？他有几年工龄？柳如拉着王红宝直接跑到李天才办公室，上气不接下气地哭：农场欺负老实人。李天才笑道，谁是老实人？柳如嘴皮翻出白色泡沫，口腔里孵化出一群叽叽喳喳的鸟儿：王红宝嘛，该得的东西从不吭一声，本来该当副场长的。李天才打了个哈哈：我连正场长还不想当呢，副场长！柳如骂道，李天才，你也不要得意忘形，当初，要是王红宝不把位置让出来，嘿，你当个狗卵，哼，不得了，场长，哼，现在屁股翘得比脑袋高！李天才笑道，是啊，真的要感谢老王，是他把位置让给我的。柳如说，你还送了局长一块鹿屁股，你以为我们不知道，哼哼。李天才从椅子里站了起来，柳如下意识地退了两步，只见李天才零乱灰白的胡须在蠕动，好像两只老鼠在嬉戏：我送什么啦？柳大姐，哪来的鹿屁股嘛，大家都是穷人，人屁股嘛，我李大麻子还是有的。柳如笑道，龟儿子老流氓，谁说这个！李天才重新坐回椅子，柳如又赶了拢去，李天才笑道，老王是我兄弟，酒浓于水，改天请喝酒，啊哈，够了吧。柳如满意地笑了：龟儿子，只会欺负我们家的王红宝。李天才嘀咕道，除了你欺负王红宝，谁敢？柳如说，不是吗，家里房子漏水，连内裤都发霉了。李天才继续笑道，四合院要拆除，报告打到局里，最多不超过两个月。

柳如说，内裤霉烂了。李天才说，买一条内裤又不花多少钱。李天才还在和柳如唠叨，汪美龄好不容易挤拢，脾气坏了，吵两句，一巴掌下去，李天才办公桌上的玻璃便飞了一半。李天才气不过，一巴掌下去，另一半玻璃也飞了。

王润生的农村老婆毛妹背着一篓子鸡崽赶集，受了蛊惑，也到办公室凑热闹。一篓子鸡崽咕咕咕地叫，毛妹说话时，李天才嗓门已经放大，完全镇住了毛妹。毛妹伸手拉李天才，李天才不耐烦地说，文明点儿，不要动手！毛妹说，我说话嗓门比不过你，我请你看看，王润生那个狗窝！李天才说，放手，不然，我不看。毛妹说，我三个孩子，王润生的房子塞一只屁股也塞不进去，罗铁那间空房子，应该分给我们。李天才愤愤不平地说，罗铁的房子是罗铁的，以前分的房子，谁也动不了。毛妹愤然道，吉星场凭什么搬进去住，他的工龄才几年？李天才勃然大怒道，喊刘国歌来，乱弹琴。刘国歌哼着小曲，一嘴巴酒气，摇摇晃晃进了办公室，立马被七八只舌头缠绕着，呼吸困难，难以开口。

刘国歌为每个妇女倒了一杯茶，屋子里暂时安静下来了。刘国歌缓缓道，听我解释！屁话！分明是想用这房子来引诱吉星场，你是不是想女婿想疯了？柳如抹了一鼻子眼泪问。刘国歌说，你们说话多少要讲良心，谁想女婿想疯了？话不要乱讲，大家都是当父母的人。小吉那间房子紧挨着公厕，你们在厕所里拉稀，屁眼里发出的声音，他那里都听得见，院子里的臭味全钻进你一个人的鼻子，你能忍受？再说，他多次反映，隔壁的问题……柳如打断刘国歌的话说，刘主席，我们知道小吉的苦，各是各的道理，罗铁的房子如果要拿出来，一定要打分，排名次，不然，我们不输这口气。李天才说，刘主席，你下去查一查，谁胆大妄为把钥匙给了吉星场？

罗铁的房子哐啷一声关了。吉星场从锁孔里取出钥匙，如释重负。他在里面做过一个梦，刘国歌的女儿同他睡在一张床上。他当时万分羞愧，觉得自己犯下弥天大罪。好在老实人做梦都是老老实实的，他就躺着，什么也没做，突然就醒了。钥匙重新回到刘国歌手里，吉星场再也没机会进那间房子做梦了。刘国歌说他那天喝醉了，怎么突然把钥匙给了吉星场，差点儿酿成大错。吉星场说，我那天也喝醉了。刘国歌说，小吉，记着，这次算我欠你的。

进　城

吉星场从公厕里意外捡来一个绰号：上门汉。

女厕所传来两个议论的声音。一个声音听起来是柳如的，另一个声音听起来汪美龄的。吉星场听着来气，但提起裤子，从厕所出来，脑子突然清醒了。到底是不是这两个女人，不想分辨得太清楚。左一个上门汉，右一个倒插门，说那个吉星场其实是个没出息的男人。哎呀，好好的人，哪天见了不开几句玩笑，谁想得到呢。人心哪，到底是藏在肚子里的。肚子的东西，很少有好的。除了装大粪，还装臭屁呢。厕所天生是排泄秽物的地方，在这里，嘴巴有时比屁股还放肆、龌龊。吉星场拎着裤子找一个干净的蹲位，窸窸窣窣，听见阴暗角落里都是老鼠在逃窜。老鼠们饿得走投无路，偷吃大粪。

系上裤带，四合院里，见了面，还是照样客气。柳如一张脸洗了三五遍，倒掉了几大盆子清水。她那张脸，雀斑和皱纹是洗不掉的。柳如不承认这个事实，她就要浪费时间和水，把脸皮搓得通红才罢休。刘婉儿家里买了一堆饺子皮，一斤肥肉，起码有四五斤韭菜。吉星场低着头，帮刘婉儿包饺子。柳如红着脸皮，扭着腰肢，站在吉星场身后看他包饺子。笨蛋，你那手不像长在身上的。柳如伸手指导吉星场，吉星场的手更笨拙了。韭菜多了，面皮小。包紧了，一放开，韭菜冲出来，散得锅里到处都是绿叶。

刘婉儿舀了一海碗饺子，最后再加一勺子汤，放在吉星场手上。汤水混合着辣椒从碗里流出，染红了吉星场的手指和衬衣袖子。柳如说，吉星场，你手流血了。吉星场抬头看了看柳如，柳如的脸皮已经由红转青了。他伸出舌头，把手指上的红色舔得干干净净的，好像水洗一般。龟儿子，饿痨病。刘婉儿眼睛里堆着笑，伸手又舀了一勺子在吉星场碗里。吉星场瞪着眼睛，恐惧地看着膨胀的饺子。它们热辣辣的，肚子里装着的是刺鼻的韭菜。吃不下了，再吃，我就变成一头驴了。就是，就是，农村里，驴都不吃韭菜。柳如把半碗饺子倒在吉星场碗里，请吉星场帮她解决问题。吉星场鼓着腮帮子，吃完一大碗饺子，几乎哭了。今年的韭菜味道不好，吉星场，实在吃不完的话，放在桌子上，让我慢慢吃。

周末，到木鱼县城的班车被一百多号男女包围着，手在空中挥舞，脚在泥浆里跺着。所有的人，脖子伸得长长的，看到锈迹斑斑、积满污垢的车身，便觉得开心。只要不上班，镇上的青年都有进城的瘾儿。吉星场胃里塞了五十来个韭菜饺子，鼻子嗡嗡地响，仿佛有一团苍蝇在打架。班车的引擎一响，一股汽油味瞬间透过吉星场的灵魂，胃里碎了的饺子拼命向喉咙上挤，吉星场身子一缩，整个胃像一只倒提的口袋，里面的玩意儿都倒出来了。

没挤上车，晕车了。吉星场从人群中退出来，他要检查自己裤袋里那一百元钱是否安然无恙。一百元，比他一个月的工资还多四十元。为了安全，他左手紧紧地攥着百元钞，只用一只手同其他人竞争。别人推他一把，他后退两步。好在个子高，眼睛盯得见缝隙，他还是挤上了这辆破车。胃里一百个不舒服，也只是空自痉挛，胃液毫无目的涌动着，随时可能冲出嘴巴。

南辕镇，木鱼县最偏僻的一个场镇。贴了瓷砖的两幢楼房属于最好的两个单位：烟草站、信用社。烟草站三层，信用社五楼，为镇上最高建筑。除了区公所有两幢砖瓦房，区粮站、区医院、区中学有几乎快倒塌的一幢砖瓦房，其他的全是木质板壁房。街上有低垂而生锈的电线，黄昏里亮着猩红的灯光，偶尔从风中传来高音喇叭的声音，算是有一丝文明的气息。肮脏的汽车里，吉星场透过车窗隐约可以看见镇上居民投来复杂的目光。这辆老式的汽车在镇上算是个怪物，橡胶轮子在泥泞里转动，沉重的喘息声时常惊动公路上散步的牛羊。

进城。进城。镭射电影。老公园，耍朋友。灯光球场，溜旱冰。文化馆，听评书。国营食堂的馒头又大又香，价格便宜。县委招待所，服务员，声音甜，腰肢细，二十八岁，还没嫁人。东门口，冰糕凉透骨了。蔬菜社的人有钱，就是每天要到农场上去挑大粪，稍不小心，臭一条街。在剧烈颠簸的路上，车上的人憧憬着城里美好的生活光景。说到城里的好处，连司机都忍不住要插嘴，唾弃南辕镇几口唾沫。龟儿子，街不像街，路不像路，还好意思自称小香港。穷人最爱面子，南辕镇的人都知道南辕镇的诨名叫小香港。什么香港，还不是说南辕镇治安差，老是几个流氓斗来斗去，乡下的农民胆小怕事，惹不起还躲不起吗？老子现在不到南辕镇赶场，直接进城，不就得了。南辕镇地处孤山后山，距离县城大约五十公里。要进城必须翻越海拔两千米左右的孤山，再进入前山，县城木鱼镇就坐落在山下平坦富庶的小平原上。汽车驶入前山，车里的人全都惊呼起来：狗日的平原，怎么不飞一块到南辕镇？砖瓦厂，木材厂，钢筋水泥预制件厂，煤炭厂，到处烟囱，到处冒烟。自行车，自行车，摩托车，四轮车，六轮车，卡车，吉普车。

县委招待所背后的老街，八十元钱，一套黑色的西服。本来要一百二十元，老板抽烟不小心，把袖口烧了个洞，让裁缝补好拿来削价处理，便宜卖给吉星场。每次上街，吉星场恨不得扒掉街上那些行走着的蓝色中山装。千篇一律，自己穿着出门的也是蓝色中山装。在乡下，西装就是一个飞翔的梦。吉星场在想象中早就给自己穿上了西装，就像电视和报纸上那些出国访问的国家领导人，都穿西装了。

付钱后，吉星场瞅着破洞看了半天，迟迟不愿离开衣服摊子。老板让吉星场把西装穿上，拿来一块大玻璃镜子对着吉星场，让吉星场自己看上身效果。人靠衣装树靠皮，西装真的有脱胎换骨的效果。一瞬间，吉星场觉得自己的身体从南辕镇跨入了木鱼县城，一身土气不见了。简直是个归国华侨，多洋气！老板端着大镜子，连声赞扬。老板的赞扬让吉星场抬起头来，他自信地看着镜子里的形象。不错，真的不错。吉星场在大镜子前走来走去，心里不断涌出笑声。袖子上的破洞，不注意，根本看不出来，同样颜色的布补起来，裁缝的技术很高明。一个破洞节省四十元钱，八十元钱改变了一个人的气质。西装在身，吉星场兴奋得就像当年考上中等专业学校一样，身上的土气又脱了一层。老板给了吉星场一只塑料袋装中山装，让吉星场赶紧去会见女朋友，吉星场点头哈腰，感激不已。

西装一穿，器宇轩昂，在电影院外站了足足两个小时，吉星场也没等到媒人。媒人不是别人，就是本农场的锅炉工王润生。王润生有个表叔张万寿，当兵转业在县物资局。张万寿家里女儿多，都是农村户口。二女儿张美娟初中毕业，托人情在县丝绸厂谋了个临时工。张美娟模样不错，就是左脸有块红色胎记，影响了个人婚姻大事。

张美娟身材高挑，脸蛋也算白净，一头长发黑得像油漆。只要披着头发，那块红色胎记几乎可以忽略不计。偏偏城里青年挑剔，张美娟其他优点看不见，专门盯着胎记发难。张美娟的几个姐妹都在城里找到了如意郎君，撂下张美娟一个人。张美娟的年龄成了张万寿的心病，张万寿左思右想，有一天突然对着吃饭的张美娟说，找个乡下工作的，如何？张美娟抬起头，眼里含着泪说，要让我嫁一个老农民吗？张万寿笑道，只是在乡下工作，吃的还是供应粮。张美娟说，乡下人太土，我就喜欢木鱼县城，大不了单身一辈子。张万寿开导道，暂时在乡下工作，退休之前，找战友帮帮忙，调进城工作，这事儿算什么。张美娟想了想，问男方是哪里人。张万寿笑道，放心吧，我有个表侄儿王润生，他是介绍人。

没见到王润生，吉星场比较失落。本来，王润生要和吉星场一起乘车进城。偏偏物资局有辆车拉货到南辕镇，王润生为了省几个车费钱，就搭便车先进了城。王润生随口约了个地方：电影院门口。电影院，这地方好嘛。人多，可以打掩护。可是……现在好了，媒人失去了联系，吉星场这一趟算是白跑了。吉星场把西装脱下来，重新换上他平常穿的中山装，萎靡不振地从电影院前走过。吉星场被电影院前一群吵吵嚷嚷的人吸引，走近一看，发现中间蹲着一个痛苦呻吟的人：王润生。王师傅，王师傅。吉星场一把拉起王润生，问是怎么回事。王润生痛苦地说，工作证丢了。吉星场焦急地问，丢钱没有？王润生抬起头，对周围的人说，里面没钱，一分钱也没有。围在里面的几个小伙子笑道，没钱，伤心个屁呀。王润生又低下头叹气道，工作证，工作证，吉星场，你帮我看看，地上有没有？吉星场旋转着身子，眼睛在几个西装青年的脸上扫视，一面抛出疑问，哪位好心人看见王师傅的工作证呢？几个青年骂道，乡巴佬，自己东西保管好嘛。话未说完，地上啪嗒掉下一样东西来。工作证，王师傅，工作证，找到了。吉星场兴奋地喊叫道，王润生一把抢过工作证，紧张地说，命根子找到了。

张美娟本来是同王润生一起来电影院门口的，但左等右等，不见吉星场的影子，什么也没说，就提前走了。电影院门口人多，光线昏暗，王润生就是没看见吉星场的半个脚趾头。吉星场委屈地看着手表说，我是按时来的。王润生遗憾地说，到处都是穿西装的男人，哪一个像你？吉星场“哦”了一声，他明白了，是西装搞的怪。如果仍旧穿中山装，王润生应该认得出来。偏偏是西装，王润生从未见过穿西装的吉星场，自然产生了错觉。吉星场穿上西装，让王润生看。王润生拍了大腿一巴掌，感叹道，狗日的西装，把老子眼睛都出卖了！吉星场带王润生去看电影，几个光膀子的男人挥着拳头对打，打的人不累，看的人眼累了。王润生说，几年不进城，看见城里人，心里就发抖。吉星场笑道，城里人是老虎，会吃人吗？王润生说，他在电影院门口被几个穿西装的青年围着，他猜那些家伙是坏人。果然，有个家伙从他身边经过，故意用肘子碰了一下，王润生觉得身体上少了一块肉似的，轻飘飘的。老子以为这些家伙会点穴道，麻醉人的身体，那还了得。一分钟后，裤袋里的工作证就飞了。贼呀，这群贼，穿的是西装，干的却是肮脏的事。吉星场笑道，所以，你看见西装就怕了？老子觉得恶心，既然是偷东西，干吗穿那么好呢。

张万寿不解决王润生的住宿，吉星场便带着王润生去住县委招待所。车上的乘客说，县委招待所有个服务员，腰肢细，屁股大，声音甜，未婚。吉星场有这个好奇心，虽然住宿费贵了一些，还是要过一把瘾的。吉星场挑选的是最便宜的平房大铺，一个大房间，至少有三十架旧木床。一张床，一宿三元。王润生担惊受怕了半天，一躺上床，不到一分钟便呼呼大睡，袜子鞋子都没来得及脱下来。吉星场耐心地等着服务员送热水瓶。来大房间的人陆陆续续，到了晚上十一点半，还有一些嘴皮发乌，鬼鬼祟祟的家伙。服务员是一个老太婆，热水瓶的金属壳朽烂得只剩下细长的几缕丝，力气大一些可能会断开。吉星场小心翼翼地倒了些开水在搪瓷盆里，不知道该洗脸还是该洗脚。只有一个盆，用途可疑。吉星场仍是不敢脱下西装，观察其他客人怎么解决这个问题。其他来客一进屋，大多是箱子一扔，连着鞋子袜子一起，整个人钻进被子。个别家伙讲究一些，只是倒水洗脚，转身扯了枕巾擦脚，擦完就撂在地上。

县委招待所是块风水宝地，房子外面，四五棵大黄桷树，遮天蔽日，树上聚集着数十只白鹤。平房外，整夜是露水滴落的声音，睡觉的人听起来就像下雨一样。吉星场做了个好梦，梦里雨下得大，澄溪涨了大水。他背着书包，似乎要赶到学校读书。可是，河水湍急，天上的雨没停。情急之下，他只好挽起裤腿往河里蹚。水弄湿了他的裤子，他只得脱了，光着身子游泳。游到河中心，突然看见一个腰细臀大的姑娘，像鱼一样，也在水里游。姑娘投来明亮的眼光，吉星场羞愧地蜷缩着身子，他意识到自己没有穿衣服。姑娘发出银铃般的笑声，似乎也没有穿衣服。吉星场快速地游了过去，河水突然枯竭，变成一片乱石滩。姑娘躺在潮湿的石头上，衣服沾着水，一动也不动。吉星场伸手抚摸，摸到一股暖流，仿佛一条在河滩活蹦乱跳的鱼。吉星场身子一热，脑门紧绷绷的。他奋力一跃，扑了过去，那鱼却不见了，身子重重地摔倒在石头上。一股热血渗透了裤子，骨头有些疼痛，皮肤有些麻木。半晌，才觉察到自己受伤了。由热变冷，湿漉漉的裤子仿佛水底的苔丝，缠裹住了腿脚，无法动弹。一觉醒来，满屋子男人的呼噜，就像黑夜里上千只蝙蝠乱飞乱窜。

第二天，天色未明，房子里就有家伙起床，穿裤子，放屁，倒水洗手，乒乒乓乓拖箱子出门。迷糊中，吉星场听见有一个老太婆在门口大声喊：小翠，小翠，小翠。约摸七点钟，大房子的电灯突然拉开，老太婆粗鲁的声音从梦中响起：起床啦，做清洁啦。客人嘟哝着，抱怨没睡醒。老太婆骂道，老娘还没睡醒呢，要睡回家睡。老太婆操着扫帚，从床上掀到床下，看有没有什么东西。小翠，小翠，死婆娘，小妖精，还不来！老太婆骂骂咧咧，恨不得把房子掀翻。过了一会儿，果然有个姑娘进屋来，手里握着一把扫帚。吉星场估计，她就是老太婆口中的小翠。短发，高额，削肩，细腰，肥臀，长腿，一双高跟鞋踩在水泥地上，咯吱咯吱。小翠低着头，专心地扫地，不看任何人。吉星场看着小翠走到床前，便紧张地把身子缩进了被窝，黏糊糊的裤子，让吉星场想起了昨夜的梦。梦里受伤也会痛吗？他纳闷不已。小翠并不抬头，侧着身子扫地，好像全身长满了眼睛。吉星场叫醒了王润生，匆匆走到走廊上，听见老太婆站在院子破口大骂道，什么东西，一个农村人，来城里做了几天临时工，尾巴就翘上天了！老太婆骂的时候，小翠已经握着扫帚出来了。小翠说，阿姨，房子扫干净了。老太婆不耐烦地说，明天早点儿，不要我来喊你起床，嫌扫地脏的话，外贸局招待所那里的活儿干净！小翠什么也没说，低着头走了。太阳底下，王润生带着吉星场向物资局方向走，两个人的影子一长一短，在泥土上移动，如同两株正在生长的植物。王润生沉默着，吉星场也沉默着，黏糊糊的裤衩像一团擦不干净的屎。

王润生跑进物资局家属院，十分钟后，他就带着张美娟出来了。王润生先前告诉过吉星场，张美娟脸上有一块红色胎记。张美娟披着长发，身材还很有女人味，声音也动听。王润生把吉星场和张美娟带到老公园，就急着要赶车回南辕镇。张美娟给了两元钱车费，吉星场掏了五元钱伙食费。王润生推脱了半个小时，张美娟说，赶车的时间到了。王润生顿时面如土色，屁滚尿流，拿了钞票，便向县车站奔跑。

张美娟的胎记长在左脸，吉星场穿的西装袖子上的洞长在右边。两人心里明亮，走路时，自然扬长避短。张美娟看见穿西装的吉星场确实是个不俗的男人，脸上是笑。吉星场在张美娟的右边，侧视过来，看见的张美娟真是一个几近完美的女人，心里是笑。

两人配合着，一起逛了国营百货商场、电影院、灯光球场。一袋瓜子嗑完，又来一袋牛肉干。肚子里的笑话吐完了，充塞着食物的碎渣。中午在国营食堂点了一份青椒肉丝和炒土豆，居然没吃完。张美娟说，可惜了。下午上文化馆二楼看电影，林青霞的长头发一直在风中飘，笑的声音从金属喇叭里不断抖落，好像一个患了重感冒的中年妇女在打电话。张美娟带着吉星场缓缓来到县五金公司的小楼下，目光从一个卖杏子的摊贩头上飘过，诡秘地升起，停留在吉星场的脸上。这杏儿的颜色发青，不知道味道好不好。张美娟自然地发出疑问。吉星场点着头说，可能是阴山的果树，阳光晒少了一点儿。张美娟转过身，吉星场也转过身，这个动作不够默契，使得张美娟的红色胎记突然近距离地暴露在吉星场的眼睛之下。红红的，像老鼠的胎儿，中间还生着几根又黑又粗的毛。张美娟慌忙转身躲避，她实在不希望吉星场这么快就靠近那块胎记。吉星场的脸红了。他握着十元钞票的手忘了遮掩袖子上补的那个洞，那个洞值四十元人民币，价值相当于他大半个月流出的汗水。发现了，这是多大的破绽！张美娟突然加快脚步，把吉星场撂在后面。吉星场小跑着，追了上来：买两斤吧，杏子有点儿酸味更好。张美娟捂着鼻子说，下水道堵塞，好臭哟，我要呕吐了。吉星场伸长鼻子，在空中嗅了一圈，疑惑道，哪里有下水道，我怎么闻不到？张美娟不理睬吉星场，提着高跟鞋，嘎吱嘎吱，踩着一阵风，径直回物资局家属院去了。

亚　玲

一身烂泥，疲惫不堪，从孤山下来的客车像一头野牛，终于在南辕镇找到了发泄的地方。在供销社门市前的一堆泥泞中，客车晃荡了几下，方才停稳。只见四五张嘴巴立刻从车窗里伸出来，咿里哇啦，又吐了些秽物。

吉星场冒着冷汗，哆嗦着，双脚发软，直接跌落在泥浆中，一件西装顿时沾了大片米黄色的泥水。他胃里早吐光了，一听见别人呕吐的声音，习惯性地跟着呕吐。蹲在泥浆中，他看见自己嘴里出来的是深青色的液体，黏糊糊的，苦涩的胆汁。稳住了神，站起来，浑身轻松，似乎掉了什么东西。糟啦，中山装弄丢了。几个小时的剧烈呕吐，仿佛脑袋也呕吐空了似的，吉星场根本回忆不起他手里的中山装是在何处消失的。吉星场跑到南辕河边，用河水耐心地清洗干净了身上的泥浆和呕吐物，屁股上滴着水珠，方才往四合院里走。

吉星场被几个女人堵在四合院门口，他身上的西装迅速成为议论的焦点。头发，油光光的，皮鞋，油光光的。西装真是浪费，两排扣子，一颗扣子也不扣，敞开就有风，也不怕吹凉肚子。龟儿子，低头不见抬头见，换了西装，人就认不出来了。柳如偏着头，侧看吉星场，她已经从吉星场的后面看到前面来了。多少钱？八十元。也不贵嘛，耍朋友，这钱值得花。吉星场，女朋友什么时候带到四合院来？没有的事，只是进城看了一场电影。拉手没有？电影院黑咕隆咚，容易成事儿。吉星场，西装怎么是湿的？小子，你是游泳回来的吗？游什么泳，我的皮鞋，全是烂泥巴。吉星场提起脚，想找一个空隙开溜，竟然被汪美龄一把拖住，汪美龄在认真研究西装的料子。涤纶的，涤纶的，怪不得看起来亮骚，化学纤维，呜呜，机器一转，布就出来一匹，哪像丝厂的技艺嘛，缠来缠去，理不清，扯不断，老娘腰腿快弄断了。

吉星场，不开心吗？刘婉儿笑着，端了一大脚盆衣服，往院子外面走，顺便递了一个笑脸。吉星场笑道，哪里，坐车累了，又晕车，我想休息。汪美龄不罢休，拖着吉星场一只手，一下子就发现了补了补丁的袖子。喂喂，喂喂，小子，怎么回事？汪美龄大叫道。吉星场无可奈何地说，昨天晚上，同朋友喝酒抽烟，不小心烧了的。汪美龄还想追问，吉星场猛然挣脱她的手，逃进了自己的屋子。吉星场为自己的疏忽大意难过，丢了一件毛料的蓝色中山装，这个损失非常惨重。平常，那件中山装几乎就是吉星场上班的职业装。现在好了，穿什么像样的衣服进办公室呢？

买这西装，吉星场暗自存了大半年的钱。城里跑这一趟，一百元钱化为乌有。吉星场摸着空荡荡的裤袋，心想，下一个百元钱得多长时间呢。三加二减五，等于零。明天上班能穿西装吗？办公室的家伙会饶了袖子上的那个洞吗？镇上，到目前为止，穿西装的不超过五个男人。两个是开四轮车的司机，两个是投机倒把的烂人，还有一个，就是开相馆的二三子。但是，二三子从不在农场上穿西装，吉星场如果穿着西装上班，将是农场上第一个男人。不得了，人家怎么说？南辕镇上一年四季都是稀泥横淌，走一趟路，肩膀上都是泥浆。吉星场，龟儿子开洋荤，长翅膀想飞了？吉星场尤其不能让农场上的人知道，他穿西装是为了进城去相亲。

吉星场在床上挣扎了大半夜，好歹昏睡了下来。隔壁两口子倒还知趣，没有大呼小叫。安安静静，天一亮，他就壮着胆子去敲门。奇怪，半天没反应。吉星场胆怯地举起手，准备再敲，背后传来嘿嘿的笑声。干什么，傻小子，受不了啦？笑他的是张俊明，捧着一只痰盂，满满的尿液，散发出恶劣的腥味。我，我，我……吉星场尴尬地笑着目送张俊明走进厕所，哗啦，痰盂的尿液放肆地叫嚣着，跌进了粪坑。张俊明清洗了痰盂，慢悠悠地说，两个，这几天闹得厉害，据说，女的抓住了把柄，要离婚。哦。吉星场长叹一声，笑道，怪不得晚上这么清净。张俊明从屁股兜里掏出半截卷烟，噗的一响，火苗冲上来，卷烟点燃。吉星场，别人晚上搞出声音，你受不了，别人不搞出声，你倒是不舒服，主动要求，嘿嘿，坏啦，你的心坏啦。

吉星场突发的奇想就这样灭掉了。本想找二三子借钱，买一件新的中山装，上班穿。真是扫兴，两口子闹矛盾，农场上传得沸沸扬扬。吉星场进城不过两天，隔壁就发生了这样的事儿。硬着头皮穿上西装，吉星场鼓足勇气走进办公室，同事对他的衣服居然没有表示任何惊讶。看来，他是神经过敏了。下班时，吉星场看见刘国歌独自坐在门口的石头上喝酒，他低着头，绕着弯子，想躲过刘国歌的视线。吉星场。刘国歌没有看过来，用屁股对着吉星场，轻声说了一句。吉星场站住，等他说下文。吉星场。刘国歌哈哈哈笑了起来，他的心情似乎特别好。

喝酒。刘国歌扬起手上的玻璃杯，杯子里一片茶色的液体晃动着。枸杞酒，这个喝了不醉。刘国歌笑着递过杯子，吉星场不敢伸手去接。喝嘛，没有毒，刚才李天才喝了一杯，你摸，他屁股坐过的地方还是热的。吉星场老老实实坐在刘国歌的对面，看着玻璃杯里发黄的液体。刘国歌从裤袋里摸了一把胡豆塞在吉星场手里，哆嗦道，这个下酒菜香，香，只是吃多了爱放屁。刘国歌眼睛红润，两片嘴唇粘不拢，看样子是喝醉了。吉星场勉强喝了两口，喉咙里热辣辣的，像撒了辣椒粉。他猛烈地咳嗽，刘国歌这里配合着哈哈大笑。吉星场惊诧地望着刘国歌，刘国歌依旧笑得天真烂漫。刘国歌止住笑，伸手摸着吉星场的西装说，小子，进城去了？吉星场机械地说，看了一场电影。刘国歌笑道，上次是老刘对不起你，没生气吧？吉星场笑道，怎么可能？你是在真心诚意地帮忙。

刘国歌端起酒杯，猛地灌了一大口在嘴里，然后，红着眼睛，盯着吉星场，足足看了两分钟，方才说，小伙子，其实，你的住房很好解决。吉星场的耳膜自动地封闭起来，他听不见刘国歌在说什么。刘国歌的嘴巴固执地蠕动着，想要说些什么。小吉，我告诉你……吉星场侧着耳朵，刘国歌话没说出来，只是打了一个响亮的饱嗝。呃呃，呃呃。刘国歌伸出手，狠狠地拍了吉星场一巴掌，吉星场躲避着，巴掌还是拍在吉星场的肩膀上。小吉，老刘说酒话，你要听，要听，必须听。吉星场不吱声，耐心地听着。刘国歌被饱嗝噎住，不说了。吉星场紧张地望着刘国歌说，怎么啦?

刘国歌伸手指着身后的房子说，给我倒杯开水，快，快！吉星场抓起另外一只玻璃杯子，跑进刘国歌的房子。甫一推门，门里闪现一双柔软的手，一个姑娘羞涩地低着头，赶紧退到门后。吉星场倒了开水，跌跌撞撞，跑了出来。呕吐物已经覆盖了大部分石头，刘国歌的嘴巴掉着长长的唾液线。吉星场搁下杯子，轻手轻脚，一溜烟跑了。

亚玲，亚玲。走了十几步，吉星场才听见刘国歌在大声地呼唤。世界绝对安静，既没有亚玲的回答，也没有脚步声。

烧　腊

坐在桥头，喝了一下午酒。哐当一声，太阳从黄桷树枝丫跌落河里，被水冲走了。南辕河映射着暗淡的霞光，桥边的路灯覆盖着厚厚的尘垢，即使亮着电光也是模糊的一片米黄色。二三子凹凸不平的脸沉陷在夜色里，偶尔张开喝酒的嘴巴，一张脸便在空气里上下浮动。嘘嘘，嘘嘘。二三子的舌头好像受了伤，不自觉地发出这种声音。吉星场从未如此接近一个令他恶心的人物。小小的脸，眼睛、鼻子、嘴巴挤压在一个狭小空间。任何一个器官细微的活动都会严重扭曲相邻的器官。二三子很少说话，很少有大的表情，大概是这个原因。

鱼幼身着浅绿色的裙子，上衣是黑色中长风衣，始终背着灯光，面向黑暗的街道。她专注地看着黑暗中的楼房，楼房下停放的汽车，似乎黑暗比灯光有更多的内容。二三子和吉星场的杯子碰得当当响，两张嘴巴大声地嚼着烧腊，她高昂着头，无动于衷。

每喝一杯酒，吉星场的身体就向着二三子移动一小段距离。吉星场觉得屁股特别沉重，压得凳子嘎嘎响。喝到烂醉，两人竟然坐在一条凳子上了。吉星场对着二三子的耳朵说了十来遍，最后一次大爆发了：钱！吉星场的声音吓坏了二三子，二三子张大嘴巴，仿佛背上挨了一记铁棍：借钱干什么？二三子唯恐天下人不知道吉星场来店的目的，敞开喉咙大声吼叫，声音尖锐刺耳，吉星场身体抖了抖。鱼幼晃了晃脑袋，长发便在肩膀上沙沙作响，她似乎没听见二三子在叫喊什么。“借钱干什么？”二三子又尖叫起来。“神经病。”鱼幼终于忍受不了，对着墙壁骂了一句。

借多少？二三子大声地问吉星场。吉星场把声音放到极低的地步，似乎是一个偷钱的贼：一百元。一百元，鱼幼，身上有没有一百元？二三子嘴里喷射着酒液，他的声音里带着压迫感。没有。鱼幼的回答让吉星场非常吃惊，她的声音冰冷干脆，毫无回旋余地。二三子不再说话，整个人伏在柜台上睡觉。吉星场甚觉无趣，草草同二三子打了招呼，也不看鱼幼一眼，径直离开照相馆，失望地朝着四合院的方向走去。

走到上场口，吉星场身后响起一串自行车铃声，回头一看：鱼幼来了。鱼幼从自行车上下来，脸上有一丝笑意，但抵消不了刚才的冷淡。吉星场警惕地看着鱼幼，鱼幼说，对不起，刚才我心情不好。吉星场仍是警惕，心里想，这么快心情就好了？不过是借一百元钱，又不是抢和偷。鱼幼停下脚步，打开挎包，掏了两张纸币递给吉星场，一边问，够了吗？吉星场说，一百元就够了。鱼幼笑道，真的？吉星场说，我只是想买一件衣服，一百元够了。一百元买什么？中山装，毛料的。年轻人，穿西装更好看，为什么要买中山装？习惯了，大家上班都是中山装，我不能例外。鱼幼笑道，怕什么，你这西装这么好看？吉星场说，袖子上有个洞，不好意思。鱼幼说，这个简单，两百元，爽爽快快买一套西装，就这样吧。

两人正说着话，身后忽然来了响亮的口哨，二三子骑着车来了。鱼幼一下子上了自行车，说“先走了啊”，脚一蹬，人就飞走了。二三子对着吉星场点了点头，加紧蹬车，他追鱼幼去了。

熄了灯，吉星场躺在床上，回想起借钱的情形便心潮起伏，难以入睡。一钱憋死英雄汉，这钱哪，害人。吉星场在四合院借了一圈，一分钱也没借到，背着手悠闲地散步。刘婉儿端着木脚盆，一身肥皂气味，她要晾衣服，看见吉星场身上崭新的西装，打趣说，漂亮，像朵花。吉星场说，借点儿钱，饿空了，肚皮贴着背脊骨了。刘婉儿手上抖着肥皂水问，干吗？吉星场说，买衣服。刘婉儿噘着嘴说，不是有衣服吗，新衣服呢，想打扮成一个花花公子？吉星场无法解释，有气无力，脚踏进办公室，王红宝在看《射雕英雄传》，眯着眼睛说，小吉呀，哪天进城看录像，武侠真是好看极了。吉星场说，我也想，只是穷啊，没球得车费钱。王红宝说，老子也没钱，衣服裤子搜光了，龟儿子不讨婆娘才安逸呢。吉星场没答话，转过身，匆匆往四合院走，差点儿撞倒了柳如。柳如手里拎着一棵带泥的大白菜，兴高采烈往河边走，被吉星场闪了一下，大白菜摔在地上，柳如脸上的笑消失了：冒失鬼，大白天，鬼打过来了吗？吉星场说，柳姐，借点儿钱吧。柳如把脸拉下来，恶狠狠地说，抢钱还差不多，我哪有钱？我们家老王要吃药，前列腺炎，你知道，啊，啊。吉星场敲张俊明的门，汪美龄正在洗澡，洗澡水咕噜咕噜响：没有钱，啊，一分钱也没有，我们还欠着账呢。王润生呢，坐在锅炉房外的条凳上，永远开心地望着天空，什么也没有，煤烟滚滚，粉尘纷纷扬扬飘下来。王润生嘿嘿笑着：哪里有钱嘛，煤炭倒是有几块，不嫌脏的话，可以搬一些去，我眼睛不好，看不见谁偷的。

衣服必须买，钱还得借。二三子，传说中的富翁，试试看吧。吉星场大摇大摆，迈进二三子的相馆，二三子望着新西装，诧异道，拍结婚照吗？吉星场抿着嘴笑了起来，半天说不出一个钱字。二三子的脑袋左晃右旋，把吉星场的眼睛搞花了，吉星场双手捧着头，闭上眼睛说，二哥，借个东西，行吗？二三子大声问，借什么，直接说！吉星场做了个钱的发音嘴形，他实在不想让柜台边坐着织毛衣的鱼幼知道他的来意。

二三子笑道，先喝酒，酒瘾发了，整两杯，怎么样？吉星场无力地点了点头，一屁股坐在店门口。二三子提着一只卷曲的裤脚，一只脚颠簸着，缓缓地游到桥头的烧腊店，一会儿就拎着一大坨黑得发红的烧腊回来了。鱼幼鼻子里释放出一种奇怪的声音，好像鼻涕流出来一样。二三子从柜台下抽出一把尖刀来，朵，朵，朵，一坨烧腊碎成了三块，他捡了一块最大的，然后递了一块给吉星场，最小的留在柜台上，并不招呼鱼幼。像啃西瓜一样，二三子的嘴巴狂嚼着。

二三子的嘴唇有一道红色的伤口，看起来，好像长着两张嘴一样。他喝的酒装在一只肮脏的塑料桶里，旁边有一只一模一样的塑料桶，里面装的是煤油。鱼幼记性差，经常把这两只桶混在一起。二三子喝醉了，鼻子嗅不出哪一只装的是酒。有一次，酒桶喝光了，顺手就把装煤油的桶拧开，咕咚咕咚爽了几口，然后塞了一支香烟在嘴里，嘭的一声，打火机把香烟和嘴唇一起引燃了。不过，这是过去的事了。二三子约有三周时间戴着口罩，连话也不敢说。有人说鱼幼是故意害他的，二三子总喜欢同一些不明不白的女人亲嘴。

二三子喝完酒，到处找烟抽，鱼幼担心他喝煤油，把烟和打火机藏了起来。没烟抽，也没别的事干，二三子只好仰天打着饱嗝，咒骂鱼幼没良心。

借到钱，吉星场心里满足，很快就入睡了。他担心的事并没有发生，隔壁安安静静，似乎没有人住。二三子没有喘息，鱼幼也没有呻吟。一团烧腊碎末在几个人的肚子里蠕动着，天明时候肯定是一堆粪便。吉星场的消化有些问题，肥腻的烧腊的阴影被桥头的暗淡的光线射进他的眼球。在梦里，烧腊中的骨刺，威胁着他。他捧着骨刺，还没张嘴，那尖锐的骨刺竟然闪出一道雪光，扎了过来。吉星场觉得嘴巴流血了，血是甜的，略带咸味。伸手一摸，梦醒了。无边的黑夜，白昼所有事物都被黑色溶解了。

泥　塘

据说，刘细君在等一个贵人，命中注定。

多年来，细君的父母不断找人算命，看周围十里八村哪个男人的生辰八字与她相合。女大十八变，如今的细君模样长出来了。身材、脸蛋、肤色，莫不让见到她的男人印象深刻，念念不忘，失魂落魄。有心的男人托父母找人算命，看八字能否与细君相合。

有些人八字不合，细君的美丽瞬间化为乌有。算了吧，这个女子命相不吉，一身多病，可能活不过二十五岁，要是娶了她，人财两空，留下个崽子，那才冤呢。八字相合的，信心百倍，捉了一只鸡，找个嘴巴厉害、脸皮厚的老女人去提亲。首先要过的关就是细君的爹，动辄动手打细君的刘御底。刘御底一只眼睛被火药熏了，半睁半开，看人总是斜的。把算命的八字拿来，先找镇上的吴矮子看了再说。吴矮子说，没有算错，八字合得上，可以安排双方见面。刘御底方才傲慢地回复媒人，找个时间谈谈吧。

媒人兴奋地带着男方父母，来到鲤鱼村村口，远远看见刘御底坐在黄桷树下的一块石头上抽烟，头也不动，不打招呼。媒人捡了个座位，讨好地说，老刘，人我带来了，开口说话吧。刘御底慢条斯理地询问，家里有几间房子，院子有几棵果树，一年养几头牲口，地有几亩，田有几分，粮食有几百斤。媒人一一回答，让刘御底牢记在心。刘御底是个文盲，不识字，记忆力却特别好。记好之后，刘御底把烟袋一磕，睁眼说道，就这样，啊，知道了，回家和老伴商量了再说。

刘御底这样挑选女婿，鲤鱼村里找不到合适的人选。周围几个村，几个乡，都没有合适的。后来，再也没有男人主动找算命先生合细君的八字了。而刘细君的八字却广为流传，大家都在说刘细君的命相不好。真正见了细君的人，似乎又觉得算命先生是胡说八道。好好的姑娘，细长的腰肢像水蛇一样在裙子里游动，连她的笑也细细的。从身体到灵魂，整体的细，细得精致，细到极致，让人无限怜爱。刘细君蹦蹦跳跳，快速地经过吉星场的房子，说话的声音细柔得像风里飘过的蛛丝。

细君来了。刘婉儿的声音惊醒了沉迷书中的吉星场。扔下书，打开门，果然来了。一个严严实实裹着头巾的背影飘进刘婉儿的房子。哎，真是个不一般的人儿，怎么这么背运，又没看清楚她的形象！吉星场躺在床上，头枕着双手，想怎样接近细君的事儿。要是有机会，趁她不注意，一把扯下她的头巾，一张脸就会从梦里闯入现实。太好了，细君，我终于看见你的本来面目了。正在胡思乱想，有人敲门来了。刘婉儿——细君的姑妈，露出一张笑脸。一进门，刘婉儿就重重地叹了一口气。吉星场吓坏了，连忙问，什么事情？细君，细君的过敏症又犯了，什么药物也不顶用。吉星场突然想到那个骑摩托车的烫发男人，心里的疙瘩没解开，刘婉儿的话从脸庞轻轻滑了过去。细君怕要结婚了吧？吉星场嘴里冒出一句话，肠肝肚肺舒服了些。脑壳昏！年轻人的事，我们管不了，现在也不想管。摩托车，烫发男人，始终横亘在吉星场和刘婉儿之间，吉星场不知道下一句话该怎么说，只好呆呆地站着，等刘婉儿发话。

小吉，你上次说那个蛤蟆兰，还记得吗？刘婉儿来找吉星场是为了蛤蟆兰，那个被细君嘲笑过、一钱不值的植物。吉星场冒着生命危险从泥潭里拔出的宝贝，蓝幽幽的精灵，被细君当成杂草轻易扔弃了。现在，刘婉儿主动来找吉星场，不知道是那植物有治疗效果还是刘婉儿自作多情。吉星场想搞清楚这件事，他问道，细君呢？刘婉儿满面愁容地说，在我家里，她现在的模样，是不敢见人的。我想见见细君。吉星场鼓足勇气，说出了心里话。刘婉儿笑道，那我先征求一下她本人的意见再说吧。刘婉儿转过身，嘚嘚嘚，迈着步子小跑，像一匹马驹。

小吉，小吉。刘婉儿的声音一出，吉星场就乐了。他几步跨到冯梦家门，一把推开门，就听见刘婉儿的笑声。小吉来了。细君还是用头巾裹着脸，脖子、手缠着帕子，整个人看起来就像是一个被包裹着的新鲜巨大的伤口。很疼吗？吉星场的声音从头巾的缝隙挤了进去，细君水一样的眼神在丝绸下闪动，细君摇了摇头。刘婉儿接过话题说，就是痒，痒到骨头，痒到肠子里，痒得比痛还难受。别说了，在我面前不要提痒这个字，我受不了。刘婉儿话没说完，细君直接站起来，大声嚷着，人就往外面跑了。到哪里去？刘婉儿伸手没拦住，她说的话被细君踩在地上，跺跺脚，沾了些尘埃。

吉星场紧跟着追了出去。细君的白色头巾在风中飞了起来，脖子上缠着的帕子散落在地，吉星场赶紧捡起来，高喊着细君的名字。跑出四合院，过了桥，进了桑林，细君又转了个弯，折向南辕河畔，顺着小路，不要命地狂奔。追到磨盘石，细君才停下了脚步，猛烈地咳嗽。细君身后的烂泥塘在夕阳里抹着大片鲜血，嫩绿的芦苇丛立在南辕河与泥塘交叉的地方。细君的影子变成暗淡的绿色，涂抹在泥塘中的芦苇叶子上，轻轻摇曳。细君。吉星场扬起手上的帕子喊。别靠近我！细君脸涨得通红，她缩着脖子咳嗽，艰难地吼叫道。你的帕子！吉星场越走越近，细君呵斥道，不许过来，再往前走一步，我就往泥塘里跳了！

什么大不了事情，慢慢讲，我可以听。吉星场耐心地等着细君情绪缓和，他主动蹲下了身体，放弃了靠近的意愿。细君一屁股坐在岸边的草上，一把扯掉头巾和手上缠着的帕子，露出了一个完整的人。隔着一片青黑色的芦苇丛，吉星场渐渐看清了细君的模样。手臂和脚很细，脖子和脸很细，眼睛细长，看人好像在遥远的地方。怪不得叫细君呢。吉星场心里嘀咕着。可是，这样的身体在农村怎么活得出来？担水，挑粪，砍柴，背粮食，抱孩子，哪一样活儿不需要伤筋动骨？这女子真是可怜，她还生着一样怪病，如何得了？

吉星场脑子里缠绕着细君的种种问题，另一边，细君已经脱下袜子和白色的运动鞋，高高地撩起裤子，一步一步，正在往泥塘里蹚着。她雪白的大腿上红色的斑疹像成群结队的蚂蚁一样上下爬行，过敏症患得真的不轻。不要命了吗？吉星场也不征求细君的意见，径直跳下泥塘，阻拦细君。小吉，你说的蛤蟆兰在哪里？细君脸上总算有了一丝笑容，她主动地问起话。细君学她姑妈的口吻，直呼小吉，吉星场实在是佩服这个傻丫头的胆量。吉星场憨笑着说，在泥塘中间的沙洲上，看，那一片麻柳树，周围是芦苇。蛤蟆兰就在那芦苇丛里，几只白鹤，突然飞起来了，它们一定是被水里的癞蛤蟆吓走的。

癞蛤蟆？细君的脸上爬出恐惧的神色，手脚不由自主抖动起来。不会是欺骗我的吧？细君转动身子，一只小巧的屁股对着吉星场，细细地说，一定是吓我的，我不怕。吉星场说，等一会儿，我捉几只给你看，行了吧。细君犹豫了一阵，又转过身来，往泥塘深处走，她要自己去采蛤蟆兰。吉星场自告奋勇地说，你回岸上，我帮你。多管闲事，滚开些。细君骂道。这是要命的事儿，我必须管。吉星场严厉地说。不要你管，鬼子，糖拿去哄小孩子吧。细君笑道。好吧，不管你了，你自己去。吉星场赌气道。细君摇摇晃晃走了几步，又停了下来，自言自语道，我不相信，离了张屠户，要吃带毛肉。说着话，一不小心，细君噗通一声，整个人像扔了一只长瓜一样落在水里。吉星场猛扑过去，抓住细君的手臂，双手一下子把她举起来，转身就放在岸上。细君一身泥水，身体筛糠一般，面色如灰，瘫软在草丛上。你看你，要是真出了事儿，怎么得了？吉星场责备道。这水冷，比冬天还冷，太阳整天晒不到，太冷了。细君打着喷嚏，从草丛上挣扎着起来，到河边去洗掉衣服和身上的泥浆。吉星场伸手去扶，遭到细君嘲笑，想占女人的便宜吗？我怕你了，怕你了，女人啊，怎么是这样的。吉星场的脸像泼了一碗辣椒水，赶紧转过身来，跳了几步，仿佛躲闪一头吃人的老虎。

天色渐渐黑了下去。细君一个人在芦苇下的石头上，咕咕咚咚地洗。吉星场已经成功地采集到了三株蛤蟆兰，连根拔起，叶子上沁着冰冷的水珠。两人走上岸，吉星场冷不防举起蛤蟆兰，对着细君喊了一句：癞蛤蟆！想不到细君哇的一声，脸色刷白，人一下子就晕眩了。吉星场抱着细君，只见她呼吸急迫，身体绵软，眼神迷离，冷汗淋漓，手足抽搐，完全呈现出中毒的症状。细君，细君，我只是吓你的，哪来的癞蛤蟆，你看看，是救命的药啊。吉星场摇晃着软弱无力的细君，急切地盼望她早点儿醒来。半晌，细君才喃喃道，我快要死了。吉星场把蛤蟆兰凑拢细君的鼻子，安慰道，没事，很快就好了。细君的脸紧贴着蛤蟆兰，贪婪地张开嘴巴，大口地喘息。终于，细君醒了。

她推开吉星场，抓起蛤蟆兰，细细一看，草叶上的蓝色幽幽的，好像酒杯上飘起的火苗。这草是我的灵魂，我的命根子。细君感激地望着蛤蟆兰，自言自语道。你不是说我在骗你吗？吉星场谄笑道。大骗子，臭鬼子，你刚才把我吓死了。细君骂道，伸手给了吉星场一拳头。吉星场笑道，丢脸，三岁的小孩子都不会怕癞蛤蟆的，你还被吓晕死。细君说，我最怕小动物，老鼠，毛毛虫，四脚蛇，癞蛤蟆，连厨房的蟑螂都会让我做噩梦。吉星场笑道，以后，我就专门用这些小动物来收拾你。细君仰起脸，骄傲地看着吉星场说，你敢！细君慵懒地伸了个腰，露出一片洁白的皮肤，她身上的斑疹竟然完全消失了。

细君握着蛤蟆兰，皱着鼻子，翻来覆去地嗅它的香气，不时挥手让吉星场的鼻子嗅，吉星场说，什么味道也没有啊。细君把那草放得更近，自己的额头竟然和吉星场的额头碰上了。香不香？细君得意地问。吉星场点着头说，香啊，香得我魂不守舍了。细君说，我也是，这草的气味鬼使神差，竟然让我不过敏了。吉星场遗憾地说，我过敏了。细君诧异道，我们不一样么，让我看看。吉星场撩起袖子，让细君看他的手臂。细君凑拢看了看，笑道，我没看见你过敏。吉星场强调道，看仔细。细君垂下头，专注地看，一头黑发像梦里流出的瀑布，直接把吉星场冲下漆黑的深渊。他紧张地呼吸着，热气吹起了细君的发丝，一股幽香颤悠悠地飘进了鼻腔，他在空中赞叹道，这才是属于我的香气，命中注定的。

你说什么？细君突然抬起头问。吉星场小声地说，实话告诉你，蛤蟆兰是癞蛤蟆打屁打出来的。细君弯下腰，咯咯咯笑，放肆地笑，笑得眼泪就流了下来：你怎么就听见癞蛤蟆打屁了？吉星场认真地说，癞蛤蟆打屁之前，嘟着嘴，一肚子气没处发泄，瞪着眼，看谁都不顺心，走着走着，屁股一歪，噗的一响，就放出屁来了。细君双手捂住脸，尖叫道，你撒谎，我不信。吉星场诚恳地说，话没说完呢，我亲眼看见的。细君说，真恶心，你那样子不正是一只特大的癞蛤蟆吗？吉星场笑道，就算是吧，世界上有这样英俊的癞蛤蟆，你也应当表示尊重。细君放下手，睁开眼，看见吉星场挺着胸膛，一本正经地抬起头，便责备道，哎哎，你这人真没趣味。

站在食品站附近的一条黑巷子口，细君和吉星场聊了上万句话。肚子掏空，舌头干涩了，还没有分别的意思。遇上食品站一个工人扛着半扇肉，一路走，一路吆喝，细君才想起该离开了。是的，有一件事必须要告诉你，吉星场，我的生日是旧历端午。端午节，哦，准备请我吃饭吗？不，端午节那天我要进城去一趟，事先与朋友约了的。我可以送你什么生日礼物呢？不用了，我人又不在镇上，你的手没那么长，从南辕镇伸几十公里到木鱼县城来。好吧，让我记住你的生日，我也很高兴的。你的生日呢，说旧历的时间吧。

刘细君一番话，在吉星场心里掀起了无数波澜。女人复杂，连刘细君这样的小丫头也是一头雾水一团谜。她说那个生日有什么意思，既不请客也不收礼，人也不在南辕镇，让我吉星场记住，记住管什么用？而且，她反复提到有个朋友在城里，什么朋友？男朋友还是女朋友？是不是那个骑摩托的烫发男人？还有，她问我的生日有什么意思？特别强调旧历，又是什么意思？

女人真是一门活的学问，够得男人钻研的了。吉星场手里的书重重地摔在床上，身体趁势躺在旁边。细君啊细君，这么多谜团，任何一本书上都找不到现成的答案。吉星场的肠子纠结着，细君，怎么啦，细君，为什么要闯入我的生活？最害怕的一个问题是，摩托车上那个烫发男人与细君到底是什么关系？

友 邻

在四合院里，吉星场的房子绝对是最糟糕的地方。一边是公厕，臭气熏天，一边是二三子，比公厕还糟糕。吉星场的木床最初靠着公厕一方，晚上，一些拉屎拉尿的声音异常刺耳，受不了。换一个方向，靠着二三子的房子，那味道更是难受。薄薄的板壁，被虫子蛀了一百多年，到处是朽木破洞，轻轻一碰，就下来一大片木屑。巢穴毁了，蚂蚁、蜈蚣们慌里慌张，身上裹着一层白色粉末，夺路而逃。吉星场只好学着王润生，到农场上讨要别人不要的旧挂历。彩色画报纸质好，用米汤糊在墙上，多少可以遮丑。画报上的女人，一个个袒胸露乳，身体丰腴，就像在澡堂子聚会，热气腾腾，热血澎湃。尤其重要的是，邻居之间不至于一览无余，多少得保留一点儿私人信息。

吉星场在靠公厕和二三子的两面墙壁各自糊了四层画报，基本上能遮蔽隔壁的光线，声音也不那么刺耳了。二三子天生是那种精力过剩的男人，只要在家，每晚必定洗澡。一年四季，端着盆子，哗哗地往身上倾倒冷水。洗澡后，他还要在厨房把锅铲搞得叮当响，可能是炒什么肉呀骨头，满屋子喷香。香气散尽，就是二三子的牙齿剧烈摩擦的声音。一碗酒，慢喝两小时，快喝一小时。吉星场被这些熟悉的声音折磨得眼皮沉重，迷迷糊糊，似乎合了眼，马上做梦了。想不到，靠近吉星场床头的地方又制造出了巨大的声音。二三子的床与吉星场的床仅仅隔着一层腐朽不堪的木板，几张画报阻拦不了二三子那张床剧烈的摇晃和吱吱嘎嘎的声音。

夜晚是属于二三子的。他好像一头被蚊虫叮咬着的公牛，在泥潭里打滚、咆哮，恣意释放雄性的欢乐和愤怒。鱼幼是无声的，仿佛屋子里不存在这个人似的。二三子的骨骼和肌肉尽情地运动着，黑暗给了他巨大的空间。一阵急促的喘息好像一头追捕食物的恶狼，一个猛扑，对方立即筋断骨裂，血肉模糊，一命呜呼。信不信老子打死你，打断你脊梁，打断你的肠子！鱼幼呻吟的时候，低低的，缓缓的，实在受不了，也要反抗，挣扎，大声呼喊。二三子似乎更加得意，他咆哮着，挥动拳头，打得更猛烈。鱼幼挨了一顿，变成一堆哗哗响的眼泪，向着吉星场流淌过来——整个夜晚都是湿的——吉星场醒着的时候眼眶沁着热的液体，做梦的时候，冰冷的泪珠湿透了灵魂，飞扬着坠落入了肉体。

二三子两口子关系恶劣，他老娘看不惯，借口身体不好，带着二丫丫回老家去了。家里，二三子和鱼幼两个人三天两头争吵、打架，院子里的人最初还上门规劝，唯恐二三子把鱼幼打残，或者闹出人命。时间长了，大家发现，两个家伙虽然晚上打得不可开交，只要天亮一出门，两个人又手挽着手，无比亲热。鱼幼穿的是高档衣服，二三子走路趾高气扬，目中无人。

真他妈不要脸！农场的风水都给坏了。不行，得告诉李天才，这个农场早迟会被二三子搞垮的。近水楼台，小吉最享受，每晚免费看电影，比那个香港台湾的演得精彩多了。每逢有人这样说，吉星场立即说，没说的，我们马上换房子，我补贴十元钱，行不行？那怎么行，李天才照顾培养年轻人，这叫发福利，免费进行洞房辅导嘛。

自从借了钱给吉星场，二三子晚上倒腾得更厉害。吉星场用借来的钱重新买了一套西装，一百五十元，米黄色灯芯绒面料。这套西装上没有补洞，吉星场穿上了瘾，十天半月舍不得脱，沾上油渍，袖口磨损久了，亮当当的，很是醒目。有洞的那套西服，吉星场把它扔在箱子里，当着旧衣服储存起来。有一个洞，哪怕是新衣服也不原谅。才买的这套西装，穿得袖口毛边、脱绒，也理直气壮。这套新西装，着实让吉星场付出了巨大代价。

最近，二三子越来越放肆了。晚上，本来睡得安安静静的。突然，哐啷一声，二三子大声骂道，接着，就听见二三子挥动拳头，打人，打玻璃，打柜子。乒乒乓乓，一些小东西承受不了，便哗啦啦下坠。鱼幼居然没有发出任何声音，她的嘴巴、手和脚，似乎都不存在了。二三子打的是人吗？吉星场觉得蹊跷，二三子这么打，肯定要出问题的。吉星场的嗓子痒了，他高声地咳了几声嗽，二三子似乎注意到了，声音放缓了一些。吉星场躺着，耳朵却像敞开一道黑暗的大门，外界任何的一丝响动都能听见。吉星场又入梦了，他梦见细君一身鲜血淋漓在院子里奔跑，后面是那个烫发的男人骑着摩托车在追杀，一把明晃晃的刀，滴着红色。细君推开门，要挤进来，吉星场伸手去拖，觉得细君的身体沉重，细君焦急地喊道：救命，救命啊。吉星场看见那个男人在细君身后紧紧地抓住细君的手臂，吉星场拼尽全身之力，让细君一下子进了屋，吉星场赶紧关上门，哪知那男人骑着摩托车，直接从房顶上冲了下来，雪白的刺刀一般的灯光，哗啦一声，房子塌下。吉星场从床上惊起，身子弹跳到地面。吉星场拉开灯，发现一大片木板横在自己的床上。二三子的房子露出一个巨大的黑洞，二三子裸着上身，只穿了一条裤衩，冷着脸，站在地上抽烟。他的老婆鱼幼被捆成一团，嘴里塞了一块布，整个人好像是长了翅膀，从二三子的床上飞到了吉星场的床上。鱼幼头发蓬乱，只穿了黑色的乳罩和裤衩，一身白色的皮肤沾染了血痕和污垢，肢体微微抖动，完全没有了反抗。吉星场伸手把床上的木板取了下来，招手示意二三子，把鱼幼从床上搬走。二三子把烟蒂扔在地上，狠狠地跺了几脚。方才从破壁爬过来，把鱼幼抱了过去。

不过，二三子还算懂事，第二天，没等吉星场补那被打坏的墙壁，就从供销社找来几个包装商品的纸箱，撕开了，乒乒乓乓，几枚钉子，墙壁又复原了。二三子人缘广，不知道从哪里找了四五本崭新的挂历放在吉星场门口，算是道歉。吉星场在四合院走来走去，焦头烂额。看见冯梦喝酒，冯梦说，小吉，来一口。吉星场说，不。走到王红宝门口，柳如正弯腰在洗头发，柳如笑道，老王在屋里看书，自己进屋嘛。吉星场说，不。王润生黑着脸，坐在门口捧着一本连环画看。吉星场绕了过去，他害怕王润生问起他和张美娟的事儿。张俊明和汪美龄揪着儿子的耳朵在骂，儿子在学校闯了大祸，据说是调戏女老师，女老师哭了。失魂落魄，吉星场从四合院走到镇上，碰见一个熟人打招呼，哎呀，小吉，气色不怎么好呢。吉星场赶紧笑道，哪里，哪里，失礼，失礼了。从新场口走到老场口，必须要走过一道桥，二三子的相馆就在那里。吉星场小心翼翼，侧着身子，从相馆对面快步走过，唯恐相馆里二三子看见了。实际上，二三子的相馆也是关着门的。区公所在老场口，吉星场望着长了青苔的石头阶梯，便开始喘息。关万能帮他调了工作，除了先前送过几只公鸡，事后，他从未去关万能的家踏过一个脚印。现在，又去找关万能借钱，怎么开得了口？关万能坐在一张油漆脱光的木桌子后面，戴着一副老花眼镜，慢条斯理地看文件。吉星场恭恭敬敬地喊道，表叔公。关万能眼睛眨也不眨，木然地舔着嘴唇。吉星场连续喊了好几声：表叔公。关万能才慢慢取下眼镜，看着吉星场，两眼放光。哦，龟儿子的，走了多长时间过来的？十分钟吧。十分钟？你调到镇上几年了，现在想起了，来找表叔公？哦哟哟，对不起，表叔公，我早该来拜望您的。那好，有话直说，有啥事？关万能不耐烦地说。

借点儿钱，行吗？吉星场鼓足勇气，把话说了。关万能伸手摸了一下裤袋说，糟啦，忘带钱了。吉星场紧张地看着关万能，害怕关万能拒绝借钱。关万能笑道，别怕，我帮你借，要多少？吉星场说，两百元。关万能站在区公所院子里大声喊，小陈，小陈。只见一个二十多岁的男青年慌里慌张，从外面的一棵树荫里跑出来，进了区公所，笑着问，老爷子，有啥事？关万能说，我忘带钱了，你借两百元给这个人，我的一个亲戚，穷得借米下锅了。小陈从裤袋里马上掏了两张猩红的纸币塞在吉星场手里，笑道，够了吗?

吉星场点点头，转身就溜，居然又忘了同关万能打招呼。他拿着这两百元钱，整个人像跌进下水道一样，觉得一脸是大粪，一身是污水。关万能说自己等米下锅，吉星场啊吉星场，真是山穷水尽了吧。再差钱也不该去找长辈借钱，特别是关系疏远的亲戚，像关万能这样在乡里混了个一官半职的人物，哪会认穷人为亲戚呢。这个老滑头，居然撒谎说没带钱在身上，把借钱的事儿推给下属，分明就是害怕亲戚赖账不还。看来，小陈这钱也不能拖久了，还得越快，信誉越高，不然，我吉星场真的成了畜生不如的混蛋。

回到四合院，吉星场的心里跳出一个念头：必须把这钱马上还给二三子。这样的人，太危险了，万一哪天闹出人命来，吉星场真还担心自己脱不了干系。连续几天，吉星场到镇上的相馆，到农场的每一个角落，都没找到二三子。鱼幼也在找二三子，她脖子上缠着帕子，手腕上有淤青的痕迹。吉星场害怕与鱼幼碰上，他总是等鱼幼走得远远的，方才敢迈出步子。李天才说，二三子请了半个月的假，回老家去了。

吉星场打算把钱直接还给鱼幼，当初借的钱是从鱼幼手里拿过来的，二三子不过是知情人。还了才心安，了一事算一事。到时候二三子回来了，顺便告诉他一声就是了。鱼幼一个人在房子里，她每天披着头发，竖着衣领，围着脖子，上下午按时到区医院去看医生。二三子这次下手重，不知道鱼幼身上有多少处伤。鱼幼的白色长裙子外面罩了一件红色纱罗，走起路来，就像一朵云在飞。吉星场准备了好几次，都没来得及把钱递到鱼幼手里。鱼幼的脑后好像长了一双眼睛似的，看着吉星场狼狈不堪地握着钱被撂在后面，她加快了脚步，拉开了距离。吉星场属于那种愈挫愈勇的人，他非要把钱还给鱼幼。终于，等到鱼幼翩跹回到四合院，他猛然从房子里冲出来，把鱼幼吓了一大跳：你干什么?还钱！——给你！吉星场上气不接下气，一个句子被他的喉管扯为两半截。把话吐出来，舒服了。急什么呢。鱼幼冷冷地说，背过身，用钥匙打开门，一下子进了房子。在槐树底等了半天，鱼幼仍然没有出来。他只得小心翼翼地靠近二三子的门口，侧着脑袋往里面觑。二三子的老婆正在床前撩起裙子，露出一片雪白的腹部，用碘酒擦着皮肤上黑色的疤痕，口里发出嘘唏。触目惊心，吉星场赶紧后退，不想二三子的老婆异常警觉，立刻厉声呵斥道，谁？吉星场不作声，默默地退回槐树底下。

一会儿，二三子的老婆从门里露出一张笑脸，招呼吉星场过去。吉星场被呵斥了一声，好不自然。他刚到二三子门口，就被鱼幼一把拽了进去，整个人差点儿栽在鱼幼怀里。鱼幼把吉星场安放在凳子上，他方才清醒过来。鱼幼发怒道，你在偷看我？吉星场红着脸，舌头发直，连声说，没有，没有，我把钱还给你。鱼幼在脸上抹了些胭脂，红红的，淡淡的，仿佛一层血晕。不缺钱了？鱼幼笑道。不缺钱了，发工资了。吉星场突然把两张纸币举在空中，让鱼幼仰视。听说你等米下锅，怎么就有钱还呢？鱼幼笑道。吉星场心中一惊，立刻想到关万能羞辱他的话，便想道，难道鱼幼和关万能之间有交往，不，不，一定是那个小陈！吉星场脸色由红变灰，仍然笑道，你看我西装就是两套，说什么等米下锅，我会那么缺钱吗，嫂子，你不要同情我了。鱼幼脸色骤冷，严厉地说，你不喊嫂子，行不行？吉星场诧异道，为什么？女人说，那天晚上，你亲眼见到的，那畜生差点儿把我打死了。吉星场深深地低下头，道歉说，真是对不起，我看了不该看到的。鱼幼咬牙切齿地说，我和二三子恩断义绝了，你和二三子也没什么交情，喊嫂子是在侮辱我。吉星场嘴皮发硬：可是，用什么方式来尊重你呢？鱼幼冷笑道，有名字，直接喊鱼幼就可以了。

吉星场再次把钱递到鱼幼面前，鱼幼粗暴地伸手挡了回来，然后才告诉吉星场：区公所的小陈是我的牌友，人混熟了，什么无聊的事情就讲出来，反正是娱乐大家。哦。吉星场张开口，发了一声，立刻沉默下来。鱼幼喃喃道，院子里的人都在看我的笑话，你可能也听到不少说我的坏话了。吉星场摇着头，又低了下去。鱼幼继续自言自语：我实在不想和二三子一起过日子了，只要他一回来，我马上离婚。吉星场无言以对，只是沉默。沉默中，鱼幼捂住脸哭泣道，我早该和他了断的，都十多年了，那个畜生还是怀疑我那个丫头不是他的种——他的心病——喝醉了就来折磨我，羞辱我！鱼幼让吉星场把钱拿去还给小陈，免得一个大男人让别人戳脊梁骨。唉。吉星场一声长叹，把钱放回裤袋，便准备告辞。鱼幼说，钱不急用，暂时不用还，实在要用的时候，我会提前通知的。吉星场结结巴巴，一遍往门外走，一边道别：鱼。

鱼幼说，我有名有姓，以后不许喊嫂子，说不定哪天和二三子离婚了，改口喊人还不习惯呢。吉星场想了想，说道，那就喊鱼姐吧。

媒妁

黄泥村与鲤鱼村相邻，却是一穷一富，天壤之别。黄泥村在山上，地势高，土地贫瘠，物产单一。遇上天干，梯田水稻收成大幅减产，村里人只能把地里产的玉米和小麦当主食。鲤鱼村大部分在山下，地势低，平原大坝，水源充足，不怕天干，从来不担心粮食收成。在刘婉儿的记忆中，黄泥村的人就是眼巴巴地望着鲤鱼村的人碗里的白花花的大米饭流口水。黄泥村的女孩子长大了，也是一边倒地嫁到鲤鱼村，黄泥村的男人娶不到媳妇的比比皆是。鲤鱼村的人鄙视黄泥村的人已经成为一种风俗，吉星场尽管脱了一层皮，不再是农村人，但他那个黄泥村的出身总是让刘婉儿全身起鸡皮疙瘩。

最近，隔三差五，细君就往四合院里走，说是来姑妈家里玩，实际上，只是来打个招呼，然后，飞快地跑进吉星场的房子。刘婉儿不放心，蹑手蹑脚，走到吉星场的房子外面去看。房门紧闭，从板壁缝隙可以隐约看到房子里猩红的白炽灯光。吉星场坐在一堆书中，埋头看着。细君坐在书桌上，无聊地瞪着周围的书，什么也没干。不像是在谈恋爱，但孤男寡女，大白天把门关起来，那什么意思呢。一上午，一下午，两三个小时，四五个小时，两个人就那么老老实实，各自坐在一边，互不妨碍，真是好笑。刘婉儿把她看到的情况讲给冯梦听，冯梦说，不可能哟，真有那么傻的人？刘婉儿狠狠地掐了冯梦屁股一把，冯梦屁股肉多，毫无反应。再换手掐了一下冯梦的肚脐，冯梦的身体才开始抖动。冯梦抱起刘婉儿就往床上放，刘婉儿笑道，坏人，当初同我见面，第二次就动手动脚，第三次就扒了我的裤子。冯梦得意地笑道，男人都是这样的。刘婉儿笑道，不一定，你再去看看，恐怕事情就变了。

刘婉儿像个小孩子一样，继续偷偷摸摸站在吉星场的房子外观察，两个人还是客客气气，安安静静地分开坐着。不行，这样对细君不利，有必要教育我这个侄女一下了。刘婉儿让细君在一张小凳子上坐着，像搂着女儿一样，和声细语地聊天。细君说，吉星场正在忙着自考专科，估计拿专科文凭是一两年的事，然后，争取三十岁之前把本科文凭拿到手，有机会的话，就调进县城或者大城市工作。刘婉儿捧着细君的脸说，细君啊，你这么漂亮，天生就该嫁到大城市生活一辈子，可是，你却投胎在鲤鱼村，你的命需要改变。细君抱着刘婉儿的肩膀说，姑妈，别提我的婚事了，你要是有空，就回鲤鱼村劝劝我父母，我真是伤透了心。

刘婉儿轻手拍打着细君的头，安慰道，细君，你喜欢哪个男人应该早点儿明确关系，男女交往，吃亏的总是女的。细君抚摸着刘婉儿的头发，叹气道，他像截木头，什么也不懂，我懒得问他了。刘婉儿说，他是哪个嘛？细君说，就是院子里那个书呆子，他对女人除了傻笑，什么都不懂。刘婉儿好奇地问，他摸过你的手没有？细君摇摇头说，摸什么呀，多看一眼就会脸红。刘婉儿着急道，细君，你这么聪明，知道该怎么办，要和吉星场往来，就要让那家伙找媒人提亲，你这么不明不白跑到男人的房子里去，把门关起来，让人家怎么想，以后还要不要名声了？细君委屈道，没什么，我就喜欢他这种样子，要是他耍流氓，动手动脚，我早就不会来了。

暗地里找人看了吉星场和细君的八字，居然合得上，是个好兆头。刘婉儿喜上眉梢，但很快忍住了，冷着脸，见了吉星场也不理睬。细君还是像以前那样，长时间躲在吉星场家里，连吃午饭都忘了。刘婉儿也不客气，径直敲开吉星场的房门，把细君骂了一通，细君眼泪汪汪，乖乖地跟着走了。吉星场惊恐万状，仿佛世界末日降临了似的，一步一步退着，最后，哐啷一声撞在柱子上，哎呀，痛死了，这个傻蛋，他还咧嘴笑。细君回过头，还想笑，刘婉儿恶狠狠地瞪着，细君只好闭上嘴，匆匆离开。

刘婉儿骂了细君，细君回鲤鱼村去了。吉星场如一头被棒打晕了的笨牛，在院子转来转去。汪美龄笑道，小吉，女朋友没来？吉星场尴尬地说，没有，没有，没有的事。柳如揪了一把通红的鼻子说，有个姑娘每天都在你房子里，你们把门关起来，什么意思？吉星场愁眉苦脸地叹气。哎，哎，哎，还是不说了。以往，刘婉儿早就出来打招呼了，现在，很奇怪，没有任何反应。这样散步，徒劳无益。吉星场丢下几个小时的脚步，就从院子里消失了。两天后，吉星场又出现了。让刘婉儿倍感失望的是，吉星场并没有可怜巴巴地找上门来哀求。这家伙仍然在散步，他最擅长的套路，就是这个。四合院堆满杂物，空间狭小，本身并不适合散步，吉星场却做得游刃有余。迈过汪美龄的旧自行车，王润生门口是堆积如山的二炭。人家烧锅炉，把炉膛里掏出的炭团搬到一边，慢慢地筛，得了这么些玩意儿。王润生几乎不用买一块生煤，二炭照样煮饭、烧水、取暖。王红宝门口至少有三个炉子：两个煤炭炉，一个煤油炉。王红宝吃中药，需要煤炭炉熬，四季不断。冯梦的摩托车一身是泥，他自己不端水擦洗，别人不敢碰。冯梦蹲在摩托车旁，拿着个钳子，把车敲得叮当响。吉星场绕着四合院转，他的身影被所有人看见了。王红宝问，你不是马上参加专科自考吗，还有闲情闲逛？吉星场笑道，我在回忆教材的内容。王红宝赞扬道，小子，真厉害呀，考完了，我请你喝酒。说到酒，王红宝不由自主地咳嗽。听到咳嗽，柳如的骂声就跟上来了。又想喝酒，医生怎么说的？王红宝的咳嗽自动消失，柳如的笑声很快覆盖了刚才不快的记忆。以后不吃药了，想干什么就干什么，出国旅游，划船，打猎，那才有意思。吉星场嘴里念叨着，脚不停，口不住，可能真的在背教材。冯梦进屋吃饭的工夫，吉星场就出问题了。走到冯梦门口，哐当一声，高个子的吉星场瞬间栽倒，脚踢到钳子了。

吉星场一瘸一拐，走到院子中间的麻将桌，捡了旁边一把破藤椅坐了下来。只见他脸色蜡黄，额头冒汗。刘婉儿赶紧拿了碘酒和药棉来，看着吉星场哪里不顺眼，就沾了碘酒往哪里抹。一会儿，院子里弥漫着浓郁的碘酒气味。刘婉儿朝着冯梦一个劲儿地骂，说冯梦是罪魁祸首。吉星场笑道，婉姐，这是我自找的麻烦，老冯没有错。刘婉儿笑道，龟儿子老冯，摔坏了吉星场的读书的脑袋，你那只猪头赔不起的。

吉星场摔倒，并无大碍。刘婉儿把用了半瓶的碘酒强行塞在吉星场手里，非要他多往痛的地方擦。吉星场觉得碘酒的味道刺激，至少可以保证他看书不打瞌睡，他真的每天擦那么几次。刘婉儿过路嗅到碘酒气味，不放心地问，擦了有没有效果？吉星场从书里移出脑袋，笑道，基本没事儿了。碘酒气味消失，刘婉儿上门来，同吉星场商量一件严肃的事情。吉星场放下书，恭恭敬敬地听刘婉儿训话。刘婉儿说的是细君，一提细君，吉星场的瞳孔自动放大，发光，映射得昏暗的房子熠熠生辉。细君被父母关在家里了。前段时间，细君跑到四合院来，关上门，整天和吉星场在一个房子里。事情传到鲤鱼村，细君的父母恼羞成怒了。吉星场羞愧地低下了头，他已经看到刘婉儿眼中的愤怒，那种愤怒应该是从鲤鱼村传递过来的。对不起。吉星场衣领已经湿了，脖子沁出一层汗珠，亮晶晶的。刘婉儿冷着脸问道，你没有做过对不起细君的事吧？吉星场马上跳起来，诅咒发誓道，我只是心里喜欢，没做过任何动作。刘婉儿自言自语道，没有就好，我也不知道我那个兄弟是个什么脾气，动辄握拳打架、提刀杀人。吉星场紧张地问，我该怎么办？刘婉儿认真地说，小吉，我们都不是外人，你要是真心，就该托媒人提亲，你的父母，还有你的生辰八字，都要算一算。吉星场脸上浮现出了数量众多的表情，幸福隐藏在最深处，但还是被眼睛泄露了。

刘婉儿拿着吉星场的生辰八字去算命，吉星场自己骑车回黄泥村同父母商量。吉星场回黄泥村正好是旧历五月下旬，一路上，成熟的麦穗在田野上炫耀着大面积金黄的光泽。被太阳晒得发烫的风一过，麦秆哗哗作响，饱满的麦粒窸窸窣窣掉落。田地边破烂的稻草人已经倒下，大群麻雀忽然从空中散落下来。一时间麦田里灰色的影子晃动着，仿佛上天丢弃的垃圾。农忙抢收，戴着草帽的农民弯腰俯身，高处低处都是镰刀的闪光。收晚了，麻雀糟蹋，又怕雨水，还要担心秧子插不下田。农村这个五月，乱糟糟的。

吉星场在一块大田里找到正在割麦的父母、姐姐、姐夫。麦子必须在两三天内抢割完，乡政府通知说，下一周黄泥村的大堰塘统一放水。要是没割完，水放进来也关不住，无法犁田，更无法插秧。吉星场这一次回家很让父母感到突然。一周之前，吉星场才告诉父母，专科自考只有三周的准备时间，他不能回家帮忙收麦子。父母说，姐姐、姐夫每年都来帮忙，只要大田的麦子收完，把水灌满，田犁了，其他事情可以慢慢来的。吉星场从母亲手里拿过镰刀，割了几把，身上头上全是汗水，眼睛几乎睁不开。

吉星场有几年没回家帮忙收麦了，镇上的农场有一些搞种子试验的地，每年市农科所的人都要下来搞几天，吉星场得陪着发现问题。在这个农场里，吉星场是农场为数不多的几个科班毕业的，算得上研究员。俗话说，离了红萝卜不成席。李天才说，吉星场就是我们农场里的一根大红萝卜，局长在县城里都看到了。只有吉星场才能看着农作物说出一些道道来，其他人只能说，病虫害，种子饱满，肥水瘦田。然而，这一两年，南辕农场搞出的麦种拿出去销售出了很多问题。农民退货，还要赔钱。局长说，不拨钱下来，饿死你们，一群狗日的。李天才看着往日生长茂盛的麦种基地，如今荒废了，痛心得几天几夜睡不着觉。在食堂遇到吉星场，李天才就会谦虚地问，小吉博士，我们今年搞的种子有没有问题？吉星场噼里啪啦，讲了一连串的术语，李天才的热情迅速被浇灭了。吉星场反映的问题太多，李天才记不住，而且，李天才的权力只有芝麻那么大，说多了，一堆废话。现在，李天才不找吉星场询问了，农场的问题堆积如山，连镇上的傻子都知道，大家都是在等局里拿方案。吉星场拼命自考专科，还想着拿本科，农场现状摆在眼前，一两年之内，这些人怎么安置就要见分晓。

吉星场在田里割了半个小时的麦子，顿感上气不接下气，天旋地转，忽然晕倒在地。母亲赶紧让他到澄溪里把脚洗干净，带着他回家休息。吉星场躺在院子外的凉床上，头上是两株杏子树，橘红色的杏子熟透了。没有风吹，树上偶尔也会掉一两个杏子下来，变成红色的烂泥，被一群苍蝇嗡嗡地围着旋转。村里太忙了，没有人来关注这些上天赐予的美味。吉星场连续吃了三个，味道由甜变酸涩。他站起来，顺着山谷，可以望见山下的鲤鱼村。阳光照射下的澄溪是一条闪光的金带子，缠绕在碧绿的田野间。平坝上金黄的麦田被太阳点燃，发出白色的光芒。细君一家人估计也是在田里忙着割麦吧。细君，她肤色那么白，这样的太阳晒半天，可能也会黑得像个非洲人。

吉星场忐忑不安地走到房子背后的一片李子树中，五月的日光把暖热的气流灌注在所有的生命体内，生长的欲望和冲动漫延在整个荒野。抬头一望，李子一串串从树叶中垂落，正在饱满圆润。母亲抓着一根竹竿，慢慢掏圈栏的大粪。两头牲口瓮声瓮气地抗议着，牲口头上残留着的食物已变为干块，它们又饿了。吉星场在牲口的叫声中把他准备订婚的事告诉了母亲，母亲埋头做事，没有反应。母亲走到厨房，吉星场追到背后，把刚才说的话重复了一遍。母亲把木桶往地上一放，大半桶稀稠的饲料便像水一样荡漾起来。母亲吃力地坐在旁边的一张小凳子上，惊讶地望着吉星场问道，细君是个农村人？吉星场点着头说，就是，鲤鱼村的，她爹叫刘彻底，听说性格古怪。母亲情绪来了，她抱怨道，吉星场啊，好不容易你才考出黄泥村这个山沟，没过几天你就忘了当农民的艰辛？吉星场解释道，细君生得白，不像个农村人。母亲说，再白的人在田地里干两天活儿都会变黑，再说，白又不能当饭吃。吉星场说，她聪明，我喜欢。母亲说，聪明？那不过是女人迷惑男人的手腕，你年轻，没见过女人。吉星场说，她心地善良，连一只蚂蚁也舍不得踩死。母亲说不过吉星场，便闭上嘴巴，忙着洗菜做饭。

饭做好了，母亲把饭菜盛放在碗里，然后放进一个大竹篮子，提着走到大田边，招呼父亲、姐姐和姐夫上来吃饭。一家人坐在田塍上，各自端着一个碗，篮子里是一碗腊肉，一碟毛毛菜，划为四瓣的一只咸鸭蛋。互相客气谦让之际，几只褐色的蚂蚁直接爬进腊肉碗里，津津有味地品尝起来。母亲十分痛心，用筷子把腊肉和鸭蛋给每个碗里夹了一份。吉星场碗里的鸭蛋上沾着一只蚂蚁，正在挣扎。吉星场趁母亲不注意，一筷子把那片咸鸭蛋掀到草丛中。父亲看在眼里，马上从草里把鸭蛋找出来，直接放在吉星场碗里。吉星场把碗放在一边，抹了抹嘴巴。母亲看着吉星场说，没吃完呢。吉星场瘪着嘴说，吃饱了。父亲把碗抢过去，连饭和菜渣一起倒在自己碗里，嚯嚯嚯，几筷子刨下肚子。母亲抱怨道，吉星场，你都工作几年了，还这么不懂事，我们都老了，你什么事还要人操心。吉星场说，蚂蚁爬过的东西不卫生，吃坏了身体，那才是多了去了。父亲抽着叶子烟，自言自语道，毒药，吃了会死的。吉星场抹了抹额头脖子上的汗水说，讲点儿科学好不好，田里放那么多化肥农药。父亲伸手就是一烟杆，吉星场没想到自己二十多岁的人还挨打，他呼的一声从地上站了起来，扭过头说，回农场去了。父亲厉声骂道，滚！这里不差你，谁让你回来的？吉星场果然迈着大步，三下两下，人就上了大路。母亲追了上来，搂着吉星场的肩膀说，你的事还没征求你爹的意见呢，快回去认个错！

吉星场犹豫了片刻，还是退着步子，重新回到大田。父亲低着头开始割麦了，他专心致志，摇晃着镰刀，麦穗在他面前一株株倒下，沙沙的声音里，时间正在流逝。这条黄金的河流，两岸青翠如海，不断翻卷下成熟的麦穗，滚烫的黄色。母亲在旁边紧挨着割麦，一边说着吉星场的婚事。父亲仿佛没听见似的，兀自挥动镰刀，让麦穗一株株翻倒，他身后的田里，一片空旷，偶尔一两株野蒿长得叶大株高，上面还牵着蛛丝，小蜘蛛恐惧地爬来爬去。吉星场没有下田，他就站在田塍上，等母亲回话。大田的麦子割完了，周围的山林开始暗淡，昆虫的叫声越来越响亮。父亲没有过来，他在大田最远的角落捆麦穗。母亲在旁边帮忙，她大概要等到父亲的答复才会过来。姐姐和姐夫已经开始挑捆好的麦穗了，他们脊背和腋下的衣服浸透了汗水，看起来颜色更深，就像一块醒目的补丁。

吉星场忍受不了，他远远地喊了母亲一声，转身就走。母亲赶紧又追过来，她希望留住吉星场。这一下子不得了，父亲像头发怒的狮子，狂奔过来，手里捡起坚硬的土坷垃，雨点般向吉星场袭来。吉星场躲闪不及，脸上和背上挨了两下，火辣辣的，有血珠子沁出来。吉星场赶紧奔跑，后面是父亲的骂声在紧追：畜生，你这个忘恩负义的东西，读的什么书？还要娶个农村女人，你敢娶回来，老子就要把她杀了！

恶　犬

草鞋呀，不仅烂脚板子，还带一身泥巴。皮鞋呢，擦得亮锃锃的。坐办公室的人，喝茶抽烟讲究得很，人活一辈子，图个啥？刘婉儿说服刘彻底的方法非常简单，她就盯着刘彻底的脚说话，用鞋子打比方。比如一个人的脚吧，前面有草鞋、布鞋、皮鞋摆着，当然，也可能什么也没有。要出门了，你准备穿什么走路？刘彻底一张脸被日晒雨淋，又黑又糙，几乎成为身体受摧残最严重的部位。他的脚生着厚茧，长年劳动，变得异常粗硕。他咬着烟管，嘴巴歪到一边，好像烟管是一根难啃的骨头，用力地吸着，喉咙一起一伏，把胃和脑袋联系起来。我没穿过皮鞋，不知道那是什么滋味。刘彻底平静地说。刘婉儿抱着细君，捧着细君纤细白皙的手说，老弟啊，你的家庭，你后半辈子，全都要靠我这乖侄女儿。刘彻底鼻孔里突然冒出浓烈的烟雾，一阵剧烈的咳嗽，刘彻底取下烟杆，慢慢地说道，从小到大，细君没给我们两口子少添麻烦，从五岁起，吃药打针，四处求医，好不容易带大，盼她读书考大学，看她的成绩，还不如我当年读初中，有什么办法！

人是个好人，五官周正，比一般人至少高一尺，还穿西装呢，笔挺挺的，到时候看了就知道的。刘彻底和老婆两个把刘婉儿送到村口，一路上，刘婉儿还在描述吉星场的形象。刘彻底皱着眉头没有说话，他老婆笑着，不断地附和。过了澄溪，刘婉儿坚决制止了刘彻底两口子继续送行的要求。刘婉儿又把兄弟媳妇拉到一边，神神秘秘嘀咕了一通。

刘彻底养了五个女儿和一个儿子，这件事给刘婉儿回娘家蒙上了一层阴影。兄弟家孩子养多了，当姐姐的不好直接说。满屋子都是人，大的是细君，成年了，小的还在地上爬来爬去，脸上挂着鼻涕。刘婉儿在凳子上刚落下屁股，三四个小孩子一齐扑过来，抢她手里的糖果。刘婉儿伸手抱一个，另外两个自己就爬上来了，她的新衣服上马上沾染了灰尘和鼻涕。当然，她谋划的事，总体上比较顺利。细君的妈妈脑筋通了，刘彻底没公开反对。她是巴不得细君和吉星场两个人成。吉星场这小伙子与众不同，她反复地讲，吉星场随时都在看书，看书是有出息的。

刘婉儿稳操胜券，哼着歌，回家后抱着冯梦的耳朵说了一大堆话，冯梦一句也没听清楚。冯梦冷言道，细君这里你说得头头是道，吉星场那边呢？刘婉儿问，看细君那人才，吉星场有什么可说的？冯梦笑道，婉儿，不要忘了，细君是个农村女子，人家吉星场好歹也是个吃供应粮的！刘婉儿勃然大怒道，狗屁，冯梦，你吃的东西是什么，比得了鲤鱼村的农民吗？冯梦见状，马上求饶道，算我说错了，我说错了。刘婉儿发泄了一通，方才冷静下来，自言自语道，龟儿子小吉，不知道回家同父母是怎样商量的，他应该主动才是呀。冯梦笑道，事情并不简单。刘婉儿骂道，关你屁事。大约过了两三天，吉星场才上门来问话。刘婉儿连连叹气道，哎，细君的父母不好说，特别是她的爹，我就不知道该怎么办了。吉星场着急地问，那细君呢？刘婉儿说，细君嘛，你知道那个骑摩托车的，几乎每天都要去鲤鱼村绕一圈。吉星场说，我什么时候可以去细君家呢？刘婉儿没有回答，她的脸严肃起来。过了一会儿，刘婉儿才说道，小吉，你父母怎么说？吉星场笑道，你知道，细君在我们黄泥村也是很有名的，两位老人在田里割麦，听说是细君，可高兴啦，我老爹牙齿都笑掉了——真的，他安的义齿，一张嘴，牙齿就往地上掉，嘴突然空荡荡的，一个巨大的肉洞，尽是风往里面吹哟。“放你娘的屁！”刘婉儿突然怒目圆睁，严厉呵斥。吉星场吓坏了，义齿，的确是的——但这玩笑话怎么对着刘婉儿说呢。真的也是假的，更何况是假的，假的更不能解释了——刘婉儿的脸骤然降低温度，板着不说话。吉星场见事不对，赶紧问，婉姐，你怎么啦？刘婉儿叹气道，这几天，我身体不舒服，明天，我打算去县医院检查，然后，到冯老二那里看看，冯老二工作两年多了，我一直想去。吉星场说，婉姐，你不陪我去鲤鱼村吗？不去了。刘婉儿斩钉截铁地说。

第二天清晨，吉星场还在梦里，院子里摩托车一阵轰鸣，然后，冯梦载着刘婉儿就走了。吉星场敲了半天的门，没有反应，才意识到得罪刘婉儿的麻烦有多大。言多必失。年轻人说话就是这样，把握不住分量。要是不多说一句“牙齿都笑掉了”，也许刘婉儿不会生气。说得好好的，刘婉儿突然不辞而别。细君家里情况到底怎样？吉星场心里惴惴不安。专科自考只剩一周时间，看书看得心烦意乱，吉星场坐卧不安，他在镇上溜了一圈，意识到下一步动作必须做，他和细君之间得有个明确的说法。

大白天里，吉星场采取了他人生以来最为冒险的一次行动：孤身一人步行去鲤鱼村。他要去见细君，特别是要见细君的父母。预想中的相亲变成了吉星场单独挑战，媒人刘婉儿不陪他，父母坚决反对他娶农村姑娘，细君虽然喜欢他，但是，她的父母如果反对，吉星场也是白费心事。一手提着人参蜂王浆，一手提着两盒饼干和一网兜苹果。走在南辕河岸的石板路上，十分惹眼。吉星场选的日子不当，正好是赶场天。从黄泥村和鲤鱼村来南辕镇的男女老少络绎不绝。挑粮食卖的担子，背小孩的背篼，牛贩子用鞭子驱赶的牛犊，个别骑自行车的，闹闹嚷嚷，吉星场都得耐心地让路。他走的方向与赶场的人相反，所有的目光都在打量他手里的东西。吉星场唯恐遇到村里的熟人，他胆战心惊，简直像个贼，人赃俱获。走到半路，他脱下衣服，把礼品包裹起来，裸着上身，也是十分引人注目的。好在路上的人越走越少，吉星场心里的负担略有减轻，他又重新把衣服穿上，大摇大摆地提起东西。

多年不见，鲤鱼村的模样变化甚大。从前那些黄桷树依然那么高大，但枝干明显衰老，叶子稀疏，甚至有些树一半已经干枯了。空荡荡的石板路上，偶尔响着单调的脚步声。哼哧哼哧，经过一个人，水桶里的水凉悠悠的。喂，哥老倌，到鲤鱼村还有多远？那里，大片黄桷树附近。走渴了，借点儿水喝。水桶放下来，双手捧出来喝。爽啊，这口井。十里八村的人都知道，这是一口古井，名叫凉水井，冬暖夏凉，四季满溢。夏天，无论旱情多严重，几个村的人昼夜不停地挑水，凉水井的水都不枯竭。令人称奇的是，方圆几十里的河流和井全干了，凉水井的水反而会越来越多，越清澈。

脚走干了，直接到澄溪里去蹚几脚。近几年，溪水突然变浅，打鱼的人基本上不到这条溪来。那种独木船一个人扛，力气再大能扛多远？不过二三十米，看看这溪水，能行船的地方只剩几个水潭。以前，大家都说打鱼子垭口水深，打鱼人的竹竿撑不到底。现在你去试试看？五六岁的顽童都可以下去游泳。打鱼子垭口算是彻底完了。往前不过十年，镇上的工作同志周末或骑车或走路，都扛着钓鱼竿来，钓几尾味美的溪水鱼回去烧汤喝，其实是想看看打鱼人怎样熟练动作，一网下去，一网起来，银鳞飞窜。

吉星场在澄溪里洗净了脸，擦了汗水，在黄桷树下休息充分了。望见鲤鱼村上空飘起淡淡的炊烟，估计家家户户都有人煮午饭，他才鼓足勇气，往村里走。没有小时候感受的那么多狗的叫声，田地里照样有人在割麦，村里比平时肯定要安静得多。一个巷子里的鸡叫一声，附近的鸡立即跟着鸣叫。这本该是早晨的安静，却变成了正午的安静。

吉星场怕狗。小时候，那一次印象太深刻了。吉星场做梦都怕狗。他经常被梦中的恶狗追咬醒，醒来之后哇哇大哭。点亮煤油灯，上下抚摸完毕，没发现什么受过伤。重新躺下，梦中受到的惊吓变成了一种甜蜜的补偿。原来，现实比梦境有更多的安全感。白天，在路上看见一只狗崽，毛线球一样在尘土里滚动，哐哐哐地叫着，吉星场心里也要发毛。所以，吉星场跟着一个挑水的老人走路，老人自我介绍，名叫刘长卿。刘长卿说，他是村里最年长的人。跟着他走，既不会被狗咬，也不会走错地方。吉星场一口一个老前辈，喊得刘长卿舒服，刘长卿打包票说，保证把吉星场安全地送进刘彻底家门口。路上没有哪家的狗敢咬他刘长卿，当然，到了家门口之后是否安全，有没有被狗咬的可能性，不好说。刘彻底家里有没有狗？吉星场最关心这个问题。有，大黑，还是全村最凶悍的狗，连乡政府的人都不敢靠近刘彻底的家。吉星场心虚了。他向刘长卿自称是刘彻底的亲戚，到时候怎么办？万一刘细君不在家，刘彻底家里人不认账，任凭大黑追咬，他该怎么逃生？

终于，走到一排土墙房子前，刘长卿说，这就是刘彻底的家，你可以进去了。吉星场双腿发抖，他请求刘长卿带进屋，刘长卿看着房顶上的炊烟说，家里有人，我帮你喊喊吧。刘彻底，

刘彻底，刘彻底在家没有？屋子里没人应答，刘长卿挑着水桶慢慢往土墙门口靠近，原来，刘长卿也害怕大黑。刘长卿把头探进厨房，猛然笑道，细君，你家来贵客了，怎么不出来迎接呀？说话间，细君已经走了出来，白底圆点蓝花的衬衣，修长的黑色的确良裤子，把少女身体的秘密凸显出来，脖子和脸白得像新月，只有鼻子略微有些发黑。细君从吉星场手里接过礼品，立刻把吉星场拉进了屋子。吉星场眼前一黑，被细君双手捂住了眼睛。吉星场吓得连喊救命，细君咯咯咯地笑着。吉星场的到来也许是预料中的事情，姑妈刘婉儿早先回来一趟，母亲支持她和吉星场订婚，父亲也没公开反对。细君把手松开，吉星场说，大黑呢？细君笑道，你怎么知道，是不是姑妈告诉你的？吉星场点点头，心有余悸，望着周围，不敢大意。大黑跟着我爹到坡地上去了。细君笑道，大黑是爹的奴才，爹走到哪里，它就走到哪里，暂时不用怕的。吉星场舀了几瓢水，咕咚咕咚往肚子里灌，仍是不能解渴。细君又舀了一瓢水来喂，吉星场低着头咕咚咕咚地喝，水里有一张细君的脸在微笑。喝干最后一滴水，似乎把细君的脸和微笑喝到肚子里了。

吉星场，我姑妈呢，她走在后面吗？还有，你的父母呢，他们来不来？细君问的话未完，吉星场的脑袋嘭的一响，狠狠撞在一根横梁上。土墙矮，房子光线不好，吉星场个子高，一不留神，效果就出来了。听到吉星场被撞击的声音，细君赶紧过来安慰，她实在是为家里的房子道歉。不想吉星场又嘭的一声撞在横梁上，吉星场“哎哟”叫了，手一摸，血，流血了。头碰在横梁的钉子上了，幸亏上面还缠了一层布，伤得不重。细君捧着吉星场的头，耐心地包扎。吉星场头上火辣辣的刺痛，心里却比吃了一百个桃子甜蜜。他的脸紧紧地贴着细君柔软的双腿，细君的皮肤生着一层薄薄的绒毛，渗透出一股清凉的气息，接触到痒酥酥的，全身的骨头和肌肉都为此战栗。很痛吗？细君柔弱地问道。不。吉星场轻轻地回答。你一定是很痛了。细君纤细的手指捧着吉星场的脸，吉星场觉得自己快被这双手熔化了似的。吉星场情不自禁，伸手紧紧地搂着细君的腰肢，柔软而丰满、裹在衬衣里，微微颤抖的女人的一部分，好像一头幼小的野兽，在春天不安地躁动。细君如此柔顺，她身上似乎找不到一根骨头，吉星场就小心翼翼地捧着，唯恐摔在地上，化为乌有。

突然，房子外面传来一声狗叫，细君慌忙推开吉星场，紧张地说，老爹回来了。吉星场三魂掉了七魄，连头上的伤也不痛了，身上的毛孔全在冒汗。好在细君的爹没有进屋，只是撂了两捆麦子在院子里，又带着大黑上坡去了。细君的爹专门回家一趟，带回一只血淋淋的兔子。大黑的功劳，一下扑倒草丛里的兔子，一口下去，脖子就断了。好厉害，要是咬人，不把人咬死？当然，不咬死也得吓个半死，大黑是全村最恶的狗。

细君煮好了饭，也把饭装在大篮子里的几个碗里，她要送到靠孤山一方的过水湫。过水湫地势高，有一股泉水从孤山下来，鲤鱼村多数的田地要靠它浇灌。细君全家人都在过水湫收麦子，害怕细君皮肤过敏，刘彻底两口子让细君在家里煮饭。细君说，小吉，跟着我到过水湫去吧。吉星场便接过竹篮子，小心翼翼地走在细君身后。细君的四个妹妹一个弟弟，在一块麦地里可怜巴巴地等细君送饭。他们的肚子饿空了，没力气拿起一把镰刀。刘彻底和老婆埋头收割，他们永远不会疲劳，也没有饥饿。看见细君，地里传来一片欢笑声。细君只顾招呼弟弟妹妹，没注意到从树丛里横冲而出的大黑，大黑狂叫着，直奔吉星场，细君的招呼完全不起作用。大黑只听刘彻底一个人的指挥，细君举起木棍打在大黑的脊背上，嘭嘭响，大黑照样气势汹汹，扑向吉星场。细君哭着喊道，爹，赶快招呼大黑，客人来了。刘彻底把头抬起，草帽被风卷到地上。刘彻底厉声道，大黑！那家伙立即停止奔袭，转身缓缓走向刘彻底，嘴里发出嘘嘘的叫声。刘彻底丢下镰刀，一屁股坐在地上，掏出烟叶，快速裹了一支，塞在发乌的嘴唇里，汽油打火机跳出的火苗令大黑异常兴奋。刘彻底顺手摸了摸大黑的头，大黑马上像个大姑娘，温顺地睡在水银般的阳光下。

细君同母亲耳语了几句，细君的母亲又到刘彻底身边耳语几句。刘御底站起来，抓起草帽，拍了拍屁股，一阵白色的土灰扑了下来。大黑跟着站起，抖了抖皮毛，周围也是一片白色的尘灰。刘御底拖着两条腿，一双硬底塑料凉鞋在坚硬的土坷垃上铿锵作响，地上扬起微弱的尘埃。刘御底还是来到澄溪边的一株大黄桷树下，每次谈细君的婚事都是在这块光滑的大石头上。刘御底先选了一个好位置坐了，高高耸立，像一尊神。威风凛凛的大黑马上在刘御底面前趴下，无聊地伸着舌头，打着呵欠。留给吉星场的是倾斜、凹凸不平的部分，吉星场根本无法坐，他只好规规矩矩地站在一边。细君远远地躲在另一棵黄桷树后，她非常关心老爹的态度。刘御底吐着浓烟，平心静气地说，家里孩子多，细君是老大，时不时又来个什么过敏症，这家长实在难当啊。吉星场结结巴巴地说，细君很好，我愿意。刘御底伸出黧黑的手指朝头发抓了一把，手掌心满是沙粒和麦粒。小伙子，这是农忙，大家都不耽搁时间，话挑明了说，一不带媒人，二没有父母来商量，我没法和你谈什么，回去吧。说完，刘御底卷起草帽朝着胸脯扇了几下，迈开步子又向过水湫赶过去。吉星场喊道，伯伯。刘御底摆了摆手，头也不回，对着细君说，礼物带走，不说了，我很忙。

吉星场愣在黄桷树下，不知道该怎么办。细君已经以最快的速度回家拿来礼物，让吉星场带走。吉星场不敢面对细君，垂头丧气地说，我的错。细君转过身说，你现在才明白？吉星场说，细君。细君说，早点儿滚蛋，不要在这里丢人现眼。细君加快脚步，一会儿就上了过水湫。一阵风起，惊动了吉星场，他偷偷望了一眼，过水湫的麦地上，金黄色的麦浪起伏不定，偶尔可以看见细君的身影，白底蓝圆点衬衣，那顶草帽最为晃眼，汗气升腾，头和脸是看不见的了。

农 药

七月中旬，一个晚上，周围异常安静，吉星场头上悬挂着一盏猩红的电灯，赤脚光腿，蹲在一脚盆水中看书，复习准备自考专科的内容。突然，院子里传出一阵急促的脚步声，然后啪嗒一声，像是有什么东西摔倒在地上，吉星场的门咚咚咚地响个不停。吉星场放下书，刚打开门，就看见鱼幼泪眼蒙眬头发蓬乱站着，可怜巴巴的样子。吉星场还未来得及招呼，鱼幼自己就挤进门来了。吉星场惊愣得脸上差点儿挂不稳下巴：怎么啦，鱼？鱼幼赶紧把门关上，唯恐院子里其他人看见。缓过气来，她才用双手捂住脸，凄然一笑：那畜生发酒疯，抓着菜刀一直追着要砍我。吉星场问，人呢？鱼幼抹了一下鼻尖的液体，面部释然道，对不起，镇上放电影，他们都不在。

鱼幼问吉星场装一脚盆水干什么，他不好意思地说，蚊子叮得太凶，只好跳进脚盆里，用水把腿脚淹了，趁便也可以凉快凉快。鱼幼惨然笑道，多简单的事，买个蚊香点燃就行了。他搔首道，鱼姐，借你的钱，只有等到年终还你了。鱼幼摇摇头说，我不差那两百元钱。聊了两句，吉星场找不到话说，也不敢低头看书。突然闯进来的这个女人，让吉星场局促不安，他束着手，哎哎叹气。鱼幼闪着眼睛，似乎在说话。吉星场的脸涨得通红，鱼幼忽然想起了什么，便主动打开门，身子闪到外面，觑了觑院子，连声道歉：对不起，对不起，我走了。鱼幼一出门，咚的一声，把门关上，吉星场一颗心在胸腔里狂乱跳动，好像一个临产的胎儿。过了一个小时，吉星场还是无法专心看书。他打开门，到院子里站一站，发现地上横着一个漆黑的东西——二三子，这家伙人事不省，菜刀跌到檐沟里，一只凉鞋不见了。二三子的房门紧锁，鱼幼已经离开了院子。吉星场只好把二三子扶到自己床上，任凭他躺在那里鼾声如雷，他继续蹲在脚盆里看书。第二天下午，二三子才清醒过来。他从床上爬下来，拍拍屁股，问吉星场是怎么回事。吉星场笑道，昨晚你喝醉了，自己的事，慢慢去回忆吧。

肯定回想不起什么了，二三子的呕吐物散落在四合院，第二天清晨聚集着一群从睡眠中飞出来的苍蝇。昨晚，镇上播放的电影长达三个多小时，据说叫什么来着，哦，什么什么战役。院子里的人回来时脑子里满是枪炮声和爆炸声，一进门睡意就来了。第二天是周末，集体性地补瞌睡。鱼幼穿着粉红色的睡裙，低头弯腰，耐心清理着二三子的呕吐物。吉星场站在四合院的门外，望着南辕河上滑行的小渔船，心中的烦乱就像河面上的涟漪，没完没了。刚才，吉星场发现屋门口搁着一盒蚊香。这时，鱼幼站在院子里和冯梦的老婆聊天。鱼幼的手臂和小腿被蚊子叮得红斑满目，冯梦的老婆用肥厚的手掌给她抹花露水。鱼幼抱怨自己不该去镇上看电影，不然，不会被蚊子叮。冯梦的老婆突然回忆起来，激动地说，我怎么没看见你出门，难道是我记错了？鱼幼说，我知道镇上放电影，没回来，一直留在相馆。

又过了些日子，中秋到了，南辕农场也渐渐增添了一些喜气。刘国歌的女儿刘亚玲嫁人了。为了庆祝，农场职工几乎倾巢出动，镇汽车站旁的客来喜饭店里挤满了吃饭的人。吉星场因为有一门学科没考过关，国庆假期还要去市里参加补考，这段日子一直在忙着复习，便托刘婉儿送了十元钱，自己蜷缩在家里背讲义。看到疑难处，吉星场急得团团转，找不到向谁请教。

刘亚玲这个男人来之不易。刘国歌费尽周折，在全县范围内遴选女婿，最终选定了一个县城里跑客运的司机。司机虽然年龄有三十来岁，离婚两年，还带着一个一岁多的小孩子，但挣的钱每天晚上都运送到南辕镇，哗啦啦地倒在汽车站旅馆的地板上，镇上的人全听得见。两人见面的第二天就睡到一张床上，第三天，人们就看见刘亚玲在客车上收钱。龟儿子，好有钱啰。刘亚玲有钱，刘国歌也有钱。一个中午，吉星场从镇上的书店买了两本书，刚好走出来，就碰见刘国歌喝醉了，红着脸，从客来喜饭店把自己的大肚子送出门来。吉星场想躲，却被刘国歌一把抓住，肩膀被重重地拍了几下：小吉啊小吉，他妈的，富贵有命，富贵有命，我老刘，有这个命啊。刘亚玲和司机睡了大半年，肚子像气球一样鼓起来，这里才请客，为的是给将来的孩子挣个面子。当然，嗜酒如命的刘国歌也需要这个场面。老丈人的面子最大，大到什么程度，可以称为泰山吧。吉星场回想起与刘国歌喝酒的场景，心里比较复杂。喝醉的那一次，他竟然梦见刘亚玲和自己睡在一张床上。没喝醉那一次，又在刘国歌的房子里和刘亚玲撞在一起。一虚一实，两个刘亚玲曾经在他生活里出现，他居然有些伤感。他没正眼看过刘亚玲，院子里的人说这女子的模样还可以。有一次坐车进城，吉星场正好坐上了刘亚玲男人的客车，刘亚玲在门口收钱卖票。收钱收到吉星场身前，刘亚玲突然转过身走了。刘亚玲似乎刻意在躲避吉星场，下车时候，吉星场主动喊住刘亚玲，把车费钱给了刘亚玲。刘亚玲瘪着嘴笑着，吉星场却不敢抬头看一眼。吉星场觉得心里有些龌龊，刘亚玲的眼睛就像扫射过来的电筒光。这个世界太小了。此时此刻，四合院的安静完全不适合吉星场读书。客来喜饭店里，吃饭喝酒的笑声似乎越来越大，筷子杯子互相撞击，碗儿碟儿，叮叮当当，吉星场的耳朵都听到了。

房门嘭嘭嘭响起来。听，男人的动作。吉星场纳闷，什么人这么粗鲁？接着，二三子的声音就出来了。这个家伙不是成天待在相馆么？吉星场的脑子还在想，二三子已经一脚踢开房门，一把抓住吉星场，吼叫得更加厉害："鱼幼！鱼幼！"吉星场吓蒙了。狗日的二三子，疯子一个！他以为二三子知道了那一晚鱼幼一个人到他房子里的事情。吉星场哆嗦着，惶急不安地问，鱼幼怎么啦？二三子的脸涨得通红，像个充血的尿包，随时都可能破裂。大概二三子习惯用照相机来表达语言，轮到说话就结结巴巴，半天搞不清楚。吉星场被拖到二三子的房子里，才明白鱼幼喝了半瓶敌敌畏，此时此刻，马上要送到县医院抢救。但是，一时间，既没有车，又没有人，怎么办？二三子和吉星场两个人各背了一段路，好歹把鱼幼送上一辆中巴车，开中巴车的正是刘国歌的女婿。救命要紧，客来喜那边的酒杯还没碰几下，这里，车轮嗡嗡嗡地转到木鱼县城。刘国歌的女婿把人送到，又得急急忙忙赶回南辕镇继续他的婚宴。二三子慌了神，身上没带多少现金。暂时，车费还欠着。事情有轻重缓急，先把胃洗了再说别的。吉星场准备搭便车，二三子哀告道，小吉，俗话说，帮忙帮到底，送佛送到西，你留一下吧。吉星场本来要忙着复习考试内容，见不得二三子可怜巴巴的样子，便把踏上车门的一只脚退了回来。

医生用绳子把鱼幼捆绑在一根木桩，在她嘴里塞了一只巨大的漏斗。一个粗壮的男子站在旁边高高的梯子上，一手拎着鱼幼的长头发，一手握着一把塑料水瓢，从侧面的水池里舀水，朝漏斗里灌。灌上几瓢，就抽出水瓢，歇一会儿。鱼幼张大嘴巴，咕噜咕噜一阵响，然后，向外呕吐，地上到处是喷射物，十丈远便难以忍受那种恶臭。灌了半天的水，鱼幼嘴里已经吐不出什么了。医生把鱼幼身上的绳子解开，示意二三子过去。过于紧张的二三子身体发抖，手脚乏力，竟然抱不起鱼幼来。吉星场赶紧走拢，伸出手，两个男人一起，才把鱼幼抱进病房。鱼幼终于抢救过来了，再晚十分钟，消化道被农药腐蚀，人就完蛋了。这一次，鱼幼简直是命不该绝。两个人连续打架，暴力升级。先是鱼幼的眼眶被二三子的拳头打成一团血污，鱼幼视力严重下降，看不清楚东西。鱼幼眼眶的血污稍微有些淡漠，看得见东西了。二三子的脖子被一条尼龙绳勒着，几乎闭了气。两个家伙都在把对方往死里整，反正有一个迟早会活不出来的。鱼幼提出离婚，二三子倒在地上，抱着鱼幼的大腿。二三子提出离婚，鱼幼死死咬住二三子的手，打死她也不松口。闹了好多年，婚是离不了，矛盾却越来越尖锐。

鱼幼服药自杀，还是二三子犯下一桩滔天大罪惹起的。上次，二三子痛打鱼幼，逃回老家，躲了一个月回来，低三下四地认错。两口子关系似乎有些缓和，有几天没打架。谁知道，有一天中午，四合院的人聚在一起看打牌，手里端着午饭，大家很开心。院子外进来一个中年妇女，哭哭啼啼，手里牵着一个姑娘，说要找一个男人。那个男人把姑娘的肚子搞大了，居然躲起来，太缺德了。柳如把碗放回家，再走出来主持公道。柳如是院子里最有正义感的妇女，她不断地安慰母女两人，让她们讲清楚那男人的姓名模样。挺着肚子的姑娘不吱声，周围好奇的眼光堵住了她的嘴巴，她得有点儿羞耻感才行。中年妇女说，那个男人个子不高，眼睛大，据说会照相。这么说了两句，院子里的人心中明了大半，罪该万死的二三子，看你龟儿子往哪里逃！柳如反复强调，大姐，你怎么知道这个男人是我们农场的？中年妇女揪住姑娘的头发，让姑娘自己说。姑娘平静地抬起头说，那男人亲口告诉我，他是南辕农场的。刘婉儿哈哈大笑道，南辕农场的男人是蠢驴吗，在外面乱搞女人还留名留姓？柳如冷笑道，你以为每个男人都很狡猾，像冯……柳如说了半句，突然停止下来。刘婉儿脸变成猪肝色，愤然转身回屋去，边走边骂道，龟儿子哪里来的泼妇、娼妇，说话不讲依据！大家愣住了，目光齐刷刷地望着冯梦的房门。刘婉儿关起门来，拼命地砸东西，骂人。柳如稳住情绪，用颤抖的声音问，大姐，那个男人说他姓名没有？姑娘干脆地说，二三子！原来是二三子，刘婉儿凭什么大动肝火，莫名其妙。柳如牵着姑娘的手说，妹子，我看你眉清目秀，不像个不正经的女子，你实话说，你知不知道那个男人是结了婚的？姑娘理直气壮地回答道，二三子说，他离了婚，马上要同我结婚的！院子里的人又齐刷刷把目光投向二三子的房子，大家等着事情怎样了结呢。姑娘张开口，放大嗓门喊道，二三子，你这个缩头乌龟，今天你要是不出来的话，我就死在院子里，让你明天去坐牢！这时候，二三子的房门突然打开，身着睡衣的鱼幼披头散发，一双拖鞋噼噼啪啪地响着，人很快就冲到姑娘面前来了。鱼幼手里握着一个红色的结婚证，对着人群晃了一圈说，二三子离婚没有我最清楚！妹子，我家老公是什么样的男人，我最明白！

你自己惹的祸，自己要担当，你年龄也不小了，诬陷人是要坐牢的！中年妇女说，我们要到你家里搜，二三子出来一对质，事情就真相大白了！鱼幼厉声呵斥道，敢！哪个敢进我家，老娘用菜刀劈死！

鱼幼这么一说，周围的人全都过来劝中年妇女：先把人领回去，要找二三子容易，慢慢来嘛，农场摆在眼前，不可能飞到国外去的。中年妇女带着姑娘走了，鱼幼马上回到房子里，乱棒把二三子从床底下打出来，一直追到镇上，二三子坐上一辆摩托车逃走了事。鱼幼在家里闷坐了几天，看准刘亚玲结婚请客的机会，喝农药自杀。没想到二三子会溜回来，这家伙身上的钱用光了。

二三子手里钱不够，委托吉星场暂时在医院照料鱼幼，他得赶回南辕镇去取钱，还要处理一些别的要紧事情。过了两天，鱼幼从昏迷中醒来，一睁开眼，看见吉星场坐在身边，便流泪叹息道，我活着是受罪啊，为什么要救我？吉星场连忙说，不要难过，是二三子救了你的命，他回镇上拿钱去了。不管吉星场怎样解释，鱼幼怎么也不相信二三子会救她，她认为是吉星场救的命。此事之后，二三子的行为收敛多了。他对待鱼幼的态度有了大的改善，偶尔蹲在门前劈柴，要不就在家里做菜，时不时拉着鱼幼的手逛街买衣服，院子里的人都觉得二三子是浪子回头，暗暗对他竖起大拇指。鱼幼的面色也有些红润了，有空坐在家门口织毛衣，织完女儿的织老妈的，轮到为二三子织的时候，心情显得比较乱，织到一半全部拆，拆了又重新织。

有一天，鱼幼终于织成了一件男人穿的毛衣，但毛衣太大，二三子个子瘦小，穿起来像个小丑。鱼幼再次准备拆了重来，二三子说，织得那么辛苦，干脆送给吉星场穿，吉星场穷得像个叫花子，算是行善，也算是报答救命之恩吧。

阿　瞒

细君生了个儿子，小小的，名叫阿瞒。

阿瞒的爹，那个骑摩托车飞来飞去的家伙，大名鼎鼎的神医笑二黄，家住木鱼县城关镇桂花村雨水巷。没有摩托车的时候，笑二黄的名气还不够响。那时，木鱼县的所有道路都非常难走，四面八方的患者也只能耳闻神医，不能亲自登门求医。随着事业的发展，有一辆纵横驰骋城乡的摩托车是非常必要的。木鱼县乡下那些巫婆仙娘，对患者的亲属嘀嘀咕咕，然后恍然大悟道，找一个人，绝对有救！谁呀，人在那里？不远不近，木鱼县城关镇桂花村雨水巷，到时候，开口一问，笑二黄在哪里？邻居笑着挥手道，转个弯就到了。

人转弯不容易，摩托车转弯轻而易举。笑二黄想要一辆摩托车，摩托车自己就来了。在偏远的土城县，笑二黄四处游荡。一天下午，在土城县县城背街行走，发现街边有一辆摩托车，全身上下积满尘垢，至少一个月没有人骑。为了验证目力，笑二黄整个下午就蹲在摩托车对面的水泥地上，一动也不动。夏天的高温让笑二黄全身冒汗，头脑发昏。不断有过路的人，有些人好奇，顺便问候一声：该不会有病吧。笑二黄吃力地说，不舒服，别的没什么。不舒服，夏天的太阳，任何人晒一个小时都不可能舒服。晒死你龟儿子，还不滚蛋。笑二黄昏昏沉沉，几乎听不见外面的人是用怎样的口吻来骂他的。太阳偏西，树影重重，凉风习习，笑二黄开始变得清醒。他从地上爬起来，筋骨酸痛，全身几乎散架。他勉强支撑着，走向那辆肮脏的摩托车。手扶在车上，约略还有太阳的余热。笑二黄又捂着腰休息了一会儿，方才伸手去推摩托车，沉沉的，仿佛生了根似的。才推一条街的距离，手脚软到无法动弹的地步。他一屁股坐在地上，摩托车也哐啷摔倒在旁边。一辆六轮车路过，司机探出头说，需不需要帮忙？笑二黄点点头，司机从车上下来，把摩托搬上车，又扶着笑二黄上了副座，一口气送到一个废旧的摩托车修理店。司机把摩托车和笑二黄放下来，跟店里人打招呼道，帮个忙，伙计。摩托车维修师傅用疑惑的眼光望着笑二黄说，怎么啦，伙计？笑二黄摇摇头，仍旧不做声。师傅说，龟儿子是哑巴吗，你是残疾人开摩托，拉客还是拉货？笑二黄仍是摇摇头，嘴角流着唾液。师傅笑道，还是个蠢货呢。师傅骑上摩托，手动两下，脚踩两下，摩托车便轰隆隆地启动取来。笑二黄见状，绽开脸笑了。师傅骂道，龟儿子居然会笑，你这摩托没问题，骑着滚蛋吧。笑二黄艰难地骑上车，连夜连晚，十来个小时，骑到木鱼县，天刚刚亮。笑二黄把车撂在自家的楼梯下，回屋躺上床，一觉又是大半天。

每逢乡下赶集，笑二黄便骑着摩托去卖药。一张塑料铺开，几株干枯的草，随便取几个名字。遇到没钱治病的农民，一看人家绝望的眼神，笑二黄就开始讲药物的疗效。风湿、炎症、胃痛、腹泻、晕厥、抽筋，别人说什么症状，他就能治什么症状。

细君是在南辕镇的街边认识笑二黄的。笑二黄一本正经，穿着白大褂，在正街边摆一张小木桌，放上一本破烂的药学书，左手翻翻，右手写写，很有学问。细君患着严重的过敏症，头脸裹着帕子，正在专心走路，笑二黄突然喊道，包治百病！细君吓了一大跳，侧脸一看：哟，桌子边铺着几面锦旗，“药到病除”“妙手回春”“华佗再见”，红艳艳的，很了不起！骗子！细君恶狠狠地骂道。小姑娘，不要乱说！细君抬起头一看，这个骗子不仅年轻，还很英俊。震撼人心的是，这个骗子居然毫无畏怯，一身的自信！小姑娘，你患的可是过敏症？笑二黄笑道。不要你管，想骗我的钱，信不信我到公安局告你？细君大声说。

哈哈哈，你去告啊，你不知道公安局在哪里的话，我可以给你带路！笑二黄放下药书，又是爆笑。细君扯下帕子，让笑二黄看，笑二黄说，我给你两株草药熬水洗澡，三天后来摊子上找我，没有效果，你再到公安局报案，行不行？细君反问道，如果有效果呢？笑二黄说，那你得给我十万。细君笑道，果然是骗子，专门骗大钱的。笑二黄笑道，关键的问题是，你有十万吗？细君说，两株草十万，一株草五万，我专门种这草来卖给你，行不行？笑二黄说，价钱由买的人定，懂不懂，小丫头？细君笑道，骗子，你说得好，买的人定价的话，两株草多少钱应该由我说了算。笑二黄笑道，小丫头，你又错了，我是医生，不是卖草的。

几个回合斗嘴，细君便改了口，不再喊笑二黄为骗子了。笑二黄笑道，小丫头，我听你说话就知道你不是块读书的料，干脆跟着我行医，说不定还有出路。细君说，想骗我，没门！笑二黄收摊了，细君还舍不得离开，她觉得这人挺有意思。笑二黄把木桌子存放在区医院的门卫室，只是把脏兮兮的锦旗收起来，放进一个口袋，挂在摩托车上。笑二黄准备回城了，他脚踩着油门，大笑道，怎么啦，小丫头，被骗子骗住了，怎么不回家呢？细君说，别忙，我还真想体验一下上当受骗的感觉呢！笑二黄转过身，盯着后座说，怎么样，敢上车吗？细君一跨身，真的就坐在笑二黄后面了。谁怕谁？老骗子，你没听说大学生被高中生卖给人贩子的新闻吗？听说过，那是女大学生。男的骗不了？不一定，不一定，哈哈。

笑二黄把细君带到城关镇桂花村雨水巷，让细君看清楚他家的房子，来去的道路，还把左邻右舍介绍给细君认识。邻居笑道，龟儿子，又把哪家闺女骗上床了？笑二黄对细君说，害怕吗？大家都以为你被我骗了呢。细君笑道，笑二黄，本事大啊，连我这样的美女都能骗到手，是不是很得意？从桂花村出来，笑二黄再次提醒细君，记住这些地名和人名，万一哪天被骗了，直接来这里找他的父母。细君说，我急性差，下次肯定记不住了。笑二黄说，小丫头，现在你怎么看待骗子？细君咯咯咯笑了，然后说，如果是骗子，哪里还在乎自己的老窝子，邻居，朋友，父母，亲人，都是可以出卖的。笑二黄骂道，都说乡下人老实，你这鬼丫头怎么一点儿也不淳朴了呢。细君回敬道，小骗子，实话告诉你，我十五六岁在江湖上混，北京、上海、广州，到处乱窜，你给我趴下算啦。

笑二黄用摩托把细君送到东门国营旅馆，专门给细君租了一间房子住宿。然后，骑着摩托带细君全城兜风。后来，细君在旅馆里住着，突然被刘御底抓了回家，用绳子绑起来，吊在屋梁上。刘御底抓起鞭子，朝着细君的屁股狠狠地打了一顿，细君咬紧牙关，居然没喊痛。刘御底还要打，刘御底的老婆抢过鞭子说，让我来。刘御底说，打死她！刘御底的老婆拿起鞭子，还没打，便开始哭。细君从小体质弱，父母连劳动都很少让她做，怎么舍得打呢。老婆的哭让刘御底心里烦。细君的相貌出众，从小就受宠，被当成城里人养，细皮嫩肉，原本希望她嫁个好男人，帮助家里弟弟妹妹。想不到在外面耍野了，好坏不分，同一个街上买打药的江湖骗子鬼混，名声毁了，什么都没有了。刘御底又拿过鞭子，再次打了细君的屁股。用力猛一些，细君就开始惨叫了。几个妹妹和弟弟吓得躲到床底下，瑟瑟发抖。打死我算啦，反正我也不想活了。细君开始反抗了，她叫嚷起来。刘御底说，老子不会打，老子要饿死你，为家里节约粮食。果然，刘御底让细君饿了两天，细君终于屈服了。刘御底端来一碗米饭，细君眼里露出贪婪和巴结的神色。细君安安静静地吃饭，母亲就唠唠叨叨地给她讲婚姻大事。细君吃饱了，瞪眼问道，你们让我嫁给谁，明天就可以让媒人来。晚上，松了绳子，细君睡得挺香，呼吸声连绵起伏，好像乐器演奏出来的。细君的父母已经向刘婉儿打了招呼，让姑妈在镇上物色一个有正式工作的男青年。细君已经到了该结婚的年龄了。

姑妈带信回来说，农场有个青年，一表人才，特别好读书。母亲还没开口，细君就说，就是那个名叫吉星场吧。母亲说，姑妈说的没错。细君说，书呆子，啥也不懂。母亲说，那你喜欢什么样的男人？细君说，哪个男人我都讨厌。刘御底严厉地说，反正不能让那个卖假药的骗子进家门。细君反问道，人家什么时候说要嫁给那个骗子的？刘御底扇了一巴掌在细君脸上，骂道，还嘴犟哩，都一起在旅馆开房间了，还要人家怎样议论？细君说，不是那样的。母亲问，那你同卖药的交往是什么意思？细君说，我觉得他很有意思。刘彻底说，骗子当然有意思，他会花言巧语嘛。细君说，我只是想看看，骗子是怎样骗人的。母亲说，细君哪，一个女孩子，脑筋怎么能同社会上那些坏男人比？拿自己一辈子的前途开玩笑，要吃大亏的。

刘彻底夫妇对吉星场印象最好，细君也曾经动过心，可惜吉星场的父母嫌细君是个农村人，好事落了空。所谓万事皆是命，万般不由人。那个呆子在忙着什么考试，考试完了，再来找细君时，细君已经被药贩子带走了。听说，那呆子着实生了一场大病，现在，心中仍是放不下细君，活该他倒霉一辈子。

其实，事情的变化也很突然。催款。催款是乡里搞的，美其名曰专项行动，要下属各村在一个月内把近五年积欠的款项收齐。乡里调换了领导，除了老乡长黄彰武，书记、副乡长几乎都是外乡来的。先前，乡里有个人物，廖富贵，刘彻底读高小的同学，也调离了。廖富贵和刘彻底先前是有一些友谊的，至少认得相互的姓名。最初，刘彻底超生的两个子女，廖富贵看在同学的面子上，把刘彻底的罚款押下来，也是觉得他穷，可怜他。刘彻底这人就是脑筋死，不懂得感恩，还恩将仇报，影响廖富贵的前途，廖富贵气坏了。刘彻底种庄稼很在行嘛，廖富贵在乡里当领导，领着人来参观刘彻底耕作的大田，白衬衣扎在黑裤子里，脚上穿的是解放鞋。刘彻底一身黢黑，像个炭团，烂草帽下滴着汗珠子，胸脯一起一伏，喘着粗气。廖富贵站在田塍上，挥着纸扇说，老刘，烧烟，纸烟。刘彻底自己从裤带上取下烟杆，裹了一杆叶子烟，扑哧扑哧地烧，田里乌烟瘴气。廖富贵说，老刘，乡里要搞一个示范田，我看你手艺不错，就拿你这块大田来搞示范，如何？刘彻底说，怎么个示范？廖富贵说，把大田的水放干，冬种小麦，夏种水稻。刘彻底说，那会饿死人。廖富贵说，饿不死，有的是化肥农药，多一季收成，乡上还给你一笔补助，划得来哟。刘彻底摇头说，不行，万一出现旱灾怎么办？

刘彻底没有买廖富贵的账，示范田就选在刘彻底附近的一块田，稍微小一点儿，罗歪嘴家的包产田。罗歪嘴把水放干了，种上冬小麦，五月里果然结结实实收了一季，让刘彻底眼红透了。可惜老天不肯继续帮助罗歪嘴，真的就遇到了几十年难得一遇的干旱。澄溪连河的老底子都干出来了，田里没有陈水，土坷拆裂，哪里栽得下秧苗！罗歪嘴急哭了。小麦卖不起价，人的嘴巴还是喜欢吃米饭。刘彻底的大田有陈水，秧苗勉强栽下去了。罗歪嘴找乡上想办法，廖富贵带着人来现场办公，刘彻底戴着草帽，嘴上裹着布条，正在给绿油油的秧苗喷水。廖富贵伸出手，递卷烟说，老刘，烧一支，烧一支！刘彻底说，不，农药有毒！廖富贵说，老刘，商量个事儿。刘彻底说，说嘛。廖富贵说，罗歪嘴的田栽不下秧子，你看能不能把你田里的水放一些到他的田里，等几天乡里的抽水机来了再把水补给你？刘彻底说，那不行，谁让他把水放了种小麦的？廖富贵说，老刘，你就当是帮我的忙吧，算我求你啦。刘彻底话说得硬邦邦的：不行，罗歪嘴收的小麦怎么不分一些给老子？刘彻底真的拒绝了廖富贵的请求，算是得罪了人。等到乡里的抽水机搬来，罗歪嘴的秧子已经晚了半个月栽，秋天的水稻收成比往年少了三成。示范田，哎呀，丢脸！罗歪嘴成了村里庄稼人的笑话，廖富贵也搞得颜面扫地。

有人预言，廖富贵要报复刘彻底。没想到廖富贵突然调走，刘彻底松了口气，他不用欠别人的人情债了。可是，听说新调来的几个干部都不好惹，书记，副乡长，尤其是副乡长吕品，分管鲤鱼村的，据说铁面无私，不认黄的。新官上任三把火，刘彻底会不会倒霉？前几年赖的那些账会不会被采取强制措施？刘彻底说，老子不怕。可是，超生罚款，再加公粮提留款，累计几大千呢。刘彻底家就那么两间矮小的土墙房子，连地皮一起卖，值得了多少钱，自己还不清楚？刘彻底赶集，一路上是高音喇叭不断地讲话，听得胆战心惊，路过乡政府，又看见几个陌生的人在砖墙上刷标语，心里紧张。“估计这一次赖不掉了。”“多少得出点儿血。”和老婆商量了一宿，拿不出什么主意，刘彻底只得去找刘婉儿借钱。刘婉儿狠狠地抱怨了刘彻底一顿：你真是个无赖，欠那么多款子，穷得像叫花子，居然养了六个孩子，谁有钱养这么多孩子？刘御底说，想养一个儿子，农村人嘛，就是这样。刘婉儿翻箱倒柜，好歹掏出两百元私房钱来。在把钱交给刘御底之前，刘婉儿反复说，这钱是冯梦给她买新衣服用的，积累了十几年，预备给女儿置办嫁妆，看嘛，现在都掏出来了。刘御底说，姐姐，你也不要焦躁，细君挣了钱，我会首先还你的。刘婉儿恨恨不已，骂道，不要提细君，你两口子娇生惯养，你看看，细君成天在搞什么名堂？刘御底低下头说，老子回家打断她的腿！刘婉儿抹了抹鼻尖，打断刘御底的话：在我面前，不要说刘细君了。刘御底木然地说，是，是。刘婉儿把钱按在刘御底手里，一股滚烫的热传了过去：千万不能让姐夫知道了。你看你们姐夫，刮风下雨，骑那个摩托，挣那点儿钱，姐姐心疼呢。刘御底感激不已，一面道歉，一面说，姐，谁叫我们是一个妈生的？刘婉儿抹了一把眼泪说，不要再提一个妈生的话，你看你家里的孩子，生在你家就是受难，你走吧，我不想看到你了。

受到姐姐一番抢白，不过才筹集了两百元。刘御底夫妇坐在床前，通宵未眠。刘御底长长地叹息：孩子确实养多了。老婆低声道，如果第一个生下来就是儿子，也没这么麻烦的。孩子们白天玩累了，明天要上学，都睡得香喷喷的，一屋子舒畅的呼吸声。只是细君的过敏症最近又加重了，夜里睡不着，在床上辗转反侧。吕品明确喊话了，村长专门来捎信：这次，至少得准备付一半的欠款。不是廖富贵了，没那份人情讲的。刘御底抱着大黑，手不停地抚摸着它光滑的皮毛，又是喘气，又是咳嗽。刘御底说，又听村长说，吕品说，工作组要抓典型，刘御底就是嘛。鲤鱼村的工作已经瘫痪，这个，非抓不可了。人怕出名猪怕壮。村长说，吕品明天要来，要动真格！怎么办，老刘？刘御底的老婆焦虑地问。这时，细君在床上翻了几个身，连续咳嗽。细君，感冒了吗？母亲询问。细君从床上下来，披了一件夹袄，哆嗦着，紧紧搂着母亲，笑道，你们怎么还不睡啊，好冷啊，屁大的事，钱嘛，明天再说吧。

第二天，刘御底胆战心惊，坐在家里，随时听着外面的动静。早饭，没事儿。午饭，仍旧没事儿。刘御底便扛上锄头，准备出门干活儿了。这时候，村口传来摩托车的响声，刘御底赶紧丢了锄头，迅速躲回家里，大声地吆喝：大黑。大黑咆哮着，冲着摩托车的声音去了。一会儿，摩托车到了刘御底的房子前，大黑乖乖地跟在后面，鼻孔里仍是哼哼，表示愤懑。车上下来两个人：一个是细君，一个是笑二黄。笑二黄身着红色 T 恤衫，白色休闲裤子，一双棕色懒人牛皮鞋。笑二黄赔着笑脸，给刘御底散了烟，亲自用打火机点燃。细君把崭新的两千元递交给刘御底。细君和母亲忙着收拾乱七八糟的东西，笑二黄则陪着刘御底坐在桌子边饮酒。刘御底拿出一袋子生花生，笑二黄则从摩托车上取下一瓶木鱼高粱白酒。喝到高兴了，刘御底爬到床底下，摸了半天，摸了一只塑料袋出来。塑料袋起了霉，一打开，里面裹了一层布，肯定是个宝贝。刘御底得意地对着老婆和女儿说，你们猜，里面是什么？刘御底的老婆说，有啥值钱的东西？细君笑道，肯定是钱。刘御底笑道，老子有钱！打开布，果然是一叠人民币。细君拿过去，慢慢清点。刘御底笑道，你们真以为老子穷，一分钱没有？刘御底的老婆说，干吗不早点儿拿出来？细君把钱重新封好，递给刘御底，刘御底马上塞在衣服里，放声大笑道，拖欠的那两千块钱，打死老子也不会交了。细君笑道，老爹呀，你把我们大家都给骗了，你真是个无赖！笑二黄也笑道，姜还是老的辣，老的辣。刘御底马上教训笑二黄了，两片嘴唇翕动着，啜饮一小口酒，方才慢悠悠地说，年轻人，你在江湖上玩的那一套花样，我几十年前都会玩了。刘御底的老婆骂道，自吹自擂，怎么混成这副鬼样子！刘御底紧紧地搂着衣服里的包说，老子有钱，谁也不怕，哈哈！

笑二黄骑车走了。细君的母亲连声称赞道，这小伙子不错，真的不错！刘御底骂道，骗子，妇道人家，你懂什么？细君的母亲回骂道，你这个神经病，人家来帮忙，你竟然骂别人是骗子！刘御底说，想趁火打劫，来骗我女儿，没门儿！细君笑道，老爹，你放心，你这么老奸巨猾，你的女儿也不是那么容易上当受骗的。刘彻底笑道，细君，你说得好啊。

细君聊到笑二黄来的时候，想到在镇上发生的一件有趣的事情，她必须说出来，不然，心里憋着难受。刘彻底笑道，快说，怎么个有趣？细君说，老爹，你们千万不要生气啊。刘彻底笑道，小乖乖，同骗子混了几天说话就开始卖关子，快讲，趁老爹高兴，等一会儿，老爹发怒了，要杀人放火的！

细君笑起来，眼睛眯成了一道缝，她说笑二黄的摩托车在镇上与吉星场相遇了。两个男人相遇，很有意思的。一个吃醋，一个装傻。吃醋的恨不得把装傻的撕成碎片，丢到河里。装傻的还在那里讨好卖乖的，也是令人讨厌的角色。细君的母亲说，说明白一点儿，我们听不懂。说明白一点儿吧，那个吉星场，对我真还是一往情深，他就那么盯着笑二黄的摩托车，无论怎样按喇叭，他就不让路，像一截拦路桩。笑二黄气得受不了，只得下车来，问吉星场想干什么。吉星场说，有话要和细君单独讲。哈哈哈，这个蠢货，他以为细君和笑二黄在谈恋爱呢。我就答应要求，跟着那蠢货走到桥头边的黄桷树下，听他说废话。笑二黄脾气好，偶尔咳嗽，或者说一声：细君，时间要紧，你家里房子起火了。我也是心里毛躁躁的，巴不得扇那蠢货几个耳光。可怜的男人最可恨，他眼泪汪汪，比我们女人还不如。我态度不好，听他嘀咕了几句，也不耐烦了，我说，如果没事的话，我就走了。那蠢货听这话，简直要给我跪下了。我从未见过这么贱的男人，一点儿骨气都不沾，他还在那里高谈阔论什么爱情。他说，你不相信我的心是真的吗？我说，相信，你的心肯定是真的，你爹妈生出来的，怎么可能有假？他气得胸脯一起一伏，活似一只癞蛤蟆！他妈的，不过是多读了几天书，有什么了不起的，他那个黄泥村，屙屎不生蛆，他妈的，他爹的，竟然说，吉星场端的是国家饭碗，细君是乡下女人！笑二黄把摩托车骑到黄桷树下，喇叭的声音压过了那蠢货说话的声音，我就只见着他一张臭嘴巴在蠕动，没再理睬，上了摩托车，他一下子扑上来，拉着我的手说，细君，我有一句话，说完就可以了。我说，说完了，你就去死吗？那蠢货认真地说，不，我会越活越好。我说，你以后活得好不好关我屁事呀？他说，等我十年。去他妈的，一个臭不要脸的男人，凭什么要我等他十年，我又不是公共汽车，就是公共汽车，也是五分钟一趟嘛。

细君狠下心，断绝了吉星场所有的幻想。她闪电般地嫁给笑二黄，追随笑二黄在国内奔波，做起了药品生意，很快，生了个儿子，还未来得及取名字，笑二黄就变心了。细君说，他妈的，果然是个骗子。为了纪念一个骗子暴露真实面目，细君给儿子取了个名字：阿瞒。笑二黄说，阿瞒这名字不现代，不吉祥，能不能改一下。细君笑道，我专门找人取的这个名字，历史上，叫阿瞒的男人只有一个，就是曹操。笑二黄说，你还希望我们的儿子以后成为有一个曹操？细君说，没文化，你知道阿瞒是什么意思吗？笑二黄说，你自己说的，阿瞒就是曹操嘛。细君笑道，阿瞒就是骗子，瞒，欺骗的意思，懂吗？笑二黄说，儿子随便叫什么名字都可以，我们能不能不离婚？细君说，够了，一个名副其实的骗子，不需要婚姻作为幌子。以后，笑二黄可以为所欲为，骗尽天下的女子。细君果断地同笑二黄离了婚，带着孩子回了娘家。

吉星场

“细君，细君呢？”柳如急切地问。“细君已经结婚了。”刘婉儿沮丧地回答。“这么快就结婚了？”柳如问道。“现在已经离婚了。”刘婉儿垂头丧气地说。细君结婚和离婚的事，都让刘婉儿心中极度不快。想不通，好端端一个侄女居然嫁给一个骗子，刘彻底一家人简直眼睛瞎了。刘婉儿曾经对细君抱着极大的希望，以为她可以嫁个好老公，荣华富贵，多少能够帮助乡下那个穷得锅儿当钟敲的兄弟。细君离婚这件事彻底摧毁了刘婉儿脑中的幻想。穷人有根，世世代代都有一副烂德行。细君那么小，带着儿子回娘家，以后的日子怎么过呢。乡下人哪见得离婚的事儿，刘细君呆在鲤鱼村，无论对她自己还是娘家，是一件多么丢人的事情！

刘婉儿回了一趟娘家，看看刘彻底会把家里闹成什么局面。刘细君本来身体就不好，儿子又小，走投无路，只好死皮赖脸，蹭着父母。刘细君嫁给笑二黄，刘彻底一百个反对意见，细君自己要答应，刘彻底把话说得很绝：刘细君，嫁出去的女儿泼出去的水，以后，你跟着那个骗子，不管是每顿饭山珍海味，还是提着破碗在街头当叫花子，与我刘彻底都无关，不要踏进这个家半个脚印来。细君跟着笑二黄做药品生意，挣来的钱大半都给了娘家。半年前，刘彻底才推倒土墙修了四间大砖瓦房，在鲤鱼村里终于可以抬头跟别人说话了。老刘，养女儿好啊，你家细君有出息。刘彻底赶紧补充说，我那女婿也不简单，长期坐飞机，飞上海北京广州深圳，一个月挣的钱比你我一辈子挣的还多呢。突然间，细君离了婚，还带着儿子回来寄居，刘彻底的脸从一把水瓢拉成一把刀子，恨不得把细君母子剁碎了，放在锅里炖汤，喝到肚子化为粪便。阿瞒一岁多了，刘彻底从未抱过，从未喂过一勺子饭。要不是细君的娘哭爹爹告奶奶，刘彻底真的不会让细君踏进家门的。细君的娘记住了细君的功劳，一是帮家里还清了计生罚款、公粮提留欠款，二是出钱修砖房子。就算细君嫁错了人，细君每次给家里拿钱，她男人也算大方的。刘彻底没有把细君赶出家门，但却不准细君和阿瞒出门，大白天也只能待在家里，免得村里人看笑话。

刘婉儿一进屋，细君就抱着她哭，刘婉儿陪着流了无数眼泪。细君在家里坐牢，儿子跟着坐牢，时间长了会影响性格。刘婉儿对自家兄弟的规劝不起作用，刘彻底说，要自由的话，自己把孩子带走，到外面想干什么就干什么。刘婉儿说急了，只问刘彻底一句话：细君是不是你生的？刘彻底说，是又怎么样，那些犯了罪的人还是爹妈生的，要杀头也是自己掉脑袋，难道父母要陪着掉脑袋吗？刘婉儿气不过，把话说得更绝了：你要是嫌弃细君，我把她母子两人带到我那里去！刘彻底说，巴不得，她走了好，越远越好！

快要走进四合院了，细君变得犹豫不决起来。刘婉儿知道细君有心病，怕与吉星场相见。怕他干什么，大路朝天，各走半边。细君想起在黄桷树下羞辱吉星场的场景，觉得自己当时有些过分，她真害怕吉星场想不通，会自寻短见。现在，走到一个院子了，肯定会碰面的，找个机会向他道歉，男人的度量，这不算什么。实际上，吉星场正在忙着拿文凭，成天在屋子里看书学习，大白天要在路上邂逅，几乎没有可能。细君在姑妈家坦然地生活了一段日子，虽然觉得不方便，但比在鲤鱼村多了自由。唯一不方便的是冯梦，细君一来，母子两人霸占了家里的大床，也霸占了刘婉儿的大部分时间。冯梦搭在厨房里的小床睡起来不舒服，他那样的大个子天生就该睡大床。影响了睡眠，冯梦呵欠连天，刘婉儿担心男人骑摩托车的安全，脸上也是愁云不断。聪敏的细君马上体察到了姑妈的心事，她主动告诉姑妈，过一两周她还是要到县城去一趟，找一找那个负心郎，看夫妻关系有没有挽回的余地。不容易啊，夫妻生活一辈子，哪里不是磕磕绊绊的。姑妈，细君早些听你的话，也许就不会有今天的灾难了。细君抱着刘婉儿，无限地懊悔。不要怕，细君，像你这人才，重新找一个男人，照样可以过好日子。刘婉儿素来比较乐观，她用笑声安慰道。姑妈，我把问题想简单了，其实，我不应该强行和笑二黄离婚的。细君后悔说，过了的事，千万不要再提了。刘婉儿安慰说，反正我和老冯没有子女在身边，大不了多养一个女儿罢了。刘婉儿抱着细君，发出会心的微笑。细君的脸紧紧贴着刘婉儿的脸梦呓：我那爹为什么蛮不讲理，一点儿人情味都没有？刘婉儿说，爹妈再错也没有子女错的多，你老爹一直埋怨我这个姑妈把你宠坏了呢。

细君无意中问刘婉儿，怎么这么长时间没看见那个人呢？刘婉儿不便把话挑破，只是咳咳咳地干笑了一阵。一天吃午饭时，细君突然说，她要当面向吉星场道歉。刘婉儿惊愕地望着细君：啊？道什么歉？细君认真地重复道，吉星场。刘婉儿心里嘀咕道，男女之间的事，说成道歉，算什么呢？细君说，我曾经把吉星场骂得狗血淋头，他一定恨死我了。刘婉儿笑道，细君啊，在对待男人方面，姑妈比你有经验得多，你要听我说。细君笑道，啊，姑妈，说给我听听。刘婉儿说，男人，只有产生足够的优越感时，才会接受别人的道歉。细君笑道，假如我现在道歉呢？刘婉儿说，朝他伤口里撒盐，他会疯狂地伤害你的。

没多久，阿瞒生病了。额头发烫，喉咙里发出一种含混不清的噪音，胸部剧烈起伏，不吃饭，只是哇啦哇啦地哭。抱到区医院，拍了一张片子，医生认为是肺炎。输液几天，症状不见缓解，医生建议送到县医院。细君吓坏了，左思右想，只得给县煤炭公司的公公打电话。公公在电话里用发抖的声音说，你们的事情与我无关，就挂了电话。公公恨笑二黄不务正业，本来安排笑二黄进煤炭公司当工人，笑二黄嫌煤炭脏，好不容易争取到的一个工作指标浪费了。那时，笑二黄正带着细君四处卖药，谈恋爱谈到天昏地暗的地步。

细君没钱。这才是忧心的事儿。刘婉儿上次把私房钱给了刘彻底，手里一分钱也没有。哎，钱方面，当姑妈的想不出什么办法。细君说，那我再回鲤鱼村一趟。细君前脚出门，后脚还在屋里，阿瞒便开始哭。细君抱着阿瞒说，妈妈出去一会儿，一会儿就回来，啊啊。刘婉儿接过去，阿瞒暂时没有哭。细君才放心走了。不一会儿，阿瞒开始哭了。虽然不吃饭，张着小嘴巴，哭的声音却异常响亮，连房顶的鸽子都吓得不敢停留。小家伙哭累了，昏睡一阵，醒来找妈妈，找不到，又开始放声大哭。这时候，阿瞒非常坦诚，不舒服就嚷出来。院子里几个女人聚集过来，集体关心阿瞒的病情了。吉星场打开门问，谁家的孩子这么哭啊？细君的儿子，阿瞒啊，快两岁了。吉星场瞪大眼睛问，细君哪里去了？刘婉儿叹气道，男人变了心，现在，细君离了婚，暂时来这里解闷，过两天又要返回县城去。细君的病好些没有？

吉星场问的还是细君，刘婉儿首先要对付的是阿瞒的哭声，顾不得回答，吉星场什么也没说，长长地“哦”了一声，迅速地退回自己的房子里去了。

清晨，细君抱着阿瞒，搭上一辆进城的六轮车，车上装着近十吨重的煤炭，人就坐在坚硬的煤炭上，一只手还要牢牢抓住拴在驾驶室和尾板之间的麻绳，免得转弯时被甩到路上。汽车呜呜呜呜地叫，南辕镇沉睡中的居民已经熟悉这种声音了，只是细君听来觉得刺耳。她以为大地在塌陷，搂着怀里的阿瞒，双目惊恐。六轮车驶出南辕镇，进入一条狭长的土石公路，车颠簸更加厉害，公路两旁林立的垂柳不时扬起柔软的枝叶，鞭子一样敲打着车身。冲出柳树林，六轮车仿佛摆脱羁绊的困兽，加大马力奔跑起来。就在这一刹那，细君发现了尘土中雕塑一样的吉星场，他正在朝着她招手。车速加快，细君眼看着吉星场越来越渺小，最终被抛弃在黄色的尘土中。

在木鱼县煤炭公司，筋疲力尽的六轮车缓缓停了下来，细君才得以安全地回到地面。长时间吹风，她和阿瞒都在剧烈咳嗽，头脑晕眩，仿佛患了重病似的。旧历九月，说下雨就下雨，外面淅淅沥沥一阵雨，煤炭公司门口出现了黑色和黄色混合的浊流，泥泞与煤屑搅拌成糨糊。持续降落的雨珠砸起巨大的水泡，水泡瞬间破灭，掀起一层层涟漪。望着越来越昏暗的天色，细君愁眉苦脸，不知道阴雨何时停留。又一辆湿漉漉的运煤车四射着泥浆，驶入了煤炭公司的围墙。猩红的车灯像患了眼病的老人，周围一片模模糊糊的黑影。从车顶啪嗒一声掉了一件重物下来。一会儿，污水里缓慢爬起来一个庞大的东西，那东西摇晃着站了起来，形成了人的模样。“吉星场!”细君尖叫起来。吉星场捂着胸口，垂着脑袋，剧烈呕吐，胸腔和腹腔因为痉挛，发出古怪离奇的声音，仿佛惊恐万状寻找逃路的群蛇，嘶嘶呀呀，唧唧咕咕，哗哗啦啦。呕吐结束，吉星场整个身体像个干瘪的口袋，瘦长脖子勉强支撑着虚弱的脸。细君立即扑了过去，紧紧地搂着吉星场冰冷的躯体。吉星场牙齿剧烈磕碰，身体战栗，好像还在颠簸的车上。

阿瞒患上了急性大叶肺炎，细君身上只剩不到十元钱，她只有眼巴巴地望着吉星场。吉星场说，我有钱。钱怎么来的？细君问。吉星场喘了口气说，好不容易借到的。说着，他从裤袋掏出三百元钱来。阿瞒住进医院，输了抗生素，几天便有了改善，居然还能一连睡两三个小时，不哭不闹。细君和吉星场来到楼下的小花园散步，松一口气。细君平静地问吉星场，你怎么知道我们要进城的呢。吉星场说，听你姑妈说的。细君说，在黄桷树下，把你骂哭了，还在恨我吗？吉星场笑道，以前恨，恨之入骨，现在不恨。细君问，为什么？吉星场突然伸开手臂，把细君搂在怀里，用脸摩挲着细君的头发，一行热泪迅速流下，滴落在细君脸上，已经冰冷。细君伸手抹了一下吉星场的眼睛，鼻子翕动，小声地说，吉星场，对不起，我真不是个好女人啊。听到这话，吉星场开始傻笑，他沉浸在自己的内心世界。细君叹了口气，遇到这样的男人，这么傻，执迷不悟，该怎么办呢。

阿瞒住院十天，四百多元，费用由吉星场垫付。细君说，账我记着，等阿瞒的爹那里要来了钱，马上还。吉星场笑道，不用还了。细君诧异道，为什么？吉星场说，从今以后，你和阿瞒，还有我，在一起生活，咱们都是一家人，好不好？细君一阵狂笑，然后说，可能吗？吉星场低下头，沉默半晌，喉结像老鼠一样蠕动，一句话：我要带你和阿瞒远离木鱼县，到深圳打工。吉星场说着，又从裤袋里掏出一叠钱，大声说，这次借了一千五，准备得比较充分。细君冷笑道，如果是打工，只需要两百元钱的路费就够了。吉星场说，多带些钱，出了门才不心慌。细君说，吉星场，你一点儿都不清醒、冷静，赶快把这些钱还了。吉星场说，为什么？细君说，你那个破农场，随时可能倒闭，老实告诉我，你的钱找谁借的？吉星场愣了，一会儿才说，一个好朋友。细君冷冷地说，据我所知，你周围根本没有什么有钱人，短时间内，哪来这么多的钱？吉星场笑道，细君，你真是多心了，难道我会偷会抢？这钱确实是借来的。细君说，谁借的？吉星场被急了，只得如实回答，鱼幼。细君冷笑道，好个鱼幼，镇上大名鼎鼎的人物。吉星场辩解道，其实，她并不像外面传言的那样，她人很好。细君笑道，她人好，你去跟她过日子吧。吉星场说，我只是借了一点儿钱，细君，你想得太多了。细君说，我是一个女人，对女人的理解比男人对女人的理解更正确。吉星场说，你说这话什么意思，可不可以明白地告诉我？细君说，我不想说，你自己慢慢去体会。细君双手紧紧地抱着胸膛，两只乳房涨得好像要爆炸似的。

吉星场要带细君和阿瞒出门打工，细君要吉星场把借鱼幼的钱还了。两人争执一番，吉星场妥协的地方多，细君妥协的地方相对较少。现在，细君答应跟着吉星场到南辕镇，首先把钱还给鱼幼。至于细君和阿瞒是否跟着吉星场到深圳打工，那是后话。能争取把细君暂时带回南辕镇四合院，对吉星场来说，也是一大胜利。下了车，吉星场提议到镇上去吃豆花饭，细君说，可以。走到豆花店门口，吉星场的主意又变了，他把细君直接带到镇上最阔气的客来喜饭店。细君在店门口犹豫不决，吉星场说，饿了，赶快进来，点菜。细君说，不要点贵的菜。吉星场说，听说，有一种鱼味道很好，只有南辕河里才打捞得到。鱼叫什么名字？细君好奇地问。鲈桂，吉星场笑道。“名字这么难听，样子也长得难看吗？”细君像个小学生一样脑子装满了十万个为什么。“等一会儿，红烧鲈桂端上来就知道了。”吉星场也没吃过，鲈桂只是一个传说。

细君和阿瞒一来，就把冯梦挤出来。冯梦只得抱着铺盖卷，到吉星场家里搭铺睡觉。和冯梦睡一张床，简直是吉星场的一个噩梦。这该怨谁？吉星场招惹来的，活该！冯梦身材高大，体格魁伟，他连睡觉也保持着摩托车司机的职业习惯。吉星场经常在梦中无缘无故充当了冯梦的摩托车，冯梦的两条臭腿紧紧地夹着吉星场，一边还要用双手紧握着吉星场的双手，口里学着摩托车发动机的声音，呼噜呼噜，狂呼乱叫。吉星场被冯梦折腾得不敢入睡，他得时刻保持清醒，一旦对方把他当摩托车操作时，他就要脚踹肘击，让冯梦付出惨重的代价。好在冯梦身体素质了得，吉星场那点儿花拳绣腿根本伤不了他，第二天照样可以骑摩托上马路挣钱养家糊口。一到了大白天，吉星场总是呵欠连天，萎靡不振。见到刘婉儿在铁丝上晾晒阿瞒的衣服，王红宝的老婆不阴不阳地笑道，婉姐，万一你家老冯和吉星场睡觉睡出一个小孩子咋办，你忙得过来吗？

刘婉儿呸了柳如一口唾沫，她其实心里也在担忧这件事。细君没来她家的时候，冯梦每天晚上搂着刘婉儿的脂肪睡觉，他硬得像生铁的身子骨会使她过剩的脂肪大量燃烧，流汗发热，冯梦慢慢就便成火炉中的一团灼热的铁水，四处寻找泄漏的孔穴。刘婉儿累了，昏昏沉沉地进入梦乡，她听见院子里到处都是尖锐的敲打声，黑暗的天空升起一团一团火红的云朵，槐树上的鸟也飞舞着，在四合院的瓦房上发出金属碎裂的声音。

细君来了，刘婉儿脸上的阴郁多了，她发觉自己衰老得比较快。侄女成天教怀里的阿瞒喊刘婉儿喊姑婆，阿瞒的牙齿还没长全，除了哭声比较规范，听得清楚，其他的声音一律叽咕叽咕的，像一只小狗或一只小鸽子，刘婉儿听了更为恐慌。这不止是催老，简直是催命，她更愿意听别人喊她婉姐。

起床的时候，她拎着一条裤子半天穿不上身，心里急了，连忙招呼细君起来。打开电灯，细君才发现姑妈正在穿的是自己的裤子，虚惊一场。刘婉儿也不穿裤子，光着肥硕的大腿，半是哀怨半是羡慕，盯着细君雪白的身子说，我年轻时身材不比你差，但是现在，哎。话没说完，刘婉儿就从衣橱里捧出二三子为她翻拍的巨幅照片，自我欣赏起来。细君没兴趣看，她已经看过无数次了。刘婉儿反复告诫侄女，儿子不要生多了，不然，老得更快。刘婉儿说，年轻那一阵，冯梦没摩托车骑，一天二十四小时精力过剩，晚上睡觉，挡也挡不住，儿子就像成熟的兔崽子一样，从屁股缝里往下掉。细君低下头，不好意思再听了。刘婉儿津津有味谈论起男女之事，她问细君想不想。侄女说，不想。刘婉儿说，年轻那阵，有儿子缠着也不想，儿子大了，心一下子就闲了。一提到男人两个字，细君就像五雷轰顶，熬不过姑妈的唠叨，只说了一句：男人不是东西。

男人不是东西。真不是东西。刘婉儿担心的是冯梦和吉星场，这两个男人睡在一起，迟早会出事。刘婉儿非常了解自己的男人，冯梦可以三天三夜不吃饭不睡觉，但不可一天没有女人。有一年，刘婉儿小产，冯梦被赶出家门，到农场去住集体宿舍，没多久，有人暗中向刘婉儿报告，说冯梦在镇上喝酒打牌，一晚也没在集体宿舍住过。据说，和老街一个卖油茶的中年妇女搅上了。刘婉儿顾不得产后虚弱，跑到茶馆把冯梦拎回来，把整个人扔在床底，骂他祖宗十八代，骂够了，命令男人马上把衣服袜子长裤内裤一齐脱下来，放进灶窟窿里烧成灰烬。冯梦一周之内天天洗澡，直到刘婉儿的鼻子嗅不到油茶的味儿了，方才罢休。对冯梦的惩罚并未因此结束，而是持续到春节，冯梦每晚睡觉的地方就在刘婉儿的床前。此后，冯梦不敢上街打牌喝酒了，别的事情也不敢干，老实巴交的，有空就在家里煮饭、洗衣服。等到几个儿子慢慢长大，家里缺钱，冯梦找亲戚借了两千块钱，再加上家里所有的积蓄，买了一辆摩托车跑运输，每天有两个散碎银子的进账，刘婉儿心里乐得像个黄花闺女。慢慢地，刘婉儿又原谅了男人的错。

吉星场把钱还给鱼幼，刚好剩余一千元。吉星场说，鱼姐，差你几百元，过一段时间还。鱼幼笑道，无所谓，小吉，你不是说要出门打工吗？吉星场说，暂时没定主意。细君住在刘婉儿家里，从不到吉星场这边来一趟。吉星场怎么也不好意思去催细君，何时出门打工。只是刘婉儿经常来麻烦他，一会儿说家里灶坏了，一会儿又是水管不通，一会儿又是床底下藏着小偷，害得吉星场每天要往冯梦家里跑。吉星场忙乎的时候，细君就抱着阿瞒在旁边默默观看，眼睛平静而陌生，仿佛不认识吉星场似的。吉星场心里发慌，很想问一问她，偏偏细君不给他机会，只要他扭头看她，她就把头扭过去，逗她的孩子。

隔了一周，刘婉儿要进城去检查妇科，刘婉儿特意把钥匙交了一把给吉星场，说家里有事代管一下，然后坐在冯梦的屁股后，摩托车一溜烟就走了。细君在后面追问什么时候回来，刘婉儿的背影早已飞入了南辕镇外的柳树林。细君摇了摇头，她回过头来，一下子碰见吉星场，便慌不择路要逃跑，不小心撞在吉星场身上，一个踉跄，差点儿摔倒，幸亏双手抓住他的腰肢，才稳住了。细君快速地说了声“对不起”，转身就想逃跑，吉星场哪里肯答应，他紧紧地攥住她柔嫩的手指，细君冷冰冰地吐出两个字：放开！吉星场的手攥得更紧，细君一边挣扎一面涨红了脸求饶：放开我，外人看见，不好啊。吉星场大声嚷道，不，就是要让大家看呢。

两人在四合院纠缠之间，不提防院子出来一个人，一下子撞了上来。吉星场赶紧伸手扶住，方才发现是鱼幼。细君趁机摆脱吉星场，倏忽间逃不见了，剩下吉星场茫然地站着。鱼幼也站着，眼睛闪闪烁烁的，活似夜空中的星光。吉星场站在冯梦门口，像块活宝，每隔十分钟敲一次门，但细君就是不开门。鱼幼轻轻走过去，喊了几声，细君没答应。柳如端着饭，一边吃，一边笑着问，小吉，你喜欢细君吗？吉星场委屈地点点头，沮丧地说，我喊细君，她不理我呢。柳如说，让我试试吧。柳如屈着手指，轻轻叩了几下，小声说，细君，细君，我是柳姨，把门打开，我说两句悄悄话。柳如说话，里面同样没有回应。柳如摇摇头，走了。中午，房子里听不见煮饭的声音，不知道细君在干什么。等到小孩子哭闹起来，柳如忍不住，又来敲门了。她义愤填膺，故意放大嗓门骂道，一个离了婚的女人，摆这么高的架子，有什么了不起的！话刚说完，门哐啷一声就开了，身着白色连衣裙的细君像一把利剑，直刺吉星场。吉星场没来得及退让，脸上挨了一记响亮的耳刮子。

“这就是你想达到的效果吗，吉星场！”细君叉腰站在柳如面前，话却是对着吉星场说的。柳如见细君怒气正盛，识趣地离开。吉星场垂头丧气，背对着细君，正好看见院子上空飞来飞去的鸽子，粪便哗啦哗啦地下，四合院的屋顶洒满白色和浅灰色的粪液。

牌 局

细君抱着阿瞒走的时候，院子里的人都站在家门口，看着吉星场怎么办。吉星场看着细君颀长的背影，直到脚步声从石板路上慢慢消失。刘婉儿暗示吉星场去挽留，也许细君是赌气的。女人嘛，性情像小孩子，只要肚量大一些，那个女人逃得出男人的手掌心。

几天后，细君写了一封信来，他懒得拆，扔在抽屉里。过了一个月，估计快发霉了，才拆了看看。细君在信里告诉他，希望他再等她一年。吉星场捧着信，像自来水管漏水一样，泪水哗哗哗地流。他被这个女人害惨了，再也不会相信她说的话。不要说等一年，连一分钟都不会等的。

不久前，吉星场在镇上溜达，桥头一个算命的瞎子一把抱住他，强行为他算命。瞎子很有自信地说，我用鼻子嗅，一个人的运气是有味道的。瞎子捧着吉星场的衣服嗅了嗅，流了几滴口水，然后说，命带桃花，婚事年内可成，但同异性交往要谨慎，不然，恐有血光之灾。吉星场笑道，师傅，本人结婚都十年了，还谈什么婚事？瞎子严肃地说，让我再嗅一遍吧。吉星场慌张地说，我给钱，你免了吧。扔了五元钱，趁势快离开了。无缘无故损失五元钱，吉星场还是觉得恶心。身上沾染着一个乞丐身体流出来的液体，仿佛自己也变成了乞丐。吉星场脱下衣服，放自来水冲洗了十来遍，仍然是一百个不舒服。那瞎子抱着他，力气从吉星场的肩上传到胸脯，就像是与吉星场在亲密拥抱。晦气。最不舒服的是，瞎子无缘无故为他预言人生。晦气。瞎子嘴里说出那些不吉利的话竟然像苍蝇一样追逐着他，耳朵里嗡嗡的，全是脏脏的声音。吉星场朝着天空吐了口唾沫，狠狠地骂道，管他什么，滚开些吧。

摸麻将的吉星场来了。先前，女人们最喜欢挤在冯梦家打牌，每次输赢不超过一元钱。赢了可以赚一包白糖，输了也有个好心情，嘻嘻哈哈，吵着一团，大家都这么打发时间。某一天，吉星场抛弃了观众身份，挤进了麻将圈子，在女人堆中，一本正经地打起牌来。热心的刘婉儿主动教他怎样配牌、算牌、走牌，吉星场人不笨，十分钟之内完全熟悉麻将规则。从此，坐上牌桌，吉星场就下不来了。虽然吉星场把刘婉儿教给他的一套战术揣摩得滚瓜烂熟，但实战之中却是一败再败。吉星场觉得自己是男人，在屋子里同妇女打牌，有诸多不便，主动要求把牌桌子搬到四合院。她们定了一个规矩，输钱的人搬桌子。这样，只要打牌，吉星场就得先干体力活，嘿吃嘿吃把冯梦家那张油腻的桌子扛到槐树下。收桌子绝对是吉星场的事，雷打不动。女人们早已习惯于吃定吉星场，他一个大男人输钱也不算什么，谁叫他有一份正式的工作呢。

平常，院子里有人吼一声“打牌!”，黑洞洞的房门立刻会飞出一排女人的脑袋。她们异常兴奋，吉星场就是庙里的散财童子，每次赢个一两块钱也不错的。但是，鱼幼一上牌桌子，输钱的就不再是吉星场这个冤大头了。鱼幼真不愧是打牌的好手，院子里的一群家庭妇女哪里是对手，只打了一个下午，全都趴下了。她们不仅把先前从吉星场那里赢来的钱全部吐出来了，还倒欠着鱼幼一笔赌债。赢了钱的鱼幼倒是挺大度，把她们输的钱全部归还给本人。这些女人羞愧难当，差点儿就当场钻到桌子底去了。鱼幼的全胜让吉星场痛快了一番，他盼望这样的日子已经很久了。吉星场弯着腰去扛桌子，女人们坚决地制止了，她们一齐把桌子扛回了冯梦家。第一次不搬桌子，吉星场还不习惯，他就站在鱼幼面前傻笑。鱼幼冷笑道，吉星场，你欠的赌债必须归还，一分也不能少。吉星场知道她是开玩笑的。

这些女人长期用的是小钱，最大面额不超过十元钱，她们看见鱼幼的钱夹子被五十元和一百元的钞票涨得像一只怀孕的老虎，再看看自己的钱包，就像流产的老鼠一样，既痛苦空虚又无能为力。有人说，鱼幼平常和镇上的有钱人打牌，什么林业站的朱歪嘴，食品站的马白毛，区公所的办事员小陈，区医院的乐得欢，王家沟煤矿老板杨天棒，这些人的名字全区妇孺皆知。鱼幼小小显摆，她们就甘拜下风，噤若寒蝉，一个个灰头土脸回到家里，有一句，无一句，咒骂自己嫁错了男人。

此后，院子里的女人对鱼幼特别戒备。只要她们看见鱼幼在院子里，哪怕吉星场喊破喉咙，也没有哪一个敢出来答应打牌。久而久之，鱼幼挺识趣，她一般藏在家里，让这群虚荣的女人肆意地欺辱吉星场。吉星场输多了，扛不住的时候，他也会大喊大叫，发泄愤懑。这个时候，鱼幼就会悄悄来到吉星场身边给他当参谋。赢了几次，恢复了自信，吉星场又开始得意忘形了。这些妇女对鱼幼也不客气，她们直接要求鱼幼离开，去相馆看住自己的男人，免得把镇上哪家闺女或附近的某个农村女子肚子搞大了，到时候是否会家破人亡也很难说。

鱼幼听到这话之后，便像微风中的尘埃一样无声无息地走了。没有高参助阵，吉星场立马原形毕露，他本来就是个扶不起的阿斗，只能一如既往地输钱。在院子里，所有的女人都是吉星场的债主，一家欠个八元十元，所谓账多不愁。鱼幼不来，就成为牌桌上的话题。有人说，鱼幼读高中就同二三子谈恋爱，肚子搞大了，两个人被学校开除。啊，有这回事？不知道，也许有吧。你看鱼幼那副骚样，就是个妓女嘛。人家二三子本来成绩就好，可以考一个专科学校，可惜，被鱼幼拉下水，误了前途。哦哟，母狗不同意，公狗上得去？臭味相投，都不是好东西！那时候，鱼幼坚决不堕胎，把小孩子生了下来。一坨肉呀，每天都在生长，衣服裤子，奶粉，钱呢？二三子四处打工挣钱，像个龟儿子，养他和鱼幼生的小孩子，这家伙真的会挣钱。鱼幼还是有福气，二三子断断续续补习，准备高考。前前后后，耽误了三年，总算考了个专科。他妈的，居然跳龙门了！鱼幼那几年去外省卖淫，也不是没有可能性。有可能！男人下流，女的下贱！

二三子和鱼幼的衣服裤子被几张嘴巴剥光，丑事完全暴露。柳如要求刘婉儿保密，刘婉儿保密的时间只持续了一个晚上，第二天，整个农场的人都知道了。一周后，南辕镇的人也全都知道了。只有鱼幼和二三子两口子不知道，他们已经被孤立出来，好像已经患了严重的性病，下身正在糜烂、流脓。先前，院子里的女人几乎一边倒地谴责二三子花心，自从得知鱼幼不堪入耳的经历，又一边倒地倾向于谅解二三子的鬼混行为。鱼幼先对不起二三子，这种不守妇道的东西活着就该现世报。

牌桌上的事情比较邪门。算命先生讲，那叫一物降一物。吉星场穿着鱼幼织的毛衣打牌，输钱的竟然都是女人。太邪了，一件毛衣有这样的力量。毛衣织得漂亮，同机器织的差不多。柳如一边打麻将，一边盯着吉星场身上的毛衣看，漫不经心地问，小吉，毛衣是女朋友织的吗？吉星场红着脸说，不是的，我没有女朋友，你们都知道。汪美龄笑道，肯定不是买的，这种织法一看就是手工嘛。刘婉儿说，不要问了，小吉说是买的就是买的。汪美龄笑道，婉姐，吉星场说过他这毛衣是买的吗？刘婉儿捡了一个麻将放在手里玩，笑看着吉星场说，我听小吉说过。刘婉儿这句话把汪美龄得罪了，汪美龄激动起来，立即要吉星场把毛衣脱下来，让大家来鉴别，到底是机织还是手工。吉星场脱了毛衣，一件白衬衣的腋下出现一个巨大的破洞，连黑色的腋毛也露出来了。汪美龄把毛衣里里外外翻了个遍，一处一处让刘婉儿看，柳如在旁边不断附和。刘婉儿气得发抖，把麻将一摔，身上的肉跟着抖了抖。我刘婉儿年纪大了，眼睛花，看不清，别欺负我没织过毛衣。说完，刘婉儿咚咚咚走进屋子，一会儿两只手上抓着一大一小的旧毛衣，让大家辨认。汪美龄笑道，婉姐，同你织的毛衣相比，吉星场身上的毛衣看起来确实像机织的。刘婉儿骂道，龟儿子，你的意思是说，我老刘的手艺差吧。汪美龄解释道，婉姐，我不是说你，只是就小吉这件毛衣说的。刘婉儿红着脸说，那就让吉星场自己说。柳如嬉笑道，小吉，毛衣是怎么来的？吉星场咳咳咳咳，脸蛋绯红，低声说，是鱼幼织的。汪美龄张开大嘴，直到笑下几滴眼泪来。柳如严肃地说，这不大可能，二三子就没穿过鱼幼织的毛衣，小吉你凭什么呢？刘婉儿也惊讶地望着吉星场问，真的吗？吉星场一把抢过毛衣，遮在衬衣的破洞处，反问道，这是我偷的，你们信吗？几个人正在说话，鱼幼从房子里出来，手里拎着一只红色的皮包。汪美龄喊住鱼幼，问吉星场的毛衣是不是她织的。鱼幼微笑道，正是，还可以吧。柳如笑道，想不到你的手艺这么好，我们都以为是机器织的呢。

鱼幼走了，吉星场被几个女人的嘴巴包围起来，耳朵边全是口水在飞。汪美龄说，小吉，你好有艳福哟。刘婉儿说，穿一件毛衣也谈不上什么，美龄，记得我还给你们家老张织过一件的。汪美龄恍然大悟说，记起了，记起了，有这件事。柳如笑道，织毛衣倒无所谓，关键是那女人，她看人的样子，眼睛弯弯的，眼神不大对劲儿。汪美龄笑道，什么个眼神？柳如说，天生是勾引男人的品种，眼睛里像藏着水银，那种亮光是专门消灭男人的，腐肌蚀骨。刘婉儿笑道，柳如，你这样说话，好像你天生是一个男人。柳如说，婉姐，我比你谨慎，不像你有资本，老冯离了你一分钟就活不下去。

重新回到牌桌上，几个女人的话题还是在毛衣上面。柳如建议吉星场把毛衣还给鱼幼，万一哪天二三子吃醋，为穿一件毛衣挨打不合算。刘婉儿说，你们得替小吉想想，人家就这么一件毛衣，不穿，就得光着身子了。汪美龄笑道，要是有那份好心，柳姐，你替小吉织一件吧。柳如说，不行，我没时间，我们老王每天要吃三罐子中药。汪美龄说，婉姐，你可以织一件的。刘婉儿摇着肥硕的手说，我手艺过时了，哪织得这么好呢。柳如说，汪美龄，你来一件吧？汪美龄说，我们上班特别辛苦，看见线啊毛啊棉啊，心里就想吐，还是柳姐在行。柳如说，我们家老王是个醋坛子，外面男人的任何东西都会让他大吵大闹。

教育了大半天，吉星场仍然要坚持穿那件毛衣。“真是狗改不了吃屎！”柳如终于恶毒地骂了出来。“怎么办？”刘婉儿焦灼不安地询问。这一群女人中，柳如是一个名副其实的赌神，吉星场输的钱大半就落入了她的腰包。现在，鱼幼的毛衣赐予吉星场以魔力，竟然让柳如没法赢他的钱了。看见吉星场穿那件毛衣，柳如就骂开了。龟儿子小吉，你要是不把毛衣脱下来，我们就不准你上牌桌。说归说，真的牌瘾儿来了，还是要把吉星场请过来。柳如突发奇想，她要为吉星场介绍对象。夜里同王红宝讨论得比较热烈，隔壁的刘婉儿以为他两口子在吵架，赶来敲门，把柳如吓坏了。柳如怕的是刘婉儿嘴臭，小事情可以说成大事情，没事情可以生出许多事情。柳如告诉刘婉儿，她和老公商量，准备给吉星场找个老婆，赢了人家那么多钱，夜里睡不安稳。刘婉儿因为侄女两次抛弃吉星场，心里有愧于他，听柳如一说，当然要举双手双脚赞成。

黄彰武

王红宝有个几十年扯不上边的亲戚，姓黄，小名黄狗妹，书名黄彰武，一直在洛城乡当乡长。黄彰武有个儿子叫黄山，初中毕业，过了几年，年龄大了些，在孤山联办煤矿上班，负责管理。黄彰武有个漂亮的儿媳妇叫红小妃，是全乡九千人中最著名的大美人。赶场天，红小妃会在南辕镇桥头的焦煤店里出现。红小妃有个妹妹在粤海省打工，据说特别能干、漂亮。

刘婉儿偷偷去桥头的焦煤店守候，终于看到了传说中的红小妃，那相貌，名不虚传，比侄女细君还耐看，估计红小妃的妹妹长相也不会差到哪里，一个妈生的。刘婉儿喜气洋洋，赶紧从桥头往农场回走，不小心看见马路对面二三子的相馆门口耸立着巨幅黑白的美人照片，她以为是二三子为自己翻拍的那一幅，哪知走近一看，根本不认识那人是谁。

当初，二三子说，他要把刘婉儿的巨幅照用来当招牌，当模特，刘婉儿心里舒服得像第一次收到情书的少女，心脏老是嘭嘭嘭地跳。时间稍长，习惯了，也没注意那照片了。二三子什么时候更换了照片，居然没有告知她一声。南辕镇上，有几个女人有这等美貌？二三子荒唐不已，难道又勾引上了哪个良家妇女？刘婉儿一不小心，看见店里那个灰头土脸沮丧不已的鱼幼，再看照片上女人翘起的嘴角就觉得恶心，心情立马变坏：不正经的女人，遇到二三子这样的东西，作孽呀，活该！呸！回到四合院，刘婉儿惊讶地问柳如，二三子门口怎么摆着一个年轻女人的照片，还那么漂亮。柳如笑道，嫂子，你不是请二三子把自己年轻时的照片翻拍过吗？他店门口挂的是他老婆当学生时候的照片翻拍出来的。刘婉儿心想，果然是个妖精，怪不得哟。把话题岔开，她干笑道，柳如，赶紧找红小妃，把红小妃的妹妹介绍给吉星场吧。柳如说，我不能直接去找红小妃，要老王去找红小妃的公公，黄彰武。王红宝遵从老婆的命令，在夜里给黄彰武打了个电话，黄彰武又给红小妃打了电话。过了几天，红小妃又打了长途电话，把妹妹叫回来。

相亲那天正好赶场，红小妃要送焦炭到镇上来。王红宝才到农场报到后，连早饭都没来得及吃，便饥肠辘辘，带着身着西服的吉星场，守候在南辕镇外的大榕树下，看着一辆又一辆运煤的农用车喧嚣而过。路上车坏了，红小妃来的时候差不多上午十一点了。她必须从镇上买烧腊回山里，给矿里的煤炭娃儿们打牙祭。虽然红小妃满面尘灰和焦虑，但吉星场看了还是心满意足，他等着即将到来的相亲场面，期待着红小妃更为漂亮迷人的妹妹。

买烧腊的时候，红小妃斜着眼瞥了一下吉星场，西装革履，戴着眼镜，风度翩翩的，她忍不住皱了一下眉头。带王红宝和吉星场过马路，到二三子的相馆去，她显得漫不经心，竟然会走神，差点儿被冯梦的摩托车给撞倒了。果然，吉星场第一眼看到红尘，转身就走了。吉星场回到四合院的时候，刘婉儿满面喜色地问，相亲的事，如何？吉星场有气无力地说，泡汤了。刘婉儿赶紧安慰道，不着急，过几天，姐给你介绍一个，有钱有势，包你满意！刘婉儿没听见吉星场的回应，转过身来，吉星场连影子也不见了。

镇上，二三子的相馆里，红尘还在对着镜子搔首弄姿，她希望拍一张艺术照。二三子很有耐心，他等着帮助她完成繁重的化妆任务。红小妃一看火气就特别大，简直是既费马达又费电。站在旁边的王红宝反应非常迟钝，他把老婆教给他的话背得滚瓜烂熟，像宣读文件一样对着红小妃大声宣讲，吉星场一表人才，为人大方，人品端正，吃供应粮哪！红小妃厉声呵斥道，人都跑了，吃个屁！被年轻人无端呵斥，王红宝觉得晦气：他妈的，老子这么老的资格，黄彰武见了我，还要客客气气打招呼，你个红小妃不知天高地厚，气死人也。全怪老婆柳如多事，无端受辱。算了，说啥媒嘛，骗人的把戏，让女人们去干吧。红小妃大声说，老辈子，你带的人呢？王红宝身体转了三百六十度，纳闷道，人呢，吉星场这混蛋！红小妃怒了，把红尘和王红宝丢在二三子的相馆外，自己提着烧腊肉，坐上农用车，径直上山去了。王红宝只好带着红尘，回农场四合院去找人，院子里的人说，没看见吉星场回屋子。柳如惊讶地望着王红宝背后跟着的高个子女人，心里升起一种不祥之兆。

高个子女人对晾晒着的花花绿绿的衣服裤子产生了较大兴趣，看了看，便走到麻将桌子边当起了观众。高个子女人站在刘婉儿身后，刘婉儿很想多看看这个女人，便一边打牌，一边不自觉地向这人征询意见。高个子女人也不客气，顺理成章地指挥起来，刘婉儿赢了很多钱，渐渐占了上风，把柳如打得哑口无言。那一下午，刘婉儿赢了从来没有赢过的那么多的钱，她猜测高个子女人可能与院子里的某个人有关，正准备热情地招呼，柳如突然踢了麻将桌子一脚，口里骂道，瘟神，滚开些！这一骂，高个子女人就识趣地走了。刘婉儿嗔怪道，柳姐，积点口德，好不好？柳如说，哦，我想起来了，刚才桌子下钻进来了一条狗。

王红宝比吉星场大三十来岁，是本农场老资格的职工之一。草率的吉星场毁了他，王红宝大光其火。王红宝在家里气得吃不下饭，前列腺症状加剧。柳如哪里受得了，她赶紧找刘婉儿想办法。小吉呢，小吉那蠢货，到哪里去了。刘婉儿从四合院跑到镇上，到处寻找吉星场，问到的人都说没见过吉星场的身影。刘婉儿去打门，里面没有任何反应。龟儿子，小吉，不同意就不同意，明说嘛，这么小孩子气，以后谁还敢替你说媒呢。刘婉儿骂了两句，对柳如失望地说。柳如骂道，小吉，要是老王前列腺出问题，老娘也要让你前列腺不舒服。

窝在黑暗的屋子里，躺了两天，吉星场胡乱穿上衣服，轰然一声推开门，外面的强光潮水一样捅了进来。几天没摸麻将，第一个动作就是到院子里去抢那把破藤椅。连打牌的对手没看清楚，就忙着摸了两圈牌，昏天黑地，输了些钱。头一晕，忽然想起，竟然忘了吃饭。去农场门口买了两截油条回来，牌桌上，几个妇人正笑着，等他回来，她们已经好几天没有赢过吉星场的钱了。其中，一个面孔陌生，有人介绍说是食品站马白毛的老婆，绰号六指的妇人。六指天生多长一个指头，打牌动作奇快，赢钱是家常便饭，那是天赋。几个妇女露出鲨鱼似的笑容说，小吉，输的钱带够没有，我们今天不赊账的。吉星场笑道，没问题，几天不输钱给你们，真还不习惯呢。

自从上次输得一塌糊涂，柳如的牌运越来越差，赢不了刘婉儿和汪美龄的钱，吉星场又不见了人影，她主动请来了六指，希望能换换手气。吉星场不知趣，自己跑出来挨揍，今天好啦，要想赢钱，就专门盯着这个混蛋，为人处世，起码的规矩都不要了。王红宝晚上喊这里疼那里不舒服，柳如把仇全记在吉星场身上。柳如坐在吉星场的上手，心里想，小吉，老娘要你把裤衩输了，光屁股走路。走着瞧，小吉，新仇旧恨，老娘打死你个不知趣的！可是，柳如越想赢吉星场，越是赢不了。看那蠢货也没穿鱼幼织的毛衣，昏昏欲睡的状态，居然不输钱。打过几局，难忍心里的烦躁不安，柳如便公开大声骂起吉星场来了。坐在六指下手，刘婉儿心里倍感压力，柳如骂人的声音显得特别刺耳，她提醒柳如，柳姐呀，你们老王说媒失败，你也有责任，知道吗？柳如心中骂着吉星场，口中仍是笑着说，婉姐，你把话说到哪里去了？刘婉儿笑道，上次你把走上门来的人骂走，你让老王怎么说媒？柳如像遭了电击似的，身体反弹了一下：啊，高个子——红小妃的妹妹？刘婉儿笑道，就是，上次被你骂成瘟神的高个子女人。柳如镇静地回答，怎么可能？红小妃的妹妹是个美人，据说，比她姐姐还漂亮哩。刘婉儿鄙夷地笑了：问问你家老王，看是不是？

柳如心里正在犯疑，琢磨王红宝说媒的事，王红宝却突然出门来把她叫走了。柳如空出的座位半天没人敢坐，有人觉得那位置不吉利，要不然，常胜将军柳如怎么会惨败在吉星场这样人见人欺的角色手里！麻将桌三缺一的局面维持了半个小时，院子里来了一位不速之客，后面跟着毕恭毕敬的王红宝，柳如脚还没有迈出家门，笑声就飞到槐树树梢上去了。“黄乡长，贵客，贵客！”柳如伸手去拉，黄彰武没有接招，他早就看准了麻将桌旁的空位，以一种猎人的机敏动作占领了它。柳如没来得及阻止，黄彰武的右手已经抓起了麻将，他的左手捏着一截燃烧的红塔山，飘出的烟雾正好覆盖在吉星场的脸上。这样，吉星场始终只能听到黄彰武呵呵呵的笑声。至于为何笑，他不知道，也看不清黄彰武真正的表情。

黄彰武腰间插着一个传呼机，黑色的，像个火柴盒。嘀嘀嘀，每五六分钟响一次，他就要飞奔着去农场办公室打电话。打完后，红光满面地走回来，几乎不怎么看牌，就能轻而易举地赢取吉星场。吉星场苦苦研究自己的牌局，仍是于事无补，输得大汗淋漓。另一边，黄彰武一支又一支点着红塔山，心不在焉，打着瞌睡。柳如见黄彰武提不起神，问是不是遇到什么麻烦，黄彰武笑道，赌这样的小钱，茶馆里老太太也觉得浪费时间，算啦，还是你们几个女人玩吧。柳如笑道，多容易的事嘛，马上涨价，每局涨价到五元！刘婉儿一听，吓得差点儿从牌桌上跌下来。刘婉儿扭住柳如的双手，直接往自己的座位上按，表示让贤。柳如想反抗，哪里是对手，被死死地压着，满脸通红，动弹不得。吉星场声称肚子痛，从座位上逃进厕所。过了半天，吉星场没出来，牌桌上还差一个人。黄彰武几次想离开，都被刘婉儿劝止。刘婉儿扯开喉咙吼着吉星场的名字，吉星场不敢答应。刘婉儿也不怕羞，冲进厕所，拧着吉星场的衣领，把人带回牌桌。

柳如一见吉星场，如同见了救命恩人，眼泪汪汪，求吉星场来顶替自己。打大牌对一个没有工作的家庭妇女来说，无异于推她上刑场。刘婉儿恼恨柳如嘴臭，偏偏把柳如摁在硬板凳上，仿佛一只一个指头可以掐死的昆虫。吉星场身体哆嗦着，像患了疟疾一样，一会儿喊冷，一会儿喊热。黄彰武见吉星场这副德行，忍不住冷笑道，怕输钱的话，赶紧去找一个替死鬼来吧。吉星场咬紧牙关说，不怕，才不怕呢。牌钱一涨，黄彰武眼睛缝里立刻闪现出一丝神光，整个身体迅速亢奋起来。柳如本想加害于刘婉儿，故意提议涨价，没想到抱起石头砸自己的脚。黄彰武是老公请来的贵客，稀里哗啦输钱，自己不好公开骂人，只好在心里诅咒刘婉儿，希望刘婉儿下半辈子把钱全部输给她。

吉星场早就输得只剩了一条裤衩，不过，他偶尔会说，我同乡政府的政策一样，欠账而不赖账，啊哈。输上七八百元，咬着红塔山的黄彰武也替吉星场心疼，他相当关心吉星场的身体：小伙子，如果累了，干脆去休息吧，可以再找人来顶。吉星场笑道，不累，不累，乡政府的政策是，欠账不赖账，不是吗？黄彰武翻起白眼，冷笑道，年轻人，你好像对乡政府非常了解，是不是？柳如骂道，龟儿子小吉，屁话多呢，除了读书，社会上的事，你懂个球！赶紧闭嘴！吉星场置若罔闻，说得轻松，笑得开心。柳如最恨这种故作大度的伪君子，口里痒痒的，口里笑道，小吉，这么开心，今天有什么喜事吗？吉星场笑道，不知道有没有，我也不知道自己为什么这样开心。刘婉儿拍着吉星场的肩膀笑道，也许有好事情等着呢。吉星场非常自信地说，肯定有的。话刚说完，刘婉儿就大声说，鱼幼，鱼幼回来了。柳如从牌桌上站了起来，揉了揉腰肢，笑道，小鱼，打牌，我让位了。吉星场高声喊，快来救命啊，我输得只剩一口气了。鱼幼笑道，啊，我来迟了，来迟了。刘婉儿双手推着鱼幼，直接往吉星场的座位去。鱼幼腰间悬挂着鼓囊囊的一只钱包，少说也装了几大千的人民币吧。鱼幼人还没靠近吉星场，这边柳如立即扑到鱼幼身上，带着哭腔哀求道，鱼姐，救我吧，我没法活了。鱼幼被柳如粘住，只得就范。鱼幼提议换位置，六指、黄彰武、吉星场都答应了。黄彰武在鱼幼的上手，吉星场在鱼幼的下手，六指又在吉星场的下手。鱼幼一上桌，噼里啪啦给吉星场喂牌，吉星场输得少了，其他两家照样赢钱。这样一来，鱼幼就成了最大的输家。吉星场水平低，出牌又缓慢，经常悔牌，搞得六指无名火起。

一会儿，吉星场身边来了一位身材高大的女人，柳如心里明白，大概她就是红小妃的妹妹红尘了。柳如上次骂了红尘，这次不好意思打招呼，只好装着不认识，专心看吉星场打牌。红尘站在黄彰武身后，也在专心看牌。柳如巴不得红尘自己识趣，自动离开。红尘的模样，既不难看，也不好看，一表人才的吉星场恐怕看不上，红尘也配不上。果然，吉星场一直盯着自己的牌，从未抬头看过一眼。黄彰武不给大家介绍红小妃的妹妹，让她沉默着，像一个与世隔绝的物体。第二次看见红小妃的妹妹，刘婉儿心里替吉星场鸣不平：这媒人什么水平嘛，黄彰武，就因为是你的亲戚，大咧咧介绍过来，这简直是欺人太甚！小吉一定不会答应的，走着瞧！

刘婉儿走到吉星场身边，低声提醒吉星场：红小妃的妹妹红尘来了。六指对刘婉儿的耳语非常不满，粗声嚷道，喂喂，打牌的专心打，不打牌的走开些，作弊的不要来了！刘婉儿脸色骤变，尴尬地闪开。牌桌子上，不管鱼幼怎样让牌、喂牌，吉星场还是免不了稀里哗啦输钱。终于招架不住了，吉星场开始摇头晃脑，唉声叹气，强烈求援。可是，这局面，杀红了眼，大叠的钞票如水流，哗哗作响，谁敢来呢？红尘挺身而出了。她从黄彰武的身后迅速过来，从容不迫地指挥吉星场出牌。吉星场丢了主意，完全照着红尘的指挥出牌，竟然没输钱。吉星场不得不佩服起这个高参来，他甚至有一种冲动，想回过头去仔细看看她的长相，又觉得不太礼貌。六指又骂人了：要打牌就上，不打牌就走远些，少管闲事！黄彰武嘴里叼着烟，严肃地研究着面前的一列长城。今天，终于遇到对手了。六指算一个，厉害的是鱼幼，完全让着吉星场，还能游刃有余，这打牌的功夫真是了得！红尘的存在感越来越强烈，慢慢威胁到鱼幼了。红尘出牌的思路与鱼幼相左，鱼幼要让牌给吉星场，红尘当然领情，占了便宜，红尘还不罢休，她竟然怂恿吉星场向鱼幼发动偷袭，让鱼幼输得非常难看。六指冷笑道，大水冲了龙王庙哟，恩将仇报，哈哈。鱼幼听得额头冒冷汗，她对红尘的举动十分不感冒，冷眼扫视吉星场道，小吉，如果不行，干脆让贤吧。黄彰武也觉得这个红尘多事，及时附和了鱼幼的意见。一直保持稳重的六指鼻子里突然哼了一声：水平低的下，水平高的上。

三个对手投票表决，一致同意，吉星场下场。吉星场还想赖在牌桌上似乎不可能了。他充满狐疑地望着又高又瘦又黑的红尘，嘟哝道，你来，能行吗？红尘一把推开吉星场，径自坐了上来，双手哗哗响，只见麻将像长了翅膀一样飞了起来，看得黄彰武口水淌了一尺长。红尘笑道，告诉你们，我在粤海省一家麻将厂干了五六年了。造麻将的，还担心打不来麻将？哈哈哈，见识见识吧。红尘运气特别好，一上来就往怀里圈钱，在场围观的人暗中都止不住为红尘喝彩。吉星场不敢小看红尘，他紧张地站在红尘身后，仿佛红尘的一举一动涉及自己的身家性命似的。黄彰武不抽烟了，全神贯注地盯着麻将，仿佛遇到了很大的麻烦。不巧，过了一会儿，他的传呼机就响了。他皱着眉头，手里握着机器，依依不舍地走了。大家等了一会儿，不见黄彰武回来，只见王红宝过来向大家道歉：对不起大家，黄彰武那边有急事，马上得赶回去。六指抓起一把麻将，生气地扔在地上。好不容易才扳平，不输不赢，黄彰武赢了一裤袋钞票，屁股一拍，人就溜了，这算哪回事，世界上还有没有良心！红尘乐呵呵地捏着一把钞票，意外之财，抢来的，又高又黑的女人，真像个搞抢劫的！她是狠狠地赢了鱼幼，鱼幼的钱包已经干瘪了不少。鱼幼表情极为平静，她是长期打大牌的人，对此早已是见惯不惊了。吉星场把麻将一个一个地捡起来，洗好牌，习惯性地坐了上来。鱼幼心痛地阻止道，小吉，你还是不要来吧。

斗 殴

红尘收好钱，准备走了。吉星场热心挽留，红尘颧骨上射来一道犀利的目光，吉星场顿时双手软弱无力，不敢碰一下麻将。六指说，人齐了，重新开始吧。红尘断然拒绝道，我有事，不能陪你们了。吉星场笑道，大家输钱给你，你还不要吗？红尘冷笑道，那我就不客气了。她重新坐了下来。桌子上再次发出麻将响亮的碰撞声，偶尔有吉星场的叹息和女人的欢笑。六指张着血盆大口，她把进攻的目标锁定在吉星场身上，恨不得一口把吉星场吞了。但鱼幼明里暗里让着吉星场，红尘自然不会赢吉星场的钱。有这两位护法大神保驾护航，六指的阴谋居然屡屡破产。柳如粗鲁地骂过红尘，现在，她无比谨慎地看着红尘，唯恐说话动作过分，引发红尘不良的联想。红尘的记性确实不太好，她对着柳如傻笑，一直笑，真诚，坦然。

红尘情绪不错，六指情绪稳定。鱼幼表情轻松，一边打牌，一边翻看皮包里的传呼机。只有吉星场为输赢几个小钱大呼小叫，咋呼呼的。六指嘟着厚厚的嘴唇，对吉星场张狂的举动嗤之以鼻。六指告诉红尘，食品站有一批内部处理的冻肉，如果需要，可以帮忙弄个几斤十来斤，一点儿问题也没有。红尘笑着摇头说，我在外省打工，现在用不上。那蚂蟥怎么听得水响呢，柳如是个爱占小便宜的人，她立即改换了态度，同六指套近乎，巴不得马上要买点儿处理冻肉什么的。柳如不断增强六指的优越感，六指很快成了牌桌的主角，惬意地听着柳如的恭维话和讪笑声，平淡地说，处理冻肉的事呢，老马最清楚，具体情况，我也不了解。柳如笑道，六姐，这个事情记在心上，我是真的要找你的麻烦哟。六指笑道，老马脾气坏呢，从不让老婆影响他的工作。柳如干笑道，是的，我懂，我懂，反正姐记住我的事就好了。鱼幼没有公开恭维六指，她本人隔三差五地同六指的老公马白毛在一起打牌，吃喝玩乐，无话不说。

吉星场似乎还不懂得见风使舵，嘴里哼哼唧唧，一心一意研究如何打败六指，扩大战果。这没什么，关键是这小子要把他的想法说出来，让周围的人评判。六指很窝火，一下子来了气：哼哼哼，马上闭上臭嘴，他妈的，简直不像个男人！吉星场得意地笑道，赢钱了，高兴高兴嘛。六指不耐烦，皱起眉毛骂道，高兴个啥，靠女人，算个球的本事！吉星场笑道，光明正大的，我靠谁了？六指鼻子哼哼道，你拿我当傻子吗，老娘天天打牌，你龟儿子，男盗女娼的事我还不清楚！六指这一说，似乎直接指向新来的红尘，立马激怒了柳如。红尘是王红宝请来的贵宾，上次自己得罪了，这次得加倍补偿，让她心理平衡。柳如本是个习惯骂人的泼妇，一怒之下，连买处理冻肉的便宜也忘记了，嘴巴上先占了便宜再说，她也骂起人来：嘴巴干净点儿，谁男盗女娼了？六指冷笑道，怪不得镇上的人瞧不起，一个农场，风水搞坏了，越想赚别人的钱，越赚不到！刘婉儿听了，头发一下子竖立起来：喂，六指，一竹竿打翻一船人，怎么说到农场了，你自己输了钱，怨不得农场的风水哟。六指骂道，男盗女娼，就是风水不好嘛。鱼幼收起皮包，转身就走了。柳如诧异道，小鱼，你赢的钱不要了吗？鱼幼冷冷地说，你们打，我有事。鱼幼走了，红尘也站起来，要走了。柳如拦截道，小红，你也有事吗？红尘说，打牌就打牌嘛，说脏话干什么呢。六指愤然道，走嘛，全部都走，男盗女娼，还假正经呢。柳如再也无法忍受六指嘴里第三个“男盗女娼”了，她直呼其名，严厉警告：六指，人家红尘是大姑娘，今天专门来和吉星场相亲的，媒人就是黄彰武！

六指呼地站了起来，用手指戳着红尘的鼻子骂道，一语惊醒梦中人，我现在总算明白了，为什么我赢不了钱呢！原来，你们这几个人不得好死，勾结起来，打牌作弊！柳如伸出纤长的手指，戳着六指的鼻子骂：你个泼妇，跑到院子里来撒野！你以为你是谁？谁作弊了？说话要讲天地良心！眼见两个女人在摔凳子，马上要打架了，吉星场赶紧把柳如拉开。没想到六指趁浑水摸鱼，横着手，突然打了吉星场的脸。啪！一记响亮的耳光，打得红尘心痛，她顾不得自己和吉星场之间还没有什么名分，直接冲上前，猛然推了六指一把。六指一踉跄，哐当一声，屁股摔在地上，一下子摔成两瓣。六指如何受得了，躺在地上又哭又闹，一会儿说肾脏摔坏了，一会儿说摔成了脑震荡，一会儿又说肋骨摔断了几根。只是院子里没有人理睬，闹了半天，自觉无趣，六指狼狈不堪，只得自己爬起来，对着天空骂了一通，方才解恨走了。

柳如拉着红尘的手，亲热地抚摸起来。有了刚才的用力一推，关系更近，亲戚加战友。先前那一骂，鸡毛蒜皮，小菜一碟。可是，惹了六指，吉凶未卜。当晚，柳如苦苦挽留红尘，红尘便住了下来。六指会闹出什么花样？这可是个有实力的人物，得罪得起吗？柳如脑袋绕着线团，越来越复杂、混乱，躺在床上也不舒服。红尘睡不着，把床弄得吱吱嘎嘎响。柳如问，小红，放心吧，你的婚事，包在我身上。红尘叹气道，我担心的是六指啊，六个指头。柳如笑道，十个指头都不用怕，还管他六个手指！睡一觉吧，明天，该怎么办就怎么办。

官　司

一早，场长李天才派人来通知吉星场：马上来办公室，有重要事情需要调查。吉星场估计是六指那件事，马白毛这人哪，可能不好打整。农场食堂每年要靠食品站讲人情，才能弄到几吨低价冻肉。李天才见了马白毛，首先要发红塔山，点打火机，尽管李天才本人是不抽烟的。

此前，对吉星场的婚事，李天才从未关心过。这一次，在热情关心过吉星场的婚事后，李天才很难过地告诉吉星场：麻烦大了，马白毛已经报案，说你打了六指，六指躺在医院，准备做全面体检。至于打成什么模样，马白毛说，医院的检查结果出来后再说。如果伤势严重，就要追究吉星场的法律责任。吉星场紧张地问，打成什么样了？李天才笑道，不是你打的吗，我正要问你呢。吉星场指着红肿的脸，让李天才看，他委屈地说，我才是受害者，六指自己动手打的人，竟然恶人先告状。李天才说，我去医院看了六指，好像也没屁大的事儿吧，女人嘛，心里有疙瘩，只要马白毛不捣乱，你就没什么了。吉星场焦虑道，我需不需要现在去找马白毛解释？李天才笑道，没必要吧，马白毛正在医院安慰六指呢。吉星场解释说，场长，我真的没打人，在场的许多人可以为我作证的。李天才说，小吉，冷静，有话慢慢讲，先讲给我听吧。吉星场说，几个女人在院子里打麻将，起了口角，我本来是去劝架的，结果挨了六指一个耳光，被一个女人打脸，真是晦气。李天才笑道，一个大男人，成天和一群女人搅在一起，迟早要惹麻烦的。吉星场说，只是打点小麻将，又没有其他的事。李天才正色道，小麻将，惹大祸呀，你懂吗！吉星场好像又挨了一记耳光，只得说，那我以后不会打牌的了。李天才笑道，回去吧，有事情我会通知你的。吉星场心想，有什么大不了的事嘛，六指自己摔倒在地，谅她也不敢制造什么麻烦。回到四合院，吉星场把六指捣鬼的事给刘婉儿讲了，刘婉儿显得紧张，唯恐马白毛来敲她家的门。吉星场拿话宽慰刘婉儿，其实也是宽慰自己：没事的，事情已经解决了。下午三点过，派出所一个瘦高个的小伙子，戴着眼镜，脸上略带羞涩，从四合院带走了吉星场。刘婉儿、鱼幼、柳如和暂时住在院子里的红尘，都看见了这个场景，刘婉儿觉得派出所是个不吉祥的地方，大声叫嚷道，几个姑娘，你们惹祸，小吉来背黑锅，还不赶紧想办法！要是小吉被弄进监狱，搞得身败名裂，到时候连饭碗也保不住。

刘婉儿对红尘也不客气：小妹妹，恐怕得找你那个亲戚黄彰武，毕竟黄彰武在南辕镇也算一个不大不小的人物嘛，马白毛一条小鱼，翻不起大浪的。红尘摇着头说，高攀不上，人家是乡长，姐姐红小妃打过招呼，娘家的任何事都不准去找黄彰武。刘婉儿说，那你姐姐嫁给黄彰武的儿子干什么？红尘笑道，阿姨，我姐姐嫁的人是黄彰武的儿子，不要搞错了。刘婉儿尴尬地笑道，就算你说的是对的嘛，但吉星场是为你顶罪的，你呢，必须帮这个忙。柳如说，小红，话糙理不糙，刘阿姨说得有一定道理，恐怕得找一下黄彰武了。红尘遗憾地说，好难为情哟，这怎么开得了口？刘婉儿严肃地说，吉星场虽说没有明确成为你的未婚夫，但事情是发生在相亲的过程之中，你应该算是吉星场的未婚妻了。红尘听了，只好到农场办公室去，打电话找姐姐红小妃。红小妃说，矿上的事忙，二十岁的人了，自己的屁股自己揩，别来烦我了。

吉星场被带到派出所，把自己脸上红肿的地方指给所长看了，又把前因后果讲述了一遍。所长说，六指脸上也有红肿，关键是她摔倒在地了，区医院拍片说有骨损伤，这个怎么解释？吉星场说，她自己摔倒的。所长狠狠地拍了桌子一巴掌，警告吉星场：老实点儿，派出所不会轻信一面之词，我们要广泛取证。吉星场说，喊六指来，当面对质。所长说，人躺在医院里，怎么来？所以，暂时还不能放你走，你就住在派出所里吧。吉星场说，无所谓，反正我没犯法。

过了一天，所长要吉星场回家，吉星场说，事情解决了吗？所长说，少废话，没你的事，你走吧。吉星场回到四合院，刘婉儿第一个跑来告诉他：红尘被带进了派出所，你怎么回来了？吉星场说，派出所放我出来，没说是什么原因。柳如第二个出门，赶过来来问，吉星场，是不是你招架不了严刑拷打，把红尘诬陷进去的？吉星场拍着胸脯说，怎么可能？哪里有严刑拷打嘛，派出所里几个人都很熟，一个镇上的。柳如劝吉星场：赶紧去营救红尘，一个年轻姑娘在那里面不安全，万一失去贞操，怎么得了呢？汪美龄扑哧一声，笑声从鼻孔冲了出来。柳如以为是谁放了一个响屁，马上捂住嘴巴。刘婉儿笑道，汪美龄，你笑什么？别人倒霉了，还幸灾乐祸，看你这德性！

吉星场哼哧哼哧，跑到派出所，要求见所长，所长正在询问红尘，当然不会见他的。吉星场就在派出所门口高喊冤枉，他的声音惹恼了派出所的一个年轻人，年轻人拧住吉星场的脖子，低声地警告道，再乱喊，就扭断你的脖子！吉星场抗议道，你敢！小伙子手一松，吉星场又高声喊起冤枉来，这一下，派出所所长气咻咻地走了出来，看见吉星场，安慰道，小吉，我们办事实事求是，有人揭发红尘动手打伤了六指，这个你就不要乱吼乱叫了，要讲道理！

不管怎么样，先得把红尘从派出所放出来才行。找谁呢？吉星场想到自己的表叔公关万能。跑到区公所一问，大失所望，关万能出差去了，估计一个月才能回来。在桥头理发店遇到鱼幼，鱼幼披着头发，肤色红润，又穿了一件草色的长裙子，站在老街，竟像天仙下凡的样子。鱼幼问吉星场怎么办，吉星场说，焦头烂额，不知道该咋办呢。鱼幼笑道，红尘自己有姐姐有黄彰武，你同她到底是什么关系，要这样操心？吉星场说，没什么关系，但事情因我而起，不能不管。鱼幼笑道，小吉，动情了哈，如果是你的未婚妻，我现在就帮。吉星场自言自语道，不，谈不上什么未婚妻，从道义的角度出发，她人不赖，心地善良。鱼幼让吉星场去找红小妃，再通过黄彰武来做工作。

吉星场去过桥头，焦炭店里只有一个老头子，有人说他是黄彰武的老爹，老得什么也听不见。问了半天，老头子才说，红小妃恐怕这一段时间没有机会下山来。矿上出了安全事故，瓦斯爆炸，死了人，矿上停工了。现在，矿上的水电全停了，电话也打不通。吉星场摇摇头，他又只得再到二三子的相馆去，找鱼幼想办法。吉星场这家伙已经完全进入角色，现在扮演的不是红尘的未婚夫，而是真正的丈夫了。看来，这忙是非帮不可了。吉星场斩钉截铁地说，你要像帮我的忙一样帮红尘。鱼幼苦笑道，小吉啊，你太意气用事了。鱼幼找到乐得欢，乐得欢感到为难。六指的体检据说是医院里一个权威医生陈龙亲手做的，体检上证明六指有骨损伤，这个打人的情节就比较严重了。乐得欢是二丫丫的干爹，这种关系嘛，乐得欢又不好意思直接拒绝。乐得欢打了个哈哈，严肃地思考了一会儿，方才有了一丝笑容。乐得欢说，镇上的人哪个不知道马白毛是管猪肉的，又恶又刁钻，一般人惹不起，老婆六指也狗仗人势，她这伤检肯定有问题，摔一跤，一般不会造成骨损伤。

鱼幼会心一笑，说，不麻烦了，干亲家，我知道怎么办了。马上找陈龙，只要陈龙实事求是，从骨损伤上入手，事情就解决了。但是，陈龙是医院里说一不二的人物，平常自命清高，不抽烟，不喝酒，不打牌，几乎不与镇上的人往来，不与单位同事说话，他做的体检报告是不会允许任何人改动的，除非他本人良心发现。鱼幼明确告诉吉星场，准备两千元现金，晚上到陈龙家里去。两千元，吉星场一听这个数字，人就吓晕了。吉星场可怜巴巴，束着四肢，缩着脑袋，像个烤熟了的兔崽子。吉星场找到二三子，支支吾吾大半天，始终说不出口。二三子急了，这段时间忙着准备自考拿本科文凭，没闲心多说话，加上他本身说话结结巴巴，他就不说话，奋力打开钱夹子，取了三百元钱，塞到吉星场手里，没好气地说，够了吗？吉星场说，二哥，我是想请鱼幼……二三子没等他说完，就一把推开吉星场说，你有什么事情直接找鱼幼好了，我没空。

受到二三子的冷遇，委屈得眼泪差点儿掉了下来。吉星场走在老街上，一路走，一路哀叹，“还说是兄弟，这副模样！”鱼幼从后面追了上来，生气地说，有什么事情直接找我，不要理那个家伙，他脑壳有毛病！鱼幼说，是不是没钱？吉星场点点头，鱼幼说，我借给你，这样好了吧。吉星场一乐，一下子蹦了起来，有办法了，他已经成了救世主了。可是，过了一分钟，吉星场又双手握着钱，哆哆嗦嗦，欲言又止。鱼幼说，赶紧去呀，越快越好。吉星场犹豫再三，眼睛里发出乞求的信号。鱼幼急了，责问吉星场，还有什么困难呢？吉星场说，能不能请二三子陪伴一下？鱼幼骂道，小吉，你也是个神经病吗？吉星场说，两千元钱，如果有人陪的话，会更好一些。鱼幼粗暴地说，不说了，二三子是二三子，我是我，不要搞混淆了。吉星场说，知道啊，但是，但是，但是啊。鱼幼说，你总不能让我一个女人来陪你吧。

镇东头一个倾斜的小山坡上，长满了各色野花。那里有一个小小的四合院，是区林业站的家属院。陈龙的老婆是林业站的出纳，陈龙就住在里面。进了林业站四合院，吉星场更加心虚，院子里传来低沉而喑哑的狼狗的叫声，吓得他双腿发软，他拔腿就往回跑，跑到四合院外，看见鱼幼来了，方才止住脚步。狼狗是拴在笼子中的，事情没那么严重，怕什么呢。好不容易了解到陈龙住处，就是没勇气去敲门。鱼幼生气了，直接抢过钱，装在自己包里，然后，拖着吉星场，咚咚咚地敲陈龙的门，满院子都听得清楚。

陈龙打开门，穿着睡衣，一边打着呵欠，目光狐疑：什么事？鱼幼说，我是洛城乡黄彰武的……没等鱼幼把话说完，陈龙就干脆地说，黄彰武的儿媳妇，是吗？黄彰武我倒是见过，是个好人。陈龙让出一条路，鱼幼也顾不得辩解自己的真实身份，拉着吉星场飞快地冲进了屋子，站在陈龙面前。鱼幼说，她妹妹红尘同食品站马白毛的老婆六指产生了一点儿小的纠纷，六指一口咬定她妹妹红尘打了人，还把六指打成骨损伤，区医院已经做了体检鉴定，现在派出所把红尘抓起来了。陈龙平静地说，这个事情我不清楚，可以找院长。鱼幼说，我不认识院长，只认识乐得欢，乐得欢，陈医生认识吧？陈龙笑道，乐得欢，呵呵，他比院长还厉害呢。鱼幼说，乐得欢说，让我找你，你在办这件事。陈龙说，我也没办这件事，体检是一个实习医生做的。鱼幼说，陈医生，我代表黄彰武感谢你，这个忙你得帮一下。陈龙沉默了一阵，缓缓回答道，那我再去问问，事情不一定能成功。

鱼幼把钱放在茶几上，笑着说，只要陈医生出面，肯定没问题。陈龙伸手牵了牵睡衣的领子，然后缓缓抓起茶几上的钱往鱼幼细长白嫩的手里塞，鱼幼躲闪，陈龙的另一只手便伸过来，紧紧地抓住鱼幼的手，嘴里发出愉快的笑声。吉星场焦急万分地望着挣扎不已的鱼幼，仿佛她已是落网的鱼儿。鱼幼不断说着感激的话，陈龙的手捏得更紧，似乎要捏碎鱼幼的手腕似的。吉星场猛然从陈龙手里抢过那钱，再次放回茶几，陈龙一惊诧，鱼幼立马摆脱出来，拉着吉星场的手，快速地往门外撤退。陈龙并没有来抓人，也没有动那个钱，仿佛什么也没看到，脸上浮现出一丝很容易察觉的微笑。吉星场麻木的脸上掠过一丝火辣辣的光，他不由自主地喊了一声：陈叔叔！然后，陈龙的门“嘭”的一响，关上了。两人如释重负，走到斜坡上，小路坎坷不平，鱼幼腿一软，整个身子便摔倒了。吉星场赶紧去扶，被鱼幼狠狠地推在一边，吉星场也趁势摔倒了。“骗子!”鱼幼对着漆黑的天空骂道。你在骂谁？吉星场脸上的笑全奉献给了天空，他的问话似乎也是对天发出的。“蠢货!”过了一会儿，鱼幼又骂了一句无头无尾的话出来。吉星场没有回应，他开始操心起那两千元钱来，不知道会产生什么效果：要是陈龙不帮忙，后果会怎样？“为什么刚才要喊陈叔叔？”鱼幼笑着问道。“你知道我是个老实人，做事很投入的。”吉星场明白，鱼幼在取笑他。鱼幼反复摔着手腕，嘴里哎哟哎哟地叫，刚才陈龙手上的力太大，这是后遗症。吉星场想到陈龙泛着白光的脸，一种暧昧的惬意令人很不舒服，“什么医生嘛，拉着女人的手不放，使劲儿地摸，他就是在占便宜，吃豆腐，耍流氓!”鱼幼笑道，小吉，你在吃醋，是不是？吉星场马上大声笑道，怎么可能，陈医生也不是坏人！鱼幼笑道，小吉，就算陈龙占我的便宜，与你有什么关系呢？吉星场说，没关系，我是自作多情了。鱼幼冷笑道，肯定没关系嘛。吉星场垂着头，不说话了。陈龙明明抓的是鱼幼的手，吉星场感觉到的是一只猫爪在抓他的心，鲜血淋漓，到处是伤口。心里痛着，说话的声音跟着战栗，整个身子一起发抖。幸好天是黑的，鱼幼什么也看不见。吉星场心里翻动着一些话语，说不出口，“当然没关系，但是，看见了，不应该这样，不能这样的。”

“好香，这些花是什么花啊?”吉星场像个小孩子一样，对这个漆黑的世界充满无尽的好奇心。“哎——”鱼幼一声长叹，此后，就没有了下文，吉星场等着她说出一句话，她偏偏不说，而是沉默着。“不缺吃，不愁穿，叹什么气呢?”吉星场的声音略带苦涩和倦怠，听起来像是从机器里钻出来的。吉星场站起来，他伸出手，长长的，做出拉鱼幼起来的姿势。鱼幼拒绝了，自己从地上爬起来，拍拍屁股上的尘土，便缓慢地朝坡下走。“我离婚了。”鱼幼的头和身子陷入黑暗之中，突然浮起来一种声音。“你说什么?”吉星场的嘴里也窜出一种声音，把他自己吓坏了。

未婚妻

红尘走出派出所，迎接她的是坐立不安的吉星场。吉星场把红尘带到客来喜饭店，点了红烧鲈桂。红尘惊魂甫定，吃饭的动作和微笑都显得极为僵硬。吉星场安慰说，放心大胆地吃饭睡觉，事情已经搞定了。吃完鲈桂，抹抹嘴上的油，红尘问吉星场，为何要救她，吉星场笑道，未婚夫救未婚妻，天经地义。红尘踢了吉星场一脚：去你妈的，自作多情，谁答应做你的未婚妻了？吉星场笑道，这件事我做主。两人边说边笑，走到门口，碰上刘国歌一伙人。刘国歌长期喝酒，整个面部差不多变成酒糟，红红的，淌着一层油脂。刘国歌拍拍吉星场的肩膀说，艳福不浅，美人，哈哈哈。随行的几个人看着红尘的模样，重复着笑声：美人，哈哈哈。吉星场笑道，虽然不见得是个美人，却是老子的未婚妻，真的，哈哈哈。

走到镇上，正遇到刮大风，街道上积久的尘土全都朝着人的脸上吹。吉星场不得不把西装脱下来，把红尘裹起来，连脖子、脸和眼睛都裹起来。走到农场门口，两个人已经完全搂在一起。碰到李天才，红尘才放开吉星场，单独走路。李天才对着吉星场和红尘的背影咒骂道，丧风败俗，丢人现眼！俗话说，上床夫妻下床客，这点儿规矩都不要了！过了两三天，院子里所有人都看见吉星场和红尘的裤衩晾晒在一起，大家深信他们已经结婚了。柳如不相信他们会采取这种方式结婚，把她和王红宝这两个媒人凉拌起来，她很生气，给红小妃打电话，矿里的事情还在扯皮，电话打不通，人也见不到。柳如也顾不得什么亲戚不亲戚，站在院子破口大骂吉星场不懂规矩。吉星场捧着一本书出来，问柳如：怎么啦。柳如说，你们两个狗日的，过河拆桥，连颗喜糖也不发了。吉星场低下头，悄声地说，柳姐，没那么快，红尘还要出门去打工的。柳如骂道，你们把内裤挂在一起什么意思呢？吉星场说，内裤挂在一起很正常，反正都是遮屁股的布片，怕的是内裤当头巾用了。柳如脸涨得通红，吉星场无心说出的话像蝎子狠狠地蜇了一下。柳如就是把王红宝的烂裤衩用来擦凳子、桌子，把烂背心用来擦脸。你妈的，小吉，媒人的话不听，嘴还犟呢。柳如理直气壮地骂道。吉星场说，我们没干伤风败俗的事情，要是不信，你自己问问红尘。

大致过了几天，柳如在镇上遇见红尘，一晃而过。红尘坐在一辆摩托车上，开车的男人带着头盔，认不清是谁。但看两人坐车的姿势，不像是一般的朋友关系。柳如偷偷回家告诉王红宝，王红宝着急地说，我马上告诉吉星场，或者给黄彰武打电话。柳如说，老公，有可能我眼睛看花了，你有前列腺，急不得。柳如说，下一次我把红尘看准了再说，好不好？第二次是在客来喜饭店门口，红尘和一个大胖子男人往里面走，柳如尾随等两人坐在一个雅间，搂在一起，有说有笑，又点了红烧鲈桂，躲在玻璃屏风后的柳如气得浑身发抖，恨不得当面给红尘两个耳光。王红宝前列腺炎严重，不能影响他吃药。看着红尘和那家伙上了摩托，一溜烟往乡下跑，估计是往红尘家去了。

柳如便把吉星场从房子里拖出来，追问他和红尘到底是什么关系。吉星场说，很正常，红尘说，咱们冷静一段时间再说。柳如望着院子中悬挂的衣服裤子，专门盯着一条白色的裤衩说，你们那个没有?吉星场说，没有，红尘睡床，我睡在地上。柳如摇着头说，小吉啊，可怜，要讨老婆也不是那样做的。吉星场说，我和红尘互相尊重。柳如骂道，尊重个屁，人都跟着别人跑了。吉星场奇怪了，歪着头问，什么意思?柳如说，谦谦君子，你不占有女人的心，她怎么跟你过日子!柳如把她在镇上看到的情形告诉吉星场，吉星场紧张地问，我该怎么办?柳如说，傻孩子，这用得着问吗，自己去追呀。吉星场恍然大悟，丢下书，找了一辆破自行车往镇上去了。

吉星场去过一次红尘的老家，还给红尘的父母买了两斤菜油和一斤半猪肉。凭着先前模糊的印象，赶了二十里路，才慢慢爬上高耸入云的野牛山。红尘的家在半山腰的一个大石崖上。夏天，石崖上垂挂着碧绿的野葛藤，远远看上去，就像湍急的瀑布，直泻而下。密密麻麻、纠缠不休的葛藤间，一条陡峭的石梯路可以上去，但非常吃力，号称三百梯。顺理成章，山外的人就把红尘住的家称为三百梯。吉星场把自行车扔在石崖下的小溪边，脱了凉鞋，把疼痛的脚趾浸泡在凉水里，待消除了疲惫，才慢慢去爬三百梯。按理说，吉星场这样的农村人应该不怕走山路，老家黄泥村，山路陡峭，走路从来万分费力。但是，老家是不能逃避的地方。而红尘的家，他感觉非常别扭。

不说别的，单是这三百梯，就是一条拦路虎。红尘的父亲红树林，世世代代务农，家里没儿子，只生了五个女儿，除了红小妃人长得特别漂亮，嫁在离家最近的南辕镇，其余的早早地休学，跟着红尘到粤海省打工了。红家院子没有井，挑水要下三百梯，小溪旁边的石崖缝隙有一股清泉，大概流淌了至少几千年。院子里的人世世代代饮用的就是这个号称甜井的水。吉星场对红家印象最好的就是这口井，泉水清冽、甘甜，好像是从人心里流出来的。第一次来红尘家，吉星场和红尘两个人趴在泉水边饮个肚儿圆，爬三百梯的时候，胃里的水哐当哐当地响个不停。溪水汩汩滔滔，透明见底，几只瘦虾游弋于浅绿的青苔丝中，静静的，仿佛连影子也没有。想到红尘，吉星场心里就像埋着一枚定时炸弹。他不相信红尘是个水性杨花的女人，但媒人柳如告诉他，他又不得不相信这是一个事实。现在，吉星场并不想急于找红尘，野牛山太宁静了，不允许任何人在这里争吵。

太阳西斜，野牛山巨大的山峰投射下阴影来，三百梯的气温迅速转凉，野葛藤花散发出幽香，压过了暑气。溪水上，缓缓升起蚊蚋的影子，吉星场赤裸的胳膊上，迅速浮现出红色的疙瘩，又痛又痒。野外的蚊虫，难得找到一个人来叮咬，一叮咬，下口就狠。他被迫向石崖上攀登。红家院子门口长着三棵高大的梨子树，树上坠着累累黄色的梨子。树下趴着一只黑白杂色的狗，正在伸着舌头喘气。吉星场还没踏进院子，那家伙噌的一声便飞了起来，哐哐哐地叫得凶。吉星场抓住一根竹管，挥舞着，一步步逼近红家的土墙房子。乡下的人穷，家徒四壁，平时房门很少锁起来。吉星场大声喊着红尘的名字，屋子里没有任何动静。他壮着胆子，推开门，走进漆黑的房间。连续过了两道门，一张凉床搁放在地上。再往里走，一双女人的大腿，细长圆润。红尘，噢，红尘。吉星场蹑手蹑脚，心里忍不住一阵狂跳。红尘。吉星场喊了一句，没有回答。继续靠近，女人纤细的腰肢，褐色平坦的腹部。红尘仰卧着，身体大部分向他裸露。吉星场像喝了半瓶白酒一样，昏昏沉沉，摇摇欲坠。红尘身上多处伤口还在流血，蜷曲着身子，像虾子被扔进了沸腾的油锅。红尘。慢慢靠近凉床，然后跪在红尘身边，口里轻声唤着她的名字。红尘头部扭了扭，算是在应答。吉星场双手捧着红尘的脸，看见她眼里渗出几滴亮晶晶的眼泪。怎么回事？吉星场把红尘抱起来，红尘连声喊痛。谁打你了？吉星场询问声里带着愤怒和悲伤。妈妈。红尘的眼泪又掉了一串下来。妈妈，打得我晕过去了。红尘皮肤上满是蚊虫叮咬的血斑，她竟然毫无知觉。吉星场说，爸爸妈妈呢。红尘轻声呻吟道，打了就走了，忙农活儿去了吧。吉星场缓缓给红尘穿上衣服，嘴里嚷道，打得这么狠，丢下不管，哎，要是出了问题怎么办。红尘说，他们想我死呢。吉星场笑道，你干了什么天理难容的事，他们要这样对待你？红尘哎哟哎哟叫，慢慢说，我和一个朋友在镇上谈生意，想不到，老爹突然闯来，像抓罪犯一样把我抓回家，然后，抓起顶门杠，就往死里打。吉星场说，过分了，打了人嘛，也应该送给医生治疗，想不到……红尘叹息道，也是我惹的祸，和六指打架，派出所的摩托车开到三百梯调查取证，爹妈觉得脸丢光了。吉星场说，那是我的错。红尘轻轻抱着吉星场的脖子，呼吸喷射在吉星场的脸上，痒痒的，是柔软的声音：小吉呀，就算你的心肠好，我喜欢上你了。说着，一张湿润的嘴唇飞了过来，吉星场的嘴唇躲闪不及，遭了电击，整个人恍恍惚惚，云一样上下漂浮。红尘说着话，吉星场看不见人，双手挥舞，在空中打捞。红尘骂道，蠢货，我躺着呢，你干什么呀。吉星场的身体顿时坍塌下来，软绵绵的，血液和皮肤像一条奔腾咆哮的河流，势不可挡……

我要死了。红尘呻吟着，闭上眼睛。吉星场清醒过来，激动地说，我带你到镇上去，找最好的医生。红尘摇着头说，不，妈妈会打死我的。吉星场背着红尘，真的就往屋子外面走。走到三百梯，正好碰见红树林和老婆挑着玉米棒子，嗨哟嗨哟，杭育杭育，正从石梯子的下面朝上面攀登。红树林放下担子，拖出扁担，把吉星场逼回红家院子。红树林的老婆手里拿着一副绳子，要上来捆绑人。吉星场重新把红尘放在凉床上，等待红树林两口子如何动作。红树林说，畜生，你欺负了红尘，是吗？吉星场说，没有，红尘说，是她妈妈打的。红树林说，妈妈打了她，是事实；你欺负了红尘，也是事实。吉星场涨红了脸说，伯伯，误解了，我只是来看看她，什么也没做。红尘的母亲说，丢人现眼，养这么一个东西，打死了还好些，干净些。吉星场问，出了什么事？红树林说，老子的家事，少废话！吉星场着急了，他看着红尘身上的伤口说，不管怎么样，先得救人吧。红尘的母亲骂道，死了好，死了这个大祸害，全家安宁。吉星场说，你们这是在犯法！红树林劈了吉星场两个耳光，眼里喷出了怒火：老子把你一起打死！吉星场的鼻孔冒出一团血，红尘的母亲见了，赶紧找了一团棉花，让吉星场塞住。红尘的母亲说，年轻人，我们也不了解你是个什么样的人，我们养这个丫头不争气，在外省打工，和一个已婚的男人不明不白，伤风败俗，不得已，我们才打她的。红尘用微弱的声音抗议道，没那回事，一般的朋友。红树林骂道，还嘴犟，老子赶场亲眼看见你和那畜生进了旅馆，还有，隔壁的王小毛也看见了，给老子丢尽了脸！红树林说着，又走上前，又给红尘两个耳光。吉星场赶紧护住红尘，叫嚷道，再打的话，真的会出人命的，要打就打我吧。红树林厉声吼道，滚开！吉星场说，不，不。红树林的拳头暴雨般落在吉星场的脊背上，发出迟钝的声音。红尘的母亲把红树林拉到旁边，坐在一张凳子上，塞了一把叶子烟在红树林手里，气喘吁吁地问，年轻人，到底想干什么？吉星场说，救红尘的命，马上送医院。红尘的母亲看了看红树林扭曲的脸，又看了看躺在床上抽搐的红尘，再回头望着红树林：老头子，怎么办？红树林吧嗒吧嗒地抽烟，并不说话。红尘的母亲又问，死丫头，你想怎么办？红尘的声音越来越微弱：我痛，我快死了。红树林骂道，死不了。吉星场说，太危险了，这些伤口万一感染，会送命的。红尘的母亲说，让她死在家里。吉星场说，那是犯法的。红尘的母亲向红树林投去求援的目光，红树林无动于衷，吧嗒吧嗒地抽着烟。吉星场说，不行，我得送她走了！吉星场抱着红尘，一步一步向门外走去。红树林抽着烟，身体没动，喉咙咕咕地响。红尘的母亲说，停下，老头子有话要说。吉星场停下脚，等候后面的声音传来。红树林的嘴巴仍在吧嗒吧嗒地响。红尘的母亲追了上来，大声嚷道，既然这样，你要把人带走，总得写个保证书吧。红树林拿了一个烟盒纸来，搭上一支圆珠笔，让吉星场自己写字：保证同红尘结婚，保证人，吉星场，某年某月某日。吉星场写好后，红树林从隔壁请来识字的王小毛，反复大声地念了三遍，吉星场这才把红尘背了出来。红树林说，可以走了，从今以后，你红尘与我们红家没有任何关系，永远不要再来过这个门槛了。

红尘在吉星场的房子里住了一周，伤口基本愈合。吉星场笑道，治疗结束，你可以出院了。红尘说，在一个男人屋里住了这么多天，你叫我出去怎么向人家解释？吉星场说，你可以告诉别人，我吉星场是个正人君子啊。红尘冷笑道，去你妈的哟，全世界就你最正经，难道我红尘是个淫荡的女人，下贱的女人，随随便便就住进一个男人的房子里？吉星场笑道，红尘，你想要什么，直接告诉我？红尘骂道，我要你变成一个坏人，一个流氓，你会吗？吉星场说，相信我，一辈子也不会。红尘抱着吉星场耳语道，傻瓜，我要你变坏，你就得变坏的。红尘伸出手，扑了上来，吉星场被红尘的头发缠住了鼻子和脸，喘不过气来。吉星场站起来，抱着红尘轻轻地放在床上，仔细地寻找她的伤痕。伤口的结痂自然脱落，皮肤光洁细滑。肩膀狭长，乳房好像淘气的兔子，随时伺机窜出来；腰肢柔软，碰到吉星场的手，冰冷的，蛇一般蜷曲，遇到一道缝隙便会钻进去，消失得无影无踪；洁白的屁股——全身上下，就这一处无比珍奇的白色——微微翘起，好像雪花一样松软，吉星场抚摸着，迅速地融化，剩下大片荡漾的水波。吉星场晕晕乎乎，好像海上晕船的感觉，不由自主倒下了。

结婚了，这个事情没有人相信。没有举行婚礼，一颗喜糖也没给周围的人发，悄悄地到镇上去办理了结婚登记手续。他们结婚的事只有鱼幼知道，因为他们结婚证上的合影就是鱼幼亲自拍摄的，两人领取了结婚证后，又把证件带到鱼幼那里，让鱼幼亲眼目睹。鱼幼到隔壁的小店里买了两瓶可乐，送给吉星场和红尘，掉着眼泪说，我没什么祝贺你们的，喝点儿饮料吧。红尘拉着鱼幼的手亲昵地说，姐呀，你怎么哭了？鱼幼伸手抹了抹眼角，声音颤抖着说，当姐的高兴，小吉，你总算有了归宿，好日子，在后头，别灰心。

婚后，头几个月，一直有个男人来纠缠红尘。红尘腹部渐渐隆起，那家伙才主动放弃。红尘长长地舒了口气，坦白地告诉吉星场，那个男人是在粤海省打工认识的。从粤海省一直追到华阳省木鱼县，再到南辕镇。红尘的父母没让那家伙进门，偏偏红尘同他又藕断丝连，红树林父母气不过，把红尘关在家里毒打一顿，把那家伙吓跑了。哎，总算死心了。红尘满意地抚摸着腹部，不知道是说自己还是说那男人。

他叫鲍鱼。吉星场第一次听说那个男人的名字，但还不知道鲍鱼也是海里的一种鱼类。吉星场笑道，我想见鲍鱼。红尘说，那你得到大海边，那里有的是，只是，风浪特别大的哟。

讨　债

红小妃在山里整整待了一年，矿难的事情总算做了个了结。红尘和吉星场瞒着所有人偷偷结婚，让红小妃也有些生气。先是吉星场的父母到农场大吵大闹，声明和吉星场断绝关系，后是红树林夫妻到农场追打红尘，差点儿让红尘流产。那时，矿上的事缠得人要死，红小妃也只是生气，并没有能力介入纷争。

阳光明媚，心情舒畅，红小妃换了一身粉红色连衫裙，拎着一套婴儿服，大张旗鼓地跨进四合院。一瞬间，院子里的人眼睛亮起来了。刘婉儿暗自惊讶，这女人，到底不像乡下人，一举一动，透着股城市气息。敲开吉星场的房门，红尘正在给吉娃娃洗澡，没有抬头招呼。红小妃自言自语道，本来准备了一笔婚礼的钱，看来，这钱是省下来了。红小妃把婴儿服放在床上，弯下腰，仔细看了澡盆里的吉娃娃，脸上露出一丝笑容。吉娃娃酷似吉星场，鼻子、眼睛和嘴唇，线条清秀，肤色白皙，身上找不到半点儿缺陷。

红尘给吉娃娃换上衣裳，红小妃便接过来，简单地逗弄了一番，又夸奖了几句。刘婉儿也跑过来凑热闹，抱着吉娃娃，嘴里啧啧连声，说吉娃娃简直不像妈生的，倒像姨娘生的。这句话激怒了红尘，红尘冷笑道，幸亏我肚皮上还有剖宫产留下的刀伤，不然，别人真以为我连孩子也生不出来了呢。

四合院的屋顶是盖的青瓦，因为鸽子抓来抓去，下雨天屋子里到处漏雨，即使大晴天，家具和墙壁也散发出一股浓烈的霉臭气味。红小妃捂住鼻子，怀疑婴儿的尿布没洗干净。红尘挖苦说，天生是下力人，十来岁出门打工，做家务是五岁开始的，把尿布洗干净算不上难事。红小妃知道红尘对她心怀不满，草草敷衍了几句，就告辞了。

红尘对姐姐的意见不是因为她被关进派出所她没来援救，而是因为那笔钱，送给陈龙的。吉星场和红尘结婚不到一个月，红尘的身体便有了反应。红尘怀孕比别的女人艰难得多，每天都会把吃下去的东西全部吐出来。吉星场对红尘的肚子怀着恐惧，他有一种大祸临头的感觉。红尘连胆汁都吐出来了，还一直不停地干呕。吉星场找不到什么话来安慰，只是一个劲儿地自责道，有没有办法，让我帮你呕吐，我实在受不了啦。红尘难过地捂着腹部，一面流着泪骂吉星场：蠢货，你有什么受不了的？吉星场搓着手，哆嗦不已：要是不结婚，就不会有这些麻烦。听了这话，红尘哭得更凶，吉星场手脚无措，不明白自己说的话错在哪里。红尘的哭声牵动了四合院妇女敏感的神经，在嘴巴还没聚集在一起的时候，无数幽暗的耳朵已经像落叶一样，一片一片从破烂的窗户前飘坠而过。刘婉儿把吉星场堵在上厕所的路上，严肃教训：怀孕的女人心胸比平常要狭隘，小吉，男人应该大度，能让则让，千万不要一个钉子一个眼啊。吉星场反复道歉，红尘才止住了哭声。红尘说，你要是对我们的婚姻后悔的话，我马上去医院做人流，免得留下后患。吉星场低三下四，委曲求全，红尘总算饶恕了一次。红尘的肚子渐渐膨胀，吉星场脸上的笑靥随着膨胀。红尘躺在床上喘气，吉星场便老老实实趴在红尘的肚子上，用耳朵听了一阵胎动，笑道，小嘴巴在说话了。红尘说，放屁，哪有这么早，除非孩子是天才。吉星场笑道，有可能啰，要是生了个天才，你就是天才的妈妈，这辈子就可以什么都不干了。红尘骂道，龟儿子，你在讽刺我怀了孕什么也不干，是不是？

鱼幼带红尘去区医院做超声波检查胎位，正好碰见陈龙。陈龙一下子认出了鱼幼，但误以为是黄彰武的儿媳妇红小妃。他亲自告诉她们，那两千元钱已经托黄彰武退还了，不知道她们收到没有。陈龙把鱼幼视为黄彰武的儿媳妇，鱼幼也不便自我揭露，只好哼哼哈哈。陈龙重新给六指拍片鉴定，发现她的骨损伤是陈旧性的，红尘殴伤六指的情节不成立，一切过错就在实习医生身上。陈龙在电话里反复说，钱退了，黄彰武的钱哪，任何时候都不会收的。

援救红尘，吉星场竟然私自借了两千元钱送礼。红尘暗自感激自己找的这个男人，虽然无用，却是忠厚。感激之后，又为两千元心痛。她问吉星场：哪来的两千元钱？吉星场支支吾吾，不敢说是鱼幼借的，只好说从冯梦那里借的。红尘看吉星场硬着一张鲫鱼嘴巴，就知道他在撒谎。“是不是鱼幼？”红尘笑的样子很坏，每一枚牙齿都闪烁着锋利的光芒。吉星场仍然嘴硬：是又怎么样，不是又怎么样？红尘冷笑道，吉星场，你钱多呢，两千元，在农场干三年才挣得到，打工要一年多时间，怎么不早告诉我呢。红尘挺着大肚子，要去找黄彰武把钱要回来。吉星场说，算啦，陈龙还不是看在黄彰武的面子上才帮的忙。红尘说，那不行，两千元，你输得起，我输不起，你看嘛，孩子生下来，马上就是奶粉尿片，花钱如流水。吉星场劝阻无效，却也没脸面陪红尘去向黄彰武索取那两千元钱。红尘坐着冯梦的摩托车去洛城乡找人。在洛城寨上一块干旱的稻田边，黄彰武正在和村长喝烧酒。头上草帽，身上汗水，嘴里大块的腊肉，周围是稻穗在风中刷刷地响。黄彰武生怕红尘流产，好言好语相劝，还找了一辆四轮车把红尘送回南辕镇。黄彰武说，两千元退还给了红小妃，当初不知道那钱是吉星场借的，还真以为是红小妃出的钱呢。红尘特别窝火，这么一个姐姐，见钱眼开，凭什么收与她没有半点关系的两千元钱。关键是这钱是为了援救红尘，红尘不能容忍自己欠鱼幼这笔人情账。所以，鱼幼的钱要还得越早越好。她本来准备坐六轮车去矿里找红小妃，没想到跑了一趟洛城乡，吉娃娃比预产期提前了一周降生。好在医院说，这不算早产儿。慢慢谈心，红尘才得知，吉星场前前后后从鱼幼那里借的钱不下八千。

这个蠢物，居然瞒着红尘，没什么压力，成天乐呵呵的，打牌，喝酒，开玩笑，还买两套西服呢，穷讲究，龟儿子外面绷面子，里面刷浆子。鱼幼借那么多的钱给吉星场，却从未逼吉星场还过钱，这正常吗？女人天生爱财，把包里的钱看得紧，鱼幼的慷慨大方让红尘保持着女人本能的警觉和反感。红尘不明白鱼幼为什么要对吉星场那么好，比老婆对老公还好。想到这一点，她心里就不踏实了。住进四合院，红尘听很多人说，二三子在外面拈花惹草，对鱼幼不忠。自然，院子里对鱼幼的传言也不中听。

吉娃娃满月，红尘终于可以出门了。她迫不及待地找到红小妃，问那两千元钱的下落。红小妃说，我也不知道，有空我帮你问问黄山他爹，不要着急嘛。红尘说，姐姐，你不知道，那钱是吉星场找鱼幼借的。红小妃笑道，黄彰武那么大一匹官，你还担心他不还钱？红尘心里骂了一声混账，心想，我早就问过黄彰武了，你还装蒜呢。红尘脸上堆着艰难的笑意说，姐姐，你不知道，吉星场和鱼幼要是在钱上理不清，我担心他们哪，万一出轨……红小妃哈哈大笑，她那张脸像盛开的鲜花一样映照着晦暗的红尘：妹妹呀，吉星场有什么值得鱼幼贪图的？红尘更加焦躁，终于说出吉星场欠着鱼幼巨款的事情。红小妃听了，也收敛了笑声，但很快又爆发出更加疯狂的笑声：如今的社会，女人看中男人的是他的钱，我不相信鱼幼不食人间烟火，会倒贴钱来养汉子？红小妃的安慰不仅未能缓解红尘的焦虑，反而激怒了红尘：当姐姐的怎么这样无耻？她这不是在诅咒我的婚姻吗？养汉子，吉星场一表人才，有那种可能吗？当然有可能的。红尘突然想到姐夫黄山，黄彰武的儿子。什么形象？年纪轻轻，肥头大耳，大腹便便，简直像复制出来的又一个黄彰武，令人恶心。红尘开始怀疑面前这个穿金戴银的女人还是不是自己一娘所生的姐姐。红尘关心地问，姐姐，矿上是不是很差钱啊？

红小妃拉开皮包，露出两个传呼机。红小妃说，联办煤矿每个月结款有五六万，两千元还不够支付厂里的电费。红小妃怕红尘不相信，就打开钱包，取了一张三千元的存折，塞在红尘手里说，我手里没现金，这是矿上的公款，你不放心的话，就先拿这个去用几天吧，等哪个时候黄山他爹把钱还给你了，你再把还给我好了。红尘再缺钱，也懂得私用公款是犯法的事，她没接红小妃的存折。此行目的落空，红尘忧心忡忡地说，我怕鱼幼。红小妃再次表演了一次哈哈大笑的动作，拍了拍红尘的脸说，妹妹呀，现在这个社会，男人如果要变坏，女人防得住吗？红尘望着红小妃涨红的脸，听红小妃发表高论：女人唯一防得住的是钱。红小妃第二次把存折放在红尘手里，红尘机械性地拒绝了。是啊，一娘所生，总比夫妻亲吧。

赌 徒

红尘的牌瘾发了。起初，在四合院，背着或抱着吉娃娃打牌。那时，吉星场每天还有那么一个半个小时来看书。等到刘婉儿、柳如、汪美龄几个女人被红尘打得满地找牙的地步，四合院已经无法再让红尘产生打牌的兴趣。吉娃娃丢在家里，红尘人不见了。

吉星场抱着吉娃娃到镇上挨个询问打麻将的地方，还能在某个乌烟瘴气的小房子里找到全神贯注摸牌的红尘。时间一长，红尘的几个牌友，吉星场都认得：区供销社的赵发财，区食品站的马白毛，黑水河煤矿老板张金娃，还有一两个嘴歪脸斜的家伙，一边打牌，一边用手指掏鼻屎。红尘一个女人，夹在几个抽烟喝酒的男人中间，显得极不协调。吉娃娃见了红尘就大声地哭，要扑过去吃奶。红尘听得不耐烦，大声地骂道，滚开，别来影响我赢钱呢。吉星场说，娃娃要吃奶。红尘眉毛一横，瞪着吉星场说，兑奶粉喝嘛。红尘一对奶子被奶水胀得满满的，一件衬衣像吹足了气的气球，胸前一块湿漉漉的。她也不觉得难受，仍是痴迷于桌子上的牌。吉星场在桌子边站了十分钟，看着红尘从钱夹子里数了三张红色的人民币大钞出来。几个打大牌的凑到一起了，每一分钟都很值钱。吉星场看得胆战心惊，唯恐自己和吉娃娃也被红尘输在桌子上。红尘的钱夹子取出最后一张十元钞，搁在椅子里。红尘输光了。

吉星场把吉娃娃送到红尘手里，红尘却丝毫没有离开的意思。她直接从赵发财那里抓了二十元钱来塞给吉星场，果断地说，买奶粉去。赵发财嘴里的红塔山一闪一闪，大团大团的烟雾吐了出来。吉星场听见赵发财说，红尘，去喂奶吧。马白毛粗野地笑道，老赵，人家晚上回去喂，你就不要妄想了，哈哈。马白毛的老婆六指曾经同红尘打过一架，搞得镇上河风水浪。现在好了，马白毛居然能和红尘坐在牌桌上打牌，还互相开着玩笑。

赵发财，红尘新认的哥哥，据说是结拜兄妹。红尘在外面打工，唯一的本领就是到处结拜兄弟姐妹。打电话呀，哥哥、姐姐、弟弟、妹妹，比亲生的还甜。同吉星场结了婚，在镇上待的时间不长，红尘又开始搞结拜了。深夜，红尘嘴里沾着酒臭，一口一个哥哥，吉星场听着恶心。红尘丝毫不顾及吉星场的感受，还冷不防从包里拿出一只口红，说是哥哥到上海出差买回来的。吉星场不吱声，趁红尘不注意，拿了扔在厕所里。红尘找不到，当然怀疑是吉星场在捣乱，便问道，小吉，你吃醋了？吉星场冷笑道，本事大得很啰，我连饭都吃不饱，还吃醋吗？红尘笑道，人家老赵身边的女人多的是，龟儿子又穷又酸，想歪了吧。吉星场说，要打牌也要找几个女人嘛，长期同男人在一起，总不妥当。红尘笑道，小吉，我同这些家伙打牌是要赢钱，你以为我图的是什么。吉星场说，不要那钱，可以吗，再说，赌博又不能包赢，万一输了咋办？红尘摊开双手，冷笑道，小吉，嫁汉嫁汉，穿衣吃饭，你给我钱，我就老老实实在家里养娃娃，给你洗衣服裤子，钱呢？吉星场说，咱们省着用，等娃娃稍微大一些，你就去打工，日子不就好了。红尘说，你这个鬼男人，鬼农场，喝稀饭的工资还不能按时发放，听你的话，恐怕一家人都饿死了。说到农场，吉星场自然就来了气。从前，农场搞的几个小麦品种还有些销路。这两年，农民种植的时候出了些问题，农场里技术员跑了几个，问题没有解决。今年，麦种卖不出去，钱一下子少了许多。局里还是在贷款给农场的职工发工资，当然，钱的数量就少了。吉星场想过出门打工，遭到红尘拒绝。养小孩累，红尘成天像坐在牢里的犯人，巴不得吉娃娃一下子长到五六岁。吉星场想过找岳父岳母养吉娃娃，但每个月要拿两百元生活费。说到钱，岳父岳母斩钉截铁，寸步不让。吉星场的父母这边，几乎闹到断绝关系的地步，养吉娃娃，没门儿。

对红尘赌博的事儿，吉星场先是激烈反对，哪知红尘心里像猫抓，惹火了，憋不住了，揪住吉娃娃的小脸打耳光。吉娃娃不能说话，但她眼里的恐惧和呆滞吓坏了吉星场。红尘这么带小孩，带大了也就报废了。忍了忍，吉星场还是没反对红尘出门去打牌。红尘自己说每天赢了多少钱，吉星场从来管过。在昏暗的灯光下，红尘让钱夹子底朝天，把所有的纸币和硬币倒在桌子上，数了两遍，兀自高兴地叫嚷道，赢了。红尘抓了两张纸币放在吉星场眼前晃动，笑道，我一天赢的钱，比你一个月的工资多，怎么样啊，小吉？吉星场闭着眼睛说，不稀罕，我只是担心你输钱的时候。红尘把钱收起来，得意洋洋地说，相信我，没人赢得了我的。超级自信，红尘开始大手大脚地用钱了。她的榜样在四合院里，鱼幼。鱼幼穿过的衣服、裤子、裙子、袜子，五颜六色的。鱼幼没穿过的，各种稀奇古怪的玩意儿，红尘也买。刘婉儿从农贸市场回来，偷偷告诉吉星场，红尘和一个蓄小胡须的大肚子男人上了供销社的招待所，戒指长得比手指粗，小心为是。吉星场抱着吉娃娃，愤怒地跑到供销社楼下，正准备上楼，却碰见红尘和那男人，一前一后下楼，两人的眼神暧昧。红尘先发制人，大声地喊着吉娃娃的名字，手远远地伸过来了。吉星场紧紧地搂住吉娃娃，脸一阵白一阵红，脑子瞬间空白，那男人怎么走的也不清楚了。吉星场嘴巴和脸颤抖着，眼睛里闪出了火焰。红尘低声说，回家再说。红尘比吉星场走得快，咔嚓咔嚓，人影子就不见了。吉星场迈不动步子，吉娃娃压在他手臂上，竟然像千斤重的担子。吉星场走到四合院门口，红尘的骂声像丢了一枚炸弹下来，所有的房子都在剧烈摇晃。恶人先告状，红尘站在院子中间，身子旋转着骂人，保证每一个人都怀疑在骂自己。狗日的尖嘴巴，挑拨离间，不得好死！下次要是被我知道了，点一把火烧了四合院，反正大家都不得活了。吉星场在房子里坐了三个小时，红尘还在骂，没人敢出来回应。柳如偷偷找到吉星场说，老王有前列腺，受不了，小吉，把红尘劝回家吧。柳如踮着脚尖往回走，吉星场从房里冒出半个脑袋，红尘一下子来劲儿了，骂声冲着吉星场叫嚷，小吉，哪个贼婆娘在背后说我的坏话？吉星场静静地说，不要胡思乱想，没有人理你的。红尘骂声直接冲着柳如来了：柳如，是不是你在捣鬼？柳如突然提高了嗓门道，关我屁事！红尘冷笑道，我的好亲戚，你帮我成全的好婚事，我感谢你！柳如飞快跑进屋，骂声从窗户飞了出来：我柳如遇到他妈个鬼，一碗饭养个仇人！红尘还想前去理论，被吉星场打了两个耳光，强行推进屋。“王八蛋，你敢打我？”红尘扑在吉星场身上，双手在吉星场脸上乱抓，吉星场脸上火辣辣一大片，很快，就是大面积湿润的血了。红尘觉得不过瘾，又打开门，指桑骂槐，骂卖淫的偷人成习惯，骂不要脸的把侄女、亲戚介绍给小吉，见不得人家夫妻过安静日子。骂遍了，才住嘴，轰然躺在床上。过了一晚，红尘提起钱包，招呼也不打，一趟走了。

红尘一走，院子里立即聚集了一群义愤填膺的妇女。刘婉儿，汪美龄，王润生的乡下老婆，三个人一起指责柳如干了一件引狼入室的坏事。柳如委屈地说，谁想得到呢，人哪，不能只看长相。刘婉儿和汪美龄找到吉星场抗议说，小吉，我们没吭声，完全是看在你的分上，过去的事，她竟然全都知道。吉星场脸上黑的紫的红的，全是指甲印，他苦笑道，我也倒霉呢，我也纳闷，她什么都知道。刘婉儿垂头丧气地说，几十岁了，头一遭，这么被人骂着，心里难受。吉星场抱着吉娃娃，赔礼道歉说，她这副德行，我有啥办法呢。吉星场和红尘吵了几架，说要到镇上办理离婚手续。走到半路，红尘就被牌友叫走了。四合院的人都不同红尘说话，红尘可能有些觉悟，便主动给自己定了一条底线：晚上十二点前回家。吉星场说，随便你。红尘把闹钟放在桌子上，斩钉截铁地说，你监督我，不按时回来不是人。晚上，闹钟滴滴答答的声音水一般流淌。红尘踩着石板的高跟皮鞋，确实是在倒计时中掏出钥匙开门。过了一段时间，红尘便不一定每晚回来了。农场会议室的黑白电视机把晚间新闻播放完，啪嗒一声关了，农场的人各自回家睡觉。吉星场抱着吉娃娃，不能看电视，只是在会议室外散步。吉娃娃喜欢热闹，电视机发出的声音她喜欢。红尘的电话打到农场办公室，值班的刘老头高声说，小吉，国际长途电话来了。吉星场急匆匆拿过话筒，听到红尘在笑。红尘说，赵发财的老婆满五十大寿，她要陪嫂子打通宵麻将。吉星场急了，说，那可不行，吉娃娃闹夜。红尘搁了电话，人就走了。他妈的赵发财，他妈的嫂子，他妈的老子，得去看看。吉星场拿着电筒，抱着吉娃娃，真的到了供销社找人。赵发财的房子很好找，灯火通明，麻将哗哗响。供销社的木楼楼梯上不断有上下的脚步声，楼梯吱吱嘎嘎，好像不能承受任何外来的重压。镇上该来的牌友都来了，二三子、杨天棒、乐得欢，甚至鱼幼也认认真真地坐在里面。红尘依旧和三个男人关在一间屋子里，在咳嗽声中，能见度极低，抽烟的男人不时张开嘴巴，吐出浓烈刺激性的烟草味。吉星场被熏得直流眼泪，令人佩服的红尘镇静地坐在那里，没有任何不适。吉娃娃开始哭了。马白毛输多了钱，心里不爽，便说，哪来的小孩子？红尘低头算着牌，慢慢说，小吉，我不是给你打了电话吗？吉星场说，家里钥匙弄丢了。话未说完，一串钥匙就飞了过来。吉星场不得不佩服麻将高手的小脑之发达，红尘就是这样的人物，动作比语言快捷，语言比思维快捷。

夜不归宿。有了第一次，自然有后面的若干次。红尘一般是第二天上午补睡眠，中午才打着呵欠，懒洋洋地向吉星场汇报头天晚上的战况。赢了。又赢了。从红尘嘴里说出来的全是赢钱的话。红尘的脖子和手腕上，开始戴点儿什么饰品。从塑料、玻璃制品开始，后来是银器和玉器，最后，干脆是黄金。金耳环、金项链、金戒指，闪闪亮亮，引人注目。家里缺钱，红尘也不管，照样戴她的金首饰。吉星场说，哪天没饭吃了，我们一家人就吃金项链了。红尘怒目道，你龟儿子敢！输钱了，红尘要把睡眠时间延长到晚饭。房子里灯亮着，吉娃娃喝了奶粉，嘴巴咿咿呀呀，好像在说话。红尘从床上爬来，恍然大悟道，天亮了啊？吉星场笑道，继续睡，还有十几个小时呢。红尘狠狠地揪了吉星场的屁股一把，骂道，下次赢了钱，绝对不给你用了。因为打大牌，红尘在镇上渐渐有了名声。外地来的老板牌瘾儿发了，找不到人陪，第一人选就是红尘。有时候是一辆摩托来，偶尔还有小轿车来。在众人异样的目光中，红尘得意地上了车。刘婉儿小声骂道，死婆娘，输了钱就不要回来了。吉星场也担心红尘，身上一分钱也没有，输了钱，怎么办。然而，这样的担心是多余的。红尘照样赢钱，她用赢来的钱买了一件新衣服，穿在身上，哼着歌，哐啷把门推开，大声说，我回来了。吉星场正在附身逗小孩，冷不防背上丢了一把钞票，哗哗地坠落，满地都是。红尘把吉娃娃抢在怀里，笑道，小吉，把钱捡起来，数一数，是多少？吉星场笑道，我担心你输了钱把自己卖了呢。红尘踢了吉星场屁股一脚，骂道，去，你妈的，尽说不吉利的话！

当然，强中更有强中手。区粮站从城里调来一个年轻人，名字叫着那舞儿。那家伙才是厉害，一周之内，镇上的人见了他不敢说自己会打牌。红尘与那舞儿较量过几次，没输钱，但也没赢钱。红尘对那舞儿佩服得五体投地，开口闭口就是那舞儿长那舞儿短的。念叨一阵子，那舞儿就成了红尘的牌友。那舞儿在南辕镇掀起了一股麻将的旋风，木鱼县内，有名气的麻将高手三天两头赶到南辕镇来，希望同那舞儿一试身手。红尘如鱼得水，她心甘情愿，做了那舞儿的徒弟，端茶送水，偷学着那舞儿的绝技。与红尘有同样的想法的年轻人还有二三子和区公所的小陈，他们主动投靠那舞儿，三天两头请客吃饭，然后，就在客来喜饭店切磋牌艺。那舞儿在场，老一辈的牌友自甘堕落，不敢上桌子。赵发财，马白毛，乐得欢，鱼幼，只有摇头摆手的份儿。那舞儿在南辕镇享受到帝王般的待遇，几个牌友是他的崇拜者，输了钱还自鸣得意。红尘就是这样，输了三百五百，回家后还大张旗鼓地向吉星场汇报。二三子萎靡不振地坐在相馆门口，有人问他怎么回事，他立即唾沫横飞道，陪那舞儿打牌，一晚上就输了八百，哎哎，八百。吉星场完全不明白他们的心思，不管输钱给谁，本质上是一样，都是失败，哪有这样糟蹋钱的傻子呢。那舞儿来镇上不过三个月，红尘兜里的钱差不多也输光了。

忽然有一天，听说那舞儿带着红尘、二三子到县城里去打牌了。乡下人进城见世面去了，南辕镇的牌友丢失了精神偶像，大家很是愤愤不平。乡下打牌不好吗，人少，清净，又没有人来抓赌。城里可不好说了，县太爷不开心，一声令下，抓人的车就来了。钱被没收，人进拘留所，家里人还得代缴罚款。狗日的那舞儿，存心害人吗？吉星场和鱼幼的忧虑在早晨五点钟被打消。那舞儿水平高，跟着他混江湖的人也不吃亏。人家城里有人开车送，保证不影响第二天的工作和生活。红尘黑着眼圈，打着呵欠，抱怨孤山的公路颠簸，屁股痛，他妈的哪里是坐车，简直是用肉刑嘛。吉星场没问红尘同哪些人打牌，红尘说，不认识那些家伙才好，赢了钱，心里坦然，不像在镇上，都是熟人。反正我们只认钱。红尘把钞票摊开，一张一张地过目，唯恐遇到假钞。城里猪比人多，小吉，你信不信？红尘得意地望着吉星场，笑着说。你是说，同你打牌的是驴吗？吉星场说。就是，就是。人一样的模样，驴一样的脑子，但就是钱多。红尘把钱聚集起来，厚厚的一沓。昨晚，我以为赢的是假钞，没想到是真的呢。红尘两眼放光，仿佛具有验钞机的功能。红尘拿了三百元塞在吉星场手里，吉星场说，头脑清醒一些，我总觉得有些像钓饵。红尘把钱收回，狡黠地笑道，我们就是钓鱼的人呢。吉星场冷笑道，谁钓谁，说得清吗？红尘说，那舞儿简直是个人精，我们扣起手来，不赢钱才怪呢。吉星场正色道，你们在搞诈骗，不怕抓进监狱吗？红尘哈哈大笑道，小吉啊，书呆子，世界上只有读书最安全，但就是没用，废物。吉星场严厉地说，如果你被抓了，咱们家里没有钱来取人的。红尘笑道，去你妈的，我多的是哥哥，姐姐，弟弟，妹妹，真有事情，他们会救我的。吉星场说，遇到事情才知道是不是那样，不要把话说早了。红尘说，走着瞧。吉星场说，好，好，好，走着瞧。

吉星场的警告多了，听起来就像是诅咒。红尘哪里听得进半句话，她的目标是赢钱在城里买一个门面，跟人学做蛋糕。城里人，当老板，每天进账，那多有意思，小吉，你这个乡巴佬，窝囊废，狗屁不通，老娘有了钱，一脚把你龟儿子踢到粪坑，老娘嫁给你算是倒了八辈子的霉。红尘骂舒服了，跟着师傅那舞儿，还有二三子，偶尔有小陈，在县城里转战，屡有斩获。哪知有一天被人告发，一车持枪的人涌进打牌的房子，一个不剩，抓进拘留所。鱼幼先接到拘留所打来的电话，说二三子聚众赌博，人关着，缴齐三千元罚款才放出来。鱼幼立即来问吉星场，红尘有没有麻烦？吉星场说，暂时没听说。仅仅过了十分钟，同样的电话打来了。三千元，三千元什么概念？这个傻婆娘，终于闯大祸了！这几天，吉娃娃闹肚子痛，不吃奶粉了，一声长一声短，哭着要妈妈。吉星场抱着吉娃娃，脑子里坠着一枚炸弹，好像要随时要爆炸似的。不要说三千，三百元都没有。钱是一个问题，关键是吉娃娃怎么办，她就闹着要妈妈。妈妈对幼儿来说是具体的，不可取代的，尽管红尘没怎么带过吉娃娃，毕竟是她身体里产生的。鱼幼问吉星场什么时候去领取红尘，吉星场说，自作自受，与我无关。鱼幼说，关在里面可怜，真的。吉星场哭丧着脸说，可怜的是我啊，一个要三千元，一个要妈妈，我这比坐监牢还惨呢。鱼幼已经进城缴钱，把二三子领回来了，撂在桥头的照相馆。二三子自己不好意思回四合院，在拘留所喂了三天蚊子，脸上、脖子、手腕、大小腿，到处是血斑，农场的人都知道了。吉娃娃夜里哭闹得厉害，吉星场一个人手脚无措。以往，红尘没在家，但院子里总有人来抱哄吉娃娃。刘婉儿、柳如、汪美龄，轮流着来逗哄，吉星场没觉得带小孩有多麻烦。红尘在院子一骂，把人得罪完了。此时此刻，吉星场巴不得有人能主动站出来，帮他换个手，哪怕是一分钟也行。鱼幼敲门来了，吉星场问，什么事？鱼幼说，小吉，我来看看吉娃娃，她怎么闹得怎么厉害？吉星场说，要妈妈，这小家伙，真是把我折磨够了。鱼幼说，让我来试试看，也许吉娃娃会听我的呢。鱼幼抱过吉娃娃，竟然很快静了下来。当天晚上，吉娃娃没闹，吉星场乐得清闲，一个人美美地睡了一觉。吉星场醒来，正好听见鱼幼在院子里抱着吉娃娃唱歌，吉娃娃没有哭。吉星场眼皮上沾着阳光和眼屎混合物，摇摇晃晃伸手去抱吉娃娃，只听得哇的一声，吉娃娃又张口哭了起来。鱼幼笑道，吉娃娃是我的女儿，不承认你这个父亲了。吉星场跑进屋里，勾兑了半瓶牛奶，准备往吉娃娃嘴里塞，吉娃娃便伸腿来踢。鱼幼笑道，没用的，吉星场，要哄吉娃娃，下辈子吧。吉娃娃玩了一会儿，又咧开小嘴，咿咿呀呀地哭，鱼幼愣了一下，伸手解开扣子，掏出乳房塞在吉娃娃嘴里。吉娃娃蹬着小腿，像一只狗崽，嘴里发出噗噗的声音。原来如此。鱼幼是用这种方式平息了吉娃娃的哭声，吉星场心里震颤，好像砸了块大石头。吉星场望着鱼幼说，姐呀，真是麻烦了。鱼幼说，小吉，愣着干什么，还不赶快救红尘？

红尘可恶，但毕竟是吉娃娃的妈妈，救人是应当的。让吉星场高兴的是，过了三天，那边打电话来催罚款，说是数量可以适当减少。吉星场问，少多少？那边回答，一千。几天时间就值一千，真合算呢。吉星场找老辈子关万能借钱，关万能用手戳着他的鼻子骂了一通，一分钱也不借。吉星场让冯梦用摩托车把他送到孤山联办煤矿，红小妃打开钱包，拿了一叠存折和票据出来，说矿上现金有些紧张，借钱的事，实在没办法。吉星场气急了，他红着眼睛对红小妃说，红尘是你妹妹，你也得想办法啊。见吉星场如此指责自己，红小妃立即变了脸色道，红尘嫁给你了，救人就是你的事，一个大男人，不要这样没出息。吉星场着急道，我确实没钱，不然，不会走到你门下来的。红小妃冷笑道，你们的婚事我一直反对，现在出问题了，我怎么管得了？吉星场说，上次那两千块钱呢？红小妃厉声道，吉星场，我红小妃不差你一毛钱的，那是陈龙还给矿上的钱，他们医院的人买了焦煤，没付钱。吉星场在孤山碰了一鼻子灰，气急败坏，回到镇上，一筹莫展。这边，农场上又接到那边的电话了：两千元，数目不变，尽快领人。

吉星场无可奈何，只得找鱼幼借钱。鱼幼说，小吉，你一个大男人，做事要敢作敢为才是。吉星场从鱼幼手里拿了钱，交上去，半个小时，人就出来了。红尘赶紧上街，买了长衣长裤穿起来，有说有笑，跟着吉星场回到四合院。然而，一进门，红尘就脱了衣服裤子让吉星场看。皮肤上全是蚊子叮咬的孔洞，血糊糊的连成一片。拘留所的蚊子咬人的本领大，红尘挥动双手也无济于事。只要有一秒钟打盹，它们就成群结队地来了。一巴掌下去，黏糊糊的，全是自己的血。难受的是又痛又痒，人又瞌睡，疲惫不堪。一起抓进去的人先后都走了，只剩下红尘一个人。咬她的蚊子比先前多了好多倍，挥手拍打不管用，她就蜷缩着身子，埋着头，任凭蚊子肆虐。那里的人每天都问，家人什么时候来取人。红尘把众多哥哥姐姐弟弟妹妹的电话告诉那里的人，结果，一个水泡也不冒。算啦，社会上的人，假的多。吉星场笑道，关键时刻，你该看清人了吧。红尘勃然大怒道，王八蛋，你是好人，对吧？吉星场说，我没说我是好人。红尘说，龟儿子，你让我在里面多待了一周，那里的人都在笑话，说哪有这样无情的男人，干脆把婚离了，另外找一个。吉星场说，不是我不管，家里没钱，而且，我早先说过……红尘抢过话题问，说过什么？吉星场说，你不知道，这几天吉娃娃把我折腾够了。红尘骂道，小王八，生儿育女是女人苦，教育一下你活该。吉星场说，其实，真正应该感谢的是鱼幼，不然，吉娃娃老是哭闹，罚款也是她借的。红尘说，那是你的恩人，感激她就同她睡觉吧，我们马上离婚，给她让位置！吉星场笑道，你真不知好歹，鱼幼不帮忙，你那些结拜兄妹会帮忙吗？红尘骂道，小王八，我嫁给你干什么，你还好意思表功？红尘把吉星场推下床，再放下蚊帐，抓着一把蒲扇，哗哗地扇，她要让吉星场感受被蚊子叮咬的滋味。吉星场连续四五次要钻进蚊帐，都被红尘死死地挡在外面。过了十天，吉星场一身蚊虫叮咬的疤痕，总算可以躺在床上了。吉星场说，老婆，你太过分了。红尘骂道，只是小小的惩罚，过分的是那些抓赌的家伙。回忆被抓的场景，红尘的身体不由自主地抖动起来。红尘的恐惧需要回忆慢慢消除，她的话在追述往事。什么阵仗？你根本想不到的。门突然被砸开，几只手枪对着脑袋，声音从脑袋顶上爆炸开来：不许动，把手举起来！一屋子的人手都举起来，然后，分男女被押上车，分别到了一个屋子里。吉星场有气无力地说，吹牛，欺骗没进过拘留所的人，多无聊。红尘打了个呵欠，继续唠唠叨叨：全身脱光，说是要搜凶器。钱包，裙子，钥匙、纸币、手绢、化妆品、金银首饰，哗啦啦，一会儿，就是一大堆。脱乳罩和裤衩，脱得精光，好像进澡堂的样子。老的脱，年轻的也得脱。妈的，来了月经的可麻烦了，到处是血，满屋子腥臭。说来好笑，居然有老女人把金项链藏在裤衩里，也不怕划伤撒尿的玩意儿。哎呀，他妈的，赌博的人真的是丢脸。受羞辱，一辈子都没见过的场面。红尘兴奋地说着，屋子里只有她的声音，像只小麻雀在黑暗中跳来跳去。旁边，吉星场早已鼾声如雷。小吉，他妈的，小吉。

鲍　鱼

自从鱼幼用乳房喂了吉娃娃，红尘便不准吉娃娃碰自己的乳房了。脏，臭，说不准有梅毒呢。红尘的嘴臭，她在吉星场面前说侮辱鱼幼的话是不打草稿的。更过分的是，红尘私自带着吉娃娃去县医院做了检查，看吉娃娃是否真的染病了。那吉娃娃没断奶，怎么也要恋着红尘，红尘不耐烦，便三个两个地扇耳光。吉星场受不了，伸手要打红尘，红尘骂道，小王八，前一次你打了我，我没记你的仇，你要敢打我，我会做一件你后悔一辈子的事，信不信？吉星场说，你打我耳光可以，就是不能打吉娃娃。红尘动辄打耳光，那吉娃娃好像受了神经刺激，只要红尘嗓门大一些，立即翻白眼吐泡沫，全身抽搐，像患了精神病似的。吉星场吓得赶紧抱医院，医生检查之后说，没什么问题，应激反应，可能是受到强烈的刺激引起的。吉星场抱着吉娃娃，在桥头遇到鱼幼，吉娃娃突然来了精神，伸出小手要鱼幼抱，鱼幼一接过手，吉娃娃笑脸舒展，嘴巴翘着，去寻找鱼幼的乳房，羞得鱼幼的脸都红了。红尘笑道，狗日的，有奶便是娘，这个道理不需要人教嘛。吉星场感叹道，前一段时间，真亏了鱼幼，吉娃娃闹得我一晚上眼皮都没合过，太惨了。红尘冷笑道，当然啰，父子俩都好这一口，味道不错啊。吉星场说，红尘，你太缺德了，要不是人家借钱，你还在拘留所里呢。红尘脸色骤变，发狠道，这个人情太大，咱们是不是一辈子跪在地上拜她这尊神？吉星场说，是啊，大恩大德，人要讲良心的。

抓了赌，又关了几个拘留所，南辕镇几个打牌的风云人物暂时偃旗息鼓，老老实实地过日子。那舞儿办了停薪留职，到海南找钱去了。二三子坐在照相馆的柜台后，大眼睛闪闪烁烁，不知道在注视什么。红尘隔三差五往城里跑，说要在凤凰街开一家蛋糕店，凤凰街小学有一千多小朋友，每天放学，那些小嘴巴都要吃一个蛋糕才回家。很来钱哟。红尘向往的是小学隔壁一家蛋糕店的生意，她已经去考察了十来次，亲自在门口数了卖出的蛋糕。蛋糕店的师傅想把店转让出来，做蛋糕卖虽然来钱，但实在是件辛苦的事儿。起早摸黑，腰酸背痛，全是金子不泛光。蛋糕店的师傅钱赚够了，光是门面就买了三个，现在只收租金全家人就用不完。吉星场说，人家蛋糕店要讲手艺，你拿过来，没味道，顾客不买，那不是亏大了？红尘自信地说，蛋糕店的师傅答应先带一段时间，等手艺学会了才彻底放手。吉星场皱着眉头说，有这样的好人吗？红尘笑道，那我不管，我跟着师傅学，手艺学到了，我也可以不要那个蛋糕店啊，我另外找地方，比如南辕镇小学旁边还有个店铺，价钱便宜，肯定赚。红尘扭着吉星场帮她借了三百元钱，然后坐上一趟进城的车。吉星场说，吉娃娃要吃奶咋办？红尘笑道，还是请鱼幼帮忙嘛，上次她不是奶水都吃出来了吗，我找医生检查过了，可以继续吃的。吉星场说，真不要脸，红尘。红尘把头伸出车窗说，等我挣了大钱，以前的人情一起还，相信我吧。

吉娃娃一闹，鱼幼便不由自主来抱，但二三子不准鱼幼用乳房喂吉娃娃了。鱼幼笑道，吉娃娃是我干女儿，你该不会吃醋吧。二三子骂道，这太便宜了吉星场那小子，我心里当然不舒服了。鱼幼骂道，神经病，心里龌龊，吉娃娃屁大点儿。鱼幼不顾二三子抗议，照样拿乳房塞在吉娃娃嘴里，真的当起妈妈来了。二三子很不放心，反过来跟着鱼幼，贼眉鼠眼，亮着奇异的光。鱼幼笑道，人家小吉心肠好，当初救了我的命，他现在有困难，帮帮忙，我错了吗？二三子冷笑道，当初解救你的是我二三子，你怎么偏偏就自作多情认为是吉星场呢？鱼幼说，在县医院，我被抢救过来，你到哪里去了？为什么是小吉守在病床边？二三子跺着脚骂道，小蠢货，老子四处借钱，你竟然不理解我的苦衷，哎哎，真是心肺掏给狗吃了。鱼幼冷笑道，你这样的贱人，见了哪个女人都恨不得扒裤子，我们已经离婚了，到街上去打广告征婚，看哪个女人肯嫁给你！二三子嬉皮笑脸，咕咚一声跪在鱼幼面前，哀求道，老婆，你到底要怎样才能回心转意？鱼幼说，小杂种，你那膝盖还没镇上的野狗有骨气！二三子流着唾液说，没老婆，生不如死啊，我给你磕头了。去去去，反正我是不会再上你的当了。二三子苦笑道，既然这样，你走人啊，不在我眼前，我也不会想你的。鱼幼冷笑道，杂毛，你自己说，是我死皮赖脸留下来的吗？二三子马上赔笑道，我的错，行了吧，但是，你不能这样折磨人，鱼幼哈哈笑道，狐狸尾巴露出来了。二三子批了自己几个耳光说，要不，明天我们上法庭复婚吧。鱼幼摇着头说，区法庭的吴法官不羞死你，反正我没脸再往那里踏脚印的。二三子鼓着眼睛问，骚母狗，我问一句，你老是在我身边晃来晃去，到底是什么意思？鱼幼笑道，看小乌龟的笑话呀，你给老娘在地上爬，爬一辈子，一屁股泥浆，一身污浊。二三子红着脸问，你怕真的是想给老子戴一顶绿帽子才过瘾啰。鱼幼笑道，是又怎样，不是又怎样？

二三子爬到鱼幼身边，说了几句悄悄话，吓得鱼幼赶紧站起来，诧异地问，不大可能，真是那样的吗？二三子告诉鱼幼，他在城里看见吉星场的老婆和一个小胡子的大胖子男人搂着进了电影院。人多，一进门，灯一黑，什么人也看不见了。电影散场，在人群中再也找不到红尘和那个男人，一定是躲在阴暗角落里乱搞。鱼幼笑道，乡巴佬，你也好不到哪里去，大哥莫笑二哥，脸上麻子一样多。二三子说，老婆，你想不想知道那个男人是谁？鱼幼说，怕是你看花了眼，不要冤枉了红尘，我觉得这女子不错的。二三子说，天打五雷劈，我为什么要诬陷别人，不过是看在兄弟的面子上，觉得小吉老实，成天像只老母鸡一样在窝里养崽子，放着老婆到外面偷人。鱼幼不信，便按照二三子说的亲自跑了一趟县城，在凤凰老街守了一整天，方才相信了二三子的话。小学边的蛋糕店，红尘和那个大胖子男人戴着口罩，一直低头忙碌着。蛋糕店的生意确实好，从小学中午放学到下午上学，中间一直有小朋友和家长一起光顾。下午五点放学，蛋糕店的生意兴隆到了极点。晚饭时，店里没有顾客，才打烊。红尘穿着一件“V”字领的蓝色无袖超短裙，乳房胀得裙子变了形，手臂虽然瘦长却也显得圆润，尤其是大腿裸露，完全不像个蛋糕店的工人。红尘后面跟着的大胖子嘴上果然是小胡子，看上去好像脸没洗干净似的。大胖子穿着肥大的牛仔裤，衬衣像一团红色的火焰，鼻梁上架着一副茶色镜片，看上去哪像蛋糕师傅，更像是街头卖假药的江湖骗子。大胖子领着红尘进了一家小馆子，飘着菜油香味的堂口，两个人面对面坐着，类似于情侣。大胖子殷勤地点了菜，然后掏出香烟塞在嘴里，慢条斯理地抽起来。吃完饭，红尘和那男人走到凤凰街尽头，挥挥手，各自走散。见了这些，鱼幼基本可以判断，大胖子比较主动，正在想方设法靠近红尘。红尘似乎对大胖子的殷勤还不够重视，只是偶尔吝啬地笑一笑。二三子说，我和大胖子打过牌，真正的名字忘了，打牌的人都叫他鲍鱼，嘿嘿嘿，嘿嘿嘿。鱼幼纳闷道，有什么好笑的？什么鲍鱼？二三子一本正经起来，严肃地说，鲍鱼的两片嘴唇，瘪瘪的，皱皱的，关键是那鬼东西还蓄着小胡子，真像是鲍鱼。鱼幼骂道，二三子，你欺负我没见过世面，鲍鱼长了胡子么？骂人不要太缺德。二三子笑道，我忘了，你是见过世面的。鱼幼甩了巴掌在二三子脸上，厉声道，你龟儿子再乱说，老娘有你好受的！二三子搔头弄首，莫名其妙道，哎呀，老婆，你又打人了。鱼幼笑道，继续讲，鲍鱼怎么回事？二三子说，鲍鱼原来是国营糖酒厂的销售经理，厂子垮了，到外面打工，这几年找了点儿小钱，回来炫耀，他妈的。鱼幼说，要不要告诉吉星场？二三子瘪嘴道，又是自作多情了，红尘把吃奶的孩子丢在家里，一个人到城里晃荡，你以为小吉不知道，人家装睡，你喊醒了干什么？小吉那个窝囊废，啥本事没有，戴绿帽子，真是活该！鱼幼冷了二三子一眼道，二三子，我看你有病，你的快乐建立在别人的痛苦之上！二三子委屈道，小吉才是，他的快乐，我的痛苦，再这样下去，老子不干了。

又过了一个多月，红尘才从城里回来。估计蛋糕手艺学到家了，红尘得意地穿上了一套白色的休闲服，手里拎着一大袋暗黄的蛋糕。她的杰作，塑料袋一打开，满屋子都是焦煳味。师傅说，学徒做的蛋糕都这个样子。红尘取了一个放进吉星场的嘴巴，竟然是苦的。吉星场想吐，红尘用手拦着说，吞下去，这个没毒，只是火候没控制好而已。红尘自己挑了两个塞在嘴里，嚼了嚼，哇的一声吐进了垃圾筐。一大袋蛋糕撂在那里，谁吃啊？吉星场问。红尘说，要不你拿去送人，刘婉儿，柳如，汪美龄，还有王润生，哦，最后，还有鱼幼。吉星场笑道，丢人现眼，学了几个月，就这种水平，老实告诉我，你每天到底在店里学手艺还是跟着哪个男人鬼混去了？红尘翻脸道，小吉，你妈的太龌龊了，我红尘堂堂正正参加劳动，学真本事，我不说，你自己进城到凤凰街去调查了解，好不好？吉星场冷笑道，道理很简单，要么你不用功，要么师傅不想让你把手艺学到家。红尘抗议道，我师傅可好啦，不许污蔑他！吉星场说，要不，你到农贸市场买一条鹿腿送给师傅，请求他把真本事传给你吧。红尘说，这次回来，我想的就是送点儿什么礼物呢。吉星场笑道，送猪头，分量重，价格又便宜，明天我带你去买。红尘踢了吉星场一脚，恼怒道，去你妈的，老子说正经事呢，你居然有心情开玩笑！

和吉星场商量一番，红尘到镇附近的果园买了三十斤毛桃，装了半个编织袋，给司机说了半天好话，才拎了上去。才过了一周，红尘又回来了，说要买两只公鸡送给师傅。吉星场问，你师傅消化力真强，几天时间就吃了一筐桃子？红尘遗憾地说，不是的，师傅有过敏症，看见毛桃，全身马上长红斑的。红尘从洛城乡跑到白石乡，然后回到镇上，到处选公鸡，全因为价格太高放弃了。红尘焦灼不安地问，送什么好呢？吉星场冷笑道，送个屁呀，这家伙可能从没想过要真正教你点儿什么。红尘说，那怎么办？吉星场说，趁早走人，另外找个活儿，要不，你在家养吉娃娃，我出门打工吧。红尘讥笑道，算啦，小吉，你这副德行，到时候或许路费都要人寄呢，我相信我。吉星场劝告道，天下路多的是，何必要做蛋糕？红尘眼里闪着金光道，小吉，你不知道，师傅太挣钱了。红尘好歹买了一只仔鸡公带进城，过了一周，红尘竟然提着行李包回来了。吉星场没追问，红尘自己说，蛋糕看似简单，其实不好学，师傅骂我脑袋不开窍，不肯教我了。吉星场笑道，也好，另外找个工作，找钱的事不能跟在别人后面的。红尘抱着吉星场的肩膀叹气道，小吉啊，咱们一家人全都靠你了，一个月几十元钱的工资。吉星场说，不要紧，咬着牙，吃几年苦，总会有办法的。红尘张大了嘴巴，惊讶地望着吉星场问，啊，几年？小吉，没钱的日子过得了几年？吉娃娃怎么办？我怎么办？你我父母怎么办？样样都要钱。暂时不能打牌，又没有钱，窝在家里，红尘像笼子里的狮子，焦躁不安。只要有空，红尘就到农场办公室打电话，不知道联系谁。遇到吉星场，李天才便开玩笑道，小吉，农场的办公话费你得支付一半，你那个家属，哎，哎，哎，哎，不说了。吉星场叹气道，李场长，我老婆在家闲得慌，成天只想找一份工作。李天才说，农场的公厕差一个清洁工，每个月三十元工资，可以考虑一下。吉星场回家把李天才的话转告给红尘，红尘笑道，他妈的，扫公厕，一个月三千老娘都不会干，亏他李天才想得出来哟。吉星场笑道，红尘啊，你和我一样，心比天高，命比纸薄。红尘笑道，你算个球，敢跟我比，我的命比你贵，算命先生说，我三十岁发家，不挣一百万就挣三百万。吉星场笑道，好啊，我和吉娃娃坐在家里等，到时候沾你的光。红尘冷笑道，我有了一百万，第一件事就是把你赶出家门，有你的份，做梦去吧。

没过几天，四合院来了一个家伙，他来找红尘。茶色眼镜，红衬衣，牛仔裤，大胖子，小胡子。鱼幼立即到农场通知吉星场，传说中的鲍鱼来了。什么鲍鱼？就是红尘的师傅，城里凤凰街做蛋糕卖的家伙。鲍鱼是跟着二三子来四合院的，他们是牌友。在四合院的麻将桌边，永远有一张破藤椅，鲍鱼就坐在里面。红尘没开门，在家里看小说。二三子看见吉星场，结结巴巴地介绍，吉星场冷冷地说，知道了。中午，二三子请鲍鱼吃饭，也请了吉星场一家人。在客来喜饭店，二三子特意点了鲈桂，要了一瓶木鱼大曲，52 度的。鲍鱼坐在吉星场身边，一个大胖子，不仅不喝酒，竟然害羞，他妈的，以前是怎么跑销售的？鲍鱼的嘴唇乌溜溜的，皱巴巴的，尽管上下长着一圈胡子，仍然掩盖不了他的特色。鲍鱼专门到镇上来请红尘回蛋糕店，他那里缺人。鱼幼当面挖苦鲍鱼道，鲍师傅，不是我说，红尘给你白干了几个月，你还想干什么？二三子连忙纠正道，师傅姓于，勾勾于，于师傅，不要喊错了。红尘噗嗤一声笑了，鲍鱼的耳根子红了。鲍鱼的诨名大概是第一次有人当着他的面喊出来的，他受不了。等脸红遍了，马上又变白，白完了，鲍鱼的嘴唇抖动起来，他说，红尘没有白干。钱呢？红尘瞪大了眼睛问。鲍鱼支支吾吾，说不出个所以然。二三子和吉星场把一瓶烧酒喝得差不多了，喊鲍鱼留下来打牌，鲍鱼说生意忙，必须马上回城里。鲍鱼要红尘立即跟着他走，红尘说，我老公和小孩都在这里，为什么要跟着你？鲍鱼气咻咻地上了班车，兀自走了，连招呼也没给二三子打。他妈的，不是男人。二三子说，牌桌上觉得鲍鱼可以，生活中太差了。吉星场喝醉了，两只耳朵嗡嗡地响，脑袋嗡嗡地转，偶尔可以听见红尘在给鱼幼讲鲍鱼的笑话。鲍鱼是个脏东西，碰不得的。红尘笑道。早先在粤海省打工，鲍鱼当过几个月工头，一个地方的人，免不了在一起吃饭、散步、看电影，哪知这家伙疯了，狗胆包天，给老子写情书。他妈的，肉麻，一个结了婚的东西，臭不要脸的。老子从厂里辞职，他也辞职，跟着老子屁股追。可笑，鲍鱼的老婆在他屁股后追，一直追回来，老子结婚怀孕了，鲍鱼才死了心。这一年多不知道鲍鱼在哪里学会了做蛋糕卖，该他龟儿子发财，家里什么都有了，彩电、冰箱、洗衣机、摩托车，还有照相机。饱暖思淫欲，鲍鱼这家伙，店里来了女顾客，他热情得要把自己卖了才罢休。老子在他店里几个月，才发现好色的男人是世界上骨头最贱的动物，狗都不如。鱼幼笑道，鲍鱼也会打你的主意吧？红尘吐了一口唾沫在地上，骂道，一个卖蛋糕的，有空就捧一本琼瑶的小说读，他还掉眼泪呢。鱼幼笑道，魂不守舍，鲍鱼一定是爱上你了。红尘说，千万不要说，这只土王八，每天都给你买礼物，口红，发夹，手链，还有什么乱七八糟的，他连裤衩都买来了。鱼幼说，怪不得鲍鱼不给你发工资，他是这么花钱的。红尘冷笑道，小吉提醒我，我先前没听，鲍鱼根本不想教会我做蛋糕，更不要说把蛋糕店转让给我，他是想我一辈子给他打工，说不定哪天我就顺从他了。鱼幼说，男人的东西你不能要，要了他就会咬着你，像条疯狗，直到你变成疯狗。红尘笑道，老子把他送我那些东西全部送给他老婆了，够他受的。鱼幼笑道，那当然，他老婆就像是开了一家醋厂。二三子突然插嘴道，狗日的，坏透了。鱼幼骂道，二三子，你和鲍鱼有一比！二三子笑道，随便你说，反正老子喝醉了，听不见你说什么。

过了些日子，红尘说，鲍鱼这次真心实意要把蛋糕店转让出来了。转让费五千元，包括拜师学艺的费用在内。吉星场说，头脑发热，又上当去吗？红尘说，真的，价格是鲍鱼的老婆确定的，他老婆有个哥哥在云南开厂，要鲍鱼去搞管理，蛋糕店是必须转让的。吉星场冷笑道，我不信。红尘说，土包子，小杂毛，老农民，一辈子受穷，活该！吉星场反问道，哪里找五千元钱，告诉我！红尘说，我们分头借，你帮我借三千，我借两千，怎么样？吉星场说，简直是异想天开，我现在欠了一屁股的债，什么三千，三百都借不到手了。红尘骂道，窝囊废，借钱嘛，把利息算上，借钱的人是在投资，还钱就是分红，肯定有人愿意借的。吉星场摸着后脑勺说，我的亲戚朋友你都认识，你告诉我，几个人能借到钱？红尘笑道，区公所的关万能，还有你姐夫，还有，还有。红尘拉着吉星场的耳朵笑道，隔壁那个，有钱啰，算我欠你的人情吧。吉星场骂道，太过分了，关万能那里，你去！姐夫那里，我可以试一试，至于隔壁，你就是杀了我，也不可能了。说借就借，红尘径直跑进区公所，过了十分钟就逃出来了。关万能是什么样的人？找他借钱，他脑壳是铁打的，除非他自己生锈，几句话他就把钱借你了，做梦吧。估计没少受关万能的羞辱吧，红尘从未向吉星场讲述具体的经过，她只是说，发了财，第一个应该感谢的就是老辈子关万能。吉星场下乡找姐姐，姐姐又找姐夫，好歹借了五百元。姐姐反复告诫说，这是买猪仔的钱，过了年，开春必须还，不然，姐弟关系可能就断了。鱼幼那里，吉星场死活不肯说话，红尘便捧着吉星场的脸说，乖乖，帮我一次，只此一次，你们以后想上床就上床，我就睁一只眼闭一只眼好了。吉星场骂道，去你妈的，我吉星场又不是妓女。红尘说，不说了，反正以后我挣的钱不给你用，到时候不要后悔的。红尘找鱼幼借，鱼幼当然不会答应。红尘咬牙切齿道，果然是卖淫的钱，她大概只能用来嫖宿用，专款专用，哈哈，小吉，真有意思。

红尘揣着钱，兴冲冲赶进城，唯恐鲍鱼的老婆反悔。从赵发财那里，红尘死皮赖脸借到一千元，加上吉星场从姐姐那里借来的五百元，红尘希望先缴一部分钱，算是定金，后面的钱再陆续还。鲍鱼的老婆坚决不肯，必须一次性交清。红尘再次返回镇上，跑了一大圈，两手空空。鲍鱼的老婆不耐烦了，给她限定三天时间，不然，转让给另一家。红尘憋急了，猛然就上了牌桌。招呼她的是那舞儿，牌桌老友。那舞儿在外省躲了几个月，风平浪静，一回木鱼县就呼朋引伴，单是四合院就来过几次。一朝被蛇咬，十年怕井绳。红尘一直推辞，不敢再跟着打大牌了。鲍鱼的老婆这一逼，红尘好了伤疤忘了痛，屁颠屁颠，跟着那舞儿又躲进蔬菜社的农舍里打起大牌来。牌桌上似乎有个杀富济贫的规律，红尘觉得自己是天下最穷的人，上天要眷顾她，牌便向着她来。钱哗哗地赢，两个晚上，红尘就赢了四千多。那舞儿也是，上次罚款很快就赢回来了。而且，红尘也用不着和那舞儿勾起来，合伙算计别人，赢的钱硬邦邦的，晚上睡觉不会做噩梦。红尘又有钱了，蛋糕店的生意她瞧不上，打牌来钱容易得多。鲍鱼两口子的嘴脸难看，红尘不想和这样庸俗的家伙打交道，特别是那个鲍鱼，色迷迷的。去他妈的师傅，下流胚子，想的是和你上床，恶心的事儿。过了几天，红尘再次路过，蛋糕店果然换了人，鲍鱼真的把店打出去了。一块石头落地，从此专心打牌，只要运气不是太差，被抓进拘留所，混点儿饭钱问题不大。

红尘把赵发财的钱还了，还在镇上摆了一桌菜，大张旗鼓宴请赵发财和他老婆。赵发财说，供销社铁木社那一排老房子准备卖，三千块钱就可以买一个门市。赵发财的老婆看红尘打开钱包，里面是鲜红的一大片钞票，委婉地劝红尘做生意。门面买下来，租也可，自己经营也可，那是一本万利的事，妹子，赶快动手，过了这个村就没有这个店。红尘笑道，谢谢大哥大姐，我再考虑一下吧。吉星场搭腔道，听大姐的话，就在镇上做点儿生意，好办法。红尘乌拉一声，把钱包拉上了，很冷的眼神打在吉星场身上，吉星场身子骨缩了大半。红尘冷笑道，老农民，鼠目寸光，你也知道赚钱了吗？吉星场说，我们是夫妻，劝你稳妥一些，没有错，你要听。红尘说，听你的，我们一家人全饿死了。吉星场说，姐夫的钱还没还呢。红尘说，你借的你自己还，关我屁事。吉星场急了，骂道，你这不是无赖吗？红尘笑道，开个玩笑而已，没见过世面，胆子就吓破了。红尘顺手抓了一叠红色的钞票，抛在吉星场脸上。落到地上，一张一张捡起来，一清点，总数出来了：两千元。吉星场只拿了五百元，其余的钱又还给了红尘。红尘笑道，给你用的，客气什么呢。吉星场说，我要是用了你一分钱，从早到晚，不知要给你下跪多少次。红尘骂道，粪坑里的石头，又臭又硬！钱嘛，用嘛，自己舒服。

祸　事

日子越来越好，内心重归安静。除了照顾吉娃娃，总算有精力来看书。然而，走霉运的始终走霉运，吉星场的福泽有如荷叶上的露珠，太阳一晒，化作万道彩光，遁空而去。红尘又闯祸了。某天下午四点左右，木鱼镇雨水巷，一幢四楼水泥房子里，那舞儿和红尘几个人在打牌，外面突然响起警笛，几个人吓昏了，纷纷逃命。那舞儿小脑发达，几乎是第一时间翻窗子跳了下去。啪嗒一声，人摔下了。幸亏一楼搭了个塑料棚，拦了一下，人把塑料棚砸出个大洞，再跌在水泥地上。不然，那舞儿当场可能毙命了。红尘望着窗外，怎么敢往下跳，只能束手待毙。另外两个家伙逃到二楼，才发现没人来抓他们。公安在逮一个杀人潜逃的人，人躲进雨水巷的庄稼地，十几分钟就揪走了。可惜了那舞儿这一跳，完全不值。哎哟哎哟地叫，送进县医院，一检查，完了，身体多处受伤，腰椎骨折，瘫痪几乎成为现实。那舞儿的三个兄弟不干了，找谁？几个打牌的同伙，大家都走不脱。医药费怎么负担，要是残疾了，养一辈子的钱谁来出？红尘拔腿就跑，没和吉星场打招呼，估计到外省去了。然而，那舞儿脑子没摔坏，他把打牌的人全说出来了。跑得了和尚跑不了庙，不掏钱，就告公安，当赌博处理，掏钱，私下还可以协商。那舞儿的哥哥那天，弟弟那山、那水，三个人骑着摩托来到南辕镇四合院，踢开吉星场的门，放话道，一周之内，送一万元到县医院救人，不然就把那舞儿抬来。

吉星场莫名其妙，问了半天才明白是怎么回事。红尘跑了？祸事落到吉星场头上，这怎么得了？吉星场把吉娃娃塞给鱼幼，蹬着破自行车去找红尘，也许她还躲在娘家。吉星场赶到了三百梯，红家院子。岳父家里没人出来招呼，红尘到哪里了呢？所有的门大开着，空旷的堂屋传出半导体收音机的声音。这个半导体是吉星场当单身汉的时候躲在被窝里的伴侣，婚后，红尘便取代了半导体的床位。不久，半导体又送给了岳父。吉星场从一个屋子走到另一个屋子，在后屋檐的竹林找到正在扯鸡毛的岳父。岳父家的鸡莫名其妙死了两只，岳母怀疑是邻居刘三娃的老婆下药毒死的。

早晨，鸡就死在草垛下。岳母在院子里不点名骂了一上午，岳父忙着上坡收玉米，中午额头上滴着汗回来，看了半天，发觉两只鸡真的断了气。两只鸡都是生蛋鸡，肚子里满是正在发育的鸡卵。岳母声音嘶哑，她把黄色的鸡卵一粒一粒地捡起来，放在碗里。“回来啦。”岳父埋着头，在对自己说话。“来啦。”吉星场轻轻地回答，声音只有自己听得见。“亮亮要吃土鸡蛋只有等明年了。”岳母的话让吉星场怪不舒服。她眼里只有大外孙，也就是红小妃生的胖儿子，正在镇上的星星幼儿园读书，名叫黄亮。岳母家里鸡生的蛋全输送给了黄亮，黄亮吸收了太多的营养，活脱脱又是一个微型的黄彰武。从眼前未成形的蛋想到黄亮，再想到黄亮的父亲，再想到黄彰武，这是一连串充满喜剧色彩的事物。他暗自笑了起来。吉娃娃生了，岳母没见拿半个鸡蛋来，还趁赶场的时候把家里最值钱的高压锅拎走了。“吉娃娃的妈呢？”吉星场鼓足勇气问岳母。“谁？”岳母没听懂，她脸上还堆满对邻居的仇恨。“红尘，你们的女儿。”吉星场心里涌起屈辱的痛楚，他把话说得两个老人都明白了。“你们吵架了？”岳母把对邻居的仇恨转移到吉星场身上，她的脸同红尘一样可怕。吉星场胆战心惊，向岳父岳母讲述了红尘闯下的大祸。岳父继续埋头清理两只鸡的尸体，似乎对吉星场的话不感兴趣。岳母嗓门突然高了起来：当初，我是不同意你们结婚的。一个小时后，岳母把鸡的内脏炒了一盘子，放在岳父面前，再从一个灰色的陶罐里倒了二两烧酒，颤巍巍地搁在桌子上。岳父用宰过鸡的手握着筷子，继续进攻鸡的内脏，嘴巴吧唧吧唧地响着。岳母信佛，吃素，端着碗，也不碰鸡的内脏，一直用筷子指责吉星场。在岳母口中，黄彰武的儿子是天底下最有孝心的女婿，隔三差五，一辆摩托车屁屁屁屁地来，烟啊酒啊茶啊，油啊盐啊米啊，从未空手。吉星场来的次数少，手里空荡荡的，连院子里的狗都看不惯，每次追着咬。吉星场本想向二老诉苦，但岳母总拿黄彰武的儿子与他相比，很伤了他的自尊心。没必要打听红尘的下落，两位老人肯定不知道。他借口吉娃娃没人管，匆匆出门一溜烟便下了野牛山。回到南辕镇，吉星场只好兜着圈子去桥头找黄彰武那个不管事的老爹，毕竟是亲戚，有可能知道红尘的去向。黄老头坐在桥头石头上，看河里鸭子游泳。吉星场喊了大半天，黄老头也没反应。吉星场担心吉娃娃，火燎燎赶回农场。吉娃娃抱在鱼幼怀里，在四合院散步。鱼幼笑道，燃眉之急，先找红尘吧，吉娃娃算我的，就是我的女儿了。

红尘跑哪里去了？这个女人出这么大的事，居然不通知吉星场，哪里还像夫妻，恐怕这家庭迟早得散伙。迟散伙不如早散伙！找到这个女人，马上离婚！鱼幼笑道，脑壳昏！继续找，人还在地球上！吉星场绝望了，心急火燎，鱼幼倒十分平静，提醒吉星场问问红小妃，红尘会不会在矿上。吉星场恍然大悟，说不定红尘找她姐去了。吉星场飞身上了破自行车，一颗怦怦直跳的心在山路上飞翔，穿过一辆又一辆运煤的农用车卷起的黄色尘土，直奔孤山联办煤矿。煤矿的井口悬在一条溪流边，一幢简陋的三层小楼横跨溪上，水泥预制件搭建的。溪水挟裹着浑浊的泥浆和煤屑，黑乎乎，沥青一样，缓缓溢出石头罅隙，向着悬崖下的深渊，轰隆隆坠落。在简易的碎石路上行走，是非常危险的事情，每一辆运煤的车都要把人挤到河里，等车摇摇欲坠过去，才能爬上路面。红小妃平常上班的地方在山顶上的一处凹地，那里炼焦煤，整天火光冲天，浓烟滚滚。

吉星场最先找到的是黄山。黄山坐在不足八平方米的办公室，一张漆得发黑的办公桌，硕大的身躯，几乎塞满房间所有的空间。这地方没法进门，估计平常找他的人都是站在走廊上的。今天，吉星场也不例外。黄山几乎认不出眼前这个满身黑渣污泥的人就是吉星场，他递了一支红塔山过来，看见吉星场手上有擦伤的血痕，迅疾收了回去，塞在自己嘴里。两人成为连襟以来，黄山从来就公开看不起吉星场，吉星场也在心里看不起黄山。吉星场问红小妃在哪里，黄山说，刚才下山买药去了。吉星场问，怎么了，黄山说，可能生病了吧。吉星场问，什么时候回来？黄山说，不清楚，也许早，也许迟。吉星场就站在路口等。红小妃回矿上，太阳已经落山，山色由绿转青，煤屑飞扬的井口渐渐明朗。红小妃从一辆运煤车上弓着背下来，动作非常吃力。一件粉红色衬衣，一条白色的裤子，她像仙女，飞过溪边那些收工出来耷拉着脑袋一身污黑的煤矿工人。红小妃换了一件灰色工装出来，吉星场准备说出红尘的祸事。红小妃泡了一杯热茶，亲自递到吉星场手里，眼里闪烁着柔和而妩媚的光，仿佛要射穿吉星场的骨头。红小妃的手指轻微接触吉星场，吉星场立刻像被电击了，浑身麻木瘫痪。没等吉星场开口，红小妃主动提起上次送给陈龙那两千元钱。陈龙把钱交给黄彰武，黄彰武把钱留在他那里了。话说得很清楚，区医院的医生护士冬天上夜班喊冷，要拉两车焦煤过冬。如今，冬天过去了，送去的焦煤也烧完了，钱就是这样用掉的。红小妃忘了，她已经这样给吉星场解释过一次了。吉星场心里想着钱，但他迫切需要知道的是红尘在哪里。吉星场低垂着头，十根指头不停地交叉，肚子里叹着气。过了半天，吉星场终于告诉红小妃，他是来找红尘的。红小妃瞪大眼睛，问红尘怎么了。吉星场把红尘打牌闯祸的事讲了一遍，红小妃大为惊讶道，怎么不给我打个电话？

红小妃抓起桌上黑色的钱包马上就要下山，黄山不大舒服，说要用车送。红小妃说，这事你不用管了。红小妃和吉星场挤进矿上最后一辆下山的运煤车，颠簸了五个小时，才赶到南辕镇。红小妃当晚投宿在自己的好姐妹家里，顺便看看寄宿的黄亮，第二天一早到农场上来看吉娃娃。筋疲力尽的吉星场一觉睡过了头，红小妃来敲门他才勉强睁开眼睛。吉星场没找到老婆，却找来了大姨子。红小妃穿着天蓝色的连衣裙，两条修长的小腿如泥中拔出来的嫩藕，每走一步路都好像踩着男人的心，二三子探出一只头发蓬乱的脑袋，晃了晃，又缩了回去。鱼幼抱着吉娃娃说，大姨来了。红小妃打开钱包，掏了一百元大钞往她小手里塞。吉娃娃动作很利索，直接把钱扔到地上，转过身，头埋在鱼幼怀里，哇的一声哭了。红小妃弯下身子把钱捡起，放回钱包。鱼幼问红小妃，知不知道红尘的下落，红小妃苦笑道，我还在四处找她呢。红小妃把鱼幼和吉星场领到客来喜饭店，点了两个炒菜，算是请客。鱼幼和红小妃坐在饭桌边聊天，忘了动筷子。红小妃命令吉星场把碗里剩下的菜全倒下肚子，吉星场只得照办。走出饭店，红小妃想起自己还没吃东西，就到街边的摊点上买了一只烤红薯，当然，她也慷慨大方地为鱼幼买了一只。吉星场抱着吉娃娃，等着红小妃和鱼幼把红薯啃完，再探讨下一步怎么办。红小妃有些心不在焉，一只红薯没啃两口，传呼机滴滴直响，她又着急地找电话机拨打。鱼幼等不到红小妃把红薯吃完，二三子来喊她到照相馆帮忙，她就走了。

红小妃的两个传呼机几乎是轮流在响，好不容易安静下来，才注意到吉星场还在身边抱着吉娃娃：孩子怎么办？吉星场说，不知道。红小妃犹豫了片刻，突然想起一件事来：把吉娃娃送到三百梯，让外公外婆带，你觉得如何？吉星场没任何回应，他最痛恨岳父岳母那种势利眼，他们喜欢的是黄亮的爸爸，钱包里面永远有用不完的钞票，让他们带吉娃娃，还是算了吧。红小妃说，我先把吉娃娃带到外公外婆那里，你明天再来，估计二老也不会拒绝。吉星场说，没钱。红小妃笑道，这个你不管，看我的。

吉星场背着吉娃娃骑一辆破自行车，红小妃坐一辆出租摩托，到了三百梯的石崖下，红小妃单手捧着吉娃娃，任凭她哭闹挣扎，一口气上了高高的石梯。吉星场逃难似的逃离了三百梯，他仿佛听到了岳母那怪声怪气的责骂声，看到岳父那阴沉得像一块生铁的脸，狠狠地砸在自己背上，红小妃会怎么说呢？第二天，他在河边守了一上午，总算从一个钓鱼的老头篓子里赊了一尾一斤左右的草鱼，趁活的赶紧送到三百梯。还没走进岳父的家门，就听见一个女人在哭泣。岳母坐在厨房灶口前的小凳子上数落红小妃，红小妃跪在地上，捂着脸，嘴巴抽搐着，鼻子里发出含混不清的声音。吉星场喘着气大步走进厨房，岳母视而不见。吉星场把手里的鱼扬得很高，鱼尾巴上的水珠洒落在岳母稀疏的头发上。岳母恶狠狠地瞪着眼，看清了空中的动物是一条鱼。吉星场得意洋洋地说，活的，放在水缸里吗？岳母冷笑道，很有钱嘛，买得起一条鱼呢。吉星场把鱼放在水桶里，一溜烟跑了。

岳父坐在房后檐下编草鞋，吉娃娃躺在一堆金色的稻草中间，一双幼稚的眼睛对这里的安静保持着好奇感。岳父在竹林抓的两只金黄色的笋子虫用竹签插在泥地上，这时也停止了嗡嗡的飞行，保持着沉默。吉星场高声喊了一句：吉娃娃来，爸爸抱你去看鱼摆摆！岳父没理睬吉星场，他好像对鱼不怎么感兴趣。吉星场抱着吉娃娃，走到院子里，看满树的梨子，黄灿灿的，像金元宝一样随时会落入自己的手掌。吉娃娃伸出小小的手臂，指向梨子，她可能很想获得这些玩意儿。吉星场操起一支长竹竿，准备敲打梨子，这时候，红小妃无声无息来到身边，夺过吉娃娃：去，挑水！

吉星场赶紧抓起水桶，哐当哐当冲下石崖，凉水井在三百步石梯下面。吉星场一下午就在跑上跑下挑水，中间，岳母端着洗衣盆到溪里清洗衣服，吉星场觉得有些累，便站在旁边。岳母突然从洗衣盆里抓出一件红花衬衣，扔在溪水里。吉星场吓了一跳，那件红花衬衣是红尘的。岳母伸出一双老手，抹了一把鼻子眼睛，湿漉漉的，不知道是眼泪还是溪水：要走全部都走，算我一个没养！吉星场坐在井边，等岳母说话。原来，红尘早先已经到了孤山联办煤矿，找她姐姐索要那两千元钱，正好遇到矿上死者的亲属又邀约了一伙人来要钱。乡政府治安室的救兵还没到，黄山和红小妃被几个壮年男人围困在办公室。红尘要钱的时间很不凑巧。红小妃情绪不好，红尘情绪来了，抓住红小妃的头发，强行要钱。外人滋事，妹妹居然不识大体，趁火打劫，红小妃气得用高跟鞋踢红尘的下身。黄山被仇家扭着，没法来劝架，只好看两姊妹在众人面前出丑，那些要钱的家伙乐得看笑话。红小妃哪里是妹妹的对手，红尘抓住姐姐的头发往楼梯下扯，红小妃就像一只大白萝卜叮叮咚咚向下滚。滚到一楼，红尘刚好把红小妃从地上提起来，治安室的摩托车就赶到了。这些人平素与黄山经常在一起喝酒打牌，红小妃，大家都认得。几个男人扑上去，三拳两腿，就把红尘打趴在地上，然后用手铐铐在摩托车上。那些看热闹的人一哄而散，黄山才得以出来，扶起坐在地上哭泣的红小妃。

黄山散了红塔山，这些人立马骑上摩托就要走，说是乡里事情多，晚上没时间睡觉。红小妃要求放了红尘，治安室的人感到诧异：你们不是打电话让我们来抓凶手吗？红小妃笑道，这女人可怜，她男人死在矿上了，放了吧。红尘骂道，你男人才死了呢。红尘呸了一口，但口水飞的距离太短，只是落在煤尘里。一个治安室的毛头小伙子伸手扇了红尘一耳光，红小妃全身颤了一下。红小妃靠近红尘，红尘扭过头去，不看她。红小妃笑着说，这女人真可怜。红尘说，你才可怜！红小妃再三请求放了红尘，治安室的人说，放了她，我们回去怎么交差？红小妃一瘸一拐上楼，拿了一叠红包下来，硬塞在这些人手里。这些人说，黄总太客气了，我们今天还没出力呢！黄山想了一下，笑道，好吧，你们用车把这女人拉到山下，再放了。红尘挨了误伤，咽不下这口气，忍着剧痛，坐了一辆摩托车到娘家告状。岳父岳母觉得这是奇耻大辱，两个女儿都不争气。红尘把自己的衣服换了扔在娘家，偷偷穿了母亲的旧衣服，撬开父亲的小木箱，拿了两百元钱，直接进城坐长途车赶往粤海省打工去了。现在，红小妃千般小心，万般赔罪，都不管用，红尘在电话里扬言要杀黄山全家，先杀红小妃。岳母大声哭道，杀吧，先把两个老家伙杀了，反正我们没养儿子，让别人说够了闲话。

吉星场浑身瘫软，一屁股坐在溪水里，水也不挑了。几天来，东一榔头，西一棒子，脑袋给敲晕了，真实情况一无所知。红小妃一直在演戏，现在，戏演完了，怎么收场呢？岳母叹着气，把一盆衣服端上去了。吉星场坐在水里，等天完全黑下来，身体就像沉在水底。红小妃不好意思来喊吉星场吃饭，最后，还是不说话的岳父打了一只手电筒来，朝吉星场身上射了几遍，直到射在一副亮晶晶的镜片上。吉星场睁不开眼睛，岳父说：别在外面丢人。也许是大家觉得这次亏待了红尘，特别是亏待了吉星场，所有的补偿都很及时地转移到了吉娃娃身上。吉星场平等地坐在饭桌上，与岳父岳母一起吃饭。红小妃抱着吉娃娃，指着吉星场亲切地喊：爸爸，爸爸，爸爸。吉星场一把夺过吉娃娃，放在身上，红小妃无事可做，只好一个又一个地打呵欠。吉星场跟着打呵欠，岳父说，大家累了，有事明天再说。岳母说，吉娃娃就放在我这里养，一年级再到镇上。红小妃用脚踢母亲，母亲才说出生活费：每月三十元。

睡了一觉，整个世界都变了。红小妃喜笑颜开，岳父岳母不那么鄙视吉星场，亲亲热热，把吉娃娃抱来抱去，活像一块宝。吉星场走起路来，脚步也很轻快。吉娃娃留在三百梯，用不着每周去岳母家，每个月工资发下来，岳母就会及时抱着吉娃娃来领取生活费。至于那舞儿，是死是残，不得而知，治疗、衣食、护理、养老，那得多少钱？吉星场仰天长叹，讨了这么一个惹大祸的婆娘，搞得一家人鸡飞狗跳，民不聊生，老天爷，告诉我，怎么办哪？

螃　蟹

一周过去了。六点钟，天刚刚亮，院子里的人还在睡觉。那天，那山和那水，几兄弟同时来了。院子外，三辆摩托停止轰鸣。接着，塑料凉鞋踩在石板上，坚硬、冰冷，声音好像穿透了地底。吉星场的门被踹过一次，没时间修，几个身体一碰，门就歪到一边了。那舞儿做手术，还差一万元，准备好了没有？那天面无表情地问。吉星场从书堆后移动出来，猛地冲了出去，向着农场的小树林逃跑。后面几双塑料鞋劈劈啪啪响着，跑到围墙下的水沟边，被那山和那水扭住手臂，拖到树林里。吉星场喘息道，我可能没有钱。那天喘息说，不可能。吉星场咳嗽说，事情发生，我连红尘的面都没见到，你们应该找她去。那山咳嗽，然后吐了痰，用膝盖顶了顶吉星场，骂道，赖账可不行，我们兄弟是干哪行的，你怕不知道吧。那水声音嘶哑低沉，却让吉星场听得非常清楚。信不信老子放你的血，挑你的筋！吉星场说，杀了我也不管用，我没钱，有钱也不行，你们这样来要钱。那天冷笑道，小狗日的，你说我们该怎样要钱呢？吉星场喘了口气说，你们可以打官司，向法庭要钱。那水伸出拳头，敲了吉星场的脸，哐当一声，眼镜掉落了。现在是急着要钱，救人要紧，龟儿子让我们打官司，这分明是想赖账嘛。那山从腰间掏出个东西，咔嚓一声，雪亮的匕首就对准了吉星场的喉咙。想不想活？那山恶狠狠地问。吉星场冷笑道，不想活了，你敢怎么样？那山手一扭，那水手脚并用，吉星场被掀翻在地，三个人围着吉星场踢，乒乒乓乓，塑料鞋子踢在吉星场的骨头上，声音干涩、单调。吉星场也不声张，只是流血，衣服裤子鲜红的一片。三个人身上开始冒汗，那天骂道，打人太累了，下次来吧。那水拎起吉星场的脖子逼问道，傻子，怕不怕死？吉星场两眼发呆，嘴角一线红色的液体快速地掉在地上，一会儿便沾上几只倒霉的蚂蚁。那天把吉星场身上所有看起来可以装钱的东西都搜了三四遍，一无所有。那水两只手接着搜，头发，衣服，裤子，鞋子，检查完了，沾了很多血。那水说，把钱准备好，再给你一周时间准备！记住，这是最后一次！吉星场在树林里躺了半天，伤口的血凝结了，才一瘸一拐地上医院。医生问吉星场怎么啦，吉星场苦笑道，走路不小心，摔倒了。伤口上药，吉星场忍不住痛，身体颤抖起来。医生说，你这怕是打架受的伤吧？吉星场说，没什么，被几个贼打了一顿。医生说，怎么不报警？吉星场说，没有用的。医生说，下次再打你怎么办？吉星场大汗淋漓地说，下次我杀人，你死我活，大不了同归于尽。吉星场悄悄买了一把匕首，磨得锃亮，藏在裤袋。下次来，先下手为强，刺伤一个，估计其他几个也会吓跑的。就这样办，人逼急了，就这样一回事。吉星场心安理得坐在家里看书，吉娃娃到外婆家去了，真是一段美好时光。

院子里来客人了，冯梦家有了喜气。吉星场一身是伤，白天几乎不出门，晚上也怕见人。听说刘婉儿的侄女来了，刘细君。这两年，刘细君跟着男人笑二黄在全国跑，做药生意，找了很多钱。笑二黄开了一辆面包车，把刘细君送到镇上，人就跑到城里打牌去了。刘细君来陪姑妈，给刘婉儿买了两件丝质裙子，刘婉儿穿在身上挨家挨户问好不好看。好看，好看，至少年轻了十岁。所有赞扬的话都高度一致，也高度地单调，刘婉儿仍然觉得满意。刘婉儿走到吉星场门口，犹豫了一下，折转身，又回家去了。柳如看着背影骂道，老妖精，不穿才好看呢。吉星场很想看看刘细君现在的模样，他躲在窗前，等着刘细君出现在院子里，但刘细君就是不出现。刘细君是不是故意躲着不出来呢？吉星场心里纳闷，要是躲着，何必到院子里来？来院子是真的陪她姑妈？她还有没有想着院子里的另外一个人？不太可能吧，现在的刘细君，腰包胀鼓鼓的，脑子里也装满了钱，哪里还容得了过去！每天，吉星场总是不由自主地靠近窗户，脑袋几乎伸到外面了。站累了，无力地躺在床上，不断地自责，自作多情，坏习惯，男人不能这样的。吉星场得有志气，不可在女人面前软弱。一天中午，刘细君出现了。白色的连衣裙，映照得整个院子雪白。细长圆润的小腿像燃烧的蜡烛，白得像婴儿。两条手臂好像画在裙子外面，风一吹，轻轻地飘荡。刘细君比以前约略丰满，隐约可见的乳罩和裤衩黑黑的，在白裙子里跃动，绷得身子紧紧的，喘不过气来的人却是躲在黑屋子里的吉星场。笑二黄搂着刘细君的腰，款款而来，手上一颗硕大的黄金戒指，子弹头一样射来，砰砰砰砰，撞击着硬硬的板壁，敲打在吉星场眼球上。越来越近，吉星场分明看见刘细君的胸脯，在阳光下起伏。她也很激动，是啊，她没有忘记吉星场。她的脸转过来了，多么幽怨深邃的眼神！只要多看一眼，吉星场整个灵魂就坠落在里面了。细君，细君，你本来应该是我的，偏偏又被人夺走，我心真是不甘！我要反抗，我要出门来，从笑二黄手里抢回属于自己的爱情！细君走了，一边走，一边高声地回答刘婉儿：姑妈，过几天，我还要来的！细君走了，真的走了，白色的身影消失在绿色的桑树林。吉星场眼睛湿了，明明是眼泪。手一摸，竟像是露水，带着夜间的气息。我这是在做梦吧，大胆地走出去，跑进桑树林，刘细君还在其中。吉星场哐啷拉开门，把站在四合院外目送细君的刘婉儿吓了一大跳。刘婉儿转过身，望着吉星场脸上、脖子上、肩膀上、小腿上贴着的膏药问道，小吉，怎么一身是伤？鱼幼几乎也是同时发出了相同的疑问。吉星场笑道，不小心，被野外的疯狗咬了。

转眼间，又到了那天、那山、那水限定的日子，吉星场加强了戒备。早晚有空，吉星场把身上的匕首打磨得更加锋利，握在手里，在农场的小树林练习刺杀技术，几乎每一棵树身都布满了刀伤。吉星场哗哗哗地转动匕首，咬牙切齿地说，那天，那山，那水，来一个老子刺一个，全部撂倒在地，像削萝卜一样。有了匕首壮胆，吉星场不怕了。伤好了，扯掉膏药棉，吉星场大摇大摆，到镇上溜达，看几个家伙是不是来了。没来，没敢来，看来，几个家伙已经预计到吉星场不会像上次那样老老实实地等着挨打。毫无疑问，对方可能在进行新的策划，还得小心。为了增强安全感，晚上，吉星场把四合院的大门闩了，害得冯梦回家要猛烈打门，刘婉儿力气小，个子矮，肥硕的身体笨拙地移动着，嘴里骂着，是哪个手脚多事，院子里有什么值钱的东西害怕偷的！吉星场赶紧帮着把门闩取下来，随后又闩上。而且，吉星场睡觉也不在床上，而是和衣蹲在墙角，偶尔打个盹。又连续搞了七八天，平安无事，吉星场才稍微松了一口气。天晴得好，太阳晒得艳，南辕镇青山绿水，令人心情舒畅。静极思动，吉星场在屋子里憋慌了，有空，就到公路上散步，顺便捡一些树上掉落的枯枝，拿回家生火燃煤。要不，到南辕河捡螃蟹。春夏季节，河水上涨，河滩上，螃蟹多着呢。翻开一个石头，下面就是一只张牙舞爪的螃蟹。螃蟹比较愚蠢，它的大钳不用怕，两个指头夹住它的壳，轻而易举就捡起来了。吉星场高高地挽着裤脚，袖子湿透，头发沾了水，竹篓子里窸窸窣窣满是螃蟹在爬。自从生了吉娃娃，这样的活动没有了。吉娃娃到外婆家，吉星场的快乐生活似乎重新回来了。开心的是，鱼幼也提着竹篓子，在浅水边捉螃蟹。吉星场的竹篓子装不下，直接把螃蟹倾倒在鱼幼的竹篓子里。鱼幼得意洋洋，把竹篓子交给二三子看，二三子笑道，不稀奇，哪天空了，老子拿渔网打，一网子下去，鱼呀虾呀，黄鳝啊，蛇呀，螃蟹啊，虫子啊，全跑不脱。

南辕河里，有更丰富的内容，吉星场仿佛在水里找到人生快乐。傍晚，院子里散发出油炸螃蟹的芬芳味，吉星场的锅、鱼幼的锅，同时滋滋地燃着菜油。好香，什么东西？院子里，响起银铃般的笑声。谁？还不是小吉，成天捉螃蟹，像个孩子。有人打着喷嚏，不断地抱怨。南辕河，取之不尽，用之不竭。吉星场头天捉了螃蟹，掀翻了石头，第二天再去掀那块石头，又是一只大螃蟹。吉星场目瞪口呆，螃蟹也目瞪口呆，双方都觉得意外。螃蟹傻，人也傻，抓螃蟹不费多大的力气，吉星场权当是散步，但比公路上乌烟瘴气好得多。一旦附近的南辕水电厂放水，满河的鱼儿翻腾，那才叫开心呢。有些鱼被水冲晕了，身子翻倒在沙滩上，雪白的肚子反射着阳光。远远的，来了几只野猫，哀鸣着，想过来。吉星场捡了块石头扔过去，慢慢地在沙滩上收拾那些挣扎的鱼儿。一阵风来，迷人的芬芳袭入鼻子，接着是一连串的笑声。鱼幼来了。鱼幼远远地招手，她身着绿色的短衫短裤，雪白的肌肤像初生的婴儿。吉星场不敢睁眼直视，鱼幼便加大嗓门喊道，小吉，你看，谁来了。河水哗哗响，耳朵也不管用。渐渐地，人走近了，听得见呼吸声了，一串熟悉的笑把吉星场从河水中吸引到空中来。细君，细君来了。细君也是短衫短裤，红色的，一大片，火焰一般燃烧，手里提着一只崭新的竹篓子。吉星场加快了动作，一会儿这只竹篓子，一会儿另外一只竹篓子。鱼幼和刘细君两人则跑到岸上的大石头上坐着聊天，她们才不会管吉星场有多辛苦呢。吉星场扩大了活动半径，捉半篓子螃蟹往返要十来分钟，两个女人的脸和肩膀晒得红扑扑的，仍然笑得开心，聊着私人的话题。上了水电站的堤坝，再往上行，电站蓄水位置很高，人不能下河了，只能在个别地方冒险去翻石头。又是一公里的路，河流再次裸露大面积沙滩，螃蟹多起来了。吉星场欢呼着，奔跑着，竹篓子马上就要变得沉甸甸的了。夕阳西下，河滩上一片金黄或血红，仿佛巨大的动物遭到集体屠杀，血流如海。吉星场不知疲倦地捡着螃蟹，凉爽的风一阵一阵吹来，似乎有人在给他打扇。捡了一篓子，该回去了。吉星场恋恋不舍，离开了河谷，他要走捷径，便上了公路。

从公路走，十分钟可以赶回鱼幼和刘细君所在的地方。很快，吉星场看到细君了，鱼幼走了，一个人站在大石头上对着河谷大声呼喊，小吉，小吉，你在哪里？细君脸上满是惶恐和焦虑，她大概担心吉星场落水了吧。吉星场心中一动，正要回答，冷不防背后驶来一辆摩托，一节铁棍打在后脑勺上，吉星场应声落地。那天，那山，那水来了。那山伸手捏着吉星场的脖子，狞笑道，老子说话从来算数，你以为躲得了吗？吉星场昏昏沉沉，想掏裤袋里的匕首，早被那水摁倒，匕首被那天捡走了。那水冷笑道，看你这鬼样子，玩匕首，存心是不想还钱了，狠狠教训教训。三个人在公路上拳打脚踢，吉星场在地上翻滚，一身尘土和牛粪。那水拿着铁棍，对着吉星场的脑门又敲了两下，血涌出来，瞬间淹没了吉星场的脸。那天说，不打了，这家伙可能死了。这时候，公路远处传来汽车的声音，那山说，有人来了，咱们走！那水踢了吉星场一脚，吉星场整个人翻进了公路边的水沟，溅起一阵泥浆。

骗　子

最先发现吉星场是笑二黄。幸亏了笑二黄，不然，吉星场能否保住小命还说不清楚。笑二黄驾驶着面包车，在公路上就发现了河岸上站立的刘细君。刘细君红色的衣裤像是一支火把，在碧绿的岸上烧得正旺。停了车，笑二黄跳到公路上，大声吆喝刘细君的名字。刘细君发现了笑二黄的车，艰难地往公路上爬。笑二黄看见公路上东一处西一处红色的液体，以为是什么动物被车轮压碎了。走到公路边，听见有人在呻吟，低沉沉的声音好像从地底下发出来。再仔细一看，水沟里躺着个活动的东西。

弄出一身汗，笑二黄和细君才把吉星场送进区医院。医院院长看吉星场头上还在冒血，立即建议转入县医院。多亏了笑二黄，他开着车，吉星场才能及时送进城里救治。刘细君不分朝夕地陪伴，笑二黄有些意见了。小吉的老婆、父母兄妹到哪里去了？我们只是外人，仁至义尽了。刘细君冷笑道，必须管，当然，我很理解你的心情。笑二黄说，太过分了。刘细君说，小吉娶了个糟糕的老婆，真是可怜。笑二黄不耐烦，抱怨道，有些同情心是有害的，我担心你把自己陷进去了。刘细君骂道，你妈的，小吉现在生死未卜，你龟儿子在旁边吃干醋，不帮忙，就滚蛋！笑二黄笑道，细君，可不要忘了，你的身份是我老婆！刘细君说，老婆又怎样了，我还怀疑小吉是不是你打的呢！笑二黄摆了摆手，叹息道，我是好心不得好报，我打小吉干什么，他值得我打么？刘细君骂道，那就闭上你的臭嘴。笑二黄被气走了，刘细君乐得清静，二十四小时守在急救室外，一有医生进出便紧张地询问。过了三天，吉星场从昏迷中苏醒，基本可以宣告没大问题了。这时候，刘细君才找人通知吉星场和红尘的父母。吉星场的父母看了一眼转身就走，他的姐姐留下来守着。红尘的父母忙着照顾吉娃娃，干脆就没来。红尘的姐姐红小妃进城买劳保，匆匆忙忙看了一眼，丢下一百元钱走了。吉星场的姐姐和刘细君聊了几句，挺合得来，便喜欢上了这个聪明伶俐的小妹妹。刘细君的生意好，身上钱多，自然就很大方。姐姐偷偷问，细君干什么的，这么有钱？吉星场说，卖药的。姐姐说，卖药能赚这么多钱，小吉，你当初真该和细君结婚呢。吉星场说，姐啊，细君还不是靠她男人，你以为她一个女人有天大的本事么？姐姐问，细君的男人是干什么的呢？吉星场悄声说，骗子，卖假药的。虽然吉星场身体康复较快，但县医院的医生还是建议他到赤城市人民医院做一个脑部的扫描，看伤及大脑没有。姐姐是个农村妇女，啥也不懂，身上也没有钱。姐姐说，咋办？吉星场说，算啦，脑子如果打坏了更好，什么痛苦也没有了。姐姐说，小吉，你现在有没有痛苦？吉星场说，很开心，什么也不想了。姐姐说，刘细君有痛苦，她担心你，还在厕所抹眼泪呢。吉星场诧异道，还有这样的事吗？过了几天，笑二黄来了，他来看吉星场的病情。小吉，能说话吗？吉星场说，我不是哑巴。笑二黄问，能想问题吗？吉星场说，吃了睡，睡了吃，啥也不想。笑二黄笑道，好嘛，你脑子正常得很呢。刘细君拉过笑二黄，笑二黄到走廊站了一会儿，窃窃私语一番。再次进入病房，笑二黄的脸色严肃起来，告诫吉星场的姐姐道，小吉脑子实际上有很大的问题，最好送到赤城市人民医院扫描，不然，过一段时间，万一出大问题咋办。笑二黄一说，吉星场的姐姐神经就紧张起来。笑二黄的话没说错，吉星场的脑子可能坏了。那舞儿也躺在县医院的病床上救治，那天，那山，那水，几乎每天都要过来几趟，他们也很关心吉星场的身体健康。吉星场清醒过来，第一时间报了案，说那天三兄弟打了他。与此同时，那天三兄弟也报了案，说红尘聚众赌博，应该抓起来，罚款。公安这里就来向吉星场打听红尘的下落，吉星场说，不知道。公安说，知道不如实汇报就是犯法。吉星场的姐姐说，医院说，吉星场的头部还要作进一步检查，他现在脑子不清晰，说的话不算。公安说，既然如此，吉星场举报的案子也不能查，他脑子有问题嘛。事情就这样拖下来了。笑二黄说，小吉，你被打得这么惨，就忍了？刘细君反驳道，小吉能咋办，他能把人打了在医院躺一大片？笑二黄说，换了我，就是坐牢，也要报仇的。刘细君说，那舞儿那里咋办？一个半身不遂的家伙，一辈子要人伺候。笑二黄笑道，那是小吉的错吗？小吉打了那舞儿吗？刘细君说，小吉的老婆惹的祸呀，不打牌，就不会有问题的。笑二黄笑道，细君，你又错了，小吉的老婆打那舞儿了吗？刘细君说，我知道，对方就是流氓无赖，但这个社会，谁能收拾这些渣滓，小民百姓，惹不起，躲也躲不起。笑二黄说，遇到流氓，越怕越倒霉，越让越吃亏，小吉，要是跟着我操社会，要不了两年，保证谁也不敢欺负你。刘细君讥讽道，吹牛皮，那好，笑二黄，你去把几个流氓摆平，我给你付报酬。笑二黄冷笑道，细君，男人的事要靠自己，别人是帮不了的，小吉，好自为之。刘细君骂道，大骗子，不要在小吉的伤口上撒盐了，赶快滚，越远越好，我不想见到你。笑二黄笑道，我又哪里骗人了，我是你男人，你该保护我的名声。吉星场的姐姐一脸诧异，问细君，你这么骂老公，他怎么不生气？刘细君笑道，骂习惯了，他人是贱骨头。笑二黄笑道，唯女人与小人为难养也，孔老二说的话，我信，我让刘细君，就是跟着圣人一起让小人。刘细君骂道，贱人，你再说一句，老子把你嘴巴撕到后颈窝！笑二黄掏出一支烟，叼在嘴里，看有医生来，马上逃走了。

医生给吉星场做全面检查，要是没问题，就办理出院手续。刘细君马上要跟着笑二黄到外省了。这一走，有可能三年五年，或十年八年。刘细君和吉星场的姐姐在走廊上继续聊，聊笑二黄，聊吉星场。刘细君说，当初，要是小吉脸皮稍微厚一些，说不定我就嫁给他了。吉星场的姐姐说，你现在多好，嫁给笑二黄，钱用不完，福享不完，哎呀，女人做梦也想不到的好事呀。刘细君说，姐呀，家家都有一本难念的经，人前风光，人后凄凉，穷人爱面子，就是用屎尿作画，多的话还是不要讲了。吉星场的姐姐拉着细君的手，恋恋不舍地说，这么些日子，难得有妹妹这番好心，我多希望多和你讲话呢。刘细君感伤地说，姐呀，嫁鸡随鸡，嫁狗随狗，现在，我是想回来过从前的日子也不可能的。刘细君又留了两千块钱，让吉星场的姐姐转交给吉星场。至于吉星场住院刘细君垫付的费用，把账记着吧，整数一万一，我若需要这个钱，会提前通知小吉的。

莫　娜

国庆节，四合院惊天动地，出了大事：王红宝调进城工作了。新局长朱东林上台，县里出台一个政策，深得人心。一纸令下，所有分配到乡下工作的老大学生都进城了。王红宝本科毕业，一直抱怨自己运气不好，浑浑噩噩在乡下呆了二十多年。时来运转，做梦也没想过能直接从偏僻的南辕镇调进城里，不花一分钱，不向人说一句好话。这下子好了，王红宝和柳如可以在城里安度晚年。

王红宝调走，立马就从县上来了一位补缺的年轻人，名叫莫娜。据说是生活作风出了问题，流放到南辕镇上来的。莫娜安排在王红宝住的房子，王红宝一搬，马上便搬了进来。“又来一个女人！”刘婉儿在院子里高声叫嚷。莫娜，一位体态丰腴、皮肤白皙的年轻女人，衣服色彩鲜艳，花里胡哨，又短又透明，不注意的话，还以为什么也没穿。“小骚货！”刘婉儿从门缝觑见红色超短裙下一双多肉的白色大腿，忍不住骂道。莫娜进入四合院，第一次行动就闹了个笑话，她走错了厕所。刚好冯梦在蹲茅坑，突然闯进来一位妇女，吓得老冯从茅坑上蹦了起来。刘婉儿反复审问，看见那骚货什么东西？冯梦红着脸说，哦，脑子吓坏了，抓裤子都还来不及，老子管得了那骚货是什么式样！

莫娜端着碗，敲吉星场的门，问，有咸菜没有？吉星场人懒，一个泡菜坛子早长出白色的霉，哪有什么咸菜呢。吉星场端着莫娜的碗，挨门要咸菜，一律遭到无情拒绝。鱼幼笑道，小吉，人家已经敲过一次门了，你又来了，狗咬耗子，多讨嫌呢。鱼幼到底有些见识，主动邀请莫娜到自己家里坐着，亲自为莫娜炒了一碟莴笋叶子。莫娜热气腾腾地吃，吉星场捧着书看，权当作陪。莫娜来了后，二三子和鱼幼的关系似乎突然缓和多了。二三子从老家领来了二丫丫，背个巨大的书包，在镇上念小学。三口之家，构成比较完整的生活格局。二三子充分施展出他的绝技来招待客人：下河打鱼。只要上游一涨洪水，南辕水电站的水库就要开闸泄洪，平常难得一见的黄花鱼、长签子、扁脑壳、鲢胡子，奇形怪状，尽情地往河堤下的水潭蹦跳，哗啦哗啦，好像喝醉酒的人在呕吐。二三子站在巨石上，火眼金睛，看准了，一网下去，捞上来，好多鱼头在摇动啊，婴儿似的娇柔、活泼。鱼儿起来，放在篓子里，鱼幼拉着莫娜的手，笑啊，跳啊，唱啊，庆祝丰收。女人们喜欢坐在河岸烧烤，垒几个石头，放几块木材，再浇上汽油，火旺起来了。几缕青烟，火光中，烤鱼的芬芳随风飘散。莫娜和鱼幼的脸在火光中跳跃，笑容也在上下浮动、破碎，不够真实。抓鱼的事完成了，剩下的都让女人去折腾，二三子远远地躺在大石头上睡觉。莫娜举着香喷喷的鱼，边烤边尝，只要熟了，马上高喊，小吉，可以吃了。吉星场呢，一个人坐在岸边，浮想联翩。莫娜这样的女人，乡下极为罕见。过度丰满的女人，嘴唇厚厚的，总是在吃东西。不吃东西了，嘴唇涂抹着厚厚的脂肪，红红的，像一个发炎的巨大伤口。而莫娜似乎觉得还不够吸引男人。超短裙，低领口，所有靠近她的男人目光都会弯曲，骨头和四肢都会不由自主地战栗。哎，二三子，那么讨女人欢心，怪不得，他这么上心哪，一个多有情调的男人呢。比起农场里那些长期板着脸、不苟言笑、挣死工资谋生的男人来说，二三子就是一个另类，一个杰出的风流男人。鱼幼同二三子恋爱、结婚、离婚，然后又同居，扯不断，理不清，她似乎完全被二三子征服了。当然，疯疯癫癫的莫娜也是鱼幼无法相比的，这个被称为骚货的女人，特别有意思呢。红尘，包括刘婉儿、柳如这样的家庭妇女，修炼一万年也赶不上。莫娜会喝酒、唱歌、打麻将、跳舞、打篮球，甚至还会游泳，更重要的是，她敢同男人开玩笑，动手动脚，从来不生气。一潭死水的日子，突然闯进来这么一个带着野性的女人，就像一间紧闭的屋子被风吹开了门窗，带来了粗俗疯狂的气息，想入非非，跃跃欲试。吉星场虽然讨厌莫娜，讨厌她见了任何男人都勾引的下流品性，却也喜欢和莫娜在一起，感受到女人的存在。女人嘛，在穷人的世界，意义十分丰富。偶尔看看，并不丧失理性。

起初，鱼幼以为二三子会和莫娜很快搞到床上，防范心甚重。混了几个月，吃了饭，喝了酒，打了牌，唱了歌，甚至一起从大石头上跳下水潭游泳，都没发生什么下流的事情。莫娜风骚，但不下流。二三子当然不会和莫娜继续热烈地交往下去的，他的动机强烈而明确，像一个猎人扛着上了膛的枪，必须把猎物变成血肉模糊、奄奄一息的状态才过瘾。算逑了，二三子的经验失败了。莫娜是什么样的人？莫娜也在冷笑：他妈的男人，一堆废物，垃圾，粪便。莫娜痛快地骂男人，虽没点二三子的名，却意外把鱼幼骂得痛哭流涕。鱼幼你哭什么？莫娜嘴里叼着烟卷，伸手摸了摸鱼幼的脸，摸到一串泪珠。碰着莫娜的手，鱼幼哭得更凶了。莫娜拍拍鱼幼的肩膀说，鱼幼，我看你脸蛋不错，有一股浓浓的骚味，像只狐狸呢，应该是天下的男人被你折磨才是，很不幸，你眼里有太多的哀怨，被男人牵着鼻子走，心被男人腐蚀，可怜啊，鱼幼啊，把自己折磨死了不合算嘛。鱼幼捂着脸，不敢看莫娜，莫娜的嘴肆意地喷着恶毒的声音，还在骂男人。男人只有躯壳，空空的，你对着空气给他妈的讲永恒，讲节操，讲情怀，傻了去了，姐呀，你该跟我学的。说到激动的时候，莫娜突然挺了挺腰肢说，小吉，给姐搔痒，姐背上痒得受不了。吉星场羞涩地低下头，莫娜哈哈大笑道，小吉，你他妈的在老娘面前装啥哩，你龟儿子也是结了婚的。吉星场低下头，笑道，姐啊，你没喝酒也能醉的，颠三倒四说些什么？莫娜说，很多人看见我就说我骚，接触久了，才知道我是个严肃认真的女人，不然，我不会离婚的。鱼幼问，姐，你离了婚怎么还这么开心？莫娜笑道，我知道周围的人怎么看我，但是，你可怜兮兮，别人就会认为你高尚伟大吗？不见得呀，自己高兴一些，想干什么就干什么，别人反倒拿你没办法。鱼幼笑道，姐呀，你恐怕是男人变的，我们怕学不到呢。莫娜说，怕个球！老子离婚，在单位上待了大半年，前夫又找人来要求复婚，老子才不干呢，一个单位待着不舒服，老子宁可调到乡下工作，也不和那龌龊东西凑合过日子。莫娜就是这么来乡下的。莫娜说，暂时在乡下过一段日子，哪天不舒服了，一趟就跑外面了，有啥不得了的！听着莫娜一番话，竹筒倒豆子，哗啦哗啦，肚子里的秽物腾空了，鱼幼心里舒畅，破涕为笑。

大家都喜欢同莫娜打牌，特别是男人，可以同莫娜开玩笑。四合院里，围绕莫娜，形成了一个打牌的男人团伙，他们是本农场的吉星场、张中华、魏国轩，乡卫生院的赵谦。这些家伙把四合院搞得乌烟瘴气，镇上的人对农场的职工意见越来越大，场长李天才多次在职工大会上发脾气，但无济于事。现在，农场形成了一种舆论：农场经济效益不好，发不出工资奖金，就是风水不好，全都是莫娜这个坏女人造成的。莫娜交往广，耳朵灵，她不会不知道这些议论。不过，在县城工作过的人，到底胆量要大些，她从不畏惧，照样同男人们一起玩。在陪莫娜玩的所有男人中，吉星场的禁忌是最少的。其他男人身边都有母老虎一般的老婆，严防死守，只有吉星场，老婆外出，不知去向。莫娜直呼吉星场为小兄弟，每当吉星场打牌输光了钱，莫娜就会从腰包里拿出一沓钱，轻轻拍拍吉星场的肩，安慰道，继续打，输了不要你还，赢了请姐吃饭！吉星场请客吃饭的机会太少，莫娜请吉星场吃饭倒是非常频繁，谁叫莫娜打牌的手气那么好呢。周末，再不顾家的男人都得回家，老老实实陪老婆和孩子吃饭，寂寞的莫娜和吉星场吃了饭，无事可干，就在街上溜达，左一脚，右一腿，晃荡晃荡。南辕镇一条街，一条公路，走到哪里，哪里都是一些熟人，暧昧的目光，暧昧的天色，暧昧的灯火。吉星场听到一些关于他和莫娜的议论，说他和大骚货莫娜有一腿，伤风败俗，丢人现眼。吉星场犹豫着，把肚子里的话讲给莫娜听，莫娜笑道，老子都不怕，你一个男人，怕什么！

关于他和莫娜的传闻越传越远，终于传入粤海省打工的红尘耳朵里了。红尘不露声色，乘坐飞机回来，秘密抓奸。白天，红尘躲在镇上看了一天录像，武打片，言情片，翻来覆去地看。轮到放那些下三滥的片子，红尘心里更加不安，她怀疑吉星场和莫娜会偷偷来这些肮脏的地方。熬到半夜，她突然进入四合院，一开门，把床上睡觉的吉星场吓得身子掉下地了，一只脑袋还悬挂在床沿。自从上次闯祸逃走，吉星场再无红尘的半点儿音讯。红尘是生是死，连她的父母姐姐也说不出个所以然。事情的转机出现在上个月，那氏三兄弟横行霸道，在敲诈那舞儿另外一个牌友时候，失手把人打残废了。公安立即抓了几个家伙，每个人至少也有三年徒刑。可惜那舞儿瘫痪在床，无人照管。毕竟是交情不浅的牌友，红尘记着，有空，要进城去探望一下。可惜啦，人才难得，自我毁灭，运气霉透了。人嘛，谁没有个三灾六难的。讲良心，不管别人如何缺德，自已不要缺德就是了。当然啰，大半年没回家，红尘确实想着吉娃娃。吉星场被那氏兄弟毒打的事，她也知道了，坐飞机回来，心里十五个吊桶打水，七上八下的。红尘洗了澡，吹了头发，灭了灯，又和吉星场讲了一阵打工的传闻，才脱了衣服，扑在吉星场身上，翻来覆去抚摸那些可疑的伤疤。红尘问，还在恨吗？吉星场笑道，恨什么？红尘羞涩道，恨你老婆嘛，哎，想不到啊，惹事的祸根。黑暗中，红尘的手就像蛇一样，冰凉而狡猾，四处袭击。吉星场按住红尘的手。红尘的手脱离控制，抓起吉星场的手往自己身上摸。吉星场的手又像惊蛰后苏醒的蛇，缓慢地游弋在红尘的肌骨上，摸到痛的地方，红尘呻吟起来，眼里、脸上，一串一串的泪。打的，踢的，抓的，伤痕累累。每一处伤，红尘都能清晰回忆。红尘本来是准备赔偿那舞儿一部分医药费的，谁知道吉星场被打得那么惨，去他妈的哟。吉星场握着红尘的手，让她摸自己身上受的伤。哪里是拳头印，哪里是鞋子印，哪里是铁棍印，从皮肤到骨头，轻轻碰触，都痛得全身痉挛。差点儿打死。吉星场望着黑暗，感叹不已。

清晨起床，吉星场看清她皮肤上长着红色的斑疹，手和脸上有些地方已经发炎肿大。原来，红尘出门，一时找不到恰当的工种，进了一家彩塑厂。彩塑厂的工资高，但污染严重，很少有人能长期干下去。加工彩色塑料，工人戴着口罩和手套，有毒的气体和颗粒物还是能够乘隙而入，渗透进皮肤缝隙和身体器官，时间一长就引起病变。红尘身体反应过于强烈，一周之内在，车间晕倒好几次，她这次也是回来疗养的。骨瘦如柴，严重的皮肤病，也是够可怜的了。吉星场劝她不要出门打工，说家里正需要人养吉娃娃，反正国家一个月要给他发六十元工资，喝稀饭还是够用的。红尘冷笑道，小吉呀，你一个男人，一家之主，一辈子就这么没出息？吉星场爽朗地笑道，穷惯了，无所谓，本来就是穷人。红尘骂道，不出门见世面，窝在乡下，活一辈子有什么意思？我带你出门打工，不，先走一走，看一看，你就知道人该怎么活了。家里吉娃娃有二老养，红尘要带吉星场出去打工，也许一年半载就把外面的欠账还了，剩的钱存起来，以后还要买房子或支付吉娃娃读大学的费用，用钱的地方多着呢，怎么不着急！吉星场在农场上每个月才挣六十元钱，如果在粤海省的话，每个月至少要挣七八百元吧。吉星场觉得红尘说得有道理，农场上最近好些职工办了停薪留职手续，都跑粤海省去了，自己有手有脚，脑子也没坏，为什么不出门去挣大钱呢。第二天，吉星场召集莫娜和二三子、鱼幼在客来喜饭店吃饭，征询他们的意见。莫娜说了一箩筐支持的话，她说自己正在联系厦门一家外资企业，说不定哪天早晨起来，一张飞机票就飞了。二三子也赞成吉星场出去打工挣钱，毕竟吉星场眼下最缺钱。鱼幼什么也没说，她双手紧紧挽着二三子，唯恐二三子从饭桌子上飞了。

吃了一顿饭，一块石头从红尘心头落了地，她不再怀疑吉星场和莫娜行苟且之事。和莫娜打了几次牌，红尘更觉得莫娜行得端，坐得正，打牌就是打牌，外人诽谤不足顾虑。红尘背着吉星场，偷偷还了两千元钱给鱼幼，鱼幼既没有不高兴，也不提剩下的债务是多少钱，红尘只好向吉星场如实报告她还钱的事情，问吉星场到底还差鱼幼多少钱。吉星场盘算了一晚上，算出来了，总共欠账还有九千元。小吉，你这个烂人，竟然差一个女人这么多钱，万一她哪天急着要钱你怎么还？吉星场笑道，我没想过呢。红尘骂道，你咋没想过呢，人长得这么帅，憋急了，你可以把自己卖给她呀，以身相许，是不是？吉星场急了，骂道，红尘，你又乱说话了，人家好好的，凭什么诬陷人！

红尘可能戳到吉星场的痛处。吉星场看见二三子心里就一千个不舒服，一看见鱼幼，心里就有一万句说不完的话。虽然他从未想过要把一万句话完全说给鱼幼听，但每次与鱼幼的寥寥数语，甚至是一个眼神，仿佛都超过了一万句话的内涵。鱼幼眼睛扫过一次，似乎完全读懂了吉星场。每次与鱼幼擦身而过，吉星场便严严实实隐藏自己，不引起鱼幼的注意。对于自己出去打工的事情，鱼幼一言不发，她是在藐视自己缺乏男人的主见，还是觉得自己欠钱太久不守信用？红尘没有如愿以偿带走吉星场，吉星场担心停薪留职以后再回农场就没工作了。毕竟，一个农村人拥有一个吃供应粮的身份是很不容易的。他想再等等看，如果停薪留职的人多，事情就好说。吉星场这种观望的心态一直持续着，春节之后，他心里的焦虑越来越严重了。镇上跑粤海省的长途车一天两班，满载着乡下的青年呼啸而去。穷人们正在逃离这块土地，剩下来的是越来越穷的人，因为恐慌而陷入绝望。吉星场每天在镇上漫无目的地走路，他的影子投射在街道上的尘土中，无精打采地晃动。莫娜似乎做好了飞厦门的准备，她的飞机票只差一个具体的日子，随时可能告诉院子里的人。为了保持这种神秘感，莫娜最近也不同大家打牌了，整日闭门不出。

这个时候，南辕镇上，四合院里，铺天盖地都在谈论一件事，那就是赶紧到粤海省打工挣钱。镇上，物价飞涨，买啥都觉得贵。王润生一声不吭，大背篓，小箩筐，从粮站往家里搬运大米和面粉。粮食还要涨价，这可是救命的东西哟。王润生一提醒，刘婉儿便逼迫冯梦把摩托骑到粮站，运了一大袋大米和面粉回家。汪美龄请了半天假，把自行车让给张俊明，如法炮制，扛了一大袋米回来。还未喘过气，王润生的背篼又在往家里搬肥皂、盐巴了。大家都不客气，一时间，各家各户，都堆满了肥皂和盐巴。一方面抢购，一方面农场的工资迟迟发不到手。李天才在大会上讲，海南搞开发，内地的钱涌到海岛上去了。县城里，镇上，银行、储蓄所、农业合作基金会，包括邮局，账户上有钱，就是拿不出现金，啊，大家要谅解。谅解个屁，老子没饭吃了，跟着李天才，他吃什么，我们吃什么。李天才捧着饭碗，走到集体食堂，后面跟着一伙刁钻的家伙。李天才给伙食团长打招呼：一律赊账，从工资里代扣。一时间，农场伙食团人气旺盛。大伙儿捧着饭碗，一边吃，一边骂储蓄所和邮局打白条。要吃肉，还是得出门打工哟。坐着就是等死，还不如早死早超生。走，停薪留职。走啊，广东，福建，浙江，海南。走，走光了，农场就垮了。走他妈的，大势所趋。农场上，像扔了一大堆炸弹，稍有点儿野心的人成天聚在一起，商量什么时候办停薪留职的手续。找李大麻子没有？找他去，把字签了。出门打工，板上钉钉。

吉星场外表比任何时候都要平静，身着蓝色中山装，一本正经坐在办公室，装模作样翻阅资料，似乎在等待命运裁决。

倩　倩

无聊的日子，时间总是过得很慢。天气不好，三天两头下雨，人们习惯于关起门来烤火，或者躺在床上睡懒觉，院子里冷飕飕的，刮着风，昏暗不明，地上湿滑，摆麻将桌的地方，堆积着灰白色的过炭，这是王润生储备过冬的物资。春节后，大家还没聚起来打过一次牌。牌瘾儿兜着，迟早要聚在一起，过把瘾儿，人们都在等时机。莫娜拿到梦寐以求的飞机票，还从城里带来一位好姐妹，名叫倩倩，据说是县肉联厂的工人，莫娜的高中同学，一起下来陪莫娜收拾行李。莫娜所有的东西装了两只拉杆皮箱，其余乱七八糟的玩意儿，包括暴露严重的时装，什么蕾丝内衣，全送给刘婉儿。刘婉儿不嫌脏，立即穿了一件旧的紧身毛衣，胸脯像充了气似的，从呢子大衣里耸立出来，一边走路，一边发笑，笑得嘴皮子几天合不拢。对农场四合院的人来说，莫娜是一个匆匆的过客。她背着骂名而来，走的时候却要留下美名。现在，她还没走，四合院里的女人就在赞美她的衣着和仪容了。鱼幼在暗中模仿莫娜的穿衣打扮，甚至是她说话处事的方式。

为莫娜饯行吧。鱼幼站在天井里说，我在客来喜饭店订了三桌宴席，大家愿意来就来，预付了三百元钱。那天，整个农场、四合院的所有人，包括莫娜在镇上的牌友，都赶来了。划拳赌酒，个个志得意满，仿佛要乘坐飞机的人是本人，一个个端起酒杯，争先恐后向莫娜敬酒。大家口里含着莫娜的名字，甜甜的，好像要把莫娜消化到胃里去。莫娜虽说是喝酒的好手，但招架不住一拨又一拨人劝酒，当场伏在桌子边，呕吐起来。众所周知，吉星场是莫娜的小兄弟，该挺身而出了。在众多酒徒红肿的眼球中，吉星场出来了，他端起酒杯，挡着那些向莫娜进攻的酒徒，直接把酒杯抢过来，一口干了。这样豪爽，这样死心塌地，帮莫娜喝酒，吉星场脸红脖子涨，身体摇摇晃晃，好像被人恶作剧地推来推去，无法站稳脚跟。鱼幼捧着一杯开水，不断递眼色，让吉星场开溜。吉星场视而不见，听而不闻，二三子把裤带上的钥匙取下来，豪言壮语：鱼幼，鱼幼，给老子回家，把床底下收藏的六瓶高粱白酒抱到饭店来，喝啊，一干二净，一醉方休！鱼幼不见了踪影，二三子喊破了嗓子，无济于事。但二三子醉得更厉害，自己无法回家拿酒了，一把逮住晃来晃去的吉星场，把钥匙交给吉星场，大声嚷道，拿酒去！吉星场仿佛受了蛊惑，竟然偏偏倒倒，骑上破自行车，赶回了四合院。吉星场拿着钥匙在自己房门扭来扭去，始终打不开门。一怒之下，一脚踢开门，人一下子摔倒在地。吉星场钻进床底，掏了半天，满头满身是灰，一瓶酒也没找到。吉星场还没反应过来是怎么回事，二三子已经赶来了。二三子大嚷道，蠢货，你拿的酒呢？吉星场丈二和尚摸不着头脑，语无伦次：二哥，酒不见了。二三子踢了吉星场的破门，骂道，龟儿子喝醉了，你走错门了，把钥匙给我吧。吉星场稀里糊涂，把钥匙弄丢了。二三子便啪啪啪，伸手拍门，大嚷道，鱼幼，开门，鱼幼，鱼幼！门紧闭不开，二三子用脚踢，门一下子开了。鱼幼蓬头散发，身着一件粉红色的睡衣，一只白皙的手腕湿漉漉的摇晃着。鱼幼说，狂犬病，疯狗，准备咬人了吗？二三子掀开鱼幼的手说，酒给我，总共六瓶！鱼幼冷冷地说，不知道，自己去找。二三子骂道，床底下搁着，六瓶，52 度木鱼大曲。鱼幼说，不知道。二三子高声吼道，小吉，快来拿酒！吉星场窜到二三子面前，打着酒嗝问，酒在哪里？二三子说，在我床底，爬进去拿。吉星场马上趴在床底，摸啊刨啊，一大堆鱼幼的鞋子，一大堆尘土，一瓶酒，两瓶酒，一会儿，六瓶酒全出现了。

吉星场抱着六瓶酒，放在自行车上，一溜烟又到镇上去了。六瓶酒，消耗了一个多小时。二三子吐了，人事不省，直接送区医院输液。吉星场吐了，头脑清醒。倩倩从桌底拖出行李箱，招呼莫娜赶车，但莫娜被一帮铁杆牌友包围，根本脱不了身。经过刘婉儿和倩倩的讨价还价，莫娜答应最后一次陪大家打牌，时间截至下午五点，也就是等着上南辕镇到木鱼县城一天最后一趟客车。吉星场欢呼着，领着醉醺醺的人群涌进了四合院。刘婉儿早就吩咐冯梦把麻将桌扛到河里洗得干干净净，端端正正摆在四合院的中央。莫娜当之无愧，第一个坐上了牌桌，吉星场贼一般钻过谦让的牌友们，紧挨着莫娜坐了下来。刘婉儿一双胖手强行把吉星场掀下座位，高声招呼二三子坐上来。乡卫生院医生赵谦酒量大，面不改色心不跳，第二个坐上了牌桌。第三个上桌的是本农场的魏国轩，但靠近莫娜还空一个位置，一时没有人。吉星场第二次挤了上桌，这次刘婉儿没有拉他下来，因为她家老冯也喝吐了，她在忙那里的事。

酒壮胆。吉星场上赌桌的胆量，完全是酒在身体里捣乱的结果。起初，打牌的几个还让着吉星场，大家都知道他家里最穷，输了钱最可怜。没想到吉星场运气暴好，前五圈牌全是他一个人赢，而输钱的几乎是莫娜一个人。对吉星场在牌桌上的表现，莫娜一直持赞许态度，吉星场赢一次，她就拍他肩膀一下，以示鼓励。以往，吉星场哪里是莫娜的对手，每次输得灰头土脸的时候，莫娜总是拍他肩膀一下，亲切地称他为小兄弟，吉星场这个小兄弟的名声就是这么得来的。哪知道今天形势变了，莫娜怎么绞尽脑汁也赢不了一次，她终于体会到以往吉星场那种屡战屡败的屈辱感了。莫娜双手老老实实捂着面前的麻将，再也不敢动辄去拍吉星场的肩膀。

赢钱成了习惯，吉星场有些得意忘形。莫娜输了钱，吉星场居然学着莫娜平时的动作去拍莫娜的肩膀，亲切地称莫娜：小兄弟，还是我罩着你吧。满桌的人都大笑起来，莫娜面红耳赤。刘婉儿立即呵斥道，吉星场，认真打牌，谨防把赢来的钱全部吐出去了！吉星场高度自信，嘴里哼着电视剧《西游记》的主题曲：敢问路在何方，路在脚下。哎呀，吉星场今天的牌运简直是疯了，随便怎么打，都是赢着钱的呢。魏国轩对长期的手下败将也刮目相看了，平常，吉星场输得惨的时候，坐在牌桌上好像个哑巴，可怜兮兮的。咸鱼翻身，不得了，鸡毛飞上天了。吉星场反复只唱那么一句：敢问路在何方，路在脚下。啦啦啦……哼哼哼……啦啦啦……莫娜不耐烦了，皱着眉头说，小吉，换一首歌吧，你已经重复了三十遍。吉星场笑道，哈哈，那我就赢了三十次了。赵谦骂道，算你狠，小吉！总有猪圈板夹脚的时候的。赵谦向吉星场发出邀请：以后到乡卫生院打牌不需要准备伙食费，来了，哥们儿款待你的。吉星场笑道，伙食费嘛，小 case 的小，算我的。赵谦骂道，三贫三富不到老，小吉，低调点儿嘛。吉星场嘴里停止了哼哼，牌桌上只有紧张的动作和麻将翻动的声音。下午四点半了，莫娜还是赢不了钱，吉星场说，姐，干脆留下来，打个通宵吧。吉星场这话莫娜没在意，可却急坏了站在旁边等人的倩倩，她一直在看手表，不停地向莫娜报时：四点三十一，三十二，三十三，三十四……莫娜回转身说，倩倩，你来打，争取在下午五点钟以前赢一次就够了。倩倩说，好的。倩倩没有莫娜那种耐心，人没落座，弓着背，在莫娜的位置上站着打牌。这边，吉星场的好运气来了，鬼都挡不住。换了倩倩，他还是赢钱。大概所有的小人得志都没好的下场，赢钱的吉星场像个小丑，手舞足蹈，得意忘形，自我陶醉。他忘了莫娜已经让位，还是习惯性地伸手去拍莫娜的肩膀，没想到倩倩突然跳起来，尖叫道，流氓，你这个流氓，不要脸的！

沉溺于牌局的人被惊醒了，他们注意到倩倩翘着的屁股上有了吉星场的犯罪证据：白色的紧身裤，臀部清晰地印着一只手的痕迹，黑黑的，染透了。不得了！院子像马蜂窝被捅了，闹嚷嚷，乱着一团。所有的目光都盯着吉星场，看他如何反应。吉星场伸手给大家检查，白白净净，哪里有什么秽物！奇怪了，天知道倩倩的屁股在哪里沾了一只手的印迹！看那手印，比吉星场的手粗大，吉星场大声叫道，你们不要冤枉好人，一定是另外哪个人摸的！围观的人发出哄的一声笑，倩倩的精神瞬间崩溃了，尖叫道，臭流氓，你还想赖账！魏国轩冷笑着路过吉星场，拍了拍吉星场的肩膀道，小子，你撞大运了。吉星场浑身冷汗，自言自语：没有，没有，我拍的是肩膀！这时，莫娜不知道从哪里出现，她扶着摇摇欲坠的倩倩，看着吉星场，满脸鄙夷。吉星场哀求莫娜：大姐救我，看在你平常照顾小兄弟的份上！莫娜背过脸说，算了，算我看走眼了，平常喊你龟儿子摸老子屁股，你不敢，今天吃了豹子胆，看你怎么收场！在众人的哄笑中，吉星场沮丧地逃离了牌桌，连下午打牌赢的钱也不敢拿了。吉星场不知道下一步会干什么，出了这种丑事，鱼幼也躲起来了。没人为他拿主意，怎么办呢。好在刘婉儿相信他，一把拉进屋，告诉吉星场：三十六计，走为上计，先躲起来，过几天再看情况吧。吉星场恍若丧家之犬，换洗的衣服裤子都没带，只身逃到孤山，在山里饿了两天，看了两晚月亮，还是想到往三百梯走，他有些想念吉娃娃了。一路上，他想着为吉娃娃带什么好玩的礼物，野花野草，或者像笋子虫一样的小动物也可以。沿着三百梯下来的溪流上溯，先后抓了螃蟹、虾子这些水里的玩意儿，但都扔了。季节还早，多数小动物还在蛰伏之中。荒野一派凄凉，看不到一株绿色的草，冬天冻死的植物随处可见。

走上三百梯，回头下望，整个南辕镇沉陷在空寂萧条的山山水水之中，没有半点春天的迹象。春天是极度贫乏的，同人的内心一样。登上三百梯，红家院子格外空旷，夏天枝繁叶茂、硕果累累的梨树不复存在，而是孤零零地站在阳光下，干枯凌乱的枝丫好像乞丐营养不良的手，伸向天空，乞求上天的垂怜和施舍。“吉娃娃，吉娃娃！”吉星场人没进门，声音就飘进岳父那些黑色洞开的门窗。吉娃娃满了一岁，开始说话了。最幸福的是，吉娃娃用她的小嘴喊出了爸爸。这个世界上最常见的词语，吉星场听得，俗话说，有儿万事足，女儿也是一样的。自从吉娃娃会说话了，吉星场就感到父女之间建立起了一种高出血缘关系的精神联系，这是世间最伟大的事件。所以，不管他对生活如何绝望，一想到吉娃娃，他又对未来充满了希望和期待。抱起吉娃娃，他的内心开始温暖，吉娃娃整个人便融化在他身体里，世界归于和谐统一，自我也获得完善。他完全忘了山外的世界，忘掉了他在南辕镇闯的大祸。过一天算一天吧，哪怕明天天会塌下来，今天晚上也要睡个好觉。

岳父岳母是典型的山里农民，吉星场几句谎话便骗住了他们。他声称自己肺上有热，医生建议他卧床休息半个月，他想念吉娃娃，所以，就偷偷到三百梯来了。红尘在粤海省彩塑厂很挣钱，经常邮寄给父母奶粉啊，海鲜啊，衣服啊，蜂王浆啊，值钱的补品一摞一摞的。在父母心中，红尘是院子里又一尊冉冉升起的财神，二老经常把这些东西拿到邻居面前炫耀。红尘在娘家地位这样高，自然也抬高了吉星场的身价。聪明的红尘经常会写信说，这些东西是吉星场让她在粤海省买给父母的。三百梯住了一周，岳父岳母居然没让吉星场干一次农活。吃过饭，岳父迅速打开半导体收音机，中央人民广播电台的新闻立马就出来了。吉星场扭住按钮，旋转了几大圈，想听到粤海省的事情，结果，一片噪音。啪嗒，关掉机器。躺在凉椅里打盹，听吉娃娃背诵唐诗。

玩得开心，吉星场的谎言渐渐被他强健的体魄粉碎。岳父多次提醒道，年轻人，该回农场上班了，万一哪天被开除，丢了饭碗就不合算。岳母说得比较委婉：会不会扣奖金？吉星场笑道，农场从不发奖金，只有死工资。死皮赖脸，又多待了三天，前后算起来是十天，估计山下也没什么事情了，他才迟疑着离开三百梯。往山下走了十来分钟，就碰上几辆摩托车卷着黄色尘土，突突突地冒着烟向山上冲来。车上坐着的年轻人头发蓬乱，眼神凶狠。为首的一个卷毛男人用摩托车拦住吉星场，吉星场双腿打颤，心中预感大事不妙。卷毛男人散了一支烟给吉星场，问三百梯还要走多远，吉星场侧着脸，朝山上努了努嘴，含糊其辞地说，快了。几辆摩托车立刻启动，朝山上飞驰。吉星场走了几步，觉得这几个人来得蹊跷，他怀疑是来找自己麻烦的。现在，卷毛男人带着帮凶直奔三百梯，说不定他们打听到吉星场的岳父住在哪里了。他们这一去，找到岳父岳母，这个祸事就不只是他个人的，而是全家人的。还有吉娃娃，以后在外公外婆家怎么生活呢。想到这里，吉星场一身冷汗，他立刻转过身来，回头去追赶那一伙骑摩托车的人。绝对不能让他们找岳父岳母的麻烦，吉娃娃太小了，受不得任何伤害。这等丑事，了解的人越少越好，越迟越好。再说，他即使暂时躲过了这伙人，回到本农场，同样躲不过。算了，是祸躲不脱，躲脱不是祸。

吉星场拿出逃命的力量，终于在三百梯下赶上了卷毛一伙人。卷毛男人趴在甜井上喝水，另几个家伙跳进溪水在洗裤腿上的泥巴。看起来，个个都筋疲力尽了。吉星场直接走到卷毛面前说，哥老官，你们是找人的吧？卷毛鼻子嘴巴流淌着水，眼睛横着看，说道，是啊，你怎么知道？吉星场说，如果我没猜错的话，你们要找的人是吉星场。卷毛张大嘴巴，露出一口黄牙：哼哼，我们就是来杀吉星场的。吉星场笑道，我就是你们要找的吉星场，如果要杀我，用不着来这么多人，一个人就够了。卷毛跳起来，飞起一脚，踢中了吉星场的锁骨。吉星场应声倒进了溪水，被这伙人来回地踢打，还摁在水里灌了一肚子。卷毛打累了，方才掏出一把匕首，搁在吉星场的脖子上，问吉星场是用哪只手摸的他老婆屁股，就把哪只手宰下来，不然，把吉星场的脖子割断。卷毛恶狠狠地说，老子是县城一霸，你到城里走一圈，问问谁不认识我杨三志，你个乡巴佬竟敢动我的女人？吉星场又挨了杨三志几个嘴巴，另外几个人才假意来劝杨三志息怒。吉星场被几个人用绳子捆成一团，放在摩托车上，拉下山，最后，拉到本农场去找场长。李天才给杨三志一伙人各自倒了一杯开水，散了一支烟，又放了一把椅子，让他们放了吉星场，坐下来，好事好商量。杨三志不答应，他还想打吉星场嘴巴。李天才说，如果要打人，你们把人送派出所吧。杨三志方才缓和神色，一支又一支地往嘴里塞烟。李天才说，吉星场人挺老实，摸屁股的事情估计是谣言，或者说，即使有这回事，也是误会。杨三志哭丧着脸说，谣言个屁！吉星场自己已经承认了，我老婆屁股上的手印还在。李天才继续说，我看，最好的解决办法就是赔钱。吉星场和杨三志同时瞪大了眼睛，望着李天才：多少钱？

杨三志提出的赔偿金额是一万元，吉星场答应最多赔一个月工资。足足花费了一整天时间才勉强达成协议：总额一千元，每个月从吉星场工资里扣二十元，四年扣完。谈妥后，双方签字画押，各执一份协议。杨三志带着一伙人满意地回城了，他们的摩托车在镇上留下一阵轰鸣。在吉星场躲在三百梯的十天时间里，杨三志每天都到办公室找李天才的麻烦，他们也骑车到吉星场的老家去过，据说汽油钱就花费了好几百元。吉星场虽然挨了打，但事情没闹大，总算息事宁人。听说，倩倩好几次要在家里自杀，杨三志是个街头流氓，经常对她拳脚交加。莫娜也劝过倩倩的老公，倩倩的老公才没来农场上杀吉星场。刘婉儿拍着大腿说，管他妈的，折财免灾，折财免灾！

书 信

吉星场站在河边，心情舒畅了。但是，他没有跟着水往下游走，而是逆流而上，来到磨盘石。春天过去，夏天到来。往事一桩一桩，像芦苇一样，每到这个季节都遍地丛生。这些日子，刘细君连续给他写信，这是从未有过的事。细君怎么了？吉星场不好意思向刘婉儿打听，只能从一大摞书信中的文字进行推断。

信笺天蓝色，淡淡的鸟儿在纸上飞翔。刘细君的字写得歪歪斜斜，一眼可望。读书成绩差的人，写的字差不多都这个样子。信写得认真，有大片的水渍。难道她写信的时候还在哭鼻子？吉星场回信时当然不好问，只是一个劲儿地写：活下去，好好地活下去吧。刘细君在信笺上画了一张笑脸：小吉，我用写信来证明我活着，笑声嘛，距离太远了，听不见的。信写好后，折叠成鸟儿的形状，细长的喙，蜷曲的翅膀和腿脚，好像备受委屈的刘细君。每封信都喷着香水，每次拆信，吉星场总要闭上眼睛，贪婪地嗅上一阵子。时间长了，上了瘾儿，比喝酒更容易醉呢。每周一封信，或者，每周三封信。刘细君写信写疯了，她哪有那么多的时间啊。吉星场收到信件总是兴奋，通宵未眠。然而，回信却十分艰难。每天都要写信，哪有那么多话说啊。天各一方，刘细君自我叙述，种种苦恼，种种离奇，对吉星场来说，就像看电视连续剧。吉星场呢，自我叙述什么？一直生活在农场，在南辕镇，日子同往常毫无二致，司空见惯，太乏味了。吉星场拿着笔，对着自己的肌肤猛烈戳杀，杀出伤口，流出血液，疼痛不止，还是无话可说。拿什么向刘细君倾诉？霉运连连，无端遭人毒打、勒索，让世人嘲笑羞辱，算了吧。吉星场便在信笺上作画，画一些稀奇古怪的植物和动物，看刘细君有何反应。吉星场画一棵树，这棵树一定会走路，撒谎，甚至倒立。刘细君说，树挪死，这样折腾，干什么呢？吉星场便改画猪了。不是猪八戒，贪吃贪财贪色，而是高雅时髦的猪，猪坐在电影院里打盹，猪坐在飞机上周游世界，还有登上月球说外语的猪呢。刘细君不理睬吉星场的胡作非为，照样在书信中倾诉她的遭遇。

笑二黄开了家公司，注册地在云贵省大山深处的荒唐市，山长水远，鞭长莫及。不知道什么意思，如今的笑二黄早已不做假药生意了，还那么胆小如鼠，日夜担惊受怕，这是职业骗子的本性么？荒唐市的百姓老实，钱好赚，但那些当官的不老实，恨不得把公司吃垮才罢休。笑二黄耐性够好了吧，隔三差五请客吃饭，喝酒打牌，甚至出国旅游的好事都做了，偏偏不能正式营业。笑二黄每次拎着公文包，衣冠楚楚迈进办公楼，总是被一些橡皮笑脸轻松地撞了出来。手续正在审批中，稍微忍耐一下吧。笑二黄被烟熏黑了的嘴咧开，傻傻地笑着，人家就这么打发他了。科长、股长、局长、副局长，一个一个地请客，还不能同时请，大家都要讲清廉，但是，请了也白请。人坐在办公室里，总是公事公办，打官腔。笑二黄多好的耐性，职业骗子出身，但遇到这些家伙也受不了。一个公司，房子租了，员工请了，货物到了仓库，全都是银子在运转，哗哗地响。一旦某个步骤停止，银子转不动了，完了，没了生意，几天人就散了，所谓公司，见鬼去吧。笑二黄异想天开，要开公司，刘细君是坚决反对的。刘细君喜欢从前做假药的方式，不要仓库，不要门面，不要员工，不走公家后门，只需拎着一个皮包，四处晃荡。一个行业里，人混熟了，有了信息，一个电话，货物调运很容易，喊货车，货物少，笑二黄开个面包车就解决问题。那么好的日子，笑二黄过腻了，开他妈什么公司，自作自受！晚上，笑二黄喝得醉醺醺的，回家躺在床上哭，他妈的，人模狗样的大男人，在一个女人面前哭，老子受不了。老子问笑二黄，到底遇到什么问题？笑二黄哭着说，妇道人家，说了也不管用！老子也不客气，骂道，大骗子，龟儿子明知道老子不管用，又回来对着老子哭，什么意思，什么东西！笑二黄这东西，我算是服了，骗子啊，水平低啊，老子当初瞎了眼，嫁了个龌龊的玩意儿。笑二黄被细君骂了个四脚朝天，止住了哭，慢慢爬起来，点了一支烟说，一个男人不回家哭，难道要在外面去哭？刘细君骂道，打肿脸充胖子，到外面冒充老总，专门骗那些女大学生，好了，招他妈一屋子的人，上面的嘴巴要吃饭，下面的嘴巴要睡觉，够你龟儿子受罪的！

笑二黄经常在家里说，别人当老总当得开心，老子当哭丧，给别人当孝子，有时候真想把公司撂了，一趟走他妈的，什么都清净了。刘细君说，算啦，你白当男人了，烂摊子铺开，撂下来，哦，让我一个女人来揩屁股，你又不是三岁小孩！狗日的，笑二黄慢慢就把公司的重担推到老子肩膀上来了。现在，我是名义上的老总，到办公楼是我的事，笑二黄跟在我后面，点头哈腰的，冒充我的秘书。骗子呀，装什么像什么。我刘细君成了老总，一分钱没有，公家方面一个熟人也没有，药生意一窍不通，笑二黄分明就是要我的命嘛。从前，父母给我算过命，说我活不过二十五岁，我在想，老子今年二十四岁，要死，也许就会死在笑二黄的公司这件事上。我不怕死，阿瞒读大学甚至出国留学的钱我都准备好了。我坦然地走进办公楼，去见笑二黄说的那些大官人，看他们会不会把我一个小女子生吞活剥了。女人，在某些方面就是比男人强，我刘细君很快学会了云贵话，同大官人说话，我就冒充云贵人，我连哪个市哪个县哪个村的名字都说得准确无误。老乡嘛，总有个脸。别人把我推出门，脸红了，羞死人呢，我到厕所把脸洗一洗，脸不红了，又跑进去，一张笑脸。男人总是让着女人，再厉害也不会伸拳头打我的脸，我始终笑着，现在，脸上只有一种表情，就是笑。回家照镜子，天哪，我脸上还有笑容。笑二黄谄笑道，看你脸上的笑，我就知道事情办成了。我说，去你妈的，懂个屁！笑二黄懂什么，肤浅！我不理他，白天，我又到办公楼了。局长姓啥？姓董！从早到晚开会，他的办公室电话被我打爆了。局办公楼的门卫认得我，不准我进门，还故意调戏我，小妹妹，你找谁呀？我说，找董叔叔！哪个董叔叔？董局长，你们单位的头儿，一个人坐桑塔纳的那个人。董局长说，他没有你这样的侄女，还说你是骗子，打着他的幌子骗人，只要发现了可以报警，让公安来抓你坐牢！我说，小保安，不要狗眼看人低，董叔叔当然不会再公开场合承认他有什么亲戚找他办事，但是，你脑瓜子要开窍，哪天我一个电话，你守门的活儿丢了，哈哈哈，那就惨了，到街上讨饭去吧。

好歹把门卫唬住了。我想什么时候到局里就什么时候去，但董局长从来不是单独出门，前呼后拥，马屁虫一大堆，围着他，哪里看得到我的影子！电话打不通，路上说话凑不拢，那我只好独自去闯董局长的办公室了。天哪，一个局，科室太多，科长科员们一路一路地排着队，等董局长接见。每个人手里捧着文件，汇报的话必须简洁，要是说不到点子，董局长不高兴了，文件不签字，打回来重写，还要受一次折磨，那才惨呢。平常在外面遇到科长股长，一个个牛哄哄，站在董局长面前，缩着脖子，弯着腰，董局长骂一声，他们的脖子就缩一寸，腰就下弯一度。哎呀，我看到科长股长们受了气才高兴呢，笑二黄就是被这些人折磨疯了的。董局长这样做简直是在帮我报仇啊，我昂着头，脸上堆着笑，那些科长股长们恨不得从我身上撕一块肥肉走。董局长之辛苦，超出了我的想象力。开会，大办公室，小办公室，关着门开，闭着门开，董局长永远在讲话。董局长的声音我听熟悉了，只要他在任何一个角落咳一声嗽，我马上就能判断出他在哪个楼层，他的心情好不好。我刘细君就有这样的本事，我试了几遍，完全正确。这就是我刘细君的本事，就像真正的武林高手，可以隔空杀人。把握透了董局长，我当然可以随心所欲地找他了。董局长在厕所里哼哼几句歌词，我明白了，他心情好。等他刚好把裤子皮带系好，挺着肚子走出来，我便昂首挺胸迎了上去：董叔叔好！董局长吓坏了，定睛看了看我，纳闷道，小丫头，别乱喊，我没有你这个侄女的！我笑着说，董叔叔，不要紧，当领导的最怕亲戚熟人找你您帮忙办事，这个大家都理解，但我确实是您侄女，不信，您回家问问阿姨。董局长严肃地说，我从来不把公事带到家里，小姑娘，有话直说，我历来公事公办！我刘细君拎着皮包，大摇大摆走进局长办公室，直接挑了一个最漂亮的沙发坐下来。董局长给我倒了开水，我打开皮包，取出一个小杯子，优雅地啜饮了一小口，方才说，董叔叔，您老人家公事公办好了，千万不要因为我这个小丫头喊了您一声叔叔，您就有什么心理负担！董局长打了个哈哈，笑道，见得多，见得多，每年到我办公室来冒充我亲戚的人何止千百，小骗子，你继续骗下去吧，最后，我来做个总结！我把笑二黄揉得皱巴巴的报告递给董局长，赔着笑脸道，阿瞒公司，您老人家可能听说过……董局长戴上眼镜，胡乱翻了两下，丢在桌子上，严肃地说，丫头，不是我吓唬人，有人正在指控阿瞒公司是个骗子办的，三番五次要求我们查办，暂时，我们还没精力，咳咳，咳咳。我迅速收好报告，放进包里，冷静地问董局长，公司批文被局里的科长股长们扣押着，迟迟不签字，连营业资格都没有，董局长要查办什么呢？董局长狠狠地清了清嗓子，眼里露出严厉的光，两片嘴皮缓慢地翻了翻道，你们以前做假药生意，局里有案底，先从其他公司查起，你们跑得了吗，小骗子？

被董局长剥皮羞辱，刘细君受不了，便十来页二十来页地给吉星场写信。信里主要内容就是诉苦，骂人。公司不顺利，刘细君事无巨细，全写给吉星场看。吉星场对卖药公司完全无知，回信不过写些安慰的话，刘细君也很高兴。吉星场在信里说，聪明人怎么可能在一棵树上吊死，公司开不了，另外想办法吧。细君回信说，说得轻巧，笑二黄把前几年挣的钱全部投进了公司，如果丢了，相当于以前白干了。再说，两个妹妹到了公司打工，年龄不大，到社会上又怕上当受骗，变成坏人，只好我带着，三姊妹，靠着公司，我还是想把公司办成功。笑二黄是没指望了，水平低，只能在街头混，骗骗菜市场那些退休的大叔大婶，现在，上不了台面，躲在阴暗角落发牢骚。小吉呀，我终于明白，多读书还是有用的。同公家打交道，条条款款多，自己能理解，何须拿钱请人，道理明白了，装在自己脑袋里，再找那些盖章的、签字的，多么方便！我是后悔自己少读书了，所以，阿瞒是要读好学校的，他不能走我们的老路，活得下贱、窝囊、屈辱，但还得活下去呀。我刘细君不过二十来岁，忧愁多了，额头上生出了许多皱纹，身体状况差，咳嗽的药，发烧的药，腰痛的药，妇科的药，头晕的药，包里装的药，不是钱，我这个老总，想的是卖药，每天干的是买药、吃药，钱哗哗地流，一分钱还没挣到呢。过了十来天，我觉得必须再去找一下董局长，哪怕他骂我一百次一万次，我也得忍着，盖了章，批文全部到手，公司合理合法经营，好日子还是值得期待的。这些日子，尽管身体不舒服，我还是读点闲书，《知音》啊《女友》啊，这些书上的故事感动得我一晚上睡不了觉。我觉得自己的遭遇比它们刊登的悲惨一百倍，等着吧，将来，我有钱了，有时间了，请人给我写自传，到时候，第一个读者就是你，小吉。精神焦虑，身体萎靡，怎么去见董局长？我去了美容院，化了妆，又到时装店买了几件漂亮衣服，尽量把自己打扮年轻，擦干眼泪，微笑着，又去见董局长了。

是啊，人活在世上，办事要讲个运气的。第二次找董局长，我心里有一种念头，上天该帮助刘细君了。上了楼，在电梯里，我心里在想，董局长，该帮助上天了。那天，整个大楼的气氛十分诡异。从楼顶的电视天线到楼底的垃圾箱，全都安安静静，一只鸟儿也没有。平常，楼前的树上动辄三两只鸟儿放肆地飞到地上行走，在垃圾箱上跳，或者站在电视天线发呆，风一吹，又飞走了。到底发生了什么事？科长股长办事员闭着嘴，在路上见了面只是用眼神交流。哦，明白了，董局长在发火，在训斥副局长，科长股长暂时还没资格挨批，慢慢来，一层一层地下来。局长办公室虽然关着门，骂人的声音还是从缝隙里渗透出来。可以想象，副局长们在空调房里流汗了，衬衣湿透了，背心发凉了，脚站麻木了。骂完了，副局长们赔着笑，谦虚地问道，董局，还有什么指示？董局长说，马上干部大会，大家做好发言准备！干部大会有专门的会议室，工人们把座位牌摆好，桌椅擦得极亮，门打开了，空调呜呜地转。科长股长们端着茶杯，拿着文件，从办公室里陆陆续续进了电梯，电梯不停地输送人。当电梯停止运行的时候，会议开始了。我拎着包，从一楼步行向上，每个办公室的职员都端端正正坐着，目不斜视。我从办公室门口路过，他们也不张望。看文件，做笔记，整理资料，每个办公室的场景都差不多。无聊，职员们的生活大概就是这样。我一个人走得无趣，顺便骚扰他们一下。请问，你要找谁？董局长。职员一听到这个名字脸色立刻变化，机械地回答道，局长办公室去找吧。局里的人回答问题很奇怪，局长在局长办公室，这个答案等于没有回答。也许，这就是局机关的人说话的艺术，拒绝人嘛，说得这么客气。他们不欢迎外人打扰，尤其不喜欢董局长这个名字打扰他们。到了下一个办公室，我又换了一种说法。找谁呢？王科长。我们局里有三个王科长，哪个科？哦，就是头发比较少的那个，还戴一副眼镜的。五楼。回答的语气比刚才柔和一些，王科长可能不让他们讨厌吧。中层干部大会开了一上午，十二点，楼上一片嘈杂，会议散了。我赶到局长办公室，门紧紧关着，局长走了。走到一个副局长办公室打听，副局长正躺在椅子里抽烟。副局长说，局长在会议中途又到市里开会去了。原来如此。怪不得刚才散会的时候那么嘈杂，要是局长在场，他们敢吗？

中午没回家，我在附近买了一个面包啃了两口，立即返回办公大楼等待。董局长中午不可能在办公室，但是，我中午等他，这种真诚的态度让我对未来充满了信心。我必须做下去，任何困难也阻挠不了我。在我心中，董局长不是阻挠我的困难，而是帮助我的力量。我就这么迷信，董局长一定会答应我的要求。时间缓慢地运行到了下午，对我而言，时间就是手上的表。滴滴答答，滴滴答答。金属加塑料的小玩具，时间真的在里面吗？那是人的幻觉，自我欺骗的工具。我不停地看表，指针慢吞吞的，在数字上周而复始地爬行，活像沙丘上小小的蚂蚁。突然，我产生了一种灵感，我要开一家工厂，专门生产手表。我设计生产的手表销路一定不错，我要把手表变得有趣一些。现在，手表千篇一律，指针加数字，兜圈圈，兜圈圈，多乏味呀。我在楼下也在兜圈圈，绕着树，绕着垃圾箱，绕着自行车，转累了上厕所，上了厕所，继续绕。好，上了厕所出来，院子里多了一辆车，桑塔纳，车尾的烟囱还是热的。好消息，董局长来了。

我和众多副局长、科长、股长挤进一部电梯，并抢在他们之前跑向了局长办公室。董局长屁股还没落下沙发，一看我气喘吁吁、满头大汗，便笑道，小骗子，又来了？我奋力一拉，皮包里所有东西稀里哗啦全倾倒在地。我的水杯，各种药物，票据，在董局长的办公室里乱滚。尤其是我服用的那些药物，令董局长眼界大开。我低着头，把彩色的药一样一样捡起来，重新放进包里。董局长好奇地问，小骗子，这都是你要推销的商品？我笑着回答，这些是我一次服用的药。董局长感叹道，小小年纪，身体好好的，吃这么多药干什么？我解释说，病多呀，二十岁的年龄，六十岁的身体！董局长笑道，少骗些人，病就少了。为了让董局长少说一次骗子，我把包里的药放在手掌里，一口吞了一半，再喝一口水。连续的紧张焦虑，让我身体不争气，也可能是药吞多了，我猛烈地咳嗽，仿佛觉得喉咙被药片卡住了，不能呼吸。董局长见我难受，便亲自给我倒了一杯开水，放在我手里，我非常感动，但喝不下，喉咙上始终有一片药粘着，只是咳嗽。有人催董局长去开会，董局长说，等我一会儿。董局长真是个好人，他竟然耐心地等我喉咙上药片吞到胃里，才夹着公文包去开会。今天，他要召开的会是局工作人员大会，院子里的人一个不剩。也许是董局长匆忙，也许是他粗心，他没关办公室的门，径直就走了。我的麻烦来了，走还是等，真不好选择。我不知道董局长开会时间长短，走了可惜，守株待兔地等，万一会开到中途，他又走了，怎么办？我犹豫了一阵，决定还是等。等了一个小时，等来的是做清洁的工人，五十岁的大婶。大婶低头拖地，一丝不苟。我很想同她说几句，她偏偏不肯，拖完了，果断地走了。我就在局长办公室站着，站累了，又在沙发上坐一会儿。出于担心或希望的心理，我总是站着，总感觉董局长随时可能返回办公室。同头天一样，会议开到中途，楼顶上就是一片嘈杂，董局长肯定又到市里开会去了。隔壁的副局长办公室门被猛然打开，很快又砰的一声关上，皮鞋的声音越走越远了。个别科长走到门口探望了一下，看见我一个女人站在里面，飞快地缩了头，溜了。但愿他们不要产生误会，辱没了董局长的名声。为此，我站在门口，光明正大，光天化日。这样，效果确实好得多。局里有人来找局长，侧着脸扫视一下，顺便问道，局长没在吗？我点点头，那人便转身走了。小吉啊，我刘细君的忍耐力真强，从上午等到下午五点，董局长终于现身了。有人打电话说，他的办公室没关门，有个女人一直等着。董局长爽朗地笑着，屁股后，几个人也跟着笑。看见我站在门口，董局长老远便打招呼，嘿，小骗子，想赖着一辈子吗？我马上走上前，递上皱巴巴的文件，董局长用手推开了，他说，我看过了，你们那公司通不过！我绝望了，等了一整天，换来这么一句话，眼泪忍不住哗哗地淌。董局长说，哭可不是很好的表演！我说，没有表演，我真的难过。董局长说，难过也没用，讲原则，讲法律。我说，我研究过文件政策，我的公司没问题。董局长说，说来听听。我就噼里啪啦地讲，把能理解的反复讲，董局长听烦了，摆手说，真的不行。他这一说，我立马转身往楼下跑，狼狈不堪，抱头鼠窜，我想，一个女人的心理承受能力就那么大，接近崩溃了。

跑到大门外，董局长的人追上了我，劝我回去，再商量一下。我稀里糊涂，跟着他们上了楼。董局长在一个小会议室接待我，郑重其事地倒了一杯热茶，旁边还安排了人做记录。当官的就这么认真，董局长讲了半天，还是不行。我说，我不想活了。记录员说，别吓唬人，所有的话都记录下来了，你要是真死了，董局长也不会承担什么责任。我一听，火了，费我功夫，原来是为了撇清自己，当官的，你们真是干净哪。我的脏话来了，骂开了。我骂的是华阳省的方言，董局长听不懂。董局长说，先前你喊我董叔叔，冒充我侄女儿，既然如此，你还是讲云贵话吧，我们总得正常交谈吧。我神志清醒过来，便把笑二黄卖假药的经过讲了出来，我也参与了。我伸出双手说，把手铐拿来，我马上去坐牢！董局长笑道，前些年，我们荒唐市监管不到位，笑二黄这些骗子确实钻了空子，赚了黑心钱，但老百姓恨透了他们，回过头来，老百姓又恨我们，你说，我们不管行吗？董局长说，前年，荒唐市发生过一起三百个退休老人围攻市政府的事件，罪魁祸首就是笑二黄，他卖的假药，害苦了人家，本来退休金不多，身体有毛病，情绪来了，找政府的麻烦。我说，公司真不能开吗？董局长沉思良久，慎重回答道，也许可以，但笑二黄不能担任法人代表。

这样，我就成了阿瞒公司的法人代表。而笑二黄，心里想多了。骗子嘛，老婆也是不能相信的。龟儿子私下变卖公司财产，还到处欠账呢。老子四处奔波，风尘仆仆，笑二黄在背后拆台，挖墙脚，你说他可恨不？我早就听说公司里几个女大学生不大规矩，贪图他的财富，勾搭上了。老子利用公司规定，果断开除了几个，笑二黄蔫了一段时间，竟然携款和几个婊子私奔了。哎呀，老子以后招聘，什么人都可以招，就是不能招女大学生。狐狸精，尾巴藏在裤裆里，有了文化，模样诱人呢。关键是街上在卖一种书，叫什么潜规则，呵呵，这些人懂这个玩意儿，人一来，乌烟瘴气的，心里烦哪。现在，公司基本瘫痪，罪人就是笑二黄。我没有事情干，急得像热锅上的蚂蚁。人生地不熟，叫天天不应，叫地地不灵，好不容易遇到一个好人董局长，又因为笑二黄把事情坏了。

人倒霉了，喝水都噎死人。折腾几下子，身体又出毛病了。我在医院躺了几个月，人病得只剩一副骨架子，连镜子也不敢照。出院了，医生说，不要急于上班，继续疗养。我一个穷人，谈什么疗养，算了吧。我就在荒唐市到处求职，别人问，你以前干过什么，我如实填写：公司法人。公司法人还打工？我说，公司垮了。怎么垮的？还没正式经营就垮了。怪事？有什么奇怪的，就像胎儿流产一样。人家不接受我打工，工作找不了。身体越来越差，两个妹妹强行把我送进荒唐市康复疗养中心，待一段日子，看看再说。住进康复疗养中心，发现里面并不是些什么富人贵人，而是同我一样，失败者。所谓失败，就是无法过正常的生活。我的手脚无力，医院怀疑是重症肌无力，反复检查不是的。医院说，健康的，神经官能症，多运动，少胡思乱想。医院的检查只能证明我没病，但不能让我手脚有力。康复疗养中心能行吗？同我住在一起的几个病友，有真正缺胳膊少腿的，实实在在不能正常行走运动，也有和我一样四肢健全却无能为力的可怜人。我就躺着，不吃不喝，眼皮都懒得睁开。哎呀，那康复疗养中心简直就像是一座监狱，我关在里面，觉得自己出不去了。

然而，有一天，我在走廊上意外地遇到了董局长。董局长推着轮椅，轮椅里坐着一位老太婆，估计是他妈。董局长说，是我妈妈，脑萎缩。我从未听说过什么脑萎缩，那是老人常见病。人老了，全身机能衰退，脑子也跟着衰退。脑子萎缩，智力就会下降，最后就是痴呆。我帮着董局长推车，董局长才有时间擦掉脸上的汗水。董局长问，小丫头，公司批文拿到了，法人代表也当上了，怎么不去好好经营？我遗憾地说，公司垮了。董局长反问道，怎么不努力？我老老实实讲了笑二黄的劣迹，董局长笑道，也好，一张白纸上可以画最美的画，年轻人，打起精神！我说，身体又不争气，人就走到里面来了。董局长笑道，看我妈妈，她是真的有病，还如此坚强，挺过了七八年，你算什么嘛，心理障碍！我说，我是真的有困难，每天出门找工作，挣不到钱，饭都吃不上的！董局长说，过分悲观不好，努力呀，小丫头！

笑二黄一走，刘细君的精神旋即崩溃。女人的脆弱暴露出来了，她就这样给吉星场写信，倾诉她的内心。有时候，刘细君一天写三封信，有时候，两天一封信。吉星场不断地阅读，不断地回复，唯恐怠慢冷落了她。本来，吉星场是准备搞停薪留职的，担心人到了外省，一时居无定所，怕收不到刘细君的信件，他就待着，等刘细君度过这段危机再说。在内心中，吉星场有一股暗流在涌动，他想亲自去荒唐市看看刘细君。不现实，太不现实了。吉星场摇摇头，自言自语。

芦　苇

吉星场记不清自己是多少次到磨盘石了。说是磨盘石，这里其实全是泥，一块石头也不见的。很多的泥，聚集而成大泥塘，夏季一到，盛景便产生了。泥里无数的芦苇迅速长了起来，在风中摇曳。吉星场深一脚浅一脚，在芦苇丛中行走。旁边，放牛的老头说，泥塘里曾经有人陷下去，再也没爬起来的。吉星场坚持往泥塘中走，老头说，晚些时候，泥塘里有鬼会出来拖人的腿，小心点儿。吉星场笑道，无所谓，死了也好。走到塘中，攀上几株麻柳树，心里踏实了。吉星场要找的是蛤蟆兰，当年刘细君的灵丹妙药。惊走一群傻乎乎的癞蛤蟆后，一无所获，所谓蛤蟆兰，竟然是一去不复返的事物。世界上美好之物几乎都是一次性的，感情，植物，生活，无一例外。

天已经晚了，放牛的人走了。吉星场坐在新生的芦苇之上，裤子湿了，泥浆钻进来，黏结在皮肤上，好像一群毛毛虫在爬行，痒痒的。被倩倩诬陷，被杨三志敲诈，被农场的人嘲笑，被四合院的人鄙视，这样的日子把吉星场从狭小的四合院推到旷野，让他独行，重新省视过去的生活。三个月没摸过麻将了，时间变得特别缓慢。莫娜一走，打牌团伙自行解散，院子比过去冷清多了。短短两个月，农场就有十五个职工找李天才办了停薪留职手续。坐火车，飞飞机，赶汽车，粤海，福建，上海，北京，甚至云南、西藏这些地方都被描绘成了打工的天堂。办公室，只剩了一个五十八岁的老头，五十岁以下的职工齐刷刷出门，吉星场孤零零坐在一张破椅子里，望着一潭死水的南辕河，无限惆怅。流氓杨三志每个月按时来拿二十元钱，吉星场无法办停薪留职，李天才转达过杨三志的话，要是吉星场畏罪潜逃，杨三志那伙人就会杀吉星场全家。

平常，吉星场进出四合院，都低着头，他完全把自己当着一名犯罪分子了。路过二三子家门，他有意加快脚步，躲过鱼幼闪亮的目光。自从闯祸以来，他还没同鱼幼说过一句话。当然，鱼幼也没主动找他说过一句话。但是，不说话不等于没话说。沉默时间越长，想说的话越多。二三子老家发电报来说，二三子父亲病危，火速回家，准备后事。鱼幼没有一起去，这证实了鱼幼对吉星场说的话不假：他们离婚了。院子里人问鱼幼怎么没回去看望二三子父亲，鱼幼说丫丫读书没人照顾，这个回答比较勉强。

吉星场每天在办公室或家里只做一件事，拿起毛笔练字。桌子上，椅子里，床上，地面，到处是吉星场写的毛笔打字：冤枉。冤枉，冤枉，真他妈冤枉。吉星场的脸上是冤枉，眼睛里是冤枉。走路时，背上是冤枉，腿上是冤枉。他弯着腰，拖着步子，有气无力。刘婉儿遇到他，小声说，身正不怕影斜，小吉，腰杆挺直，你没错，我相信你！但是，院子里单单一个刘婉儿是不够的，张俊明两口子说话阴阳怪气，王润生不理不睬，连冯梦在厕所碰到他也要挖苦几句。

吉星场出了丑闻，红尘没打电话来长篇累牍地谴责他的罪行，只是发了一封电报，要求吉星场准备好离婚手续，她随时可能坐飞机回来。自那以后，吉星场就特别留意天上的飞机，红尘也许正坐在飞机里俯视大地上站立的吉星场呢。红尘什么人，一个粤海省污染最严重的彩塑厂劳工，有什么资格飞上天空，在云端耀武扬威同尘土中的吉星场对话？除非红尘是神，或者神经病，才会有这等昏话鬼话！吉星场对红尘的电报嗤之以鼻，直接把它撕碎了，扔在了南辕河里。有一次，岳母带着吉娃娃来拿生活费，问吉星场是不是同红尘离婚了。岳母问这样的话，非同小可！事情不简单，无风不起浪，岳母一个大山上的农民，突然关心起这个问题，绝不是个人的担心或猜测，背后一定有什么东西瞒着他。吉星场试着给红小妃打了一个传呼，看红小妃有什么反应。过了一周，红小妃才漫不经心地打来电话，说矿上事情多，她顺便问了一些红尘在外省打工的情况，提醒吉星场要主动关心红尘。对吉星场摸女人屁股的事情，半句也没提。看来，红小妃对红尘一无所知，两姊妹结下的仇怨一时还解不了，而对自己，红小妃诈骗两千元还反咬一口，她是问心有愧的。瞎猜一通，想不出所以然，干脆不管这桩事了。

吉星场用手抚摸着柔嫩的芦苇，觉得它们好像有满腹心事似的。身在异乡的刘细君为生活的艰难折磨，一个人，不正像这新生的芦苇一样脆弱吗？吉星场从未听到过刘细君如此多的倾诉，在文字里，她的辛酸，她的苦难，她的绝望，全部倾泻在他大脑里了。有时候，人是一种怪物，在身边，心却在天边。而在天边，心却在身边。从前，吉星场和刘细君在芦苇丛，如此靠近，但没什么话可说，或者，很多话不愿意说。现在，天各一方，相互之间却无话不说。吉星场捧着芦苇，贴着脸，热泪纵横。他多么希望刘细君能像芦苇一样亲近他，让他表达他心中的委屈。他躺下来了，希望在芦苇丛中做一个关于刘细君的梦。

夜风轻拂，吉星场的脸痒酥酥的，真像是刘细君的手指。月亮升起，满天光辉，芦苇丛沉浸在银白色的水雾之中，刘细君似乎身着白裙踏水而来。刘细君来了，看见吉星场倒在芦苇丛中，便蹲下来，轻声地问，小吉，受伤了吗？吉星场伸手指着胸口说，伤在里面，完了。刘细君扑在吉星场身上，一阵暖流迅速覆盖了吉星场的身体。刘细君的眼睛黑而深邃，目光像远处的星辰，闪闪烁烁。吉星场说，细君，真美，真干净！刘细君伸手摸着吉星场的嘴说，细君很丑，很脏。吉星场爬起来，抱着细君，长长叹息道，细君，我要保护你，一辈子。细君摇着头说，保护不了，一朵花落下来，下面是淤泥，是粪坑，是草地，我做不了主，听命吧！细君的泪水浸湿了吉星场的脸，冰冷的，露水一般，令吉星场瑟瑟发抖。细君说，我好冷。吉星场说，我也冷。吉星场和细君不约而同，互相搂得更紧了。细君的小嘴轻轻地碰着吉星场的脸，又碰了吉星场的鼻子，最后，碰着吉星场的嘴唇。一股热流从血里升起，在全身循环，到达嘴唇，燃起明亮的火焰。吉星场的嘴唇燃烧起来，火焰照亮了天空。吉星场觉得自己和刘细君轻飘飘地飞起来，在芦苇丛之上漂移着。离开了泥土，离开了河流，天地间只剩下两个人，在月光中，静静地望着。吉星场笑道，细君，我看穿你了！月光穿过细君的身体，水一般透明。细君笑道，小吉，我也看穿你了！月光穿过吉星场的身体，像一块巨大的玻璃。这是真的吗？吉星场用手摸着细君光滑的手臂，细君战栗着，哆嗦着，声音微弱：真的。高耸的胸脯，柔软的裙子，均匀的呼吸，时急时缓的幽香。细君抚摸着吉星场蓬乱的头发，粗糙的胡须，纤细的骨架，哆嗦着，呼吸急促：真的。吉星场腹部一股热流袭来，肢体痉挛，分明已经接触到细君温暖的小腹，圆润的双腿。我不是在做梦吧？不是的，小吉，全都是真的！细君的手用力掰开吉星场的眼皮，周围无尽的昆虫鸣叫声潮水一般涌来。真的，黑夜里，细君来了。

细君和吉星场站起来，月亮慢慢沉入远处的山脉。细君连续咳嗽，从包里拿出手电筒，寻着路，上了岸。芦苇丛沦陷在黑暗中，南辕河的水在地下低沉地流动着。细君说，吉星场，跟我走吧。吉星场说，走不了。细君说，那——你要了我吧。细君拿起吉星场僵硬的手脱她的裙子，吉星场拒绝了，细君噘起嘴巴，眼睛里射出一丝讥讽的光：小吉，我真的脏吗？吉星场喃喃道，不能这样，我心里，细君永远是干净的。细君说，已经不干净了，而且，还会更脏。吉星场说，千万不要，不可以。细君说，需不需要听我讲？吉星场说，不。吉星场拉着细君，沿着公路，慢慢走，经过南辕镇，细君犹豫了一阵说，好困啊，想找张床睡觉。吉星场说，好，你姑妈那里，去吧。细君把脸倚靠在吉星场的胸膛，听着鹅卵石一般大的心脏乱跳，说，我做梦就听见你的心在跳，比这个还厉害呢。吉星场用手指梳理着细君的头发，轻声道，我老是梦见你哭，怎么回事？细君笑道，好好的过日子，我才不会哭。细君的鼻子皱了皱，眼角闪烁着晶莹的液体。吉星场赶紧抱住细君的头，遮住她的脸说，是啊，日子好好的。细君爽朗地笑道，算啦，咱们继续走。顺着南辕河向下走，一直可以走到长江，再向南走，翻越高山峡谷，就是云贵省荒唐市。细君的手软软的，冷飕飕的，好像刚孵化出来的蛇，在吉星场的胸脯游动。小吉，跟着我走，好不好？吉星场说，细君，你想去哪里？细君说，陪我到云贵省荒唐市，两千公里的路，咱们步行，敢不敢？吉星场在黑暗中说，我不能，但我可以送你，太阳出来之前，我绝不退缩。细君笑道，也好，陪着我吧，我什么都怕，怕鬼，怕死亡，怕流氓，怕黑暗，怕走夜路，什么都怕。吉星场说，只要我活着，什么都不要害怕，尽管我是个无能之辈。

太阳出来时，从木鱼县到赤城市的公路，有了一些汽车，在山路上，缓慢地蠕动着。吉星场和刘细君正在从山上向山下的公路走，遇到一辆车便频频招手。汽车疾驶而去，卷起的尘土淹没了两人的身影。在咳嗽、打喷嚏的声音中，两人又重新走出来了。身上染着黄色的尘埃，被露水打湿后，变成一些黄色的河流，从衣服往裤子上流淌。吉星场和刘细君相视而笑，两个流浪汉，哪个司机敢停车？下了山，走到一个乡镇，总算找到一个车站。刘细君和村民挤上车，先赶到县城，再往赤城市走。刘细君从兜里掏出一封信递给吉星场，慢慢说道，想说的都在信里，不敢说的话也在信里了，慢慢读吧，想法变了可以马上纠正，我可以等。破旧的小中巴车塞满了人，司机才心有不甘，启动了引擎。走了。灰尘扬起来了，车里的人打着喷嚏、呕吐着，缓慢地移动起来。汽车启动的时候，刘细君突然冲下车来，紧紧地抱着吉星场亲吻，她的嘴唇像火焰一样印在吉星场心里。吉星场的皮肤和骨骼顿时化为灰烬，甚至他的心也不复存在。等车不见了影子，吉星场打开细君的信件，他害怕信件的内容。刘细君走了，他又迫不及待、贪得无厌，坐在公路边的石头上阅读。细君没撒谎，她是真心诚意来带吉星场走的。摆在细君面前的又是两条路，笑二黄勒令细君跟着他离开荒唐市，往上海走，董局长似乎现实得多，他准备聘请细君担任家庭保姆，专门照顾他脑萎缩日渐严重的母亲。笑二黄不准细君当保姆，道理很简单：董局长是个离婚的男人，五十多岁。细君说，笑二黄，你想多了。笑二黄说，非常简单，要么你去当保姆，要么分道扬镳。

洗脚房

吉星场身上，发生了一些莫名其妙的事。先是红尘寄了一件皮衣来，据估计，少说值上千元。但是，高温天气里寄皮衣，脑子是不是出了毛病？女人心，海底针，打工的女人特别不好说。没过多久，红尘寄来的东西吉星场就喊坐不住了。全是男人的东西：高档打火机，男性补品，男式内裤，古董……这些东西怎么来的？是不是做贼呢？吉星场很想去看红尘。这个傻女人在粤海省那边到底在干些什么鬼玩意儿？

吉星场把红尘寄来的皮衣抵押给了镇上一个煤炭老板朱元，暂时拿了五百元钱充路费。农场的假很好请，大家都出门打工，有些人还不请假呢。吉星场老老实实请假，李天才大嘴一张，乐了，说，想请多久就请多久。吉星场试探着说，停薪留职，如何？李天才想了一下，坚决地说，停薪留职也行，不过，哪天农场要人得马上回来。吉星场问，流氓杨三志怎么对付？李天才笑道，杨三志上个月就没来领那二十元钱，听说，到厦门找他女人去了。吉星场心有余悸，李天才大手一挥说，杨三志，怕他干啥，我农场这么大，哪里不让他每个月赚二十元钱？

吉星场拼尽力气，挤上了从华阳省到粤海省的绿皮火车，慢吞吞，穿山越岭，三天三夜，总算在羊未市下了车。东转一条路，西绕一条河，一辆肮脏的小中巴载着吉星场在南方炎热的天气逡巡。去粤海省前，吉星场还是给红尘打了个传呼，按照红尘的回复，吉星场来到幽浮市找那家彩塑厂一个老乡。红尘几个月前就离开了让她皮肤红肿溃烂的彩塑厂，改行在幽浮市一家洗脚房帮客人洗脚，据说比较来钱。那家洗脚房档次不高，名叫千里行，位置偏僻，多数出租车司机都找不到地方。吉星场去的时候是傍晚，红尘正忙，接待红尘的是华阳省的一个老乡，红尘以前在彩塑厂的男性工友孙子权。孙子权称吉星场为大哥，他听红尘介绍说，吉星场是红尘的表哥，也是来粤海省找工作的。红尘向别人介绍居然把吉星场丈夫的身份都篡改了，她竟然不把吉星场称丈夫了。难道进洗脚房去当服务员要隐瞒自己的家庭信息，洗脚房里有什么见不得人的勾当？吉星场觉得没必要在孙子权面前澄清红尘的歪曲，出门打工挣钱，都是萍水相逢，逢场作戏，除了钱不能是假钞，其他的可以马虎一些。孙子权问吉星场去不去彩塑厂，说那里正缺人，现在四处登报高薪招聘。吉星场看了红尘那副可怜相，就知道彩塑厂不是人待的地方，他问孙子权还有没有别的工作可以推荐。孙子权一个劲儿地赞扬彩塑厂，说老板是香港人，对工人最大方，可以在宿舍用电炉做饭。孙子权遗憾地说，红尘本来是彩塑厂最能干的员工，没想到皮肤过敏，辞职不干了。

孙子权在彩塑厂是一个部门主管，专门在彩塑厂附近租了一间房，偶尔可以做些家乡菜改善生活。孙子权上夜班去了，留下吉星场在屋里守着一台 12 英寸的黑白电视机。房间里太压抑，吉星场关了房门，一个人到街上溜达。幽浮市的洗脚房遍地林立，大街小巷，都是闪烁的霓虹灯。抱着好奇心，吉星场大胆地走上一家名叫足爽斋的洗脚房，他想看看红尘是怎样工作的。门口身着白色衬衣的小伙子非常热情而有礼貌问他，需要什么样的服务，吉星场问要多少钱，对方报了一连串价格，吉星场一个也不敢答应。他赶紧退了出来，继续在大街上溜达。除了洗脚房，幽浮市的卡拉OK厅也是随处可见，新修的大楼顶端矗立着巨幅的霓虹广告牌，黑洞洞的天空中跳跃着这些发光的彩色妖精。天空之下，来来往往的车辆和行人，随着路上的灯火到处流淌，黑暗的低处，流窜着热带亚热带植物的根须。吉星场走在大街上，分明感觉到空气中汹涌着的是各种陌生的欲望气息，肆无忌惮侵袭人的肉体。呈现在人们眼前的面部器官，无不疲惫和焦躁。刚刚下班的女工，简陋的工装散发出来的是一天的汗臭和化工材料的异味，吉星场一闻到立刻就晕眩起来。那是红尘的身体残留在吉星场大脑里的一种记忆，比乳房和下体散发出的气味更令人刻骨铭心。在吉星场的印象中，红尘一直在反复用香皂和沐浴液清除她从南方工厂带回家的古怪气味，但归于失败。从卡拉OK厅和洗脚房走出来的男人身上散发出的是另一种芬芳得令人发狂的气味，吉星场仿佛看到了狮子巨大的头颅在森林摇晃，狮子的脚下，匍匐着的是柔软的夜晚吹来的风。吉星场没有再回到孙子权的住处，他不希望孙子权透露出红尘更多令自己尴尬的消息。

第二天上午，吉星场给红尘打了传呼，红尘刚刚下班，她和另外七个洗脚妹合租了一套房子，回电话必须下楼跑到大街上。红尘穿着一件粉红色吊带睡衣，她在彩塑厂皮肤过敏留下的黑色瘢痕暴露无遗。吉星场注意到红尘的手，比以前更为粗壮，手指涂抹着养护油，关节处有明显的变形。红尘的脸因为缺乏日光照射，略微有些苍白，仿佛沉沦在深沉的夜色里。在楼下等了半个小时，红尘终于打扮完毕，看起来才像个正常的人。红尘带着吉星场溜达，走进一个正在修建的公园，新移栽的巨大树木像一些尸体一样陈列在混乱的泥土之中，了无生机。先前野生的树木被巨大的铲车掀翻，枝叶散落在地上，好像刚刚经历过一场台风。红尘带着吉星场钻进一截巨大的水泥管道，那是准备用着污水排放的。两人蜷缩着身子，像虫子一样搂在一起。吉星场捧着红尘的双手，怜惜不已。红尘做梦般地说，洗脚是不是很下贱？吉星场没说话，他的鼻子嗅到红尘手上一种特别的气味，胃里开始翻腾起来，想要呕吐。红尘把手指伸向吉星场的鼻孔，嗅了嗅，笑道，手已经反复消过毒了，没有脚的味道。吉星场推开红尘，一个人先从水管里爬了出来，站起身，望着蓝天白云出神。红尘躺在水管中，自言自语道：先把手艺学到家，两年后，回华阳省去开一家洗脚房，每天挣一万元钱。吉星场听了，暗自发笑，也在自言自语：我现在是你的表哥，两年后，恐怕是你表哥的表哥……红尘笑道，没办法，外面打工的人，说谎更安全一些。吉星场冷笑道，表哥可以有很多个，老公呢？红尘一下子从水泥管里冲出来，抓住吉星场就开始打耳光。吉星场人高马大，红尘基本上是做假动作。打累了，红尘瘫倒在地，笑着说，老子在粤海省挣血汗钱，你在家里摸别的女人屁股，摸一下一千元钱，太不公平了。红尘这句话好像一把尖刀插进了吉星场心窝，他痛得牙齿战栗，但又说不出口。红尘见吉星场保持沉默，愈是愤怒，她建议吉星场到按摩店去消费一次，那里女人个个像邓丽君，屁股随便摸，一分钱不花。吉星场不想同这个丧失理智的女人继续交谈，他冷笑道，既然你也跟着别人不相信我，想怎么说就怎么说吧。红尘正想说下去，钱包里传呼机突然响起来了。看了看传呼机，她赶紧抓起钱包，要去打出租车。吉星场笑道，什么事？我可以一起去吗？红尘说得干脆：不。吉星场笑道，如果我非要去呢？红尘笑道，我的事情，关你屁事！吉星场摆摆手说，算了，算了，我是开玩笑的。红尘冷笑道，无赖，大流氓，谁同你开玩笑！

红尘一上出租车，吉星场也跟着叫了一辆，紧紧尾随。哪知红尘坐的出租车拐了几个弯，吉星场的出租车就跟不上了。出租车司机问吉星场到哪里，吉星场对幽浮市一片茫然，他尴尬地笑道，返回上车的地方吧。司机骂道，你有病吧？吉星场狠狠地说，少废话，老子给钱就行了。吉星场在街上连续找了几个公用电话拨打红尘的传呼机，都没有回复。吉星场再次来到新建的公园，无聊地闲逛，希望红尘能返回原地。从下午等到黄昏，肚子咕咕叫，腿酸了，腰直了，红尘没有出现。吉星场到附近一家小店吃了碗白粥，看见旁边有一架红色公用电话，上面涂着发亮的黑油，重叠着无数的手指印。兴趣来了，又给红尘打了传呼。没有半点儿回应，就像朝着大海扔了一块石头。越是失望，越是执着，吉星场的牛脾气犯了。每过二十分钟，吉星场就拨打一次红尘的传呼号码。公园附近二十来家公用电话打遍了，天色暗了下来，吉星场彻底死心了。呼啦啦一阵风，街面又泼下雨水。吉星场猫着身子，钻进巨大的水泥管，闭上眼睛打起盹来。不知道过了多久，吉星场从梦中醒来，外面仍然在下雨，沙沙作响的雨声好像红尘缓步而来。中间，有几对谈恋爱的男女嘻嘻哈哈钻进来，被吉星场尖锐的咳嗽吓跑了。夜色如此浓郁，每个时间单位都被雨水拉得更长。雨停了，吉星场才把酸痛的身子从管子里拖出来，摆放在街边的灯柱子下。污水中，身影模糊。红尘还是打的过来的，没下车，只是拉开车门，伸出一只瘦长的手臂。红尘把吉星场带到一家宾馆，开了一个一百五十元钱的标间。这是吉星场有史以来最奢侈的一晚住宿，但钱是红尘掏的。

红尘要吉星场先洗澡，把身上的雨水洗干净。雨水里有很多细沙，红尘说，沙是从海边吹过来的。这几年，海边沙地垒起来，说要搞什么沙雕。沙雕无非就是些什么裸体女人，搞好了，谁会傻傻地看那个假的呀，幽浮市满街是袒胸露乳的小姐，有血有肉，风情万种……只是干旱的风一来，沙从峡谷飞过来，散落在幽浮市的房子和树上。下不得雨了，下雨就是下沙，遍地沙。吉星场用手拼命揉搓身体，巴不得把皮肤皱折里的沙粒排挤出来。洗完澡，吉星场一身猩红，好像一只煮熟的大虾子。红尘伸手摸了摸吉星场的胸脯，自言自语道，怎么成了个火鸡样子？轮到红尘洗澡了，她熟练地脱光了身子。拐着脚步，摇晃着一对细长的乳房，弓着腰，屁股缝隙闪了一撮毛出来。吉星场双手把红尘捧起来，放在床上，从头到脚，细细地看了一遍，发现红尘比以前黑多了。除了乳罩和裤衩的痕迹是白色的，其他地方黑得像刷过漆似的。吉星场覆盖在红尘的后背上，他见不得红尘屁股缝里异样的白，好像故意透露给人的风骚，必须加以扼杀。红尘咯咯咯咯地笑，两瓣屁股剧烈地颠簸，三下两下，吉星场瘫软下来。红尘爬起来，猛然骑在吉星场身上，又把乳房上的白色暴露出来，大幅度地动荡。吉星场闭上了眼，那白色仍然撕开了眼皮。红尘拿出洗脚房的功夫，帮吉星场按摩脚趾，问吉星场是否舒服。吉星场说，舒服死了。红尘说，当然啰，你龟儿子一分钱不花，这么高档的享受。红尘话未说完，吉星场突然把红尘掀翻在床上，迅速地跳下床，穿上衣服裤子，连鞋子都穿上了。红尘狼狈不堪，保持着被袭击的姿势，仰躺着，大腿张开，露出一团混乱的阴毛。吉星场抓起沙发上的衣物，胡乱扔在红尘身上。红尘脸红红的，眼里放射着光，兴奋地说，小吉，天亮还早着呢。吉星场粗暴地说，把衣服穿上，我想说话。红尘不情愿地穿上乳罩和裤衩，整个身体像个非洲人，嘴里不时出现牙齿的白色：神经病呀，小吉。红尘把吉星场摁倒在床上，滚烫的身体又挤压过来。粗重的呼吸，夸张的笑，柔软的腹部，最后，是红尘有力的两条大腿，中间凹陷部位的液体涌了上来，吉星场受不了，再次粗暴地掀翻了红尘。红尘穿上裙子，学着吉星场穿上了鞋子。吉星场低着头，不说话。红尘笑道，正规的洗脚是保健，你不要想邪了。吉星场说，电视上说，有些洗脚房就是……红尘冷笑道，你想说卖淫是不是？吉星场摇着头，说不出话。在他脑子里，红尘正赤身裸体骑在陌生男人的身上，乳房和屁股疯狂地摇晃，一个，两个，三个——尽是陌生男人，真他妈恶心。红尘冷冷地望着天花板，自言自语道，卖淫的地方多着呢，宾馆、茶楼、电影院、卡拉OK厅、出租屋，甚至公园……吉星场赶紧求饶：不要说了，好不好？红尘笑道，龟儿子，把老子想象成妓女，怪不得这么难受，哈哈哈！吉星场眼眶一湿，鼻孔里冒出一串液体。红尘伸手擦掉，安慰道，小吉，难为你在家担惊受怕了，既然这么不放心我，我帮你找一份工作，租一个房间，每天互相守着，怎么样？吉星场点了点头，脸上有了一丝笑意。

红尘带着吉星场四处找工作，决心要男人离开南辕镇那个是非之地，尤其不能欠鱼幼那女人的钱。吉星场运气好，不怎么费力就在东莞一家台资企业找到了工作，当文员，上班不费力。红尘满意地回幽浮市学她的洗脚技艺去了，她的梦想正燃烧着熊熊的火焰。开店当老板，再生一个小孩，挣的钱比黄山的煤矿和二三子的照相馆加起来还要多，最好让鱼幼来给自己打工。红尘这样述说梦想的时候，吉星场也在静静地思考。不知道红尘为什么那么恨鱼幼，鱼幼是自己的恩人、好朋友。然而，吉星场在东莞还没干上二十天，红尘就急忙要求他回老家去。多事的岳母有事无事总是和邻居扯不清，两家好起来可以煮一碗饭分半碗吃，一有鸡毛蒜皮的利益纠纷，立马翻脸。邻居王小毛的爹爹死了，地理先生在三百梯转悠了四天时间，死者的尸体都变味了，终于选定了一处墓穴。但这处墓穴的位置在岳父最好的一块包产地中，王小毛知道红树林两口子不好交涉，先后请乡长、村长和社长喝酒商量，甚至请黄山的父亲黄彰武出面做工作，总之，王家的老人是非要埋在这里不可。起初，红树林不同意，王小毛让红树林在全社的包产地中任意选，看中那块地就告诉王小毛，剩余的事情王小毛自己处理。红树林和老婆商量了一通夜，天亮的时候总算答应了，王家赶紧找人去那块地里挖墓穴。红树林的老婆基本上同意换地，事情还算顺利。哪知中午的时候，红树林的老婆头晕，躺在床上做了一个怪梦，醒过来后便反悔了。老太婆梦见王小毛的爹走进屋来用手掐她的脖子，她快憋死了，拼命喊叫，好歹才挣脱。红树林不相信，老太婆就让他看脖子上的淤痕，紫色的一大片。红树林吓坏了，赶紧找王小毛商量，王小毛找来本地最有水平的阴阳，希望妥善解决问题，绝对不能把他爹当恶鬼收拾，毕竟还未出葬，还是自己的亲爹，当然，也不能危及红树林老婆的性命。为此，王小毛又掏了五十元钱。第二天上午九点，王小毛的爹将会准时出葬。晚上，睡到三点钟左右，红树林的老婆又大嚷大叫起来，说是王小毛的爹用刀子撬她的牙齿，血流了一床。红树林点起煤油灯，把一张床翻来覆去照了几十遍，没发现半点血痕。红树林认为老婆真的有问题了，又找王小毛商量。王小毛这次火气很大，为此事，一让再让，王家已经没有退路了。出殡的时刻和路线是地理先生确定的，如果发生变故，触怒鬼神，后果不堪设想，王家的亲属肯定不会善罢甘休。红树林只得请村长给黄彰武打电话，黄彰武是亲家，在红树林老婆眼中，相当于皇帝。黄彰武哭笑不得，他坐着黄山的摩托车，总算在八点钟赶到了三百梯。这次，红树林的老婆没买黄彰武的账，黄山来劝导也被骂退。结果，红树林的老婆把黄山一家人得罪完了，黄彰武明确发话，李家惹的祸黄家一概不管。

红树林的老婆跳进挖好的墓穴里躺着，说王家如果要埋死人就把她一起埋下去。王小毛的两个儿子忍不住了，在社会上叫了几个青年扮演成王家的亲戚，硬生生把老太婆拽了起来。老太婆趁势躺在墓地上喊痛，说王小毛家的人打了她，严重内伤。王家的人吓得没人敢去扶她，最后，红树林只得出面，把老婆连抱带哄拖回家，放在床上，让她继续呻吟叫骂。红树林让人给红小妃打电话，说老太婆被王家的人打成重伤，躺在床上下不了床，很快就没命了。红树林催得急，红小妃这边却没当回事，过了四五天，红小妃才一个人坐着摩托车回来看望母亲。黄山和黄彰武压根儿不相信老太婆会被王家的人毒打，王家三亲六戚中没有一个工作同志。女婿没回来，老太婆觉得这场戏演不下去了，就这样输给王家，这个面子丢大了，必须挽回来。她躺在床上，把红树林骂走，红小妃来也骂走，外孙女也不带了。红树林慌了神，以往出了问题还可以依靠红小妃，现在，只好跑到镇上给红尘打电话，请她和男人赶紧回来，说吉娃娃的外婆快死了。红尘不相信，打电话问红小妃，红小妃没说别的，只是请他们赶紧回来。

红尘订了两张飞机票，连拉带拽，把吉星场塞进飞机，不到两个小时，就从羊未市飞到了华阳省国际机场。接着，红尘又叫了一辆出租车，山呼海啸，狂奔八百里，直达尘土弥漫的南辕镇。接着，两人上了一辆摩托，直接飞上三百梯。因为匆忙赶路，吉星场把一只玩具熊丢失在华阳国际机场外的出租车上，他只好空着手，蹲在地上，等待偏偏倒到走路过来的吉娃娃扑入他的怀抱。得知母亲耍横的真相，红尘哭笑不得，自己好不容易才把男人从南辕镇这个鬼地方拖到粤海省打工，母亲这一糊弄又前功尽弃。麻烦还在后面，母亲一直嚷全身痛骨头痛，说王家把她打成内伤，要么赔医药费，要么就找人把王小毛的老婆也打成重伤。红尘找吉星场想办法，吉星场说，和尚头上捉虱子，明摆着的，没法。毕竟是自己的娘，红尘找了一辆摩托把母亲带到区医院去体检，多少得保住老人家的面子。区医院给老太太做了全面体检，当然检查不出她被人打伤的结果。不过，医生专门告诉红尘，说老太太患有三高，尤其是血压高得吓人，必须服药，还要避免生气发怒，不然，说不定哪天就中风了。

红尘赶紧打电话给红小妃，让她商量对策。两个女人凑到一起，不知怎么办。关键时刻，女人还是没男人有头脑。吉星场建议，两姊妹先各拿五百元钱出来，哄住老太太，说是王家赔偿的医药费。红尘说，不行，老太太自己明白没受伤，高血压要服降压药，如果她不吃药的话，那不是麻烦更大了。吉星场说，先让老人家息怒要紧，她现在要的是一张脸。吉星场的灵丹妙药暂时让老太太喜笑颜开，她公开夸奖红尘有孝心，说先前看走眼了，黄彰武一家帮着外人说话，以后靠不住。红尘立刻帮红小妃说话：大姐也出了力。红小妃确实出了力，她一个人出了一千元，没要红尘出五百元，也算是变相还了红尘五百元钱。红小妃没说那两千元钱的事情，红尘也不好追问。两个女儿关系有了缓和，也让老太太高兴，她吩咐红树林把一千元钱锁进小木箱。处理好这场风波，红尘直接在南辕镇坐长途客车走了，她要吉星场暂时留下来，一定要在最短的时间内让老太太服用降压药，不能让那一千元钱躺在小木箱里睡大觉。吉星场心想，人要脸，树要皮，老太太该吃什么样的药他已经告诉了岳父，哪用得着一个当女婿当面戳穿老太太的底呢。他要求同红尘一起坐车，红尘似乎极不乐意。洗脚是最不愁找不到的工作，红尘这样慌张，总是在遮遮掩掩，到底怎么了？吉星场没当面追问，红尘头天坐车，他第二天就坐车，两人到达幽浮市的时间前后相差不到半天。红尘坐的那辆车路上出了故障，一车人在华阳省与云贵省交界的大山上困了近十个小时，红尘在山里受了凉，一路呕吐，像当初怀孕那种反应。吉星场开玩笑地问是不是怀上了，红尘正有这种担心。不过，去医院检查，医生说，是感冒症状。吃了两周感冒药，红尘的呕吐症状似乎不见减弱，而且，小腹部位开始肿胀、疼痛，月经也不来。这一下，吉星场紧张起来了，他赶紧带红尘去正规医院检查，结果，宫外孕。吉星场要求红尘停工休息一段时间，好好治病。红尘舍不得花钱，何况刚刚回家花了一笔钱，眼下手头上空空的。两人在一条流淌着臭水的河边商量了半天，最后的意见还是先挣钱，边挣钱，边治病吧。

意 外

红尘的病让吉星场懊恼不已，他怎么也想不到女人居然会得这样的怪病。红尘红着脸说，都怪你这头蠢驴，学着录像里那些坏人。吉星场心里纳闷，反复地回忆那几个屈指可数的日子，应该不会出什么问题。他邀请红尘一起回忆，红尘又气又好笑，吉星场居然把刚结婚的事情同最近几个月的事情混在一起。红尘确认了一个日子，就是吉星场来幽浮市，在宾馆的那一次。吉星场觉得不太可能，只不过……红尘咬牙切齿地笑道，你一副饿相，当时巴不得连骨带肉吞了我，现在，吃饱了，还赖账。吉星场嘿嘿笑了两声，笑道，会不会是你，在别的地方……红尘毫不客气批了吉星场两个嘴巴，红着眼，像一只发怒的猫：吉星场，你怀疑我和别的男人，是这个意思吗？吉星场急忙赔笑，连说没这个意思。吉星场的脸是无辜的，一点点不信任流露出来都不能掩饰。红尘那里激起了狂风巨浪，她要吉星场马上滚回南辕镇，眼不见心不烦，要不马上离婚。一连三周时间，吉星场打传呼她都不回，他只得去千里行洗脚房那个鬼地方直接找人。

红尘上班的洗脚房并没有想象中的那样偏僻，周围还有两家银行和一家高尔夫球场，只是位于经济技术开发区，属于城市新开发的地方，本地很多市民不熟悉罢了。吉星场早晨六点就出门转悠，找到这家店已经是晚上八点，洗脚房的生意最好的时候。门口值班的小伙子听了吉星场的介绍，又把吉星场的身份证拿去屋去询问，红尘才双手滴着按摩油低头出来。吉星场问红尘身体怎么样，红尘笑道，又没看医生拿药治疗，你说会怎么样？吉星场抓住红尘的手要她跟着他走，红尘坚定地摇头，随后，摆脱了吉星场的抓扯。吉星场说，今晚下班跟不跟我走？跟我走，我就在门口等；不跟我走，我马上回华阳省。红尘犹豫片刻，声音软了下来：如果你有耐心等的话，你就在门口等吧。说完，一转身就进门去了。吉星场不好意思站在洗脚房门口，跑到附近一片荔枝树林边散步，没走多远，就听到树林里传来狼狗的嚎叫，后面跟着的是守林人的吆喝。他只好退回来，蹲在银行大楼下的停车棚消磨时光。晚上十一点，银行的守院人用手电筒光把阴暗中的吉星场驱赶到街上，哐啷一声，铁栅栏门锁上了。

南方的云薄薄的，在城市的高楼顶上染了些墨黑的夜色，遇着一阵风，淅淅沥沥，就是漫天的雨水，顷刻间扑面而来。吉星场一件衬衣，被雨浇透，他打着响亮的喷嚏，像一头急于逃出陷阱的野兽。洗脚房店门口值班的小伙子不知去向，吉星场大胆走进去，沿着幽暗的楼梯直接上了二楼。一张绘有热带海洋和植物的巨幅屏风，在霓虹灯光的映衬之下，宛若仙境，令人神往。绕过屏风，一间雪亮的房间横在眼前，屋子里有一排精致的沙发，一位留着髭须的胖男人斜躺在上面打呼噜。房间的另外一个方向，是两个小男青年在抽烟聊天。

吉星场估计这是休息室，壮着胆儿，大摇大摆闯了进去，靠着胖男人躺在沙发上，不由自主打起盹来。迷迷糊糊，吉星场觉得自己睡在一块玻璃上面，上下左右，都是悬空而透明的。他看不见自己的手和脚，好像只有一张脸，在灯光中游来游去。一慌张，尖叫起来，人就醒了。

沙发上的胖男人走了，留下一摊汗液的痕迹，还有酒醉呕吐的气味。整个房间除了雪白的灯光，已阒然无人。吉星场像个孤魂一样，目光在巨大的玻璃墙上漂移，室外偶尔闪过的车灯光，仿佛裹着黑色的外衣，无声消逝在远处。凌晨三点钟后，洗脚房开始收工，洗脚妹们踏着沉重的脚步，打着呵欠，开始回集体宿舍休息。焦灼不安的吉星场看见红尘提着包，摇晃着她高大瘦削的骨骼走过来，他才如释重负，迎上前去。

两人在下楼梯时，吉星场被一名身着白衬衣的青年男子叫住，被告之楼上有人找他。吉星场莫名其妙，他与这里的人素昧平生，谁会找他？他让红尘在楼下等两分钟，然后随那男子穿过一长排洗脚的小房间，最后，走进一个非常宽敞明亮的大厅，大厅里摆着巨大的盆栽植物。在盆栽植物的掩映之中，是一副金属秋千，秋千上坐着的正是方才那个留着髭须的胖男人。胖男人眯着眼睛，嘴里打着饱嗝，看样子酒还没醒。

青年男子干巴巴地说，这是我们的老总，他刚才在休息室丢了一部摩托罗拉手机。吉星场茫然地看着胖子，胖子没有开口说话，也没张望。吉星场看过电视，电视上说一部摩托罗拉要值一万五千多元。他摇摇头说，不知道。青年男子提醒吉星场回忆，刚才在休息室看见什么没有，吉星场说，他进了休息室就开始打盹，后来睡着了。青年男子听了，转身去找店里的服务员，店里一个模样标致的姑娘面带微笑，用婉转动听的普通话把吉星场领到休息室，请吉星场帮忙找一下。

吉星场生气地说，我为什么要找？姑娘道歉道，客人是我们店的贵宾，得罪不起。吉星场说，那是你们店的事，与我无关。姑娘轻声说，那好吧，接下来的麻烦你自己解决了。门外很快来了两位彪形大汉，他们的肩膀上都绣了一条青色的龙，皮肤上流淌着汗液，看上去，好像烤炉上悬挂着的烤鸭，吱吱地冒着一缕缕青烟。一个大汉靠近吉星场，用肩膀轻轻碰了一下，吉星场被撞得几个趔趄。吉星场心想，遇到大流氓了，不出血就要折财。彪形大汉挟裹着瘦高的吉星场来到那个胖子面前，等胖子发话。

胖子说，那就搜身吧。两个大汉推搡着，四只手像熊爪一样，几乎撕裂了吉星场的衣服和皮肤。搜了一遍，什么也没找到，两个大汉气咻咻地说，老大，要不要打他一顿，不然，这家伙不会认账的。胖子这才抬起傲慢的脸，笑着说，外地佬，你想挨打吗？吉星场自动地把衣服脱光，翻给胖子看，然后，非常诚恳地说，老大，如果你还要还要怀疑我，我只有把肚子划开，让你在肠肝肚肺中去找了。吉星场故意用手指着自己干瘪的肚腹，让胖子相信。两个大汉恶狠狠地骂道，混蛋，竟敢威胁我们，让你尝尝我们的拳头再说！

两个家伙才出拳，吉星场就被打倒在地，鼻子嘴角立刻出血了。这个时候，红尘突然冲了进来，厉声高呼：谁敢打我男人！两个蠢家伙一愣，红尘敏捷地猫身，一把拉起吉星场，再把她那张几乎由骨头构成的脸对着胖子，黑黑的眼眶里喷射出愤怒的火焰。胖子咳了一声嗽，缓缓站起来，两个蠢货乖乖地闪开，等他吩咐。胖子侧视着红尘，轻蔑地笑道，你们两个真的是夫妻？吉星场诚恳地点着头，眼里流露出冤屈，希望胖子放过他们。胖子笑嘻嘻地看着吉星场问，这位先生，你可能不知道，摩托罗拉值多少钱？大哥大呀，我丢了它，还能当大哥吗！

吉星场抗议道，我已经脱光衣服搜身了，你们还不相信我是清白的吗？胖子冷笑道，清白个屁！这种场合出入的人，哪个敢说自己清白！红尘笑道，先生，这是什么场合？你的意思是说，你也是不清白的么？胖子勃然大怒，吆喝两个大汉过来，下令道，给我继续搜身，这个女人也一起搜！

红尘赶紧高呼经理的名字，洗脚店的经理也是个胖子，畏畏缩缩地递烟给胖子，被胖子一巴掌推了一个趔趄。胖子告诉经理，他的摩托罗拉在休息室丢了，必须帮他找回来，不然，明天就有人来封店。经理点头哈腰，喊来一个姑娘，让她搜红尘的身。姑娘抖抖索索，从头到脚，把红尘的衣服摸了一遍，什么也没有。接着，又打开红尘的坤包，把里面的东西倒了一地。吉星场私下从未翻过老婆的包，现在，他也充满了好奇心，看着地上躺着的物件。化妆品，口服药，贴着吉娃娃照片的小镜子，纸巾，这些都不怎么稀奇。奇怪的是包里居然放着一只XO酒瓶样的高档打火机，还有两只塑料盒装的避孕套。

胖子鄙夷不屑地看了一眼，盯着洗脚店的经理说，这个女人很坏，应该脱光了衣服检查。肥胖的经理讨好地笑道，她好歹是我们店的员工，脱衣服检查恐怕不好吧。胖子发狠道，必须脱！这种女人我们见得多，偷来的东西还有放进子宫里的！吉星场抗议道，脱女人衣服既不道德，也违反法律，我要控告！一个大汉扬起手，掌了吉星场的脸，鼻血又流出来了。

红尘冷笑道，脱衣服有什么了不起，我这么丑，恐怕没哪个男人会感兴趣吧。她就当着几个男人，把衣服脱了，连裤衩也从大腿上取了下来。胖子这才满意地转身走了，一边走，一边警告胖经理，以后店里的洗脚妹管理要严格一些，如果再发现避孕套，就会取缔营业资格。胖经理满头大汗，哼哼哈哈地把三个人送走了。

红尘随着吉星场步行，从开发区走到老城区，将近两个小时没有说一句话。吉星场找了一家便宜的旅馆，租了一个没有窗户的小房间，价钱比其他房间低。两个人坐在床边，各自低着头，满腹心事。夜晚过去，房间内的灯光依然灿烂如雪，房间外的走廊上响起一串又一串脚步，一天的忙碌开始了。吉星场被打肿的鼻子缓慢地渗出血丝，他不时抽一下鼻孔，听起来就像在哭泣。红尘伸手来安慰，吉星场恶声道，别碰我。红尘长叹数声，自言自语道，虽然你不会相信我的解释，但有些事情我还是要说出来。吉星场冷笑道，不需要了，任何人都不是傻子。红尘低声哽咽道，店里有人陷害我，说了你也不会相信的。吉星场口气僵硬，一句话分了三部分才表达完毕：洗脚房——我的猜测——就是这样……红尘立即声辩道，傻子，你还想不明白，我只是学手艺。吉星场说，这话对我没用了。

离婚

为了省钱，吉星场还是乘坐长途包车，从粤海省途径云贵省，再翻越崇山峻岭，回到华阳省木鱼县南辕镇。在停薪留职出外打工的职工中，吉星场出去最晚，返回最早，这引起了农场的议论。李天才问吉星场是怎么回事，这么好的政策不懂得利用。吉星场说自己水土不服，过去后三天两头腹泻，搞得人走路都没力气。四合院里的人看法不一样，刘婉儿私下觉得吉星场软弱无能，一个大男人不出门挣钱，回农场来挣死工资，太没出息。吉星场人也老实，别人想方设法问粤海省那边打工的情况，他一概不予回答。最初几天，冯梦怀着崇敬的心情向吉星场请教，他也想出门打工去。老冯觉得在镇上跑摩托不挣钱，人辛苦不说，人身安全也得不到保障。吉星场没多的话，只是简单地说，家里人好，一家人好。

晚上，老冯和刘婉儿躺在床上，叽叽嘎嘎，欢愉至极，老冯鼾声如雷，刘婉儿大脑仍然浮想联翩，想到吉星场那副窝囊相，忍不住有了一百个庆幸：细君这死女子，要是同吉星场这个废物一起过日子，那多糟糕呢。吉星场结婚几年，在四合院过的还是单身汉生活，衣服、被单从未洗干净过。多事的刘婉儿总要帮吉星场取下来，重新洗一遍。这时候，老冯心里免不了吃醋，酸溜溜地警告：不准。刘婉儿说，小吉真可怜。冯梦说，我吃醋了。刘婉儿笑道，老冯，我们这把年龄可以当吉星场的父母了，可别想歪了。我们的几个子女常年在外打工，每次看见吉星场，就会想起他们来，我这当妈的，心里痛啊。老冯安慰道，再过五年，我就退休了，到时候我们一起到子女那里，随便哪一个都可以，帮他们做饭、洗衣、带小孩。

从粤海省回来，吉星场才渐渐发觉自己走路真的没有力气了。他后悔自己不该撒谎骗院子里的人，和红尘之间下一步该怎么走，他一点儿主意也没有。他没去三百梯，吉娃娃的生活费是岳母到农场来拿的，吉娃娃自然也来了。外公外婆养吉娃娃，吉星场省了很多事，他只是按时掏钱，别人说这是福气，吉星场却不这样认为。吉星场希望在吉娃娃身上找到更多自己的影子，他的努力越来越被证明是枉费心机。吉娃娃快两岁了，长相越来越像外婆，连走路、说话，甚至性格都像外婆。他非常担心吉娃娃以后会长成红尘一家人那副模样，那将会是一场家庭的灾难。粤海省分手后，红尘再没给吉星场寄过任何东西，吉娃娃那边，寄的东西却越来越多越来越贵。吉娃娃打扮得像个城里的孩子，手里拿的玩具也是内地商场没见过的。反倒是吉星场这边，除了吉娃娃的生活费，他还得继续支付那笔摸屁股的钱。眼明的岳母大概看出了吉星场和红尘有些什么，但又不好明白地打听。

吉星场太穷了。吃的穿的，连农场上的临时工都不如。岳母说，如果工资发放不及时，吉娃娃的生活费可以暂时不拿，反正红尘那里三天两头在寄钱寄东西。吉星场坚持要给钱，吉娃娃是他的，给了钱，心里踏实。岳母偶尔把农村种植的蔬菜水果拿点儿来，吉星场一定要变着法子加倍地支付现金，他不能让岳母吃亏。这样一来，吉星场时常陷入吃了上顿愁下顿的困窘之中，但他不能让别人知道。饥饿时，他就坐在屋子里大声地读书。读着读着，声音就小了下去，人饿晕倒，就当是睡着了。吉星场这样硬撑，到底没能坚持多久。一个一米八左右的成年男子，每天吃两个馒头或者几块饼干，饿到身子只剩下一根脊柱连着几根排骨，一张严重缺乏营养的脸在阳光里几乎失去血色。有一次，他竟然晕倒在厕所里，冯梦像扛着一根竹竿一样，扛着吉星场朝医院飞跑。刘婉儿一身肥肉压迫着她的呼吸，紧紧在后面追赶，全身上下的脂肪流着汗，好像正在融解。

吉星场躺在病床上，输的液完全是营养性的，没有什么可以治疗。区医院的医生根本不相信吉星场是饥饿造成的贫血症，八十年代以来，就是纯粹的农民也很少听说饿饭饿成这样。出于怜悯，冯梦从他辛辛苦苦骑一周摩托挣的血汗钱中取了五元钱送给吉星场，吉星场果断地拒绝了。背着冯梦，刘婉儿从内衣里掏了一百元塞在吉星场手里，吉星场当然不会接受。刘婉儿凑在吉星场耳朵边，说这钱是细君托人转送来的。吉星场一听到细君这两个字，垂死的眼睛里立刻焕发出求生的欲望。他立即从病床上坐起来，问细君现在情况如何。刘婉儿不过是随口撒了个谎，吉星场居然信了。哎呀，这笨东西，老命都保不住了，还对细君一往情深。刘婉儿为了让第一个谎言更真实，随着制造了第二个谎言。她说细君同丈夫做药材生意发了，现在至少有一百万资产，在华阳省省会芙蓉市买了三个门面，每年光租金就可以收十来万。一百元，九牛一毛，哈哈。起初，吉星场眼睛里燃烧着的是熊熊烈火，刘婉儿话说完后，烈火已浇灭，吉星场眼睛再度暗淡无光。提到钱，吉星场的骨头立即变软，他不再追问细君怎么样了。刘婉儿说，细君一直很关心吉星场，一百元算是表达一种心意吧。听到这里，吉星场眼眶湿了，马上收下刘婉儿手里的一百元钱。

吉星场从医院回到农场四合院后，刘婉儿又把家里的鸡蛋和猪油偷了一筐送到吉星场屋里。吉星场不好意思推谢，院子里农场家属多，一有风吹草动，立刻满城风雨，哪里见得这么贵重的礼物呢。刘婉儿替侄女向吉星场道歉，说吉星场这样落难细君也要负一些责任，要是当初细君同吉星场结婚，说不定今天……吉星场苦笑道，我这副窝囊相，哪有能力养活老婆孩子。刘婉儿夸奖吉星场头脑聪明，前途远大，应该继续读书，考研究生，以后升官发财，光宗耀祖。刘婉儿乱说一通，不过图的是自己痛快。好心人说话是不讲究策略的，刘婉儿给性命危在旦夕的吉星场注射了一剂强心针，吉星场受了刺激，神经亢奋，便发誓要认真读书。一定要把书读通透，读出个功名利禄。

次年七月，一个周末，红尘到农场来了，同时来的还有他的连襟黄山、大姨子红小妃、岳父红树林、岳母和女儿吉娃娃。刘婉儿开玩笑说，吉星场得大出血了，至少要到镇上客来喜饭店办一桌山珍海味吧。吉星场说，哪来的钱？他准备去农贸市场买两斤五花肉和一条草鱼，岳父最喜欢吃回锅肉，岳母最喜欢吃鱼。红小妃冷冷地摆摆手说，这顿饭她请，客来喜饭店。一大家人热热闹闹坐了一桌，吉星场还陪岳父喝了二两烧酒。吃完饭，红小妃问吉星场下一步干什么，吉星场说回四合院看书。红小妃不客气了，她警告吉星场不要每件事都让别人提醒，自己要动脑筋，想问题。

吉星场望着红小妃，她像母狮子一样挡在红尘前面，一张漂亮的脸因为愤怒而扭曲，活像小丑在表演。红尘一直没有说话，她好像漂亮多了。她身上非常熟悉好那些凸起的骨头，现在好像石头被洪水淹没了一样，脸和身体变得柔和圆润。脸擦了些脂粉，遮蔽了黑和粗糙，若不细看，真还认不出这个女人就是红尘。吉星场心里悬浮着一些词：生活悠闲，养尊处优，细皮嫩肉，冰清玉洁……与红尘分别时间不长，相貌变化这样大。看她气色，没有睡眠不足之症，估计也没在洗脚房当什么洗脚妹罢。吉星场正在研究红尘近乎脱胎换骨之谜，红小妃把话挑明了，她建议吉星场到区法庭去一趟，红尘这次回来是专门同吉星场协议离婚的。协议不成，问题也不大，反正红尘现在不缺钱。吉星场看见红尘脖子、手腕、耳朵悬挂着沉重的黄金饰品，这些昂贵的金属在帮助红尘说话，声音压过了虚张声势的红小妃。吉星场突然觉得黄金很可爱，要是早一些出现在红尘身上，他也许会着迷的。

红尘要求很低，甚至是便宜了吉星场。孩子判给她，因为她患了宫外孕，以后不可能再生育。孩子的抚养费每个月五十元，以后随物价再议。如果吉星场暂时付不出抚养费，可以记账，但以后有了钱必须支付。吉星场不加思考，完全答应红尘提出的要求。准备签字的时候，他突然想起一个问题：吉娃娃五岁多了，马上涉及读小学的事，如何解决？红小妃果断地说，不用你管。吉星场笑道，吉娃娃总不能在三百梯读村小吧？红小妃把笔扔在桌子上，看着吉星场，吉星场说，在签字之前，我想单独同红尘交谈一下，可以吗？红小妃咬着嘴唇说，不可以，有事当着大家的面谈。吉星场把协议书推开，淡然道，字不用签了。黄山赶紧道：那就谈一谈吧。红小妃补了一句：不超过十五分钟，我们大家都有事情忙。房间里的人迅速走光，只留下吉星场和红尘。红尘气色不好，她不时捂着嘴巴咳嗽。吉星场问道，病好些了吧？红尘憋住嘴巴，不断点头，脸涨得通红。吉星场自言自语道，如果外面过不下去，还是回来吧。红尘好不容易说出一句话来，她告诉吉星场，她已经回南辕镇来了，以后，就在镇上做些事情。吉星场猜测，她可能是开洗脚房，但又不好问。

吉星场问，他呢？

吉星场关心红尘新找的男人，这让红尘有些慌乱，她敷衍道，他对我好。

吉星场深思熟虑道，那就好了。

两人的交谈很不成功，词不达意，各自脸上浮着焦躁不安，性急的红小妃不断推门提醒时间。吉星场看红尘躲躲闪闪的眼神，知道她一定有很多事情瞒着，哪里是二十分钟说得了的。楼下有车不断鸣笛，红尘听得不耐烦，便打断了吉星场的话题：还想说什么？吉星场觉得这种对话没有任何继续下去的价值，猛地拿起笔，把字签了。离婚手续办理出奇的顺利，走出区法庭的小院子，大家都抬起头来，松了一口气。吉星场把吉娃娃紧紧地抱在怀里，吉娃娃不舒服，很快又回到外婆身上去了。红尘坐上了一辆挂着粤字车牌的黑色面包车，一溜烟直接向城里奔去。红小妃惬意地望着面包车后卷起的黑烟和尘土，主动地告诉吉星场，红尘这次遇到了贵人。她找的这个男人虽然岁数大了些，但心肠特别好，掏了很多钱为红尘治病。说到这里，红小妃一双杏眼紧盯着吉星场，意味深长地说，要不然，恐怕死在粤海省了。吉星场脸上一阵湿热，好像被吐了一口痰。

荒唐

没有人相信，世界上有一座城市名叫荒唐。

有呀，看，云贵高原，山里面。刘婉儿拿着地图，让吉星场把具体的位置指给她看。他们要去的地方就是云贵省荒唐市，群山环抱，仅靠一条陈旧破陋的国道与外界连接。生病的刘细君就在那个隐秘的地方，刘婉儿眼泪泡着脸，连脖子都是湿的。吉星场不会哭，他只是心乱如麻。以往坐车必晕，翻江倒海，五脏六腑在喉咙折腾。然而，这一趟去荒唐市的烂客车，沿途堵路、修路，曲曲折折，他一点儿也没反应。费时四天半，终于在黄昏抵达。

从前，算命先生说，刘细君活不过二十五岁。眼看二十五到了，刘细君能吃能喝能睡能跑，看样子可以破除迷信的说法，刘细君却突然病倒了。她可以到云贵省人民医院检查治疗，但舍不下公司，一步也不能离开荒唐市，就把自己耽误了。荒唐市的所有医院检查遍了，搞不清楚是什么毛病。刘细君是一天天消瘦，床也下不了。两个妹妹昼夜轮流照顾，寸步不离。每天晚上，刘细君总有一种生命将尽之感。她不敢躺下睡觉，必须睁开眼睛，躺在床上或者坐在椅子里。两个妹妹陪的日子长了，身体简直吃不消，只得给家里发电报求助。刘彻底在田里忙乎，家里田地忙不完的活儿。他把电报交给刘婉儿，刘婉儿一看，哇的一声哭了。冯梦连忙安慰说，那是刘细君迷信，自己诅咒自己，本来是没事的。刘婉儿大哭道，不管怎么样，都得去荒唐市见见细君。冯梦开摩的，时间长了，自己养成了迷信。他算过命，今年不宜探望病人。他就牢牢地记着这个禁忌，天王老子病了他也不理睬。刘细君一个晚辈，怎么可能拐棍倒过来拄？刘婉儿早晚流泪，冯梦拗不过，只好答应，但想着骑摩托挣钱的事儿，不断地敷衍，迷信的话也不便明说。因而，出发的时间一推再推。刘婉儿急了，自己拎着包裹，说要一个人去荒唐市。冯梦担心刘婉儿上当受骗，毕竟刘婉儿的见识就院子那么大一块天地。刘婉儿没出过远门，胆小如鼠，必须有人照顾。冯梦想了一个馊主意，干脆让吉星场护送，大不了支付一笔工钱。每天骑摩托挣的钱只需拿出一点点给吉星场，这个账算得过来。况且，吉星场离了婚，一个人长期在屋子里闷得慌，以前和细君还有一段姻缘。看看吧，电报里说得那么严重，说不定吉星场会同意的。冯梦给刘婉儿一说，刘婉儿一对肥硕的手掌不停地在冯梦的胸膛上擂，冯梦笑道，婉儿，我是舍不得这样的，但是……刘婉儿破涕为笑道，好啊，老冯，终于能容忍别的男人靠近你老婆了。冯梦站起来，把刘婉儿举起，像母亲端详婴儿一样，望着闭上眼睛的刘婉儿，禁不住亲吻了她的脖子。刘婉儿好不容易挣扎下地，一把推开冯梦，红着脸说，小吉呀，就是咱们的儿子，有啥说的，还胡思乱想。

细君的大妹妹香君在车站门口耸着肩膀，好像草垛蹲着的一只怕冷的猫头鹰。看见刘婉儿便迅速接过包裹，转身就走。刘婉儿笑道，还有呢，小吉，陪我来的。香君向着吉星场投来一道冷漠的目光，仿佛不认识似的。吉星场尴尬地笑道，哦，香君，啊，几年不见，长高了。香君愣了一会儿，突然笑了。她一定是记起吉星场到鲤鱼村提亲的场面了，那多狼狈耻辱的事儿啊，香君，把过去忘了吧。刘婉儿见香君对吉星场态度冷淡，突然想起了什么，转身从裤兜里掏了十元钱，说拿给吉星场租旅馆用。吉星场敏捷地把刘婉儿的手挡了回去，从自己的挎包里抓了一把钱出来。红色的一叠，百元钞！刘婉儿惊讶地望着吉星场说，小吉，哪来的钱？吉星场笑道，反正不是偷的抢的。吉星场说，我也要去看细君！香君冷眼道，不可以。吉星场笑道，为什么？香君说，姐姐任何人也不见的。吉星场追问道，为什么？香君没有回答，拉着刘婉儿上了公交车，吉星场也跟着上了公交车。荒唐市不大，没坐几站，就下车了。香君牵着刘婉儿进了一个小院子的大门，吉星场则被守门的干瘦老头子阻拦了下来。刘婉儿听见老头子大声的训斥，方才回头来招呼：小吉，明天中午来门口！

按照刘婉儿的约定，第二天中午，吉星场见到了刘婉儿。刘婉儿没出大门，隔着铁栅栏简单地讲了细君的病情。细君病得只剩一把骨头，怎么肯见吉星场，连姑妈刘婉儿也不愿意见的。查不出病因，人迟早要送省人民医院。刘婉儿道歉说，早知道不该让吉星场来，白跑一趟。吉星场急了，摇晃着铁栅栏说，我要亲自看看细君。刘婉儿哭道，算了，小吉，你还是先回南辕镇，有些事后面再慢慢聊。吉星场说，不，我已经走到门口了，不甘心，让我见细君。刘婉儿低声说，乖孩子，回去吧。吉星场一屁股坐在门口，既然不能进去，那就等着细君出来。晚上，进进出出的车和人彻底消失了。守门的老头子冷冷地告诉吉星场，院子里住的人都是有身份的，不要在这里丢人现眼了。吉星场呆板地说，看望一个生病的朋友，哪里丢人了？老头子哼哼道，小伙子，听你口音是外省人，你要看谁呀？吉星场说，刘细君。老头子嘴巴发出古怪的咕噜声，然后才骂道，赶快滚吧，你说的那个生病的女人，我认识的。吉星场从地上跳了起来，紧紧地抓住老头子的手问，大爷，你再说一遍，我没听清楚！老头子一脸厌恶地说，福薄命短，得了个怪病，你说这是不是报应！吉星场大声呵斥道，大爷，那是一位好姑娘，你不理解，不要乱说。老头子干笑道，好不好，我不知道，反正先前是家里的保姆，咳咳咳，咳咳咳……吉星场骂道，保姆又怎样了，你还是守门的呢。老头子说，不管你怎样说，反正你进不了这个院子，不过，这并不要紧，那个女人一周应该有两次上医院的机会，你有耐心，就守着吧，黑色的桑塔纳，与众不同！嘿嘿嘿！与众不同！

老头子反复说到与众不同，故意放大了笑声。什么与众不同？吉星场想到的是刘细君与董局长之间的年龄差异，不可思议，是不是这个？董局长流氓成性，利用职务勾引刘细君，是不是呢？吉星场很快否定了勾引这个贬义词，这是对刘细君智商的侮辱，刘细君不应该是一个道德败坏、趣味低下的人吧。反过来说，董局长也不大可能是一个格调卑下的人，董局长会用权势和金钱俘虏女人的心？年龄差距不是问题，主要可能是社会地位方面，一个局长，一个江湖药贩子，令人浮想联翩……果然，到了周五，黑色的桑塔纳缓缓地驶入四合院，一会儿，又缓缓地驶出来。吉星场紧张地站起，只见车窗紧闭。走近一看，甚至还挂了深色窗帘，严严实实的。司机戴着墨镜，不知道是什么表情。吉星场拦住出口，司机不断摁喇叭，吉星场毫无反应。司机开窗，伸出头来破口大骂，吉星场说，我要见刘细君！司机对着吉星场吐口水，喝令滚开，不然，车直接轧过来了。这时候，车窗上并未出现董局长多肉的大脸。老头子提着木棒，一边骂，一边朝着吉星场打将过来。吉星场挨了几下，还是没动。司机摁喇叭的声音越来越急，后面的车窗玻璃放下，刘婉儿的脸露出来，声音放了出来：小吉，要懂事，这不是在家里！吉星场伸手拍打车门：细君，细君。车里传出的声音低沉得可怕，却让司机驯服：上车吧。刘细君说话了，身子裹得严严实实，什么也看不见。到了医院，刘婉儿搀扶着细君，慢慢地往门诊大楼走，然后被医院领导接进了电梯。吉星场一步一个脚印，爬了二十来层楼，汗水从头顶流到脚跟，总算爬到了细君的病房。细君虚弱地倒在刘婉儿怀里，没有注意到吉星场。病房里的主角是细君，十来个医生护士包围着她，让她更加软弱。主治医生仍然坚持观点：刘细君没有疾病。刘婉儿笑着，眼睛好像两个空虚的洞，扎穿了主治医生的脸。主治医生简单安抚了几句，便要去开会，一伙人跟着，蜂群一般消失，病房里特别安静。刘婉儿这才提醒道，细君，小吉来了。刘细君有气无力地扭着头，眼睛无神，没有看到吉星场，努力说道：去上班吧，别耽误时间了，反正是活不成的。吉星场凑近，让细君看清了自己，当然，他也看清了细君，瘦得可怜：赶紧换医院，庸医误人！刘细君叹息道，小吉，怎么这么不懂事，骂医生干什么，我自己的问题。吉星场拿出钱来，告诉刘细君，不要担心钱。刘婉儿赔笑道，听说你病了，小吉从早到晚地催我来，不然，我可能还要耽误一段时间的。刘细君声音微弱地说，谢谢啊，谢谢啊。说了几句话，刘细君眼睛闭上，便昏睡了。刘婉儿摸着细君的手说，怎么这样，说几句话就睡觉？旁边站着的护士冷笑道，睡觉？说得轻巧，病人晕厥了。刘婉儿的手触电似的弹了起来，再次握住刘细君的手说，真是的，不正常啊，这手怎么这样冰冷？

寒　冬

若干年后，在吉星场的脑袋边，那个冬天的风仍然呼啸不止。最冷的一个冬天，不到腊月，孤山就下了大雪，整个南辕镇的人都看得见。连续二十来天，孤山诸峰像一些白头翁在云里神秘的出没。农场门口的冰比窗户玻璃厚，冯梦多次摔倒。啪嗒啪嗒，屁股落地。刘婉儿的声音急着出来了：老冯，老公……当然，还有其他人也在摔倒。啪嗒啪嗒，人跌落在冰上，就像倒了一摊水，迟钝而笨重。吉星场屋子里的灯总是亮着，院子里谁都清楚，他在看书。没有燃料，吉星场的手脚红肿，患了冻疮。

刘婉儿正是在下雪后返回农场的。董局长的桑塔纳在镇上停了二十分钟，刘细君把姑妈送到四合院，立即转身走了。刘婉儿的笑惊动了四合院，人们从火炉边走到门口，看见刘婉儿红着脸，一件褐色的貂皮大衣映衬出无限的富贵和喜色。刘婉儿挨家挨户烤火，向大家介绍沿路的风景，当然，也送了一份小小的礼物：荒唐市的特产——豆饼。在一群嘴巴嘁嘁喳喳嚼着香喷喷的豆饼之时，刘婉儿描述的荒唐市渐渐呈现了出来。冬天，云贵高原什么也没有，除了雪，就是冰。荒唐市的人个子比夏天矮，热胀冷缩，哈哈，哈哈。刘婉儿开心，侄女的病治好了。

大约过了三天，刘婉儿才想起有一个人必须拜访，他就是安静地闭门读书的吉星场。刘婉儿轻轻一推，吉星场的门便开了。自从被那舞儿几个兄弟把门捣坏后，吉星场的门形同虚设，野猫野狗都能进出。吉星场懒得请人来修，屋子里没有财物，只是一堆大家讨厌的书。刘婉儿送给吉星场的礼物有两份：豆饼是她的，另有一份是刘细君的——一件棕色的羊皮大衣。没有火烤，刘婉儿不断地打着喷嚏，抖抖索索，把皮衣披挂在吉星场肩头。吉星场笑道，不用，不用，我不冷。刘婉儿摸着吉星场的额头感叹道，还说不冷，额头就结冰了。吉星场把皮衣套在身上，低头看起书来。刘婉儿在旁边坐着，偶尔叹气。坐了一会儿，刘婉儿起身离开，走到门口，吉星场仍然低头看书。走出门，刘婉儿才打招呼道，小吉，不打搅你了。

吉星场把门关上，然后脱下皮衣，丢在床上。刘细君送的皮衣，皮衣上没写刘细君三个字，吉星场却分明看见她站在屋子里了，她的笑脸，她瘦长的影子。吉星场把皮衣折起来，藏进纸箱，再坐下来看书。心里烦乱，还是那件皮衣。吉星场又拿出那件皮衣，仔细端详，好像看到一些刘细君的痕迹。真的是她送的？吉星场的心砰砰乱跳，他想追问刘婉儿，刘细君还说了什么话没有。吉星场穿着皮衣，佝偻着身子，走到院子里，雪里刮来的风刺在脸上，连表情也冻住了。汪美龄最早发现吉星场身上的皮衣，随便赞扬了几句。鱼幼远远地站着，脸上闪出神秘的笑。刘婉儿出门倒炭渣，遇到吉星场，关切地问，不冷了吧？吉星场点点头，尾随着，缓慢地说，好了吗？刘婉儿说，好了。吉星场追问道，全好了？刘婉儿笑道，没问题，活一百岁，医生说的。吉星场自言自语道，那就好了。

吉星场从荒唐市回来那个时候，还是夏天。云贵高原上郁郁葱葱，树木和山岩都耸入蓝天。公路从山顶缠绕到山腰，慢慢沉至河谷。人在车里，有时候朝着天空上升，有时候在云里沉落。路上车辆不是很多，隔一两公里才有一团黄色的粉尘在移动。吉星场多次回头张望，除了山脉的阴影，就是寂静的阳光。山里的时间是静止的。靠近华阳省的边界，客车停下来，司机把旅客赶进一家肮脏的饭店进餐，每个人二十元，吃不吃都得给。吉星场没进饭店，胃里吐空了，一口水喝下去也要吐出来。当初，去荒唐市不晕车，回来晕得厉害。晕车与人的心情有关，吃晕车药不解决任何问题。每次乘车，吉星场都在严肃地总结晕车的原因。这一次，他很后悔贸然跟着刘婉儿去了荒唐市。如今的刘细君彻底变了，怎么能用老眼光看人！吉星场啊吉星场，老是落在时间的后面，怎么不能有一些预见！当初，刘细君写那么多的书信，述说她在荒唐市的遭遇，特别地提到董局长，这么重要的信息，竟然被自己漏掉了。愚蠢啊，吉星场，读书再多，对现实缺乏分析判断的能力，还不是个废物！脑袋像个空洞大开的筛子，努力半天，也是枉然！去荒唐市，就是给细君添乱，自取其辱。细君明确地说，她不喜欢你吉星场，傻瓜才会问为什么呢。再说，细君身体虚弱到了极点，她对自己的性命都没有信心，哪里还有兴趣谈男女之间的感情。可笑的吉星场，冲动的小伙子，不长心眼的蠢货，追着逼问细君，到底喜欢董局长的哪一点！刘细君愤怒地呵斥：喜不喜欢你吉星场是一回事，与董局长无关！董局长那个年龄，大得可以当你爹了，两个人睡在一张床上谈什么呢？刘细君摇着头说，我刘细君确实下贱，但没你想象那么下流的。刘细君病得太重了，偶尔睁开眼说几句话，然后又昏昏然进入睡眠状态。吉星场耐心地等待，人又苏醒了。刘细君垂着眼皮说，小吉，我知道你离婚了，日子难过，但请你不要来纠缠——找我，我是个过时的人物，你有更好的人生呢。细君用了纠缠这个词，可见她心中何等厌倦！吉星场哭丧着脸，心里还是装着细君已经嫁给董局长的事实：细君，你这不是出卖自己吗？细君的脑袋在白色的枕头上转来转去，头发覆盖了整张脸，她无力地叹息道，什么也不要说了，人一死，一了百了。吉星场说，你死了，我怎么办？刘细君惨然笑道，继续活呀，上天不来收你的老命，你就活呀，活个八九十岁，像个老妖精，多快活，哪像我这个样子，年纪轻轻，哎……

再过四五天，董局长就回荒唐市了。连续几天，刘细君苦口婆心劝吉星场主动撤走，真正让老董碰见了，谁都不好说。细君的劝解不仅没有让吉星场恢复理性，反而头脑发热。吉星场说，我要找董局长，同他当面谈。细君冷笑道，小吉，你们之间有什么可谈的？吉星场坚定地说，请老董走开，我要把你带走！细君脸一抽搐，两眼泪下如雨，她说，小吉，你带我去哪里，真是你带，我就是一具尸体了。吉星场说，若是你跟着老董，我就要变成一具尸体，我还要变成鬼来吓唬你的。细君不理睬吉星场，她又睡去了。

董局长下飞机后的第一件事就是带细君到医院检查，听医生的意见。吉星场故意错开时间，等董局长离开，再进细君的病房。坐下来，还没开口说话。病房外进来一个小伙子招呼吉星场出去，原来是董局长要召见。董局长在医院附近一座茶馆的包间坐着，一张多肉的脸，每个面部器官都比常人大。所以，尽管董局长和吉星场中间隔着一张茶几，吉星场也能充分感受到董局长的表情和说话的分量。老董说，我称呼你为小吉吧，你和刘细君之间的事我都知道了。吉星场身子一颤，心里一惊：董怎么知道的？董局长爽朗地笑了起来，他一定是窥破了吉星场的心机。董局长说，刘细君患的是重病，有些话我们背着她讲，不算是诽谤人。吉星场点点头，洗耳恭听。董局长说，刘细君只是咱们家的保姆，前些年照顾老年痴呆症的母亲，母亲过世后，刘细君也不离开董家，我也不好意思明确赶她出门，她那么可怜，那么善良，就这样……吉星场收敛了笑，听董局长往下讲：我老董原以为乡下姑娘老实，没想到她挺有意思的，她想嫁给我，可笑吧，小吉？我老董真有桃花运哪，都六十岁的人了，身体多病，随时可能死去，真的同刘细君结婚了，我良心上过不去的，所以，刘细君只是我家的保姆，只是看在她照顾我母亲的情分上，我把她当家人，我的话你听懂了吧，小伙子！吉星场的脸舒展开来，他完全放心了。刘细君根本没嫁董局长，外面误传，自己误会，刘细君呢，哎，这个女子，怎么说呢！吉星场一声长叹，他不能理解她了。所以，回到医院，再次见到刘细君的时候，吉星场的头脑便冷静下来了。正好刘细君醒过来，精神状态非常好，还吃了一枚水果。刘细君问，小吉，刚才谁找你了？吉星场笑道，哦，一个搞药品推销的新手，居然把我当成医院的负责人，强行把我拉到茶馆去谈生意，真是可笑哩。刘细君笑道，药贩子嘛，怎么不找我谈呢。刘细君上了一趟厕所，重新躺在病床上，眼睛滴溜溜地转动，似乎又像从前那个乡下的少女了。刘细君从钱夹子里拿了几百元递给吉星场，请他买车票返回农场上班。非亲非故，不明不白，这样耽误工作时间，不应该是一个男人的表现。吉星场说，农场马上就要垮了，我等你病好了再回。刘细君脸色一怒，说话的口气变得生硬了：小吉，老董回来了，不要胡作非为！细君提到老董，吉星场的心情立刻大坏，脑子冲动，忍不住乱说话：我早该走了，或者，根本就不该来，免得误了你的好事！刘婉儿听见吉星场说话的口气不对，赶紧从走廊跑进病房打招呼：小吉，别生气，别惹细君生气！刘细君脸上淌着亮晶晶的泪珠，她说，气死了才好，不要管我了。吉星场道歉道，我错了。刘细君大哭道，你一定是背着我道听途说才会这样，我不想再见到你了。吉星场低下头，两眼发直，不说话了。过了两个小时，刘细君要离开医院了，吉星场还呆呆地坐着，不说话。刘婉儿说，小吉，小吉。刘细君提了提裤腰，冷眼扫视了吉星场的头部一下，低声说，不管他，自找的。过了一会儿，刘婉儿折回病房问，小吉，说话呀。吉星场哽咽道，知道了，刚才，董局长找我谈话，什么都说了。

重　用

李天才正在从局里申请一笔款子，农场里商量了好几周，款子到底用来干什么，尚无定论。农场里的领导在开会，四合院里的家属也在开会。李天才主张上一个新的小麦品种，只要有货卖，农场里不愁发不出工资。不过，停薪留职的人多了，剩下来的是些老弱病残，李天才说话声气大，心中也没多大的底。四合院的家属争吵得热闹，大家希望用这钱来修职工宿舍。李天才听说四合院的人躲在厕所骂他，便找了个时间，蹲在四合院的厕所偷听。骂也没怎么骂，连续好几拨人一蹲在粪坑上，第一句话就大声地喷了出来：狗日的农场，该修房子了。只有吉星场面色苍白，见了人也不说话，不发表任何意见。吉星场刚蹲上茅坑，李天才便紧挨着蹲下，特意靠近，拍着吉星场的肩膀笑道，小吉，好好干，农场的春天到来了。吉星场捂着鼻子不敢答话，臭味熏得眼睛也睁不开。吉星场不说话，李天才还在说打趣话，“小吉，农场里的人都说你不是男人，嘿嘿。”吉星场恶心地看着李天才，忍不住反问道，李场长，是不是要亲自验证啊？李天才咳咳咳地笑了：小吉，四合院里的人都说你屙尿不像男人。吉星场笑道，场长，你也这样无聊吗？李天才笑道，他们说你——屙尿要脱裤子！哈哈哈，有意思。吉星场一听，连眼泪都笑出来了。这个李天才真会开玩笑啊，他是心情好才会这样，平常，在路上见面，任何人同他打招呼都是爱理不理的。这时候的李天才比起往日大不一样，人逢喜事精神爽，知道骂他的人多也无所谓。有了钱，说话的胆量壮多了。走到会议室，上了主席台，李天才一个人拿着麦克风讲了三个小时，旁边的两个副场长脑袋各自歪到椅子的一边打盹，鼾声如雷。听众席上，三十来个老弱病残，木然地望着农场会议室墙壁上的世界地图，旁边还有一副标语的痕迹。吉星场捧着书专心致志地读，什么时候散会完全不知道。回到四合院，王润生来恭贺吉星场被任命为南辕小麦 13 号的项目副主任。吉星场诧异道，老王，不要给我封官，封官是要有本钱的。王润生笑道，大家都在议论，你还明知故问，城府深得很哪。吉星场笑道，主任呢？王润生说，主任嘛，李天才，嘿嘿。正好冯梦回家，从摩托车上放下油腻腻的腿，愤然骂道，前十二号都失败了，十三号会成功吗？王润生笑道，李天才不成功，其他人能成功，我们相信天才！冯梦呸了一口痰，喘着气说，李天才同我一样，秋后的蚂蚱，蹦不了几天，退休之前，说几句大话，心里舒服嘛。

吉星场没管这些，兀自坐在阴暗潮湿的老屋里，心中一片明亮。他终于领会到读书的要旨了，这是书本上没有记载的经验，也是老师教不出来的。他觉得自己白活了二十多年，以前读书脑子不开窍，死抠字眼，一知半解，似是而非。现在读书，越读越细，越读越明，越读越有兴趣。拿到一卷书，不管作者水平高低，只要看几行文字，马上就可以通融一卷书的内容。既可以读出作者的思维缺陷，也能悟出自己的缺陷。对吉星场来说，这个物质的世界，他一无所求，吃的东西吞下喉咙，山珍海味与萝卜白菜，没有什么差别，反正最后都是一堆粪便。世上多少人不明事理，为了一张嘴巴，支付了过多的精神和体力。嘴巴嘛，其实就是一个味觉的陷阱，不值得纵容。起初，吉星场是躲在屋子里读书，怕别人笑话。拿到专科文凭后，他就把书拿到四合院里读。拿到本科文凭，完全忘掉了世人的存在，随时手里握着一卷书，走路，蹲茅坑，上街，在煤油炉子前做饭，或者与人一起散步，书是必不可少的。现在，吉星场读书绝不是装样子，但镇上有些人还是觉得吉星场在炫耀。他们最看不起吉星场的农场，穷得叮当响，仗着自己读了几本破书，到哪里都要同人讲大道理。吉星场把书捧得比天高，简直是混账。有人要收拾吉星场，这已不是一天两天的想法。农场里，有人暗中告诉李天才，吉星场不务正业，不看专业书，成天看些什么法律条文，心思在官场，想远走高飞，兔子的尾巴长不了，趁早收拾，免得这家伙猖狂。李天才苦笑道，老家伙们，让我拿什么惩罚小吉，读书是好事啊。刘国歌耳语道，有人说吉星场不识抬举，明明农场已经放风出去，他要当项目副主任了，还想考什么研究生，成天读闲书，尸位素餐，一分钟的活儿不干。李天才骂道，老刘啊，我们得讲良心，小吉的副主任是民间流传的，空的，假的，你看看，咱们农场还有几个真才实学的年轻人！刘国歌谄笑道，农场不是有一笔资金，给点儿待遇。李天才大声咳嗽，把嗓子清理出来，开始骂人了。老刘，现在，人心散了，说到钱，三只猫六个眼睛，相互之间盯死了的，我敢给谁一分钱，大家不围过来把我打死！所以，能发的钱都在政府的文件上印着，多了少了，自己找政府，别找我李天才！钱不是我印的，也不是我发的！

到了十月，南辕区几个准备考研究生的人都在商量着怎么报名的事情。白石乡的白乐、洛城乡的顾轻狂，还有几个不知姓名的家伙，大家坐在南辕镇桥头的小饭店里，喝着苦涩的土酒，望着南辕河上漂浮的大团泡沫发愁。汛期过了，孤山上仍然暴雨如注，即使大晴天，南辕河依旧出现洪水。白乐有个亲戚在教育局当办事员，单位领导签字容易，不用愁。愁的是顾轻狂，家里没有任何人在政府部门上班，单位领导早就放话了，绝对不签字。吉星场暂时没管这些，他信奉的是车到山前必有路的哲学。到了十一月份，正式报名了，白乐第一个顺利地拿到单位领导的签字，便兴冲冲地打电话向吉星场发喜报。顾轻狂在电话里唉声叹气，请求吉星场帮忙，吉星场说，我自己的热稀饭还未吹冷呢，你的烫汤圆就另请高人吧。吉星场之所以不慌张，主要是觉得李天才平常对他还不错，以往的事都没有设置障碍。报考研究生这件事，想必应该放行。俗话说，计划没有变化快，想象中的事往往会变样。据说，在李天才的努力之下，南辕小麦 13 号的正式批文下来了，吉星场的项目副主任也赫然在列。当然，中层干部的待遇也有了合法的依据。隔三差五，李天才都要给吉星场找点儿小事情做。吉星场跑腿快，为了让李天才签字，节骨眼上，绝对不能得罪人的。在农场食堂买饭时，李天才开玩笑说，小吉，考研究生的事准备得如何？吉星场尴尬地笑道，考什么研究生啰，我是准备与农场共存亡的。李天才哈哈大笑，狠狠地拍了拍吉星场的肩膀说，年轻人，有志气，我当年也说过这样的豪言壮语！刘国歌嘴唇翻卷出来，刻意把舌头伸得更长，红艳艳的，滴着口水，笑道，听李场长的话，前途远大！有人向吉星场泄露了局里下发的红头文件内容，吉星场不相信。农场里传言像流感一样，每过一个多月都有一次。一会儿说李天才马上要调走，一会儿说农场要合并到城郊农场，整个农场要搬迁，到时候大家都是城里人了，多好啊。对吉星场的职务传言终成现实，说明南辕农场的传言并非无源之水，大家得重视。不过，李天才似乎有意要让红头文件的内容发酵，他并不急于在大会宣布，吉星场的副主任也迟迟不能进入现实的境界。过了一段时间，农场的传言变了，说四合院马上要拆，重新修成一座现代化的小麦技术实验室。四合院拆了，大家住哪里？四合院成天关心的就是这个事情。愤愤不平的王润生主动站在吉星场的门口，一边喝稀饭一边鼓动说，小吉，真的考研究生走了，这个烂单位，工资发不出来，还打馊主意要拆我们的房子，让我们成叫花子，太过分了。

四合院里弥漫着不满的气氛，房子摇摇欲坠。晚上，有人喝醉了酒，用拳头打柱子，拳头一挥，屋梁摇晃，屋顶的瓦片纷纷坠落。这房子该垮了！这房子该拆了！可是，不住在里面，这些人到哪里落脚？有人听李天才说，四合院的人自己到镇上租房住，单位免费提供了几十年的住房，还想赖一辈子，怎么可能？冯梦说，这个好办，农场里所有的人全部到镇上租房，一视同仁，那也行嘛。王润生说，我不同意，租房得另外花钱，我的工资自己吃饭都不够，憋急了，我就搬到锅炉房去住。这种议论没过几天，李天才就在大会上公开了他的主张。四合院的人自己找房子，局里的决定，有意见进城去找局长，找县太爷，到时候，施工企业来了，没搬走的家具毁了自己负责。李天才这一言论就是公厕里丢石头，激起公愤。四合院里，整整一夜全是骂李天才的声音，骂了之后又是大笑，笑了之后，有人又开始用拳头砸房屋的柱子，房顶上的瓦片稀里哗啦坠落。吉星场对这些变化一无所知，他沉浸在书的世界里，心中只有一个目标：研究生。一晚上，不断有人来房子里询问吉星场，吉星场拿着书，茫然地望着对方。那人说，李天才要拆咱们的房子了，你恨不恨？吉星场笑道，读书很有意思，骂人不好玩的。那人恍然大悟道，怪我没记性，小吉已经是农场的中层干部了，当然啰，你应该对李天才肝脑涂地。吉星场笑道，哪里的事，我怎么不知道？那人说，李天才找你谈话没有？吉星场说，谈什么话？那人笑道，龟儿子装糊涂，封官许愿啊，到底给你一匹什么官嘛？吉星场笑道，真的没有。那人笑道，叛徒，小吉，你已经是四合院里的叛徒了，我们得防着你，万一哪天你像毒蛇一样咬我们一口，那就惨了。

过了两天，李天才在大会上宣布了吉星场的任职命令。局里签发的红头文件，明确吉星场的身份就是南辕小麦13号的项目副主任，享受中层干部待遇。自然，项目主任由李天才兼任。李天才宣读文件的时候声音有些颤抖，台下，几十双面孔突然变得高深莫测。四合院里的一伙人用讥讽的眼神注视着吉星场，李天才宣读完毕，特别强调了任用吉星场为副主任的原因。路遥知马力，疾风知劲草嘛，小吉虽然年轻，过去犯过这样那样的错误，但都是生活细节，说是浪漫也可以，无知也行。但是，小吉在思想上是成熟的，大是大非，立场坚定。李天才这一席话把会场的目光全部吸引到吉星场身上，吉星场低下头，好像一个做了错事的孩子。回四合院的路上，其他人故意把吉星场丢在一边，一伙人骂着马屁精、汉奸、小人得志之类的话。吉星场飞快跑进屋里，砰的一声关上门，埋头看起书来。吉星场被四合院的人疏远，他又主动地疏远了四合院的人。结果，大家真的把他当成一个私下告密的小人了。吉星场倒也乐得清静，看书的氛围更好，效果非常不错。一转眼，十二月份到了，研究生报考热火朝天，顾轻狂一身灰尘到四合院来报喜，他也拿到领导的签字了。顾轻狂的消息让吉星场坐不住，拖延是不可能的，怎么也得向李天才摆明自己的观点。但是，话又怎么说得出口呢?

苦　差

俗话说，人不求人一般大。李天才不盖章，吉星场的研究生就是镜月水花。准备得再充分，拿不到单位签字，完全白搭。趁李天才脸上堆满笑的时候，吉星场凑拢，欲言又止。李天才狠狠地拍了吉星场的肩膀一巴掌，骂道，有话就说，有屁就放，怎么说个话还像大姑娘！吉星场从未听过李天才这样骂过自己，心里陡然发冷。李天才返回办公室，点燃香烟，吧嗒吧嗒地抽起来。香烟的刺激味绕了几个圈，飞到院子里的几株橘树下，惹得椅子上看打牌的吉星场连续打喷嚏。李天才抽的是雪茄烟，本地产的，味道够大了。从场长办公室的破窗户传出李天才剧烈咳嗽的声音，打牌的几个家伙笑道，天才也有为难的日子，哈哈。李天才的窗户玻璃刚刚被人砸了，冬天的寒风每天都在向他的秃顶扔刀子。农场欠着联办煤矿的款子，历年来过冬免费发放的五十斤焦炭的政策，暂时取消，有人受不了，暗中发泄愤怒，用石头砸了进去。幸亏屋子里没人，只坏了两块玻璃。吉星场不敢直接踏进场长办公室，便假装看人打牌，偶尔觑一眼烂窗户里的动静。

李天才的脾气越来越坏了。他的办公室里总是充满了激烈的争吵，拍桌子是家常便饭，偶尔肢体冲突也在所难免。两个副场长在椅子里蜷着身子摸扑克，嘴里唠唠叨叨，骂骂咧咧，巴不得屋子里出祸事。砸烂窗户玻璃肯定不过瘾，还应该有更大的动作。一个副场长姓罗，老牌农大的毕业生，专业荒废在田野，现在最厉害的手艺是斗地主。斗输了，自己站在椅子里，头上顶着纸糊的高帽子。另一个副场长姓赵，自我吹嘘在部队上混过两年。实际上，他只是当过几天民兵，搞爆破演习，不幸受了伤，他自己耍赖，说丧失了劳动力，不肯在农村干活儿了。怎么办呢，公社让他当代课教师，养病吧。过了两年，推荐他上学。混了张文凭，才来到农场，享受伤残待遇，还带干部指标呢。李天才极力主张修现代小麦技术实验室，遭到罗、赵两人的坚决反对。听到罗、赵在院子里打牌的声音，李天才在办公室里借题发挥，冷不防骂一声：他娘的。李天才一骂，罗、赵笑得开心，仿佛受到表扬一样。吉星场出现他们身边，引起了暂时的警惕和敌意，罗副场长三番五次暗示吉星场离开现场，免得破坏他们发牢骚的气氛。听到吉星场跟着发牢骚了，罗副场长的脸变得松弛，偶尔对吉星场抛一个笑脸。赵副场长骂道，小吉，你龟儿子是李天才派来监视我们的吧，你知道，老子不怕！罗副场长笑道，小吉才不会呢，要是我们害怕李天才，我们就不会在他眼皮子下打牌，哈哈哈。罗副场长的笑非常放肆，很可能刺中了李天才的神经，破窗户里突然传出怒吼：罗麻子！罗副场长丢下牌，屁股一溜烟就进了李天才的办公室。不一个会儿，破窗户里响起罗副场长的讪笑。赵副场长嘴瘪到耳朵边去了，小声骂道，狗日的，变种了！赵副场长的骂声还未完毕，破窗户里猛然想起李天才的吼声：赵团长！赵副场长直接拿着扑克屁颠屁颠跑了进去，他的笑声完全淹没了李天才的咳嗽和罗副场长阴柔的笑声。李天才直接把赵副场长的军职提拔成了团长，理由是赵的脸上真的有几颗麻子。俗话说，麻子打呵欠，总动员。赵的麻子不多，但总得有一个团的兵力吧。起初，赵不接受李天才的敕封，罗副场长乐了，及时把赵的职称推广到了百姓口中。农场里的人都这样称呼赵，由不得赵反抗了。赵无可奈何，只得以其人之道还治其人之身，称呼罗为麻子。罗笑道，群众的眼睛是雪亮的，老子脸上干净得很呢。赵发狠道，老子不管。在两个麻子的陪衬之下，李天才也沾染了些麻子的名气，大家私下里喊他为李大麻子。李天才听了也不生气，有时候干脆自称大麻子。我大麻子论事不论人，就理不就情，麻子嘛，就是丑八怪了，老子还怕谁！李天才自称大麻子，便宜了罗副场长，害苦了赵副场长。一说麻子，赵副场长便自觉地低下了头，他得掩盖事实。当然，李天才也是个颇通人性的大领导，高兴了，称呼赵团长，这是赵麻子最喜欢的称号。若是赵麻子有什么事忤逆了李天才，李天才也不客气，赵麻子的称号冲口而出了。

李天才心情不错，赵麻子回到院子打牌时候，嘴角还戴着微笑。罗麻子随后跟着回来，嘴角也带着微笑。其他打牌的伙伴问笑什么，赵麻子笑道，龟儿子，李天才要疯了。再问其他的话，两个副场长只是笑着说，打牌，打牌，输了罚站！吉星场觉得找李天才的时机成熟了，李天才肯定是遇到什么好事，不然，他也不会让两个麻子这么开心地重返牌桌的。吉星场迈着沉重的脚步，踏进李天才的办公室那一刹那，破窗户上突然袭来一阵冷风，便忍不住狠狠地打了两个喷嚏。李天才从桌面的文件上抬起头，示意吉星场在屋角的木椅子坐下。吉星场哆嗦不已，李天才笑道，农场的条件很快就好了，局里又多批了二十万，以后的办公室，全部安装空调。吉星场伸手摸着冰冷的鼻子，鼻孔里似乎有液体在往外流淌，痒酥酥的。李场长，我有个要求？吉星场客客气气地说。李天才大声笑道，别人是脱了裤子放屁，小吉，正好相反，你是穿上裤子放屁！吉星场受不得这种粗俗话，在鼻涕掉下来之前，赶紧把心里话吐了出来：我想考研究生。李天才把鼻梁的眼镜向上推了推，仔细看了看吉星场。吉星场松了口气，他庆幸刚才李天才没看见自己掉鼻涕的场景，而且，李天才的眼神比较清澈，眼睛里浮动着一丝亮光。小吉，我看你是雷声大雨点小，考研究生的事搞得农场老幼皆知，你考了吗？你有把握吗？吉星场羞愧地低下了头，李天才的话带着刺，却是事实。有把握吗？假如考不上怎么办？吉星场小声地说，我想试试。李天才走到吉星场的身边，拍了拍他的肩膀笑道，明年你去，今年就算了，农场的小麦实验室到了关键时刻，再说，你刚刚提了干。吉星场抖抖索索地说，我想辞职。李天才不耐烦了，冷冷地说，等你考上了再辞职吧。吉星场低下头，又缓缓地抬起头，谨慎地望着李天才说，不管能不能考上，我决心辞职！李天才冷笑道，小吉，你敢打包票你一定能考上？吉星场哆嗦道，不，我不能脚踏两只船。吉星场这话一出口，李天才的神色大变，院子里一片叫好，有人在庆祝赢了牌！李天才猛地在桌子上打了一拳头，“放屁！狗坐轿子不识抬举，多少人做梦也想不到的事！难道我李大麻子看人看走眼了！”李天才的屁股轰然落在破沙发里，两眼冒着怒火。吉星场还想张嘴巴，被李天才伸手制止了。吉星场悻悻地离开了，李天才的咳嗽配合着破窗户吹来的冷风，哗啦啦地响，吉星场忍不住打了几个寒战。

当天晚上，李天才办公室的窗户玻璃真的全被砸碎了。李天才站在办公室门口把两个麻子骂了半个小时，等工人用旧报纸把窗户糊好后，方才坐了进去。罗、赵两个麻子老老实实坐在院子里打牌，唯恐李天才冲过来指着鼻子骂人。吉星场在家歇了几天，估计李天才的怒气消了，方才打算又去谈签字的事。走到场长办公室附近，看见李天才挥动一把柴刀在砍门口的一棵柑橘树，旁边罗、赵两个麻子笑嘻嘻的，他们也在充当观众。吉星场凑拢喊道，李场长！李天才把一个绷得紧紧的屁股对着他，装着没听见。罗麻子亲热地招呼道，小吉，什么事呀？吉星场小声地说，考研究生需要李场长签字。罗麻子牵着吉星场的手，眼睁睁看着一棵橘树轰然倒下，枝头上一些半青半红的橘子，叶子上从容爬着一两只蜘蛛。李天才把柴刀丢了，农场一个老工人赶紧跑来，抓着橘树使劲地拖到一边。为什么要砍这棵橘树？吉星场的疑问也是罗麻子的疑问，罗麻子领着吉星场大踏步走进李天才办公室，看见李天才正在弯腰喘气。罗麻子柔软的嗓子播放出舒缓的声音：李场长，小吉考研究生盖章的事，是不是给他办了？李天才怒目圆睁，昂首望天吼道，不！打死我也不盖章！有本事让局长把老子的职撤了！罗麻子吓得缩起脑袋溜走了，剩下吉星场在爆炸现场，感受李天才嘴里产生的冲击波。小吉，你年轻，什么也不懂！考研究生的事没什么大不了的，盖个章又不是砍人的脑袋，你畏畏缩缩干什么！农场里有些人既要当婊子，又想立牌坊，你肯定不知道！吉星场机械地点着头说，本人确实不知道！李天才咆哮道，庙小妖风大，池浅王八多，有些人巴不得老子提前退休，好给他让位子，老子偏偏不！吉星场奉承道，我们支持李场长！李天才的脸柔软下来，他靠近吉星场，亲热地拍着吉星场的肩膀笑道，有人说，我办公室的窗户玻璃是你打碎了的呢！吉星场高声叫道，不是我！李天才哈哈大笑道，小吉，你怎样证明自己的清白，就你一张嘴巴！吉星场辩解道，为人不做亏心事，哪怕半夜鬼敲门！李天才笑了一声，一张脸皱成一团，狠狠地捶着桌子说，小吉，你到农场里转一圈，听听有多少声音在议论！是不是你砸坏了我的办公室玻璃？吉星场的身子靠近李天才，提高了嗓门，“怎么可能？我会做这样的缺德事！”李天才伸手把吉星场压在一把椅子里，笑道，少安毋躁！小伙子！听我讲！李天才抖抖索索为吉星场倒了一杯开水，放在吉星场手里，一股热气旋即扑上了吉星场的脸，李天才说，龟儿子，一群畜生，唯恐天下不乱，白天造谣，晚上打牌，专门跑到办公室门口屙尿，臭气熏天！老子把橘树砍了，看哪条野狗再来乱撒乱屙的！李天才得意洋洋地站在门口，看着新鲜的橘树树桩，忍不住打了个喷嚏，“哎呀，到底老了，连一棵树也奈何不了。”

李天才不给吉星场盖章，吉星场只好找老辈子关万能想办法。关万能骂了吉星场一通，方才说，考研究生是正经事，这个忙我应该帮！关万能先是写了一张条子让吉星场带给李天才，李天才当面撕毁了纸条，愤然骂道，什么东西！搞腐败，领导干部还讲这个！小吉，请你那个亲戚来农场，我要同他面谈！李天才是出了名的死脑筋，认定了的东西就是八头牛也扭不回头，他真是不买关万能的账。关万能打电话，李天才不接，关万能骂道，驴一样犟的李天才，要是他通人性，早就到局里任职去了！怎么办？区公所管不了农场，除非局长打招呼，不，局长也不管用的，李天才早就不想干了，撤他的职，他还要八辈子感谢你呢。关万能遗憾地摊开手说，小吉，老辈子的官当小了点儿，你看，一个农场场长也奈何不了！关万能笑起来，眼睛眯成了一条缝，喉咙里“咳咳咳咳咳咳”，好像沾着一团痰。“怎么办呢？小吉，自求多福吧。”

病急乱投医。吉星场私下找到罗麻子求教，罗麻子干笑道，要是你不怕担了贼的罪名，晚上，可以嘛，嗯哈，嗯哈。吉星场望着神色诡异的罗麻子，恍然大悟：送礼，是这个意思吗？罗麻子骂道，蠢货！吉星场急迫地问，还有别的办法吗？罗麻子说，翻窗户去办公室撬锁，把章偷出来盖了就是了。吉星场说，犯法的事，不能做。罗麻子说，算啦，烂泥巴糊不上墙，自己想办法。吉星场有自己的办事逻辑，他决心买点儿礼物去找李天才，算是真诚地求情，而心里，充塞着一百个诅咒，“罗麻子，犯法的事也敢怂恿！”给李天才送礼，送什么呢？李天才喜欢喝酒，送一瓶酒吗？像刘国歌一样，用酒去泡李天才，李天才的心肠再硬，遇到酒精，也会泡软的。刚发了工资，腰包里也没两个银子，委婉曲折消费了几个人情，弄来了一瓶木鱼牌高粱白酒，52度，曲香型的。吉星场握着酒瓶，像个烈士，在屋子里走来走去，随时要与李天才玉石俱焚。李天才会收这瓶酒吗？若是不收，脸就掉地上了。趴在地上，把脸捡起来，重新贴在脑袋上吧。农场里，刘国歌就是这样生存下来的。刘国歌在李天才面前，哪一次不是骨头发软，把脸丢在地上，让李天才的皮鞋舒服地踩着。可是，李天才一转身，刘国歌立马从地上爬起来，拍拍脸上的尘垢，那架子摆得像个城里的局长，灯晃灯晃，十分的洋盘咧。

夜幕，农场的空气像染了墨汁的水池，粗心大意的人看不清什么了。吉星场腰里塞着一瓶酒，弓着背，偷偷靠近李天才的房子。李天才的房子隔壁，一大群人聚集在里面打麻将，稀里哗啦，麻将牌好像从桌子上往地上掉落，钞票也在掉落。有人不停地弯腰，不停地捡钱。李天才的屋子亮着灯，吉星场在门口站了一会儿，嘭嘭嘭地敲门了。门一打开，李天才像一只大象耸立着，粗糙的脸堆积着笑，在他身后，还亮着两张笑脸，都是熟人：赵麻子，罗麻子。李天才一嘴酒气，嚷着模糊不清的词语，一只手把吉星场拽到罗麻子的身边，罗麻子顺手搬了一张小凳子，吉星场的屁股便落实了。喝酒，小吉。赵麻子的手伸过来，一杯酒荡漾着，浮动着浑浊的灯光。吉星场的手从腰里拿出来，又是一瓶酒！赵麻子笑道，小吉，想不到呢。罗麻子说，我清楚，我最清楚，小吉一口气可以喝两斤白酒呢。李天才笑道，哦，小吉，海量，海量！赵麻子带来的酒喝光了，小桌子上只剩着一堆卤菜，鸡爪子，鸭脖子，牛肚子，鸭肠，亮晶晶，淌着油光。吉星场笑道，喝，好丰盛，哪里搞来的哟？赵麻子压低了声音说，今天日子可好呢，场长过生日，掏钱请客，小吉，你是烧了高香的人，来得早不如来得巧，呵呵。罗麻子起身说，等一会儿，我回屋拿酒。李天才招手说，喝小吉的酒！罗麻子诧异道，为什么？李天才笑道，我和小吉是多时的酒友了，你们两个麻子老是老，想不到吧。赵麻子竖起大拇指说，厉害，厉害。罗麻子笑道，好啊，年轻人，真有你的。

吉星场的酒喝光，四个人全都醉了。吉星场不清楚自己是怎么走回四合院的，一路走，一路呕吐，连内脏也差点儿吐了出来。第二天，路边还有一大片秽物。吉星场弄巧成拙，哑巴吃黄连，怎么好意思再开口向李天才求情！公章肯定是无法盖的了，研究生，算了吧。据吉星场多次观察，李天才对身边的任何人都缺乏信任，办公室里没有任何有价值的东西，现金，支票，至于公章，他干脆就拴在腰带上，走到哪里带到哪里。研究生报名的事白白地给耽误了，眼看着成绩比自己差的白乐和顾轻狂乘车到市里赶考，吉星场的心就像有一百只发情的猫在抓。小麦技术实验室的事没眉目，听说农场写信告状的太多，局里正在考虑把资金转交给别的农场。李天才三天两头开会，吉星场也列席旁听，主要议题就是争取资金不流产。怎么办？南辕小麦 13 号必须拿一个具体的方案报上去，让局里过目，到时候，李天才拼着一张老脸，到局里撒野耍泼，一定要生米煮成熟饭，板上钉钉。方案谁来起草？李天才拿着麦克风，一双大眼睛在屋子里旋转，从一张脸滑行到另一张脸，滑行到吉星场的位置，李天才的脸色沉了下来，眼睛迅速转移了。红头文件上密密麻麻的文字中间，他拿起了老花镜。李天才把薄薄的几张纸翻得哗哗响，那些文字他早就熟透了，但在大家面前，还是装模作样地读了几遍。李天才咳嗽了，“赵麻子，嗯……你来怎么样？”赵麻子习惯性地摸了摸脸，恍然大悟地摇着手说，我一个大老粗，字都认不了几个，打架的事算我的，别的方面还是请秀才来吧。李天才得意地笑了笑，“喂，各位，你们看，这个谁来合适？”罗麻子低着头整理他的裤子，仿佛没听见似的。李天才突然说，罗麻子，你如何？罗麻子的手紧紧地抓着裤腰，唯恐掉到地上，只听他不紧不慢地说，算啦，专业荒废了二十年，我让贤，我让贤。李天才清了清嗓子，放肆地笑了，笑了之后骂声就跟上来了，“伙计们，展示真本事的时候到了，平常，大家牢骚满腹，有的怀才不遇，有的嫌工资待遇差，有的骂我李天才昏庸无能，这时候，有本事站出来呀，我把这个项目交给他干，干好了，奖励五万十万！”赵麻子笑道，农场的人才都跑光了，说这些话来羞辱我们这些老弱病残，有什么用！李天才哈哈大笑道，不见得，我们在座的还是有不是老弱病残的！李天才说的是吉星场，大家心知肚明，但李天才不愿意直接点出吉星场的名字。研究生报名的事冒犯了李天才，吉星场心知肚明，李天才自尊心极强，当然也不堪一击。罗麻子把裤子整理完了，李天才还在翻着文件啰嗦，罗麻子站了起来，检验他裤子整理的效果，还好，裤子没往下掉，他大胆地说出了李天才的心里话，“项目起草的事最好交给吉星场来干，其他人啊都是废物。”罗麻子的话未完，会场就响起了大片的掌声。李天才满面喜色，准备宣布这个重要决定。罗麻子一屁股坐了下来，慢慢说，别忙，我多废话几句，若是真的要把农场搞好，小吉也得全力以赴，万不能应付，心里打小算盘，考什么研究生，李大麻子的决定十分不容易！李天才感激地望了罗麻子一眼，笑道，不怕麻子多，只要人正直！罗麻子总算说了几句人话嘛。那么，小吉，你还是表个态嘛！吉星场人还没站起来，罗麻子的声音又出来了，“别忙，李大麻子，算我多嘴，小吉的待遇怎么落实？”会场几十双眼睛齐刷刷瞪着李天才，李天才嘴巴翕动了几下，顺手把眼镜取下来放在桌子上，眼睛瞪大了，看了看文件，尴尬地笑道，他妈的，一提钱，人就变笨了。李天才镇定下来，又说道，享受中层干部待遇，文件上规定了的。罗麻子不依不饶，追问道，到底是多少？李天才骂道，妈的，罗麻子，简直是个催债的！罗麻子反骂道，大麻子，这个年头，做事不说钱，你拿小吉当傻子了吧。赵麻子嘀咕道，从前，老子流血流汗，从来没说过钱，哪像你们现在这样庸俗！罗麻子讥讽道，赵麻子，连电话费少报了几块钱你就跑到局里去骂娘，在我们面前说这些哄鬼吗？人家小吉是人才，农场要靠着他才有饭吃！赵麻子猛地站起来，单手拎起椅子要往地上砸，李天才喝令道，赵麻子，喝多了吗？赵麻子愤然骂道，老子运气差，落在这个半死不活的单位，没钱不说，关键是还要受人羞辱，这比敌人的子弹射进老子胸膛还残忍，老子要……罗麻子笑道，敌人的子弹什么时候射进你的胸膛了？把衣服脱了让大家瞧瞧！赵麻子骂道，老子有残疾证，你算个什么东西，想看老子的伤！罗麻子准备还击，李天才伸手捂住了罗麻子的嘴巴，罗麻子憋得急，沉重地叹息道，农场要垮了，他妈的，垮了，垮了，他妈的。李天才厉声呵斥道，罗麻子，说什么醉话！好歹你也是个干部，这么没素质！罗麻子笑道，我闭嘴，保证一句话也不说了。赵麻子转过身，从衣兜里掏了一截纸烟，甩了甩打火机，吧唧吧唧抽起来，嘴里仍是恨恨不已，“狗屁人才，老子吃的是国家的饭，不是农场的小麦，农场垮了老子照样有饭吃！”

为了平衡，李天才把南辕小麦 13 号的项目组的成员增至五个人：李天才，罗麻子，赵麻子，刘国歌，吉星场。除李天才外，项目组成员每个月增加津贴 20 元。刘国歌最先向吉星场报告了这个喜讯，接着，赵麻子、罗麻子一前一后来到吉星场的破房子贺喜。吉星场的房子里满地是烟蒂，几个人的废话堆了一屋子，夜半，吉星场从梦中醒来，这些废话依然在耳朵边环绕。第二天清晨，李天才亲自到吉星场家门口招呼，早饭还没来得及吃，人就喊到办公室里去了。赵麻子、罗麻子、刘国歌三个家伙穿着整齐的毛料中山装，表情严肃地等着李天才发表重要讲话。李天才坐在他的破椅子里，惬意地品着玻璃瓶里的热茶，见吉星场进了屋脸上绽放出一朵花来，“南辕小麦 13 号项目启动了。”李天才一个人讲了两个小时，筋疲力尽，方才交给吉星场一个任务：起草项目报告。赵麻子、罗麻子、刘国歌三人站起身，拍拍屁股，笑着说，到镇上喝点儿小酒，庆祝一下。李天才爽快地说，好，今天我私人请客，保证大家喝得尽兴！喝了酒，事情全部是吉星场一个人的了。吉星场从早到晚坐在李天才的办公室查资料、打电话咨询，然后伏案写作，有时候还得坐车到县城去盖章。昏天黑地，一忙就是两个多月，转眼间，阳春三月到了，研究生考试的结果也出来了。白乐从白石乡步行两个多小时来农场找吉星场报喜，他的分数上了省社科院的线，很快就要接到参加面试的通知。一起床，连尿都还没撒几泡，吉星场就趴在李天才的办公室对面搞那份报告，直到下午三点才想起该招待客人吃饭。两人来到桥头的卤菜店切了半斤卤肉，然后在老街的黄家面馆喝小酒。白乐的喜讯在老街显得格格不入，吉星场坐在门口，抬眼看到的是倾斜的板壁和长满青苔的瓦脊，狭窄的青石板街上偶尔闪过一个孤苦伶仃的影子，要么是一只神色惶急的土狗，要么是几只正在边跑边商议觅食方向的小鸡，一路撒下浅浅的脚印。喝到二两左右，白乐的脸上泛起一股羞涩的红，他感叹道，说实话，考试多少得讲运气，小吉，你的成绩比我好，要是你参加考试……白乐的安慰激起了吉星场更多的感伤，几个月趴在桌子上翻资料、爬格子，什么干部津贴，钱影子没见着一个，农场里一片骂声。赵麻子、罗麻子纠集一伙人在院子里打扑克，刘国歌喝醉了就倒在家门口的石头上昏睡，除非李天才开骂，否则雷打不醒。吉星场坐着，一动也不动，屁股上长出了一层老茧。李天才每天给他的赏赐就是泡一玻璃瓶苦茶，结果，茶放酸了也没喝过一口。起初，李天才看不过去了偶尔会提到报酬，“噢，小吉，我到局里计财科问过，钱马上就下来了。”吉星场沉浸在报告里，没对李天才的话产生丝毫共鸣。白乐的喜事瞬间把吉星场从梦中拉到现实中来，这几个月到底干了些什么？腰酸背痛，头晕眼花，报告反复修改，局里还是没通过，说是操作性不强，不具有预见性。折腾几次，搞得李天才产生了动摇，赵麻子一个劲儿地暗示李天才应该进城请客送礼，罗麻子则一味地冷嘲热讽，做事的只有吉星场一个人，是不是吉星场水平太低？李天才没有明说，但吉星场交给他的稿子获得的不再是慷慨大度的赞扬，而是极为苛刻的挑剔，李天才是“文化大革命”前的大学生，科班出身，有自己的眼光，也有实力，有坐功，不然，南辕小麦 12 号怎么能热销好几年呢。李天才鼻梁上架设着老花镜，一个字一句话地审核，直到他自己满意为止。吉星场不计报酬地劳碌，确实是被李天才的行为打动了，什么是科研，做个报告就这么精细，反复推敲，反复斟酌！白乐举起酒杯，祝贺吉星场升了官，“小吉，我猜，你可能不会离开南辕镇了吧？”吉星场苦笑道，小白呀，我这算哪门子官，丢到大路上三年都不会有人稀罕。

白乐打了个饱嗝，声音响亮，“呃——！”

酒　宴

随着县里各行各业承包热潮的侵袭，南辕小麦 13 号灰飞烟灭，李天才的伟大设想戛然而止，成了农场的经典笑话。像南辕农场这样的单位等待的是私人承包的命运，谁有本事谁来。农场原有的职工，无论老少，一律买断工龄，脱离单位，推向社会，自谋职业。李天才像个吹得滚圆的粉红色大气球，被一枚小小的针那么轻轻一刺，立马破灭。南辕农场完蛋了，南辕小麦 13 号在吉星场手里夭折，他根本来不及悲伤。干部的身份，领导的待遇，过眼云烟，空了吹也。李天才没对吉星场表达任何歉意，最深的悲伤属于他，所有事物的源头在他那里枯竭，只有他才明白个中原因，无法言说。就像一辆高速行驶的车突然停下来，还要被惯性驱使一段日子，司机只得接受被剥夺权力的现实。尽管没有人听，李天才照样讲话。尽管不是每个早晨都是晴天，农场照样在七点半播放宏伟的乐曲《太阳出来喜洋洋》。早饭时候，天气预报说，木鱼县将发生特大洪灾，各单位应提前搞好抗洪准备工作。天气预报了一周，县里数次召开紧急工作会议，专门成立了防汛指挥部。南辕河历年水患，两岸百姓的胆子吓大了。每年都在预警，洪水大不了上岸一两米，这个多么容易对付。李天才亲自把红色的预警通告贴在农场门口，没过十分钟就被人撕扯丢在地上。重新写了一张通告贴出来，李天才气急败坏，端了一张凳子坐在旁边，说要抓住搞破坏的家伙。李天才拿着一把烂蒲扇，满头大汗，一边摇，一边骂道，他妈的，这么热，肯定是一场特大暴雨，洪水是躲不过的。刘国歌坐在旁边讪笑道，广播里说有，就一定有，我们相信广播的！李天才抹了抹额头说，偏偏农场就有人不信，我们也没有办法。刘国歌笑道，洪水是肯定要来的，关键是淹没了农场，财产损失无法估量。李天才站起来，凳子上一团汗，裤子湿了。刘国歌说，打蒲扇好是好，就是上面不流汗了，下面还要流，比小孩子尿裤子难受。李天才望着严重倾斜的四合院，忧心忡忡地感叹道，一块心病，下雨就怕它龟儿子垮了。刘国歌说，王润生三天后满五十大寿，农场里的人都收到邀请通知了，他的意思是要在四合院设宴请客，他不怕死，吃饭的人也不怕死吗？李天才从裤袋里掏了一截纸烟塞在嘴里，啪嗒一声，烟草的味呛得刘国歌连连咳嗽。李天才说，老刘，农场应该以工会的名义正式通知王润生，生日宴会能否换个地点？刘国歌笑道，王润生是个出了名的吝啬鬼，他舍得在镇上的客来喜饭店去包席吗？四合院里有个陋习，哪家有点儿鸡毛蒜皮的事总要搞得鸡飞狗跳的。李天才低着头说，局里人什么时候来检查？刘国歌说，上午电话说，先到孤山去检查另外几个农场，咱们农场是最后一家，哎，每次咱们都轮到最后。李天才骂道，龟儿子，把老爷的脾气伺候坏了，难道今晚又得在客来喜摆两桌？刘国歌叹气道，南辕河里没有几条鲈桂了，哪天店里老板说，桌子上摆不出鲈桂，我们就解放了。李天才吐了口唾沫，伸脚踩了踩说，反正老子还有两年正式退休了，到时候哪个来哪个倒霉！刘国歌急了，接着说，李场长，你退休了，我们的日子就惨了！李天才骂道，我李天才没本事，农场才落得倒闭的下场，哎哎，心痛，我是大半辈子的心血都在这里的。刘国歌笑道，李场长，你资格老，在局里说得起话，不是您去骂那些县大老爷，我们农场能得到拨款么？李天才笑道，我嘴臭，在局里出了名，不然，老子早进城当副局长去了。

小吉普准确地停在农场门口，吉普车上下来的副局长邓肯一眼看到红色的告示就发出了哈哈的笑声：老李，老李，工作抓得扎实嘛，你老人家写的字啊，比书法家还写得好呢。局里的几个人在农场盘旋了一圈，刘国歌正准备把人朝镇上的酒店带，李天才伸手把邓肯拦住说，邓局长，这边有请！李天才加快脚步，走到四合院门口，等着邓肯几个人慢慢走过去。几乎每次局里来人都到四合院看过，但那是酒后，喝晕了，走路东倒西歪，看四合院的房子觉得很正常，李天才反复提醒说，房子倾斜45度，距离倒塌只有三秒钟！局里的人也挺幽默，真的站了三秒钟，才笑道，老李，怎么没垮呢。李天才说，刮风下雨怕不怕？局里人把王润生从废炭渣边喊过来做现场采访，喂，老头子，说说看，这房子到底会不会垮？王润生脸上是黑色的煤灰，加上汗水侵蚀，长相同叫花子没什么两样。王润生说，不会垮，垮了，我们住哪里？邓肯副局长对着王润生发表讲话，王润生听得眼睛发亮，他讲的是农场的前途，“一律承包，一律自谋职业，现代社会，哪里有什么铁饭碗，分房子的事，干脆也不要想了！”邓肯讲完，被一伙人围着往镇上的饭店赶。刘国歌问，邓局长，吃什么好呢？邓肯气咻咻地说，工作搞得一塌糊涂，吃什么！李天才说，还是原来的菜嘛。刘国歌嬉笑道，鲈桂，当然是鲈桂。李天才冷冷地瞅了刘国歌一眼，猛烈地打了个喷嚏。入门落座，酒桌上端了几杯子，邓肯肚子的叹息开始往外窜，“局里也不希望南辕农场承包给私人，但是县里的财政，哎哎，说了你们也不知道，确实承担不起，吃饭的人嘴巴多，哎，县大老爷日子难过，局长不好当啊，我们大家心里慌慌张张，慌慌张张。”

几天后，四合院人满为患。王润生的老婆毛妹的得意之作布满了所有的餐桌，五十只鸡，五十只鸭，每桌各一只，香喷喷的卤货，闻一下马上口水直流。毛妹为了王润生这个生日，提前两年饲养鸡鸭，如今，终于功德圆满。院子里里外外摆着桌子，宽的地方坐椅子，窄的地方放条凳，过道上干脆就站着吃饭。王润生两口子略带羞涩地站在院子中一个石头水缸上，嘴巴笑得合不拢。王润生烧锅炉，哪家哪户没占过便宜，虽然是公家的，但毕竟是王润生在经管，王润生脾气好，人缘好，南辕农场的人全来了。来吃饭的人一家也就送十元钱，这点儿钱充其量也就是桌子上的鸡鸭鱼肉的材料钱，还不包含酒和烟。毛妹的地位从未如此高，她亲手饲养的鸡鸭转换为了现金。整个宴会就像一个天然的农副产品批发贸易市场，现货现款，价廉物美。尤为重要的是，几百个肚子挤在一起，集中消化食物，钱的气味完全被浓浓的人情味笼罩住了。李天才坐的是上席，首先讲话的是他。李天才发现，吃饭的客人都带着钦佩的目光听他讲话，这是他在工作中从未获得的荣耀。自然，围着领导敬酒也成了四合院最华丽的风景。赵麻子酒量大，半斤八两不在话下。倒霉的是罗麻子，除了废话连篇，喝上二两酒，人就逃亡了。刘国歌紧紧靠着李天才，一有客人要灌李天才的酒，他就挺身而出，主动挑战。为此，一个下午，刘国歌已经跑到厕所呕吐了四五次。吉星场担任了个有名无实的干部，一分钱的报酬没领取，酒桌上却享受到了特别的干部待遇。所有敬酒的人都称呼吉星场为主任，吉星场不承认，别人便请李天才来评理，李天才打着饱嗝说，怎么不是？红头文件上有！既然是干部，群众敬的酒必须喝，而且，有人来敬酒，你就必须逐个足量地回敬才不失礼数。赵麻子坐在吉星场身边，一丝不苟地教育吉星场，喝酒的时候亲自监督，眼睛盯得紧，不许偷工减料。这下子够吉星场喝的了。四合院里的客人吃完饭，全都围着喝酒的一桌人，尽情欣赏几个男人酒醉之后的表演。吉星场每喝下一杯，都会招来一阵狂热的喝彩。王润生和老婆毛妹笑嘻嘻地站在旁边伺候，竟然也被推入了赌酒的漩涡，毛妹勉强喝了一杯，趁人不注意，从人缝中溜了。王润生逃到厕所，又被人拽了回来，傻乎乎地塞在凳子上，语无伦次地说，狗日的，要喝死人了，要喝死了！李天才当然不会喝醉，因为喝酒的规则是他定。他敬别人的酒，一定是这样的说法，“噢，你喝两杯，我喝一杯，你喝一杯，我喝半杯，噢！”别人质疑他的数学知识缺乏公正性，李天才便振振有词道，我年龄比你大，工龄比你长，辈分比你高，我说的话是不是该听？噢，还有，还有……李天才这一说，其他人还有什么可说的呢，总不可能比李天才的官还大吧，喝呀，大不了多跑几趟厕所，直接呕吐就是了。赵麻子有酒量，越喝越有状态，喝高了，咿咿呀呀，为大家来一段《智取威虎山》，一片掌声，桌子上的杯子又是一阵酒倾泻而下了。按照李天才介绍的喝酒法，吉星场强行支撑了两个多小时，只是呕吐次数多了，喉咙仿佛划出许多伤口，火辣辣地疼痛。浑身血管鼓胀，似乎有无数小小的心脏在胡乱跳动。王润生的脸醉得发黑，每喝一杯，便张大嘴巴，口水长流，嘴里还含混不清发出叽叽咕咕的声音，好像喉咙裂开一道口子，涌进大量的空气。

喝酒的高潮是一位不速之客引发的，张美娟，王润生的表妹，吉星场曾经与之同行，似乎还有点儿往婚姻方面联想的倾向。张美娟强行挤进人群，一把将王润生掀下桌子，一屁股坐在吉星场的身边，她是王润生的及时雨、大救星。张美娟先是自罚三杯，然后将在场的人敬了一圈，面不改色心不跳。张美娟的表现激发了男性的自尊，赵麻子一巴掌打在桌子上，叫嚷道，管他妈的，喝！刘国歌扯开嗓子叫喊王润生，却喊来了毛妹，刘国歌笑道，再炒几个热菜，再来一壶酒。毛妹兴奋地说，没问题，没问题，只要你们敢喝，好，好！张美娟自己介绍说，她在县城东门开的标准件门市必须等到下午两点才能关，然后坐车三个小时，耽误了老辈子的寿宴。刘国歌醉醺醺地问，什么——标准间？赵麻子冷笑道，喝醉了不要乱说，标准件，不是标准间，一个是零件，一个是旅馆的房间。李天才笑道，刘国歌，你想的好事，进城开会就是标准间！赵麻子陡然大笑，沉浸在他一个人才能领悟的境界。张美娟站起来，伸手推了赵麻子一巴掌，“笑个狗卵，老娘要同你喝酒！”吉星场发现张美娟脸上的胎记消失了，无论从哪个角度欣赏，张美娟都是名副其实的美人。回想当初相亲的样子，那胎记，确实令人不愉快，要是没有那个缺陷，也许……吉星场这样遐想，张美娟的手已经伏在他的肩膀上来了，潮湿而丰润，好像水里好动的动物，“喝酒呀，兄弟！”张美娟亲切地称呼，兄弟这个词取消了两人之间的性别差异，但记忆还在发挥作用，两人之间很多的差异，不言而明，吉星场迟疑不决，摇了摇头说，喝不了。赵麻子粗鲁地骂道，龟儿子，这么漂亮的姑娘坐在身边还不动心！张美娟立即纠正道，狗屁姑娘，应该是老娘！刘国歌讪笑道，这么年轻，姑娘，差不多吧。张美娟端起酒杯，两眼审视着吉星场，“兄弟，我们曾经见过面的，你该认得我……”张美娟的眼睛充盈着亮光，像一面晒着太阳的玻璃，热源源不断地映照到吉星场脸上，他浑身发烫，不知道是酒在捣乱，还是脸上的不适引起的幻觉。“先干为敬！”张美娟仰起脖子，喝下了酒。吉星场喝了酒，闷闷不乐地坐下来，他实在不喜欢挨着张美娟坐，这个一闪而过的女人连记忆中一个泥点也没留下，现在，竟然狂轰滥炸似地在一张凳子上渲染她的存在。一杯一杯地喝酒，与陌生男人之间莫名其妙的兴奋和冲动，暧昧的眼神，语言的挑逗，哎，恶心。张美娟第二杯酒敬上来的时候，吉星场的眼里正漂浮着更多的胎记，他惊恐万状地望着张美娟擦了胭脂的嘴唇，由鲜红变得乌黑，好像蚂蟥一样，随时可能吸附过来。张美娟又是先干为敬了，吉星场很被动，太不够意思了。赵麻子说，美娟呀，小吉离了婚，情绪低落。张美娟笑道，离婚很正常，今天喝高兴了，明天姐给你介绍一个，城里的！张美娟的手伏在吉星场的肩膀上，厚厚的落下一团脂肪，但他已经感受不到热了。吉星场的嘴唇麻木，好像患了炎症，肿得特别厉害，说话时，舌头也不灵便。酒一杯一杯地喝，天色昏暗，渐渐晚上就到了。张美娟把午宴变成了晚宴，院子里的灯火醉醺醺的，似乎全都从酒杯里升起来，一盏一盏地燃烧，一盏一盏地漂流。张美娟喝得一塌糊涂，时而同李天才握手，时而把头靠在赵麻子的身上，纯粹成了一个荡妇。先前残留在吉星场心中的一点点儿良好印象荡然无存，他胃里翻腾着，摇晃着身子，往厕所里走，没人扶持他，男人们都在看张美娟表演抽烟，吐烟圈，他妈的。幸亏遇到刘婉儿在巷子里扶了一把，吉星场才没有跌倒，但是吐出的液体淌了一地，没力气打扫，丢人的事摆着，幸好几条野狗抢着舔干净了。吉星场对狗的印象突然变好了，它们不仅仅是忠诚，而且是世界上最优秀的清洁工。张美娟，好不容易摆脱了难看的胎记，现在竟然肆无忌惮地滥酒，连老实本分的毛妹也受不了，站在吉星场旁边骂，“不要脸，一分钟也离不开男人！”王润生站在毛妹旁边，焦躁不安地搓着手说，万一喝死了人咋办？那个张美娟，她怎么来了？毛妹跺脚道，怪我多事，给她爹打了个电话，你看，该来的没来，不该来的来了。四合院外驶来一辆小车，马达的声音没有停歇，直接进来几个男人，“喂，张美娟！”张美娟把酒杯一丢，双手掀开人群，嬉笑道，哟，你们来了！“走，换个地方喝酒，客来喜饭店，鲈桂！”张美娟被几个男人搂着走了。毛妹连声骂道，不要脸，连礼钱都没送！王润生憨笑道，送不送由人，又不是收罚款！吉星场重新坐回酒桌，男人们全都闭嘴了。毛妹和几个女人挤过来收餐具，一边解释道，都怪老王那个疯子表妹，听说离了婚，物资局下面的公司垮了，现在跟几个生意人鬼混！赵麻子麻木不仁地笑道，标准间，没错！刘国歌凑过脸笑道，卖零件的吗？赵麻子大骂道，开房间，卖沟子去了！李天才骂道，麻子，积点儿口德，人家刚才还陪你喝酒呢。赵麻子长叹一声道，人家年轻，有几分姿色，还可以开房间，卖沟子！我们呢，几个老屁眼儿，农场垮了，卖什么呀！

洪　水

王润生的生日宴会后遗症发作了。农场里，男人们长长地躺在床上，不吃不喝，要死不活。局里的吉普车停在农场门口，没有人迎接。农场里静悄悄的，女人们在南辕河边努力清洗男人沾染着酒气和呕吐秽物的衣服裤子。他妈的人呢，上班期间到哪里去了？检查防汛工作的还是副局长邓肯，他一进农场大门就喊着李天才的名字破口大骂。赵麻子、罗麻子从床上被骂起来，睡眼惺忪地站在办公室门口，听邓肯训话。刘国歌在李天才门外一声声地呼唤，希望李天才从梦中苏醒。邓肯骂了半天，还是没见着李天才的影子，便扬言马上要撤掉李天才的职务。这句话发挥作用了，刘国歌往李天才的门口跑了一趟，李天才额头上贴着一块白色的纱布，摇摇晃晃，终于出现了。邓肯笑道，李大麻子，你是怎么搞的，昨晚偷牛去了吗？李天才一本正经地说，邓局长，你不知道，这几天，我们农场搞你这个抗洪防汛工作有多辛苦，老子几天几夜没睡觉，昨晚跌在农场的池塘里，差点儿淹死了。李天才把额头上的纱布指给邓肯看，鲜血的痕迹，跌在石头尖角上，人一下子晕过去了。他妈的，暴雨没来，洪水没来，人就被你们这些城里的大老爷吓晕死了！邓肯赔笑道，老李呀，抗洪防汛是大事，局长天天开会，出了问题，一票否决，你我都一样，开不得玩笑。刘国歌凑到李天才身边耳语，李天才又凑到邓肯身边耳语，邓肯神色严肃地对着四个人说，这次抗洪防汛工作，上面非常重视，重视到什么程度呢，就是派人暗中巡查，凡是不认真工作的人一律撤职，听说，有几个乡长被停了职！这还了得，鲈桂就养大一点儿，下次来吃吧。邓肯抛下几句话，匆匆赶到别的农场去了。午饭都没来得及吃，李天才就坐进了广播室，刘国歌奉命打开了农场的高音喇叭。在雄壮的乐曲播放之后，李天才的声音亢奋起来，一种战斗的激情在南辕河上空燃烧，仿佛农场已经被洪水包围，随时可能被冲毁。阳光灿烂，空气像热气腾腾的蒸笼里窜出来的一样。一场特大暴雨将会到来，抗洪防汛是本农场最重要的工作了。从现在起，所有人都要坚守岗位，哪怕天上没有一片云也不能掉以轻心，为什么呢，南辕镇不下雨并不意味着别的地方不下雨，尤其要观察孤山，赵副场长的工作职责就是端着一架破旧的军用望远镜，时刻关注孤山的天气。只要南辕镇上空出现一片云，农场立即拉响警报。若是天上有下雨的迹象，所有人员必须迅速集中，大家一起努力，把农场靠近南辕河的二十头萍鹿赶上附近的山头。职工们浑身淌汗，望着晴空，又痴痴地望着李天才：没喝醉吧，老天会下雨吗？李大麻子，敢不敢来打个赌？李天才严肃地说，这是执行任务，打什么赌，不能开玩笑的！又有人说，李大麻子，这种天气还要抗洪，你这不是开玩笑吗？李大麻子说，一点儿也不开玩笑，只要顺利地完成本次抗洪防汛任务，能评上抗洪防汛先进单位，保证宰杀这些萍鹿分发给大家，到时候，有肉吃哟，有酒喝，比王润生五十岁寿宴还要热闹，等着吧。众人哄笑，知道李天才是开玩笑的。

当初，有人给李天才出的主意，在靠近河边的地方养萍鹿，最多的时候曾有五十多头。每天拉屎拉尿，往河里排放，时间一长，河水早已发黑发臭，镇上的人恨之入骨。但是，农场里，最值钱的就是这些家伙，局里来了人，没什么检查的，便看看这些萍鹿。农村人都知道，萍鹿是浮财，除非养肥了，宰杀了，变成了钞票，那才算真正的财富。几乎每喂一段时间，萍鹿都要病死几头。现存圈栏里，二十头萍鹿还算命大，到底能否变成现金，李天才心里完全没底。

这时候，南辕镇周围的农村很多井已经干涸，农民没有水喝，大清早就扛着水桶挑南辕河的水。一天中午，南辕镇上空黑云密布，白昼如夜，天气预报的特大暴雨眼看马上就要降临了。镇上所有的瓦房子黑压压的，被乌云压着，人在院子里，觉得天快要垮下来了。一时间，镇上的高音喇叭全部开通，区公所的人先讲话，然后，农场里响起了李天才的声音，“同志们，决战的时刻到了！”一声令下，农场里百十个男女全都冲到了河边的饲养场，男的拖耳朵，女的拍屁股，萍鹿们哼哼不已，鄙夷不屑地望着农场里的一群鸟人。拗不过，萍鹿们顽固地坚持了一个多小时，最终被驱赶到了附近的小山丘上。然而，这些畜生无论如何也不肯钻进彩色塑料布搭建的棚子。棚子里热浪滚滚，好像一口开水锅等着要脱它们的皮毛。出于对死亡的恐惧，萍鹿们互相挤在塑料棚外的草丛，惶恐不安地望着漆黑的天空。县里的宣传车喧嚣着从公路上经过后，县电视台的播音员甜美的声音仍旧在空荡荡的公路上悠久地回荡。李天才不停地抹着额头上的汗珠，他挥动木棒在叫嚷得最厉害的两头萍鹿屁股敲打了几下，满以为可以杀一儆百，想不到那畜生报复心极重，趁他不备，狠狠地掀了两脚，李天才噗嗤摔了个四脚朝天，哎哟哎哟叫了半天，方才爬了起来。萍鹿们不愿意入棚，人们只好轮流看守。轮到吉星场的时候，天上的乌云已经被来自孤山的大风吹得七零八落，裸露出大片大片蓝色的天空，罅隙里放射而下的阳光像火炉中刚拔出的剑一样，看也看不得，碰也碰不得。小山丘重新升起滚烫的热气，萍鹿们互相攘夺，都想把对方推开，好像自己喘气的空间大一点儿。体力差的几头萍鹿无法支撑，软绵绵倒在地上，有气无力地哼哼，嘴角的泡沫层出不穷。吉星场凭借面积越来越大的蓝天判断，这场雨是不可能的了。怎么办？萍鹿们继续在这种高温的环境里，可能会中暑而死，现在，要么让它们躲进低处的树林，要么返回河边的饲养场。李天才口气僵硬，说除非县里通知，一头萍鹿也不能放回河边，万一大水来了，冲走了可惜！如果中暑死了咋办？死了就分肉，反正大家长时间没沾腥了。死萍鹿肉谁敢吃？毒死了人，李大麻子，你承担得起？李天才态度极其强硬，愤然道，即使所有的萍鹿全中暑死了，也不能放回去！吉星场请李天才看天空，一片云也不存留，哪里像下雨的样子？李天才坚持说，夏天的雨，说不准的。吉星场说，场长，天到底下不下雨，我们打个赌？李天才眼里放出冷峻的光，刺得吉星场浑身打战：我已经申明，这是工作任务，不打赌！各单位的惯例，即使县里不发通知，我们也要搞的！出了事儿，小吉，你吃不了兜着走！李天才一发怒，真够吓人的。但这么熬着，终究也不是办法。吉星场沉默，只是擦着汗，干笑了几声。过了一会儿，李天才平静地说，小吉，你可能会以为我李大麻子头脑机械僵化，这方面，过去我们吃过亏的，夏天的雨呀，河这边像满桶水倒，河对岸干打雷，尤其是孤山，山区的暴雨，下来就是一场大洪水，不做准备，出了事儿怎么办？吉星场说，我们可以派人到堤坝的位置监控水位，有变化临时通知也来得及。李天才斩钉截铁地说，说得轻巧，水火无情，防不胜防，还是小心点儿好，我们单位本来效益就不好，若是出点儿别的事儿，我是担心大家的饭碗呢，我说的话，绝对没错，这是纪律！吉星场请李天才听一听萍鹿们的呻吟，李天才说，小吉啊，你太多情了，你又不是在和萍鹿谈恋爱！吉星场说不动李天才，确实又同情那些被热浪熏昏的萍鹿，怎么办呢？他去小池子挑了水来，一瓢一瓢往萍鹿身上泼，萍鹿们幸福地摇摆着身子，发出咕咕的叫声。可一旦停止，萍鹿们又开始惨叫了。

吉星场值班的时间满了，李天才特意把张俊明带来接班，而且严厉地警告道，张俊明，二十头萍鹿交给你了，你必须保证八个小时后完好地交给我！李天才一走，张俊明便向上天祷告道，千万不要病死在老子手上啊，大家还等着吃萍鹿肉呢！吉星场说，没用的，这样下去绝对会中暑一大片，到时候，你就是农场的罪人。张俊明笑问道，萍鹿要中暑，我救得了吗？吉星场私语道，不如把萍鹿放回河边的饲养场，我敢肯定，这天气一万年也不会下雨的！张俊明说，李大麻子追究，谁来负责？吉星场笑道，你只说萍鹿自己跑了的，让李大麻子去惩罚萍鹿吧。张俊明不同意，可是，坚持到晚上七点钟，萍鹿们一个个奄奄一息，看样子会全部死光，心里觉得可惜，而老天干干净净，一个鲜红的夕阳正在坠入地下。吉星场又来了，张俊明哭丧着脸问，兄弟，咋个办哪！吉星场笑道，你怕承担责任，是吗？让我来，我把萍鹿放走，你对李天才说，萍鹿是自己跑了的。张俊明脸色发灰，哆嗦道，要是他对我严刑拷打，我坚持不住，怎么办？吉星场笑道，你就直说吧，说是小吉干的！说完，吉星场抓起一根棍子，对着一头萍鹿的大屁股狠狠打去，只听得那家伙哼了哼，挤到一边去了。吉星场拿起棍子一顿乱劈，萍鹿们终于大胆地迈开脚步，发疯似的朝着河边跑，浑身来劲儿。吉星场抓着棍子在后面紧追不舍，萍鹿们乐了，一个个在尘土上蹦跳，肥硕的屁股笨拙地扭动着，看得人的笑合不拢嘴。出乎意料的是，萍鹿们在河边的饲养场逛了一圈，旋即窜了出来。袭击李天才的两头萍鹿竟然叫嚣着，径直要冲过围栏，往河里跳。这些萍鹿在山丘上看见了南辕河，感受到了水的诱惑，野心释放出来了。吉星场觉得这些萍鹿不自量力，那么笨，蠢得可怜，怎么可能冲过！实际上，萍鹿们在山丘上折腾了七八个小时，心中淤积了过多的怒气，一旦释放出来，吉星场可能真的打开眼界了！萍鹿毕竟有兽性，它们用本能在搏斗，用头撞围栏，结果，几个回合，围栏便轰然倒塌一个缺口。萍鹿们像电视动画片中的萍鹿一样欢快地飞出去，扑通扑通，坠落河里。

李天才身上散发着汗馊味，晃荡到小山丘，发现一头萍鹿也没有，大嚷着找张俊明拼命：蠢货，还我萍鹿来！此时此刻，张俊明正和吉星场在一起，浑身潮湿，在河里追逐快活无比的萍鹿们。吉星场从未见过李天才脸上那种恐怖的态度，“我的萍鹿到哪里去了？”吉星场背后是暗黑的河水，他说，热疯了，全跑到河里洗澡来了。李天才恶狠狠地骂道，限你晚上十二点之前，一头一头捉上来，不然，农场的人要剥你的皮，剐你的肉！到时候老子第一个拿刀来杀你！哦，还有你——张俊明，你犯了渎职罪！张俊明对着吉星场说，小伙计，主意是你出的，咱们赶快努力吧，为了我们的饭碗！吉星场脱得精光，仅剩一条裤衩，轰隆一下跳到河里，张俊明也如法炮制，跟着跳下河。两人奋力游向那些惬意的萍鹿，但哪里是萍鹿的对手。萍鹿们嗷嗷叫着，在水里打着漩，偶尔傲慢地从水里升起两个巨大的鼻孔，直接把水喷射在吉星场的脸上。等人扑过去，萍鹿们狡黠地潜入水中，几个爪子刨那么一阵子，水便浑了。

天色昏暗，河水荡漾。两人精疲力竭，在水里打着旋，似乎要昏睡而去。而河水汩汩滔滔，萍鹿们似乎还在狂乱地游荡，在水底大力吹泡。“小吉，涨洪水了！”张俊明突然尖叫，吉星场猛然醒来，惊诧不已。“涨洪水了！不得了！”张俊明惊惶地指着上游，只见大片黑色的液体像煤块一样坍塌。不到两分钟，身体便被巨大的水流包围了。“萍鹿，我的萍鹿怎么办啊？”张俊明爬上岸，扯着喉咙大嚷大叫，拼命往农场逃窜，他要去搬救兵了。吉星场还在河里，依旧在吆喝高枕无忧的萍鹿们上岸。可是，萍鹿哪里听得懂人的话！河水越长越猛，萍鹿们终于感觉到危险了，一个个嗷嗷叫着，在水里打着旋，想找一处岸爬上去。无奈体力透支，身体发软，被大水冲刷着，推向下游。李天才气咻咻地带着十来个男人来了，十多只雪亮的手电筒光在河面扫射，扫射到吉星场身上，吉星场正在帮助一头萍鹿上岸呢。李天才说，龟儿子小吉，不要命了！老子说的话你又不听，你以为天不下雨就没有洪水了吗？张俊明抖抖索索地问，场长，这水不是黄色的呀，真不是洪水！李天才愤然破口大骂道，还不是南辕水电站那几个杂毛惹的祸，他们怕晚上来洪水，所以就偷偷开闸泄洪，还打电话来求情，让我们不要向上级反映！张俊明骂道，他妈的电站，到处缺水，他们还放水！李天才骂道，张俊明，你个狗日的，少了一头萍鹿，老子要剥你的皮！张俊明骂道，小吉，老子要剥你的皮！

正当两人焦头烂额、大伙儿愁眉苦脸的时候，饲养场的饲养员笑嘻嘻地跑来汇报：回来了十八头萍鹿，它们正在争食呢。原来，饲养员想了个苦方，从仓库管理员那里强行要了两袋人吃的玉米，煮了两大锅粥，香喷喷的，这些贪婪的家伙诱惑住，召唤回圈栏去了。

抗洪防汛工作终于结束。老天似乎同南辕镇的人开了个玩笑，忙碌了十来天，不要说洪水，干脆一滴雨也不落下地。这次暴雨主要发生在孤山前山，洪水淹没农田、冲垮桥梁，是山那边的事儿。孤山后山这边，只是山区出现了暴雨，在南辕河形成的洪水到了镇上早已是强弩之末，混混浊浊，水的颜色发生了轻微变化。而电站那几个家伙开闸放水，人为制造了一场洪水，竟然给南辕农场造成了两头萍鹿的财产损失。此事毫不含糊，已向有关部门汇报。值班人员擅自开闸泄洪，南辕水电站受到通报批评，南辕农场竟然成为镇上唯一有洪灾损失的单位。李天才站在河边，望着太阳的反光，哭笑不得：劳而无功，劳而无功，可惜老子两头萍鹿了。对于南辕农场的人来说，夏天总是个麻烦的季节，非汛即旱，既要防汛，又要抗旱。据说，新的任务来了。县里发了通知：全县奋战八十天，夺取抗旱保收胜利。农场的人觉得抗洪防汛有些冤枉，但抗旱保收则是发生在每个人身边实实在在的事情，为了抗旱，确实可能要干点儿实际的工作了。一段时间以来，南辕镇大大小小的池塘河流水位持续降低，自然村落的水井枯竭，庄稼干枯，人畜饮水困难。农场接到区上的紧急命令，十八头萍鹿悉数杀光，南辕河的水质马上净化。十八头萍鹿杀了个精光，肉放寄存在食品站的冻库，痛心不已的李天才正在忧愁：这些萍鹿怎么办呢。当初开玩笑，说只要南辕农场能评上抗洪防汛先进单位，便答应要给职工宰萍鹿分肉，真的还是轻率了一些。萍鹿杀了，先进单位只是个玩笑，那么分肉也只是个玩笑了。农场的人拿当初的话来提醒李天才：场长大人，说话算数哦。李天才哈哈大笑道，我李大麻子什么时候说话不算数，只要先进单位……啊，你觉得可能吗？对方悻悻而去：哼，萍鹿杀了，不分肉，留着生蛆吗？大概是上天眷顾南辕农场吧，该大家吃肉了。县里搞一个抗洪防汛的表彰大会，通知各单位申报抗洪防汛先进单位。但是，南辕镇没受水灾，抗洪一事说不上，最多只能说是防汛。单纯的防汛，恐怕不能申报抗洪防汛先进单位吧。李天才打电话问了局里，又亲自跑到区公所询问，答复是：先进是不可能的。然而，过了两天，两处都来电话：可以申报。申报上去，几天就有了结果：县里通知李天才开会，领取金光灿灿的奖牌！李天才回来才告诉大家：电站放水，农场因祸得福，只有农场有洪灾损失，成为全区唯一的抗洪防汛先进单位，当然，这也是南辕区所有单位的光荣。南辕区是全县经济最落后的地区，南辕农场应该为全区争这个面子。李天才在大会上猛地拍了桌子一巴掌：说话算数，我们马上开会研究！李天才和赵、罗、刘几个人关起门来，从早晨商量到晚上，主意出来了：分肉！

吵吵嚷嚷大半天，十八头萍鹿被瓜分，张俊明手气好，竟然抽签分得一条鹿腿。张俊明一家三口人蹲在门口忙碌了一下午，总算把鹿腿上的毛拔光了。嗯嗯，其他分到鹿腿的职工也很得意的：肉多嘛。大家都很感激吉星场，要不是他斗胆把萍鹿放到河里，即使电站开闸泄洪，农场也和抗洪扯不上边，李天才的玩笑话怎么成为现实，大大方方把萍鹿肉分给职工呢。而且，在挽救萍鹿的活动中，吉星场是最辛苦的一位，整个农场无人不知，大家都觉得亏欠了吉星场一点儿什么东西。碰巧局里要求农场推选一名抗洪防汛先进人物，胸膛上要戴大红花，还要上报纸、广播，风光无限。农场开会投票：吉星场全票通过，先进人物。

噩 梦

久晴必有久雨。九月，南辕镇就开始陷入雨水期。长达三个月，孤山被灰色的雾霾长期包围，南辕镇上的人成天只能见到附近几座在雾气中时隐时现的小山丘。天空阴沉沉的，乌云重重叠叠，像聚集起来的鸦群。稍微高一些的树木，窸窸窣窣，窸窸窣窣，摩擦着云朵，空中便不断滴落冰冷的雨珠。多数时候，太阳要中午才在树梢上露一下脸。

四合院里木板壁浸泡在雨水中，慢慢地发霉，长出了色彩艳丽的小蘑菇。瓦楞上，阶沿石，天井里，腐烂的空气滋生出浅绿的青苔，映衬得院子一片深黑，好像个积水的深渊。清晨，冯梦第一个出门，他脚上的雨靴噗嗤噗嗤地踩着烂泥，声音渐渐减弱。接着，听见刘婉儿说，老冯，雨天雾大路滑，骑摩托小心点儿。老冯从不答应，在发动机轰鸣的声音中，他离开了四合院。

木鱼县的县委书记调到土城县，很多事情便发生了变化。先前，他所主导的抗洪防汛有一个轰轰烈烈的总结表彰活动，但是，抗旱保收工作却无疾而终。雨水应时而至，连天空都发霉了，再来宣传干旱之苦自然没有人欣赏的。书记的位置悬着，暂时由麻县长主持工作。围绕书记的空位，木鱼县的城乡广泛传播着众多的流言。偏僻的南辕镇，屁股大点儿的农场也加入了这场声势浩大的时事议论。主持工作的麻县长也有自己的工作思路，他发起了全县秋季球类运动会的活动。雨水多，霉变的空气进入人的呼吸道，引起人们普遍咳嗽、吐痰，心累哮喘。大概是为了摆脱这个季节对人体的毒害，麻县长在会上强调，各级政府各单位必须组队参加。这件事令李天才叫苦连天，农场居然连一支篮球队也拼凑不起来，五大三粗的冯梦一个人在篮球场上等候了一上午，中午便去忙他的摩的生意去了。二三子单薄得像片树叶，风一扫就跟着灰尘跑得老远，哪里承受得住篮球的轰击？李天才不好意思叫吉星场，去年耽误了小伙子考研究生，今年再耽误，估计这只小兔子会咬人的。然而，镇上的所有单位似乎都有了篮球队，有的人员充足，替补队员就有四五个，有的人员不够，花钱从附近的县请人。农场属于垮杆单位，没钱绷面子，自己的篮球场沦为其他有钱单位的狂欢场所，鸠占鹊巢，令人唏嘘。

这些日子，吉星场从不到南辕镇上逛街。南辕镇，在雨水和人力的作用下，完全沦为一个泥塘。满街烂泥，被行人和过往车辆反复搅拌，洼地积泥浆，高地积成粪便状，路两边流淌着粥样的人畜排泄混合物。走路的人浑身泥点，分不清鞋子和裤子形状。可是，一有雾散雨霁、云开日出的天气，镇上的所有运动场自然成了热闹的训练场地。即便如此，场地仍然显得紧张。南辕农场的篮球场破旧不堪，每天竟然有不同单位的人来抢位置。篮球场紧邻南辕河，河水稍微上涨，便为泽国。最近几年，农场凋敝，围墙坍塌，篮球场与河道的界限渐渐消失，几乎成为乱石泥沙累积的河滩。农场反复向局长打报告重修，没有批复。现在，无法用来正式比赛，只能应急，作为训练场地。近水楼台先得月，区电力系统的几个年轻人每次总是抢到位置。好不容易一个晴朗的天气，区电力系统的人抱着篮球来集训，准备和区林业系统的比赛。自然，这样的好天气对吉星场来说也是难得，他走到篮球场散步，呼吸来自河滩荒凉的秋风。手里拿着书早已成了日常生活习惯，能不能看进去，那是另外的事。吉星场准备考华阳政法大学研究生，李天才知道，整个农场也知道，甚至全镇人都知道了。开会的时候，李天才表扬吉星场，说小伙子有追求，研究生，听的人似是而非，讹传为“阴茎生”，李天才也不更正，任凭大家从中获得快乐。年龄大了，牙齿脱了几枚，任何发音都留下了笑柄。农场的人收集起来，每天可以编一份晚报，供大家娱乐。比如说“上船”，李天才可能会说成“上床”，念文件的时候，把“一次性生活补贴”念成“一次——性生活补贴”，“鹿茸”念成“鹿耳”，一伙人穷开心，笑笑也无妨，反正牙齿也不会掉落。这个季节对吉星场特别不好，无限苦恼、不明原因的头痛症成为他的季节病，昼夜折磨着神经，且时日已久，无处排遣。头晕目眩，精神恍惚，生不如死。从前，到了这季节，吉星场一定要放下手头的事情，专心休养，度过危机。今年不行了，研究生考试安排在一月份，较往年提前一个多月。从九月开始，准备这场考试的人就摆出一副不成功便成仁的架势，通宵达旦地啃啮教材和专业书籍，枕头上残留的一定是碎纸屑。然而，到了这紧要关头，吉星场的身体不争气，只能徒唤奈何。

久违的太阳从孤山升起，像一枚灿烂的金币，向尚在雾气中的南辕河投来万丈光芒。河面碎光闪烁，好像穷人突然在沙里看到黄金的惊喜，满地泥泞权当是锦绣的铺垫。吉星场在篮球场走了几圈，区电力系统的人抱着篮球来了，凹凸不平的篮球场上，哐当哐当蹦跳着一只裹着淤泥的篮球。打球的人叫嚣着，声音在空旷的场地回响。他只得找了一块石头坐下来，一面欣赏南辕河上袅袅的雾气，一面看那几个年轻人训练。吉星场非常庆幸这个难得的好天气。他居然看见了一个人，鱼幼，也在阳光里行走。鱼幼早就发现吉星场坐在运动场边，但迟迟不愿意走过来。当然，吉星场也害怕她走过来。鱼幼搬到镇上已经很长一段时间了，与她一起离开四合院的还有 21 英寸的彩电。彩电的离开让刘婉儿一直念念不忘，她是个电视迷，以前经常到乡政府看彩色电视，每次回来都眼泪汪汪的，冯梦以为乡政府的人羞辱了她。二三子把彩电买回来后，刘婉儿每天就守在二三子家的电视机旁，回家后也是眼泪汪汪的。冯梦发觉电视已经成了刘婉儿的亲人，电视剧和广告统统都看，常常连饭也忘了煮。冯梦一直想买一台 21 英寸的彩电，暂时钱没攒够，不便明说。二三子买了一部松下放像机，偶尔腋下神神秘秘地揣着一个黑色的盒子，一进门，马上拉起窗帘，屋子里一片漆黑，不知道搞什么鬼。鱼幼不会和二三子在一起，她手腕上挂着一团毛线，在院子里走来走去，为二丫丫织毛衣。二三子一个人在家躲着也没意思，只要听见院子里有男人说话，马上从门里探出头来，鬼鬼祟祟地眨眼睛。吉星场上过一次当，他端着一碗饭，受到二三子的暗示，一进门，二三子哐啷一声关上门，喘了一口气。随后，电视上闪烁着一些画面，令吉星场作呕。王润生老老实实地看了十分钟，二三子啪嗒一声把松下放像机关了。二三子笑道，老王，可以了。王润生委屈地说，我还没看够呢。和吉星场一样，冯梦也是端着一碗饭看了一分钟，出来后一边吃饭一边骂道，狗日的，比狗还不如呢。此后，冯梦坚决不准许刘婉儿踏二三子家半个脚印。刘婉儿像个小孩子扑在冯梦怀里撒娇道，看电视也错了吗？冯梦狠狠骂道，丧风败俗，他妈的。冯梦始终不告诉刘婉儿到底什么是丧风败俗，刘婉儿也有自知之明，她从来要有鱼幼陪着才会在二三子家看电视连续剧。刘婉儿沉浸在台湾艺人的表演之中，看完一集就流一次泪。四合院里不时兴打牌了，日子难熬啊，不看电视干什么呢。最无聊的刘婉儿好不容易才在言情剧中找到自己的位置，怎么能轻易放弃呢。只是鱼幼月经不正常，心烦意乱，又要经常上医院，鱼幼和二三子商量后，拿了主意要搬家。房子租在乡政府附近的高坡上，离二三子开的照相馆不远。二三子从云贵省回来，便果断地搬了家。鱼幼搬了家，她就从吉星场的生活中暂时地消失了。起初，刘婉儿意犹未尽，偶尔还厚着脸皮跑到鱼幼新租的房子去看电视。不过，跑上几次，嫌累，也就不再扭着电视看。听说，鱼幼搬家后同二三子打架更放得开手脚了。三天两头打，抓着什么打什么，鱼幼的拿手好戏就是抓二三子的下身，或者扯他的头发。二三子心狠，有时候用鱼幼的高跟鞋敲打鱼幼的头部，反正伤口在头发里，只是流血，外人也不容易发现。

此时此刻，鱼幼披着长发，在阳光里随意走动，就像一只耀眼的凤凰。米黄色的风衣下摆垂落下白色的裙角，轻轻走动，整个空气便随之荡漾。她选了一块石头，面向河面而坐，不知道她在看些什么。鱼幼略微侧身，脖子上的紫色的淤痕就显现出来了。吉星场这才明白鱼幼为何迟迟不愿意靠近自己。不过，吉星场还是感到非常遗憾，他希望鱼幼像以往那样主动地靠近自己，说几句无关痛痒的话。现在，鱼幼突然改变态度，不管什么原因，吉星场心里总是极为惶恐不安。他想问候一下鱼幼的伤势，又觉得一个大男人这样婆婆妈妈、自作多情，并不合适。球场上几个小青年大汗淋漓地来回奔跑，不知疲倦，吉星场却累了。他翻开书，一页也看不进去，脑袋里嗡嗡地转动着的是鱼幼两个字。鱼幼，鱼幼，这是什么意思？鱼幼与自己有什么关系？她离开四合院这么长的时间，自己也没什么异样，突然见到了，竟然有一种失落感，这是怎么回事？吉星场觉得自己已经陷入一种危险的境地，一种道德上的欠缺，周围有许多莫名其妙的动物正张开大口扑过来，随时可能吞噬自己——不，不能这样，必须马上结束这种状态，离开这里，这里，多待一分钟就多一分危险！他的手抖动起来，连书也拿不稳，整个人像被剐了一层皮似的，灵魂正在从骨肉里掉落。嘭！一件重物像炸弹扔在头顶上，吉星场赶紧伸出双手捂住脑袋，只听见打篮球的几个家伙哈哈大笑。原来是一只篮球狠狠地砸在吉星场头上，篮球落地后，在吉星场眼前像个小丑一样跳来跳去，最后竟然钻进吉星场的胯下。太可恶了！吉星场摇摇晃晃站起来，双手像捉老鼠一样捉住篮球，他要严厉地惩罚这个肇事的怪物。

“阴茎生，把篮球抛过来！”一个男青年皮肤白得像失血过多的病人，正在用一双多毛的大腿挑衅着吉星场。阴茎生？这诨名本来是农场内的笑话，谁把它扩散到外单位去的？挨了一篮球，吉星场还在为此生气，喊这个诨名更是莫名其妙，凭什么把篮球还给他们！吉星场把篮球撂在地上，拿起书就准备一走了之。那白皮肤男人却不依不饶，非要吉星场把篮球抛过去。吉星场忍无可忍，反问道，凭什么？白皮肤几个箭步冲过来，脸上淌着热汗，紧贴着吉星场的脸说，不凭什么！大爷我就是要你这样做，你敢怎么样？吉星场也火了，眼睛直射着那家伙道，欺人太甚！

你的篮球砸了人不道歉，还要别人像伺候老爷一样伺候你吗？难道怕你不成？白皮肤嬉笑道，喊你阴茎生算是给你面子，吉星场，你算个什么东西，抗洪防汛先进人物，骗子，害得老子们被通报批评！吉星场冷笑道，电站开闸泄洪本来就不对……话未说完，吉星场脸上早挨了一拳，刚好揍在眼眶上，一股火辣辣的液体在脸上蠕动，痛得睁不开眼睛。接下来，他又被人打倒在地。还没来得及反应，其他几个家伙似乎也过来了。胸口、腰部、背部和大腿连续被人踢打，浑身疼痛，到处流血。到底是哪些人打的，打了多少次，完全是蒙的。等吉星场从地上爬起来，那伙人早跑散了。鱼幼赶过来了，用纸巾在擦他脸上、身上的血，她的长发覆盖了大半张脸，一双眼睛流着明亮的泪。吉星场没感觉到痛，仇恨充塞胸膛，骨骼和肌肉产生了极大的张力，心脏急速跳动，快要爆炸了。鱼幼扶着他到农场找李天才，弄得风衣和裙子都染上了一朵朵红色的血渍。走到李天才门口，正好遇见二三子，二三子恼怒道，你们两个身上怎么有血？吉星场面色苍白，有气无力地望了二三子一眼，低下了头。鱼幼骂道，蠢货，小吉挨打了，被四五个人围着打，人都快死了，还不来帮一把？二三子远远地伸着手，唯恐沾染了吉星场身上的血。鱼幼一把推开二三子，独自把吉星场送到了李天才的办公室。

扯　皮

整个事件没讲到一半，吉星场就晕过去了。

经过调查，在场的人有六个，五个是区供电所的，一个是南辕水电站的。参与打人的全是区供电所的。其中，白皮肤的小伙子名叫薛群山，参工不过四五年，据说读书时候就是到处惹事的角色。吉星场送到医院躺着输液，这边农场早有人报警。薛群山被带到派出所询问，不足一天就放出来了。农场的人说这个事情，李天才不相信。那薛群山仿佛猜中了李天才的心理，独自一人抱着篮球，示威似的，专门到农场的篮球场来溜了一圈。这下子可激怒了农场的职工。冯梦暂停了摩的生意，在院子里噌噌噌噌地磨一把柴刀，吓得王润生赶紧向李天才报告。李天才给冯梦散纸烟，冯梦不接受，冯梦有冯梦的话说，李大麻子，老冯二十年前也是个混社会的人，农场的人挨打，不是吉星场私人的事，这是大家的事！李天才说，老冯，冷静，冷静。冯梦骂道，冷静个狗卵，老冯在外面蹬摩的，社会上的烂崽还没有哪个敢在老子面前撒野的！凭的是什么？有仇必报，以牙还牙！现在，你打算怎么办？李天才说要通过合法程序来，先礼后兵嘛，若是解决不了，到时候再打架杀人也不迟的。冯梦冷笑道，大麻子，这次软不得，你是单位的头儿，若是输给供电所那几个鸟人，以后随便哪个单位都可以来欺负我们的！李天才顶不住压力，跑到区供电所交涉，所长说，我没去打篮球，那是几个年轻人的事。碰了个软钉子，李天才只好到区公所找吉星场的亲戚关万能，关万能骂道，李大麻子，你也有鹿被圈板夹尾巴的时候啊，找我做什么？李天才冷笑道，哥老官，我来找你，还不是为了你那个亲戚——宝贝——吉星场！关万能诧异道，小吉又惹事了？李天才把情况简单叙述了一遍，关万能叹息道，屋漏偏逢连夜雨，小吉呀，这两年行的是背时运，婚姻出事，好好的人，怎么就被人上门来打了！关万能已经退居二线，现任区委书记鱼子栋是他的得意门生，一直在他手下任职。李天才搓着手说，老关呀，这事得拜托你了！关万能摇着头说，算啦，新媳妇结婚穿旧鞋，老家伙知趣些吧，我能干些什么，大不了问问。鱼书记从城里开会回来，关万能犹豫不决，向他汇报了吉星场挨打的事情。鱼书记问关万能怎么处理，关万能建议先让打人一方停职写检讨赔款等等，鱼书记伸手抹了抹额头上的汗珠，眼里放出灼热的光芒，“老前辈，现在处理这事不比以前，区上管不了供电所的人，这你全都清楚的，我只能协调。”关万能肚子里几条蛔虫在钻，鱼子栋这小伙子上台不过几个月，真的令人刮目相看，鱼书记长，鱼书记短，关万能当然明白人走茶凉的道理，什么屁股决定脑袋呀，不换思想就换人呀，这些话，他在台上也是经常说，鱼子栋在台下做笔记颇有心得，不停地点头。如今，鱼书记才上台，位置没坐稳，大概是任何人的忙他都不会帮的。关万能多说了两句，鱼子栋有些不耐烦，笑道，哎呀，老前辈，我听说是你的亲戚被打了，我记在心上就是了。这个鱼子栋一句话说得关万能目瞪口呆，怎么啦，亲戚，他知道这么多，这么清楚，关万能遮遮掩掩的东西被突然扯掉，私人的东西暴露出来，确实不舒服。李天才再次找关万能，关万能严肃地分析道，事情不简单，区委书记居然知道这件事了，莫不是对方……李天才冷笑道，恶人先告状，薛群山有通天的本事，这个小瘪三在县上安了天线？关万能通过自己的老关系，很快打听清楚了。据说，薛群山就是麻县长的一个远方亲戚，当初，分配到南辕供电所，麻县长曾经打过招呼，说是亲戚，多少照顾一下。李天才问还有什么路可走，关万能说，找你们局长吧，在城里，人大面大，也许有办法。

李天才窝了一肚子火，赶车进城找局长。局长正在局会议室开大会，听到这个消息，马上疾言厉色予以谴责。社会人员闯进农场毒打职工，这样的恶性事件在农业系统内尚属首次，必须严惩。除了向县政府汇报，局长当着一群科员发誓，如不把这个坏人绳之以法，他宁可取下局长的乌纱帽。在局长办公室，李天才等到局长向县政府办公室打了电话才满意地离开。局长在电话里的声音颤抖而严厉，胸脯一起一伏，呼吸粗重，估计县政府那边的人都听见了，“我们农业系统的抗洪防汛英雄遭受毒打，这个事件你们管不管？”县政府那边接电话的答应道，马上向麻县长汇报。局长笑道，李大麻子，这该满意了吧？李天才有些不好意思地笑道，局长，小吉是农场的人才，不然我也不会这样麻烦你的！局长拿起电话又给南辕区委书记讲了一通，李天才方才乘车回到镇上，向鱼子栋讲述自己在城里的活动经过，再次郑重地表达了个人观点。鱼子栋拍着胸膛说，实事求是，我个人保证，坏人要受法律惩处！鱼子栋给区供电所所长打电话，命令他立即到区公所处理问题。然后，又通知派出所所长，会同涉事农场一起办公，尽快解决问题。会议直到晚上十一点才结束。按处理方案，第二天，打人者必须亲自到医院向受伤者赔礼道歉，再停职接受检查。至于吉星场受伤产生的治疗费和误工费，先由本农场垫付，账款最后交区供电所支付，再扣发打人者工资。关万能比较满意这种处理方案，李天才带着这个好消息到区医院探望吉星场，笑道，邪不压正，抗洪防汛的大英雄，你可以安心养伤了！然而，第二天，李天才一直在医院坐到下午六点钟，根本没见到打人者的影子。李天才气疯了，给区供电所所长拨电话，一时竟说不出话来。供电所所长冷冷地说，事情不是李天才听到的那样简单，可能还要进一步调查。

事情变卦了。李天才再次去找鱼子栋时，被告知书记到城里开会去了。看来，薛群山不是一般的工人，确实能量巨大呢。李天才头脑也冷静下来了。第二天上午，局长打电话通知说，事情要慢慢调查，客观公正地处理。李天才这里着急了，吉星场被打得遍体鳞伤，还要慢慢解决，明摆着有人在拖，想把事情赖掉。这边农场上也不安静，几十号老弱病残职工听说吉星场被社会上的人闯到农场里毒打了，一些特别冲动的人便要组织人去区供电所打回来。一些人买了几箱蜡烛放在寝室，他们说，不怕供电所断电。李天才两头为难，不知下一步如何解决。鱼子栋从城里回来，第一件事就是打电话通知李天才去区公所。李天才脚没踏进门，鱼子栋就开始指责他处事鲁莽，缺乏组织纪律观念。李天才挨了骂，回到农场，一百个想不通。外人闯入毒打本单位职工，作为单位一把手出面帮忙，他又错在哪里？李天才想不通，难道薛群山真的像传言中说的那样，是麻县长的亲戚，在这个事情上能搬动县长的胳臂打人？若是这样，这个麻县长未免太渺小了吧。真是痛苦和艰难，在他这个位置上，没有人告诉为什么，全靠自己琢磨。琢磨了几个晚上，李天才累得眼皮像铅块一样沉重，他还是不知道下一步该如何处理。薛群山在所长陪同下拎了几个烂苹果到医院来赔礼道歉，冯梦举起拳头砸了他两下，薛群山后退到墙壁，也没还击。所长说，人也打了，仇也报了，以后还是兄弟，不要再说什么了。冯梦说，把人打成这样就该坐牢。薛群山委屈地说，一群人动的手，怎么能处理到一个人头上呢？除了几只烂苹果，其他方面毫无动静。农场里又涌动着一种情绪，大家要为吉星场出头，要么到县政府告状，要么直接冲进供电所打人。一个小小的供电所就七八个人，真的冲进几十号人，供电所的人肯定会被打成肉饼的。农场的人也想得通，反正迟早大家都要散伙，铁饭碗是没有了，难道光脚的还怕了穿鞋的？李天才劝慰一番，只得厚着脸皮去找鱼子栋，鱼子栋似笑非笑地说，李场长啊，我办不了，找关万能试试吧。李天才把鱼子栋的话转述给关万能听，关万能笑道，老子舍得这一张老脸，试试看，老虎的屁股摸不摸得？关万能进城了，他是直接找麻县长汇报，麻县长事务缠身，哪里有空解决这些鸡毛蒜皮的小事，只有一句面无表情的话：实事求是，坚持原则，责成相关部门解决。关万能追问道，听说还是县长的亲戚？麻县长勃然大怒道，谁在造谣？给我查查，凶手是不是我的亲戚？查出问题来，严惩不贷。关万能看着麻县长亲自给鱼子栋、南辕区供电所长、南辕区派出所长打电话，只有一句话：麻某人没有任何亲戚在南辕区！麻县长的话真的管用，第二天，派出所的人就把薛群山从供电所带走了，一顿饭的工夫，又带走了几个人。供电所长非常谦卑地扛了一箱子红富士苹果到医院，给在场的所有人赔礼道歉。离开的时候，特意从钱夹里取了两百元钱放在吉星场手里，说是他私人的意思。薛群山在派出所关了两天才放出来，由所长陪着，低着头再次到医院向吉星场认罪。供电所所长当着吉星场的面宣布，扣发薛群山半年工资。冯梦笑道，这下子动真格了。李天才笑道，龟儿子社会上造谣，薛群山有什么关系嘛，犯了法还不是照样关派出所，扣工资。刘国歌笑道，这次农场总算把面子挣回来了。鱼子栋派了一个姓安的副区长来医院看望吉星场，问吉星场如何处理这个事情。一是行政调解，二是法律诉讼。吉星场不知道怎么回答，便委托李天才询问关万能。关万能说，先行政调解，看看效果如何，不行的话再采取法律诉讼。安副区长点头道，好吧。

委 屈

关万能在区公所退居二线的日子没过多久，便调进城了。关万能走的时候专门到医院给吉星场打招呼，“以后的事，自己多想办法，老辈子快退休了!”行政调解可不是件轻松的事儿。具体负责调解工作的是区公所的司法助理员周明，听说是刚毕业的大专生，见了生人就脸红，说话从不敢正眼看人。周明拿着笔记本，恭恭敬敬向安副区长请示工作，安副区长生气道，该你的事了，还问我干什么？周明红着脸说，我问了鱼书记，他说你是分管领导。安副区长骂道，倒霉。鱼子栋把事情交给安副区长，安副区长就在两家单位来来回回地奔跑，两头说好话。大约过了一个多月，吉星场身上的伤好得差不多了，调解仍然没有什么效果。在这件事上，供电所长觉得农场做得太过分，薛群山打人，先后两次被派出所抓了关起来，惩罚过重了。另外，派出所还带走了供电所的几个人，在社会上造成了恶劣的影响。错也认了，人也关了，还想怎么样呢？把人搞臭了以后怎么混呢？而且，两个单位都是正式的，又是近邻，最好以行政调解的方式解决问题。如果哪一方告到法院，影响年终综合考核，可能对大家都没好处。说来说去，供电所不愿意赔医药费。钱不是问题，单位的面子丢不下。农场为吉星场垫付了将近万元的费用，一个穷单位，不可能这么把钱算成糊涂账的。“不给钱，那不可能，哼哼!”李天才哼哼两日，忍了。过了几天，农场的老职工们也忍了。安副区长带调查组来农场，吉星场头上、身上还缠着绷带，但仇恨已经消失了。挨打的情况自己也不太清楚，因为对方是突然袭击。除了那个白皮肤的青年，确实不知道后面还有哪些人动了手。吉星场自己说不清，只好找证人来说。证人便是鱼幼，他相信鱼幼一定会伸张正义。鱼幼对调查组的人说了些什么，她本人也没告诉吉星场，吉星场当然不好意思去询问。几天后，调查组通知农场派一名负责人和当事人一起，去区公所当堂对质，做好善后工作。坐在主席位置的是司法助理员周明，还没说话，脸就红了。供电所和农场两边的人都瞪着眼睛，时而大声吵闹。周明招呼了几次，不顶用。安副区长说，小周，还是让我来。安副区长猛然一掌拍在木桌子上，全场顿时静了下来。不巧，室内的电灯突然熄了，全场哄堂大笑。安副区长骂道，供电所的，向安某人示威吗？供电所长赶紧靠近安副区长笑道，不敢，不敢。话未说完，电又来了。场子安静下来，大家都望着安副区长。安副区长还没开口发言，一个白皮肤的家伙首先就从座位上站起来，彬彬有礼地自我介绍。他名叫薛群山，参加工作没几年，请大家包涵。这家伙喧宾夺主，吉星场觉得今天的事情有些蹊跷。

果不其然，薛群山的自我辩解完全把事实歪曲了。他说，他们几个人借用农场的场地训练篮球，没想到吉星场以影响自己看书为由强行要求他们离开，还抢走了篮球。不存在故意打人，为了拿回篮球，与吉星场发生争执抓扯，互有伤害，责任一个一半。轮到吉星场发言，他什么话也没说，只是把头上、身上的绷带撕开，露出伤口，让在场的人都看看。安副区长有些尴尬，翻过身问薛群山：你的伤呢？薛群山一时语塞，只是向供电所所长投去乞援的目光。供电所长没想到薛群山这样无能和失态，“俗话说，吵架无好口，打架无好手，小薛主观上没有伤害之意的。”李天才反问道，你的意思是不是说，把人打死了都没有错？供电所长慌张地说，不，不，我的意思是说，首先应该搞清楚谁先动手这个问题，还有，就是行为动机。安副区长要求双方陈述谁先动手的问题。薛群山再次诬陷吉星场，说他只是向对方要回篮球，没想到吉星场仗着农场职工多，以为其他人会帮忙，就先踢了一脚。安副区长说，证人呢？薛群山结结巴巴地说，我的同事……一起打球的队友……他们四个人……都在场……安副区长说，那你把证人找来对质。薛群山没有证人，吉星场有。他如实地把那天事情的经过讲述给大家听了，还把鱼幼也请来了。鱼幼长发披肩，米黄色风衣，不过，脖子上多了一条蓝色的丝巾，脸上还架着一副墨镜。安副区长要求鱼幼把墨镜取下来，再说话。鱼幼笑道，报告区长大人，我是用嘴说话，为什么要取眼镜？安副区长生气地吼道，戴墨镜，不正经！鱼幼呼啦一声取下墨镜，顺势把丝巾也扯掉了，然后笑道：现在正经了，仔细看，看个够。吉星场大胆地投过目光，只见鱼幼的眼眶和白皙的脖子映着大片血瘀，心里不禁一痛：肯定是二三子那家伙的杰作。

如吉星场所愿，鱼幼把薛群山主动挑衅、无故殴打吉星场的全过程完整地讲了出来，有些细节连吉星场自己也不知道。薛群山先动了手，另外四个人也凑过来，同时打吉星场一个人。鱼幼讲完，禁不住泪如雨下，好像挨打的是她，痛的也是她。吉星场发自内心地感激：鱼幼啊，鱼幼，我的好大姐，善良，正义，温情，你真是世界上最好的人儿啊。安副区长突然问鱼幼，眼眶和脖子上的伤是怎么回事？鱼幼犹豫了一秒钟，哈哈大笑道，那是我和我老公在床上的故事，这种场合说，合适吗？大家还没笑出来，安副区长猛地一巴掌拍在桌子上，厉声呵斥道，放肆！哪来的妖精，我是在办公！鱼幼冷笑一声，兀自走了。大家暗自佩服这女人，看见安副区长气得歪到一边的嘴巴，都等着看他下一步怎样出丑。安副区长冷冷地说，事情还要调查，散会！

事件继续调查，吉星场的医药费仍然由农场垫付。同时，研究生考试越来越近，吉星场再也不想把时间耗在这种毫无意义的纠缠之中。区公所调查组的人第二次来了解情况时，吉星场正在猛攻华阳政法大学教授贾半岛的专著，调查组的人说，吉星场，请认真配合，这不是你一个人的事了！吉星场的眼睛在书里，很少看他们一眼，“你们随便写，我很忙！”调查组的人向李天才投诉，李天才抱怨吉星场道，小吉，我知道你讨厌这些人，但你得认真，如果你输了理，农场损失至少上万元的钱，还有，我们的脸面怎么搁！吉星场一脸苦笑，“李场长，研究生考试耽误了一年。”李天才道歉道，小吉，那是我的错，但是，你的事变成了大家的事了，现在的情况是，供电所那边在向农场讨要名分呢。吉星场懊恼道，我真的耗不起了啊，场长大人！李天才找不到话来安慰吉星场，只好不了了之。吉星场要考取贾教授的研究生，志在必得。

第二次协调处理的时间在十一月中旬。时隔一个月，事情发生了很大变化。吉星场对区公所组织的第二次调查基本不配合，引起了安副区长的不快。安副区长的调查笔记上写的还是上次的内容，问吉星场是否有新的信息可补充，吉星场用奇怪的眼神望着安副区长地回答道，事实就是事实，哪会因为时间变化就变了呢！安副区长苦口婆心地劝道，小吉，事关个人的荣辱和单位的声誉，你不怕被反咬一口？吉星场冷笑道，薛群山还能怎样？他会再揍我一顿？安副区长不说话了，“自求多福吧。”吉星场当然在求福，梦寐以求的研究生考试马上就要来了，至于薛群山，见鬼去吧。可是，供电所那边，真的是磨刀霍霍，复仇心切。薛群山专门聘请了法律顾问，一定要在下一次的行政调解中击败吉星场。还未通知何时举行第二次行政调解，很多不利的消息已经在南辕镇蔓延，并渐渐传递到吉星场的耳朵。不知是哪个家伙，竟然诽谤吉星场和鱼幼当天在运动场幽会，被供电所几个打篮球的人撞见。薛群山以前认识二三子，知道鱼幼是二三子老婆，出于兄弟情义，薛群山委婉劝告两人不要胡来。没想到吉星场和鱼幼两个人恶人先动手，一起殴打薛群山。薛群山迫不得已，正当防卫。虽然吉星场和鱼幼都有明显的外伤，但并不表明他们有理。薛群山受的是内伤，伤得更重，有国内三级甲等医院诊断报告。有人甚至告诉吉星场，二三子醋意大发，每天晚上喝醉了就在家里打鱼幼。这些日子，鱼幼被打得哭爹喊娘，连上街的力气都没有。吉星场第二次走进区公所时，正好在门口碰见意气风发的薛群山，薛群山见吉星场手里拿着一本书，讥讽道，阴茎生，咱们又见面了哈！吉星场对薛群山淡然笑道，本人提前恭喜，你赢了！薛群山的自陈发言果然与社会上的传言如出一辙，直接诬陷吉星场和鱼幼在幽会，薛群山害怕两人丧风败俗，仅仅是说了几句提醒的话，吉星场和鱼幼便抢了他们的篮球，要驱赶他们，发生冲突，谁是谁非，话不多说。吉星场手里捧着书，心里冷笑着，观看他们拙劣的表演。安副区长要求吉星场发言，吉星场说，我发言的内容没有任何变化，安副区长可以翻阅上次作的记录。安副区长脸色陡变，只得把上次吉星场的发言记录拿来重新念了一遍，“吉星场，你如何回答薛群山刚才的申辩？”吉星场微笑道，安副区长，我可以拒绝回答吗？安副区长的嘴唇哆嗦了一下，血色失去了不少，有些慌乱，“当然，当然，拒绝也是一种回答。”

证人出场显得尤为可笑。安副区长要求薛群山的证人出场，薛群山则要求吉星场的证人先出场。吉星场摊开双手，笑道，没有证人了，上次的你们又不承认。安副区长严厉地说，谁说的？上次的证人是谁？薛群山抢着回答道，鱼幼，就是二三子的老婆，淫荡成性。薛群山的话没说完，场外闯进来一个人，把所有人都吓了一大跳：二三子！二三子身上斜挂着一个大皮包，不知道里面装的是什么东西，他依然改变不了结结巴巴的说话习惯，他费力地说出的话似乎就是要证明自己的笨拙和诚实，以致大家把他当成一个有生理缺陷的人来怜悯，是啊，一个大男人，若是发现自己的老婆不忠，内心将会是何等的压抑和痛苦！二三子从皮包里扯出一件皱巴巴的风衣，随后又抓起一条白色的裙子，两样衣物都是鱼幼的，上面却沾染了吉星场的血液，时日已长，血色发黑，看起来就像墨汁。二三子说，我老婆的身上竟然沾染着别的男人的血液，我觉得比粪便肮脏！这血液就是吉星场的，一股腥臊味，好像山里的公羊，我老婆竟然舍不得洗掉，还收藏在箱子里，搞得老子恶心死了！安副区长好奇地问，二三子，你知道这血液是怎么来的吗？二三子气急败坏地说，就是那天，吉星场和我老婆搂在一起，公然在农场里走路，我气疯了，差点儿杀人。安副区长沉下脸问道，吉星场，有没有这回事？吉星场完全没想到二三子突然出现，而且，二三子说的话如此出格，世界上哪有给自己老婆栽赃的男人，这么猥琐！二三子还特地补充了一些事实，证明吉星场和鱼幼长期勾搭，鱼幼掏钱养奸夫，所花钱财不下一万。二三子此话一出，全场哗然，吉星场身后响起一片鄙夷的声音：吃软饭的家伙，还好意思站在这里！怎么不去死！安副区长反复敲打桌子，现场恢复了安静，“吉星场，还有话可说？”吉星场摇着头说，安副区长，现在麻烦你宣布薛群山赢了，别再耽误我的时间好吧？安副区长冷笑道，吉星场，请你严肃对待，我们今天的所有发言都会有文字记录，都要经得起时间的检验的！接下来，薛群山的证人出现了，供电所一起打篮球的四个青年，他们像经过教练多年的残酷训练似的，条件性地齐声回答安副区长的所有问话，且准确无误。询问完毕，安副区长开始总结了，啰唆了半天，看不出他到底是认同谁对谁错。打人不对，但是打人的理由也可以理解。先打人不对，但是理由正当……安副区长此番话不仅令吉星场反感，连他庇护偏袒的薛群山也觉得窝囊。“到底谁错了？”薛群山非常不满地发问道。安副区长尴尬地笑道，你没有错！薛群山站起来，邀集他的同伴叫嚣道，安副区长说，我们赢了，我们赢了！一伙人叫嚷着，正准备离开，外面闪进来一个声音，“且慢，各位！”鱼幼来了，她身着一套黑色的休闲装，头发扎得高高的，尽管绕着一根蓝色的纱巾，仍然露出雪白的脖子。安副区长的脸上堆满了镇定的情绪：鱼幼，不请自来，你可有话要说？鱼幼从容地笑道，当然，我有许多话要说，以正视听！

鱼幼出乎意料的到来，看稀奇的人目光惊呆了，二三子犹豫着，在墙边捡了条凳子，把屁股放了上去。鱼幼先把纱巾扯下来，露出脖子上大片淤青的伤痕，然后，拉开衣领，露出胸口处大面积的淤血，与她洁白光滑的皮肤形成鲜明的对比。她脱下外衣，仅着一件无袖汗衫，两条手臂也是伤痕累累。人们嘘唏着，听她讲述：二三子，仅仅是因为那天她救助扶持了吉星场一会儿，连续几个月蹂躏，糟蹋……在场的女人纷纷谴责二三子，一时间，场面已是较为混乱。鱼幼冷笑道，各位，我鱼幼和二三子已经离婚了，他可以撒谎来侮辱自己，但侮辱不了我，同样，也侮辱不了吉星场，我只是出于同情，当时扶了吉星场一把，二三子就怀疑我们之间不清白！鱼幼这话击中了二三子的脑袋，他“嗖”的一响，从凳子上跳起来，敞开喉咙，把话题抢了过去，“这个女人偷人上了瘾儿，晚上，她说梦话就是念着别的男人，他妈的！”鱼幼骂道，二三子，你这个神经官能症，真会想象！二三子的脸红了，嘴巴气歪了，身体剧烈颤抖，继续骂道，老子为什么要打这个贱人？就是她烂贱，明明是老子躺在她身边，她嘴巴里念着的竟然是吉星场的名字，这娼妇，魂被野男人勾走了。

安副区长赶紧起身，把二三子往屋子外推，不准他胡言乱语，说些下流无比的事情。而鱼幼，竟然若无其事望着众人，似乎二三子说的事与她无关，看她，面若傅粉，白里透红，气定神凝，眼睛多么无辜！对二三子的妄言，鱼幼没有任何辨别，她什么意思？难道要吉星场站出来澄清真相？在哄堂大笑声中，吉星场的头垂得更低，他没想到二三子会把床上的事扯到公堂上来说，那么隐私，还牵涉到他，多么丢脸呢。大庭广众，哎，丑得没有极限了！流氓啊，这个流氓，谁拿他有办法！再看鱼幼，心中无事，一脸坦然，眼睛里闪烁着光芒，灼人而茫然，天知道她在想些什么？

以后，这地方怎么待？还要不要见人？

非　议

大凡小地方的人，生活有太多没趣味的事，周围一有风吹草动，体内干枯的神经便受到干扰，好动的感官四处侵袭，滋生出无数事端。镇上，几乎家家户户都知晓了吉星场和鱼幼之间的故事，男人们带着无限惆怅在枕头边叹息，“要是有哪个女人念着我，该多有福分!”女人则狠命地揪着男人的屁股蛋冷笑，二三子是个什么货色，日嫖夜赌，见了女人连命都不要，他会是个正经男人？稍微有头脑的人都会明白，二三子诬陷鱼幼和吉星场只是为自己荒淫无耻的生活找一个借口，他以为大家会相信？只有这吉星场，莫名其妙在区公所受到二三子的袭击，仿佛白鸽子身上被乌鸦拔去一根羽毛，便心痛自己的名声，真的不敢出门见人。自然，这也是吉星场不能出门的一个牵强附会的理由。研究生考试是他的心病，一日不考，灵魂一日不得安宁。为了考试的读书，简直就是一份煎熬。脑筋灵便，一个小时当一天用，哗啦哗啦地翻动纸张，华阳政法大学的校门似乎就在隔壁，前程似锦，浑身来劲。要是身体不舒服了，情绪突然低落，半天里一张纸也奈何不了，所有的文字堆积在一起，堵塞着灯光下几尺宽的世界，周围的黑暗又像一座古老的城墙，把人隔绝在孤立困苦的处境中，心里禁止不住的悲凉，一阵一阵地压抑而来，个人又显得十分渺小。这乡村的荒凉在人的心里根深蒂固，所以，进城的冲动无法遏制，一个灯火辉煌的世界，一片热闹。

十二月份，农场接到通知，木鱼县决定要在全县挑选后备干部，首先由各单位推荐人选大名单，年龄三十岁以下，本科学历。南辕农场只推荐了一个人：吉星场。大家都觉得自己亏欠了吉星场很多，因为分食萍鹿肉，因为抗洪防汛，因为供电所……写名字的人毫不犹豫写下吉星场三个字，还张扬着，给其他同事看，给吉星场本人看：呵呵，知恩图报嘛。为了加深印象，李天才专门进城向局长介绍，局长笑道，这可是个名人呢。局长笑得意味深长，李天才当然理解。三年拿两个大学文凭，绝对有才华，但是干部考察的方面比较多，个人品德操守，群众印象如何，不太好说吧。组织部和人事局派人到农场来，冯梦被喊进一个屋子去谈话。冯梦全拣吉星场的优点说，比如拿专科拿本科啊抗洪防汛啊，这些东西书面材料上早就有了，考察组的人听得不厌烦，便有意识地提醒他谈谈别的方面，甚至缺点也可以谈，比如生活作风方面……“什么生活作风?”冯梦的问话令考察组的人哭笑不得：李天才的农场培养的什么人才，活了几十年还不知道生活作风的含义，比农民还不如呢，算啦，另外找人调查。冯梦回到四合院，兴冲冲地对刘婉儿说，小吉祖坟开拆了，要当县大老爷了！刘婉儿想多问几句，冯梦马上想起考察组的人叮嘱过的话：谈话内容应予保密。冯梦收敛了笑容，紧闭着嘴巴，满脸严肃，刘婉儿觉得神色不对，便追问到底有什么事。冯梦说，老子蹬车去，过几天啥都清楚了。吉星场摸女人屁股的丑闻再度传扬，吉星场与鱼幼勾搭成奸则成了新闻，考察的结果可能就是这样。镇上的人对公开的事物不大感兴趣，他们喜欢猜测和臆想。人的脑袋喜欢容纳的不是有限之物，而是想象之物。吉星场越是躲着不见人，传言越是有盐有味，有鼻子有眼。吉星场昼夜狂攻研究生考试书籍，无疑增加了议论的空间。至于鱼幼，不说了，反正名声已经臭了。好心的李天才觉得自己有义务保护和扶持前途远大的年轻人，事关终身大事和切身利益，有必要出手了。李天才专门给局长打电话澄清了一些流言，局长安慰道，考察组要多方面了解真相，岂可相信一面之词！不久，从局长那里传来的内幕消息，非常肯定地说，最迟二月份，吉星场就要到县委办公室去报到上班。在农场为数不多的会议上，李天才极力表扬了吉星场勤奋好学的风尚，会下，马上有人猜想吉星场的事情可能基本上成功了。

吉星场还没离开本农场，四合院里的人却早已把他视为局外人了。他们开始在吉星场面前大肆地谈论农场所谓的内幕，并且为了两块钱的利益互相诽谤、攻击。站在本农场背后的小山丘上，望着低处几列灰色破陋的瓦屋，沉陷在潮湿寒冷的河雾中，吉星场心里就升起一股悲凉之情。调来农场工作差不多也有七八年了，每天就在这些瓦屋下走来走去，很少抬头望天，慢慢地觉得世界就这么小。这里的人也是，他们基本上没有离开这个环境的可能性，全部的兴趣就在身边，什么牛打死马啊马打死牛呀，鸡毛蒜皮，烂芝麻陈包谷，越搅越乱，还自以为精明。

第二年三月份，吉星场仍然待在原农场。研究生考试成绩出来了，吉星场的专业课和政治课的考分都在八十五以上，唯独英语只有五十八分，离华阳政法大学的最低分数线差两分。吉星场把三分之二的时间耗在英语上，结果还是功亏一篑。而传言中吉星场稳操胜券上调县委办的事，也因为麻县长迟迟未能升任县委书记变成一段空谈。麻县长仍然只是主持木鱼县的工作，书记暂缺。木鱼县以前并不怎么样，自从境内几座山相继开采出大量优质煤，情况就完全变了。麻县长还没获得书记位置，提拔干部的事自然搁置一边，直至完全淡忘。后来，吉星场才听说，南辕镇至少有三十个人到县委组织部和人事局去反映他摸女人屁股的事。这些人，有些是本单位的，有些是外单位的。说到鱼幼，传言就更离谱，有人居然说她和吉星场养了一个私生子，暂时寄养在乡下，只要吉星场提拔到了县上，私生子就会公开露面。不出所料，二三子也参与了这场声势浩大的诋毁行动。鱼幼受不了舆论攻击，回老家去了。

吉星场到镇上寄书信，在公路上遇到薛群山，老远就是笑声，“阴茎生，老子要你阴茎死，走着瞧吧！”薛群山和几个家伙手里拿着甘蔗在啃，随手把残渣朝吉星场脸上扔。吉星场直接走上前，几个家伙立即闪开了。薛群山笑道，阴茎生，有胆量啊，再走近些，试试看！吉星场便走近，逼视着薛群山，连对方的呼吸都听得十分清楚了。薛群山的五官变得模糊，一张泡沫横飞的嘴巴像红色的肉洞，不断地翕动，“莫惹我，信不信老子打死你!”吉星场比薛群山略高，身体也强健一些，只要不是袭击，一对一单挑，正面硬来，薛群山不见得能占便宜。吉星场一边逼近，一边笑道，动手啊，杂种，快点儿动手！薛群山举着拳头，掂量着吉星场的身体部位，不自觉地后退着，笑道，龟儿子，胆量练出来了，真是人皮生得贱，打不死的程咬金啰。吉星场不吱声，用身体把薛群山逼到公路边，薛群山双腿发抖，他的后面是斜坡，下面是南辕河流淌的水。薛群山的脸紧张得严重变形，说不出话来。吉星场只要再往前靠一步，薛群山肯定就跌到河里去了。薛群山举起双手，既像在投降，又像是要抓住空中并不存在的把柄，额头上汗珠子不断翻滚下来，脸和脖子湿漉漉的。吉星场笑道，怕了吧。薛群山哆嗦道，是啊，老子服输了。吉星场伸手拎着薛群山的衣领，轻轻一带，薛群山啪嗒一声，硬挺挺摔倒在公路上。吉星场冷笑道，怎么自己就倒地了呢？薛群山从地上爬起来，拍了拍身上的灰尘，一声不吭就走了。

此后，薛群山远远地见了吉星场就会避开，吉星场拔腿去追，薛群山溜得更快，两人在镇上竟然再也没有碰过面。

小　姐

春天后，南辕镇上，尘土中，三三两两，步行着操外省口音的艳丽女子。这时候，几乎所有人都知道镇上第一家卡拉 OK 歌厅正式营业了。从此，镇上的男女用不着每周六下午进城唱歌，吃了晚饭，可以慢悠悠地穿过垃圾遍地的街道，走进那个闪着霓虹灯光的红月亮歌楼，扯开嗓子，吼上他妈大半天。月儿啊风儿啊，哥哥呀妹妹呀，痛啊爱啊，咿咿呀呀，哼哼哈哈，卿卿我我。南辕河畔，璀璨的彩光映射在河面和天空，好像一头发情的野兽四处寻找释放能量的机会。古今中外的情歌，一首接一首，唱的人不嫌累，听的人却厌倦。隔了两公里，刘婉儿就有敏感的知觉，骂声在四合院里异常响亮。买菜必须从红月亮歌厅门口路过，想躲过那些妖精也躲不过。歌厅楼上一排窗户外悬挂着五颜六色的女式裤衩，好像永远没有晾干过，一直在风里飘荡。鬼鬼祟祟的男人偷觑两眼，马上魂不守舍。红月亮歌厅的老板是薛群山，小伙子胆量大，请南辕镇的镇长喝了几台酒，镇长大笔一挥，农业合作基金会的款子就放了八万出来。靠着这堆钞票，红月亮在荒凉的南辕镇突然诞生了。

二三子窜到红月亮，拉着小姐的手唱了几支曲子，灌满一肚子啤酒，跑得气喘吁吁，总算在公路对面的农贸市场的公厕里撒了泡尿。从黑灯熄火的巷子回到金碧辉煌的歌厅，同小姐们打情骂俏的兴趣被风吹散了。唱歌是专业性极强的玩意儿，只要不是喝醉了的家伙，一般人对自己的音乐水平还是有比较客观的认识。几个年轻人进了歌厅，吼上两曲，水平高的阳春白雪，却免不了曲高和寡，被人孤立。水平低的，干脆不动喉咙，做了闭嘴葫芦，谁会主动在众人面前露丑，张开嘴巴又哪里唱得下去！小姐们除了附和客人几句，几乎没有能唱完整曲子的人。气氛冷清，顾客寥寥，像这样经营没什么前途，歌厅的生意糟糕透了。薛群山年轻，没商业经验，愁眉苦脸坐在吧台前抽烟。一群袒胸露乳的小姐横七竖八睡在沙发上，说着谁也听不懂的方言。这些小姐像候鸟一样，哪里气候适宜就往哪里飞。她们来南辕镇是薛群山费尽口舌从县城里鼓动来的，生意不好，过几天就会走人。到时候，十万元的投资只剩一个空壳，还不上农金会的贷款，薛群山不会急得跳楼吗？二三子同薛群山简单聊了几句，薛群山脸上的阴云一扫而光，立马邀请二三子合伙。二三子二话不说，跑到农场办了停薪留职手续，从一个煤炭老板朱元那里借了三万元钱的高利贷入股经营，没过两天，二三子把干亲家乐得欢也拉了进来。二三子的脑壳烂，他出的点子是把歌厅全部隔断为小包间，唱歌的人关起门来唱，或者喝酒，各自方便，互不干扰。薛群山着急地问，那得买多少套音响功放啊？二三子笑道，准备个狗卵！老子给他们准备沙发，唱歌的人躺着唱，脱了衣服唱，白天当晚上唱，晚上当梦里唱，美死那些有钱的狗日的了！薛群山好奇地问，万一有人要老老实实地唱歌呢？二三子笑道，哪个男人喝了酒来见了漂亮女人还会老实，嘿嘿，比唱歌有趣的事多着呢！

红月亮歌厅边暂时停业装修，一群艳丽的小姐消失得无影无踪，镇上清静了一些日子。然而，一个多月后，镇上最高的建筑——五层楼房——信用社的家属楼顶上耸立着一个鲜红的月亮，所有赶集的人都要抬头一望：噢，什么玩意儿？到了晚上，不用问，傻子也一目了然的。红月亮歌厅的门口站着两个穿红色旗袍的女子，开衩几乎到了屁股，雪白修长的大腿像农家养肥的蚕虫，在每一个过路的男人心头蠕动，喉咙痒痒的，口水吞了又吞。霓虹灯照样闪烁，楼上的音响不停地播放着人们熟悉的台湾酒廊情歌。从邓丽君喉咙里发出的声音像黏稠的糨糊，把过路人的腿粘住。步子迈不开，过路人像虫子一样挣扎着，多听一会儿，肠子就会绞成一团。楼梯里，不断有抹着脂粉的艳装女子上上下下，时时对着路人抛来媚眼。

最早的客人是长途汽车司机，这些见多识广的家伙把车停在客来喜饭店门口，酒醉饭饱，大声喧哗着往红月亮歌厅上奔跑。这些家伙红着脸，歪着身子，问厕所在哪里，二三子站在吧台前微笑道，我们是唱歌的地方。司机说，唱歌嘛，也得先上了厕所才唱得出来呢。于是，几个身着白衬衣的小伙子便把急躁的司机领进了包间。先吃饭喝酒，再唱歌，镇上的人慢慢开始模仿司机的生活方式，从镇长到一般办事员，都卷入这种热潮之中。每逢外地来了客人，或者上级下来检查工作，先打一个电话：喂喂，客来喜吗，订三桌餐，啊，鲈桂，必需的！木鱼大曲，52度，浓香型。一个电话完了，马上是另一个重要电话：喂喂，红月亮，红月亮，五个包间，啊，客人要外地的小姐，说普通话，要热情，啊，热情。

生意很快火爆起来，镇上生意最好的客来喜饭店简直无法招待来往的客人。而歌厅这边，按照薛群山的想法，红月亮歌厅每隔一个月就要更换一批小姐，客人喜欢新鲜，本地的没意思，几乎全从外省请。二三子专门回云贵省，从老家的大山深处喊了一群女子，包了一辆五十座的大客车送到南辕镇。这些女子年龄落差很大，从四十岁、三十岁往下数，最小的大概只有十来岁。她们一下车，看见镇上到处是尘土和泥浆，伊里哇啦地抱怨，这么脏的地方，打什么工啊？二三子让她们在照相馆换上紧身的红裙子，再给她们一个个化妆照相，等照片出来，全部挂在红月亮歌厅的墙上，让她们欣赏：哇，好漂亮的人，以前怎么不知道呢？这些女子纷纷挤到镜子前，喋喋不休，自我欣赏。二三子要求这些女子平常唱一些地方歌曲，嘤嘤嗡嗡，谁也听不懂，二三子说这些云贵省的山歌，流传几千年了，真正的民族文化、地方文化和传统文化。可是，上班的时候，穿的衣服裙子却是现代化的东西，紧身紧得像被巨人的手捏着，连呼吸也感到困难，裸露裸得像进了澡堂子，白花花的全是肉。这些女子最初是不愿意被运煤车的司机碰的，她们看见司机的手指染着煤灰，衣服裤子有一种难闻的粉尘味。进了几回包间，她们就乐意了。在客人中，她们最喜欢的就是运煤司机，一辆煤车嘎吱一声停在公路边，她们边打开窗户，用普通话亲切地呼叫：嘿，黑大哥！是啊，黑大哥，皮肤虽黑，腰包里的钞票却是红艳艳的！出手大方，当然是大哥啰，抠门的，脸色立马变了，变得比煤炭还黑，取个诨名骂着好听呢：钱多人傻，小二黑！哎，赚钱的事，不需要人多费口舌，这些女子真会掂量男人的分量：肚子大的，腰杆粗的，头发向后梳的，前呼后拥的，多费点儿心思，逮住了就是一条大鱼！当然，以貌取人是有风险的，有些男人什么也没有，也会伪装成大老板的模样。所以，她们最喜欢的是戴粗颈链的男人，脖子粗，黄金链子粗，只要伸手拉住，这男人就像狗一样兴奋，嗷嗷叫着领进包房，再说下文。她们所称呼的大鱼是大哥大，一部要一万八九千，龟儿子，这样的家伙拿在手里才吓死人呢！

大家很快赚到钱了，几乎每隔三五天她们都要把小小的邮局围得水泄不通，她们挣到的钱马上要寄回家，买化肥农药，缴公粮提留款，超生子女罚款，孩子读书的生活费，老人看病的钱，一罗列，三四十项，一眼望不到头，还得努力挣。同车来的几十个女子中，有一个年龄偏小的，大家叫她窝窝，她没挣到钱。窝窝脸色发青，看起来营养不良，身体单薄平坦，似乎还没进入发育阶段，一张羞涩的脸见了风吹也会藏起来。即便如此，窝窝还是因为脸上有两个酒窝让人着迷，窝窝的诨名是客人取的。薛群山第一眼看到窝窝心里就犯腻：若是个未成年人的话，二三子岂不要陷害老子进监狱。薛群山反复追问，窝窝都咬住一句话：十九岁了。薛群山板着脸向二三子要窝窝的身份证，二三子笑道，山区里的人哪来什么身份证，窝窝是我介绍来的，出了事我负责！薛群山咬牙切齿骂道，狗日的二三子，要晓得轻重！二三子的话不管用，薛群山照样把窝窝晾在一边，不给她发衣服，也不准接待客人。在二三子的央求下，薛群山勉强答应让窝窝在厨房煮饭，偶尔小姐放假休息，窝窝还要负责打扫歌厅的清洁卫生。只是这样，窝窝便挣不到什么钱，来了几个月，还是穿着土里土气的乡下人的衣服。小姐们一个个穿金戴银，用钱阔绰，还有男人献媚送礼，更是飞扬跋扈，欺负窝窝，窝窝便更加内向，不与外人说话。薛群山几次动员二三子把窝窝送回老家，免生后患，二三子总是拍着胸脯说，没事，没事，出了事我负责！薛群山骂道，是非之地，出了事，吃不了老子要你兜着走！

大哥大

没多久，窝窝的肚子突然大了。红月亮歌厅乱作一团，这是怎么回事？按理说，窝窝活动范围在厨房，根本接触不到客人的。薛群山气急败坏，把歌厅的领班叫到吧台臭骂了一顿，然后，请二三子来解决问题。闲暇之时，二三子习惯于在相馆为小姐化妆拍照，小姐们都尊称他为师傅。二三子也觉得蹊跷，私下把窝窝叫到一边，掏了三天三夜，总算得知，窝窝的肚子是被一个名叫雍总的煤炭老板搞大的。窝窝是二三子一个村子的人，来的时候背着父母偷偷上的车，二三子拿着棍子打她的手，打得鲜血淋漓、哇哇大哭她也不放松。同车的女人听着可怜，大家为她求情，勉强让她来了。二三子同窝窝有协议，不得从事非法之事，若有问题，自行了断。二三子看小丫头老实本分，动了恻隐之心，让她出来混口饭吃。说起二三子那个老家，山势陡峭，土地贫瘠，农民一年四季吃的是玉米和土豆，关键的问题是，肚子填不饱。窝窝家里姊妹多，饿得她要死，看见穿西装的二三子回家便跟着他屁股追，追到镇上，混进了大客车。这农村丫头，到了镇上，混了一段日子，人就成精了。二三子看着窝窝微微隆起的肚子责问道，怎么办，你记得自己说过的话，自行了断。窝窝只是哭，她不知道怎么个自行了断法，泪眼婆娑，望着二三子，好像望着亲爹似的。二三子问窝窝，怎么随随便便就让男人把自己的裤子脱了？窝窝低头耸着肩膀，呜呜哭了几声，便从内裤里摸出一沓百元钞来，准备交给二三子。二三子骂道，蠢货，多少钱？窝窝说，那个男人给的，两千。二三子马上寻找姓雍的电话，引诱一个小姑娘，真是罪该万死！薛群山冷笑道，二三子，算啦，你就认账吧！二三子反问道，为什么，我们能便宜了姓雍的那个狗日的？薛群山鼻子里哼出一股冷气，令二三子不寒而栗，“二哥哥呀，那雍总是个什么东西，你还不知道，卡拿吃骗，现在都混到市政协去了，你敢动他！你以为他开那个煤窑是他一个人的！有些话不说多了，如果你想我们这个生意继续做下去，这件事最好不要纠缠了！”二三子一听，觉得事情非常不简单，私底下又询问了窝窝，从窝窝嘴里挤了一点儿信息。

原来，小姐们的休息日，二三子带着她们到南辕河拍照，剩下窝窝打扫歌厅。没想到有个包间里还躺着个酒气熏天的胖子，西装丢在沙发上，呼噜如雷。窝窝敲门进去，胖子便抓住窝窝的手要开水喝。窝窝老老实实去吧台倒了一杯水，转身送进包间时，胖子突然大嚷大叫，说大哥大丢了。薛群山赶紧跑进包间，胖子正在大发雷霆，而窝窝低垂着头，似乎犯下滔天大罪。胖子怀疑是窝窝拿了大哥大，薛群山也不好明言反驳，只得叫来领班搜身。领班从上摸到下，什么也没摸到。胖子仍然不答应，扬言要报警。薛群山见这家伙来者不善，便问胖子怎么处理。胖子自己伸手在窝窝身上乱摸，窝窝吓得哭了起来。胖子说，包间只有窝窝来过，然后又出去了一趟，完全可能把偷的东西转移走了。薛群山只好把胖子领到窝窝睡觉的集体宿舍，让领班带着胖子搜查。出人意料，大哥大居然在窝窝的被子中找到了。窝窝双手捂住脸，大叫了一声。薛群山当即冲上前，打了窝窝两个耳光。胖子说，公了还是私了？薛群山反问，哥老官，你说咋办？胖子从西装口袋里掏了一支烟，哐当一下点燃了。在烟雾缭绕中，胖子的笑显得模糊而狰狞，“我可以让她坐牢，那当然，红月亮自然也就垮了！”薛群山恭恭敬敬走上前，递上一支红塔山，被胖子直接扔在地上。胖子重新回到红月亮的包间，薛群山把失魂落魄的窝窝交给领班，脸上露出恐怖的神色，“带窝窝进去，向哥老官认个错！”领班犹豫不决了一会儿，便拽着窝窝的肩膀说，自己惹的事，我们帮不了忙，坐不坐牢，全看你本人！事后，胖子哼着歌走出包间，看见薛群山坐在吧台前，满脸严肃，便递了一张名片给他：我姓雍，有事打我电话！

事情就这样悄悄解决了。薛群山没想到一屋子的女人，其他的跟无数男人睡觉啥事儿没有，窝窝的肚子这么一下子就出了问题。“二三子，自食其果，你活该！”薛群山的话让二三子倍感恼怒。窝窝这个蠢女人居然瞒着他这么多事，瞒这么久。当然，可恨的还有薛群山，生意上的合伙人，出了这么大的祸事也瞒着。还有那个传说中的雍总，丢手机的事非常可疑。相反，窝窝倒是个老实人，一恐吓赶紧把雍总给的钱拿出来，这足以证明，窝窝绝对没胆量偷别人的大哥大！窝窝微微隆起的腹部正在成为横在二三子面前的大山，怎么办？薛群山冷笑道，找你的干亲家——乐得欢，做个人流不就万事大吉！说得轻巧，吃根灯草，窝窝一个小女子，哪里是歌厅里这些随时为了钱可以脱裤子的烂货！二三子只能骗窝窝去医院，说是一般的体检，窝窝半信半疑，跟着乐得欢去见妇产科医生。想不到的事情在后面，做人流的医生把她裤子脱了，正准备下一步动作，明晃晃的剪刀、叉子、夹子在白大褂上轻微一碰撞便发出清脆的金属声音，窝窝本能地产生了恐惧，直接滚下地，光着屁股跑到大街上，很快不见了人影。薛群山动员歌厅所有的人在镇上搜查，不知道窝窝躲在哪里了。黄昏的时候，信用社楼顶的红月亮闪烁着暧昧的红光，隐隐约约有一个人影晃动，二三子才发现那人就是窝窝。一群人在楼下喊窝窝下来，窝窝蜷缩着身子，想隐藏起来，无奈地方太小。大约是下半夜，楼顶的风大了，窝窝承受不住，自己才慢慢地顺着一根水管溜到楼梯间，被二三子扶着下来。窝窝喝了两大碗红糖开水，脸色恢复正常。二三子问窝窝爬那么高去干什么，窝窝说：我想回家。二三子一听这话，肺都气炸了：挺着大肚子回家，分明是在要挟老子嘛，先前赶都赶不走，什么意思？二三子只得找薛群山商量，薛群山说，老子不管，是你惹的事。二三子脸色发黑，冷冷地说，薛总，我们是拴在一条绳子上的两只蚂蚱，合伙生意，若是窝窝跳了楼，我二三子跑不了，难道你小子脱得了干系！薛群山抽完两支烟，咚的一声从椅子里落在地上，想了想说：擦屁股的事还是老子来，二三子，我服了你！

找了一辆破面包车，拉着窝窝，薛群山和二三子去城里找雍总。薛群山让窝窝坐在车里，他和二三子先下车与雍总谈，谈不拢，吆喝一声，窝窝就下车，当面算账。雍总刚从市里开完会回来，人住在县委招待所。估计是晚上麻将打多了，从房间出来时，摇摇晃晃，头脑不甚清醒。薛群山递烟过去，雍总伸手一挡，烟丢在地上：不！雍总这种恶劣的态度激怒了薛群山，话就挑明了说，老总，歌厅那个女子肚子搞大了，怎么办？雍总脸上流淌而下一万个不耐烦，汇聚在嘴巴里，变成一种声音：与我无关。龟儿子小杂毛，想要赖了！薛群山一打口哨，二三子心领神会，立马冲上来，一把揪住雍总的脖子，恶狠狠地骂道，狗东西，搞了老子的侄女，信不信老子弄死你！二三子的突然袭击让雍总打了几个趔趄，肥胖的身子最后靠在一棵香樟树上，才稳住了。他揉了揉眼睛，嘟哝道，哪年的事哟，老子还没睡醒呢。薛群山打了个响亮的口哨，窝窝拉开车门，人还没下地，大肚子便出现了。雍总扫了一眼，便低下身段，妩媚地笑道，小兄弟，有话好说，不要让那女人过来了。二三子赶紧递眼色，让窝窝站在面包车边等待。薛群山开价要一万五，雍总死活只答应给一万，而且还要开收据，收据写明理由：喝醉酒后，损坏歌厅音响设备。薛群山笑道，老总，你妈的，要是当初爱面子，也不会惹这么多的麻烦！雍总叹息道，喝酒误事！喝酒误事啊！薛群山骂道，小头一硬，大头着粪嘛，哈哈！

钱拿到手，薛群山扣留了三千，说是窝窝的押金，必须等窝窝拿掉胎儿，再由二三子转付。二三子疑惑不解：把钱给窝窝，让她拿掉孽种，凭什么收押金？卵子押金！薛群山笑道，二三子，这一点儿你就不如我老练了。二三子骂道，龟儿子，你这不是在给老子下套吗？薛群山笑道，走着瞧！二三子半信半疑，还是留了一手，暗扣了三千元，只答应给四千元，让窝窝去医院把胎儿做掉。窝窝说要考虑一下。好吧，考虑一晚上吧。结果，第二天，窝窝就不见了人影。连续一周，二三子在南辕镇的每一个角落反复搜查，毫无结果。一个人要躲起来是非常容易的。二三子骂骂咧咧，只得暂时作罢。窝窝并没有离开南辕镇，她在老街租了一间狭小破陋的房子住了下来。赶集的日子，就在附近几个乡镇的农贸市场当蛋贩子，从农民那里低价买一些鸡蛋鸭蛋，过几天又拿出来高价出售。没多久，二三子就知道了这个事情。软硬兼施，窝窝死活不愿意做人流，二三子问，窝窝，你到底想干什么？窝窝说，我想把孩子生下来。二三子骂道，你疯了吗，婚都没结，计生办的人能同意？窝窝说，反正，胎儿在我肚子里。二三子冷笑道，想不到啊，这么老实的人也学会耍赖，以后老子不管你了。窝窝说，不稀罕，要你管什么，快点儿还我的钱！窝窝撩起衣服，圆鼓鼓的腹部像个西瓜，这只西瓜是雍总那肮脏的玩意儿播下的，二三子突然觉得恶心。这个快速膨大的西瓜像一枚定时炸弹，说不定哪天就把红月亮夷为平地，二三子可能就灰飞烟灭了。二三子这下子栽了，一个农村小丫头就把他收拾住了。薛群山嘲笑道，二三子啊，万一窝窝的父母找上门来，说不定窝窝还要嫁给你呢。二三子苦笑道，冤有头，债有主，让窝窝自己去找雍总，关老子啥事！

说曹操，曹操就到。不久，窝窝的老爹问路问到南辕镇来了。幸好二三子带着一群歌厅的女子到山上采茶，不然，事情戳穿了，二三子立马完蛋。薛群山把窝窝的爹领到供销社楼上，临时找了个房间让他住着，说窝窝和老乡在茶场打工，周末才能到镇上。窝窝的老爹把农村的活儿丢下，跑了一千多里路，担心的是窝窝的下落。自从窝窝偷着出来后，同村的其他女子已经多次汇款给家里了，而窝窝既没有写过信，也没汇过款。窝窝的爹害怕女儿被人贩子拐卖了，所以找上门来，听说窝窝还在，心里石头落了地，脸上忧愁一扫而光，巴不得马上到茶场见女儿。薛群山赶紧找人骑摩托到茶场找二三子商量对策，二三子吓得躲进树林，薛群山拿着棍子强行把他打了出来。“躲得了吗，缩头乌龟？”薛群山骂道，“窝窝的爹来，万一知道这些女人在镇上卖身，人家的老公、公公知道了，闹上门来，我们的生意不是完了！”二三子说，薛总，帮我出个主意吧？薛群山诡秘地笑道，帮窝窝找个男人，把她嫁了，肚子的事情不是就过去了！二三子说，老子早就想过这个主意，关键是……嫁给谁？窝窝会答应吗？薛群山说，煤矿的单身汉比较多，只要是女人绝对高兴得要死，我们给窝窝提供一些名单，让她选择。二三子说，事到如今，也只有试试运气了。二三子和薛群山把窝窝请到城里逛了公园，还陪她看了电影，最后给她买了一套漂亮的衣服，窝窝非常开心，“你们不逼我做人流了吗？”薛群山笑道，这么大的肚子，做什么人流！我们准备让你嫁人！窝窝说，嫁谁？坏男人是不行的！二三子说，保证好得很！薛群山便介绍几个大龄单身汉，都是孤山上娶不到媳妇的，在煤矿里挖煤，一个月要挣五六百呢。窝窝说，挖煤的不嫁，钱再多也不嫁，万一煤矿塌方，男人死了，还不如不嫁。

怎么办？黔驴技穷了，几天时间到哪里给窝窝找个中意的男人？窝窝的爹在供销社等得不耐烦，歌厅的小姐暂时放假进城玩几天，这边，窝窝怎么处理？纸包不住火，二三子也不敢见人。正所谓“老乡见老乡，两眼泪汪汪”，二三子见了窝窝，差点儿眼泪都掉了出来。薛群山告诉窝窝，她爹来了，不嫁人也得嫁人了。窝窝掉了几滴眼泪，镇定地说，实在要嫁人的话，我就嫁一个人，不然，就去跳河！二三子紧张而欣喜地问，嫁谁呢？窝窝咬了咬嘴唇说，嫁给雍总！二三子笑道，这个，哎——我可以帮你联系，电话打通，你自己同他谈！薛群山按照名片上的电话号码给雍总打电话，雍总不耐烦地说，工商税务正在查老子，你们还来添乱！钱已经给了那么多，说实话，我雍某惹急了，提刀杀人的事都干得出来！没等薛群山把电话交给窝窝，雍总就挂了电话。薛群山怕雍总翻脸，顺便把他收的钱给抖出来，便笑着问窝窝，“考虑一下，还可以嫁哪个男人呢？”窝窝爽快地说，那就嫁给二三子吧！天打五雷轰的，窝窝，竟然说出这等昏话来！天底下多的是男人，怎么就扭住二三子呢？二三子说，不行，不行。窝窝挺了挺肚子说，那我去见我爹，就说肚子是你搞大的！薛群山拍手道，窝窝，你说得好！二三子踢了薛群山两脚，骂道，龟儿子，酒桌上称兄道弟，背地里刀子捅心！窝窝，是薛群山教你的吗？窝窝说，我说的心里话，我就喜欢你！二三子骂道，窝窝呀，你爹不会杀了我吧？窝窝抚摸着硕大的肚子，自信地说，我那个势利的爹，只要钞票，只要钱多，至于他的女儿，就是嫁给一只老乌龟他也不会有任何意见！薛群山笑道，好的，窝窝，钱没问题！绝对没问题！

蓝玫瑰

乡下，时间缓慢流淌，只有在植物之上，约略可以觉察季节变化。沾满尘土的桉树和榕树拥挤在公路两旁，每一辆过路的车都拉着呼啸的风，撕裂着南辕镇习以为常的宁静和惰性。从孤山联办煤矿到镇上的路口有一排供销社的库房，外面堆积着陈旧的袋装水泥。两台生锈的磅秤淹没在疯狂生长的杂草丛。

神不知鬼不觉，供销社的库房改造成了镇上第二家歌厅，歌厅名叫蓝玫瑰。老板是孤山联办煤矿承包人黄山，另有两个合伙人分别是派出所警员小余和煤炭老板朱元。红月亮悬挂在信用社的楼顶，占领了南辕镇的至高点，夜里十分吸引眼球。蓝玫瑰是一朵天蓝色的花，斜插在一个裸体女人的大腿缝隙，刚好遮羞，这座美人造型的灯饰耸立在供销社铅灰色的楼顶，夜里玫瑰蓝光悠悠，好像要把男人的灵魂吸引过去。一个小小的南辕镇在一年之内内居然开了两家歌厅，生意上的竞争不可避免。红月亮歌厅的顾客主要是区内一些小型的乡镇企业，要用电，就找薛群山，一边唱歌一边商量。蓝玫瑰歌厅的顾客则是一些用煤大户，外加运煤的司机和煤厂的挖煤工人。此前，红月亮歌厅独家经营，客人多如过江之鲫。蓝玫瑰歌厅营业后，红月亮歌厅突然少了许多客人，生意的冷清让二三子倍感寒意。乐得欢和薛群山两个人在社会上吃得开，人缘广，来歌厅消费的多半是他们的关系。二三子除了农场偶尔有几个烂人来找他打牌喝酒，拉不来半个客人，在歌厅里除了打杂下力，完全说不上话。回到家里，浑身无力地躺在床上，像一具死尸。

窝窝同他领了结婚证，没多久，又生了个儿子，二三子为他取了个名字：二两。这样一来，窝窝也算是二三子的老婆了。二两长得肥头大耳，活似第二个雍总。他妈的，基因的力量真的太强大了。二三子娶窝窝，本来是被逼的，但结了婚，在一张床上慢慢睡出感情来了。床是个什么物体呀，静止不动，人躺上去，也静止不动，灯一熄，看不见周围有什么，稀里糊涂就睡了，睡久了就做梦，凡是白天没办成的好事全都在梦里办成了。二三子梦见的是和一个欧洲小王国的公主结婚，在阳光灿烂的海滩上散步，海风徐徐吹来，皮肤洁白的女人一张笑脸轻轻地飞过来，散发着芬芳的呼吸送入二三子的鼻孔。喔唷，喔唷，喔唷，二三子被吵醒了，窝窝在用脚踢他的脸，仿佛他的脸比屁股还脏：就是嘛，喝了酒回家，进门倒地不起，咿哩哇啦，吐得满屋子秽气，恶心死了！二三子虽然喜欢女人，但还没把窝窝当成一个女人，即使窝窝脱得精光，突然挤进被窝，二三子也不会动心，他侧过身子，闭上了疲惫的眼睛。这个女人不能碰，拿了结婚证也碰不得，就像一碗饭里，突然发现了一粒老鼠屎，再饥饿的人也会别有希冀，等待干净的食物。窝窝的事折腾时日已久，尽管窝窝把孩子生下来了，肚子仍然鼓得像个皮球，在二三子的感觉中，依旧是一颗没引爆的地雷。为了办理结婚证，二三子才知道，窝窝不过刚刚满十八岁。为这张证书，二三子跑了三四趟老家，给村上和乡上的人送了无数的好烟好酒，还受到了老乡的冷眼和歧视。窝窝和鱼幼的老家只隔了一块水田和三株梨树，窝窝的事自然引起鱼幼娘家的不安。两家人出门见面就吵架，吵不过瘾，便站在田边朝着对方的瓦房子抛石头，砸碎了瓦片，砸坏了坛坛罐罐，还把煮饭的铁锅砸了个洞。窝窝的爹问，肚子谁搞大的？窝窝把头低下去，窝窝的爹就瞪着二三子骂道，王八蛋，二三子，是不是你？二三子忍气吞声点了点头，窝窝的爹拳头和腿脚便过来了。二三子人打趴在地上，还得爬起来赔笑脸：爸爸！窝窝的爹听二三子这么喊，又觉得受了侮辱，批了二三子几个嘴巴。窝窝扑过来，用身子护住二三子央求道，别打了，再打，出了人命，你外孙没有父亲，你女儿没有男人，你忍心吗？窝窝的爹犹豫了一下，骂道，丢人现眼，你们结婚了，永远不要回老家，回来老子杀了喂狗！二三子为雍总受过，比乌龟还屈辱呢。狗日的雍总，自从蓝玫瑰营业后，再也不来照顾红月亮的生意了。薛群山骂道，忘恩负义的东西，老子要收拾这样的小人！

二两长到七八个月，嘴巴里突然冒出两枚雪白的牙齿，咿咿呀呀开始学说话了。窝窝成天抱着二两在红月亮歌厅外面游荡，就是不上楼。与窝窝同来的姐妹因为她爹来闹了一次，全都如惊弓之鸟散去，歌厅里的小姐是其他省份跑来的，她一个也不认识。这样也好，窝窝的丑闻不会有人拿来当笑料了。薛群山叼着烟，似笑非笑地说，小嫂子，怎么不上楼呢？窝窝冷笑道，薛总，请我坐台吗？薛群山惊愕地望着窝窝，“还能干别的什么吗？”见了窝窝，二三子的脸就垮了一半在肩膀上，恨不得把窝窝直接掐死了塞进地缝里去。晚上，二三子疲沓地回家，二两已经在摇篮里睡了，屋子里显得比较空旷。窝窝笑着迎了上来，笑道：老先生，搞小姐累坏了，回家来疗养？二三子立即转过身，把屁股送给窝窝看。窝窝强行把二三子屁股扳过来，平放在床上，瘦小苍白的五官朝着天空，二三子赶紧伸手遮住沮丧的脸。窝窝笑道，说话呀，怎么不开口呢。二三子嘟哝道，老子心烦，不想说。窝窝晃荡着身子，咯咯咯地笑起来，二三子无力地睁开眼，瞟了一下子，马上变成死鱼。二三子粗暴地推开了窝窝的手，闭着眼说，没心情。窝窝冷笑道，王八蛋，你嫌弃我，是不是？二三子摇摇头，从床上撑了起来，垂下头，叹息道，你不理解我在店里的处境，老子想退股了！窝窝捧着二三子的笑脸按摩，二三子脸上的肌肉终于柔和了，再揉一揉，肉里就会发出笑声了。二三子把窝窝放在一边，笑问道，小杂毛，你的意见呢？二三子轻蔑地称呼窝窝为小杂毛，窝窝也习惯了，小嘴巴只是说，我虽然年龄小，但在红月亮歌厅混了那么久，你们的事我多少有些了解，打铁要靠自身硬，你以为沾得了那两个家伙的光？二三子苦笑说，起初还可以，谁知道黄山搞了个蓝玫瑰歌厅，谁算得到这一步呢。窝窝干涩地笑了一声，“退出来，另外想办法，怎么样？”二三子连连摇头，投了三万在里面，还没什么收获呢，他还想坚持一段时间，看看情况再说。

七八月连续干旱，南辕河水位持续降低，木鱼县的几座小水电站只能断断续续发电，停电便成了家常便饭。区供电所的值班电话每天都被打爆，全是要求供电的。薛群山说话越来越有分量了，据说他本人新提拔了副所长的职务。哪个时段给哪个片区哪个单位供电，让哪个用户停电，供电所所长一起床就开始抓破脑袋苦思冥想，人情太多了，规矩是讲不起的，实在挡不住的人情便推给薛群山，年轻人嘛，不知道得罪人迟早是要遭报应的。薛群山呢，当然要感激所长的知遇之恩。先前，同吉星场打架的事件让薛群山两度被派出所抓，扣罚半年工资，一起受连累的还有供电所的四个年轻人。农场那边三番五次逼迫，欺人太甚，反倒让薛群山因祸得福。所里的人都服薛群山，所长也做个顺水人情，放言要提拔薛群山。薛群山的脑子似乎突然开窍，不再惹是生非，工作上非常亡命，加上性格泼辣，胆子大，一些棘手的事也勇于担当，确实是个干事的好手。所长冒着风险提拔薛群山，还可以用薛群山来当一个块挡箭牌——社会上不是传言薛群山是麻县长的亲戚吗？虽然辟谣，或者是越辟谣，越有人相信，嘿嘿，得罪不起的人就交给薛群山吧。薛群山起来了，这家伙有什么背景，所长认真调查过了，不过是他老子当年发生触电事故严重伤残，供电系统的人同情他，在招工方面网开一面，他才进来的。这个他懂，所以，做了副所长，薛群山比以前更听所长的话了。当然，有了发言权大了，薛群山也会做一些属于自己的事：他做的第一件私事就是收拾对手。蓝玫瑰歌厅的消费比红月亮低，小姐更热情，所以，红月亮的熟客慢慢被吸引走了。薛群山对此恨入骨髓，机会来了，怎么能放过呢。在蓝玫瑰歌厅的顾客正在搂着小姐划拳喝酒，或者醉醺醺地扯开喉咙唱，“我的心在等待，永远在等待……”啪嗒一声，屋子里一片漆黑，客人伸手不见五指，咒骂道，龟儿子，真的要等待了！小姐走到门外，纳闷道，镇上都没停电，怪了，为何只有蓝玫瑰停？等了十来分钟，还没电来，拍拍屁股说，算啦算啦，还是到红月亮去吧！蓝玫瑰歌厅就这样时常闹停电，而红月亮歌厅几乎不停电，生意一下子又颠倒回来了。蓝玫瑰歌厅的老板黄山当然奈何不了薛群山，他和两个合伙人商量了半天，最好的办法就是向薛群山说情，还专门送了两条红塔山和一瓶五粮液。薛群山毫不客气地收了礼物，但电是照样停。

久未露面的雍总又出现在红月亮歌厅了。和小姐鬼混之后，雍总满足地往楼下走，意外碰见窝窝抱着肥胖的二两，雍总怔了一下，望着弥勒佛一样的二两笑道，哟，这么大了，叫什么名字呀？窝窝得意洋洋地说，是个儿子，哈哈！雍总咧开嘴笑道，真是老子的种，老子高兴——名字叫什么？谁取的？窝窝冷笑道，他叫二两，取名字的还能有谁——他的爹——二三子嘛。雍总伸手去抱二两，二两哇的一声哭了，窝窝笑道，去，当初要同你龟儿子结婚——不，仅仅是在一起过日子，你不答应，现在来凑热闹，真不要脸！雍总脸上升起一种委屈的情绪道，那个时候，我有难处啊，上面正在查我，万一被抓去坐牢了，你们母子咋个生活呢？

雍总提了一瓶木鱼大曲和三条红塔山，外加五罐子进口奶粉，敲开二三子的门，把躺在床上看电视的二三子吓得滚落到地上。二三子好不容易找到窝窝的拖鞋穿了，红着脸站了起来。二三子在镇上租的房子虽然是三个房间，但住的人有二丫丫、二三子的老母亲、窝窝和儿子，单单是窝窝母子就把屋里搞得一团糟。雍总一进门，窝窝便抱着二两逛街去了。雍总恭恭敬敬递了一支烟给二三子，二三子没接烟，他在看名片上的内容：雍仁喜，市政协常务委员，县工商联副主席，篦子场煤矿董事长、总经理。雍仁喜笑道，感谢你，二老板，为雍某解了围，我准备把窝窝母子俩接到城里去生活，所以……二三子像一圈被压久了的弹簧，突然减压，吐的一下子就跳起来了，“你做梦，窝窝是我老婆！”雍仁喜平静地说，只是，窝窝生的儿子是我的，老子很满意，二三子，什么条件都可以提出来！比如钱方面……提到钱，二三子仿佛神经病发了，马上勃然大怒道，钱，老子有钱！雍仁喜笑道，吹牛皮不打草稿，你看你这家，连狗窝都不如。二三子眼睛红了，泪水差点儿流出来，声音颤抖着，“姓雍的，欺人太甚，老子请你马上滚出去！”二三子抓起雍仁喜送来的东西就往他头上砸，雍仁喜一边逃命一边叫嚷，“二三子，你会后悔的！”

现在，红月亮歌厅的生意好了，二三子的腰杆也粗了。虽然经常受薛群山的气，但叫花子有挨打的可怜相，自然就有吃肉的得意相。雍仁喜生得贱，二三子辱骂殴打他，他还是带着客人来喝酒唱歌。二三子本来准备见一次打一次，无奈薛群山要热情接待，亲自陪着玩通宵，二三子只得悻悻然，心里骂道，迟早老子要把你收拾掉！歌厅每晚银子哗哗地收，雍仁喜成了红月亮歌厅的大财神，薛群山高兴，舍得分红，他的目的是要搞垮蓝玫瑰，私底下，薛群山正在引诱黄山的两个合伙人退股，薛群山把分红的数字都给朱元和小余透露了。二三子裤兜里有钞票，他才敢在雍仁喜面前耍一盘威风。是的，有了钱，男人才有英雄气概。二三子溜到客来喜饭店一个人喝了大半瓶 52 度的木鱼大曲，深一脚浅一脚，摸黑回了房子。窝窝正抱着二两在打盹，一对乳房从白底蓝圆点的衬衣下露出大半截，二两的小嘴巴还含着乳头，不时小猪一样发出哼哼哼哼的叫声。二两早就该断奶了，可窝窝宠着这家伙，一直让他吃着，二三子见了，心里升起一种嫉妒的情绪。二丫丫读小学六年级，回家后做完作业趴在桌子上就睡了。二三子的妈端着脚盆给二丫丫洗脚，二三子看见了心里也不舒服。但是，二丫丫读书的成绩非常优异，婆婆的恩宠似乎可以理解。婆孙俩洗了脸进了另一个房间，二三子便拉着窝窝的手进了卧室。窝窝看二三子眼睛里飘着红红的火焰，嘴里不断吐出酒臭气，便骂道，今天发大财了吗，这么得意，还喝酒呢！二三子伸手去抱二两，窝窝一把推开二三子，方才小心翼翼地把二两放进摇篮。二三子迫不及待关了灯，窸窸窣窣，黑暗中窝窝脱了衣服，光着身子钻进被窝，碰到二三子滚烫的身子，也是光溜溜的，便吓了一跳，“发烧了吗?”二三子也不声张，只是一双手放肆地在窝窝的身上游动，窝窝柔嫩的腰肢立即扭曲起来，像一条受伤的蛇正在惊慌逃跑。

歹　徒

鱼幼回老家陪乡下父母，将近一年，心中的伤痛仍未消退。她最恨的地方是南辕镇，二三子用暴力摧毁了仅有的一点儿美好的记忆，用粪便一样的语言在公众场合玷污了她的名声，给予她精神致命一击，什么也没有了。同时，最让她牵挂的地方也是南辕镇，她太思念自己的骨肉二丫丫，懵懂无知，却学业优异。能勉强把鱼幼和二三子的婚姻拖延到二丫丫读小学五年级，完全看在二丫丫是块读书的料。所以，鱼幼忍辱负重、委曲求全。最近，二丫丫写给她的一封信让她哭了一洗脸盆的泪珠，犹豫再三，还是返回了南辕镇。本来，她发过誓，这辈子永远不再踏上南辕镇半个脚印。二丫丫早已判给了二三子，有二三子那个半聋半哑的老娘在煮饭洗衣，照顾上学放学，一切似乎与她无关。事情还是得从窝窝怀孕谈起。窝窝又怀孕了，这一次，怀的是二三子的种。一年多的时间，二三子从不碰窝窝的身子，窝窝生的孩子是雍仁喜的，窝窝在家里也是名不正言不顺的。一旦有了二三子的种——百分之九十九的可能性是儿子——窝窝马上就摆出了女主人的架势，开始对二三子的老娘指手画脚，有些时候还粗口骂人。二三子的老娘年龄大了，动作迟缓，关键是耳朵背，外人说什么她听不懂，在家里，只有二丫丫和二三子长期同她生活在一起，靠眼神来意会。窝窝是新来人，加上人年轻，缺乏耐性，同老太太无法顺利沟通，便产生了激烈的斗争冲突。二丫丫自然地站在婆婆一方，不时反击窝窝，那窝窝一直怨恨二三子的歧视，二丫丫和老太婆从不拿她当家里人看，怨气积压甚重，一直没有发泄的渠道。二三子认可了她，窝窝便掌握了主动权，脾气和肚子几乎同步，一天天大起来，令人瞠目结舌。长期以来，二丫丫仗着自己成绩好，从不喊窝窝一声妈，窝窝忍气吞声的日子太长了。如今，窝窝不需要二丫丫喊一声妈了，只要她肚子里的肉顺利发育，早迟会有一张喊妈的嘴巴出现在世界上。窝窝估计，假如生的是儿子，恐怕二三子也得改口把窝窝喊妈妈了。二三子的恩宠很是让窝窝得意忘形，她开始变着戏法折磨二丫丫，故意把二丫丫的裤衩和脏袜子放在一起，或者让二丫丫洗二两换下的裤子，上面沾满了粪便。二丫丫稍有反抗，窝窝立即破口大骂，二三子回家还不忘火上加油，让二三子给二丫丫一些恶毒的脸色。

事实上，窝窝时刻在抓二丫丫的把柄，想把二丫丫从二三子手里推出去，还给鱼幼。窝窝从二丫丫的书包里搜出一封写给鱼幼的信，信里骂窝窝是个不要脸的婊子，在家里就像在歌厅一样下流。二丫丫这样说不完全没有依据，有几次提前放学回来，碰见雍仁喜抱着窝窝，窝窝两腿乱蹬，笑得花枝乱颤，恶心死了。

二三子似乎还不知情，晚上回家肉麻地喊着宝贝，频频去亲吻窝窝的大肚子。二丫丫公然鄙视窝窝，窝窝冷笑道，你亲妈鱼幼也是婊子，你爹二三子就是个老嫖客！二丫丫一听窝窝侮辱她妈妈，抓住窝窝的头发开始扭打起来。二丫丫年龄小，到底要吃亏，脸上被抓了些指甲痕迹。窝窝硕大的肚子似乎给了二丫丫复仇的机会，她低着头去顶撞，窝窝小心翼翼地躲避，肚子还是给撞了几下。二三子回家，看了信的内容又打了二丫丫的脸。二丫丫的脸肿了，红红的指印，背着书包逃到县城，差点儿就走远了。二三子逮住二丫丫，立即给鱼幼发了电报。鱼幼把二丫丫领到乡政府所在的斜坡上的四合院，暂时租住了一个房间，等二丫丫把这个学期读完，再把人带走。对此，二三子非常感激鱼幼，他的全部心思钻进了窝窝的肚子，巴不得那个幻想中的儿子早点儿生下地，取代二两的位置。二两是雍仁喜的，早迟得跟了雍仁喜走。越快越好，眼不见，心不烦。当然，离婚的时候，为了争夺二丫丫，二三子答应了鱼幼的要求：在二丫丫上大学前不把别的女人带进家里，二丫丫读书太出色了，这样的人才，乡中学的老师已经很多年没见过了。只要正常发展，二丫丫考清华北大绝对没问题。乡中学的老师在满是泥泞的街道上见了二三子总是重复这样的观点。二三子醉醺醺的，眼睛在瞌睡里，睁不开。老师忠告道，“多用点儿心，以后比你强一万倍不止！”听到这样的话，二三子当然开心。但一回家，看见二两蹲着屁股在屋子中屙尿，立马刺痛了他的神经，“狗日的雍仁喜，你的孽种，强迫老子帮你养！”于是，二三子加倍地奉献殷勤，昼夜伺候，唯一能为二三子挽回面子的就是窝窝的肚子了。二三子担心鱼幼争夺二丫丫的抚养权，所以，偷偷摸摸也买了些礼物去四合院巴结鱼幼母女。

二三子敲开门，把手里的苹果、奶粉放在屋角，自己捡了一张小凳子坐着。鱼幼没有看他一眼，她拿着心爱的小镜子，耐心地为自己的脸化妆。二三子认真观察鱼幼脸的侧面，平平静静，像一片高深莫测的湖泊。她伸出红色的舌头，蛇一样，妩媚地舔食着红润的唇膏，嘴角浮现一丝不易发现的微笑。“噢，老婆——不，鱼……”二三子语无伦次，紧张地吞着口水，低下了头，肮脏的头发遮住了苍白狭窄的脸。鱼幼化妆完毕，唇红齿白，脸如银盘，辉映满屋。二三子控制不住冲动，便靠近鱼幼，用手搂住鱼幼的肩膀，鱼幼轻声说，滚开，下流胚子！二三子触了电似的，跳到一丈外的地方，尴尬地笑道，好好的人，哪里下流了？鱼幼冷眼一扫，二三子的骨头遭到寒气的袭击，哆嗦着，听着鱼幼的笑，“了不起，兔子吃了窝边草，事情做得真绝啊，老家的人巴不得你回去——还有，这么快，你都当爹了，听说又要生了，是这样吗？”二三子结结巴巴地说，鱼幼，我是有难处的，你不知道。鱼幼冷笑道，还有哪样不知道的，我什么都知道。二三子抹着额头，豆大的汗珠从发际渗了出来，“是不是二丫丫告诉你的？”鱼幼笑道，报应啊，这么快，那个窝窝是个什么货色，你去老家打听，初中没毕业就在街头混，恭喜你，老流氓，这辈子你要过好日子了！二三子辩解道，那是诬陷，我觉得她挺好的！鱼幼把屋角的苹果和奶粉拿起来，放在门口，用眼神驱逐二三子，“你就同窝窝好好过吧，反正这学期过了二丫丫得跟我，不能毁在奸夫淫妇的手里了！”二三子哀求道，别骂窝窝，骂我就可以了。鱼幼说，你那个窝窝好得很呢，赶快回家守着吧，不然，生个儿子不知道该姓什么！二三子是明白人，他不说了，赶紧拎着东西回家。窝窝挺着大肚子，把二三子挡在门口，用鼻子嗅了嗅二三子的脖子和腰，“鱼幼那里占到便宜没有？一日夫妻百日恩嘛，老娘问你，上床没有呢？”二三子皱着鼻子，打了个响亮的喷嚏，“还上床呢，简直羞死人了！”窝窝冷笑道，老娘让你别去，碰一鼻子灰，活该！

鱼幼的话，像在一锅冒着香气的汤里撒了一粒老鼠屎，不起眼的小玩意儿，偏偏让人在乎、恶心。二三子便多了个心眼，经常撒谎，尤其是出入家门的时间，极不规则。窝窝倒没察觉到这些，她的大肚子严重影响到行走和呼吸，甚至是思维。然而，二三子有一次离开南辕镇，到白石乡去拿几条黄鳝，沾着泥的，说这个东西对胎儿有好处。摩托车走到半路，二三子想起下楼时遇到雍仁喜，雍仁喜的眼神比较古怪，越想越不对劲儿，突然折回来，一下子抓了个现行：雍仁喜和窝窝脱了衣服裤子睡在他的被窝里。门闩着，被二三子用斧头劈开，什么东西都明白了。二三子持着斧头，喘着粗气，对着雍仁喜肥大雪白的肚子，雍仁喜声音发抖，却是笑道，兄弟，冷静点儿，你一劈下来大家都完了。窝窝从容不迫地穿上衣服裤子，从二三子手里夺过斧头，二三子哇的一声像个受委屈的孩子一样哭了。雍仁喜趁机套上衣服溜了。窝窝掌了二三子几个耳光，二三子止住了哭声，窝窝自言自语道，一定是鱼幼，坏在贼婆娘那张臭嘴，不能这么便宜了她！给她点儿颜色！

几天后，两个陌生男子，摸黑进了屋子，揪住鱼幼的头发，扇耳光，踢肚子，最后，狠狠地在地上摔了几下。走的时候还放话道，三日之内，不离开南辕镇，杀了丢到河里喂鱼！鱼幼挨打了，挨得惨，眼眶肿得像个熟透了的桃子，根本看不见外面有什么东西。男人的皮鞋踢中了腹部，痛得鱼幼一两天时间连尿都撒不出来。二丫丫见鱼幼一身伤痕在床上躺着，不住地呻吟，问是怎么回事。鱼幼说，不小心摔了。二丫丫脑瓜子不算笨，猜测不到是谁干的，便马上去红月亮歌厅找二三子。二三子只得把手里的扑克放在凳子上，极不情愿地来四合院看望鱼幼。过了三天，鱼幼的眼眶依旧肿大，只是红色渐渐变黑变青，皮肤的裂口像婴儿的嘴巴，令人惊骇地张开，好像要吞下什么东西。二三子把鱼幼扶到医院，上了药，找了个床位，在镇上雇了个老太婆照管，每天十元钱。

谁打的鱼幼呢？一个傻子用脚指头都能猜测得到。但是，二三子也没办法。窝窝的大肚子不能惊动，万一这小妖精发飙，一动胎气，可能前功尽弃。窝窝的肚子圆鼓鼓的，肚皮上似乎可以看到胎儿清晰的脚趾印了。胎儿一动，窝窝便会高呼，“二三子，快过来！”二三子从煤炭炉子下抬起一张满是尘垢的脸，“什么事？”“肚子，你看，我的肚子。”窝窝紧张地喊着，好像她是初次怀孕。窝窝的肚子，二三子每天要看无数次，胎儿还没生下来，渐渐失去了惊喜和热情。窝窝的脾气也越来越坏，跟着肚子里的胎儿一起撒野，每时每刻都在憋二三子："陪我上街!""陪我睡觉!""陪我上厕所!"二三子精疲力竭，有空便会躲在屋角里抽烟，憋急了，就叹息，"我太累了，总得休息一会儿吧。"窝窝说，你是想钻空子，和鱼幼幽会，是吧？二三子说，做事应该有个尺度，鱼幼挨得那么惨。窝窝说，活该！该打！打得好！就是不能藕断丝连，不然，老娘，哼哼，走着瞧！二三子无可奈何，摊开身子，委屈地说，窝窝，你和雍仁喜的事，我已经原谅了，你也得替我着想。窝窝强硬地说，肚子里的孩子是你的，你不要，马上有人抢着要。

泥淖

下册

彭成刚◎著

黄河出版传媒集团
宁夏人民出版社

雍仁喜

雍仁喜，有喜啊，最近，又打通了两口横井。篦子场煤矿的产煤量大增，一下子跃升到中型煤矿了。市里、县上、区上，来了长长的车队参观，祝贺的鞭炮从南辕镇开始燃放，延续到孤山，热热闹闹，胜过春节的除夕。大家都知道，雍仁喜发了。篦子场煤矿要扩大产能，纷纷吸收股份，凡是想发财的脑袋都蠢蠢欲动，暗自托关系勾兑雍仁喜。而与篦子场仅五公里之隔的孤山联办煤矿深感虎狼当头，黄山昼夜寝食难安。要是照这个速度，要不了两年，雍仁喜的横井就会把血盆巨口延伸到孤山煤矿的厂门口来，孤山煤矿恐怕只有喝西北风了。

雍仁喜的好事不止于此。不足一个月预产期的窝窝竟然主动跑到篦子场煤矿，陪雍仁喜睡觉，生下的儿子当然跟着姓雍。窝窝把二两带过去，雍仁喜马上在城里为二两买了老街的一套旧房子，外面是门市，里面是居室，钱也是花了将近两万。这可把二三子气坏了。本来，窝窝可以为他正名，生一个名副其实的儿子，哪知道这小娼妇心眼多，早已私下和雍仁喜勾搭上了。窝窝生下的儿子取了个名字：雍二。这是雍仁喜的杰作，把两个男人的姓合在一起，很有些幽默感。二三子狼狈不堪地跑到煤矿，原以为雍仁喜会羞辱报复，没想到雍仁喜慷慨大度，热情地端茶送水，给了一包红塔山。窝窝抱着雍二在洗澡，小家伙哇哇哭着，光光地张开腿。二三子情不自禁，高兴地说，窝窝，你的肚子没撒谎啊，果然和我一样。窝窝没好声气地说，可能跟你不一样哟，雍二是衔着金钥匙生的，你那么穷。二三子笑道，这样也好，反正有一半是我的，不是吗？窝窝冷笑道，雍仁喜就是个大男人，不像有些人鸡肠狗肚，给好端端的一个儿子取个名字叫二两，太不要脸了，你现在看看，起码一百个二两也不止。二三子笑不出来了，雍仁喜抱着二两，乐呵呵地招呼他。雍仁喜要和二三子友好地商量一件事，妥善地处理与窝窝的关系，尽量不在社会上造成不良影响。原来，雍仁喜还有更高的目标，更大的想法，要争取省政协委员。为一个女人把名声搞臭，一点儿不值得。雍仁喜把一瓶52度的木鱼大曲分别倒在两只大碗里，满满的，让二三子挑选。二三子望着雍仁喜，脸上全是疑问：鸿门宴吗？又想算计老子？老子穷光蛋一枚，搞砸了无所谓。雍仁喜看出了二三子的心思，二话没说，先端起碗，把一碗白酒灌进了肚子。二三子犹豫了一下，也照着把酒喝下。酒一下肚子，雍仁喜的嘴巴便滔滔不绝地讲话了。二三子骨子里的反感情绪随酒精蒸发一空，剩下一个空洞的脑袋。“喝酒好，喝了就是兄弟！”雍仁喜伸过来一双麻木不仁的手，松松垮垮地抓着二三子，不断地叹息，“窝窝的事，兄弟也费了不少心，当大哥的不会亏待你的。”二三子不知道雍仁喜葫芦里卖的是什么药，便假意敷衍，看他要什么花样。昏昏沉沉，在篦子场煤矿睡了一晚，一觉醒来，井口早已热闹非凡，大群下井的工人在机器和缆车的响声中有条不紊地行动着。雍仁喜请二三子到办公室坐一坐，漆黑的井口让煤矿产生了极大的神秘感，二三子好奇地望着，雍仁喜笑道，同女人身体差不多，见多了，就那么回事儿。

雍仁喜所有的决定都让二三子灵魂震颤。他做出的让步太大，给予二三子的好处太多，二三子以为雍仁喜在忽悠人。雍仁喜决定赠送股份给二三子，当然，股份属于二两。凡是持有股份的人，每年坐着分红，二两的股份分红属于二三子，这个毫无争议。如果二三子愿意离开红月亮歌厅，雍仁喜可以在矿上为二三子考虑一个管理岗位。自然，这个岗位也有相应的股份和分红。这么多好处，多么诱人！雍仁喜让人把窝窝请到办公室，关起门来，严肃地宣布了这个决定。窝窝听了大惑不解，她以为雍仁喜疯了。窝窝抱雍二的手在颤抖，她说话的声音变了味，“老雍，我怎么办？你送什么东西给我？”雍仁喜用手把窝窝站立的身子按回座位，“窝窝，我送你的东西可值钱了！”窝窝张大了嘴巴，仰起的脖子上闪烁着一根粗大的黄金项链，雍仁喜刚刚送给她的特别礼物，雍仁喜送她的礼物是，“一个丈夫——价值千金——二三子——要不要?”窝窝一阵狂笑，“老雍啊，老娘一个处女身子都给了你，这么羞辱我，你不怕上天报应?”雍仁喜噼里啪啦把说给二三子的话又重复了一遍，然后伸手抱着二三子，让窝窝欣赏，“怎么样，这个丈夫值不值钱? 要是你不满意，我还可以让他增值!”窝窝伸手道，不行，另外，还得给老娘单独的股份，二三子这样的男人迟早是靠不住的！雍仁喜哈哈大笑道，有我老雍在，窝窝你怕什么！二三子立即奉承道，好大哥！窝窝也跟屁虫似的说，好大哥呀，全靠你了！

泥　潭

时至九月初，雨水迟迟不来，夏天无限。二丫丫到学校读书去了，鱼幼租住的房子空荡荡的。白昼只有阳光肆无忌惮地光顾，太灼热，受不了，浑身流汗，但驱赶不走。她没有力气用手挥走窗前一摊雪亮的光明，它们是从墙上和树上渗透下来的，屋外几棵树缠满油绿的藤萝，现在，又在向墙上和屋顶蔓延。春天的时候，柔弱的藤萝在泥土上蔓延，遇到一棵树就缠着不放，然后拼命地向上爬。大概天空中有阳光和雨水，地上没有或很少，被高处的植物拦截了。整个夏天，藤萝都在焦躁不安地攀爬，枝枝叶叶，剪不断，理不清，直至乱成一团，自我纠缠。不过，秋天一到，再茂盛的藤萝也会在风中枯萎、凋敝。

人生一世，草生一秋。鱼幼躺在一张旧木床上，感觉自己像一株提前枯死的草在风中漂流，身体的热是假象，外面藤萝的枝繁叶茂也是假象，该来的事物一定会来，寒冷，萧瑟，破坏，毁灭……直到最近，她的伤才接近痊愈，横生枝节的祸事突然打乱了人生的计划，她不得不在这块龌龊的土地上继续煎熬。是窝窝幕后指使人打她的，窝窝已经坦白了，并不讳言。鱼幼斜倚着拐杖，在镇上行走，遇见二三子和窝窝一人手里抱着一个小孩，有说有笑。窝窝冷笑道，姐呀，你不是说马上要离开南辕镇吗，怎么脸皮这么厚，说话不算数！鱼幼笑道，你让人限我三天离开南辕镇，本事真大呀，小娼妇，什么时候操起流氓手段来了！窝窝讽刺道，姐呀，话不要说得那么难听，你是个干净的人吗，你以为装死就可以让二三子回心转意跟你过日子？这个社会认的是钱，二三子跟着我有钱，才像个男人，要是跟着你，只能当一个缩头乌龟。二三子伸手去捂窝窝的嘴巴，责怪道，少说两句吧，外人见了不好的。窝窝立即换了笑脸道，姐呀，告诉你，二三子现在有出息了，他做了篦子场煤矿的管理，还是个大股东，一年分红就是五六万，这么有身份的人，不会同你这样的穷鬼一般见识，免得坏了运气！

从红月亮歌厅退了股份，二三子立马成了大煤矿的管理、大股东，腰间有了大哥大，人模狗样，走出来竟然有很多人喊他老板。桥头的照相馆关门时间很长，从头到脚，蒙了厚厚的灰垢。九月下旬，晴空之下，鱼幼踽踽独行，好像一片淡淡的影子。经过照相馆，鼻子里一阵酸涩。忽然，悠悠凉风，天上浮现出一些云的碎片。南辕河岸的草窸窸窣窣地响，好像成千上万只小动物在迁徙。风越吹越大，屋顶好像要被掀起来一样，镇上的尘土四处飞扬，与之伴随的还有彩色的塑料和纸屑，其中，夹杂着煤炭燃烧的粉尘味。鱼幼开始剧烈咳嗽，周围的邻居也开始咳嗽。

木鱼县开往全国各大城市的双层豪华大巴生意持续火爆，尤其从南辕镇到深圳的线路最为出色，南辕镇偏僻贫穷，出门打工的冲动比哪个地方都要强烈。刘国歌的女婿经营这条线路已经三年，赚的钱超出了想象。从南辕镇出门打工的人走了一拨又一拨，镇上赶集的人稀稀疏疏，感觉农村就像被掏空了一样。现在，南辕镇到深圳，长途大巴每周发两次车。几千里之遥，靠着几个轮子转动就可以实现，什么都变得容易了。南辕镇不再是被世界遗弃的小地方，从深圳那里随时能把全国最时髦的玩意儿带回来。玩具、零食、服饰、水果，充斥着奇异的洋味。随时，大巴停在客来喜饭店门口，有出门欲望的人见了就觉得亲切。鱼幼几次想买票，但走到长途大巴前，心里总是惴惴不安，感觉自己丢失了什么东西。她折回租住的房屋，逐一翻检，凡是与二三子有关的东西统统扔了。看见相册里自己与二三子、二丫丫的合影，便拿起剪刀，剪掉二三子。二三子和窝窝一副小人得志的样子，不知道从哪里搞来一辆破车，随时呼啸着，从公路上疾驶而过。这地方还能待下去吗？不，一分钟也待不下去了。一趟车到深圳，行吗？也不行。二丫丫马上念初中了，这可是一件大事。二丫丫是万万不能和二三子在一起的，二三子胡作非为，加上没有底线的窝窝，实在是可怕。怎么办？地球只有这么大，鱼幼无路可走。她就在犹豫着，为犹豫寻找各种理由。天气也不好，胸口闷得慌，屋子里待不住了，鱼幼不想见到任何熟人，就沿着南辕河畔的小路向上游走。

河水消落，露出许多巨大的石头，上面的青苔已经干得发白，像老人的头颅。两岸的芦苇刚刚收割，残留着一两株长长的苇秆，白色的花絮，风一吹，阵阵旋转着，从河谷向天上飘去。鱼幼裹着蓝色的头巾，身着白色的风衣，领口喷火似的耸立着红色的衬衣领子，配上石磨蓝的紧身牛仔裤和棕色长筒皮靴，时髦得像个电影明星。天空依旧那么蓝，看不出一丝下雨的迹象。乡下的人赶着收割芦苇，他们撑着小船，在浅浅的河水上走走停停。走热了，鱼幼便把风衣脱下来，一身红色的衬衣更像火焰一样在河岸飘动。离镇越远，收割芦苇的人越少，岸上的芦苇就越多，小路就越不容易走。这是芦苇花开的繁盛季节，风刮着，芦苇花漫天飞扬，白茫茫落下，仿佛一场大雪。

走到泥塘边，一望无际的芦苇震荡着，风的呼啸在加剧，好像一群野兽聚集在这里怒吼。鱼幼既有一种解放的痛快，又有一种放纵的恐惧。高大的芦苇一丛丛被风压倒，很快又挺立起来。每一次起来，白色的芦苇花便像云一样轻盈地逸出，随风而散。这些群居的野物，尽管它们深陷淤泥浊水，没有头脑，但一年之中，总有意气风发、纵身秋野的时候。它们洁白轻柔的花絮，脱离了泥土的气息，在空中弥漫，与阳光融合，在旷野中，呼吸畅快、均匀、平和。

鱼幼孤身一人，往芦苇深处走去。红色的身影淹没在白色的芦苇花中，仿佛一朵快熄灭的火苗。这里的芦苇甚多，离街较远，人们暂时收割不了。大肆收割的时候，应在十月底以后。那时，农忙基本结束，附近几个村的农民全都撑着船来了。今年夏秋连续干旱，有史以来，泥塘大部分干涸了。泥塘边缘大片的淤泥成了白的土块，坼裂的大缝隙可以放进一个婴儿。尽管少数淤泥还是湿的，但出于好奇心，一些胆量大的人已经尝试着踩出一些浅浅的脚印，通向芦苇丛中。顺着这些脚印，鱼幼小心翼翼地走。前面，几个小学生在走，胆量也就大起来。小学生们在芦苇丛中奔跑，捉迷藏，响亮的声音在这寂寞之地就像子弹一样，迅速射向天空，击碎了耳朵中几根脆弱的神经。

芦苇深处，一个模糊的人影。在起伏不定的芦苇之中，那人像个石头，被时间凝固。吉星场，蓝色的衬衣像一挂窗帘，遮护着瘦削的身体。吉星场静静地坐在一丛倒地的芦苇上，身边放着一本书。鱼幼踩倒一丛芦苇，躺在上面，听着风肆虐的声音。两人都没有说话，安静的空气里似乎埋藏着一枚定时炸弹。

一年多来，吉星场经历的事情可不少。研究生考试再次失利，考试成绩比去年还差，这是一次更为惨重的打击。他一直想不明白，这一年来的努力为何不见效果。考前，信心十足，昼夜苦读，一场考试结束，整个人完全处于虚脱状态。尽力了，还有什么话可说呢？难道自己根本没有实力？要是这样，所谓的奋斗不过是虚张声势、自欺欺人。如果就此认输，老老实实在农场工作，与其他人没有两样，这也没有大不了的。关键问题是前几年拿文凭考试太顺利，外界把自己宣传成了一个考试英雄，这研究生考试就是一种逼迫：只许成功，不许失败。现在，白石乡和洛城乡都有人考上了研究生，他们以前的成绩和基础比吉星场差远了。白石乡的白乐已经在华阳省社科院读了一年的历史研究生，洛城乡的顾轻狂新近也考上了华阳政法大学贾教授的研究生。这事情太让吉星场丢人了。顾轻狂拿本科文凭补考了四五次，他考华阳政法大学贾教授的专业还是吉星场引荐的。想起顾轻狂在自己面前那种毕恭毕敬的态度，吉星场就咽不下这口气。什么后来居上，顾轻狂还是那个鸟样，他吉星场完全是自甘堕落。前不久，吉星场专程到芙蓉市向贾教授请教，碰到顾轻狂在为贾教授打杂。顾轻狂首先摆出一副大城市人的面孔，肆意嘲笑吉星场说话的口音、衣着、职业和工作地点，似乎认定了吉星场这辈子就会死在南辕农场，一个扶不起的阿斗。这家伙人还没跨进大学校门，早已是一副趾高气扬、不可一世的模样了。贾教授请吉星场吃饭，顾轻狂继续冷言冷语，吉星场吃了几口饭，放下筷子，吃不下去了。贾教授察觉吉星场情绪异常，便直言说了几句，既算是批评也算是鼓励吧，"小吉，你各方面条件都不差，怎么也应当考一个理想的成绩呀，怎么连小顾都不如?"吉星场最反感的就是把他和顾轻狂放在一起比较。哪壶不开提哪壶，贾教授不是个人情练达的知识分子，他的话的确是伤害了吉星场。吉星场干脆找了个借口，中途离开了。

白乐态度要谦和得多，大概是所学的专业不一样，或者是念了一年研究生，觉得不过尔尔吧。白乐带着吉星场走访了几个在芙蓉市读研究生的老乡，还在一起吃了顿饭。在席上，酒一喝多了，都乱说话乱开玩笑了。有老乡不经意问吉星场，"有没有摸女人屁股这回事?"吉星场笑道，摸啊，需不需要老子教？老子可是结了婚的，经验可丰富呢！那人刻意强调道，别的女人。吉星场冷笑道，别的女人，你是说老子要过流氓吗？那人听语气不对，便尴尬地笑道，我也是听顾轻狂讲的……吉星场笑道，龟儿子，轻狂得很呢。好在这些人与吉星场并无别的交往，说的话就当风吹过算了。吉星场唯独不能原谅的就是顾轻狂这样的人：得志便猖狂，稍微得势，马上背叛过去。当然，顾轻狂这样做，他的心情似乎可以理解：要显示考试成功者与失败者之间命运的巨大差异，自考本科那时候，得意者可是吉星场啊。顾轻狂，这家伙见识短浅，能成得了什么大事？小农意识，小富即安，小人得志，他妈的，见鬼去吧。结交了这么一个肤浅庸俗之辈，吉星场无比懊恼。考研失利，满脸晦气，绝对不能让周围的人发现。一旦被发现，只能增加别人的快乐和幸福。诅咒发誓，老子要报仇，一定要考上华阳政法大学的研究生，看你轻狂得了几时！可是，一提到行动，又那么软弱无力。失败的伤痛需要时间来治疗，他暂时把自己同现实隔离起来，就是为了达到这个目的。这段日子，他心乱如麻，加上天气干燥，风大，脑子痛得厉害，四合院就像一座监狱，待不住了，就出门来。

河谷的风，昼夜相续，听着像在旷野呜咽。吉星场也是沿着河岸上行，渐渐发现是风吹芦苇。这个泥塘曾经有吉星场的梦，故地重游，难免浮想联翩。河水充盈之时，泥塘水满物丰，种种神秘令人神往。如今，河水消落，泥塘几乎干涸见底，除了芦苇一如既往构成地主，别的水草竟然枯死殆尽。而褐色斑斑的泥塘中央，永远是谜一般的雾霭，阳光下如鼎沸蒸发的水蒸气，阴雨天如野村黄昏飘逸的炊烟。一想到细君，想到放屁的癞蛤蟆，想到如梦的幽兰，吉星场的脑袋就像获得了新鲜的呼吸，神圣而清洁的空气弥漫着，渗透进他混乱黑暗的肉身，荡涤污浊尘垢。

心　声

是啊，像不像只鸟，如今，都已经借着几片羽毛，变了凤凰，在天上飞来飞去。而吉星场，仍然像一只土鳖，身处困厄，难以自拔。研究生考试连续两年失利，且越考越差，以前应对考试的自信早在残酷的现实面前丢失得一干二净。今年的研究生考试定在一月六号，听说准备报考华阳政法大学的人比去年又增长了百分之二十，法学专业报考录取比例预计将超过以往的任何一年。导师给他的信件通知了这个残酷的消息，虽然客气地鼓励他继续努力，但对他明显缺乏信心。心急火燎，寝食难安，季节性的头痛一来，没完没了地纠缠，简直没法看书了。

太阳西下，泥塘里，风好像受到魔鬼的蛊惑，一阵比一阵来得凶猛。芦苇齐刷刷地附身，暴露出泥塘中央那些茂盛生长的水草，深青色的斑块漂浮在腐臭的死水上。植物糜烂的气息伴随着一缕缕白烟，缓缓地向四周移动。从云层的罅隙直射下来的阳光染着殷红的晚霞，鲜血一般，一束一束地投掷在泥塘，那死水仿佛凝固的血块，正在向淤泥深处陷落。

自从上次鱼幼在区公所出场为吉星场作证之后，吉星场遭遇的一些事，鱼幼还是第一次听说。吉星场断断续续讲完自己的遭遇，嘴巴和舌头变得麻木笨拙。话憋在心里，像块巨石，说出后，像气球被扎了个口子，一下子什么也没有了，又空虚得害怕。话传到鱼幼的耳朵里，好像在她身体里塞了一块大石头，压得她沉重地叹息。吉星场从倒地的芦苇上爬起来，摇摇晃晃，好不容易才站稳脚跟，他问，叹息什么呢？鱼幼仰头望着吉星场，笑道，你恨她吗？鱼幼说的她是红尘，提到红尘这个名字，吉星场脑袋马上作痛，晕晕乎乎转了两个圈，轰然一声，又倒在原地。他说，早就没有恨了，太累了，需要时间，需要休息。鱼幼发出沉重的叹息，她说，还是男人通达，什么事都放得开，不像我。说这话时，鱼幼的声音颤抖起来，眼里闪着泪花。吉星场柔声道，姐呀，你是怎么啦？鱼幼嘴唇翕动，眼泪汪汪地望着吉星场，“我的事，你有所不知。”鱼幼把将近两年来的事述说了一遍：返回老家，二三子和窝窝的胡作非为，她现实的尴尬处境，二丫丫怎么办，马上念初中了？

吉星场不敢面对鱼幼的泪眼，鱼幼的内心被仇恨和冤屈吞噬，这个世界的所有事物在她眼里都是残缺不齐的。此时此刻，二丫丫读书的事情把她推到悬崖下了，怎么办？一脚踩空，她在令人绝望的坠落中拼命挣扎。吉星场的安慰有些慌张：不要这样，姐呀，你还有好日子在前面等着。鱼幼一下子从地上爬了起来，双手紧紧抓住吉星场，拼命摇撼，好像捞住了一根救命的稻草：小吉啊，告诉姐，我的好日子在哪里？吉星场哑口了，他只是随口诌的，无法给予鱼幼确切的答案，只能表达美好的期待，崇高的情怀，虚幻又虚幻。鱼幼没有继续追问，她轻微地叹息，随后又笑了。吉星场就是这样不靠谱，随心所欲，哪个女人会有安全感呢？吉星场的个性太黏，像劣质胶水，什么东西都粘不住，偏要粘，思维和行为都没有分明、简单和直接的线条，而是乱作一团，越搅越乱，迷失其中。鱼幼这性格好得多，像个男人，说话就像泼脏水，哗啦一声，倒出去，不出两秒钟，烟消云散，万事大吉。当然，鱼幼也有柔性，吉星场一直在浪费鱼幼这种性格上的优点，给他的拖沓和愚蠢提供了足够的享受。有时候，他和鱼幼说话的那种腔调，软绵绵的，黏乎乎的，在事实与想象之间，保持着一片不可理解的混沌。与鱼幼在一起，他是希望自己变得纯净，透明，一目了然。欠了鱼幼数不清的钱，债上加债，从没有明确过归还的具体日期。鱼幼是个女人，当然把钱看得重，却从没有公开表达，“哎呀，又过了一年，二丫丫上大学的日子近了，得储蓄点儿钱哪，不然，二三子吃喝嫖赌，搞光了，到时候咋办？”吉星场穷光蛋一枚，干脆装聋作哑，不予答复。二三子在区公所把吉星场欠鱼幼的钱统计出来，着实把鱼幼也吓了一大跳：噢，这么多钱？小吉也是无赖，何年何月能够还账呢？研究生考试一再挫败，吉星场更没有底气说话了，面对鱼幼，他只有尴尬和愧疚，“姐呀，我太没出息，借了你的钱，怕这辈子还不上了……”鱼幼脸上笑道，二丫丫读大学还早呢，至少六年时间，担心什么！

如今重逢，吉星场也没想什么，心里突然发出声音，“姐，我想……”鱼幼充满好奇心地望着他，等待下文。他说不出来，只好背对着鱼幼，胡思乱想。鱼幼的话像一股泉水，漫过青青的芦苇，声音细到听不见，“小吉……”吉星场心里袭过一丝凉意，全身战栗，却故作镇静，“姐呀，什么事？”鱼幼苦笑道，小吉，每一句话里，你都在喊姐，其实，我不喜欢……吉星场紧张地望着鱼幼，鱼幼却背过身，望着西天，漫无目的地说，小吉，你一点儿也不了解女人。吉星场眼里闪过一片亮光，鱼幼的眼睛飘移而过，仅仅留下一些声音，“我好想嫁人……”话未说完，鱼幼便垂头呜呜地哭了起来。鱼幼突然失态，竟让吉星场不知所措，他搓着手，跺着脚，哀怨叹息，像个抒情诗人，“哎哎，哎哎，不能哭。”鱼幼突然扑在吉星场身上，更加放肆地哭了起来。哭累了，鱼幼哽咽着说，小吉，我想靠在你的肩膀上休息一会儿。吉星场僵硬着身体，昏昏沉沉坐在芦苇上，让鱼幼靠着他肩膀。鱼幼像是一条藤萝，软绵绵地下垂着，被风摇来摇去。她的哭泣又开始了，嘤嘤的哭声，微弱、断续，好像哀怨的游魂。哭够了，抹掉眼泪，鱼幼整理好衬衣和头发，轻柔地站了起来，背向吉星场站着。太阳已经沉落西山，南辕河两岸的山像潜伏着的铁牛，窄长的河面映射着天光，像一条银色丝带，萦绕在雾气中。鱼幼的肩和背像染了血似的，大片的红色向腰肢收缩，汇聚着，流淌着，拥挤着，喧嚣着，又像一束火焰，把存储起来的热燃烧干净。她所有迷人的线条聚集在丰满的臀部，像一只盛满美酒的高脚玻璃杯，容纳下一切宁静最后产生的善意和美。她整个上半身便像一个影子，倒影在杯中，随美酒荡漾。石磨蓝紧身牛仔裤则像一个精心拉长的漏斗，让上半身剩余的想象力倾泻下来，构成一条落差极大的飞瀑。太美了，虽然是肉身，却超出了欲望，诞生一种纯粹的精神——母亲——姐姐——或者一切不受世俗玷污的观念。很长时间以来，鱼幼对吉星场来说，仅仅是一个抽象的名字。他不喊她的名字，连姓也不喊，就喊姐吧，姐呀，比啥都亲热。

月亮从孤山升起，天明地亮，世界澄澈。鱼幼知道吉星场在欣赏她。她索性把头发解开，用头巾拂去松软的芦花。长发如墨云垂空，映衬得她的五官美玉般玲珑。然后，解开红色衬衣，照样拂去上面的花絮，直接露出雪白的后背，黑色的胸衣背带勒着肌肤，像飞过一道鞭影。月光倾泻而下，她像一条在冰雪中游动的鱼，全身闪动着银色的光芒，很冷，很通泰。转过身来，她又像一面灿烂的镜子，对着吉星场，吉星场不敢正眼相看。风静了下来，芦苇们在月色中肃穆地立着，它们的影子像箭镞一般，借助月亮巨大的膂力，嗖嗖地射入地下。鱼幼爽朗地笑着，声音像银币撒在铜盘，总有一种伸手触摸的念头。鱼幼挥舞着红衬衣，上身仅有一件膨胀到极点的胸衣。吉星场闭上眼睛，他再也没有勇气看下去了。鱼幼走近吉星场，肌肤无意间与吉星场接触，吉星场便像被油炸焦了的虾米。鱼幼笑着说，小吉，说实话，你喜欢过我吗？吉星场羞怯地侧着身子，用双手捂住了脸，鱼幼扶着吉星场的额头说，小吉，看着我的眼睛，不要撒谎啊。吉星场哪敢正视，他垂下头，转过脸去，小声地说，我……害怕……鱼幼笑道，你这个男人中看不中用，既不敢爱又不敢恨，怪不得女人都会离开。吉星场分明感受到这个女人浑身正在燃烧一团火焰，这火焰行将引燃世界，把所有的存在化为灰烬，便摇摇头说，不，不，我……心里很乱。鱼幼笑道，别担心，姐这副模样，现在还有男人要，嫁得出去的。

月亮穿过乌云，贼一般狡猾。不一阵，风又大起来。芦苇们对着月亮，怒吼着，纤细的身体像蜘蛛，在干坼的淤泥上挣扎、爬行，竭力要摆脱命运的控制。没想到几个小学生还没走，他们恶作剧地引燃了芦苇，芦苇丛噼噼啪啪飘起了火苗，就着风势，四处蔓延。大火惊动了鱼幼，她恍恍惚惚，拔腿就跑，一边高呼，一不小心，一个趔趄，一只脚陷进淤泥，竟然扭伤了脚踝。她有气无力呼喊吉星场，火势越来越猛，芦苇燃烧散发出浓烈的潮湿味，一缕缕青烟肆虐着，随风飘荡。吉星场受到刺激，猛然从冥想状态苏醒，四处寻找鱼幼。鱼幼瘫坐在潮湿的泥地，凄然地望着吉星场说，哎，我没法站起来了。

竞　争

红尘找到一棵摇钱树。噢。凭什么这样说呢？

蓝玫瑰歌厅旁边，新开了一家洗脚房，这是南辕镇上的又一特大新闻。洗脚房的老板就是红尘。

如愿以偿，红尘当老板了。晚上，街上走一趟，看看就知道了。洗脚房的名字在闪烁：玉足。白天能够看到的是巨幅陶瓷彩绘，一双雪白纤细的脚，年轻女人的，放在几朵蓝色的浪花之上。

街上泥泞横飞，走路的鞋子扑哧扑哧，粗鲁地喘息着，赶集的人瞟了一眼，心里骂道，日妈的，钱多了用不完，还要请人洗脚，呸呸！可是，很长时间了，镇上的人成天还在研究：拿钱请人洗脚有什么意思？当然有意思啰，农场的张中华、魏国轩，以前是吉星场的铁杆牌友，后来停薪留职，在镇上开放映厅和桌球室，身上都挣了点儿小钱。听说镇上有洗脚房，便亲身去体验，出来四处宣扬洗脚的妙处。洗脚舒服啊，进去就知道了。本地人看着洗脚房的店门觉得神秘，而外地的司机、老板则大摇大摆，酒足饭饱，三五成群地进出。好几年没来往，两个油光水滑的家伙突然来到四合院告诉吉星场，洗脚房的老板是红尘，并且，现在的红尘比以前漂亮多了。吉星场冷冷地说，两个烂人，明知道我和红尘已经离婚，告诉我这个干什么？张中华和魏国轩放低了声音，释放出无限神秘的笑，“红尘和一个银发驼背的老头非常亲热，亲热到什么程度——简直像两口子，呵呵。”“呵呵。”

洗脚房一来，镇上两家歌厅的生意情况又发生了显著变化。先洗脚，后唱歌。或者，先唱歌，后洗脚。客人的爱好广泛，蓝玫瑰歌厅客源大增，红月亮歌厅那边生意立即冷清下来。不过，让薛群山开心的是，蓝玫瑰歌厅和玉足洗脚房这一带每到晚上就闹停电。薛群山站在红月亮歌厅的楼上，看着灯火辉煌的蓝玫瑰歌厅和隔壁张牙舞爪的玉足洗脚房突然陷入黑暗，接着，就是一些客人骂骂咧咧地走出来，心里想，活该呀，蓝玫瑰，到手的钱又飞了，一个小镇开一家歌厅能维持下去就可以了，为什么要来抢生意呢？

黄山以为是薛群山捣鬼，打电话给供电局，供电局的解释是，企业用电多，电网负荷过重，娱乐业当然要拉闸限电。黄山急了，质问道，停电怎么老是停几家，不一视同仁？供电局的人说，行有行规嘛，先入户的后停，后入户的，哎哎，这个没有办法，就像坐客车，座位满了，怎么办？要理解。不管怎样解释，黄山还是认定捣鬼的是薛群山。薛群山这一招太毒，也太下流，可是，知道是他干的，又能怎样？提刀砍人，不至于吧？找更高的领导，还没架设好天线，高攀不上的。忍了，每天都是真金白银，谁舍得？黄山找他爹，他爹正为自己职位的事犯愁呢。黄彰武在洛城乡干了两届，任期满了，想挪个窝，换个位置，再光荣退休。洛城乡是全县有名的穷地方，凡是在洛城乡当主要领导干部的从来没有超过十年。按照前任领导的说法是，他走之后，屙屎就不会朝洛城乡那个方向。黄彰武前两年之所以没跑调动，主要是在等洛城乡鲤鱼村打鱼子垭口那个气井的勘探消息，有人预测说那是华阳省最大的气井。现任乡党委书记马上要调进城当副局长，黄彰武心里很不平衡，他正在反复盘算着自己的前途。最好是调到一个富裕的地方当乡长，当然，实在走不了就争取在原地提升党委书记。这段时间，黄彰武跑上跑下，当然不愿意因为歌厅的生意影响他的前途。虽然麻县长已经公开宣称他在南辕区没有任何亲戚，但无风不起浪，联想到薛群山打了人之后逍遥法外不说，还提了个副所长，觉得没必要急着把薛群山树立为死敌，便劝黄山忍了。

黄山的工作很好做，另外两个合伙人不答应。派出所的小余，急需找钱办婚礼，他的态度最激烈。小余说，逼急了，以牙还牙，马上去红月亮歌厅扫黄，让那些客人也不敢消费。小余到底人年轻了些，他发泄的怨言很快就传到薛群山的耳朵里了。在客来喜饭店，两个喝醉了的家伙，都来比谁说的话狠。薛群山主动端着酒杯过来问，小余，扫黄的事得抓紧啊，听说，下个月你们系统要大换血了，那时候，你可能调到其他区派出所了。小余笑道，是啊，得抓紧时间扫黄，趁没调离，应该有点儿成绩，才对得起这里的父老乡亲。煤炭老板朱元毕竟年龄大一些，他想出一个奇妙办法：把蓝玫瑰歌厅和玉足洗脚房一起转让给薛群山，镇上的生意全交给他们，自然万事大吉。小余偏着头，像幼儿园的小朋友一样看着朱元：我们呢？去喝西北风吗？朱元说，我们另外想办法，薛群山想把路堵死，天下就他一个人赚钱，怎么可能？三个人头碰着头，小声商量，然后发出轰的一声大笑，像一群苍蝇被一个臭屁炸飞了。

蓝玫瑰歌厅和玉足洗脚房突然停业，红月亮歌厅马上火爆起来。吹糠见米，立竿见影，这样的好事谁不高兴呢？蓝玫瑰歌厅和玉足洗脚房瞎灯熄火，两家店铺门口都贴着低价转让的启示，白字黑字，触目惊心，过路人见了便要摇头叹息，“生意上的事，哎，说翻船就翻船，可惜了。”然而，每过几天，都有人来盘问，按照启示上写的电话号码联系黄山，尝试着要接手。好事的街坊邻居便跑到红月亮歌厅告诉薛群山，说有人要接店，薛群山冷笑道，告诉来的人，来一个，死一个！薛群山的想法是要把竞争对手扼杀在摇篮之中，只要坚守独家经营的格局，镇上唱歌挣的利润将会由他们一家店垄断。但是，红月亮歌厅的堂口实在有些小，客人来了，照顾不周，意见也比较大。主要是那些习惯于既唱歌又洗脚的客人，他们醉醺醺地说要找洗脚的地方。薛群山曾经考虑过把蓝玫瑰歌厅接过来，只是二三子已经退出了股份，只有他和乐得欢两人撑着，接手就得再掏至少八万。他不是不想，只是想拖一段时间，把价格压低。看着不断有人来询问蓝玫瑰歌厅的价格，薛群山觉得恐吓很快要失灵的，要是遇到关系比自己硬的，那就完了。斟酌再三，薛群山终于把自己想法告诉了乐得欢：凑钱二十万元，把蓝玫瑰歌厅和玉足洗脚房接过来。乐得欢吓了一跳，“小薛，二十万可不是小数目呀！你我都是领死工资的人！”薛群山说，我反复盘算过，一年时间可以把本钱赚回来。乐得欢说，万一生意亏了咋办？薛群山骂道，当江湖医生嘛，就像从前镇上那个行骗的笑二黄，记得吧，听说跑到外省做大生意去了，还开公司呢。乐得欢笑道，那可不行，有福同享，有难同当，我就跟着你，你吃什么我吃什么。薛群山得意地笑了，“嘿嘿，兄弟伙，看我的。”

文化村

纠集了朱元，加上老婆红小妃的妹妹红尘，黄山总共凑了三十来万，在孤山联办煤矿附近的茶店子开了一家工人俱乐部，准备为工人们提供丰富多彩的生活服务。派出所的小余不看好工人俱乐部的经营，把股份退了，立即拿着现金走进红月亮歌厅，加入了薛群山一伙。朱元不一样，他本人是煤老板，熟悉矿上的情况，帮黄山分析过经营前景。南辕镇除了遍地开挖的小煤窑，没有任何可以称得上工业的东西，镇上的消费主要靠的是外地尤其是土城县来的司机和做煤炭生意的老板。孤山联办煤矿的规模仅次于雍仁喜的篦子场煤矿，但地理位置好，处在交通要道。

茶店子是个古地名，从南辕镇步行到土城县的必经之地。如今，有一条机耕道与土城县连通，主要方便孤山的优质煤运送过境。土城县虽然占据了孤山的一部分，却是一块煤也挖不出来。地下贫穷，地面也穷，除了低矮的灌木和草丛，便是荒凉的乱石。上天不公，偏爱木鱼县，特别眷顾南辕区的采煤老板，大把的银子往兜里揣。土城县各大单位和厂矿经常都得派车来孤山等着拉煤，不然，城里人没法把米煮熟。来运煤的车要等上几天，多半时候会把车停放在茶店子。茶店子，多好的地方啊，古人都懂得在这里摆摊卖茶，今天的条件这么好，为什么不呢？孤山联办煤矿每天有一百多工人下井作业，这里的工人工资水平高，钱绝对是用不完的。女服务员穿露一些，卖茶卖饭，生意差不了。工人下井去了，地面上闲着的外地司机和老板，大捆大包的钞票找不到消费的地方，很是无聊。工人俱乐部要挣钱，就看准这两部分人就可以了，没必要在镇上争那口闲气。

说干就干，火到猪头烂。工人俱乐部建好了，彩灯和音乐一渲染，气氛不比城里差多少。俱乐部里面既可以唱歌跳舞、看录像听广播，打牌喝茶，也可以吃饭喝酒、洗脚按摩。招聘女工的消息不用到城里贴广告，直接给司机和老板打个招呼。噢哟，不得了，他们马上就把老相好带上山来。人生地不熟，来来往往，肆无忌惮。这些女人像候鸟，在山上待一段日子，觉得冷清，又飞走了。能长期坚持下来的没有几个。不多久，土城县里一些下岗的妇女开始搭便车来孤山找工作。矿上的活儿都是男工在干，女的能做些什么，无非是帮矿工洗洗补补，或者搞点儿清洁卫生吧。黄山的工人俱乐部开业，很快就有事干了。钱少的喝茶打牌、看录像听广播，钱多的喝酒唱歌洗脚，服务员全部需要女人。矿里男人多数是单身汉，看着录像里男女亲热的镜头便浑身发热，晚上睡不着，也用污黑的手拿着钞票，到歌厅或洗脚房开洋荤。最初，这些城里的妇女嫌工人肮脏，不敢碰他们手里的钱。红尘便托人到乡下去游说一些好吃懒做、贪财愚蠢的农村妇女。这些妇女不怕脏，只要男人肯给钱就行，但就是唱不来歌、洗不来脚，怎么办？红尘专门为她们开设了一些小房间，取名为茶房。茶房里当然得摆两只茶杯，放点儿港台歌曲。实际上，放歌曲就是多余的，只要茶杯就行了。手脏脸黑的工人来了，衣着裸露的妇女便敞开喉咙喊，“老板，喝茶哟，孤山的明前茶，喝了睡得香!”工人们把钱塞在妇女手里，粗鲁地问，不喝茶，钱够不够？女的收了钱，直接把茶泼出窗户，随后，窗帘拉下来，灯就熄了。

然而，在这方面，煤炭老板和司机很讲究，他们绝对不会碰工人碰过的女人。黄山和老金商量，决定另搞一个档次高的消费场所。外墙上专门刷了一层白色的石灰，以此与黑色的煤炭粉尘区分开来。门口矗立着一块巨石，上面镌刻着五个烫金大字：孤山文化村。门口插着一面红旗，外来的车很远就能看到。文化村里面的服务员全是城里人，大多能歌善舞，肤色白皙，形象姣好，光彩照人。老金穿着西装打着领带，操着普通话，偶尔夹杂一两句粤语，凭他一张饱经沧桑的脸，很容易就从一所职业高中骗来一群艺术姑娘，签约公司是粤海省幽浮市兴亚不夜城，姑娘们高兴极了。等到中巴车载着这群涉世未深的年轻人向着颠簸的山路行进，渐渐被茂密的林木遮蔽，才惶恐不安地问到哪里。老金张着嘴笑，露出惨白的义齿，“到煤矿，巡回演出啊。”“那得多久呀，什么时候返回幽浮市啊，老伯伯?”老金敷衍道，三个月左右，就是借地实习。“哦，在山里实习，唱山歌吗?”“会什么唱什么，文化村，属于有文化的人。”中巴车吱嘎一声，停在文化村的院子里，衣着华丽、貌似贵妇的红尘便操着熟练的粤语来迎接。小姑娘们听到粤语，再看到白墙青瓦的小楼，心里便稳了下来，“好啊，风景好啊，住别墅啊，哈哈哈。”年轻人凑在一起很快就忘了这是深山老林，大家争着去抢床铺了。

老金把小姑娘撂在茶店子，风驰电掣开走了中巴车，唯恐后面有手抓着车屁股不放。红尘在幽浮市的洗脚房、歌厅、娱乐城待过，经验丰富，知道怎么调教这群人。“不只是会唱歌，还要会微笑，让客人开心，舍得掏钱，具体的，靠你们的脑袋去体会。”红尘把从前别人教训她的话几乎原封不动地搬出来，每天朝着这群幼稚的脑袋上砸，结果还是不懂，“什么脑袋体会?唱歌就是动动嘴，跳舞就是动动腿嘛。”等到带客人进了包房，事情就来了。小姑娘们泪眼婆娑，纷纷向红尘投诉那些男人不规矩，动手动脚的。红尘笑道，男人喝醉了，控制不住手脚，很正常嘛。没几天，投诉的渐渐少了，小姑娘们有空就在一起攀比，哪个老板送了什么值钱的玩意儿，什么金戒指啊金手镯啊翡翠啊，一个个沉浸在珠光宝气之中，把实习的事忘到了一边。等到这些乳臭味干的小丫头像已婚妇女一样搂着年龄大她们一两倍的男人成双成对地出入之时，逢人便介绍道，“这是我男朋友!”“这是我老公!”过了几天，又换了一个男人挽在手里，得意洋洋地说，“这是我大哥!”“这是我老爹!”红尘心里暗自咒骂道，小骚货，有了钱，什么就认了！这种智商，这样下贱的货色，还需要教什么呢。文化村声名鹊起，附近几家大煤矿的老板都来凑热闹了。雍仁喜一只脑袋又膨大了一些，身上的脂肪容纳不下，开始向边缘扩展，有福气啊，窝窝肚子里装着他的种子，开花结果，取什么名字好呢。雍仁喜有些讨厌窝窝的胸怀大志了，管他呢，走一步看一步吧，生下来取名字也不迟的。

雍仁喜来文化村，自然惊动了黄山。黄山亲自陪着，挑选了一个会单脚旋转跳舞的姑娘。这小姑娘名叫尼兰，也是文化村真正具有才艺的演员。平常，尼兰只是接受演出献花，五十元一束，高雅至极。逢着些低俗的有钱人，送金送银的，二话不说，直接往垃圾堆里扔。要尼兰陪客，必须红尘本人点头同意。雍仁喜人大面子大，红尘也不敢怠慢，犹豫着还是答应了。雍仁喜同尼兰坐了半天，尼兰居然没正眼看他一眼，黄山告诉雍仁喜，尼兰这女子性子激烈，一看就是卖艺不卖身的角色。无所谓，雍仁喜也是个见多识广的男人，故意开口说，小妞子，给你两千万，嫁给我，好不好？尼兰鼻子高高的，额头高高的，脸长长的，模样很有外国人的味道，其实是个地地道道的汉人。雍仁喜举起两只手，总共八枚黄金戒指，让尼兰任意挑选一只。尼兰看得眼睛发花，便说她是云贵省的人，胡诌了个少数民族，还声称自己有外国血统。尼兰笑道，按照我们民族的风俗习惯，男人娶女人应该剁一截手指作为礼物，你敢不敢？雍仁喜把手缩了回去，珍惜不已，好像真的有人拿着刀要剁手似的，“小妞子，我这手指可值钱啦，点石成金的，剁掉不合算，你可以把八枚戒指全拿去！”尼兰笑道，大叔，蠢人才会戴八枚戒指的。雍仁喜嗔怒道，无知，竟敢骂我，我随时可以叫人把文化村关了，让你们喝西北风！当然，尼兰这种恃才傲物的女子毕竟是少数，多数还是卑躬屈膝、逢迎拍马、见钱眼开的。雍仁喜喜欢来玩，玩开心了，便与尼兰贫嘴，小尼，我给你两个亿，要不要啊？尼兰骂道，拿回家去，你妈妈会要的！雍仁喜本想炫耀，碰了一鼻子灰，心有不甘，便想着办法要收拾这个不知天高地厚的女子，收拾不了人，也要收拾一下文化村，不然，以后见了雍仁喜，谁还会尊重？

傻 子

不久，二三子来了。蓝色的伟志西服，里面是白衬衣，红领带，愈发映衬得个子渺小。红尘当然认得二三子，隔壁邻居好几年，又跟着那舞儿在城里乡里打牌赌博，甚至一起被拘留罚款。一见面，哎呀，故人故知，心照不宣。二三子跟着雍仁喜在矿上混，人模狗样的，有点儿小钱就来找乐子。红尘笑道，你不是新娶了个老婆吗，怎么还在外面花心？二三子叹息道，老子背个虚名，老婆是别人的，气死我了。红尘早已听说了二三子和窝窝、雍仁喜之间乱七八糟的事，便带着怜悯的口吻说，老朋友，喜欢哪个，随便点，保证免费！二三子在院子里兜了一圈，搔头摸脸，羞涩地笑道，听说，有个小姑娘能单脚旋转跳舞，怎么样？红尘伸手拍了二三子的脸一巴掌，“癞蛤蟆想吃天鹅肉，算啦，她连雍仁喜都不理睬的。”二三子笑道，雍仁喜算个啥，我二三子脑子比他好用，看我的！红尘见二三子大话连天，便想看他的笑话，答应下来，让尼兰陪他。红尘警告二三子，“不得对尼兰动手动脚，不然，我就报案，让派出所抓你。”二三子叹气道，姐呀，你在我隔壁住几年，我二三子再下流也没摸过你——屁股——不，你的手，是不是？二三子说摸屁股，一下子触动了红尘的神经，她马上想起吉星场惹的祸事，像被揭了旧伤疤，又羞又恨，便应付道，信你，你是个正人君子，行了吧。

尼兰正在表演舞蹈，等看歌舞的人散了，红尘再去找她商量。演出完了，红尘问尼兰，有个长得像小猴子的家伙，想不想见？尼兰说，丑人该死，还见什么面！红尘笑道，猴子说，只要你肯见面，在一起坐十分钟，什么也不用做，他就给你一万！尼兰高兴，随口答道，去呀，怎么不去，我还没见过这么傻的呢。红尘笑道，估计是猴子自卑，自卑的人心理往往变态，一般人想象不到他们是怎样糟蹋钱的。尼兰笑道，我正想见识一下呢。红尘已经说了是个性格古怪的丑男人，尼兰心里发虚，顺便找了女伴陪同。

丑八怪在哪里？尼兰手挽着同伴的手，好奇地推开二三子的包房，“哦，看嘛，果然是个猴子，已经喝醉了，倒在沙发上呢。”尼兰说，他妈的，说话不算数，怎么就睡着了？尼兰准备走，同伴不答应，她心里想着一万元，“尼兰，坐十分钟一万就到手，为什么要走?”尼兰骂道，龟儿子酒疯子，就当放屁算了。同伴笑道，这些有钱人，一万算什么，反正是红尘说的，我们坐满十分钟，问她要就是了。尼兰跺着脚说，红尘的话信得吗？同伴笑道，怕什么，有我陪着呢，一万到手分我一半——不，一千就够了。两个女人真的掐着手表指针，足足等了十分钟。时间一到，二三子还是没醒。一瓶52度的木鱼大曲，喝去大半，人确实醉得惨，红着脸，垂着头，歪倒在沙发上，凶猛地打着呼噜。正好红尘赶来探虚实，尼兰笑道，我坐了十分钟，人还没醒呢。红尘便走上前，用皮靴狠狠地朝着二三子的膝盖踢了几脚，二三子算是痛醒了。睁眼一看，红尘来了，还在骂人呢，“喂，臭猴子，美女坐在身边就不会欣赏，一万元拿给人家!”二三子揉着眼睛，稀里糊涂地问，什么一万？红尘骂道，死猴子，想赖账吗？人家陪你坐了十分钟，要付费的！二三子想了想，便掏出钱夹子，取了厚厚一叠钱，胡乱地数了数，递给尼兰，“再数一遍，多退少补!”

二三子是个性格古怪的家伙。女人的判断基本一致：从尼兰到红尘，包括尼兰的同伴。而性格古怪的尼兰似乎对二三子产生了一种好奇心。大概是来文化村的男人千人一面，都是财色酒气，极度乏味。第二次来文化村，二三子腰间还挎着个高档相机，为尼兰拍了许多照片。尼兰被二三子的摄影技术迷住了，准确地说，她是被照片上的自我迷住了。二三子为尼兰的同伴也拍了不少照片，但同伴长相不雅，更是让尼兰得意洋洋。尼兰拿着照片逢人便炫耀道，我真的就是这种模样吗？遇到红尘，红尘看了，心里升起一股酸意，狠狠地骂道，王八蛋，来文化村打小姑娘的主意，老娘让你吃不了兜着走。等到二三子为红尘照了一些照片，美得红尘对自己也产生了嫉妒，对二三子的态度也就变了，“想不到，这只小乌龟，哄女人还有点儿手腕呢。”

二三子的相机不仅把文化村的女人拍进了相框，而且把女人们兔子一样跳动的心也拍进了他手里那个不见天日的盒子。来文化村的次数多了，二三子的女人缘变得异常强大，女人们都拿他矮小的个子开玩笑。二三子不仅不生气，反而同女人们勾肩搭背，打成一片。二三子兜里钱多，女人的手可以随便伸进去摸，摸多少算多少。红尘见二三子玩得过火，有时也要提醒一下：成天同女人混在一起，多没出息！雍仁喜那里你不管吗？二三子苦笑道，窝窝嘛，她一手遮天，老子图个轻松，眼不见心不烦！篦子场煤矿的事，红尘知道一些。雍仁喜受了尼兰的气，他要报复黄山，全力以赴打横井，每天二十米，很快就会把触角延伸到孤山联办煤矿的地界内采煤。这件事，黄山知道了也没办法，人家财大气粗，胳臂拧不过大腿，过来就过来吧。红小妃把黄山的恐惧感传播到了红尘身上，红尘问二三子：往孤山联办煤矿方向的横井最快多少天可以打通？二三子笑道，别听雍仁喜吹嘘，气势汹汹，这个方向岩石多，地质构造不良，容易塌方，很可能半途而废。红尘紧张地问，听说雍仁喜每天要下井，亲自挥锤子？二三子骂道，疯子，他逼着我下井挥锤子，我没气力，也没胆量，能溜就溜，图个快活呀，只有那个窝窝，她完全把雍仁喜当成尊神来崇拜！她想当老板想疯了！红尘笑道，所以你就借酒浇愁，背着相机讨好女人，哪个女人会喜欢你这种游手好闲的习气呢？二三子笑道，高兴就行啊，文化村的女人比窝窝聪明，我最恨愚蠢的女人，自以为是！

魔 术

二三子花一万元让尼兰陪了十分钟，连手也没有摸一下。这个天大的笑话传开，当然也抬高了尼兰的身价。外面便来了一些莫名其妙的男人，点名要尼兰陪，花费再多的钱都无所谓。红尘便站出来，充当尼兰的保护人，能挡的人就坚决挡住。实在得罪不起，红尘便自己去陪。来的是些什么歪瓜裂枣、龌龊之物？头上顶一挂乌纱帽，有点儿职务便耀武扬威，一说要把煤矿给封了，一说要文化村停业整顿。红尘笑道，喝酒嘛，说那些伤和气的话，一分钱的作用也不起的。红尘便端着酒杯，一个一个地赔笑脸，一杯一杯地往肚子里灌酒。唱歌的时候，一些醉酒的手不老实，趁势摸一下红尘的手、腰肢和屁股，红尘便轻轻地拿下来，像母亲安慰婴儿：别着急，先把酒喝了。等到喝得东倒西歪，一个个进了包房，呻吟着要红尘陪睡觉，这时候，自然有一些多肉而裸露的女人迎了过去，客人才心满意足，不再喧嚣。要对付钱多的人，那就更容易了。红尘先是给这些家伙灌一肚子酒，头脑不清醒了，才开始打麻将。以红尘这样久战江湖的角色对付他们，绰绰有余。

同男人打交道的次数多了，小姐们的恐惧感渐渐消失。大家最喜欢的就是二三子那种人傻钱多的货色。来文化村的那些一脸猪相的有钱人，见了漂亮女人立即魂不守舍，下流加下贱，畜生不如。一天晚上，来了三个身着灰色夹克、白色衬衣套黑色西装裤子的男子，手里拎着两口巨大的箱子。进了包房就要了二十个小姐，不知道要玩什么花样。尼兰也喊进去了，她觉得好奇，人多，也没什么风险。红尘也是这么想的。玩了一会儿，小姐们笑着出来，说又遇到一群酒疯子了。几个男人居然跪在小姐的脚下，索求高跟鞋。高跟鞋拿来干什么？几个男人不嫌脏，直接把酒倒在高跟鞋里，互相划拳，输了必须喝光一只鞋子的酒。恶心哪，在女人面前，男人和低等动物没什么差别。每个小姐两只鞋子，里面装的酒喝完了，马上可以获得三百元小费。这钱来得实在容易，又显得恶心。轮到尼兰的两只鞋子，三个男人竟然都喝了酒。他们听说尼兰会跳舞，脚比较灵活，所以，沾染过的事物肯定也比较灵活。一个年龄稍微大一些的男人捧着尼兰的鞋子说，我的舌头在跳舞，看，比尼兰的脚还粗呢。一个男人说，尼兰的脚踩到我鼻子了，看，我鼻子上滑下来的是尼兰的脚印！

小姐们陪着三个男人一起闹，反正兜里都挣到了几百元，集体娱乐，有何不可？三个男人玩开心了，脱了夹克、衬衣和裤子，光溜溜的，一身肉，仅剩一条裤衩，青蛙一样在女人的目光中蠢蠢欲动。还有什么好玩的？小姐们的兴趣集中到两口大皮箱上面了，她们叫嚷着，要求打开箱子，看看里面是否有什么稀奇玩意儿。男人们从地上站起来，严肃的脸就像厚厚的词典，然后开口说话，词典就翻开了，什么内容呢？三个家伙说，箱子里是魔术道具，我们为大家表演魔术，怎么样？小姐们兴奋地笑着，拍着巴掌说，好啊，我们从小就喜欢魔术表演了。一个年龄稍大的男子提醒说，小姐们，请把身上值钱的物品保管好，我们要关一下灯。小姐们赶紧把值钱的东西放在手提包里，紧张地捏着，唯恐丢了钞票、项链、耳环。啪嗒一声，灯熄了。黑暗一瞬间给人的带来了巨大的压抑感和恐慌心理，仿佛野兽的利爪牢牢地攫住人的心，心跳加速，胸口发闷，手脚麻木，浑身乏力，似乎要瘫软在地了。小姐们紧张起来，“骗子，他们想干什么？”约摸过了三分钟，还是那个男子在说话：请保管好身上的钱物，我们要开灯了。啪嗒一声响，房间亮了，小姐们的眼睛像是从黑漆桶里拔出来一样，被黑暗黏住，极不适应光亮的刺激。

红尘刚好路过，看见房间的灯一会儿熄一会儿亮，便敲开房门，问到底是怎么回事。尼兰笑道，客人在表演魔术，让大家开心。红尘招呼道，夜深了，声音小点儿。红尘一走，活动又接着开始了。这时候，换了一个年轻男子说话：各位，仔细检查，身上有没有值钱的东西丢了？小姐们忙着打开手提包，清点东西，钱包没丢，金银首饰和现金都在。这个说话的男子，动作神态略显羞涩：箱子打开了，大家看看，有些什么？小姐们瞪大了眼睛，看清了，里面是一块金黄色的纺绸布，在布中间摆着一堆奇异的东西：流光溢彩，全是金银珠宝！啊，啊，不得了——房间内发出一片惊呼——一个个张大的嘴巴，恨不得把箱子吞了。面对小姐的尖叫，年轻男子更加羞怯，他吃力地捧起大箱子，哗啦哗啦，把箱子倒了个底朝天。他身边的另一个男子豪爽地说，这些全都是真的，要是喜欢的话，你们自己来拿呀。小姐们哄堂大笑，玩魔术的怎么可能是真的，见鬼去吧，看看就可以了。这个男子见小姐们不相信，便从地上抓起一挂项链，要递送给她们。结果，小姐们犹豫着向后退，唯恐东西递到自己手上。小姐们不相信，男人们不高兴了，他们把东西重新用纺绸布包好，装进大箱子，哐啷一声合上盖子，准备锁起来。这时候，尼兰突然从人群中挤了出来，大声吼道，别忙，给我一样东西！年轻男子打开箱子，挑选了一挂最长的珍珠项链，挂在尼兰的脖子上，熠熠生辉，璀璨夺目。小姐们发现，戴上项链，尼兰的脖子似乎立即拉长了许多，肤色也更为洁白：你看尼兰，简直像神，那么秀丽，那么诱人！尼兰说，姐妹们，还犹豫什么呢，就是假的，你们也没有什么损失嘛，何况戴在身上有立竿见影的效果呢！小姐们觉得尼兰说得有道理，纷纷上前，挑选了一样首饰。

年长的男子再次把大箱子扣上，哐啷一声上了锁，笑道，看清楚了吧，箱子是锁紧了的，等一会儿就要产生奇迹了。“什么奇迹呢，可不可以先告诉我们?”年长的男子笑道，箱子再次打开的时候，你们会看到里面有更多的首饰！他提醒小姐们看管好自己身上的钱物，马上又要熄灯了。经历过一次熄灯了，小姐们有了胆量，大家不慌不忙，却是紧紧地抓着手提包，等着即将到来的奇迹。

小　余

派出所的三轮摩托在半路抛锚，侯子午挥着胖手，不断地扇风，刚刚理了个板寸头，白嫩的头皮流着亮晶晶的汗液。侯子午拖着肥硕的肚子，吃力地走着，咒骂着天气，“他妈的，真热！十月比八月热，龟儿子地球颠倒了！”小余个子单小，瘦瘦的像个书签，走起路来像风在飘，“电视上不是说什么温室效应吗?”侯子午的厚嘴皮里狠狠地冒出一口唾沫道，算了，看电视，一天到晚老是停电，没那份心情！

侯子午已经五十二岁了，做梦也没想过会从乌镇调到南辕镇。按照县里规定，五十五岁就可以离岗休息，在家里等待退休了。在乌镇再赖三年，万事大吉，但世界上并没有那么多天遂人愿的好事。他不想累死在山高路险的南辕区，本想找理由抗命，但新局长来了，调令一下，说一不二，他也只好来了。侯子午来所里基本上是个闲人，日常事情与他毫无关系，突发事情来了，就有事干。孤山联办煤矿出事了，这不，他就来了嘛。人生地不熟，侯子午凡事便利用小余，这小子嘴巴甜，挺会巴结人的，脑子好使。孤山联办煤矿的负责人黄山手里捧着红塔山，远远地露出一张模糊的笑脸。矿上有一辆小面包，刚好把侯子午和小余塞进去，侯子午头一进车门，立即被副座上的一团移动着的粉红色吸引去了。小余笑道，红总，你好！红总转过身，一张妩媚的美人脸，新鲜的脂粉味扑面而来，侯子午鼻子一痒，便猛的一个喷嚏。红总脸上的笑抛来迷人的弧线，就像数学课本上精心绘制出来的，顿时把侯子午的魂勾走了。侯子午暗自惊讶，穷山恶水之地竟然有这等风骚的妇人，到底是个什么角色！在文化村泡了个热水澡，侯子午身上冒着蒸汽，惬意地坐在一个大餐厅里吹着空调，容纳二十人的大圆桌边稀稀疏疏摆了五把椅子。再看桌子上，不断上菜，碟子叠碟子，大碗加小碗，盘子挨盘子，大约有三十来道菜了。侯子午坐上席，旁边是红总，远处是黄山夫妇，小余和黄山一起开过蓝玫瑰歌厅，自然坐在一起，有说有笑，甚是亲热。嘴巴呷了几口汤，桌子上就开始敬酒了。红总自我介绍，我叫红尘，在深山老林开了一家野店，勉强挣一点儿稀饭钱，还为派出所的两位哥添了麻烦，走两个小时的路，真是对不起！红尘自己先喝了两杯酒，算是赔罪。黄山接着说，派出所的哥这么辛苦，路是不能白走的，摩托车坏了要维修，油钱也花费不少，这些我们都考虑好了。黄山也端起酒杯，喝了两杯酒算是赔罪。黄山的妇人，便离开座位，走到侯子午面前，熟练地塞了一个红包在他手里，然后，猫着水蛇腰，敏捷地闪回了原位，一张银盘脸仰向天花板，荡漾着笑。侯子午的目光发直了，他看到的是雪白细长的脖子，V 字领半遮的乳房，中间细细的、柔柔的线条，在阴影中动荡。红尘向侯子午敬酒了，她的粉脸凑到侯子午的鼻孔，痒啊痒啊，侯子午直想打喷嚏但是打不出来，一直痒到骨头痒到肠子痒到肛门，最后化作一团气体，瞬间释放。侯子午脸红了，面前如此灵敏的妇人一定感受到了他的丑态。他一直撅着屁股，想憋住，真是尴尬！喝酒的时候，红尘一条柔软的手臂搭在侯子午的肩膀上，一种山泉般的凉意沁入侯子午的肌骨，惹得喉头上唾液汹涌翻腾，反复吞咽也无济于事。五粮液 52 度，三杯下肚子就上脸上头，侯子午头重脚轻，看着桌子上的人有些模糊和遥远了。

红尘把侯子午领进包间，唱歌的事由小余来打点。小余点的全是《一棵小白杨》《送战友》这类老歌，侯子午自是情绪高昂，吼了一通，笼罩在头顶的酒精挥发了，全身来劲儿，人也仿佛年轻多了。唱歌的时候，小余不时进出，与黄山窃窃私语。很快，侯子午把他能唱的老歌唱完了，躺在沙发上，颇为无奈，频频地打着呵欠。红尘来了，晃着尖尖的屁股，身后跟着三个身着白色短裙的姑娘，红尘说，大哥，这些小丫头陪你唱，跳舞也可以，反正得让你高兴。红尘的话未说完，一个肉墩墩的女子扭着屁股走到侯子午面前，二话不说，直接张开腿，跨在侯子午的腿上，把手里的话筒交给了他，侯子午吓得把女子掀下膝盖，跳了起来，大呼冤屈：红总，你看着，不是我要抱这女子，是她直接跳上来的！红尘赶紧招呼道，小兰，不得无礼！叫小兰的胖妞吐了吐舌头，转身就走了。侯子午生气地说，胡扯，马上叫小余来！不到一分钟，小余就踮着脚尖来了。侯子午骂道，小狗日的，你不是存心要害死老子吗？你明知道老子还有两年就退居二线，天亮了在床上撒泡尿，老子划不来！

小余连忙赔笑，把侯子午领到洗脚房，嬉皮笑脸地说，哥呀，泡脚，山路走累了，泡脚当吃补药！侯子午骂道，泡脚没问题，你给老子在身边陪着，像个猴子东奔西跑的，惹急了老子用枪打断你的腿！小余老老实实躺下，伸开脚，让一个中年妇女捧着揉搓，按摩穴位。不一会儿，旁边的侯子午就发出了雷鸣般的鼻息。洗脚的妇女用力地拍打着客人的大腿，噼噼啪啪的声音在房间里此起彼伏。

一觉醒来，孤山的晨风把树林里的鸟鸣吹进了客房，山里的溪流把水和石头相互撞击的声音抛掷在窗口，潮湿的雾气一阵一阵地涌来。酒意完全消失，侯子午觉得身子空荡荡的。他不知道晚上是怎么度过的，怎样从洗脚房来到这个房间的大床。睡了，睡死了，大部分时间像在做梦，又像醉了很久，刚刚苏醒过来。反正衣服裤子撂在地上，光溜溜的身子，旁边躺着软绵绵的身子，睁眼一看，天哪，竟然是昨晚大胆骑在自己大腿上的那个胖妞。小兰——噢，就是她，浑身是肉的小妖精！小妖精脸上的脂粉脱了不少，醒来了，眼睛明晃晃地照着，嘴唇滴着艳红的血——不是的，天知道是什么！侯子午掀开被子，发现自己从胸脯到腹部、大腿全是红色的嘴唇印迹，再看小兰的嘴唇，正在得意地笑呢。

“小妖精，昨晚对我做了什么？”

阮　石

善有善报，恶有恶报。三个骗子洗劫了小姐，仓促之间，驾驶一辆破面包车从孤山向山下逃窜。因为不熟悉路线，加上公路被运煤车倾轧得坑坑洼洼，面包车直接跌进了南辕河，幸亏是枯水期，车落在沙地上，几个倒霉蛋狠狠地摔倒，晕了过去。

歹徒逮住了。小姐们被洗劫的金银珠宝和骗子们的假货混在一起，送到县城里请人专门检验，前后一个月，最后的结果是：全部假货。文化村的小姐们眼前摆着的一堆陌生的物品，她们仔细辨认寻找，自己佩戴过的玩意儿一件也没找到。“他妈的，骗子！老子们要告状！”黄山唯恐得罪了众人，反复给小余打电话，小余说，事情是猴子午一人在管，他插不上手。红小妃骂道，太缺德了，他妈的，断子绝孙！黄山说，算啦，息事宁人，人家给这件事定的性质是诈骗未遂，不然，真的闹翻了，三天两头来扫黄，那就亏大了！小姐们骂了几天几夜，怒气渐渐平息，道理也想通了，“白干了，冤枉啊！”红尘也想得通，她最宠爱的尼兰不仅失了财，还失了身，现在，不能让她失去荣誉了。事实上，别的小姐忙碌几个晚上，脖子上、手上、耳垂又有了金子和玉石，尼兰却闷闷不乐，瘫软在床上，几天几夜不吃不喝。姐妹们劝她，越劝她越哭。客人点名要看她跳舞，她懒洋洋的，说腰酸背痛，身上没力气。直到派出所把一堆假货送到文化村来，其他的话一句也没说，尼兰的脸上才渐渐有了笑，又生龙活虎地表演舞蹈了。

尼兰失身的事只有红尘一个人知道，但是，在尼兰面前，红尘必须装着什么也不知道。在一起来的小姐中，只有尼兰一人还能跳舞表演，红尘特别看得起她。至于文化村的其他小姐，纵情声色，贪吃贪睡，肚皮上一叠一叠生出了好多圈肥肉，走路都在喘气，实在是堕落得可怕。来了客人，直接往床上一躺，尸体一样，闭着眼睛说，多少钱？客人有饥饿感，图方便，马上动手脱衣服裤子，几分钟完事，效率倒是挺高的，只是文化村一点儿也不名副其实了。这时，孤山大大小小二十多个煤矿昼夜不停地工作，优质煤堆积如山，兴旺发达到了极点。远近四五个县的运煤车闻讯而动，都来孤山抢煤，南辕区的煤矿行业成为木鱼县乡镇企业的金字招牌，很多人都注意到了。孤山众多的煤矿老板八仙过海，争取贷款，准备扩大产能，大干一场。孤山热闹了，每天都有重要人物考察，文化村里停满了小车。但是，这些贵宾的口味不一样，他们喜欢看表演。喜欢年轻女子穿着三点式在音乐声中走来走去，暴露出奶油一样的肤色——遗憾的是，文化村里全是些体态臃肿的小姐，过量饮酒，声音嘶哑，粗俗不堪，唱什么歌！只有一个尼兰，身材极佳，却被衣服包裹得严实，客人最向往的身体部位无限神秘，她只愿意奉献舞蹈艺术，鸟一般轻盈地飞，从树冠到屋顶，再降落到客人们头发稀少的脑门——噢，太精彩了——肥肥的手掌缓慢击打，空气释放出迟钝的响声，溢着油光的脸上镶嵌着晶莹的眼珠子，滴溜溜地转动。

黑暗中，闪烁着火光的嘴唇私下开始打探：这小妞叫什么名字？尼兰——当然是艺名——自命清高，听说是处女，卖艺不卖身的——哈哈，只能看看，过干瘾儿！有人找到红尘，提出要单独见面，红尘坚决地说，不可以，人家是艺术家，怎么能够搞得像个下三滥似的！为此，黄山想了些办法。只要贵宾来了，马上从城里请姿色出众的小姐，或者从镇上的红月亮歌厅请，打个电话，派出所的小余笑道，黄老板，人没问题，但是绝对不能有黄赌毒啊，另外……黄山笑道，小兄弟，文化村的工作嘛，我黄山从来都是认真向你请示汇报过的，哈哈！

每个黄昏，从南辕镇到孤山联办煤矿的摩托车源源不绝地把镇上和县城赶来的小姐送往孤山深处。刘婉儿从未想到，冯梦会因此大发横财。一晚上，冯梦的摩托要往返二十来次，屁股和腰被小姐搂到麻木的程度。回家时，人还没踏进四合院大门，刘婉儿就嗅到一股肮脏的气味，从摩托车的坐垫到冯梦的屁股，散发着的是刺鼻的骚味。睡在床上，刘婉儿继续追问冯梦，老头子，被骚货搂着，紧不紧张啊。冯梦含糊不清地说，二十元钱一个人，不讲价。说完，头扭向一侧，打着呼噜，死一般睡去了。

以前，大家都看不起开摩托搞出租的，突然间，摩托车上有载不完的美女和钞票，镇上羡慕老冯的人可不少。小余坐在门可罗雀的蓝玫瑰歌厅前，看着冯梦的摩托左一趟右一趟地飞过，心中既嫉妒又开心。薛群山满以为把二三子甩开，又把黄山挤走，镇上歌厅挣的钱全是他的，想不到黄山跑到孤山打游击，开一朵漂亮的野花，来这一手，生意更好了！孤山的电属于生产用电，薛群山有一百个胆子也不敢怎么样。小余从黄山那里退了股，加入薛群山的红月亮，钱也没怎么亏。黄山这小子虽然脑瓜子不如他爹，但多少淘了一些社会见识，凡是小余介绍到文化村的小姐，黄山事后一定会给点儿介绍费，再说些客套话，啊，谢谢哥哥的关心，谢谢工作指导。薛群山发现红月亮歌厅的小姐大量向孤山窜逃，了解到是黄山的文化村在吸纳人才，心里恨恨的，吐着唾沫道，他妈的，文化村，有个鬼文化！小余，去文化村扫黄，保证把黄山的皮揭了！小余苦笑道，哥呀，那山里全是些大爷，不要说是我，就是老侯——侯老大爷，鼻子多灵敏——也只敢在院墙外嗅嗅，他敢进去哼一声吗？小蚂蚁，一脚踩下来，屎踩出来了，可能脑袋还不明白！

孤山联办煤矿的工人，多数是孤山上的农民，住的地方海拔高，地理位置差，地里没几粒粮食，男人一辈子打光棍的，每个生产队总有那么三五个人。靠近孤山联办煤矿的高家院子，有三兄弟，家里太穷，一直在井下挖煤，娶不上媳妇，居然共同娶了一个聋女人。有些大龄男人，娶不上妻子，被城里人带坏了，染上了逛歌厅的恶习。冒着生命危险挣来的棺材钱轻而易举就消耗在红尘的工人俱乐部，一个月下来，精光光的，还欠着账。有家室的男人开初比较老实，时间长了，跟着工友们变坏了，防盗裤里的钱最终也泡在小姐身上了。家里老婆来要钱，男的拿不出来，两口子就在井口打架，女人呼天抢地，寻死觅活，弄得要下井的工人心里忌讳。孤山联办煤矿最近接二连三地出现事故，只差出人命了。黄山心烦，为图个吉利，便强行关闭了工人俱乐部，只保留了文化村，专门接待检查工作的上级、外地来的客户和司机。从前，红尘既要管理工人俱乐部，又得经营文化村，身心疲惫，工人俱乐部关闭，她心里是开心的。事情少了一倍，钱没少挣。时间多出来，便思量着继续加工自己的身体，美体美容，还有许多事。

孤山的煤质优良，出煤量大，不仅造就了一批大老板，还为文化村带来一些分量很重的人物。从尘土飞扬的公路上驶来一辆车，车停了，门打开，出来的却是些新郎一般打扮的男人。这些人来检查工作，特别喜欢打牌，腰间缠着钞票，公文包里塞得满满的，是钞票，身份也很神秘。打麻将是二十元起花，上不封顶。这些人来，事出有因。孤山联办煤矿出了点儿纰漏，工人们赶工程，挖横井，塌方下来，一块大石头压坏了三个工人。两个家伙的腿骨断了，躺在病床上哎哟哎哟地叫，多花点儿钱，骨头早晚会长好的。另一个严重的，腰椎压坏，据说会瘫痪，这个麻烦可大了。工人家属那边，并不接受乡政府和矿上的解决方案，他们提出的赔付要求之高，让黄山心痛。

正所谓树大招风，孤山联办煤矿盛名日起，早已引起了县城里一些不良律师的兴趣。这些家伙像苍蝇，成天追腥逐臭，哪里出了祸事，哪里就凑拢来一堆鼻子，嗅一嗅，一堆银子哗啦啦地过去了。乡镇煤矿本来条件差，哪有那么好的安全生产设施，工人也是图方便，弓着身子下井，摔断胳膊砸破脑壳，出了这些事，小煤窑的老板往往是恐吓加收买，钱赔多了，那可不行的，怎么办？嘿嘿，脚板抹油，赶紧开溜，丢下一个烂摊子，让乡政府自己去揩屁股！最近两年，木鱼县出了个吕二洞律师事务所，老板吕二洞宣称先垫资诉讼费为穷人打官司，赢了官司再一并收取垫资和对方赔款的提成，美其名曰，民间法律援助。一年多来，吕二洞在孤山煤矿工人中的名气可大了。屁大的事，一个电话打到吕二洞那里，麻烦不断。乡镇煤矿成本低，条件差，老板哪有那么多资金解决安全生产和工人的劳保福利？有的老板本来是借的高利贷，要是拖延了时间，赚不了钱，等于白干。遇到矿上出稍微大的事，不等政府来人处理，屁股一拍，人就兔崽子一样开溜，有了麻烦找谁去？孤山联办煤矿的事情，派出所的摩托在后面，吕二洞的破摩托在前面，轰的一声栽倒在门口。吕二洞满头大汗，夹着PVC的黑皮公文包，彬彬有礼地敲开黄山的办公室，黄山警惕地问，你是谁呀？吕二洞自报家门，微笑道，黄老板，向你咨询一下塌方的事！黄山的脸上爬满了苍蝇，他干咳了几声嗽，方才说，上面来了领导，等调查结果出来后再说吧。吕二洞笑道，我也可以为黄老板提供法律服务呀？黄山不耐烦地说，吕律师，你还是帮工人吧，你的名气太大了。吕二洞声音干涩地笑道，黄老板，以后可不要怪我不客气啰。黄山干脆地说，随你便，我奉陪。

火烧眉毛，黄山眼前需要应付的是事故鉴定。县上有两个熟人，以前可以打招呼，但是，市上的人一个也不认识，接不上茬。区乡镇企业办公室主任软磨硬拖，好歹把这拨人弄进了文化村，但除了吃饭时间，根本无法靠近。事故鉴定责任可大可小，这些官员手里的权真是吓人！性质严重，便要直接停产整顿，这可是要命的，当然，区里县上的领导也不愿意出现这种情况，安全事故，他们要负连带责任，所以，县里来的老罗已经给黄彰武打了电话，说大的问题肯定没有，但是，市上来的这个负责人——叫什么名字？——阮石，非常坚持原则，虽然姓阮，其实软硬不吃的，拿钱不要，洗脚不来，唱歌不会，喝点儿酒，绝对不会喝醉，脑子清醒得很，真是难缠！老罗说，阮石刚刚换了这个职位，以前当局长，如今当主任，喊他主任都不习惯，事情得慢慢来。一伙人在文化村住了四五天，矿山一个脚印没踏，不知道阮石在搞什么名堂。约摸过了两天，老罗才笑着告诉黄山，阮石公文包里的钱输完了，机会来了。原来，阮石在文化村闭门和检查组的人血腥厮杀，比试麻将技术，眼睛红着，像只发怒的公鸡。这个阮石，几乎是他一个人把钱输给了同行的人，他还不服输，扭着要继续斗下去。老罗笑道，阮主任，咱们的正事什么时候做？阮石骂道，哪里有什么正事，老罗，矿上的事，你最清楚，当然，老子也清楚，说实话，你能办成正事吗？老罗笑道，实事求是嘛。阮石骂道，老子要是实事求是，你们这一群人都不得好日子过，挨处分的挨处分，免职的免职，赔钱的赔钱，是不是啊？老罗笑道，阮主任说得对，说得对。阮石言简意赅地说，那好，把你们赢了钱输给我，只要我赢回了本钱，事情就好说了。然而，同行的几个人要把钱输给阮石确实不容易，阮石这人自尊心太强了。输钱的人输得喜笑颜开，阮石的公文包确实像怀孕的肥猫，懒懒地躺在牌桌上，等着腹部膨胀。赢得的钱只是一堆重叠的纸，输钱的人并没有把山穷水尽、撕肝裂胆的痛赔偿给他。赢了两盘，阮石一把掀掉垒好的麻将，失望地说，算啦，浪费时间，这样赢钱没意思！

黄山赶紧让红小妃拿了两扎百元钞，请红尘陪贵宾打牌，必须把钱全部输出去，只要客人高兴，钱不够，再派人送来。红小妃私下藏了一扎钱，只给了红尘一扎钱，把黄山的话交代了一遍。红尘说，试试看吧，输钱比赢钱难得多。红尘坐在阮石对面，一对光滑高耸的乳房正对着阮石。一会儿盯着麻将，一会儿盯着红尘乳房中间的缝隙，阮石的眼睛从此变得非常辛苦，他手忙脚乱，牌没看清，红尘便用手抚摸着阮石的手笑道，大哥呀，你赢了。阮石手脚一颤，触电似的望着红尘，只见一张散发着芬芳的笑脸，披肩的长发波浪一样荡漾。一扎钱输完了，老罗暗自给黄山打电话，黄山这次取了三扎钱，塞在红小妃手里，咬牙切齿地说，继续输，不够又来拿呀！红小妃隐隐约约感觉到丈夫的手在发抖，男人心疼钱，但没有办法，黄彰武已经发了话：必须输钱，让阮主任满意。红小妃本想故伎重演，扣除一扎钱，但黄山刚才的动作感染了她，她悲壮地拿着钱，走到房间门口，突然鼓起勇气，把钱放进自己的皮包，径直走到牌桌边，说外面有人找红尘，她要自己来输钱了。红尘疑惑不解，“姐呀，你行吗？”

红小妃抿着嘴，狠狠地点了点头。

红小妃把钱看得比命还金贵，平常没打过大牌。一坐上牌桌，输得稀里哗啦，一扎钱不到一个小时就输尽了。红尘站在身边，暗示要顶替位置，但红小妃置若罔闻，咬紧牙关，小心翼翼砌着麻将。红小妃是真的输钱了，输得花枝乱颤，叶上带露，让男人顿生怜香惜玉之情。阮石非常满意红小妃的表现，他心理的创伤得到补偿，更重要的是，一个绝色女子眼里噙着泪花输钱，怎不能激发一个男人扶弱仗义的英雄气概！红小妃输了两扎钱，阮石心满意足地扶着红小妃的粉肩笑道，不打牌了，不能伤了美人的心啊！红小妃的肩膀颤抖着，把她灵魂深处的伤痛传递到皮肤表面，然后又传递到一个男人的手掌上，布满神经和血管的手掌，紧紧联系着举足轻重的大脑。

阴　雨

孤山联办煤矿出了事，雍仁喜好像服了兴奋剂。有空他就在巷道里督战，锲而不舍地向孤山联办煤矿地界开挖横井。他戴着红色的安全帽，腆着大肚子，手上脸上全是黑色的泥水。雍仁喜不怕脏，不嫌累，冒着生命危险，坚持他的事业，曾经感动过二三子。但县上来的人警告过往孤山联办煤矿方向开挖横井的巨大风险，岩石和黏土混杂，结构不稳。雍仁喜不信邪，强行带着二三子下井。巷道上方有一块大石头，雷管炸药不顶用，连续三天，四五个工人想方设法把周围掏空，准备让它坠落。结果，石头周围大量渗水，巷道里水汪汪的，形成一条泥浆的河流。工人们在井下忙了十来个小时，筋疲力尽，特别是肚子饿了，雍仁喜还破口大骂，不准离场休息，引起了工人的怠工行为。雍仁喜气不过，便从工人手里夺过锤子和钢钎，让二三子掌着，自己来敲打。敲着敲着，头顶上泥浆像一群水牛在耸着大屁股拉屎，稀里哗啦排泄下来。雍仁喜硬挺着，站着不动，大石头轰隆一声塌了下来。二三子小脑发达，见事不对，闪得快，只是摔倒了，灌了一嘴巴泥浆。

在争抢地盘的战斗中，上天就这样帮了黄山一把。雍仁喜整个人砸碎了，成了一团血肉模糊的肉饼。市上、县上的人马上赶来处理紧急事务，篦子场煤矿被查封，停产整顿。二三子的魂吓丢了，再也不敢下井，看着漆黑的井口便全身发抖。窝窝本来是要争夺财产的，但雍仁喜的老婆自己带了三个儿子来，每天向着县里的领导哭诉，十来岁一个，五岁一个，三岁一个，看着可怜。据县里的人透露，雍仁喜还欠着县农业银行贷款一百万，欠着乡农业合作基金会贷款两百万，矿上这样一出事，账面上没见到什么钱。眼见分财无望，窝窝便私自裹了细软之物窜逃。撂下二两和雍二，嗷嗷待哺，无人照顾，这可苦了二三子。雍仁喜是个大人物，篦子场煤矿牵扯到方方面面的人物，雍仁喜也不是一了百了。隔三差五，二三子就要被联合调查组喊到矿上去问话，二三子是局外人，答非所问，但也得履行公事。投靠雍仁喜，以为是一座金山，哪知道随随便便就被一块大石头砸垮了。二两和雍二，两个小家伙除了喝牛奶要花钱，晚上扯直了喉咙又哭又闹，要妈妈，这可怎么办呢？背上背一个二两，胸前抱一个雍二，隔了两条街人家就知道是倒了八辈子霉的二三子。无奈之下，二三子只得请了个场镇附近的乡下妇女照顾两个孩子，他自己又打开了桥头照相馆的门，重操旧业。

今年的雨水期比往年提早了一个多月，镇上的生活因此有了更多的无奈。出门就是泥，最好的生活方法是不出门，坐在家里看电视，打盹，收拾家务。很多人等着连绵雨停歇，一连串的重要事情需要出门处理。可这雨水就是不停下来。雨水积存在低洼处，长出青苔，东西就发霉。二三子的照相馆门口，从早到晚，几乎没有什么顾客。正街上的场景根本不敢想象：裹着泥浆的汽车和摩托车，连滚带爬的鸡鸭猪羊，日复一日混乱杂糅的泥水，不断沉入街道的坑穴。一长串一长串赶集的人，他们裤腿和屁股上的泥垢，糨糊一般。整个镇上，这个季节找不到一个爱打扮的女人，所有人的脸上都带着一种厌恶的情绪，脚下，不忍卒视的垃圾河流汹涌不息。

这些日子，镇上的歌厅生意也比较萧条，小姐们龟缩在房间里看一些乱七八糟的杂志，连妆也不画了。没客人来，唱歌的设备发潮，沙发上湿漉漉的，好像有人溺尿。无论是薛群山，还是乐得欢、小余，有空就在客来喜饭店喝酒消愁，醉了后就站在店门口哇啦哇啦地呕吐。有时候，喝酒找不到趣味了，他们会想起桥头孤独的二三子。打个电话，二三子仿佛长了四条腿似的，电话才放下，人就到了。乡镇上的生意不好做，就那么几个人脑壳晃来晃去，你到我的歌厅唱歌，我到你的饭店吃饭，你到他煤矿入股分红，他贷款赚的钱再来消费，好了，煤矿出事，集中停产整顿，所有的钱都死了，变成一叠纸或者账本上的空虚的数字。人生的许多伟大梦想被雨水和泥泞包围，孤独的南辕镇就像一艘正在沉没的船，无边的沦陷。每天喝酒，喝醉了就哀叹。有一天，好不容易天上出了个太阳，晒到中午，薛群山倚靠在客来喜饭店的玻璃门边，脸红得像烧透了的烙铁，他伸出猩红的舌头，拼命呕吐，眼睛像火焰一样，四处飘舞。薛群山这家伙肚子有呕吐不尽的玩意儿，不仅他吐，乐得欢和二三子两个人也跟着站出来呕吐。他们吐出的秽物五颜六色，在黑色的泥浆上面漂浮，路过的汽车轮子一转动，便迅速搅拌在一起，变成了含混不清的液体。

几个家伙昏天黑地的醉，眼前突然一亮，一个衣着华丽的妇人出现在对面：鱼幼。在篦子场煤矿的日子，二三子几乎忘了鱼幼的存在。鱼幼红色的风衣里白色的毛衣耸着丰满的胸脯，下身是咖啡色的紧身裤，修长圆润的大腿，微微隆起的腹部，带着午后阳光的温暖，这熟悉的一切激起了二三子对往日的眷念。然而，现实的残酷和冷漠却令人不寒而栗。回到镇上的这些日子，二三子从来没见到过鱼幼的影子。按理说，南辕镇这个地方与鱼幼没有什么关系了，但鱼幼还是没有离开，女儿二丫丫还在镇上读小学六年级。二三子估计鱼幼在为二丫丫读初中的事发愁，继续在南辕镇读初中，这是绝对不可能的。把二丫丫带回老家，更不可能。云贵省那个老家，初中又破又旧，回去就误了一辈子。二丫丫这样聪颖，应该找一个更好的地方读书才是啊。

看样子，鱼幼要乘坐的那辆白红相间的中巴车进城办事，那车就停靠在客来喜饭店附近，车身泼满了泥浆，几乎认不出车窗和车门。鱼幼刚好走到街道中间，一辆运煤的四轮车疾驰而过，为了躲避，慌忙转身，不想一下子跌倒在泥浆里，全身上下没个干净的地方，连眼睛也睁不开。她挣扎着爬起来的时候，薛群山在客来喜饭店门口放声大笑，他们鼓动二三子扶鱼幼，“一日夫妻百日恩嘛，上啊，二三子。”二三子借着酒兴，真的就摇摇晃晃，窜到街道中央来扶持鱼幼。鱼幼奋力挥手敲打二三子的脑袋，被二三子抓住，手一拖，两个人同时跌倒在泥浆里。二三子张口骂道，死婊子，是不是又要到城里做业务？鱼幼骂道，贱人，懒得理你！二三子不肯罢休，死死抱着鱼幼，鱼幼拼命挣扎，扇他耳光也无济于事。鱼幼又用脚踢二三子，地上的泥浆，一波一波地掀起，两人就在泥海浊流中浪荡起伏。二三子瘫软在泥浆，鱼幼逃回出租房。

在南辕镇，鱼幼倍感孤立。先前，那些热乎的脸和话语，瞬间降温变冷。在区公所，她和二三子公开断绝了夫妻关系。除了吉星场，她没有任何朋友可以诉说内心苦衷。二三子的公开调戏，让鱼幼有些害怕。虽然她和二三子前前后后相处也有十来年了，但在异乡，一个女人，又背着不好的名声，她实在害怕二三子来纠缠。鱼幼到乡政府的公共浴室洗了个澡，走到老街，遇到吉星场从区医院匆匆出来，手里拿着本书，躲闪不及，慌忙之间，便用了发抖的声音喊道，小吉！吉星场一抬头，见是鱼幼，正准备说话，喉咙一痒，便连续地咳嗽，脸涨得通红。鱼幼问，感冒了？吉星场捂住嘴，点点头。鱼幼说，也不要太用功了，注意着身体吧。吉星场面色苍白，头发蓬乱，看上去，既没休息好，也是营养不良。鱼幼生出怜悯之情，立即打开钱包，拿了两百元塞在吉星场手里。吉星场正要推辞，鱼幼早已转身离开了。吉星场呆立在街上，看着青石板上鱼幼踩在青苔上留下的浅浅的脚印，陷入了沉思。沿着鱼幼的脚印，吉星场恍恍惚惚走了一阵子，突然，他弯下腰，从脚印里捡起一样东西：一张塑料片，鱼幼的身份证。鱼幼刚才不小心弄丢的，她可能是钱包的拉链没拉紧，或者是刚才给吉星场钱的时候顺便带出来，然后匆匆赶路，不小心……

窥　伺

吉星场敲开鱼幼的门，鱼幼吓得躲到门后面：小吉，什么事？吉星场道歉说，我在街上捡到了你的身份证，害怕你急着要用，所以，就贸然送来了，姐呀，真不好意思，打搅你了。

鱼幼听了，方才松了口气，从门后走了出来，接过身份证，看了看，笑道，这个身份证是废了的，我早该把它扔了。鱼幼的身份证弄错了名字，派出所的老头子登记户籍时把鱼幼误写成了鱼幻。鱼幼把身份证递给吉星场看，果然如此。鱼幼笑了：多一个带在身上无所谓，凡是干违法乱纪的事，身份证就用错的这个，让那些喜欢罚款的家伙去找世界上一个并不存在的女人：鱼幻。吉星场笑了：姐呀，我相信你不会干坏事的。鱼幼狡黠地笑道，小吉，你不要把姐想象得太好，你想，同二三子这样的男人混的女人好得到哪里去呢？吉星场羞涩地低下了头：不，在我心里，姐永远是世上最好的女人，真的！鱼幼妩媚地笑了：小吉，姐不想伤害你，你太幼稚，姐其实挺坏——坏到什么程度呢——算了，不说最好，免得毁了姐在你心中的美好形象！吉星场抬起头，眼里满含沮丧的泪：姐，你会杀人放火吗？鱼幼俯着身子，一张脸几乎贴着吉星场的鼻子了：一个女人坏起来，整个天下就会大乱的。吉星场摇摇头：我不懂。鱼幼用细长的手指敲了敲吉星场的额头，嘻嘻地笑道，姐是个什么样的坏人，小吉你永远不要知道……吉星场焦急不安地说，姐呀，你就是天底下最歹毒最恶劣的女人，小吉也会喜欢！

这时候，房子外面隐约传来走路和咳嗽的声音，鱼幼突然产生了一种强烈的意识：必须马上武力驱逐吉星场。“走呀，小吉！你该回去了！”鱼幼看小吉受不了，便用手把吉星场扶了起来，换了一种冰冷的语气说，小吉，姐不跟你缠了，二丫丫马上要放学回来了，你必须走！吉星场委屈地说，我还想坐一坐……鱼幼红唇白口笑道，看来，你是相信姐是个坏女人了——想了解真相，是不是——不，不行，你马上要考研究生了，等你考了之后再说吧！

吉星场脚一迈出，鱼幼哐当一下子关紧了门，她瘫软在床上，胸脯一起一伏，上气不接下气。吉星场突然闯入，在她心里掀起了巨大的波澜——猝不及防的袭击，差点儿毁了她脆弱的自尊心——望着天花板上忙碌的蜘蛛，高悬在天空的一张破网，只要沾着一粒苍蝇，立马下沉，蜘蛛赶紧努力修补，唯恐断裂，彻底跌落下来。鱼幼的心脏剧烈地跳动，她已经很久没有这种感受了。吉星场这样可怜的男人，按理说，她已经表达了足够的同情和怜悯，怎么还会让她心底产生一场海啸！一转身，忽然发现身边有这么柔弱的男子，他的骨头不堪一击，好像风中一株草，她的泪水来了，差点儿奔涌而出——整个身体就像一袋子泪珠，只要有一道小口子，生命将会化为乌有，多么危险啊！鱼幼庆幸自己没有说出口，否则，可能把吉星场给害了。可见，一个人说话是多么慎重的事啊，一个人眼睛看到的毕竟非常有限，多数事情是听别人说，怎么说，就决定了事情的性质和后果，还好，只差最后一秒钟的时候，鱼幼头脑清醒过来了。

继续待在南辕镇会出祸事。鱼幼分明感受到了来自周围潜伏的危机，表面平静内部暗流汹涌，她得为自己尽快找一条出路，不能在此坐以待毙。有雨的天色容易昏暗，还在半下午，屋子已经黑了下来，二丫丫还没回家，鱼幼躺在床上，倍感空旷。折腾了半天，特别是在街上的烂泥里同二三子搏斗了一番，第一次在身体上战胜了二三子，这让鱼幼既惬意又疲惫。胃里早没有了食物，肠子在咕噜咕噜地响动，声音大得惊人，好像肠子漏气一般，显得异常恐怖。鱼幼吓坏了，从床上跳下来，双手捂住肚子，肠子似乎安静了一会儿。手一放，肠子又发出连续不断、混乱的鸣叫，鱼幼立即止住呼吸，仔细分辨，原来声音不是从自己肚子里发出来的。床底下有一堆肠子在响动，鱼幼顺手从床上取了一根挂蚊帐的竹竿，对着床底一阵乱捅，捅到一团肉，然后被一双手抓住了，鱼幼紧张地喊叫道，你是哪个？一个声音低沉、颤抖着说，别叫，是我，我——二三子！鱼幼大叫一声，冲到了房子外面，高喊道，快来抓贼呀，抓贼呀！正好二丫丫背着书包回来，看见鱼幼便问，妈妈，怎么啦？鱼幼气喘吁吁地说，屋里有贼，快去报警！母女正在说话，二三子已经冲了过来，纠正道，二丫丫，你妈妈神经病犯了，你爹在屋里，报什么警？鱼幼骂道，贱人，赶快滚蛋，不然老娘对你不客气了！二三子嬉皮笑脸地说，丫丫，你不会真的报警抓你老爹吧？二丫丫哼了一声：你们两口子的事，我才懒得管呢。二丫丫把书包朝地上一丢，人就跑不见了。鱼幼问，丫丫，到哪里去？二丫丫怒气冲冲地说，我去学校打篮球，等你们两口子在屋里打架好了。鱼幼说，你不帮妈妈啊？二丫丫说，谁也不帮，你们大人之间的事，我不想管！

二三子死皮赖脸缠着鱼幼，钻进了鱼幼租住的房子。鱼幼说，贱人，看在二丫丫的面子上，我给你这次机会，下次再来，老娘拿你当兔子宰了！二三子蹲在地上，捂着肚子喊痛。因为在地上趴久了，肠子受了凉，开始绞痛。二三子几乎给鱼幼下跪了：鱼幼，你就可怜可怜我吧，你不知道我二三子现在过的是什么日子。鱼幼冷笑道，自作孽，不可活，你要死要活与我有什么关系？二三子惨笑道，怎么没关系——二丫丫——为了她，我们……可以和好……是吗？鱼幼嗤之以鼻道，说那些干什么！你和窝窝的事，让我娘家人在老家抬不起头，我恨不得剥掉你的人皮！二三子真的就给鱼幼跪下了，鱼幼不看他一眼，只是说，贱人，你钻到床底躲着干什么？想杀人放火吗？二三子正要说话，突然哎哟哎哟肚子又痛起来了，顾不得脸面，直接在地上打滚，浑身大汗，脸色蜡黄，喘着气说，救救我！估计二三子是真的病了，鱼幼害怕二三子死在屋里，勉强把他像拖死狗一样拖到区医院，扔在地上，看见乐得欢，打了个招呼，转身就要走了。乐得欢笑道，又和好了吗？鱼幼冷冷地说，没有。二三子哎哟哎哟地叫，脸上还挤压出一点儿笑：是啊，还是原配的好哟。鱼幼骂道，龟儿子，自作多情。

二三子肚子里有肾结石，着了凉，肚子就痛。躺一躺，休息一下，屁事没有了。二三子看得出鱼幼对他还有一丝温情，便没完没了地上门纠缠。每一次，鱼幼把他拿来的苹果梨子扔在外面，二三子又微笑着，一个一个地捡起来，重新放在屋里，脸上嬉笑道，怎么样，我是个打不死的程咬金啰！鱼幼笑道，小龟子，我再问你——钻到床底躲起来是什么意思？二三子说，肚子不痛了，我可以回答你——我想……二三子望着鱼幼，轰隆一声跪在鱼幼的膝盖前，鼻子剧烈地翕动。鱼幼厌恶地骂道，窝窝跑了，想女人是不是？二三子用手打着自己的脸骂道，我二三子贱，那是以前的事——被歌厅的小姐骗了，从现在起，我不会了，绝对不会了！鱼幼冷笑道，你喜不喜欢小姐关我什么事，用不着在这里表演了！二三子委屈地说，鱼幼，我是真的！

鱼幼突然瘫倒在床上，用被子遮住耳朵，身体耸动，她把哭声藏起来，不让二三子听见。二三子悄悄地爬起来，趴在鱼幼身上，伸手慢慢地抚摸。鱼幼继续哭着，二三子的抚摸没有遭到反抗，他的动作便大起来，鱼幼仍然没有反抗，二三子脑袋嗡的一声响，他全身灼热，爬上床，要去脱鱼幼的衣服。鱼幼猛然掀开被子，一巴掌就把二三子推到地上。二三子脸上火辣辣的，好像挨了几个巴掌：鱼幼，我做错了吗？鱼幼跳下床，厉声呵斥道，马上滚蛋！二三子没办法，只好慢条斯理地穿上衣服，似乎不甘心这种结局。二三子沮丧地说，鱼幼，你真有本事，竟然这样来算计我！鱼幼骂道，我算计你？你是个什么东西？大蠢货！二三子神情恢复正常，便开始骂人了：臭婊子，现在和吉星场勾搭上了，就自命清高，看不起人了，是不是？吉星场算个球，他连我的一个脚指头都比不上！鱼幼骂道，你这个人渣，满口污言秽语，我还听你什么话？二三子冷笑道，老子趴在床底，把你这个婊子勾引吉星场的经过都听清楚了，你还敢抵赖！鱼幼说，我和小吉之间是清白的，不像你那样，不要脸不要命，两只脑袋往粪坑里拱！二三子怒了，双手揪住鱼幼的手臂，想把鱼幼摔倒在地，鱼幼冷笑道，没记性的畜生，你现在打不过我了！二三子眼球充血，喷着怒火：试试看，谁打得过谁！鱼幼冷不防从床上抓了一把水果刀，在二三子肚子上狠狠地扎了一下，二三子马上丢下鱼幼，惨叫着，一拐一瘸逃跑了。地上撒落一些淡红色的血珠子，一些恐怖的阴影。

鳜　鱼

研究生考试的日子又要到了。吉星场还要到镇上邮局去发一封电报给白乐，请求寄一本华阳政法大学贾教授的书来。办完事，出门来，正好碰上红尘从隔壁农行储蓄所出来，突然相逢，都觉得尴尬。吉星场第一眼没认出眼前这个艳丽的妇人曾经是自己的老婆，红尘首先打招呼，吉星场愣了一下，听声音才恍然大悟。红尘张口呵呵笑了起来，也许她想要的效果就是这样。只要有足够的物质条件，女人是可以做到脱胎换骨的。但是，吉星场一看见她那口参差不齐、略微发黄的牙齿，惊奇之感荡然无存。红尘自我美化的重点还在外部，内部的、细节的东西属于下一阶段的事。红尘马上闭住了嘴巴，她意识到了，这是个瑕疵。

红尘执意要请吉星场吃饭，他们便走进客来喜饭店，老板笑嘻嘻地拍了拍吉星场的肩膀，低声笑道：在哪里骗来的美女？吉星场本来想说这是他的前妻，但看红尘得意地掏出小镜子，一丝不苟地欣赏她的脸，便不再说话。红尘把新烫染的长发解开，脑袋上立刻涌出巨大的黑色瀑布。瀑布哗哗作响，顺着红尘的耳郭和脖子，迅速下落到肩膀上。她拿出小梳子，细心梳理，身体轻微地摇动，与之配合默契的是耳朵上悬挂的金坠子，也在轻微地摇动。红尘有意识解开黑色紧身衬衣的领口，露出粉色胸衣周围镶嵌的精致蕾丝，闪烁着银光，仿佛月亮的碎片在溪水中流淌。

红尘柔声问，想吃点儿什么呢。吉星场正在欣赏红尘一身的服饰，随口答道，鲈桂。红尘笑道，红烧鲈桂，你第一次请我吃饭就是这个玩意儿。吉星场对服务员说，来一条鲈桂，红烧的。服务员摇着头说，没有，没有这种东西。吉星场纳闷道，怎么可能，这不是南辕河的特产吗？红尘哈哈笑了，她解释说，人家鲈桂改名字了？吉星场问，叫什么呀？红尘说，土包子，看来你有几年没吃过这玩意儿了，这鱼叫鳜鱼，洋气十足。吉星场说，哦，为什么呢？红尘说，这年头，什么东西都在变，不适应就要被淘汰，包括这鱼的名字。服务员把红烧鲈桂端上来时，红尘眼里流露出一种小姑娘才有的单纯的神色。红尘笑道，记得当时的情景吧？吉星场摇着头，什么也回忆不起了。红尘说，你端着热气腾腾的红烧鲈桂跪在我膝盖下，向我表白爱意，而当时，我的注意力完全集中在盘子里那条鱼身上，它是个什么玩意儿呢？红尘自己笑了。吉星场也笑了。说到骗人，吉星场又想到了他和红尘的婚事。他想到的是当初，柳如用红小妃的照片来冒充红尘。唉，神经一时短路，阴差阳错。

红尘的外貌变化如此明显，让吉星场对她最近的生活产生了好奇心。吉星场说，他呢，人在哪里？红尘笑道，你问的老金吧，我理解你的心态。红尘和吉星场相互熟悉，聊到老金，红尘丝毫不加遮掩，仿佛老金也和吉星场在一张床上睡过觉似的，全身上下，没什么秘密。老金吧，我已经习惯称他为老爹了。事实上，老金的实际年龄比我老爹还大两岁，体质也差得多，全身是毛病，随时可能两眼一闭、四脚一伸，彻底完蛋。怪就怪在这里，越是这样糟糕的身体，人的精力越是旺盛。他从不午睡，晚上还要打几个小时的电话，然后看书。看书看累了，就洗冷水浴。我这个人，只要晚上不打牌，只要五分钟就会睡着，然后做些乱七八糟的梦。一梦醒来，噢，老金，才刚刚洗了澡呢。一个头发花白、全身的毛几乎白完了的老头子，皮肤上挂着水珠，像条钓钩上自得其乐享受钓饵的鱼，突然摔倒在床上，一股冷气袭来，你全身哆嗦，睡眼蒙胧，不耐烦地看他一眼，转过身就睡。老头子来了，像动物园里的顽猴，特别好动，手在摸你的脸，脚在蹬你的裤子，嘴里叽叽咕咕，“喂，小丫头，发财了！”你爱理不理，他就拿钱来刺激你，“一万人民币，要不要啊？”你闭着眼睛说，不要，瞌睡来了，我在梦里还可以梦见更多的钱呢！老头子便偃旗息鼓，安静地睡了。早上，你一觉醒来，他也醒了，眼睛顽皮地眨呀眨呀，开口就是：梦见多少钱呢？你谦虚一点儿说，不多，只有五万。老金马上跳下床，打开皮箱，拿出五万现金，摆在床上，让你看：全是崭新的百元钞，一沓一沓，像店里切得很薄的鲜牛肉，真是诱人呢。老金说，女人都喜欢做梦，但要实现梦的内容，还得靠男人！

是啊，你不得不佩服老金的自信和实力。十年前，他可是个劳改释放犯呀，五十多岁的人了，从监狱回到社会，人人都瞧不起的，包括他的老婆和子女，都以他为耻辱。他没有朋友，任何人也不信他，当然，他也不相信任何人。这个社会怪就怪在这里，互不相信的人往往能够办成事情，而其他关系的人，总是互相猜疑，合伙做事半途而废的多呀。老金最初在粤海省搞汽车修理，修理技术是从监狱学来的，也不咋样，但他的生意慢慢盖过了同行，规模做大了，他就当老板了。那些开车的人，特别是开单位和公家车的司机，千里万里地跑，别人骂他们是端着灵牌吃饭的人，他们也知道职业的危险，修车嘛，肯定不能亏了自己，多少得找点儿钱安慰自己的。所以，修车的地方是越偏僻越好，老金的聪明之处就在这里，他把修车场选在一个前不挨村后不着店的荒野。孤坟野鬼，深更半夜要吓死人的。老金不怕，他在监狱里把胆子练大了。司机半夜敲门，说车胎坏了，发动机坏了，车况不好，麻烦师傅检查一下。老金说，没问题，等着吧。老金就给司机泡好茶，把电视机开着，让司机躺在他床上睡觉。老金点着电筒，躺在车底上，一锤子一锤子地敲，天亮的时候，车修好了。司机要发票，老金便随便扯一张，让司机自己填数字。司机也不是笨蛋，数字填好了，交给老金检查，老金说，随便好啦，哥佬官，你我是长期的交往，看着办吧。很多外地车知道老金这个人豪爽，宁可多跑几十公里也要到老金店里来。你看，和陌生人做生意多顺畅呢。看看我在孤山文化村的遭遇，就信了一条真理：亲戚朋友只能在一起谈感情，浪费十万八万地谈都可以，但决不能在一起做生意，一旦沾染了钱的计算，感情立即瓦解了。我姐夫黄山人还算老实本分，恰好是一个娘肚子生下来的姐姐，天哪，她每时每刻都恨不得把我给活活地吞了。我在文化村管生意，里里外外应付接待，我那个姐姐的心眼就在钱上面打转，大钱小钱都要克扣截留，她是那样的人，她也用同样的眼光看周围的人，时时刻刻像防贼一样防着你，怕你手脚不干净。所以，与我姐姐合伙做生意，老金是坚决反对的。现在看，老金是多么英明的人哪，不愧是混社会的角色，不愧是坐过牢的犯人，他就是一头独狼，经常在旷野游荡，不愿意与所谓的亲人朋友聚在一起，因为他喜欢攻击别人，伤害别人的事不能讲，被别人伤害的事更不能讲，他就带着伤口孤独地游荡，野蛮而机敏，遇到猎物，抓住时机，扑上去，一口毙命！吉星场笑道，老金那么危险，你不怕他狠狠地咬你一口？红尘冷笑道，小吉，这你就不懂了，世界上有一种说法，所谓一物降一物，老金这样的品种，对女人非常挑剔，他几乎能用鼻子嗅到一个女人的智商高低，真的，我尝试过，拿了几双女人的鞋子，隔了一丈远，闭着眼睛，老金就准确地说出了几个女人的职业和见识，一点儿没错！红尘得意地翘起了大腿，她的一只红色的皮靴跟着身体摇晃的节奏在晃动，最后，哐啷一下掉到了地上。红尘随口说道，老金，帮我捡起来！吉星场笑道，红尘，你在做梦吗？红尘自己弯下腰，吃力地捡起皮鞋，套在脚上，不知疲惫地继续摇晃，继续讲述她的老金。红尘说，老金这人，还有一个优点，做事干净利落。比如修车的事，他是发家了，但后来，所有修车的地方都学会了他那一招，他就毫不犹豫，把店低价转让了出去。他改行了，在幽浮市搞娱乐城，几年不到，钱赚得更多。哎呀，这男人哪，成功的男人就是黄金，扔到粪坑里捞起来还是黄金，要是不成功，你就把他推上宫殿，他还是一堆臭狗屎！红尘意味深长地看了吉星场一眼，随口说道，今年考研究生没问题吧？

吉星场笑道，没问题，再不考上，那就跳河自杀了！红尘骂道，没出息，男人说什么跳河自杀，那是女人在男人面前撒娇的话！小吉呀，你也不小了，一点儿没有男人气概，老实说，我很厌恶你！吉星场被红尘洗了脑壳，想拔腿离开，又显得缺乏修养，只好硬着头皮，继续听红尘吹嘘老金。曾经是夫妻的人，互相之间似乎已经形成了一种强迫心理：我的任何事情没隐瞒过你，但你的任何事情也不能隐瞒我。红尘的倾诉具有强制性，吉星场必须听她讲下去。红尘说，老金其实一年只有三个月时间同她在一起，别的时间，满中国跑工程拿项目。吉星场笑道，又改行了吗？红尘说，是呀，他现在搞的玩意儿挺时髦，叫什么工民建，你懂不懂？吉星场笑道，隔行如隔山，我懂不了。红尘笑道，无所谓，管他搞什么，只要不杀人放火，不搞黄赌毒，只要赚钱就行了。吉星场笑道，他不退休吗？红尘说，老头子身体差，大毛病老毛病一大堆的，他干着事，忘掉那些疾病不是更好吗？你让他闲下来，估计活不了三天，他就会毙命的。吉星场摇头说，我不了解老年人的心态，我要是老金这把年龄，干脆回乡里种菜算了。红尘笑道，没志气才说这样的话，老金不服老咧，他都快七十岁的人了，死活要找一个三十岁的女人陪他，他就是不承认自己老了，他害怕衰老，男人嘛，再厉害，总有男人的软肋。吉星场笑道，你理解老金，他就把你看上了，是这样吗？红尘突然有些害羞，压低了声音说，你说的也对，也不对。吉星场反问道，红尘，你那么理解老金，你理解我吗？红尘冷笑道，小吉，不是我看不起你——男人就像一本书，有些书你喜欢读，你就会经常去读，当然能够理解，有些书让你讨厌，比如你三十岁了还给你一本儿童读物，你会去翻一页吗，懂了有什么意思！

红尘喜欢老金，她是昼夜不停地阅读，读懂了，可惜老金是她的私人藏书，读懂了只有她一个人有体会，红尘也有孤独感，好不容易碰到个吉星场，生拉活拽，强行交流读书心得，哎呀，吉星场这人的尴尬可不比一般咧。他不能让红尘强迫灌输她的读书心得了，他要插一点儿花边，搞搞笑。吉星场问，你和老金这么牛郎织女的，跟不结婚有什么区别？红尘立刻愤然作色道，结脑壳昏！谁说我同他结婚了？吉星场说，不结婚怎么能在一起呢？红尘笑道，只有你这样的男人，才以为男人和女人在一起都是要结婚的。吉星场笑道，既然不结婚，你们在一起做什么呢？红尘笑道，小吉呀，你读书读蠢了吧，提这种愚蠢的问题。吉星场搔首道，我是说……红尘换了一条腿翘着，得意地摇晃：老金，你别看他年龄大，很多方面是你这个年轻男人比不了的，老男人，有趣味得很呢，不然，你看那些电影明星，她们为什么要找老男人？吉星场笑道，我的意思是，结婚了，女人才有安全感嘛。红尘哈哈大笑起来，喉管里的食物残渣顺着疯狂的气流飞出来，溅了一桌子，她反问道，小吉啊，你说我现在安全还是不安全？如今，女人要是有了钱，结不结婚都是安全的，钱越多越有安全感，相反嘛，要是嫁了个穷光蛋，无权无势，落在泥潭，那这一辈子可就白活了。

皮　囊

人活一张脸，树活一张皮。最近，发生在孤山文化村的一系列事件，让红尘意识到女人的脸是比大脑更重要的器官。文化村唯一能跳舞的尼兰不辞而别，同时还带走了另外三个姿色出众的小姐。据说是土城县来的一个老板用一辆桑塔纳2000载走了的。尼兰的舞蹈不用说，看得过去，反正民族舞蹈嘛，就那么简单的几个动作，裸肩膀，露肚脐，屁股摇摇，乳房耸耸，年轻女人的身体能够激发男人的想象力，男人的脑袋里血液在跳动，胸腔里，心脏在跳动，这个舞蹈才是最真实的。自从尼兰失身后，这小妮子开始打扮自己的脸了。传说中的处女，脸蛋又漂亮，还有艺术才华，那是多有味道的东西呀。尼兰的名气就这样出来了。根本原因还是进城美了容，单是一张脸就勾走了男人的魂魄。

土城县来的老板，姓什么来着？姓米．叫什么名字？不晓得。米老板，有的是钱。买了煤，转运到更缺煤的长江南岸一个县。这家伙来文化村，第一眼就喜欢——崇拜也可以——直接当面对尼兰说，尼兰的脸长得像他妈，尼兰一听，肠子笑得发痒：这不是脑子坏了吗？米老板脑子没有坏，他钱夹子里有他妈的照片，拿出来，当众检验：人人都说尼兰长得与他妈一模一样，特别是脸。米老板把照片给红尘看，红尘不好意思当众扫他的兴，只是微微一笑。蠢男人，漂亮的女人长相都是一样的，男人的魂给迷住了，说出来的是昏话胡话。前不久，侯子午带着小余来文化村扫黄，揪住一个小姐的头发摁倒一个，不一会儿，老老实实，院子里蹲了二十来个，只有尼兰仗着腿长，不听喝令，拔腿逃跑，侯子午把手枪掏出来，对着尼兰就是一枪，子弹从尼兰的大腿缝隙穿了过去。尼兰安然无恙，舞蹈演员动作敏捷，居然躲过了侯子午的子弹。尼兰被枪声吓晕了，苏醒过来，侯子午带着小余已经走了。红尘笑道，侯大哥枪法好，他只是开个玩笑而已。尼兰扑在红尘身上哇哇大哭道，姐呀，他这是要老子的命哪。红尘轻轻地拍了拍尼兰的脑袋笑道，你的命不值钱，他们不会要的，你放心，绝不会有下一次的。侯子午这一枪，让尼兰成了惊弓之鸟，尼兰心里拿定了主意，只要有机会，绝对逃离文化村。米老板来得正是时候，他解救了尼兰。侯子午第二次来扫黄，握着手枪搜索尼兰，红尘笑道，尼兰去土城县里给米老板当妈去了。侯子午骂道，兔崽子跑得快呀！尼兰得罪了侯子午，红尘问侯子午是怎么得罪的，侯子午自己都忘了。

前不久，老金驾驶一辆国产轿车来孤山看红尘，落脚时间不超过两个小时，匆匆忙忙就走了。老金前脚刚走，他的两个儿子后脚就赶来了。两个儿子跑到文化村大吵大闹，还从车里拿了铁榔锤砸坏了红尘的门和睡觉的床，逼迫红尘交出老金。原来，老金家里正在进行一场财产争夺战，老金的老婆和儿子怀疑老金把财富转移到了红尘手里，千里迢迢，追踪到了偏僻的木鱼县孤山深处。红尘打电话报警，派出所来了小余，另外有两个实习生。小余把腰间挂着的手铐抡得呼呼响，两个闹事的家伙也不慌张，从皮包里拿出一沓照片，理直气壮地交给小余。照片是偷拍的，一个颜色暧昧的宾馆，一张粉红色的大床，两个年龄差距较大的裸体男女抱在一起，有各种火热的动作。小余骂道，老子是结了婚的人，看这些干什么，实习生，你们好好学习一下吧。照片交给两个实习生，四只如饥似渴的眼睛便盯着照片，口水流淌。照片偷拍的是红尘和老金睡觉的场面，各种角度都有。两个家伙威胁红尘道，臭婊子，还要不要脸？红尘冷笑道，傻儿子，你们这样做是不忠不孝啊，睁开狗眼睛仔细看看，照片上的女人是谁？你们的爹别人认识，相貌有明显的特征，老金啊，大老板呀，大名人呀，报纸电视上经常有他的名字，但是，那个女人谁认识？你们还好意思拿着淫秽照片在全国传播，你们就不怕派出所的人把你们抓起来，当成流氓处理？两个男人说，别得意，我们手里还有录像，这个你是跑不掉的！红尘笑道，好好保存着，等你爹回家再看，你们以为这些东西能诋毁我的名声吗？两个男人骂道，早知道你这样不要脸，我们心狠一些，捉奸在床，你能威风到今天！红尘骂道，说话要讲证据，继续诋毁的话，我可以告你们诽谤罪的！黄山害怕两个死皮赖脸的家伙在矿上捣乱，影响煤矿的声誉，便私下代红尘写了一份保证书，从今以后，断绝与老金的交往。黄山把保证书复印了一份，以红尘的名义邮寄给那个老金。这样，总算少了一桩麻烦事。

小余把那一沓艳照转交给黄山，立马被红小妃抢了过去。等红尘平静下来，红小妃板着脸，把红尘叫到房子里，关上门，问红尘那照片是怎么回事。红尘冷笑道，那有什么嘛，就算是她和老金睡觉，也是两情相悦！红小妃着急地说，关键是这些东西落到别人手里了！红尘笑道，拿着这个东西能有多大的危害？你怎么辨认她到底是谁的？你能到澡堂去一个一个地翻着女人的身体看？再说，照片上那女人的脸与我的相貌相比，有什么联系？红尘的反驳非常有力，单纯的照片说明不了任何问题，派出所的小余也这样分析过。红小妃在红尘得意洋洋的脸上找到答案：红尘经过几次整容，与原来的相貌找不到相似之处。所以，红尘才狂妄自大，理直气壮！憋急了，红尘就说，老娘有的是钱，老子把姓名籍贯改了，什么事情一律不认账！不过，对于男女之事，民间社会的习惯心理是：宁可信其有，不可信其无。红小妃还是觉得妹妹给她丢脸了，她一再嘱咐红尘，以后，不管那个老金拿多少钱来讨好，都不能答应他了。

对红小妃的隐忧，红尘便明确地说，她和老金之间缘分已尽，事已了结。老金最近身体衰退得厉害，自己把财产作了分割处理，连遗嘱都写好了。红尘提出终止往来，老金说，没问题，以后，有什么困难，打个电话就是了。主要就是身体不争气，老金说话也少了英雄气概。红尘可怜老金，据说他前列腺炎严重了，走路慢腾腾的，步子稍微迈大，膀胱里的尿液就会漏出来，把裤子和皮鞋打湿。老头子迟缓地走路，惹得文化村的小姐窃笑。红尘提出再去华阳省人民医院做彻底的整形美容手术，老金立马汇了一笔款子过来。红尘感激不已，开玩笑道，这次整形美容后，恐怕老金再也认不出是红尘这个人了。老金笑道，相濡以沫，不如相忘于江海，不是更好吗？

出院后，红尘马上把整形美容的照片寄给老金看，老金打电话笑道，越来越年轻，越来越漂亮，老金配不上了。红尘笑道，老金，你猜，我下一步要干什么呢？老金说，嫁人去吧，钱也有了，姿色也有了。

冬 雪

华阳省大部分地区正在降雪，从芙蓉市到木鱼县城的公路，湿漉漉的，黑亮亮的柏油，似乎还在无声地流淌。道路两旁的土坷和干草上，零星地积着雪。树枝上，雪花飘坠，偶尔滴落一些冷水。从城里到南辕镇，孤山上盘旋的公路几乎被大雪完全遮没。司机握着方向盘，小心翼翼地看着路面，鼻子里不时冒出大团白色的雾气。一下车，浑身发冷，红尘紧了紧围巾，裹紧脖子，屁股一摇一荡，沾着泥点，在南辕镇大摇大摆地迈着步子。她要到二三子的照相馆去。

红尘走进照相馆的那一刹那，红色的中长羊绒大衣好像浇了汽油的火把，点燃了狭小的房间。整个屋子从暗淡潮湿的空气中醒来，一些沾了尘土的事物，立即飘出炽烈的火焰，迅速向周围蔓延。缩成一团，在打盹的二三子，觉得自己像一块煤炭，沉入大地深处，也被烈火从黑暗中抓了起来，迅猛燃烧。红尘扯下围巾，露出一张精心修饰的脸，就成了二三子的中心，整个宇宙全都围着这个女人旋转起来，从他身体的每一个原子到骨节，到四肢、肩胛骨和脑袋，天花板，卷帘门，肮脏的天空，月球，银河系，河外星系——天，晕了，二三子晕了，他打开了一只装着美酒的陶瓮，令人陶醉的芬芳，从密闭状态释放，成了鼻腔缠绵悱恻的风，吹过肉体一个抽象的洞穴，每一次呼吸，每一次呻吟，都让衰弱的灵魂陷入更深的恐惧。

这是红尘第二次在二三子的照相馆拍照，第一次是为了同吉星场相亲。那是一次惨痛的失败，红尘还未完成化妆，就被吉星场发现了她的本来面目。望着掉头就走的吉星场，红尘也没心思继续化妆拍什么美人照，她就站在桥头，望着南辕河深绿色的河水，差点儿纵身跳了下去。这一次，红尘的模样彻底变了。光洁的额头，淡黑的眉毛，坚挺的鼻梁，秀美的脸庞，精致的下巴，颀长的脖子，薄薄的嘴唇含着神秘的线条，另一端似乎连着神灵，而熟悉的眼神里，游荡着似是而非的蛊惑和冷漠。红尘端着，让二三子为她化浓妆。二三子结结巴巴地问，画什么模样呢？红尘笑道，画成新娘模样吧。二三子的手不由自主抖动起来，结结巴巴地说，你是……

红尘轻轻推开二三子，用手取下肩上披着的银色提花纱罗，一件亮膀V字低胸黑色长裙像蝙蝠一样垂挂在身上。她略显褐色的皮肤上敷了很多香粉，二三子鼻腔发痒，想打喷嚏打不出来，鼻子一皱一皱的。红尘说，这天气太冷了，手指不灵便，是不是？二三子终于流畅地说话了，“红尘，你简直是又投了一次胎，样子变得我这个老邻居也认不出来了！”红尘笑道，刚从华阳省人民医院回来，当然啰，这次整容的钱比第二次投胎还贵呢！红尘招手让二三子帮她揉揉肩，二三子吞咽着唾液，像饿晕了的老乞丐，颤悠着身体，手指抖抖索索落在红尘的肩膀上。红尘笑道，男人，把力气拿出来，没吃饭吗？二三子喉咙里发出一种走样的声音，他想说的话没表达清楚。红尘晃了晃脑袋，浓黑的长发沙沙作响，轻柔地拂过二三子的脸。红尘用手指拢了拢耳际的头发，笑着鼓励道，用力呀，用力。二三子大胆把手伸向红尘的肩膀，一把一把的力气从身体里涌出来，带着灼热的血液，疯狂地摩擦着，红尘咯咯咯咯地笑起来，抖动的身体像一只蠢蠢欲动的兔子，从草丛中溜出来，二三子渐渐有些控制不住了，手指一急，便滑进红尘的胸衣去了。

红尘突然翻过身来，啪的一记耳光，从空中飘下来。二三子的脸上飞来几个手指的印迹，他懊恼道，我不是故意的，怎么能打人呢？红尘冷笑道，你知道我一条裙子多少钱？弄坏了，你有钱赔吗？二三子死皮赖脸地笑道，裙子的钱，可以先付给你——让继续为你按摩，好吗？红尘噌的一声从椅子里蹦了起来，猴子一般立在二三子面前，戳着他的鼻子骂道，四五年前，你老婆鱼幼一双皮靴两百元，一件皮衣五百元，那个时候，我全身的衣服鞋子加起来也值不了一百元，你挣那么多钱到哪里去了？二三子说，我的事，你全都知道——那个坏女人——窝窝害苦了我。红尘骂道，龟儿子，你到文化村来，十分钟花一万，让尼兰陪你坐，你真是慷慨大方得很，现在呢？二三子束着手，低声笑道，一分钱也没有了。红尘看二三子早已是面红耳赤，仍然继续羞辱道，龟儿子，还好那一口？二三子道歉说，刚才是无意的，纯属误会。红尘用手端起二三子的下巴，把一个可怜男人的脸尽力地撕扯，仿佛一张易碎的草稿纸。红尘的一句话彻底戳痛了二三子的脊梁，她讲出来的是一个人尽皆知的事实：鱼幼和吉星场两人可能一起到芙蓉市去了。二三子急了，红着眼睛问，吉星场，无能又懦弱，一个穷光蛋，他有什么本事勾引鱼幼？红尘两只手死死地掐着二三子的脖子，咬牙切齿地笑道，关键问题在鱼幼——你老婆——她贱得狠哪！二三子拼命挣扎，总算摆脱了红尘的手，一阵狂笑，声音像荒原上野狼的嚎叫。红尘听出了二三子备受摧残的自尊，听见了野兽伤口惨厉的滴血。

鱼幼捅在二三子肚子上那一刀，无情地宣告了两人的决裂。医生说，刀子再扎深一点儿，肠子就断了，内脏可能就破了，只要大量出血，十分钟就会毙命的。二三子想要鱼幼的身体，鱼幼想要二三子的老命。事实如此，二三子头脑清醒了。受伤后，二三子便撅着屁股，成天窝在照相馆，麻木不仁地望着街道上翻滚的泥浆。从照相馆前路过的人，从头到脚，沾满泥水，谁会有雅兴到店里来照相呢。那些外省打工的青年，要接近春节才会回来相亲，照相的生意差不多要腊月十五之后才会好起来。这期间，无事可干，日子难熬。二三子找到原来的塑料酒桶，一次到镇东头的酒厂舀十斤酒来，以每天一斤的进度消耗，整个身体浸泡在玉米酒液中，呼吸出的空气带着玉米腐烂的气息。

冬天的雨下得苦，一下就是三天，三天不停，就是九天，九天不歇，淅淅沥沥，一个月就过去了。冷场天，镇上偶尔有车在汹涌的泥水中匍匐而过，听见噗嗤噗嗤声音，一定是过路人在行走。二三子的照相馆大开着门，奄奄一息，在街边张开饥饿的嘴巴。二三子在醉酒中昏睡，偶尔醒来又端起酒碗，咕咚咕咚向肚子里灌酒，然后，身子软绵绵地倒在旧椅子里。尽管街道上寒流阵阵，风雨凄凄，二三子却感觉不到，他垂着头，鼻子嘴巴，口水鼻涕，纵横直下。

一个中午，风刮得正猛，二三子像往常一样蜷缩着身子，照相馆外突然刮进来一团红色的火焰，整个屋子立刻燃烧起来，脸一热，睁眼一看：又是红尘来了。红尘身着红色的紧身高领毛衣，双手托着一件褐色貂皮大衣，下身是加厚棕色羊绒紧身裤，外罩黑色毛呢短裙。可笑的是，一双咖啡色长筒马靴像两只落水淹死的猫，裹着厚厚的泥浆，四周淌流下浑浊的液体。

二三子找来帕子沾着水，从上而下，一处一处清洗。对二三子的殷勤，红尘显得很配合，她站着不动，嘴里唠唠叨叨，抱怨不已：鬼地方，鬼天气！二三子笑道，抱怨这么多，怎么不搬到城里去生活？红尘唉声叹气道，能把下一代送进城就已经很不错了，我们这代人天生是受苦的命，算啦，老老实实当一个乡下人吧。二三子望着红尘手里光鲜无比的貂皮大衣，由衷地赞美道，就凭这件皮衣，也不能算是受苦的命啊，城里人，几个能穿上？红尘得意地笑了，告诉二三子一个好消息：二三子，大麻烦解决了。

二三子蠢蠢地问，什么大麻烦？红尘不耐烦地说，鱼幼啊，你肚子挨了一刀，这么快就忘了！二三子尴尬地低下头，哦了一声，等着红尘说下文。红尘得意地笑道，我略施小计，便把鱼幼吓跑了。二三子疑惑不解道，鱼幼与你无冤无仇，你去吓她干什么？红尘骂道，怎么能说无冤无仇？一个既当婊子又立牌坊的东西，这些年老子算是受够了！二三子笑道，还是我这样的坏人值得女人喜欢，是不是？老子把坏人两个字写在脸上，是不是？红尘笑道，我也是，坏女人三个字写在脸上，老子怕了谁？二三子接着说，要说怨气，谁有我大？老子一直怀疑二丫丫不是我的种，她偏说是，又不准老子带二丫丫去医院检验！想偷人又没有胆量，和吉星场那种窝囊废勾勾搭搭，气死我也！红尘笑道，二三子，这件事你龟儿子是不是得感谢一下我呢？二三子笑道，当然，但是，我眼下没有钱，感谢不了！红尘骂道，这个世界，蠢货才知道每件事都用钱去解决！

二三子丈二和尚摸不着头脑，反问道，你说这话啥意思哟嗦？红尘笑道，二三子，你也算是个自以为是的聪明人了，我让你猜——我用什么办法吓跑鱼幼的？二三子笑道，说来听听？红尘突然发出异样的咆哮，然后才是清晰的笑声，“我告诉鱼幼，我要和二三子结婚了！”二三子说，别开玩笑！红尘笑道，鱼幼也说这样的话，别开玩笑！你们两口子真是绝配呀！你想想，一个女人能随便说她要和哪个男人结婚的事情吗？我说，鱼幼，我这个决定是经过深思熟虑才有的！二三子问，你这样说，鱼幼凭什么就被吓走了呢？红尘说，鱼幼，你捅了二三子一刀，知趣的话，一走了之，要是不走，派出所可能会抓人，另外，我和二三子结了婚，他就是我的男人，那么，一旦我要报复人，嘿嘿！二三子惊喜地转过身，问道，你打算怎么报复鱼幼？红尘突然伸手抱住二三子，二三子呼吸急促，一张脸像长了牛皮癣，又糙又痒。红尘把一只冰冷的手插进二三子的毛衣领口，直接向下，抓住二三子瘦削干枯的肚皮，狠狠一揪，二三子的肠子便像一群惊醒的毒蛇，盘旋着，缠绕着，游弋着，没头没脑地乱窜。

喜　讯

研究生考试成绩是三月上旬公布的。如愿以偿，法学专业考生第一名，吉星场以这样的成绩获得了面试资格。对吉星场而言，面试只是走过场，多年的考试，贾教授早已把他视为一名正式的研究生了。吉星场的意志感动了贾教授，贾教授给他提供了比一般考生多得多的帮助，人际关系便从师生变成了朋友。吉星场考试成功，四合院里最得意的人当属刘婉儿。她感谢上天，自己帮人没帮错，算命先生也没算错。关键是，吉星场命大福大，该他飞黄腾达。

一般说来，南辕镇的上半年，天干物燥，街道上虽然尘土飞扬，但没有雨水掺和，走路的人还可以趾高气扬，不用担心裹一身泥浆，变成一只泥虫。春节后，镇上挤满了打工回家的人，一拨一拨打扮得红蓝黄绿的青年，按照多年来的一个固定程序来完成紧张而匆忙的相亲任务。

吉星场的外侄女阿玉从福建回来相亲，他作为舅舅，少不了要在凑一起当参谋。不然，他是不会来这个龌龊之地的。阿玉今年没满十七岁，读书成绩差，初中读了一年半就外出打工。吉星场的姐姐担心阿玉不懂事，在外面耍朋友上当受骗，强行要求阿玉回来相亲，只要一满十八岁，就把婚结了。相亲的男方父亲据说是在孤山开煤窑的小老板，挣的财富全摆在镇上：一幢三楼一底的小楼房，外加门口停放的一辆运煤的四轮车。吉星场的姐姐对男方的条件赞不绝口，当场就答应了这桩婚事。阿玉则死活不肯，吉星场的姐姐认为阿玉在外省可能耍了男朋友，母女俩为这事冷战了一个春节。没办法，吉星场的姐姐只好哭哭啼啼把吉星场也拉入这场战争。

阿玉脚一踏上南辕镇肮脏污浊的街道，嘴就一直噘着，一声不吭。吉星场跟着姐姐参观了一遍男方家的房子、车子，姐姐脸上充满了强烈的向往之情，就像一个被人扶着回家的醉汉，两眼发直，嘴里嗯嗯啊啊，意识模糊。姐姐晕车，从未出过远门，她的愿望是把阿玉嫁到镇上，以后往来更为方便。当然，也不排除姐姐的私心和虚荣。如果阿玉嫁到镇上，未来的亲家这笔显眼的财富将会给她增添无穷的荣耀。乡下人把赶集当着一件人生的头等大事，要是在镇上看见一座这样显赫的楼房，还有一辆冒黑烟的四轮车，同行的邻居就会佩服不已：看，人家阿玉可嫁对人了，什么都有啦，洋房，汽车，街道，电影院……

阿玉先是一起走，走到桥头，突然加快了脚步，向着照相馆直奔而去。在从前张挂鱼幼巨幅相片的位置上，更换了一位貌似贵妇的时髦女人的照片。吉星场费了很大力气，才认出这张化妆照的主人是红尘。吉星场正在犹豫不决，考虑是否走近一些看得更仔细，阿玉一个闪身已经进店门去了。

红尘的巨幅照片在桥头张挂的时间不止一天两天，一个冬天的雨淋，上面泥垢无数，偶尔有多事的鸟看不惯照片外面罩着的玻璃反光，便在飞过的时候拉下一些粪便沾在上面。吉星场正在附近徘徊，突然，阿玉十分慌张地逃了出来，拉着他的手便跑，吉星场觉得莫名其妙。逃到客来喜饭店，已经转了几个弯，阿玉方才上气不接下气地说，店里有个人很熟悉。吉星场让阿玉慢慢描述那人特征，阿玉说，那人就像照相馆门口那张巨幅照片上的人。吉星场明白，那是红尘。阿玉说，舅舅，我想起了，她就是以前的舅……

吉星场打断了阿玉的话，他已经听刘婉儿讲述了红尘和二三子两人的事情。鱼幼走后，红尘同二三子的私下交往便公开了。有人看见红尘在照相馆化妆拍照，最终把化妆的艺术照片张挂出来，把红尘与二三子同居变成一种铁的事实。这两人走到一起，仿佛是一个捣毁南辕镇公众道德鉴别能力的恶作剧。有人怀疑红尘是存心报复鱼幼，二三子是存心报复吉星场，两颗报复的心发生剧烈碰撞，便产生了不可思议的结果。

小小的南辕镇，就在南辕河最平缓的地带，两岸聚集着一千余间陈旧不堪的砖瓦房和板壁房，偶尔有两三幢贴着瓷砖的楼房，也耸立着巨大的广告牌。信用社楼上的红月亮沾满鸽子粪便，楼顶群居的鸽子不时腾空而起，扇动翅膀，掠向远方，像一把撕碎的纸片，突然撒向空中，混乱地散落。下面是一条公路，两条正街，五六个阴暗的巷子，纵横交错、从乡下来赶场的小路，蛛网似的，密布于菜畦与田塍之间。近万人便拥挤在这个狭小的区域，吃饭、睡觉之余，找不到事，便互相串门，说说闲话，打发时光。

农场这些年，多少也分配来了一些大中专毕业学生。除了少数几个干了几天拔腿一走了之的烈人，多数人慢慢地习惯了这里浪费时间的生活方式，时间一长，他们与镇上的其他人没有两样。吉星场本来应该属于其中的一员，只不过他行事荒唐，把自己逼上绝路，最终才考上了研究生。他也不敢想象以后的人生，但离开南辕镇已经成为事实。本来，他可以带着一种超脱的心境来审视身边这一切——即将成为历史的事物——可一想到红尘，心中立即落下一块沉重的铁板。红尘在和二三子结婚之前，做了两件匪夷所思的大事。找了些关系，花了些钱，她已经把吉娃娃转学到了芙蓉市实验小学。学校是新办的，附近新修的楼盘名叫芙蓉花园，她和红小妃在那里各买了一套房子。装修半年后结束，下学期可以入住。也就是说，吉娃娃下学期就要到芙蓉市读书了。接下来，红尘把吉星场这么多年来欠鱼幼的钱一次性付清，并把鱼幼的收据捏在手里。吉星场看了那收据，具体数据很快忘了。红尘的设想是，以后，吉星场在芙蓉市读研究生，还得照管吉娃娃读小学。吉娃娃的所有开销，两人平摊，吉星场全额支付，红尘那一半支出，由收据上的金额来做抵扣。

红尘和二三子的婚礼在镇上也很抢眼。拍婚纱照，国内外旅游半个月，在客来喜饭店办了六十桌酒席广宴亲朋邻里，场面超过了许多城里讲究排场和奢华的年轻人。红尘心满意足，过去十年的失落和遗憾，一下子获得弥补，这就够了——就像打牌，狠狠地赢了一把，输出去的钱捞回来了。为了打发窝窝，红尘一次性掏了十万元，总算把事情彻底了断。当然，红尘也得感激窝窝，这个小妖精东奔西窜，据说在赤城傍上了一位做钢材生意的大老板。大老板的财富和年龄成正比，看在钱的份上，窝窝忍受了年龄上的遗憾，看在年龄上的份上，大老板提供了足够的经济补贴。两相情愿，公平合理，没有人多嘴，说三道四。窝窝坐着车来，同时带走了二两和雍二。二三子心里舍不得雍二——他的那个有真实血缘关系的儿子，眉清目秀，聪明伶俐——二三子连名字都还没来得及改过来，就被窝窝抱走了。钱是红尘支付的，红尘做出的决断，斩草除根，不留后患。十万元钱，全是面值一百元的现钞，红花花的，堆在客来喜饭店的大桌子上，二三子一张一张地数给窝窝。窝窝把钱点清了，全部放进钱包了，走到二三子面前，赏赐了两记响亮的耳光，笑道，王八蛋，老娘又让你赚够了！

二三子赚了吗？怎么可能！窝窝实在是看错了人。红尘支付的这笔巨款当然得由二三子来偿还，红尘只是借钱垫付。虽然二三子和红尘结了婚，但钱上面，一分一厘，划分得一清二楚。两个人都是第二次婚姻，睡在床上，身体有了需要，互相满足。至于钱嘛，就不要指望红尘能有那么一两笔账目搞糊涂了。两人的收入和支出，各是各的，有公共开支的，一律AA制，一个一半。事实上，红尘已经变成了二三子最大的债主，他不得不老老实实听从红尘摆布，谁让他那么贱，同一个小姐生了小孩呢。私底下，二三子只得自叹倒霉，“老子是把儿子卖了还要帮别人数钱，谁有老子傻呀？”就这样，二三子变成了红尘的私人奴隶，喊他朝东走，二三子不敢向西迈半个脚印。从前，在鱼幼面前，二三子任何时候都是我行我素，放纵猖狂，肆无忌惮，现在，落入红尘手里，完全失去了人样子，驯顺得像一只牲口。

红尘不像鱼幼，她根本不担心二三子会在外面乱搞女人，不管二三子晚上多晚回家，或者是声称在外面喝酒打牌通宵未归，红尘从不干预。二三子要吃喝嫖赌，必须得有资本，一个债台高筑的男人，走到大街上，谁看得起？准确地掌握了二三子的经济状况，红尘便放心了。二三子兜里没有钱，软绵绵的，在红尘面前，略微有不满的情绪，红尘马上翻脸，“老先生，咱们随时可以离婚，但是，先得把十万元的欠账还了我！”

生　意

南辕镇距离县城远，既是缺点又是优点。虽然，到城里办事不方便，但很多奢侈的消费都可以留在镇上。如今，到镇上走走，屁股宽的地方，发廊，洗脚房，歌厅，按摩店，到处都等着有钱人去抛撒银子。二三子经营的照相馆仍然缺乏竞争对手，生意似乎更为兴隆。到芙蓉市考察了一趟，二三子马上搞了个拍写真的业务，颇受男女青年们青睐。其貌不扬，甚至丑得极度自卑的人，进了二三子的照相馆，经过精心化妆，拍出来的照片晒在太阳下，一摞一摞的，放眼一瞟，吓得跳脚：哇，怎么变成明星了？

只要人漂亮，钞票舍得花。发疯的青年爱上这个洋玩意儿，一出手就是三五百元，搞个写真集，自己捧着，放在家里当明星欣赏。红尘比较中意二三子的表现，虽然作为男人，二三子脸太小，体貌阴柔——这些显著的性别缺陷，可以一直列举到天边，数也数不尽。坐在桥头，红尘发现，镇上青年的衣着越来越时髦，穿的稀奇，戴的金贵，玩的花哨，城市的味道正在慢慢侵袭而来。小女子头发烫染之后，脑袋像泡了一碗巨大的方便面，走到哪里，扛到哪里，惹得口水横流。小男生的脑袋像是直接用斧头劈去了一半，惨白的头皮，陡峭的脑骨，头顶骄傲地耸着鸡冠。再看紧身的衣服裤子，把女孩子幼稚的胸脯和屁股勒着，像要临刑的罪犯，男孩子瘦瘦胸、窄窄肩、瘪瘪臀，顿失男儿气概。手腕、脖子、耳际、腰间，坠饰无数，活似个街头游走的货郎，自鸣得意。

一些人眼里，南辕镇越来越富有繁华了。最新流传的小道消息说，洛城乡鲤鱼村打鱼子垭口发现了一口华阳省储量最大的天然气井，估计开采一百年地下的气体也不会枯竭。红尘的耳朵从姐姐红小妃口里获得了确认，天然气井的勘探工作已经结束，马上要做的事情很多，抓住时机了，可以赚很多很多的钱。谈到天然气井，红小妃很是神往，似乎对孤山联办煤矿挣的小钱完全失去了兴味。

与此同时，黄彰武摆脱了乡长的身份，如愿以偿当上了洛城乡的党委书记。说起书记这个职务，黄彰武肚子里是酸甜苦辣咸，五味俱全。全县年龄最大的乡长，为了当这一匹官，春节前，黄彰武就开始从乡里到往城里，坐着车，一条路往返跑。不跑的话，可能脱离实职，在乡里混日子，慢慢等退休。若是这样，黄彰武是不会服气的。迈开步子，跑啊，跑啊，连续几个月，体重从八十公斤瘦成了七十公斤，路跑大，腿跑断，县城馆子里的酒，也他妈的喝光了，还是没有动静。白天，乡政府事务多，人也就混着吧。晚上，黄彰武又累又醉，歪歪倒倒，皮鞋上沾着泥巴，脖子上挂着汗珠子，在昏暗的灯光下，走进路边的小旅店。小旅店，躺在肮脏的床铺上，黄彰武的梦从来没有减少幸福的内容。梦得最多的是，自己和楼下门口坐着的小旅店的老板娘结婚的场面。老板娘裸露着胖胖的手臂和大腿，半躺在门前的破沙发里，冷漠地注视着来来往往的车辆。黄彰武喝醉了，身子发麻，腿脚疲软，看见破沙发，也不管上面有没有人，就一头栽下去。喝多了，吐得肠肝肚肺绞痛，满屋子腥臭。哦，不是做梦，喝醉了，他妈的，睡错了床！妈哟，这不是更累了吗？天一亮，从小旅馆下楼，软着脚，坐上车，继续跑，遥遥无期地跑，绝望地跑。有一天，人在路上，本来是要下乡催提留款，喝多了啤酒的黄彰武慌不择地，正在路边屙尿，哗哗响，带着啤酒味的小便泻落草丛边，在干坼的沙土上溅射而起，形成巨大的黄色泡沫。一长串褐色的小蚂蚁躲闪不及，被尿液淹没，很快漂浮起小小的尸体。侥幸逃脱的蚂蚁则得意洋洋，吮吸着沙地残留的尿渍。尿完了，正在提裤子，突然，响起手机铃声，打开一看，竟然只有六个字：已下文，黄书记！嗨哟，终于当上了书记。黄彰武特意穿上白色的衬衣，打上红色的领带，精神抖擞，走上主席台，中间的椅子，稳稳当当，一屁股坐了下去，台下立即响起热烈的掌声。没过几天，中午吃了饭，黄彰武在乡政府的小寝室睡午觉，市里的一个朋友发的消息赫然出现在略显陈旧的摩托罗拉手机屏幕上：洛城乡发现特大气井，储量全省最大，恭喜！龟儿子真是好事成双！刚刚升了官，洛城乡的人民马上就要发大财了！洛城乡，上天特意送来的礼物，一口特大气井！黄彰武一屁股从床上翻了起来，捧着手机嚷了起来：哎呀，我的妈呀，上天这么眷顾洛城乡人民！

蚂蟥听不得水响。挣钱的事，大家想得多。一夜紧急商量，咬一咬牙，二三子和红尘马上合伙买下了客来喜饭店侧对面供销社的一幢三层旧楼，简单装修一下，美其名曰红红宾馆。这地方是供销社的赵发财转让给红尘的，犹豫已久，终于拿下来了。没多久，打鱼子垭口天然气井工程指挥部的人就到镇上来物色临时办公地，他们扛着一块镌刻着一串红色大字的牌子，在红红宾馆门口停住了脚步。红尘坐在一楼正门口看电视，鲜红的裙子裹着雪白的大腿，一下子齐刷刷聚集了七八个男人的目光。为首的男人虽然穿着一件灰色工装，但头发一丝不苟地向后梳着，光滑的额头，鼻梁上架着一副金丝眼镜，目光沉静，皮肤黝黑，步履稳健。旁边一个男人抢先跳到红尘前介绍道，工程指挥部考虑租住宾馆，这是我们的肖总！这个男人直直地伸着手臂，像一把剑，劈出一条路的方向来。红尘把一伙人领进宾馆转了一圈，一杯茶的工夫，生意就谈成了。工程指挥部的牌子悬挂在红红宾馆大门口，宾馆外面，很快停满了参加工程项目的各种车辆。红红宾馆一二楼供客人住宿，三楼是供吃饭、喝茶、洗脚、打牌的服务中心。

红尘这人做事从不拖泥带水，孤山文化村的股份低价转让给了红小妃。红小妃独占了文化村，红尘不管，合伙的生意干着憋气。现在，有了红红宾馆，终于说话算数了，她要全力以赴经营这个玩意儿。红尘把工程指挥部的人伺候得可好啦，肖总和身边的几个人，吃的饭菜和喝的茶，由红尘亲手料理。工程指挥部的其他人，也是当成祖宗先人对待，上下楼，见面就是笑。笑累了，躺在床上，脸上的肉松弛下来，一阵又一阵发酸胀痛。二三子嬉皮笑脸地说，见了外人笑得那么开心，见了老公，怎么不笑了？红尘骂道，老子的笑并不代表开心，那是在工作，这么辛苦，你还来冒酸水！每天上午，肖总到鲤鱼村打鱼子垭口工地，三四个小时，回来时，一身泥浆和汗馊味。哗啦哗啦，冲了凉，换了干净衣服，躺在洗脚房，又让小姐做全身按摩。吃了晚饭，才会招呼红尘上麻将桌子，一个通宵或大半晚上，要看心情。心情不好，肖总的脸像患了炎症，气脉不通，五官肿胀。红尘敲门笑道，肖总吃饭！“没心情！”红尘又说，肖总打牌！“算了！”红尘再敲门，肖总便走了出来，一脸颓唐，肢体懒散，萎靡不振地说，哎呀，年龄大了，身体不行，吃也吃不得，累也累不得，病恹恹的，真是想退休了！红尘笑道，肖总哪里不舒服了？肖总揉揉肩，扭扭腰，嗓子喑哑，叹息道，要说哪里不舒服，说不出个所以然，但确实是，哪里都不舒服啊！红尘伸出纤巧的手，牵着肖总笑道，这个好办，肖总，来呀！红尘把肖总领进洗脚房，脱下外衣，弓着腰，熟练地为肖总做起了全身按摩。肖总好奇地问，红总，想不到你还会这个？红尘笑道，聪明人嘛，见一样学一样，就会一样，是不是？红尘的动作轻柔，仿佛肖总是个婴儿，小心翼翼地保护着。在红尘的脂粉气中，肖总昏昏沉沉睡去。一觉醒来，红尘正在拍打他屁股，轻轻的红，轻轻的痛。肖总舒服得不得了，红尘本人却已是累得满脸满头大汗。肖总起身，轻松无比，倦意全无，心里升起谢意，交织着深深的歉意：真是惭愧，红总！

协　议

黄彰武当了书记，名义上的事情比以前多二三十倍，但来红红宾馆的时间却更加频繁了。每隔两三天，黄彰武总要搭乘煤矿上的便车到镇上来，挟着黑色的新公文包，上楼来陪肖总打牌。当然，红尘也在场陪客，这是必需的。黄彰武当了书记，官当大了，牌技却逊色得多。从前，红尘不是他的对手，现在，黄彰武很难赢红尘了。虽然是亲戚，但牌桌上赢的钱还是光明正大地往自己皮包里放。黄彰武上楼的时候，公文包鼓鼓囊囊，像个临产的孕妇肚子，一场鏖战，硝烟散尽，黄彰武灰头土脸，公文包彻底干瘪，像个老太婆的脸。红尘把钱全部捡进皮包，笑着说，黄伯伯啊，赢了您老人家的钱，真不好意思呢。黄彰武伸手搓着僵硬的脸皮，眼里的血丝更加鲜艳，泛着油光，“书记难当啊，以前当乡长，没这种感受！”肖总笑道，官大一级压死人嘛。黄彰武骂道，别人升官是把其他人压死，老子升官是把自己给压死了。肖总笑道，洛城乡的事就你一个人说了算，这还不够，老黄，你还想当县长才满意吗？黄彰武说，到处都在告老子的状，隔三差五，县里市里就有人来调查，不当书记的时候，就没有这些麻烦事情，那才舒服呢。红尘笑道，幸亏黄伯伯为官正直，不然，不给一群小人给暗害了！黄彰武骂道，黄泥巴掉进裤裆，不是屎也是屎，我黄彰武只有一张嘴巴，害我的人是几十张嘴巴，我该怎么办？输了钱，肚子里的苦水哇哇地吐出来了，黄彰武的心情似乎还好了些。红尘把几个人喊进了雅间，关上门，喝酒吃菜，继续聊天，发牢骚。

孤山联办煤矿名义上属于南辕区乡镇企业办公室，实际上承包给黄彰武的儿子黄山。暗中写信告发黄彰武主要就是这个问题。这几年，煤矿卖疯了，卖到了黄金的价格，区政府没得到一分钱。“钱到哪里去了呢？”黄彰武端起酒杯，喝下 52 度的木鱼大曲，长长地吁了一口气。“钱到哪里了呢？”肖总冷笑道。“没搞过企业的人只会胡思乱想，胡说八道！母鸡不是一下地就会下蛋的，哼哼！”黄彰武叹息道。“前期投入是个无底洞，尤其是矿山基建，哪能预算呢。”肖总笑道。“隔行如隔山，早知道，就会该插这一脚了。”黄彰武懊恼道。肖总骂道，怕个啥，承包是符合政策的，按照合同条款来，搞经济，只要捏准了合同，啥也不要管！肖总也饮下一杯 52 度的木鱼大曲。黄彰武端起第二杯酒，正要往嘴里送，突然想起一件事来：肖总，你们的工程是怎么处理合同方面的麻烦的？肖总送了一杯酒进嘴巴，舔着嘴唇说，工程合同是楼上的人在管，我们是下力人，就是这样。红尘笑道，肖总太谦虚了。肖总红着脸，鼓着腮帮子骂道，老子就是个下力人，有点儿权力，顶多就是个生产队长，哈哈，但是，心情不好，要骂人了，还是有人听的。红尘笑道，肖总就是嘛，本事比脾气大。黄彰武喝了一杯酒，接着纠正道，肖总，应该是权力比脾气大。肖总喝了一杯酒，看着黄彰武骂道，狗日的，老黄，你太抬举我了！黄彰武笑道，肖总，你们是做业务的部门，专业上有本事，别人必须听你的话，我说的没错！肖总的嘴角浮现出一丝得意的笑，他赶紧端起酒杯遮掩住了，“红总，有没有兴趣接一个合同做？”红尘张大了嘴巴，眼里放出明亮的光彩，“真的呀，肖总？”肖总扯了一张餐巾纸，在嘴上胡乱擦了擦，又抹了抹额头上的汗珠，随后笑道，开个玩笑啊，红总，你这宾馆经营得红红火火的，怎么可能干我们那些又脏又累的活儿呢！

不久，黄山意外地拿到了一份工程合同——准确地说，应该叫协助施工的劳务协议——与肖总签订的私人文书。越说越复杂，反正就是给肖总打工，按时把路修通。修这段路属于打鱼子垭口气井的基础配套工程，长约八公里，二级水泥路，连接洛城乡原有的简易公路到鲤鱼村打鱼子垭口。这段路虽然只有短短八公里，施工难度之大，却不是指挥部短时间依靠自己的能量奈何得了的。尽管取得了合法的用地手续，资金已经支付给县乡两级政府的财政账户，但肖总带人先鼓捣过两次，惨遭失败。修这段路涉及两百来家人的祖坟搬迁，农村人世世代代居住于此，崇拜祖宗，普遍讲迷信，信风水，单纯经济补偿，掏再多的钱恐怕都不起什么作用。上面的人限定的期限是八个月，四五辆巨型的挖掘机、装载车轰隆隆地开赴鲤鱼村，看起来很有气势，结果，走到简易公路末端，在澄溪的河滩，就被几百号人堵住了。第一辆装载车上爬满了小孩子，地上躺着老年人。为首的司机被冲动的村民拖下来，狠踹了几脚。肖总见势不妙，赶紧开溜。

修路占地绝大部分属于两个生产队，这两个队的人基本上姓刘，也是村里最大的姓。虽说近几年到粤海省浙江打工的青年成风，村里几乎走空，但留在村里这些世代聚居又有着疏远的血缘关系的老人在对付外人时，却是随便哪个都能一呼百应的。村里两三个牙齿落尽的老人领着黄彰武和肖总，穿过树林和荆棘丛去看他们的始祖坟。据说从明朝开始，这座坟就一直矗立在这里。坟前左右各耸立着一个巨大的石骆驼，因此这坟又称为骆驼坟。骆驼坟后面，是密密麻麻、重重叠叠的坟墓，这些坟墓年年都有人祭奠。要修路必然要动这些坟，但哪一座坟都不敢动。

黄彰武升了书记，做事越来越稳重了。五十多岁的人，再当两年一把手就申请调进城，随便到哪个局挂名当个副局长，过两年退居二线的生活，等到正退的时候升个正科就满意了。他私下问了鲤鱼村的村支部书记刘高平，这事该如何处理是好。刘高平当村支书时间也不算短，同黄彰武关系已是烂熟，说话不需要打草稿，他明确表示反对迁坟，宁可不当村支书也得罪不起同姓的几百人。怎么办？黄山也没有别的办法，还是采取老一套做法，打电话给派出所。派出所几个警察开着摩托赶到村口，一看三十来个壮年男人扛着锄头、钢钎，还有两百来个妇女、小孩嘴里骂着叫着，手里拿着石块、砖头，黑压压地站了一大片。其中，一个瘦干的老头直呼黄彰武的名字，羞辱黄山说，你爹当了书记有什么了不起的，就是县长、市长来了，照打不误！现场气氛异常紧张，一触即发，只要有人一声吆喝，石块、砖头马上就飞过来了，锄头、钢钎乒乒乓乓，蜂拥而上，不被打得个血肉横飞、半死下场才怪。黄彰武对形势的判断与众不同，他当乡长的时间长，征收公粮提留款甚至是计划生育罚款，他的工作作风都不是最严厉的，不至于引起鲤鱼村的村民的公愤。刚刚升任书记，告状信就像雪片漫天飞舞，这样的事情太蹊跷，背后一定有人作怪。哎，想他这个位置的人多——尤其是发现了特大气井之后，更是如此。黄彰武没有出面讲一句话，他溜了。派出所的人见事不对，一声不吭，发动摩托，掉头就走。黄山裤袋里的几个红包，分量有些沉重，捏了捏，还是热的。这一次，估计没机会送出去了。

羁 縻

不管道路工程进展如何不顺利，洛城乡鲤鱼村打鱼子垭口天然气井迅速给南辕区的人带来了许多的挣钱机会。镇上几家小旅馆人满为患，有些贪财的居民干脆把自己住的地方出租给这些外地人，一家人挤在一间屋子里。从南辕镇到洛城乡鲤鱼村二十来里路，农民背个背篓，挎个篮子，挑副担子，蔬菜水果鸡鸭鱼蛋，沿路叫卖。工地上大批劳力，挖土抬石，砌砖卸货，手忙脚乱。

黄山拿到这份含金量极高的协议，却迟迟动不了工。纸上的钱只是空洞的数字，叮当响的真金白银好像是洞穴里潜行的泉水，口渴的人听到这种声音只会更加焦渴难忍。多年以来，黄山养成了遇事情找他爹的习惯，三十好几的男人了，在社会上还不能独当一面。这让黄彰武心里烦闷，他在反复地检讨自己，以前是不是管得太多，造成了黄山的软弱、无能和依赖。当然，在乡政府混了三十来年，黄彰武知道怎样与农民打交道，遇到事情，不会着慌。黄彰武拿定了主意，现在这份协议就是要塞给黄山，逼他自己想办法解决问题，实在不行，便把合同还给肖总。如果不提早磨炼黄山，哪天他调进城了，或者不当领导了，黄山不是只有到街边当叫花子？反正，黄彰武这一次绝不会给黄山任何具体的帮助和支持力量，一切要靠黄山自己奋斗。黄山被他爹憋得慌，他爹已经放话出来，不能限期完成，工程指挥部将会收回协议。同时，孤山煤矿的事情多，黄山应付不过来，便打了退堂鼓，准备把协议书还给肖总。红小妃心有不甘，喂到嘴边的肥肉，哪有让它飞走的道理？一定得想办法把这份协议完成，哪怕少赚些钱，也不能让人看不起，留下笑话！

红小妃突然变得硬气，与红尘最近的强烈刺激有很大关系。

红尘和二三子两个结婚以来，简直是如虎添翼。两个人都会挣钱，他们在镇上专门买了一套房子，把红树林夫妇接到镇上照管小孩，不再种田。她和黄山表面上风风光光，什么老总、经理，每天每晚累得腰都伸不直，实际上煤矿那边包括文化村的财务基本上是掌握在黄彰武手里的。黄山起早摸黑、老老实实地干活，真的把自己当成什么经理。红小妃的心态发生了很大变化，什么乡长儿媳妇、煤矿经理、文化村老总，没有钱，通通是虚假的，这些帽子戴在头上，人的模样就像稻草人一样可笑。

说来话长。黄彰武家里麻烦可多了，黄山有个傻子弟弟黄江，黄江下面还有个妹妹黄彩，据说还是超生，罚过款的。黄山挣得再多，下面还有两个人呢。黄山经常振振有词地说他是家里的长子，要对弟弟妹妹负责，红小妃听了就会问，你的弟弟妹妹与我有什么关系呢？黄山憨厚地笑道，你我是夫妻，我的也是你的。红小妃突然愤怒地叫道，不！我的几个妹妹呢？难道我也要对她们负责吗？黄山尴尬地说，其实，家里还是靠老爹撑着，我们只是大树下面好乘凉，是不是？红小妃骂道，没出息的东西，三十几岁的男人了，还要老爹抱着屙屎屙尿，你就不能自己下地走两步，让大家瞧瞧！红小妃的怨气由来已久，她多次要求黄山向黄彰武提出，他们两口子的劳动要么明确发放工资奖金，像那些打工仔一样，要么，实行股份制分红模式，每年所赚的钱要实行利润分成。黄山苦笑着说，发工资的标准怎么定？股份制怎么定？不可能像外人那样，反正是一家人，肉烂了在锅里，我不相信老爹会一毛不拔。红小妃说，傻儿子，你就乖乖地等着长白胡子吧，我看穿了，你老爹那副德行，恐怕会把钱带进棺材去的。

黄彰武当领导，在外面对别人的态度很好，在家里态度却非常蛮横粗暴。黄山已经过了三十岁，偶尔还免不了要挨耳光。挨了打，黄山也只有忍气吞声。没办法，从小就是这样。黄山在黄彰武面前，毕恭毕敬、唯唯诺诺，不要说提建议，连大气也不敢出。红小妃心底里最瞧不起丈夫这样没志气的男人，她对黄彰武的态度历来是先礼后兵，黄彰武气得牙齿咯咯响，也不敢公开对她怎么样。在黄家，最可怜的女人是黄山的妈，五十来岁的老太婆，不识字，一门心思做家务，日子过得比仆人还糟糕。黄山的傻子弟弟黄江经常把自己走丢，黄彰武从不想办法去找人，他就坐在家里喝酒，喝醉了便大肆谴责老太婆的肚皮，从三十多年前的事骂到眼前。老太婆遇到这种事情，就只会捂着鼻子哭，好像这真的全是她的错。后来，超生了一个女儿，又害得黄彰武仕途不顺，五十来岁的人还是个乡长，每次在县里开会就觉得丢人现眼。

黄山的妈过生，一家人总算有机会坐在一起吃一顿饭了。黄彰武心情比较好，这是他当了书记之后第一次为老婆举行生日宴会。他早早地回了家，把西装和白衬衣挂在院子里的一棵树上，只穿了一件白色的背心，来到院子中，直接坐在八仙桌的正上方，等着老太婆从厨房里把热气腾腾的菜端上桌。黄山穿着背心，黑咕隆咚，一挑又一挑地担水，一个水缸几乎装满了。红小妃在屋檐下埋头洗衣服，她爱清洁，回来一次要把老太婆洗过的衣服重新洗一遍。黄江牵着青色的水牛缓慢地经过院子，看见红小妃就裂开嘴傻笑。黄彩做完家庭作业，一蹦一跳，开心地把堂屋里看电视的黄亮抱到黄彰武身边。屋檐边的白炽灯打开，猩红的灯光散射在桌子上，晚饭开始了。除了黄亮说话，其余的人都低着头，看着碗里的米饭。黄彰武的几瓣大牙咀嚼食物的声音很刺耳，红小妃厌恶地侧过脸，尽量不看黄彰武的样子。脱了衣服的老男人，一本正经的脸和突然暴露出来的日渐衰老的身体之间形成了巨大的反差。两者合在一起，显得古怪。在家里，黄彰武的一些生活习性显得古怪，让红小妃无法容忍。比如吃饭的时候，黄彰武不准任何人说话，饭桌上全是吧唧吧唧的嘴巴在响。红尘就觉得吃饭的不是人，而是一群动物在沼泽地行走。只是乖孙子黄亮例外，大嚷大叫，旁若无人，但没有人回应。

傻子黄江看见红唇白肤的红小妃，眼睛直勾勾的，嘴里淌着口水。红小妃赶紧拉了拉领口，把雪白的胸脯和脖子遮掩一下，结果，发现胸脯突然变高了，挺立着，连自己都给吓坏了。红小妃有些慌张，她躲避着傻子，没想到傻子更为放肆，转动着脸来看，眼珠子仍然不动，执意要看她的身体，饭碗没端稳，跌在地上，哐啷一声，碎了。老太婆骂了一句，傻子便痛得哇哇大叫，赤着脚窜入黑暗。黄山追着喊道，黄江，黄江，别跑！黄彩笑道，别理他，他自己会跑回来的！黄山疑惑不解地问，莫非黄江变聪明了？老太婆笑道，就是，我就发现黄江比以前聪明！红小妃不满地说，聪明！太阳从西边出来了吗？黄彩笑道，傻子看得懂挂历了，痴痴地盯着那些女人的身体，天哪，吓死人了！老太婆说，我就用剪刀把挂历上的女人全部剪掉，黄江不看了，但还是显得比以前聪明！黄彰武鄙夷不堪地反问道，瞎说，你怎么知道？老太婆得意地说，老黄，我的话呢，你是从来不相信，比如前一次，黄江被人骗到云贵省，他居然能回来——云贵省的警车送到村口，黄江毛发无损，从车上下来，见了我，又喊又跑，像个三岁的孩子！黄彰武闭着嘴叽叽咕咕地嚼醋泡大蒜，他最喜欢吃的玩意儿，刺激味儿满桌飘，大家都捂住了鼻子。黄彰武惬意地打着酒嗝，他今天心情渐渐好了，有意识放纵大家说废话。两杯酒进嘴巴，黄彰武紧绷的脸绽放出坚硬的笑声：孩子们，要是黄江变聪明了，我就给你们几姊妹在县城里一个买一套房子！黄彰武这句话把桌子上的人逗乐了。乡下的生活，似乎大家都已十分厌弃。前几年，有钱的家庭为子女买非农业户口，天哪，一个户口八千元，多么奢侈的事呢。乡政府的人把多年的积蓄掏空，给子女买县城户口，哎哟，那阵仗，比投胎还着急，唯恐钱缴不出去，几天几夜地排队。黄彰武当时手里捏着的钱不多，孤山联办煤矿需要大量投资，他就忍了，一个子女的户口也没买，乡政府的其他人都嘲笑他是个吝啬鬼。过了两年，买户口的人发现，高价买来的户口一钱不值了。以前的城镇户口要供应低价粮，等到城镇户口买到手里，很快又有了变化，粮食价格全部放开，城里人和乡下人吃的粮食价格是一样的。八千块钱一个人，买户口的人马上又回过头来佩服黄彰武的英明决断：老黄啊，虽然是个乡干部，事情想得透，脑子比县长还灵呢。没给几个子女买户口，黄彰武几乎招致了全家人的怨恨，尤其是红小妃，仗着她嘴脸好，觉得自己投胎投错了，天生就该过城里人的生活，对乡里的泥土甚是憎恨。黄彰武偏偏不动，他连南辕镇上都没买房子，黄亮读书还是黄山自己租的房子呢。

尽管黄彰武嘴里传出来的大蒜味和酒精味令人恶心，但他脸上笑着，红小妃觉得时机成熟了，便当面向黄彰武提出她在煤矿的工资待遇问题。黄彰武眉毛一横，本想发作，但很快就笑了。黄彰武耐心地安慰红小妃说，这几年矿上正是加大投入的关键时间，如果规模办不上去，一两年后新的政策出来，一纸令下，小煤窑全部停产，那才是前功尽弃。如今，孤山联办煤矿投资至少也有三四百万了，一出问题恐怕不是一两家人。而且，发工资不好定标准，定低了，好像当外人看待；定高了，目前矿上的财务状况又不允许。再说，也不便于做账。红小妃一听，火气就来了，“这不是想让我们两口子白干吗？”黄彰武不愿意同儿媳妇当面争吵，随便敷衍几句，就往乡政府逃跑。红小妃的情绪发作，黄山面对的是一座猛烈喷发的火山。红尘扬言要到粤海省打工，真的订了飞机票，这可唬住了黄山。黄山心急如焚，告诉黄彰武，“红小妃要坐飞机跑了，怎么办？”黄彰武从来就看不起软骨头的儿子，老婆就制服不了，还能干什么大事业！黄彰武骂道，要滚就赶快滚，有什么了不起的，不过是脸蛋稍微过得去而已，离了婚，再找一个就是！黄山哭道，要是红小妃走了，我也要跟着出去打工。

没办法，黄彰武为儿子精心设计的人生道路马上面临破产，作为设计者，曾经沾沾自喜的手腕将会受到旁人唾弃，这是黄彰武无法忍受的。黄山到乡镇企业办公室，后来又承包了孤山联办煤矿，加上娶了个全区最漂亮的女人，黄彰武的脸在南辕区是无限放大的，活似一只炫目的气球，令人仰视。县里的领导，区公所的人，乡政府的同事，见了黄彰武都要竖大拇指，说些赞扬的话：“老黄，你的儿子真是能干哪！”“老黄，煤矿效益好啊！”“老黄，媳妇是百里挑一，给孙子喂奶的时候，得多操点儿心，多看媳妇两眼啊!”要是红小妃突然一趟跑了，砰的一声，气球破裂了，跌下来，一看，哦，原来是尿包吹的，他妈的，不是全乡的人都要跑到家门口来看笑话。黄彰武绝对输不起，憋急了，只得答应给红小妃和黄山按月发工资，但是，工资不高于煤矿工人全年的平均水平。红小妃听了，肚子又来气了。煤矿工人采煤是季节性的，并且每个月最多干二十五天，她和黄山可不一样，一年三百六十天，从未有过休息。红小妃对黄山的脑子产生了怀疑，黄彰武这样刻薄寡恩，黄山还觉得满意，这样的男人不可救药!按红小妃的想法，矿上列出所有的支出，剩下的利润应该实行股份制分红，黄彰武可以占百分之五十或六十，她和黄山应该各占百分之二十到二十五，这是比较公平的。

维系人际关系的常常是一层薄薄的皮，即便牛打死马，马打死牛，因为这层皮的存在，外面常常客客气气，仿佛什么事也没有发生过。越是重要的事，人们越是乐于保存这样一张形同虚设的皮。红小妃一直怕在黄彰武面前提到钱，便是源于她嫁给黄山后，她和公公之间那种表面客气而实际上一触即发的危机状态。一旦撕破那层皮，双方都发现，为了一场必然到来的决斗，竟然预留了一个巨大的空间，没必要，确实太浪费了。黄彰武带着乡上的人来矿上检查安全生产，红小妃在路边直接拦截住黄彰武，表达出了心里真实的想法。三言两语解释不清，黄彰武害怕红小妃扭住他，要泼发疯，便夹着公文包往黄山办公室里走，嘴里笑道，急什么呢，钱摆在那里，还能长了翅膀飞走?一进门，黄彰武马上变了腔调说，想分红，难哟!矿上的投资名义上虽说是我们一家的，但是，分红啊非常复杂，这个呢，你也懂的。红小妃一脸迷惑：还有哪些人呢?黄彰武说，你了解那么多干什么?红小妃说，好吧，那就退让，我们的份额压低十个百分点，如何?黄彰武说话的语气非常坚决：分红的事，暂时不要谈了，时机成熟，自然会有。红小妃说话很是干脆：我不管，反正必须分红!黄彰武说，有什么话，回家再说，好吗?我工作忙，马上到乡政府去了。红小妃说，那不行，必须说清楚。黄彰武挥动公文包，想砸红小妃一下子，红小妃偏头一闪，早就躲到黄山背后去了。黄彰武气咻咻地说，如果相信我还是你们的爹，重要的话，咱们回家再说吧。

红小妃还想找公公理论，黄山紧紧地抱住她，让她委屈地哭，黄彰武便仓皇逃走了。轮到黄山来收拾烂摊子了，他就抱着红小妃，怎么哄骗，怎么低三下四地讨好，怎么不切实际地空头承诺，红小妃就是哭个不停。红小妃说，你爹不答应，我也不稀罕他的臭钱，我明天出门去打工。黄山给老爹打电话，黄彰武前不久被儿媳妇当场顶撞，奇耻大辱还未解除，又添了新恨，身上被怒火点燃，电话里直说的话像丛生的棘刺，插进儿媳妇的耳朵：不要说出门打工，就是离婚也可以！哎呀，一根火柴，擦出一点儿火花，一幢大楼就烧毁了，甚至一座城市，也化为了灰烬。红小妃拉着黄山的手，哭着说，去，马上办离婚手续。

蛊惑

红尘在粤海省带老金回家，红小妃目睹老金将成捆成包的钱砸在红尘身上的场面，恍然大悟了。一个凡俗的女人也可以脱胎换骨，那就是抓住一个有实力的男人。漂亮的女人机会更多，不过，悔之晚矣。红小妃最美丽的年龄已经过去，傻乎乎地嫁了个男人，浑浑噩噩地过了十来年，一梦醒来，竟然在深山老林呼吸着煤炭的粉尘，听着孤独的鸟在树梢鸣叫，天上是无尽的黑暗，地上是比黑暗更加冰冷坚硬的煤矿，心中何等凄凉！唉，还没出门见世面，就被媒人鼓捣着，父母像被灌了迷魂汤一样，断送了一个姑娘对外界的好奇心。结了婚，跟着黄山困守在荒凉的矿山，脑子是越活越空旷了。黄山是个老实人，什么都是一本正经的，做事脑袋是一根筋，估计也做不出什么前途，靠着老爹开矿，仰人鼻息——嫁给这样的男人真的是亏大了。种种烦恼交集，红小妃真的还动了心，幻想着和黄山离婚后飞黄腾达的生活情形。

有个初中男同学，诨名屁巴虫，人模狗样的，读书时候与红小妃同桌坐过几天，经常张着嘴巴吞鼻涕，却一直暗恋着红小妃，真是恶心死了。在红小妃眼里，屁巴虫就是一只永远发育不成熟的蝌蚪，屁股后拖着根尾巴，见了漂亮女人便摇着上去了。嗨呀，真不知这两年是怎么回事，屁巴虫在镇上开厂，生产宝丽板家具，突然发了大财。红小妃在家具店挑选一张床，几个埋头工作的家伙中升起一颗头，乱发蓬松，油黑的脸淌着汗珠，嘴巴裂开，声音出来了，“多年不见，红小妃，还认得我吗?”红小妃看着一副乞丐相的男人来巴结就觉得好笑，摇着头说，不认识。那家伙伸手擦了擦额头上的汗，又摸了摸鼻子，自我介绍道，大家都叫我屁巴虫，我们还同过桌的呢。不知道屁巴虫是天性自卑，默认了大家对他的羞辱，还是他害怕红小妃记不住他了，故意用诨名来调集红小妃的记忆，他自称屁巴虫也算是一件不错的小礼物吧。屁巴虫说完，生出猩红的舌头，向上翻卷，舔了舔上嘴唇。这个动作帮助红小妃回忆起了令她恶心的蝌蚪，哎呀，有些人真是像苍蝇，怎么打也打不死，吃鼻涕，烂德行，小蝌蚪肯定还拖着肉麻的尾巴——幸好，这蠢家伙不吃鼻涕了。

红小妃虽然对屁巴虫的模样仍然没好的印象，但不得不佩服他的家具做得漂亮，生意经营得好。屁巴虫自我介绍，他在县城里的家具店规模还要大一些，等几年，生意还有可能做到芙蓉市、赤城市去。屁巴虫听说红小妃在孤山联办煤矿上班，自然客气地赞扬了木鱼县里名声大震的煤矿。红小妃冷冷地说，可是，那与我有什么关系呢？屁巴虫诧异道，怎么没关系？你公公和男人的财产不就是你的嘛。红小妃骂道，放你娘的狗屁！屁巴虫说，我要送一套宝丽板家具给老同学。红小妃笑道，不用送，打折就可以了，我不缺钱！红小妃预付了买床的钱，不久，屁巴虫送货到孤山联办煤矿来，却着实把红小妃吓了一大跳——这个自作多情的蝌蚪真的送了一套家具：除了床，还有衣柜、茶几、餐桌、椅子、电视柜，摆在黄山的小办公楼前，就像在搞家具展销。尤其那张床，超乎想象的大。黄山生硬地说，拖回去！红小妃说，我喜欢，我来付钱！屁巴虫笑道，暂时搁在这里吧，就当打个广告，要是看不起的话，哪天空了，我自己找车来拉走就行了。

屁巴虫的大床一塞进卧室，屋里连放鞋子的地方都没有了。红小妃躺在大床上，像个小孩子一样打滚。黄山骂道，龟儿子，你这个初中同学是不是爱上你了哟？红小妃笑道，废话！爱上又怎样了？那是别人的事，你管得着？我早就知道了，初中同学全都知道这件事。黄山着急地说，他这样做，什么意思？红小妃笑道，什么意思，你还担心这床会糟蹋女人？黄山骂道，龟儿子，送这么猥琐的东西，老子睡在上面就像睡在他身上一样！红小妃说，现在，这是我的床，你不喜欢就滚远些，我一个人睡，床越宽越好！黄山说，那怎么行，你是我老婆啊。红小妃把黄山按倒在床上，笑道，小黄，咋这么没自信？他妈的一个小木匠就把你老婆抢走了吗？黄山伸出一只大手，从红小妃的裤腰摸了下去，声音颤抖道，等矿上赚了钱，我要在城里买三套房子，买三张大床，专门伺候你，小妃，怎么样啊？红小妃骂道，傻瓜，一套房子就够了，买那么多干吗？黄山笑道，这你就不懂了，你的肚皮还要给我生两个小宝贝哪，生一个，买一套房子！

不久，屁巴虫自己驾了一辆红色的奥拓车爬上孤山联办煤矿来了。此前，听说红小妃的家公无比吝啬，屁巴虫很为自己的梦中情人感到不值。屁巴虫经常打电话到矿上，黄山亲自接到好几次，他邀请红小妃去帮忙卖家具，保证一年挣十万元钱。黄山不相信，屁巴虫真的就拿出一份合同协议，让黄山和红小妃自己看清楚。红小妃动心了，黄山束手无策，怎么对付这个小无赖呢？他不可能再去求黄彰武给红小妃涨工资或分红，又不愿意自己的老婆被这么个猥琐的家伙用一辆奥拓车带走，绞尽脑汁，他想出了一个歪办法。黄山让红小妃私下盗卖煤炭，只和自己信得过的司机联手，互惠互利，换手抠背，大家心照不宣，黄彰武恐怕也查不出什么问题。事实上，不用黄山启发，那些外地司机早就把红小妃教聪明了。红小妃一直在这么做了，这次借机逼一逼黄山，也有心理上的恐慌，想让黄山同她站在一条线上，免得以后黄彰武真的来查她的问题，一个人背负，吃不了兜着走。当然，红小妃心里也有个小九九，她这样做是在暗中警告黄彰武，不要把钱管得太死，管死了，大家遭殃。俗话说，搭伙求财，心安理得。

红小妃咄咄逼人，黄彰武看在眼里，急在心里，他到底算是个领导人物，懂得妥协。孤山文化村本来是红尘和黄山合伙经营的，红尘因在南辕镇搞了个红红宾馆，资金和人力耗去大半，加上生意兴隆，无心合营，早已主动退出文化村的股份。黄彰武把红尘的份额划给黄山和红小妃两人共有，投资的钱从每年利润分红中抵扣，暂时稳住红小妃，稳住黄山的婚姻。再过三四年，黄彰武退居二线，他就可以直接走到前台，大张旗鼓搞经营。那个时候，就由不得红小妃说三道四，赤裸裸地威胁，大不了让黄山离婚，重新找个女人罢了。

有史以来，黄彰武第一次对别人做出了如此巨大的利益让步，但作为获利者，红小妃并未有满足收手的表现。这是个得寸进尺的女人，外表的美丽掩饰了内心的贪婪，而且，很多人因为欣赏她的美丽而放纵了她的胡作非为。最危险的人物是黄山，被红小妃迷住，任何事情都不做判断，完全听她的话。黄彰武清楚，这个女人是家里的定时炸弹，迟早会出事。黄山现在是搂着定时炸弹在睡大觉，很有必要提醒一下。先前，为了搭救红尘，吉星场从鱼幼那里借了两千元钱，准备送给区医院的医生陈龙，陈龙原封不动把钱转交给黄彰武，表明认的是黄彰武的人情。黄彰武当时也没问清楚，以为这钱是红小妃送的，便直接把两千元钱交给红小妃，红小妃居然把这钱私吞了。等到红尘来追问那笔钱，红小妃一推再推，干脆说黄彰武没把钱给她。两姐妹在矿上大打一架，不是治安室的人帮忙恐吓，真不知道怎样收场。

红尘亲自问黄彰武要那笔钱，黄彰武不好意思说钱已经给了红小妃。门牙打落肚里吞，胳膊断了朝内拐，黄彰武只好说，区医院冬天要送两车焦煤去，钱在他手上，到时候抵账。这个事情明显就是黄彰武代人受过，就从这件事开始，黄彰武把红小妃看得一钱不值，无意中，他流露出的是对鱼幼的欣赏：同样是女人，一个鱼幼在天上，一个红小妃在地上，为何差异这样大呢？黄山在这个问题上态度十分鲜明，他公然替老婆辩驳：红小妃再错也是黄家的媳妇，鱼幼再正确也是别人家的媳妇，爹呀。黄彰武心想，傻儿子，任何人都只能被杀死一次，执迷不悟，还有什么可说的呢。黄彰武不再同儿子在嘴巴上纠缠，他采取了实际行动，暗中加强了对红小妃的防范。矿上早就有不少人反映，红小妃私下勾结运煤司机，盗卖煤炭，交到黄彰武手里的证据有一大摞了。这个胆大妄为的女人，看样子要把黄彰武的棺材钱耗光才肯罢休呢。黄彰武几次暗示黄山，矿上的事要多个心眼，多为黄家考虑，傻子弟弟以后要花很多冤枉钱，这都是长子的责任啊。黄山根本不明白黄彰武说的长子责任是什么意思，以为干活不领工资，以致遭到红小妃的无情嘲笑。黄山大概是色迷心窍了，当着黄彰武的面，他什么都答应，可一到了红小妃那里，就把女人当着天神供起来，只听那女人的话，处处对着黄彰武干。黄彰武后悔当初为黄山选的这个女人，他以为山里的人朴实，少心眼，谁知道见了钱，人就变了，老实的变奸诈了，忠厚的变刻薄了。

黄彰武把修路的协议交给黄山做，目的是想把黄山和红小妃分开，让他有独立的思想和判断力。可是，黄山这人太无能了，连一个拆迁都搞不下来。要黄山把协议交给黄彰武，还给肖总，红小妃听了，那还了得！她扭住黄山又哭又闹，要黄山把协议交给她来做。黄山说，我没本事把拆迁搞下来，你还比我行？红小妃胸有成竹地说，肯定不像你那样窝囊，我有办法！黄山找他爹要协议，说是红小妃要做，黄彰武脏话一喷就出来：不守妇道的东西，你马上把婚离了！黄山觉得他爹神经质，反问道，她错了吗？黄彰武急得眼泪都快流出来了，他捶胸顿足地说，我的儿，这个女人留在黄家是个祸害呀！黄彰武的话留了半截在喉咙里，黄山理解不了，说出来也是白费口舌。

小鬼子

黄山一味帮老婆力争这个工程协议，背后还有红小妃的妹妹红尘在怂恿，尤其是红尘新找的男人——特别觉得恶心的二三子，巧舌如簧，几个人的意见累加在一起，力量巨大，黄彰武不方便直接拒绝，只好答应给红小妃了，但是，建议把工程转包给红小妃的妹妹红尘，红小妃直接收百分之二十的手续费，相当于当一个甩手掌柜，又照顾了亲戚关系，肥水不流外人田，多么好的事情啊！黄山把话转给红小妃，红小妃坐在家里反复核算，想了想，自己干下来，也多不了几个钱，转手出去，一滴汗水没流，就白得百分之二十的收益，工程转交给红尘，红尘还欠自己一个人情，有什么不可以的呢？

就这样，红尘从地上捡了一个工程。赚钱的事最容易让人亢奋，红尘在红红宾馆的楼上不停地打算盘，钱来钱往，红艳艳的钞票啊，唾液长流，大脑亢奋，直到疲惫的地步。红小妃的为人怎么样，红尘不是不清楚，她是把骨头上的肉啃光了，还要把骨头用来熬油，最后才把骨头丢在地上。说穿了，这个工程修道路是工程指挥部的事，红尘接到手的业务就是搞拆迁。在农村，拆迁人家的祖坟是侮辱祖宗十八代的恶事，天怒人怨，冒犯鬼神，敢去干吗？何况，拆迁的不是一两家，而是上百家的人！如果搞出人命来，又要花钱，还可能坐牢呢。红小妃袖手旁观，等着她的百分之二十的转包费，而前面是刀山火海，等着红尘往里面跳。正当红尘盘算着怎么施展拳脚，尝试拆迁、进入她从未涉足的工程建修领域时，她的妇科病犯了，必须得去芙蓉市人民医院做个小手术，最短的时间也要半个月才能回来。在要不要二三子陪护的事情上她绞尽脑汁，左右为难。

二三子陪护，当然最好，夫妻嘛，妇科方面的事当然需要丈夫关怀，另外呢，她实在不放心二三子这个人，他就是个管不住自己鸡巴的人。虽说大半年没闹过风流事，但全是在她严密的监控之下。一旦脱离了她的手掌心，二三子会不会乱来，不敢想象。若是二三子留在家做工程，凭他那只脑袋，什么烂主意都想得出来，肯定能把拆迁的事摆平。事实上，工程催得急，二三子也必须留下来。红尘怀着忐忑不安的心情走了，在路上，她不断地打电话了解拆迁的情况。住在医院，红尘也是每隔一个小时一个电话，既是关心，也是警告。每次，二三子都是结结巴巴、抖抖索索地说话，红尘很满意男人这种表现。其实，她在家里也安插了眼线，时刻监视二三子，一有异常情况，马上报告，不给二三子干坏事留任何可趁之机。

二三子从县城第六建筑公司请了五十个下岗工人，身着统一的灰色工装，头戴绿色钢盔，每个人手上发一把铁锹，由原第六建筑公司的一个老工头吹着口哨带队，雄赳赳气昂昂，分乘两卡车驶入现场。工人们一跳下车，看到鲤鱼村数百农民拿着锄头、钢钎、木棒，全都吓傻了。六建司的老工头吩咐工人席地而坐，等待时机，反正工资按天数计算。工人没动，村民也没动。到了傍晚，天色昏暗，村民们肚子饿了，估计拆迁的事也干不成了，便散了大半，只留了少数人看守。当然，持续多日，村民警惕性极高，他们在河滩上堆了木柴，又浇了煤油，一有事变，马上点火通知，村里人十分钟内可以全部赶到现场。

估计留守的村民精神有些懈怠了，六建司的老工头一声口哨，吆喝道，伙计们，动手了！工人们坐在地上打盹，没有动静。老工头便扯开嗓门，骂了几分钟，几十个工人方才缓慢地起身，拍打着屁股上的灰尘，东张西望，寻找干活的器械。场面闹哄哄的，老工头的话听不见了。突然，从附近树林里钻出来三十来个头戴草帽、身穿烂衣服、手拿着锄头钢钎的人物，直接冲到工人面前，乒乒乓乓打了起来。这边工人猝不及防，纷纷丢了手里的器械，向河里山上逃散，一边口里高呼：鲤鱼村的农民打人了，把六建司的工人打死了！二三子握着相机，噼噼啪啪，抓拍了一些血腥的镜头。然而，二三子的运气似乎也不够好，他挨打了。不到五分钟，打人的那群村民就消失了。六建司这边一清点，身上不同程度受伤的工人有十来人。六建司的老工头带着工友驱车来到南辕镇上，包围了红红宾馆，强烈要求指挥部严惩凶手。二三子价值三千元钱的进口T恤衫被撕了几道口子，胸脯上还有抓伤的痕迹。脸上遭了两拳，一拳揍了鼻子，血流了半碗，另一拳揍了左脸，肿得像半个猪八戒。六建司的十来件血衣，加上二三子手里一摞血腥暴力的照片，足以证明，鲤鱼村的村民干出了违法乱纪的事情。

县里来了人，区公所召开紧急会议，专题解决鲤鱼村发生的暴力事件，鲤鱼村的村委会也列席参加了会议。村支书刘高平对六建司工人受伤的事高度怀疑，他问过村里许多人，大家根本不知道谁参与了偷袭。事情发生在傍晚，天色昏暗，照片上参与袭击的农民面目模糊，无法确认他们的姓名。但是，十来个受伤的工人确实是躺在区医院的病床上，喊脑壳痛喊腰杆流血，这是百分之百的事实。洛城乡的书记和乡长为此事挨了个行政记过处分，黄彰武头大了，上任就出这么一个纰漏，气煞人也。惹事的就是红小妃的妹夫——二三子——黄彰武最讨厌的一个男人。二三子就是个成事不足败事有余的二杆子，但是，红小妃要等着工程的好处，黄彰武还不敢直接把二三子怎么样。黄彰武只有答应上级，主动协助工程指挥部，稳妥地解决拆迁问题，千方百计避免流血冲突。

有了县区两级政府的协调，拆迁工作开展起来就顺利多了。肖总被野蛮的村民吓破了胆，看到血腥的照片，立即答应重新核算，提高拆迁补偿标准。村支书刘高平召开村民大会，说话有了底气。他说，工程指挥部为了赶工期，已经提高了拆迁补偿标准。村委会可以做一些村民工作，拆迁补偿费里可以划出百分之五的份额，作为村委会的动迁专用经费。刘高平脸上露出了笑容，有了钱，不愁找不到干事的人。这些农民，平常为了一株禾苗都可能大打出手，何况面对的是大量的现金。考虑到涉及的人都是本姓本家族，刘高平比较慎重，他找到村里几个威望很高的长辈商量。长辈分为两派，一是不吭声，等着刘高平说多赔多少钱，一是迫不及待，唯恐工程指挥部变卦。刘高平的亲叔叔刘长卿六零年大灾荒时差点儿饿死，而刘高平的爹因个子高大，饭量大，活生生给饿死了。如果要迁坟，刘高平的爹的坟也得迁。刘长卿说，给死人装面子，不如让活人饱肚子，村里人穷了这么多年，有了这个工程，也算老天有眼，要让鲤鱼村的人发财，过几天舒心日子了。鬼迷日眼的二三子正式出现在鲤鱼村里了，他是以救世主的姿态来的。因为有了二三子的及时指点迷津，鲤鱼村的村民每个家庭将会获得超额一倍的祖坟拆迁补偿。什么意思呢？刘高平不好直接点破，村里也有几只脑袋比较灵活，弯子转得快，跟得上节拍。一夜间，鲤鱼村的刘家坟山便新造出了许多坟堆。陪同肖总现场统计的二三子喝醉了，一路走一路呕吐。肖总也是醉得走路东倒西歪，坐在黄桷树下打盹。汇报上来的拆迁坟堆数量把肖总从梦里吓了出来，他拍着大腿骂道，龟儿子，鲤鱼村是不是被原子弹袭击了？全村人就是死光，也不至于这么多吧！二三子讪笑道，我去点过数，真有这么多呢。肖总骂道，小鬼子，不怕你会算计，和尚的帽子大不了一尺，老子长期搞这个项目，基本上有个定数，报多了上面也批不下来，等于零！二三子只得找刘高平磋商，最后，多报了一百三十座坟。

二三子聘请的六建司几十号工人，干的工作是把坟堆迁到三公里外的荒山上。工程指挥部自己的几辆巨型挖掘机、装载机理直气壮驶入现场，发出怒吼，所到之处，震动得山崩地拆。刘高平看着这些金属巨无霸张牙舞爪，心中升起一种不祥之兆。村里人好稀奇，男女老少有事无事都围在工地周围看热闹。只见这些怪物攀岩走壁如履平地，一铲子下地，再坚硬的石头也瓜分豆剖，轰然坍塌。削、钻、挖、铲、运、卸，转身，下坎，灵活如健儿，几十吨重的大家伙竟然在山地里如鱼得水，全不费力。一天的工作长度将近一公里，这速度和效率，起码相当于全乡的大劳力干一周。工程推进到刘家坟山，挖掘的时候出现了一些意想不到的好事。在墓穴之下，竟然还有一些古物。有的是一罐铜钱，有的是几个青花瓷，最神奇的是挖出两罐银币，每罐竟多达一百二十多枚。装载机一铲下去，瓦罐破裂，哗啦一声，上百枚银币便像幼儿园的小朋友放学那样，欢呼雀跃，短腿飞奔。村里的老年人认识银币，他们顾不得七老八十，一个鱼跃扑上去，双手便四处捕捉。

最后的工程是开挖凉水井路段。凉水井是一口泉水井，周围是连成一个整体的石坎，泉水从石头缝隙渗出来，汇集为井。为了攻下这个难关，施工人员提前两个小时收班，养精蓄锐，准备第二天大干一场。当天晚上，刘高平做了一个怪梦，他梦见自己的父亲从石头缝里爬出来，伸手把装载机的机械臂死死地揪住，然后，装载机翻倒在地，司机从驾驶室摔了出来，一命呜呼。醒来后，刘高平出了一身冷汗，他走出门，只见皓月当空，月下仍然有人在挑水。明天施工暂时会影响村民用水，但施工方的技术员保证，绝对保护好这口供应几百人饮用水的古井。然而，第二天装载机进场，轰隆轰隆才动两铲，立马趴下。施工方通知村民迅速离开工地，距离至少一公里，这里必须装炸药破石。几百人躲得远远的，唯恐天上飞一块碎石下来，把脑袋砸破。约摸过了半个小时，只看见工地装炸药的地方轻轻腾起一股烟雾，接着，轰隆一声巨响，工地上立刻冲出大量乱石散片，远处近处的树木草丛中，就落雨似的抛下大小不一的石渣。隔了五分钟，确保无任何爆炸的危险后，村民们蜂拥而至破石爆炸的现场。

烈性炸药产生的破坏力像一只尖锐的椎体，直接冲入石头深处，然后，粗暴地撕裂开这些坚硬无比的石头。凉水井上方炸出一个巨大的窟窿，一些碎石溅落井中，井水显得有些浑浊。刘高平把脚伸进石头的窟窿里，感觉到有一股热量，好像动物受伤发出来的。到了黄昏，井水发黄，后来发红。挑水的人打着手电筒，照着血一般的井水，不敢把水桶放下去。第二天中午，井水居然突然干涸。这下子不得了，几百个村民围着施工队，把负责爆破的几个工人打得血肉模糊。刘高平出来劝导，还挨了叔叔刘长卿两个耳光。关于这口井，传言越说越玄乎，有人说炸药把刘家坟地的龙脉断了，以后刘家永远不可能产生什么大人物。有人说，凉水井上千年不枯竭，就是因为石头缝隙里有两条红色的蛇，昼夜不停地向井里吐水。现在这一炸，两条蛇炸死了，石头粉碎，井也给废了。

此后，村里的人再也沾不到井水的光了。从前，方圆二十里的人，夏天来挑水，见了刘姓的人总要低三下四陪个笑脸。以后，不可能了。村民们围着井口，齐声哭泣。不过，这些都来得太晚了，公路毛坯算是基本完成，二三子这次赢了。

拆迁工作顺利结束，二三子专门在客来喜饭店办了一桌酒席答谢各方人士。按照百分之二十比例收取转让费，红小妃实际所得款项超出了预想。按协议规定，提前完成施工任务，工程结算款不仅到账快，还提高了百分之八的比例支付。二三子得到的就更多了。红尘在酒桌上当场搂住他，给了他一个深深的吻，作为最大的物质奖励。二三子一得意，多喝了两杯，竟然把他想的歪点子说出来，满桌哗然。原来，打人的一方也是二三子雇佣的。王八蛋，害死人了。黄彰武恨不得站起来踢他几脚，黄山恨不得从桌子底下钻过去。

二三子这个小鬼子，他的脑子结构大概与正常的聪明人还有一米的距离，他想出来的点子不能简单地称为聪明，应该叫异乎寻常的诡异。红小妃听得入神，连呼过瘾。只是可怜了县六建司那十来个受伤的工人，不明不白被人打了一顿。至于鲤鱼村的刘高平这些村干部，对二三子佩服得五体投地，简直要把二三子当成神了。红尘抱着二三子乱蓬蓬的头发，像抱着战利品的新战士，沉浸在幸福和喜悦中。这真的印证了一句俗话：人要发达，天挡不住。

酒醒后，黄彰武打电话来骂人了。红尘拿着手机，听黄彰武骂了二十来分钟。然后，又把手机递给二三子，听了半个小时。二三子辩解说，酒桌上说的话不能当真，我没那么缺德，没那么坏，我不可能请人来打自己，打得那么狠，鼻子都差点儿打掉了。黄彰武骂够了，二三子放下手机，筋疲力尽，瘫倒在沙发里，唉声叹气。红尘扑在二三子的身上，捧着二三子脸上的伤痕问，老黄说了些什么？二三子用悲凉的声调说，他老人家赌咒发誓，以后咱们绝不要想利用他办任何工程方面的事，完了，挣什么钱呢？红尘伸手抚摸着二三子的小脑袋，安慰道，不是说你很聪明吗？离了黄彰武，真就成不了事！二三子苦笑道，我很聪明？红尘，你相信我是个聪明人！红尘把二三子的头放在胸脯上，大笑道，当然，我红尘不会看错人的，不然，凭什么嫁给你呢！二三子扑哧一声笑了：管他天王老子什么人，想压制老子，没门儿。

蛐蛐镇

从木鱼县城驶往芙蓉市的长途汽车，必须花五个小时翻越海拔三千米的崆峒山。崆峒山巍峨入云，一年四季，极少有云开日出的景象。吉星场就遇到过一次，似乎预示着他将会成为未来生活的宠儿。

汽车在盘山公路上蜗行，上山时，像个患了严重肺病的老人，气喘吁吁，随时可能倒下。然而，汽车登上盘山公路的制高点，厚重绵延的云团突然裂开，露出大片纯净的蓝色。带着水汽的风强劲地吹来，车窗外，植物的绿叶闪着亮光，在幽深的道路旁有节拍地摇曳。虽然是九月，山下稻田金黄，收割后的地方剩着枯草和野水，山上却是植物最丰茂的时刻。叫不出名字的野果正在成熟，周围又有鲜花刚刚开放。吉星场贪婪地呼吸着难得的空气，过去种种不如意自动消失，灵魂在自我更新，肉体变得年轻了。

崆峒山在地理上的作用，相当于一把分割气候的利刃。木鱼县所在地属于山地和丘陵，绵延不绝五百里，找不到一块平地，因而，常年多雾潮湿。芙蓉市在崆峒山的另一方，地势趋缓，千里平畴，尽是良田美舍，终年丽日阳光，辉煌神仙世界。从崆峒山倾泻而下的众多溪流，在平地上逐渐汇聚壮大，形成著名的芙蓉江，芙蓉市就出现在芙蓉花最繁盛的江边。秋天，三色芙蓉在江流两岸怒放，一时千朵万朵，水里空中，相映生辉。

从华阳政法大学法学硕士毕业，吉星场分配到了华阳理工学院——位于芙蓉市最繁华的云梦区的一所老牌学校。这个结果，吉星场当时是非常满意的。可是，到华阳理工学院报到后，他却接到通知，到华阳理工学院蛐蛐分院上班。蛐蛐分院在离城三十公里外的蛐蛐镇，前身是华阳省财经学校，刚刚兼并入华阳理工学院。学院新分配的教职工一律到蛐蛐分院，这是学院的政策。从云梦区乘坐168路公交车可以直达蛐蛐镇，华阳理工学院的师生戏称这是一条吉祥的线路，一路发嘛，多好的数字呢。偏偏吉星场的姓又是个吉，一切美好的寓意都在此巧合，莫非天意！一个细雨蒙蒙的下午，吉星场登上168路公交车，东颠西簸，约摸一个小时四十分钟，蛐蛐镇终于到了。

蛐蛐分院的房子虽然是五十年代修建的房子，红砖青瓦，格局窄小，但围墙却异常高大坚固，由青砖垒砌，赫然把学校和周围的民居区分开来。想当初，镇上居住的多是农民，而财经中专学校里面的学生一毕业，分到全省各地至少也是县级各大单位的财经人员。加上封闭管理，外人无法进入校园，围墙外的居民对学校内的一切始终充满了神秘感。经过几十年的积累，围墙上爬满紫藤萝密密麻麻的叶子，植物对外界的好奇感大概也持续了几十年了。财经学校突然改成学院，校门大开，镇上的人却没有几个进来参观了。这几年，芙蓉市内的七八所老牌子高校先后把蛐蛐镇的专科学校和中专学校兼并了过去，镇上的大学校门洞开，到处是大学生，居民们摆摊设点，忙着做生意赚钱，谁有那份闲心到校园里溜达？

吉星场一到蛐蛐分院，就分到了一套四十平方米的旧房子。

房子在二楼，有两个卧室，一个小客厅，厨房搭在走廊上，公用厕所在楼角处，洗澡要到食堂旁边的锅炉房。学校周围，从早到晚总是锅碗瓢盆，炊烟弥漫，鸡犬相闻，臭水横流，人畜粪便到处都是。蛐蛐分院全是读华阳理工学院新设的三个文科专业的学生。政法系，经管系，艺术系。华阳理工学院是一所以工科为主的老牌高校，文科专业的地位如同所处的地理位置。开学之初，华阳理工学院的院长慕云雪专程来蛐蛐分院给一千多师生训话打气。慕云雪把五年后的学院景象提前描述出来了：学院整体搬迁到蛐蛐镇，学院更名为华阳理工大学，从目前的省属高校升级为部属高校，海内外招聘大学教授，硕士、博士堆满仓库！慕云雪刚刚上任，他盯准了蛐蛐镇这块黄金地皮，华阳理工学院飞速发展的巨大空间就在这里，市内其他高校还在沉睡，不能打草惊蛇！

就这样，吉星场开始了高校教师的职业生活。除非万不得已，吉星场是不出门的，他就整天整月地坐在书房里研究法学，偶尔附近的农民在院子里焚烧垃圾，刺鼻的气味被风刮到他居住的楼上，他只得戴上口罩，关紧窗户，拉上窗帘。但是，这个镇的名字不假：蛐蛐镇。镇上确实盛产蛐蛐，秋天大量出现，上市交易。书房窗户关得再紧，总有蛐蛐出现在吉星场的书桌上。他非常同情这些小动物，这块土地本来是它们的，只是人类不断繁衍，逐渐侵蚀了它们的生存空间，它们才四处退缩。吉星场从不伤害这些小家伙，他用手掌给它们柔弱的肉体提供温暖，让它们获得安全，听着它们开心地唱歌。他曾经写信给市政府，请求恢复古老的蛐蛐节，也是为了让领导们重视镇上的环境治理。蛐蛐镇毗邻芙蓉江，而且还是上游位置，是芙蓉市两百万人饮用水的取水之地。近几年，不断有市民打电话给电视台，反映蛐蛐镇的污染问题。

市政府终于有了反应，最新的政策出来了：镇上居民和农民在三年内完成迁居安置，所有污染企业一年内完成搬迁，蛐蛐镇的土地全部用于高校建设、高档商品住宅和文化旅游开发。消息传出，就有不少搞房地产的商人开车来镇上考察，这块不起眼的土地便突然富得流油了。小小的蛐蛐镇挤满了各色人物，到处是工地，狭窄破陋的水泥路上随时堵车。一天的忙碌从清晨六点钟就开始了，机动车的轰鸣，农民清楚的咳嗽，鸡鸭的欢叫，耳朵里，这些杂乱无章的内容把肉体里的灵魂吵醒，起床，洗脸，跑步，吃饭，进教室上课。各种重型的工程车往来不断，压得地皮凹陷，房屋震颤。自行车、摩托车、人力三轮车，铃声和汽笛声交错纷呈，赶路的人互相抱怨，焦虑地望着前方，每一秒钟都不能浪费。吉星场一直有不明原因的头痛，严重影响睡眠，因而特别需要安静的环境。本来，吉星场已经很满意小镇的生活了，但是，小镇的安宁就这样遭到大规模的破坏，仿佛是故意要刁难他一个人似的。吉星场焦躁起来，校园里坐不住了，便走到镇上，大街小巷地乱窜。经过镇政府，走过一排高大的法国梧桐树，是一所古老的学校——以前的省银行学校——如今已经变成了华阳财经学院的分校。这是镇上距离最近的两所高校的分校，但华阳财经学院的分校学生明显要多得多，社会上热衷于财经专业，省银行学校又有传统的优势，人气旺一些，似乎理所当然。

学校对面，聚集的学生更多。路边的零食小吃摊点搭建的彩色塑料帐篷里，摆着几张脏脏的木桌子，周围搁着缺胳膊断腿的塑料凳子。地上散落着残汤剩水，苍蝇飞来飞去。一家挂着“云贵油茶”的蓝色布帘子的摊点上围着一大群学生，看起来，这家摊子的卫生状况要好得多。吉星场去过云贵省一趟，在大山深处的荒唐市，他品尝过云贵油茶的味道。吉星场不由自主，在摊子前停了下来。身材苗条的年轻女生紧靠着身材高大、脸上长痘的男朋友，耐心地等着摊主把做好的油茶端出来。“油茶来了。”随着一串细软的笑声，冒着热气的油茶从头顶降落下来。一双纤巧细柔的手引起了吉星场的注意，他猛一抬头，竟然发现是鱼幼——鱼幼的手，熟悉的动作就像是最清晰的回忆：姐呀，我总算找到你了！鱼幼裹着蓝色的头巾，她的长发在脑后捆成了两条粗辫子。“小吉，见到你了哈。”鱼幼眼窝里、嗓子里堆满了甜蜜的笑，她的脸略显憔悴，但线条更为秀丽，美丝毫没有减少。鱼幼的生意火爆，尤其是俊男美女来了一拨又来一拨。男生崇拜鱼幼，直呼为“林青霞”——林姑娘，隐晦一点儿吧——林青霞曾经有过编辫子的打扮，世界上见过这种打扮的男人并不多，那可是迷魂的。女生亲昵地称呼辫子姐，她们吃油茶还有别的目的，亲眼观摩鱼幼的辫子是怎样编织的，发质优异，更重要的是头部的造型，决定了辫子的风味。鱼幼有空便伸出一只手来，教小女生编辫子。鱼幼忙得不亦乐乎，又怕冷淡了吉星场，只是道歉说，一个人，忙不过来，哪天空了我来学校找你，好吗？吉星场笑着离开了。再走几步，就是一个比较空旷的菜市场。一大片简易的水泥台积着尘垢，靠近门口，一个脑袋和脖子一样粗的大胖子正在挥动一把亮晃晃的尖刀，噗噗地割开萍鹿的胴体，不时扯出一根骨头放在旁边。水泥台下，血迹发黑，两三只土狗紧张地逡巡，只要大胖子丢下点儿碎渣，马上挤到一起，互相争夺，发出凶狠的咆哮声。

吉星场走出来，重新回到鱼幼的摊子边，鱼幼仍然被一群学生包围着。他伸着脑袋朝鱼幼打招呼，但鱼幼埋着头，他没逗留，就回学校了。晚上，再次散步到鱼幼的摊点，鱼幼还是没空，学生们爱吃她做的油茶，她就忙着伺候。挣钱的事，越忙越好。晚上十一点，学生寝室的灯亮了，摆摊的才开始收拾东西。吉星场凑拢，想搭手帮忙，鱼幼轻轻把他推开，笑道，不用了，我一个人做习惯了。吉星场尴尬地退到菜市场门口，发现卖肉的大胖子还坐在一个水泥台上抽烟，黑暗中，胖子脸上的肥肉一耸一耸的，非常吓人。吉星场赶紧走回鱼幼的摊子边，鱼幼收拾完了，拿着手电筒，晃了晃，笑道，小吉，你可以回去了。吉星场笑道，我送你！鱼幼愣了一下，笑道，不用，不用了，老龚和我同路，每天晚上都是他陪我的。鱼幼喊一声：老龚！吉星场瞪大了眼睛——鱼幼的发音——老公？天哪，老公，难道鱼幼已经嫁人了？鱼幼似乎没注意到吉星场脸上突兀的表情，她妩媚地笑了。菜市场里立即蹿出一道笨重的影子，原来，那个卖肉的大胖子就是老龚。吉星场固执地说，姐，我送你！鱼幼羞涩地对着老龚笑道，老龚，咱们一起走吧，这是我的小弟——小吉！老龚一屁股坐在旁边的一把破塑料椅子里，粗鲁地说，你们先走，我还要歇一歇！

鱼幼一手拿着电筒照路，一手牵着吉星场，穿过一条长满青苔的水泥巷子，然后，朝着陡峭的石梯子向上爬。梯子上流淌着恶臭的粪水，不知道哪个地方的下水道堵塞住了。鱼幼手里沁出了热汗，有些滑，嘴里笑道，走这路呀，真的得小心，早先几个月，我是每晚上摔跤，现在，好不容易才熟悉了。

鱼幼住的地方在一座陈旧的板壁房子，穿过狭长的巷子，走到尽头，才是一间小房子。拉开一盏十五瓦的白炽灯，房子里一片猩红色的灯光。里面是一张单人床，床前搁着一个洗脸架，从上而下，放着红、蓝、黑三种颜色的塑料盆。窗户被一只小橱柜挡着，里面放着制作油茶的材料：籼米，糯米，黄豆，芝麻粉，红油辣椒，花椒油，盐巴，味精，芝麻油。鱼幼把橱柜打开，让吉星场观赏，一边介绍油茶的制作技艺。制作油茶，鱼幼以前不会，她也是最近才学会的。鱼幼得意地关上橱柜，笑道，半路出家，没想到我的手艺还可以，学生特别喜欢呢。

鱼幼正和吉星场聊天，房间的灯突然熄了。鱼幼嘴里轻轻地嗔怪道，龟儿子老龚，又在捣乱！鱼幼拿着电筒，走到巷子里，大声喊了几声：老龚，老龚！房间里的灯很快又亮起来了。鱼幼脱了皮鞋，换了拖鞋，坐在小床上，自言自语道，哎呀，老龚还像个小伙子，经常这样捣乱，不过，我都已经习惯了。吉星场从鱼幼的话里听出了纵容和骄傲，便笑道，我看哪——他多半对你有意思呢。鱼幼哈哈笑道，怎么可能？老龚那副长相，天哪，第一眼，大家都觉得是头熊——大胖熊，该死的熊！鱼幼的话没说完，灯又熄了。鱼幼拿起电筒，刚要说“老龚——”吉星场突然伸手抱住鱼幼，呜呜地哭了起来。鱼幼放下电筒，用手轻轻地拍着吉星场的肩膀，嘴里的叹息在黑暗中传递，一声长，一声短。吉星场要说的话是他以前没机会说的——对鱼幼亏欠太多——借那么多的钱，拖那么久不还，没想到红尘会釜底抽薪，把一笔人情债彻底了结了。可是，那是能用钱了结得了的吗？吉星场一直在打听鱼幼的下落，他不甘心被红尘那样粗暴地斩断了两人的关系。过了一个小时，电灯才亮起来。吉星场擦干了眼睛，整理好头发和衣裳，端正地坐着。鱼幼也快速地整理好自己的衣裳，端正地坐着。这时候，隔壁传来了脚步声，老龚敲门来了，肥硕的头伸进屋，汗水正从脖子上往下滚落，老龚说，短路了，忙了两个小时，总算搞好了。鱼幼赶紧抓了块毛巾上前，给老龚把脸擦了一遍。老龚看着吉星场，眼珠子突然鼓了出来。鱼幼笑道，刚才介绍过了——我小弟，小吉！老龚重复了一遍，一脸疑惑：什么小吉？鱼小吉吗？

苏幕遮

没过多久，鱼幼那边就出事了。大概是鱼幼的生意太好，引起了其他摊贩的嫉妒，旁边的摊主便来强占鱼幼的位置，还把她的云贵油茶的布幌子扯了。

旁边的摊主欺负鱼幼，以为她是外地人，没有人声援。当然，屠户老龚是要挺身而出的。老龚没有抓尖刀，他只是用手掀了两下，结果，旁边的摊主摔倒在地，手骨断了，摊主的男人，在校门口卖甘蔗的家伙，拿了一把镰刀过来，割伤了鱼幼的手。老龚抢过镰刀，反割了那家伙的手。因为这场纠纷，大家都住了院，生意做不成了。老龚还被派出所带走，鱼幼找吉星场想办法救人。吉星场到处打听，总算找对了人。此人就是蛐蛐镇的副镇长苏幕遮。苏幕遮从芙蓉市政府办公室副主任的位置下派锻炼，他与老乡白乐同为省社科院历史系的研究生同学，但比白乐高好几个年级，因为同是一个导师带出来的，苏幕遮自然做了白乐最铁心的大师兄。白乐毕业，先分到芙蓉市委党校，后来很快转到行政上，做了芙蓉市所辖的云梦区政府的副区长。两人级别差不多，资历也差不多，又是师兄弟，相互之间交往比较频繁。吉星场打电话找白乐，白乐给苏幕遮打电话，又让吉星场亲自去找苏幕遮。说了一箩筐好话，派出所的人让老龚缴了罚款，写了保证书，方才获得了人身自由。

年轻的副镇长苏幕遮意气风发，驾着车和吉星场一起去华阳财经学院蛐蛐分院门口视察工作。尽管十分低调，还是被街道办主任宗瑜认出来了。因为摊贩发生纠纷打架，宗瑜连续多日都在现场协调。苏幕遮来到鱼幼的摊子上选了个塑料凳子，一屁股坐了下来。鱼幼正准备端三碗油茶招待客人，吉星场赶紧向鱼幼介绍了客人的身份，宗瑜谦卑地笑道，油茶呢，我们都免了，但是，吉教授的大姐，我们就认了！苏幕遮笑道，有福呀，吉教授，这么漂亮的大姐！吉星场要请苏幕遮吃饭喝酒，苏幕遮拒绝了，“喝你的什么酒哟，你那么穷！等白副区长来了，咱们让他请客！”苏幕遮坐的是一辆破旧的桑塔纳2000，镇上的路面被重型车压坏了，驾驶起来一颠一簸的。走到半路，苏幕遮突然笑道，吉教授，是真的大姐，还是其他的关系？吉星场坦然地笑道，老苏，我吉星场再糊涂也不会随便认一个女人为大姐的！苏幕遮诡秘地笑道，吉教授，要是真的大姐，那没说的，不违反政策的事，我们会尽量照顾，但是，如果不是，别怪我苏幕遮无情无义了！吉星场问，苏镇长，你想干什么？苏幕遮紧紧地扭着方向盘，不看吉星场，脸向着车窗外说，到时候你就知道了！

苏幕遮这人还真有点儿意思，自从他那辆破桑塔纳在鱼幼摆摊的地方闪了一次，周围的人便不再孤立刁难鱼幼了。吉星场去过两趟，旁边的摊主热情地打招呼，又是端茶又是拿扇子，把鱼幼这个弟弟照顾得巴巴适适的。鱼幼挺会妥协，别人也会来事儿，很快和旁边的妇女便以姐妹相称了。鱼幼的麻烦暂时告一段落，吉星场也算安心。苏幕遮不仅帮忙把老龚放出来，还驱车前去助威，吉星场觉得此人比较仗义，两人便有了进一步较为密切的交往。白乐偶尔会到蛐蛐镇，到了就打电话给吉星场。吉星场一到，苏幕遮早就坐好了，菜点好了，酒倒好了，胸前的围裙也系好了。白乐不喜欢人多，每次聚会，就是他们三个人，或者再加一个司机，纯粹是同学关系。苏幕遮有手机，吉星场没有，苏幕遮的手机号码留在名片上，吉星场拿在手里，几乎没想过要拨打一次。吉星场与苏幕遮之间纯属君子之交，因同在一个镇上，交往自然增多，慢慢两人也有了一种朋友的感觉。起初，按照政策，苏幕遮到蛐蛐镇，属于典型的镀金，很快会返回市政府，或高升或另谋高就。可市政府新出台的政策，提高了蛐蛐镇的地位，以后极有可能升格为区政府。这样一来，苏幕遮的态度又发生了变化，他主动申请正式调任蛐蛐镇，现在已做了代镇长。只要通过人大换届选举，他就会成为真正的镇长。苏幕遮是历史学毕业的研究生，很看重蛐蛐镇历史文化资源的开发。比如镇上一些关于蛐蛐的历史传说，有无根据，他都会邀请大学教授和学者，召开学术讨论会来进行专题论证。哪个古代的皇帝喜欢都蟋蟀，一定要把名字记录下来，再找文化站的人编个民间故事，大肆渲染一番。不到一年，蛐蛐镇的每条街每个巷子每个院子每口井都发掘出了蟋蟀的历史遗迹。每次会议，吉星场就是特邀嘉宾。说来怪怪的，他一个教法学的大学教师，竟然壮着胆子来参加历史方面的学术会议，真是害怕哪天导师贾教授知道了骂他不务正业。最初，接到苏幕遮的邀请，他冷汗淋漓，直接拒绝。可是，苏幕遮那么盛情，还派车到楼下来接他，他也只好硬着头皮进了会场。苏幕遮笑道，来了是有出场费的，不白干，怕什么呢？

然而，自从苏幕遮正式当选蛐蛐镇的镇长，他便坚决地退隐到媒体背后，几乎拒绝了记者的采访。媒体上频频出现的人物是镇党委书记，所有活动都是苏幕遮在联络跑腿，却见不到苏幕遮三个字。比如，最近搞了个蛐蛐镇的整体规划发展方案，提出了一些国内国际的时髦概念，比如“经营城市”“生态建市”“文化兴市”这些术语，很是吸引媒体眼球。虽然蛐蛐镇还是一个混乱肮脏的小镇，但媒体上已经把它当成一个行政区来大事宣传了。《芙蓉晚报》和芙蓉电视台搞过各方人士畅谈蛐蛐镇撤镇建区的专题座谈会。新闻吹风之后，市政府可能真的在进行实质性的规划和部署。苏幕遮要借这股东风实现个人的人生抱负，年轻人确实勇气过人。在芙蓉市的年轻干部队伍中，苏幕遮的升迁是独一无二的火箭式的速度，或者是进入了一条干部提拔的高速公路，苏幕遮就是少年得志的人物了。苏幕遮知道背后议论自己的人多，他只是苦笑道，上级领导信任你，不干事行吗？做不做干部，能不能升迁，完全靠信任，靠机缘。吉星场也看得出，苏幕遮自从当了镇长，说话处事越来越稳重，文人弄性尚气的成分几乎过滤干净，苏幕遮的人际交往圈子迅速压缩。从前，苏幕遮逢人便讲，吉星场是我最好的朋友，两个人穿一条裤子都没问题的。而吉星场却不好意思当着别人的面说，苏幕遮是我最好的朋友。吉星场的回应比较低调：一般朋友，一个是当官的，一个是老百姓，就这样吧。这话传来传去，传到顾轻狂耳朵里，顾轻狂用手抓着吉星场的袖子笑道，龟儿子小吉，不过就是个教书匠嘛，骄傲得很呢。

顾轻狂

然而，在很多方面，吉星场还是不太欣赏老乡顾轻狂。顾轻狂和吉星场是正宗的老乡——洛城乡的人，当年一起准备华阳政法大学的研究生考试，后来是硕士毕业，专业是法学，并且比吉星场高一个年级，名副其实，称得上师兄。顾轻狂研究生毕业后想留在芙蓉市工作，但又看不起理工科大学的文科专业，结果，分配到一个地级市的教育学院教书，后来，费尽九牛二虎之力，总算是正式调入华阳理工学院了，也在蛐蛐镇。只是，顾轻狂的兴趣不在学术，而在于结交社会名流和政界要人。顾轻狂有数不完的合影可以证明，众多名人是他的好朋友。在吉星场面前，顾轻狂掏出手机，可以随意拨通省内外一批名人和要人的电话，开几句玩笑。啊，不得了，了不得呀，吉星场暗自羡慕极了。顾轻狂得意之余，也有些自知之明，叹息不已：打铁要靠自身硬，自己没本事没水平，从未有哪个名人在任何场合讲过，他们有一个好朋友叫顾轻狂。他妈的，这个世界真是太功利了。

最近，喜欢吹牛的顾轻狂终于给吉星场找了个特大的麻烦。有个叫公输的老乡是搞房地产的老板，一直想找蛐蛐镇的镇长苏幕遮搞一块地皮，但找不到恰当的人引荐。不知这个神通广大的公输从哪里听说吉星场和苏幕遮是同学，转来转去，把闭门读书的吉星场找到了。吉星场说，我和苏幕遮不是同学。吉星场建议公输去找顾轻狂，顾轻狂社会交际更广些。公输懊恼地说，我就是顾轻狂介绍找上门来的。公输找过顾轻狂，事情没办成，顾轻狂把事情朝吉星场身上顺手一推。吉星场从来没有找过苏幕遮办过这等私事，他不能破戒。和苏幕遮的友谊要维持下去，不能有过分的求人之举。若是地位不平等，朋友关系瞬间崩溃。

公输拐弯抹角，找了很多人来求情，吉星场都毫不客气地拒绝了。公输以为吉星场是嫌钱少，硬生生拿着一叠百元钞票往吉星场兜里塞。吉星场怒了，当即宣称，自己永远不会帮公输的忙，谁要是再来说情，就同谁断交。这个动作做大了一些，一些老乡觉得吉星场有些过分。换手抠背，与别人方便，与自己方便。吉星场也在反思，粗暴地拒绝公输是否过分了些。公输只是请吉星场引荐，并没有要求吉星场帮他搞地皮，吉星场自己把两者混为一谈，看起来是做人有原则，其实是迂腐死板，不懂变通，别人可能会因此瞧不起他这个大学教师。后来的事实证明，吉星场的做法确实是书生之见，迂腐至极。有一次，苏幕遮邀请他喝酒，公输竟然也坐在旁边，从肢体语言上判断，公输完全取得了苏幕遮的信任。有一位陪坐的客人自我介绍他叫陈大陆，据说也是木鱼县的老乡。吉星场心里纳闷，没听说过这个老乡啊，突然又冒出来一个？这个公输真是神通广大，老乡托老乡，老乡变朋友！当苏幕遮端起酒杯向公输介绍吉星场的时候，公输微笑着颔首道，我们认识。苏幕遮一脸惊愕，望着酒杯想了想，突然笑道，吉星场，你有公输这样的朋友怎么不早点向我引荐呢？吉星场红着脸说，其实，我和公输不是朋友，是老乡。苏幕遮把酒灌进肚子，意味深长地笑了。喝酒出来，陈大陆拉着吉星场的手私语道，吉教授啊，刚才怎么不顺着苏镇长的话说，公输就是你的朋友？吉星场酒意顿失，仿佛意识到自己又说错了话。

过了两天，苏幕遮打电话来，吉星场正对着镜子刮胡须。电动剃须刀暂停工作，呜呜的声音消失在脑海。苏幕遮说，我拒绝了公输的要求，这个人，不大适合做朋友。吉星场不小心看见亮晃晃的玻璃中，荡漾着一个光溜溜的下巴，仿佛婴儿的脚后跟。苏幕遮说，少跟这类人来往。吉星场笑了，洁白的牙齿间，开放出一朵纯洁的花来。苏幕遮笑道，呵呵，酒桌上的话，不靠谱。吉星场伸出舌头，舔了舔空气。

副区长

蛐蛐镇撤镇建区来得如此突然，连苏幕遮自己也没预计到。如今的事，都是计划没有变化快，但凡是好的事情，不必追究个中原因。朝前面走，步子叠着步子，不免有些仓促。

吉星场在蛐蛐镇的生活，单调而有规律，每天两节课，其余的时间都由自己支配。读书不再为了考试，一室的安静为个人遐想提供了足够的空间，简单的生活也有了丰富的细节。忽然有一天，苏幕遮打电话通知，吉星场马上到蛐蛐镇政府商量重要事情。苏幕遮这种口气很出吉星场的意料，两人之间除了吃饭，还有别的事情吗？吉星场一路走一路揣摩，不觉放慢了脚步。短短十分钟的行程竟然半个小时还没完成，而且，吉星场的心情比较沉重。苏幕遮一本正经地说话，一定不是小事。

镇政府门口，一派忙碌景象。一群工人正在将一块烫金的大字招牌往镇政府办公楼上悬挂。苏幕遮身着白衬衣，黑裤子，头发刚刚理过，满脸精神。一见吉星场，笑逐颜开道，鸟枪换炮了！吉星场注意到新招牌上的大字：芙蓉市蛐蛐区政府。牌子挂好后，苏幕遮领着一群干部在办公楼前合影，同样的装束，白衬衣，黑裤子，男女不分。

走进苏幕遮的办公室，也是第一次。苏幕遮伸出一只大手，紧紧地握了吉星场一下，示意吉星场坐下。苏幕遮开门见山地说，老吉，刚才你都看见了，我的事情多，忙不过来，你有没有兴趣到区政府来做事？吉星场突然变得紧张，他说，完全没思想准备啊。苏幕遮拍了拍手掌，大声说道，跟你一样，我也没有思想准备，但是，这样的工作不是更有意义吗？苏幕遮的脸上迸发出亢奋的情绪，他竭力压制而最终喷发出来的巨大力量，正在扭曲他的身体和灵魂。如今，苏幕遮坐的是区长办公室，实际身份是区委副书记，全面负责主持全区工作。苏幕遮的身体在高大的靠背沙发里显得孤独无依，他非常疲惫，声音喑哑，“老吉，马上到区政府来，我特别需要助手！”苏幕遮说得很动情，吉星场被他的真诚感动了，所以回应道，老苏，学校那边的事怎么办？苏幕遮笑道，只要你同意，学校那边的事，区上出面解决！吉星场反问道，这么容易？苏幕遮从桌子上拿起红色的电话话筒，笑道，解决这个问题，是分分秒秒的事，信不信？吉星场想了想，说，老苏，让我回家后思考一下，再回复你吧。苏幕遮说，宜早不宜迟，三天之内回话。

吉星场回到学校，才知道，学校早有通知，学院三十五岁一下、有硕士学位的青年教师可以自动报名，申请到蛐蛐区政府挂职锻炼一年。顾轻狂神通广大，他事先已经获得消息，第一个了报名，这不奇怪。犹豫了一下，吉星场还是到学院办公室了解一下报名的情况。有十来个人报了名，区政府只需要三个人，大名单送上去，还得遴选。想到苏幕遮那张亢奋而又拼命抑制的脸孔，吉星场也报了个名。第三天，吉星场打电话回复苏幕遮，苏幕遮说，马上去学院报名！吉星场说，报告区委书记，昨天已经报了名。苏幕遮骂道，你这个口是心非的家伙，既然你已经报了名，还给我回复什么！不久，学院通知报到的时候，吉星场是第一个，心急如焚的顾轻狂没接到电话。吉星场到区政府挂的职务是副区长，负责文教卫大口的管理工作。消息一出，这还了得？顾轻狂先到学院，后来又到市委组织部、蛐蛐区政府反复了解遴选要求，想知道他落选的原因。作为吉星场读研究生的师兄，顾轻狂输给了吉星场，很是丢脸。顾轻狂不服输，一口认定吉星场走的是苏幕遮的后门，“什么遴选？不过是走过场，吉星场凭什么到了区政府，他就是个马屁精，苏幕遮的酒肉朋友！”蛐蛐镇多小的地方啊，顾轻狂的议论很容易传到区政府那边去了。苏幕遮耳朵灵，新任一把手，特别在乎自身形象。他把吉星场喊到办公室，了解顾轻狂是个什么人物，为何会把矛头对准吉星场。吉星场如实说出了他和顾轻狂之间的关系，先是老乡，后是师兄师弟，现在是同事。苏幕遮笑道，吉副区长，你打算怎么消除你师兄的情绪？吉星场笑道，干脆让我和他互换，不就什么意见也没有了？苏幕遮严肃地说，正经事，不开玩笑，吉星场，你现在已经是区政府的重要负责人，出了问题，大小都得承担责任！

苏幕遮说的话云里雾里，很是让吉星场费神。顾轻狂又不是三岁两岁的小孩，他自己没遴选上，凭什么跳出来攻击遴选上了的人？在挂职锻炼这件事上，吉星场既没有巴结苏幕遮，更没有诋毁其他人，完全采取顺其自然的态度，却遭到顾轻狂四处诽谤，心中怨愤不已。苏幕遮的意思是让吉星场去向顾轻狂认错，委曲求全地讨好？一个周一上午，吉星场正在陪省市教育部门的领导到学校视察工作，遇到顾轻狂骑着自行车出校门买菜，吉星场主动笑脸相迎，顾轻狂高坐在车上，笑道，吉副区长，春风得意啊，哈哈！吉星场说，什么区长副区长，我不过是挂个名而已。顾轻狂笑道，那好，把你那个名让给我当几天，过把干瘾，我也算是祖坟开了拆，哈哈！吉星场笑道，师兄啊，你是了解我的，巴不得呢。顾轻狂止住了笑，一本正经地说，本周三晚上，咱们木鱼县同乡会有一个聚餐活动，地点不变，红绸宾馆，欢迎吉副区长参加，不见不散！说完，车一摇，人便不见了。木鱼县同乡会，吉星场参加过一次，就是顾轻狂引荐的。木鱼县距离省会远，加上崆峒山的阻隔，长期生活在芙蓉市的木鱼县人自然会产生一种乡愁。有个热心人招手，大家都聚到一起来了。最近，木鱼县同乡会煞有介事推选出了个会长，由瞿文雅担任。瞿文雅以前是芙蓉市政府官员，最大职务是局长。退休下来，闲得慌，一帮老乡找他玩，求之不得。当局长那几年，瞿文雅没有时间参加同乡会的活动，但每次都要积极地缴纳活动费，为的是保留一个老乡身份。

木鱼县同乡会聚会地点固定在华阳大道中段 138 号，著名的华阳省丝绸公司招待所，如今已改名为红绸宾馆。以前招待所的负责人是木鱼县人，招待所有吃的住的，大家图方便，时间长了，成了习惯。蛐蛐镇确实太偏僻，从学院乘坐公交车到市中心一趟，至少一个半小时。每次同乡会会，吉星场就是最后一个到达的人。大家开玩笑说，吉星场的架子比瞿局长还高呢。吉星场刚挤了一个多小时的公交车，一身疲惫，满身灰尘，裤腿和鞋子上残留着蛐蛐镇上带来的泥渣。吉星场把自己的形象展示出来：乡下的亲戚来了，大家不要嫌弃！同乡们哈哈大笑，算是一种欢迎仪式。

对于顾轻狂的邀请，吉星场拿不定主意，他不知道周三晚上这种时段该不该参加同乡会这样的活动。见了苏幕遮，又想汇报自己的顾虑。然而，自从来到区政府担任挂职锻炼的副区长后，苏幕遮再也不像以前那样随便，从身体语言到口头语言，都显得无比严肃庄重。政府的事，每一件都很重要，稍有差池，便免不了批评和检讨。渐渐地，吉星场习惯于在苏幕遮面前保持沉默。事情处置失当，首先要自我批评和检讨，然后再想办法、出主意。这方面，苏幕遮做得最多，其他领导干部自然向他学习。只要不是做得最好，开会时一定要反省检讨，会场气氛非常凝重。吉星场终于明白，在政府部门任职并非看报纸喝茶那样惬意和轻松了。一周工作结束，浑身酸痛，希望有个放松的机会。既然苏幕遮提醒过，要消除师兄顾轻狂的情绪，那就参加一次同乡会，看看顾轻狂到底有些什么想法。吉星场才高高兴兴地走上公交车，哐啷哐啷，乡下一段路，城里一段路，到达红绸宾馆，暮色完全降临。一张大圆桌聚坐了十来个男人，个个嘴里叼着烟，吞云吐雾，辨认不出人的面孔。吉星场一到，顾轻狂就把他往主席的位置上推，吉星场反复抵抗，无奈手和肩膀被四五个男人架住，寡不敌众，最终被按倒在那个显赫的位置上。吉星场大汗淋漓，衣服裤子湿透，擦干眼镜，定睛一数：天哪，十六个精壮男人，除了顾轻狂和公输，其余的全都不认识，他们是些什么人？他们想干什么？公输在一个一个地介绍，速度飞快，吉星场记不住身份和名字，只得不断地微笑点头。

另一边，顾轻狂在熟练地开酒瓶。一大堆 53 度飞天茅台，稀里哗啦，三分钟就开完了。旁边的女服务员束着手、耸着肩，惊讶地看着桌子上掀掉盖子的酒瓶。每个人面前摆着一只高脚玻璃杯，满满地斟着酒。酱香型酒，香味轻飘飘的，鼻子轻易捕捉不到，但是味道不容易消失，入口后，回味隽永，好像是重情的老友。公输在蛐蛐镇搞的房产项目投资巨大，据说每年贷款都在千万以上。吉星场没去看过，他不分管公输那个板块。尽管吉星场管不了公输，公输还是毕恭毕敬地给吉星场敬酒，左一个副区长，又一个区长，吉星场无话可说，只得一杯又一杯地喝酒。眼看吉星场招架不住了，顾轻狂才提着酒瓶，摇摇晃晃过来，语无伦次地说话。顾轻狂的口头禅是“兄弟!”，喝醉了前面再加个“他妈的!”，翻来覆去，嘴里就是这两个词。吉星场伸手搭在顾轻狂的肩膀，顾轻狂愣着眼睛，每过一分钟就唠叨道，兄弟，你那个小孩读书的问题，包在我身上！吉星场疑惑不解，顾轻狂怎么突然关心起吉娃娃读书的问题了？平时，他们两人在一起什么话题都可以聊，唯独不聊孩子读书这个方面。顾轻狂离了婚，孩子判给前妻。这一点，与吉星场相似。顾轻狂走到公输身边的时候，吉星场终于听明白了，顾轻狂是想找人帮他解决小孩子读书的事。公输把顾轻狂拉到吉星场面前，笑道，学生读书，正是吉副区长能管的事！顾轻狂给吉星场倒了满满一大玻璃杯的酒，放在吉星场手里，他自己也倒了同样多的酒，打着酒嗝说，兄弟，喝！吉星场不习惯喝急酒，只能慢慢地喝，顾轻狂一口干了一大杯子酒，等着吉星场表现，吉星场为难地端着杯子，迟迟不敢入口，顾轻狂又倒了一大杯酒，二话不说，直接喝了。吉星场只得如法炮制，一口气把大杯子的酒喝下肚子。胃里一阵翻腾，吉星场知道自己要吐了，赶紧往厕所跑。跑到半路，哇啦一声，胃里的液体喷射而出，身体一软，直接跌倒在地上。公输把吉星场扶起来，在椅子上坐了一会儿，吉星场缓过神来，一身发冷，脸色发白，重新坐回原座位。顾轻狂也吐了，人清醒过来，抓着酒瓶走到吉星场身边，抗议道，吉副区长，刚才是我们向你敬酒，现在，你该向大家敬酒！吉星场捂着胃，皱着眉头说，要死了，这酒实在喝不下去了！顾轻狂用手揪住吉星场的衣领说，那不行，不公平，必须敬酒，一个一个地敬酒！桌子周围响起一片掌声，大玻璃杯子又满满地装了酒，放在吉星场的手上。顾轻狂把在场的人点了数，总共是十六个，顾轻狂笑道，十六杯酒，记清楚啊！吉星场端起大杯子，同公输碰了杯，才喝半杯，马上又吐了。顾轻狂指着剩余的半杯叫嚣道，喝酒不耿直，没诚意，哈哈！吉星场抢过半杯酒，正准备喝下，公输夺了过去，招呼服务员道，换小杯子！小杯子拿过来，吉星场心里有底了。他喝了一杯白开水，稳住了神，方才一个一个地道歉敬酒，总算把这个翻江倒海的场面敷衍过去了。

拆　迁

吉娃娃才满十一岁，但身体发育得像一个青春少女，心智也比同龄的女孩子成熟得多。外婆是个农村老太婆，陪她住在芙蓉花园，除了帮她煮饭洗衣服，显然不能解决她内心的矛盾和困惑。吉星场每周与吉娃娃见一面，请她吃饭，顺便谈心，了解一下她的成长情况。让吉星场倍感骄傲的是，吉娃娃简直是他的化身，形神酷肖，若不是性别之差，就等于另一个吉星场在世界上出现。吉娃娃是他生命的奇迹，也是他被浪费掉的青春的补偿。从吉娃娃出生以来，吉星场亲自照顾的时间屈指可数，他这个父亲完全称得上不称职。奇怪的是，吉娃娃天生有恋父的倾向，她并不计较吉星场的过去。吉娃娃挺懂事，从不在吉星场提起她母亲的半点消息。

吉娃娃小学快毕业了，一个非常具体的问题出来了：到底找哪所初中学校？红尘人在木鱼县，把这事完全安排给他。她说，花再多的钱都无所谓，反正一人一半，她出得起钱。吉星场考察了几所普通的初中学校，红尘都不满意，她希望吉娃娃能进入芙蓉市最好的几所初中学校，比如芙蓉国际学校，芙蓉市实验中学，云梦实验外国语学校，华阳大学附中，菩提寺一中。但是，在一座几百万人口的城市里，一个学生读书成绩又不咋地，要进这三所名校，怎么可能？红尘买的芙蓉花园修得比较早，位置偏僻，属于刚刚成立的芙蓉市高新区，距离传统的重点中学十分遥远。目前的高新区，辖区内只有一所像模像样的初中，还是一家国防厂矿子弟校，外人要进校读书，必须由区政府统一协调。若是吉娃娃的户口转到吉星场的户口簿上，按照划片招生的政策，也只能读华阳理工学院附属中学。不过，华阳理工学院附属中学只是一所普通中学，学院的教师子女均以读这所学校为耻。学校所招的学生，都是附近几条街道的市民子弟。华阳理工学院的教师子女，每年有几个照顾指标，可以进入区重点中学。吉星场打听了一下，同吉娃娃这一批进初中的教师子女人数最多，包括顾轻狂的子女在内，达到二十五人。这是华阳理工学院前所未有的。原因嘛，就是最近两年分配和工作调动来的教师很多。吉娃娃要读重点初中，困难重重，不堪设想。

红尘逼得紧，吉星场这里却放得松。吉星场的想法不一样，读书主要靠自己，学校只是一个因素。若是成绩不好，即使通过其他手段进了名校，学校也不过是像一件名牌衣服，消费完了，便往垃圾堆里扔。人还是那个人，没有因为衣服改变了什么。吉星场的这种态度，在红尘眼里就是不负责的表现。两个人隔得远，电话里吵架，往往费用高，吵不赢，直接把电话挂了，吵的效果也不甚好。自从吉星场交流到蛐蛐区政府挂了个副区长的职务后，红尘就再也没有打过电话来逼问吉娃娃读初中的事了。她深信一个区政府的副区长，哪怕是挂名的副区长，子女天生就该读重点学校。副区长是一匹官哪！吉星场曾经给红尘解释过他的工作性质：做的是政府官员的事，实质上还是一位普通的大学教师！红尘说，可以争取调到区政府去，无非就是钱嘛，要多少拿多少！吉星场说，你不懂！红尘说，书呆子，迂老夫子，蠢货！

说到工作归宿问题，苏幕遮曾经有意无意问过吉星场一句话：一年后，怎么办？回原单位，还是正式调区政府？吉星场说，老苏，这个事情恐怕你帮不上忙吧？苏幕遮笑道，若是你要正式调到区政府来——并且担任实职——继续当你的副区长，确实，我这个层次是无能为力的，但是，只是当一个普通工作人员嘛，恐怕你又不愿意。吉星场笑道，除了读两本书，我有何德何能待在副区长的位置，你看，区政府里能人多的是，人家在基层干了几十年，还什么职务也没有呢。苏幕遮笑道，那也不一定，要干实事，蛐蛐镇要发展，我们就要努力，然后跟着发展，镇改区，大家的级别水涨船高，顺理成章，多好的事情！老吉，话不多说了，一年也就是几个月的时间，成不成在你自己！

新成立的区政府事情可多呢。虽是挂职副区长，分配给吉星场的工作任务全是实打实的，定期汇报，年度考核，各种各样难以完成的指标。对吉星场来说，他的职权范围内最艰巨的任务还是高校用地的征用拆迁。按照最新规划，蛐蛐镇除了镇政府办公楼、原教学建筑和用地，其他商业和居民建筑及其用地一律拆迁、征用，重新规划设计，这几乎是个翻天覆地的工程。拆迁建筑，单位的好解决，居民的也好解决，最难解决的是那些摆摊设点非法搭建的临时建筑。就像鱼幼这一批人，在大学门口长期摆摊，所占用地几乎合法化了。原省银行学校旁边是一家酒厂，前几年垮掉了，外面的平房门市低价出售给了摆摊的人员，居然还有交易记录。这个东西解决起来最麻烦。酒厂垮了，没办法协商。但土地国有，这是没有争议的。摆摊的人虽然付了款，那也只是地面上那点儿建筑的费用。蛐蛐镇政府几年前就在想方设法从摆摊的人手里把门市买回去，无奈要价太高，一直拖到现在。越拖，价格距离越拉得远，或者干脆没有商量的余地。镇改区，土地变黄金。加上这一带将集中扩建高校，学生消费的生意也会更火爆，小贩们是打死也不会撤离这个地方的。

吉星场带着区政府、街道办的二十来个人，每天到老酒厂门市前，拿着电声喇叭向摊贩宣讲拆迁政策。摊贩们忙碌着自己的生意，对吉星场等人的所作所为置若罔闻。区委办公会给出的拆迁期限是三个月，倒计时牌就悬挂在省银行校门口，每天晚上总会掉落在地上。吉星场只得亲自捡起来，重新挂到醒目的位置。眼看日子一天天临近，十来家摊贩毫无妥协搬迁的迹象，吉星场心慌了，他私下询问街道办主任宗瑜：怎样打开一个突破口，让工作有点儿进展？宗瑜笑道，副区长，说句得罪你的话，愿不愿意听？吉星场问，什么话都可以说出来！宗瑜低声说，摆摊的这些家伙都知道鱼幼是副区长的姐姐，大家都看着——看你咋办？吉星场愁眉苦脸地说，那我咋办？宗瑜说，狠下心来，从你姐姐的门市开始拆！吉星场搓着手，感到为难，“我能有今天，都是我姐姐培养的结果，我下不了手！”宗瑜说，除此之外，天王老子来了，也等于零！吉星场说，老天憋得人要死啊。宗瑜说，副区长觉得为难，可以不直接出面，只需要你下命令就行，冲锋陷阵的事，兄弟们干！吉星场叹息道，拆迁出了事，像电视上播放的那些自焚啊上吊啊跳楼啊，我要承担责任，苏书记也要承担责任！宗瑜笑道，副区长，我们听你的，你好好考虑吧。

吉星场硬着头皮，站在鱼幼租住的房子门口等她收摊回屋子。还是十一点半，鱼幼打着手电筒一个人摇摇晃晃地走来。“姐姐！”吉星场喊了一声。鱼幼有气无力地点了点头，直接往巷子里走。吉星场跟在后面，鱼幼说，小吉，你我身份不同了，要说公事就在大白天说，当着大家的面说，我累了，想休息。吉星场说，姐姐，我来不是说公事。鱼幼把门打开，平静地说，那你进来吧。一进门，鱼幼就开始脱衣服，吉星场吓得往外退，鱼幼冷笑道，不要怕，我的身体你不是没有见过！吉星场说，对不起，姐。鱼幼不客气地说，小吉，不，应该喊你副区长才是，我不是你姐，我没那份福气！吉星场说，我理解你！鱼幼说，我也理解你，但理解有什么用？吉星场说，我想听听你的意见。鱼幼说，那好吧，副区长，我鱼幼前半辈子落难，有些你清楚，有些你不清楚。鱼幼把背部和腰上的伤疤展示给吉星场看，吉星场闭上眼睛，他害怕鱼幼说出任何事实，鱼幼还是说了，“二三子嫌弃我的身子，嫌我脏，嫌我和别的男人睡过觉，他不相信我本身是干净的，无休止地折磨我，可我还抱着希望。”鱼幼穿上了一件白色的汗衫，用手把吉星场的手从眼眶移动开，笑道，没那么恐怖，你现在可以看我了。鱼幼叹息道，原以为我在蛐蛐镇可以落脚，摆个摊挣钱，把二丫丫培养出国，这门市一拆，一切都是梦了。吉星场说，我不管你认不认我这个弟弟，但我绝不是个忘恩负义的人，我可以不拆你的门市，但区政府的决定，土地是国家的，其他人来拆，你怎么办？鱼幼摇着头说，不知道，没有这个摊子，我真的想不出还有什么办法能供养二丫丫读高价的私立学校！吉星场说，姐，如果你不嫌弃，可以到我们学院门口摆摊，那里学生也不少啊，有机会你过来看看吧。

恩　怨

在十来个摊贩怪异的目光中，鱼幼把悬挂了几年的“云贵油茶”的蓝布幌子扯了下来。一群坐在桌子边等着送油茶的男女学生诧异地望着鱼幼，“辫子姐姐，你不卖油茶了吗？”鱼幼笑道，对不起，我要改行了。旁边的女摊贩用手抓着鱼幼的手说，大家说好的，都不拆，你怎么啦？是不是你弟弟的原因？鱼幼说，不是的，与他无关，我自己的决定。大胖子老龚拿着把黑亮的尖刀，一边挥动一边骂着人走到鱼幼的摊子边，“是不是那个副区长恐吓了你，老子到区政府把他宰了！”鱼幼说，老龚，不关你的事，快卖肉去吧。老龚气势汹汹地骂道，鱼幼，不要怕，就是皇帝来了，也抢不走你的摊子。即便如此，鱼幼还是不紧不慢，把摊子上东西全部搬走了。

第二天，宗瑜带着二十来个男青年，依旧用电声喇叭喊话，十来个摊主仍然忙着自己的生意。宗瑜说，先主动拆的摊主可以获得奖励，如不配合，街道办将配合区政府执法！宗瑜的话没说完，突然间，大胖子老龚拿着明晃晃的尖刀，走到太阳下，指着宗瑜骂道，混蛋，就只会欺负一个外地妇女，叫你们那个姓吉的副区长出来，老子今天要当面质问他几个问题！宗瑜说，胖子，不得无礼，拆迁是政府的事，不是某个领导的决定！老龚挥舞尖刀，扑向宗瑜，宗瑜警告道，放下凶器，胖子，不要做犯法的事！老龚听不进，尖刀逼近了宗瑜，宗瑜一声令下，四五个青年突然伸手把老龚放倒，抢走了那把尖刀。随即，老龚被送进了派出所。

此后几天，拆迁顺利完成，没有超过区委办公会议定下的最后日期。吉星场从外地出差回来，听了宗瑜的汇报，听说老龚被抓了，心情比较沉重。老龚再次从派出所放出，这一次又是吉星场帮的忙。老龚走出派出所，狠狠地甩出一句话：吉星场，你这个缩头乌龟！老龚四处寻找吉星场，要与吉星场理论一番。终于，在吉星场上班的途中，准确地说，是在学院大门口，准备横穿马路，被老龚瞅到了。老龚一把按倒吉星场，挥动拳头，把吉星场从头至尾，扎扎实实打了一顿。那是中午，雨水很大，校门口的行人稀少，且打着雨伞，人的模样不易辨认。吉星场没撑伞，袭击吉星场的老龚也没撑伞，从学校大门口的监控器可以清楚地了解整个事件的全过程。老龚的体貌特征太明显了，派出所的人两次逮他，印象十分深刻，但吉星场还是主张息事宁人，算啦。如果老龚这次进了派出所，恐怕不是拘留罚款能了结的。老龚出手重，竟然打断了吉星场两根肋骨，照理，判刑一至三年都可以，如果吉星场要起诉的话。

吉星场很有几年没挨过这样的毒打了。屠户的拳头，那是把人当成一头萍鹿来揍，偏偏吉星场身体单瘦，直接打在骨头上，伤得重，痛得厉害。再粗鲁的人也有精明的时候。老龚吓得躲起来了，他害怕被派出所逮住——前两次是吉星场帮忙才放出来的，这一次，把放他的人打了，一旦抓住，可能只有老老实实坐牢去了。幸亏老龚多了个心眼，他真害怕把吉星场打死打残了，便委婉地告诉鱼幼，吉星场挨打了。鱼幼到镇医院照顾吉星场，然后又护送吉星场到家——学院二楼的四十平方米的房子。一打开门，一股霉馊味扑面而来。室内到处尘垢，一张床上堆满了书，另外一张床，床单皱巴巴的卷着，被子凌乱，枕头上堆着一摞书。书桌上是饼干、方便面盒子破碎的包装，还有一堆带壳的炒花生和胡豆。床上、茶几上、书桌上随意丢着吉星场的脏衣服，整个屋子乱糟糟的，像个狗窝。虽然研究生毕业，当了高校教师，但生活状况同南辕农场相比，没有任何变化。鱼幼鼻子一酸，眼角掉下几滴眼泪。把身上缠满绷带的吉星场平稳地安放在床上，鱼幼便不断地用水壶烧开水，为吉星场的家做清洁大扫除了。

吉星场肋骨受伤，连呼吸也感觉困难，起身上厕所、吃饭、换衣服几乎都要人伺候。鱼幼每天晚上忙碌到十点钟，方才往她租的地方走，一个人要走通整个蛐蛐镇，心里总是发虚害怕。看着吉星场的可怜相，特别是挨了打之后的痛苦状况，鱼幼便动了恻隐之心，把另外一张床打扫出来，方便中午晚上睡觉。起初，鱼幼还要把门闩上才睡得稳，听着吉星场时轻时重的呻吟，不时要担惊受怕，拉灯起来看个究竟或者询问几声，觉得闩门的举动是愚蠢之举。吉星场连翻身都困难，他还能做些什么？鱼幼干脆把门打开，自己睡在床上，即便关灯，也能在黑暗中听到吉星场的动静。均匀的呼吸，粗重的呼噜，惊惶的呼吼，或者伤口引起的呻吟，都会牵动鱼幼的心，她轻声地问，小吉，你怎么啦？吉星场若是睡着了，不会声张，鱼幼便甜蜜地进入梦乡。吉星场若是醒过来了，低低地咳嗽，喉咙里发出古怪的声音。鱼幼就轻手轻脚起来，打开灯，走到吉星场的床边，捧着他的脸或手看一看。吉星场的眼睛柔弱而温和，黑暗中，沉淀着深沉的忧郁，鱼幼注视他几秒钟，他又安静地入睡了。

骨骼的伤，恢复最为缓慢。鱼幼已经习惯了在吉星场的旧房子里浪费时间，洗衣服，拖地板，擦家具，然后，出门到学院门口买早点，买蔬菜水果和鸡鸭鱼肉，大包小包地拎着往楼上气喘吁吁地走，遇到同一楼的邻居打招呼，鱼幼主动微笑地说，我是小吉的姐姐，他病了，我来照顾一下。在走廊上，鱼幼站在灶台前，熟练地生煤火，炖鸡汤，炒蔬菜，然后，嗤的一声，一瓢冷水倒在锅里，意味着一顿饭的工作结束了。吉星场就这样被鱼幼伺候了两个多月，身上的皮肉伤几乎痊愈，肋骨的伤也无大碍，脸上多长了肉，肤色也渐渐红润起来。家里的活儿越来越熟，空闲时间就越来越多，鱼幼抄着手，站在走廊上，爽朗地笑道，小吉呀，姐像照顾月母子一样照顾你，你看你，一身都是肥肉，别懒在床上，应该跑步锻炼得了。吉星场才不会下床呢，他捧着书读，可以连续几个小时不说一句话。有时候得意地笑，有时候苦苦沉思。显然，鱼幼无法进入他那个遥远、孤独而神秘的世界。好动的鱼幼在走廊上焦躁不安地走来走去，手里不停地织着毛衣，眼睛却飞到学院门口，那里大群的学生聚集在出售零食的摊贩周围，她可能想起了不久以前的美好日子。云贵油茶的布幌子在风中飘荡，鱼幼垂着两只羊角辫，两只手忙碌着，面前是崇拜她的男生和称呼她为辫子姐姐的娇小女生。“我可以回到从前的生活！”鱼幼骄傲地对着自己宣称，她心中有了一个人生计划，在华阳理工学院的门口摆摊出售云贵油茶，挣钱培养二丫丫，以后出国留学。

从另一个方面，躺在床上的这个大男人越来越不像个身体欠缺健康的人，而是他的精神有一种病态的依赖性。他需要女人——不是肉体的愉悦和性的放纵——在心智上，他有一种罕见的婴儿习性，利用女人的性格弱点来欺骗自我，他撒娇的本领实在是高，鱼幼觉得她上当了，而且悔之晚矣，她陷入了他预设的逻辑陷阱。女人，在逻辑方面始终存在致命的软肋，一旦受伤，恐怕不是老龚那拳头制造的痛苦吧。

鱼幼依旧保留了开着门睡觉的习惯，虽然吉星场可以自己起床，喝水，上厕所，或者干点儿别的什么。关上灯，门开着，黑暗也有自由流动的需要。鱼幼望着漆黑的天花板，眼里一片虚无。在黑暗的另一个角落，却生长着无比丰富的内容，植物一样，把根须扎下来，依附在土壤和水之上。肉体康复了，吉星场开始做噩梦——大量的、无休止的暴力场面——他那些挨打的经历混杂在当前的生活情节之中，精神错乱会让人的意志瞬间崩溃。

那山，你是我姐夫，我是你姐夫！

红小妃，我借你的钱这辈子还不清了！

苏幕遮，别用脚踢我的脸，我的眼镜碎了！

顾轻狂，别和我离婚，别抛弃我，跟了钱多的老金，他那么老，可以当你爹的爹了！

老龚，我给你写了那么多信，竟然一封也不回复，我一个夏天就在等你一封信，怎么回事？

二三子，你的刀子插进我的肚子，啊，我要死了，肠子都露出来了！

红尘，让我读芙蓉国际学校，我在小学是第一名哪！

鱼幼穿着睡衣，蹑手蹑脚，在黑暗中走到吉星场的床边，希望听到他嘴里说出鱼幼的名字，不管是诅咒还是爱慕。可惜她站得腿脚发麻，他那么吝啬，居然没有说到一次——这个虚伪的男人，他心中根本没有鱼幼的位置。这么长的时间照顾他，还不说从前，借他那么多的钱。鱼幼有些恼怒，她回转身，准备把门关上，却突然听见吉星场的哭声——一个男人嘤嘤的哭，幼稚的哭，软弱无能的哭——女人的软心肠就被这无端的哭揪住了。鱼幼浑身发软，脸缀满泪珠，再次来到吉星场床前，俯下身子，无限接近，抓住溺水者一样伸出的绝望的手。

无　赖

从芙蓉市人民医院到华阳省人民医院，解放军陆军医院第X医院，吉星场经历了三次全面的体检，得出的结论都是基本健康。云梦区副区长白乐亲自陪同吉星场检查，华阳省人民医院最好的医生当着白乐的面说，吉星场身体没问题，保证能活九十岁。白乐笑着把吉星场从医院大楼推出来，站在阳光下，看着吉星场发青的脸说，这下子该回去当副区长了吧？吉星场的头部刺痛，浑身难受，软弱无力，上气不接下气地说，可是，老白，我还是很难受啊。白乐不耐烦地说，你不信我的话，总得相信医生的话吧？区政府的事多，白乐能抽空来陪吉星场，作为朋友，这简直是仁至义尽了。

很长一段时间，苏幕遮没给吉星场打过电话。吉星场挨打后，苏幕遮带着手下人到医院看望过一次，提了几个苹果，顺口留下几句话：安心疗养，区政府的事情暂时不要操心，有人顶着，毛主席说，身体是革命的本钱。苏幕遮说得感人肺腑，吉星场从肌肉痛到骨头，自然产生了共鸣，苏幕遮似乎对伤痛有特别的研究，他说出的话如此恰当，远比医生的器械和药物来得温馨和熨帖。吉星场就放心地享受了一段时间苏幕遮的安慰和包容，没去关注区政府的事了。当身体的伤接近愈合的时候，吉星场就隐隐有些不安：苏书记一直不打电话来，这太不正常了。当下属的，主动些吧，吉星场很想到区政府去看看，可是，糟糕的身体不允许。吉星场现在的严重症状是西医无法解释的：头晕，浑身乏力，恶心，腹胀。中医号脉，无非是说些套话，什么清热祛湿，补肾养气，扶正祛邪，安神养脑。鼓鼓囊囊，一大袋子草药，煎熬得满屋子草药味，连上下楼的同事也在惊呼：呀，什么气味？既不是排骨，也不是鸡鸭！

中药讲慢慢调理，吉星场呢，越调理，症状越是严重，耐心尚好的鱼幼渐渐沉不住气了。吉星场的身体是一百个不舒服，鱼幼是不能给他任何安慰的了。吉星场沉浸在书里，看上一会儿，头重脚轻，仿佛要天崩地裂，赶紧把书扔了，跟鱼幼打了个招呼"我出门散散步！"便匆匆走了。吉星场走在炎热空旷的正午，胃里空空的，却不想吃东西。鱼幼早已习惯他这么在外面闲逛了，不给他做午饭，她有自己的事要做——在学院门口搭建了一个摊子做云贵油茶卖，听说摆了两三天，生意好得不得了。吉星场走到街上，看见中药铺门口的长凳子坐了许多老头子和老太婆，静静地，等着里面的老中医诊脉。吉星场身体不舒服，自然走拢，靠着凳子边坐了下来。老年人们诧异地看了看吉星场，像他这么年轻的人，似乎没有第二个。老中医须发皆白，慢条斯理地握着每一个老人的手腕，老人们并不说话，只听老中医说话，他们看病并不是只看自己，还要看其他人。吉星场觉得可笑，人啊，再多的苦难也有好奇心。轮到吉星场伸手给老中医的时候，老人们的目光全部聚集在他身上了。吉星场有些不好意思，老头子的手凉冰冰的，软绵绵的，托着吉星场的手腕，摸了两次还是没感觉。吉星场觉得这个老中医身体实在太过糟糕，他的脉象分析起来很不正常，像个真正的病人。老头子连续咳嗽，好不容易才镇定下来，声音喑哑：小伙子，哪里不舒服啊？吉星场难过地说，哪里都不舒服，我到底是怎么了？老头子颤巍巍地拿起毛笔，写了几个漂亮的毛笔字：扶正祛邪。吉星场问，什么意思，大爷？老头子慢慢地说，说了你也不懂，人身上有两股气，正气和邪气，就像社会一样……

吉星场苦恼地说，大爷，每天啊，我全身上下，数来数去，有一百多处不舒服呢。老头子咧嘴笑道，看看门口这些老人，他们还是真正的疾病，不只是不舒服！吉星场转身问身边一位老大娘：老人家，你有些什么毛病呢？老大娘微笑道，我们这些人，活一天算一天，管球他啥毛病哟！老大娘居然骂人，还是笑着骂的，她什么意思嘛。老头子草草给吉星场写了一张单子，旁边的小妹子立即伸手抓了过去，拉开药橱抽屉，乒乒乓乓开始抓药了。吉星场还想和老头子探讨，老头子慈祥的脸开始变颜色了，“年轻人，我提醒你两句，不要把命看得那么贵重，该死的活不了，该活的死不了！”

正在大事修建的蛐蛐镇就是个乱七八糟的大工地，黄色的挖掘机、装载机，铅灰色的水泥泵罐车，满是泥浆的运渣车，往来呼啸，人们避之不及，被卷扬而起的尘埃吞噬。街道凹凸不平，好像月球表面。吉星场好不容易逃出小镇，沿着芙蓉江，走上一条僻静的水泥路。在密植的水稻和玉米之间，水泥路灰白的颜色异常明显。吉星场拎着一袋子中药，一个人走着，当空的太阳把他的影子压缩成一团黑斑，环绕在皮鞋周围，若有若无。汗水蒸发，身体空虚了，吉星场只感觉到一件衬衣的重量，肩膀、胸脯、肚腹、大腿，空荡荡的，轻飘飘的，似乎不存在一样。吉星场恐怖地用手抚摸着身体，感觉到皮肤也像一层空虚的纸，正在风里摇曳，手臂与身体脱节了，抚摸到的事物完全陌生，与脑袋失去联系。

天哪，这是怎么回事？吉星场疯狂地朝回奔跑，他觉得后面有看不见的野兽在追逐。他的腿有力了，脚飞起来了，一阵狂奔，树荫出现，静谧的街道，熟悉的学院大门，鱼幼的油茶摊子优雅地等着客人。鱼幼呢，她扎着羊角辫，一张修长的脸闪动着明亮的眸子，丰润的嘴唇安静而甜蜜，好像说不完的话。吉星场脸青面黑，仓皇跑进校门，直接窜进了家，轰然一声倒在床上。鱼幼随后追回来，看吉星场已倒在床上，人事不省。摸摸额头，时而滚烫，时而冰冷。脸色发灰，浑身汗水像打开了自来水龙头，衣裳湿透，还在不停地溢出冷汗。

傍晚，吉星场才苏醒，说是口渴。鱼幼端了开水送到吉星场嘴边，吉星场哆嗦着说冷。鱼幼说，这是夏天啊，哪里冷呢？吉星场说，有很多的冷风吹来，我觉得房子在动，床在动，屋子外的树也在动——我受不了！鱼幼说，什么也没有，小吉，你产生幻觉了。吉星场突然抓住鱼幼的手说，姐呀，抓住我的身体，别放，你一放手，我就会被风吹走，从窗口吹到对面的楼顶……鱼幼只得伸手紧紧抓住吉星场的手，安慰道，好了，现在没事了，十二级台风也吹不走你了，小吉！

房　子

一年的挂职锻炼结束了！

时间好快呀！蛐蛐区政府办公室通知吉星场开一个总结会，吉星场笑道，免了吧，我是个虎头蛇尾的人，去了让领导难堪！苏幕遮对吉星场也是够厚道的了，亲自打电话问吉星场是否愿意调到蛐蛐区政府，先不要管职务不职务，人事关系先弄过去了再说，趁市里还没把人事权收干净，暂时还可以帮忙。吉星场惭愧地说，对不起啊，老苏，我这身体太不争气，这一年真让你为难了！苏幕遮说，先别忙抒情，我暂时还能帮你的忙，你自已想清楚，以后不后悔就行了！

想不到的是，教师子女读书的问题把吉星场弄了一个趔趄，学院把吉娃娃统计漏了，这边没戏了。蛐蛐区政府那边，当时给吉星场考虑了一个指标，他给了师兄顾轻狂，顾轻狂的孩子顺利地读到了笔架山区第一中学，也是个很好的重点初中，顾轻狂终于止住了喋喋不休的嘴巴，没有四处传播吉星场的绯闻了。到了八月中旬，吉娃娃还不知道下学期在哪所初中读书，吉星场着急了。其实，从内心讲，吉星场以为，吉娃娃读芙蓉市的哪一所初中都非常好，至少比在木鱼县要好十倍。只是芙蓉市的市民习惯给全市的初中排名，因此，大家盯着的总是前两三所学校。这样一来，压力就大了。幸亏红尘没有来催逼，红尘不知道吉星场的挂职锻炼结束了，还以为他是副区长呢。苏幕遮那里无论如何是不好意思再去添麻烦了，吉星场只得硬着头皮给白乐打电话，白乐吓了一大跳：蠢货，你连自己的子女读个重点初中都解决不了，当个狗屁副区长哪！吉星场只得实情相告，白乐笑道，也好，大学教师逍遥嘛，吉娃娃的事我帮了。吉娃娃进入了云梦区实验中学，芙蓉市里响当当的名牌学校，吉星场又挺过了一道人生的难关。

吉星场的蛊惑起作用了。鱼幼真的把摊摆在了学院门口，云贵油茶很快成了一道亮丽的风景线。只要是学生有空，他们都会三三两两地聚集在鱼幼的摊子边，男生欣赏鱼幼的脸蛋，女生探讨鱼幼的发艺和服饰，饥饿的人和没有饥饿的人，走到摊子边高喊一声：来一碗油茶！心灵手巧的鱼幼总是以最温柔的微笑把做好的油茶端到桌子上。一双纤细光滑的手臂，一双晶莹清澈的眼睛，然后，才是一碗喷香的油茶，食客自然多了一份信赖。任何时候，清洁总是食欲的起点。

吉星场决心考博士，目标是北方大学美学系。不知道什么原因，他突然对美学产生了强烈的兴趣。从法学转向美学，吉星场拐了一个大弯子，令人瞠目结舌。顾轻狂笑道，师弟你改了行，让师兄一个人单练，多没意思啊！吉星场笑道，师兄太厉害了，我主动退让服输。顾轻狂骂道，小吉，你是真的怕我才改专业的吗？吉星场笑道，卖面粉的哪能见得卖石灰的，同行是冤家呀！顾轻狂骂道，神经病，副区长不当，回高校当一个普通教师，你啥意思？是不是想羞死老子！

鱼幼终于不提离开的事了。她主要是被赚钱的生意迷住了，每天晚上回来，吉星场正在看书，鱼幼则打开钱包，清点她一天的收获。吉星场赞叹道，哇，你一个月挣的钱是我工资的好多倍呢，干脆我也来摆摊卖小吃算了。“小生意，挣大钱。”鱼幼眼里闪动着满足的光芒，也许，她人生的幸福就在这个地方。鱼幼抓着钞票，感叹不已，“天地这么大，居然这个旮旯才是我安身之所，小吉，你不信命运吗？”吉星场笑道，信啊，你看，我们又走到一起来了。鱼幼说，不知道二三子和红尘他们怎么想，他们可能认为我们是在私奔呢。吉星场笑道，管他呢，我们两个和他们两个不一样，我们不怕别人议论。鱼幼低头说，从前，二三子一直说我是在养汉子，我呀，可挨了他不少的拳头。吉星场说，南辕镇乡下那个环境，男女之间稍微亲近一点儿别人就会说闲话，也难怪二三子吃醋。鱼幼说，我不管，他从来不信任我，我干脆就我行我素。吉星场笑道，姐呀，要是当时没有你，我可能早被那些坏人害死了。鱼幼说，我也是，红尘和二三子两个家伙搅到一张床上，我是收拾了行李，带着二丫丫马上就要离开南辕镇的，偏偏你那个老婆红尘自以为是，她跑来威胁我，还把你欠我的钱还了，要我和你断绝往来，当时，我就想，一条河的鱼，上游的上游，下游的下游，你他妈的也管得太宽了吧，老子偏要找小吉，找了又怎么啦，你会飞起来咬人？吉星场笑道，你怎么没找到我？又怎么到蛐蛐镇来了呢？鱼幼笑道，到芙蓉市来找你，那是气话！几百万人口的城市，找你一个读书人干什么？你不过是泥菩萨过河，我呢，带着二丫丫，到了芙蓉市就是一个乞丐，唉，苦日子，说不出口啊，所以，我不怕下贱，在街边摆摊，为的就是二丫丫，无论如何，一定不能让她走我的人生道路！吉星场笑道，上天要帮助你，你就不要拒绝，住下来，把小生意经营好，挣你的钱吧！反正家里多了一个房间，多了一张床，怕什么呢？

鱼幼大大方方地住下来了，每个月的水电费她坚持要出一半。至于房租嘛，鱼幼主动提了一次，自己忍不住笑了。吉星场怎么可能答应？人家吉星场现在条件好了，要知恩图报的。如果鱼幼不答应，吉星场就要求鱼幼把从前借给他的那些钱的利息算出来。鱼幼笑道，小吉，我不跟你做生意，当初帮你，也没想过图你回报。吉星场笑道，现在，我这房子空着也没用，你看得起随便住，想住多久就住多久。鱼幼笑道，怎么可能？哪天房子来女主人了，突然要赶我走，我怎么办？吉星场说，你放心，姐呀，这房子我说了算！鱼幼说，不瞒你说，小吉，虽然我是个摆摊的，下贱得不得了，但挣钱方面，还算得过，几年时间，积攒了一些钱，一是二丫丫要读书，二是我打算买一套房子，靠近大学，做点儿小生意。吉星场说，姐呀，我倒有个想法呢，最近，学院有个政策，我们住的这些旧房子全部出售给居住的教职工，估计价格不会有多高，我本身没钱，当然……鱼幼问，你准备买吗？我可以借钱给你。吉星场笑道，我想，你买外面的房子不如买学院的房子，我这房子——你以我的名义买下来，你全权使用，反正这房子也没有房产证——方便你做生意，你觉得如何？鱼幼低头沉思了一会儿，然后笑道，那你呢？吉星场说，我要读博士，以后，在不在这所大学教书说不清楚。鱼幼笑道，你不在学院，万一人家来驱逐我，怎么办？吉星场笑道，姐呀，你多虑了，学院的教师买下这里的房子都是要出售给别人的，你不买，我也要卖给其他人，你买我的，不收你的高价，这样放心了吧。鱼幼笑道，我钱不够，这事儿还得找人商量。吉星场问，你自己拿不了主意吗？鱼幼吞吞吐吐地说，多找个人，总要好些吧。

过了两天，鱼幼带了个人来，可把吉星场吓坏了。大胖子老龚，打断吉星场两根肋骨的家伙，鱼幼居然要和他一起买吉星场的房子。老龚像个理亏的孩子，垂着头，耸着肩膀，躲在鱼幼的背后，当然不敢正眼看吉星场一眼。鱼幼牵着老龚的袖子，把他肥胖的身子拽上吉星场的房里，老龚待了两分钟，人就溜到走廊上去了。鱼幼又把老龚喊回来，让他把房子看仔细一点儿，老龚机械地答道，你说了算，我没意见。鱼幼扯着老龚的耳朵，恼怒道，胖哥哥，你要想清楚，这不是一笔小钱，投进来恐怕一年两年是没法回收的哟。老龚点头说，我想清楚了，反正我也要在学院门口摆摊的，图个方便，没说的了。

省银行学校那边因为靠近蛐蛐区政府，那一带的建筑几乎完全拆除，那里要修一个音乐喷泉广场。修好之后，现在的华阳财经学院门口就是广场的边缘，按规划，属于绿化景观区。老菜市场拆了，老龚暂时找不到摆摊的地方。鱼幼带老龚到华阳理工学院门口，他也只能无奈地过来。这边周围全是农民，地势偏僻，一年半载拆迁还到不了。所以，农民住房外的空地，迅速搭建了一些砖台，形成了一个简易的菜市场。老龚眼光好，占领了学院正对面的位置。不过，这还是鱼幼为他挑选的。

自从老龚在学院对面卖萍鹿肉，吉星场才了解到这个行业非常辛苦。早晨四点钟起床，骑一辆电三轮到十五公里远的屠宰场去选货。生意正常，每天能卖三头萍鹿，三百多公斤的重量。从蛐蛐镇到屠宰场的路，被大车重车压坏了，加上早晨天色阴暗，睡眠不足，老龚经常车翻人仰，幸亏他一身是肉，难以伤筋动骨，皮毛之伤，大不了流点血，并无大碍。老龚说要请客吃饭，其实就是要向吉星场道歉。说了好几周，老龚终于抓住了一条鹿腿，拿到吉星场的楼上来。老龚一瘸一拐，据说是骑车受了伤，大腿划破一条口子，脸上贴了块膏药，手指缠着胶布，伤口多，还能劳动。吉星场坐在家里看书，老龚一个人在走廊上倒腾，晚饭的时候，老龚居然搞出一桌子荤菜来，简直像个魔术师。鱼幼特地收了摊子回来品尝，目的是调解老龚和吉星场的关系。女人最喜欢干的就是这种风马牛不相及的事，吉星场没那个必要，老龚打人有他的原因，吉星场不可能再打老龚一顿，当然也不可能随随便便原谅他。鱼幼反复请求，一次比一次急迫，接近于哀求，吉星场便默许了。老龚把菜做好后，摆在桌子上，不好意思直接招呼吉星场，便蹲在桌子边，看见苍蝇飞过来，立即大声嚷着，用手驱赶。萍鹿肉的芬芳早已渗透入吉星场的房间，甚至引起了他的食欲，口水吞了又吞，但他就是不过去看一眼。直到天黑下来，鱼幼的脚步声上楼了，吉星场心里才稍微轻松了一些。此前，他一直在设想和老龚面对面吃饭的场景，一怒之下，一碗砸在老龚的脑袋上，老龚的脑门肯定要开花，血流得满脸都是。然后，又会是怎样混乱的局面？老龚用手捂住伤口，鱼幼手忙脚乱，扶老龚上医院。吉星场呢，吉星场操着手，站在屋子里冷眼相看：老龚，你敢把我怎么样？我不报案抓你，已经是最大的人情了，你竟然有脸来我家里请客，你以为有鱼幼在场我就不敢打你了，看到了吧，你活该！吉星场的思想老是这样从书本里窜出来，苍蝇一样飞舞，他心烦意乱，等着鱼幼——哦，鱼幼进屋了，她在说话了：小吉，吃晚饭了！她的声音那么甜，沉闷的空间立即有了一股清风。鱼幼走到桌子边，拉开灯，赞扬声瞬间传遍了几间屋子：老龚，想不到你的手艺这么好，今晚我得多吃几片肉，哪怕身上长肥肉也无所谓。

鱼幼的笑声把两个男人的脑袋吸引到桌子周围，面对散发着香味的肉片，心中的疙瘩荡然无存。这得靠老龚那双强壮而粗鲁的手，消解了杀戮和死亡的血腥，食欲要得以激发，这是最关键的一步。鱼幼拿起筷子，夹起一片鹿肉，放进了吉星场碗里，老龚瞪大了眼睛，亲眼注视着这片肉被吉星场的筷子夹起来，放进吉星场的嘴里。这个过程是从老龚加工鹿腿开始的：他拔了毛，放在灶火上烧，反复用水洗，然后用高压锅炖，再取出来，放在砧板上宰割，最后，才是下锅混合小菜爆炒，嗤——香味出来了，劳动的程序结束了。享受就容易多了，抓起筷子，啪嗒，一片油腻的肉就进了嘴巴，咀嚼一阵，和着唾液下了肚子，什么也没有了。“好吃吧？”鱼幼惊喜地望着吉星场油腻的嘴唇，希望从吉星场身上找到满足的情绪。吉星场的记忆还残留在大脑，那里，老龚的拳头几乎把吉星场的头盖骨都砸了个破洞，血液喷射出来，人就散了架，晕过去了。从痛的程度可以感觉，当时老龚是想一拳头把吉星场砸死，吉星场挺住了，肋骨太硬，所以断了，清脆的声音响了两下，完了，人瘫软在地上，血流得到处都是。鱼幼又夹了一块肉，没有放在吉星场碗里，而是直接送进了吉星场嘴里——她在喂他，在吉星场受伤治疗期间，吉星场已经习惯了她的喂养——那完全是母亲喂养子女的动作。喂完了，鱼幼还习惯性地伸手去摸了摸吉星场的脸！这下子该满意了吧，愚蠢的家伙！老龚心里痒痒的，后悔当初没有一拳把吉星场的嘴巴砸扁，要是那样，吉星场就没有机会用嘴来享受美味了。

果然，鱼幼这个喂养的动作把吉星场征服了，吉星场脸上露出了笑容。老龚心里咒骂道，他妈的贱，什么狗屁大学教师，还不是和萍鹿一样，喂他几把嫩草，他就认主人了。吉星场的目光变柔和了，他和老龚中间不再是一座冰川，而是一桌子破碎的萍鹿肉，老龚一下午的力气完全耗费在上面。每一块肉都是精巧的杰作，老龚手上的力气从灵魂深处发出，抵达食物，最终成为食物的一部分。他手臂酸涩，用力过多，一桌子萍鹿肉好比老龚手臂耗费的力气。三双筷子夹攻萍鹿肉，瓜分萍鹿肉，好比从老龚的手臂上夹走一片肉似的，他有心灵的感应。于是，老龚也豪爽地夹起萍鹿肉往自己嘴里送，吃的是萍鹿肉，好像吞进了自己的手臂，油腻腻的，冷冰冰的。老龚从桌子底下拿起塑料壶，掀开盖子，哗哗哗倒了一大碗白酒，准备喝了，鱼幼说道，不喝酒行吗，你早晨才受了伤？老龚哼了哼，一口把碗里的酒灌进了喉咙，血液从眼眶涨到额头，顺着鼻梁红了下来，茂密的鼻毛从鼻孔里掉了两丛黑黑的颜色，呼吸的时候，跟着耸动，好像活泼的小老鼠。吉星场本来嘴里含着一块鹿肉，硬邦邦的，正待咀嚼，突然一阵恶心，舌头沾到一根粗毛。他赶紧跑到公厕，哇的一口吐了。

吉星场返回来，只见老龚埋着一颗肉滚滚的头正在大口吃肉，他碗里堆满了肉片，一看就知道是鱼幼帮的忙。吉星场面前摆着一只土碗，里面斟了大半碗白酒。鱼幼笑着说，老龚给你倒的酒！老龚听了，也不看吉星场，自己又倒了一碗，咕咚咕咚，灌进喉咙里去了。吉星场没有喝，鱼幼见势不妙，抓过塑料壶，给自己倒了大半碗，笑着说，小吉，喝啊。小吉还没把碗端起来，鱼幼早已喝光了碗里的酒。看样子，鱼幼是从没有这样喝过白酒的，她捂着嘴，剧烈咳嗽，一只手还要拿塑料酒壶，被吉星场拦住了，吉星场说，我喝！吉星场喝下酒，他的碗马上被老龚抢了过去灌满了，吉星场说，不喝，我已经醉了！老龚说，我喝了两大碗。鱼幼说，小吉，我陪你继续喝！鱼幼的脖子从雪白变成粉红色，解开的辫子变成了黑色的瀑布，在耳朵和肩上荡漾。她的脸是醉了，在雪白的颜色中添了一层粉色的雾，虚无缥缈的笑声，正在远离桌子，吉星场看到的是不停地旋转着的墙壁和窗口漆黑的树枝。老龚又倒了满满的一碗，自己喝了，然后，鼓着腮帮子问，小兄弟，你记得老子总共喝了几碗？吉星场摇着头说，我喝醉了，记不得了。老龚突然扑到吉星场面前，抓起吉星场的手说，小兄弟，打我吧，杀我吧，我心里难受啊！吉星场说，老龚，没什么，事情已经过去了！老龚把吉星场的话抢了过去，急促地说，我老龚没读过书，说不来话，但是，当时打你，你知道原因不？就是恨你——忘恩负义，不当那个副区长，你的日子就过不下去了？鱼幼不一样，摊子拆了，她就没有饭钱了！吉星场说，那确实是我的错，但……老龚哆嗦着，又说道，小吉，知道我打你的原因吗？还有……鱼幼伸手捂住老龚的嘴巴说，老龚，够了，喝醉了嘴臭，不许说了！老龚的脸痉挛起来，眼珠子凸到灯光里，迟缓地转动着，他的舌头麻木了，所说的话不甚清晰，“不说了，鱼幼，我要上床睡，小吉，和鱼幼上床睡觉去，我和鱼幼睡过觉的，我睡了，你们继续……”鱼幼厉声骂道，你妈的，老龚，瞎说些什么？谁和你睡觉了，做梦去吧，你妈在等你呢！老龚流着口水，嘻嘻地笑道，鱼幼，我，我，我……想和你睡……鱼幼愤怒地甩了老龚两个耳光，老龚身子一歪，倒在桌子底下，眼睛紧闭，鼻息如雷。鱼幼用脚踢了踢老龚的大腿，没反应。鱼幼摇摇晃晃，三下五除二，把桌子收拾干净，叹了口气说，小吉，我又做错了一件事。吉星场伸手扶着鱼幼的肩膀，紧张地问，做错了什么？难道你真的……鱼幼笑道，和老龚睡觉？怎么可能！鱼幼推开吉星场的手，一下子闪进了她的房间，“小吉，我醉了，我睡了！”哐啷一声，鱼幼把门关上，闩了门栓。吉星场问，老龚怎么办？他人还躺在地上。鱼幼说，别管，他身体素质好，不会死的。吉星场想把老龚扶上床，老龚灌满了酒的身子更加沉重，拖了两下，只得放弃，吉星场扯了一张床单覆盖在老龚的身上，这才歪歪倒倒，进了自己的寝室，第一次，他闩上了门闩。

然而，脑子昏沉胀痛，却无一丝睡意。黑暗中竟是盛满白酒的大碗，在手里推来推去。也不知道是谁的嘴巴在喝，谁在打着酒嗝，谁在大声地呕吐，吉星场在床上痛苦地翻滚，煎熬，等着长夜过去，酒精从身体里蒸发。

画符

走出考场那一瞬间，吉星场衰竭到了极点。天空中西斜的太阳突然变黑，周围的树木围着他旋转，速度越来越快。一个踉跄，他从台阶上跌了一丈多远。手和脚，仿佛已经和肚腹断裂开，失去了知觉。

回到家中，吉星场连续在床上躺了一周多。稍微有力气起来，坐上十来分钟，看看窗外的树，然后，又得躺下，他真的没有任何力气关注别的事物。

鱼幼说吉星场是中邪了。典型的中邪症状：人躺在床上，灵魂离开肉体，大白天在校园和街道上乱窜乱跑，非得精疲力竭，不返回身体。这样可以解释吉星场为何从早躺到晚，什么事也没干，人累得说话都没有力气了。听街上的人说，鱼幼回家问吉星场是不是这种情形，吉星场点头说是。鱼幼不相信，她问吉星场，此时此刻，老龚在干什么。吉星场闭上眼睛，嘴里轻轻地叙述道，我看见了，老龚坐在肉摊子上抽烟，他在打呵欠，左手的食指刚刚割了一道口子，裹了胶布，血液把胶布染红了。鱼幼马上跑到学院门口对面去看，果然，老龚嘴里剩了一个烟蒂，仍然依依不舍含着，他的左手指的食指蜷曲着，真的缠了一层胶布。老龚打了个呵欠，惊讶地看着鱼幼问，你来有什么事？鱼幼笑道，没事就不能来吗？我来看看你的手。老龚骂道，他妈的，晚上没睡好，精神不集中，一刀子下来，幸亏让得快，只是食指受了皮外伤，流点儿血，没什么。鱼幼怀疑吉星场是瞎猫逮死老鼠——纯粹靠运气碰到的，便换了自己卖油茶的地方让吉星场说。吉星场瞪着眼就稀里哗啦地开始描述那里的情形：摊子脚下有一只黄色的猫，它躲在塑料布下，身体抽搐，昨晚被旁边卖面的伙计泼了一瓢开水在背上，烫伤了，毛脱了一层，痛得它喵喵叫，它大概是怕人了。鱼幼飞快跑到自己的摊子上，掀开塑料布，下面果然瑟缩着一只黄色的小猫，它可怜地瞪大了眼睛，等着不可知的悲惨的命运，鱼幼把塑料布放下，小猫安心了，喵的一声叫了。鱼幼还想找第三件事来检验，吉星场已经扭过头，呼呼大睡了。鱼幼把她刚才所做的事告诉了老龚，老龚骂道，他妈的，小吉是个什么玩意儿！难道考上了博士，以后就是专门来偷看别人这些鸡毛蒜皮的事么！老龚不相信，但他还是告诉鱼幼，衣服裤子最好穿黑色的，免得小吉看透了。鱼幼骂道，疯子，小吉是这么低级下流的人么，我是他的姐姐呀？老龚说，老子就穿黑色，看他拿我怎么办？过了两天，老龚告诉鱼幼说，老子丢了两百元钱，你问问小吉，我那钱丢哪里了？鱼幼说，若是故意刁难就算了，若是真的，可以问一问的。老龚一本正经地说，真的。鱼幼如实问吉星场，吉星场说，白天看不见，晚上才知道。鱼幼把吉星场的话回复了老龚，老龚得意地说，还是算不过老子吧，老子放在黑色的内裤里，外面再穿一条黑色的内裤，他就没办法呢，狗屁博士，还不如老子一个屠户本事大呢。

对吉星场的现状，鱼幼的心情非常复杂，又害怕又担忧。整个人疯疯癫癫，半死不活，这样下去怎么得了？考上博士，怎么读毕业？考不上，在华阳理工学院，这副模样怎么去上班？她在忙着生意，心里在想：等到旧历十五晚上，还是准备带吉星场去草桥村烧香，看能不能治他的毛病。听菜市场卖菜的农民介绍，草桥村的事儿非常灵验。草桥村在清凉山脚，芙蓉江的一条很小的支流经过那里，一侧是陡峭的山岩，时常滴着泉水。半年前，草桥村悄悄流传一个传说，山岩显灵了，石头上出现菩萨模糊的影像，要在十五的月光里赶到河边，焚了香，虔诚跪拜，那菩萨方才看得见。有什么心事得赶紧向菩萨诉说，然后，趟过河，用瓶子去接岩石上滴下的泉水，拿回家每天喝一小杯，默念心中的事，七七十九天一定能成功化险为夷。

旧历十五终于熬到了。鱼幼告诉老龚，一起护送吉星场到草桥村去烧香接圣水，为吉星场治病。老龚打着呵欠说，老子身子快累垮了，小吉这个混蛋，成天躺在家里无病呻吟，还要我们这些下力人伺候，他妈的博士，讨厌死了，老子一刀子宰了喂狗！鱼幼呵斥道，住嘴，老龚，要不是你把他打垮在床上，他好端端的，怎么会有这些问题！老龚骂道，真后悔那次没给他一刀子，宰了他的老命，不是一了百了！这条癞皮狗，摊上他这样的人，真是倒了八辈子的霉！鱼幼把吉星场从床上拖下地，笑道，今晚我们一起去看月亮，好吗？吉星场软绵绵地站在地上，叹息道，月亮在哪里，窗外有吗？鱼幼说，我们到乡下去，一个遥远的地方，那里的月亮才美丽呢。吉星场问，老龚也去吗？鱼幼笑道，去呀，他保护我们呢。

三个人打着手电筒，向着草桥村的小路，在月色里，深一脚浅一脚地走，吉星场好像一个正常人。老龚说，小吉，你龟儿子这样作践我们，就不怕天打雷劈吗？鱼幼骂道，滚回去，鸡肠狗肚的东西，谁让你来的？老龚受了气，不再声张，像个木头一样，两只脚在地上发出迟钝的声音。旧历的十五晚，草桥村人山人海，数不清的手电筒光在田塍地角、岸上河里晃动。大家都在期待一个特殊时刻：菩萨在岩石上显灵！月亮缓缓地爬升，河谷的雾气渐渐散去，河岸上的岩石越来越分明，月光从斜射变成直射，岩石下攒动的人群正在仰视着，突然，一阵喧哗，有人说，显灵了，快看，快看！成千上万的人从岸上跳入河里，扑向对面岩石滴落的泉水！鱼幼拉着吉星场，通的一声，河水立即淹没了大腿，冷水漫上了肚脐，鱼幼站立不稳，幸好老龚在后面一把抓住了她的手臂，直接把她举过了其他的头部，直接举着水壶，放在泉水下。

这时候，身后的一块干田里，燃起了熊熊的火焰。一大堆柴火，旁边的人有条不紊地拿起木材，往火堆里放。冻得哆嗦的人纷纷往里挤，却有人在高呼，排队，排队，张仙娘在此，为大家画符，有灾的逢凶化吉，无灾的平安终身！一块钱一张符，配合圣水喝呀，灵验得很哪，百分之百，有效果！吉星场凑不拢，踉踉跄跄，被疯狂的人群挤到外围，远离了传说中的菩萨和圣泉。庆幸的是有老龚，他保护了鱼幼，接了一壶圣水，从沸腾、攘夺、叫嚣的人群中成功地突围，哆嗦着，爬上了岸，衣服裤子水淋淋的。老龚流着鼻涕说，回家吗？鱼幼说，干脆再找张仙娘画符，稳妥些！老龚带着吉星场、鱼幼，掀开人群，走了进去。火堆旁是满满的人，围着一个枯瘦的老太婆，老太婆大概就是张仙娘吧。她闭着眼，嘴里叽叽咕咕地念叨。老龚扑到桌子前面，把老太婆吓了一大跳，老太婆说，胖哥，你要干什么？老龚浑身冒着热气，一股暖意围了上来，他说，烤火，我好冷啊。老太婆说，要画符，到后面排队，烤火的回家去！老龚、鱼幼和吉星场三个人的衣服裤子滴着水，站到哪里，哪里就会自动闪开，他们打着喷嚏，乖乖地排队。轮到老龚了，他鼻子冻得塞住了，鼻涕横流，嘴唇发乌。老太婆说，胖哥心里想些什么，说来听听？老龚牙齿打战，咯咯咯地响，他说，烤火！老太婆说，走开，下一个！鱼幼说，我弟弟有凶事，希望化解！老太婆随手在草纸上画了一只乌龟，交给旁边一位中年妇女说，带这个小妹去施法，把符给她贴上！记住，要贴在肚脐上，三周不准洗澡！吉星场走上前，老太婆说，小伙子，你呢？吉星场说，我冷啊，衣服裤子湿了。老太婆随手在草纸上，也画了一只乌龟，交给旁边的中年男人说，带这个小弟弟去施法，把符贴上！还是贴在肚脐上，七周之内不能洗澡，一定要忌讳呀！

河谷里，冬天的雾气像魔术师一样，突然无中生有，笼罩了田地和远近的村庄，面前只露着一条窄窄的石板路。在微弱的电筒光里，老龚、鱼幼和吉星场三个人恍惚迷路了。他们举着手电筒，半信半疑地走着，先前走过的路还没有进入记忆，一切同当初一样陌生，一条结霜的土路，一排亮着电灯的红砖房子，寂静的校门，铁栅栏虚掩，无人进出。

回家了。旧房门嘎吱地回应了一声，鱼幼吓了一大跳。刚一打开灯，老龚就瘫倒在沙发上了。“姐，我们还信这个呀？”吉星场打着呵欠，突然从灯光下清醒了过来。老龚肥大的头晃动着明亮的光，整个人倾斜在破沙发里，鼻息如雷，像一座正在倒塌的大山。鱼幼笑道，千辛万苦，怎么不信？好好睡一觉，明天起来，自然就信了。

吉星场含糊其辞：我什么也不信，只相信姐的。说完，瞌睡虫压在眼皮子上，越来越沉重，鱼幼的影子渐渐模糊……

同　居

有时候，一个人得学会怎样心安理得地浪费时间，不然，平静的生活也会演变为一场灾难。吉星场顺利地通过了北方大学美学系的博士生考试，但在入学之前，无路可走，还得老老实实待在华阳理工学院的分院——一个几乎与他的生活脱离了实际关系的场所。他考的是全日制，人事关系要与现单位脱钩，剩下的是住房，不好意思，名义的房子已经全款出售给了鱼幼和老龚，他一下子从房东变成了临时寄居的客人。名义上的姐姐鱼幼，把她和老龚的关系突然公开化了，老龚睡觉的地点从客厅的破沙发转移到鱼幼的床上去了。是否办理结婚证，没有人管，反正两人都是离婚多年的人。吉星场对这个过程一清二楚，但鱼幼觉得还是有解释的必要——一个异乡人，尤其是女人，在这个举目无亲的地方，需要男人——为什么这样说呢？屋里的电路坏了、电器故障、自来水管漏水，这些生活小事带给女人的麻烦不比发生一场世界大战的破坏性小。女人的安全感便来自这些物质因素，电路坏了，电器故障，便捷的生活突然寸步难行，打电话找外面的专业技工，往往姗姗来迟，其实最主要原因还在于女人的心理脆弱——在她们生活的狭小空间里不容许闯入陌生人，水电工是一些邋里邋遢的成年男人，一下子进入她们生活的内部，个人隐私暴露无遗，这是大忌。在这个方面，别看老龚是个屠户，一身肥肉，却是个家用电器的修理匠，吉星场什么也不会，连电路短路的问题他也只能打电话求助单位的水电工。吉星场作为男人，缺陷太明显了。一个熟悉的男人，被她们视为无害的异性，通常的身份是同事、邻居、好朋友，这方面，鱼幼沾不上边。所以，她冒着得罪吉星场的危险把老龚卷进来，合伙买下了吉星场的房子。

老龚出了一半的资金，意味着房子里的任何物品他都拥有一半的话语权。在与鱼幼长时间关起门来磋商的过程中，互相占有了对方的身体，这是一种巨大的象征，互相将占有对方的生活。吉星场所居住的房间老龚暂时还不敢迈入，这一点，老龚把握得很好。当然，老龚对他即将拥有的领地，有着超强的好奇心，他常常会借着和吉星场说话的机会把多肉的头伸进吉星场的房间，吉星场对此则会肝火大动。他捧着书在看，用一条瘦长的脚把门哐啷一声砸在老龚的脸上。老龚没那么笨，他灵活地躲开了。

除了吉星场的房间，房子的其他空间，老龚正在以各种各样的方式显示他作为男人的占有欲和成就感。他会故意把鱼幼晾晒在房间里的内衣和裤衩拿出来，悬挂在客厅，而同时并列悬挂着的一定是他的裤衩和背心。这些东西滴着水，吃饭的桌子长期湿漉漉的。每次，吉星场过路，都要加快脚步，他要忽视老龚的作为，绝不能让这个家伙的阴谋得逞。因为老龚这种恶劣的动作，吉星场几乎拒绝了坐在饭桌吃饭的机会。鱼幼很忙，但总是想调节一下房子里的氛围，她便自己来煮饭做菜，满满一桌子飘着香，锅里还咕咕咕地炖着排骨汤。“小吉呢，”鱼幼拴着围腰，在走廊上忙着洗菜，嘴里说道，“姐姐中午请你打牙祭！”吉星场把书往床上一撂，无精打采地说，哎呀，单位几个朋友聚会，喝点儿小酒！说完，吉星场穿上衣服裤子就走了。满满的一桌子菜，就只有鱼幼和老龚两个人的肚子来装了。看着老龚脱了外衣的样子，吉星场心里涌起的远不是单纯的恶心感觉了。头、脸、脖子，肥厚的肉抹杀了相互的界限，白花花的胸脯，孕妇似地凸起的大肚子，如果不看脸和长毛的大腿，完全是一个营养过剩的中年妇女的身体。就是这样的身体占有了鱼幼的身体，纤巧秀丽、超尘脱俗的肉身，那是一个婴儿才能具有的资质！鱼幼啊，你怎么没眼光！看着这些，吉星场就心痛不已！为什么会这样呢？早先，嫁一个二三子，简直是一只老鼠，随时都想找个洞溜一溜的动物！现在好了，粗鄙低俗的老龚，要找个动物来描述，还不太好打比方——像个什么呢？像一头发情的大黑熊！吉星场心里分泌出的是这样的毒汁，要是鱼幼知道他是这样评价和她同床的男人，那不气死才怪呢。

吉星场每次撒谎都是一句话：单位上几个同事聚会。鱼幼自然来气了，她难免也要抱怨：小吉呀，姐的生意忙，看在你马上要到远地读博士去了，趁你在身边，做一个菜给你尝尝，你怎么这么不领情呢？姐是哪里得罪了你吗？鱼幼从未用这么重的语气说过吉星场，吉星场觉得问题严重了。鱼幼已经多心了，不管怎么样，吉星场一定得给个面子，吃一顿鱼幼在家做的饭菜。吉星场明显是在挣表现了，他挽起袖子，在走廊上洗菜，邻居的同事过路打招呼道，耶，太阳从西边出来了吗？吉博士，你也要食人间烟火了哇。吉星场慢条斯理地洗着，这里，鱼幼是一个人做惯了家务，快节奏、高效率，毫不客气地驱逐了吉星场：去，把客厅的饭桌子擦干净！吉星场抓了根毛巾，端了一盆水，在桌子上反复擦抹，擦得亮铮铮的，仍然擦着，他想把老龚裤衩滴落的水从他记忆里擦干净。鱼幼见状，又好气又好笑，责怪道，小吉呀，你这个样子，以后哪个女人会嫁给你过一辈子呢？

老龚见吉星场终于肯在桌子边和他一起吃饭，激动得手脚都剧烈地发抖。这个客厅有一半是他的，吉星场至少臣服了一半，很好，另外一半慢慢来吧。老龚大口狂嚼，嘴巴发出吧唧吧唧的声音，吉星场听着异常刺耳，端着碗，厌恶地看着老龚的嘴巴，好像比普通人的嘴巴结构要粗糙一些。同样是啃骨头，旁边的鱼幼一点儿声音也没有，为何差距这样大？以前，吉星场也和老龚在一张桌子边吃过饭，没感觉他吃饭有这么多的恶心，天哪，到底是怎么回事？老龚这种出格的举动连鱼幼也感觉到了，鱼幼厌恶地说，嚼东西动作小一些吧！老龚得意地笑道，哎呀，平常就是这样的。这不是吉星场的幻觉，真的是老龚的问题。老龚似乎不在意吉星场和鱼幼的感受，继续他的放肆之举，喝了汤，还要伸舌头把碗沿舔一下。特别恶心的动作在后面，老龚直接把他喜欢吃的红烧大肠从吉星场面前端到自己面前，一阵风卷残云，一扫而光。食毕，干脆放了两个响亮的臭屁。鱼幼把碗扔在桌子上，狠狠骂道，畜生，讲点儿公德好不好？老龚笑了，连忙道歉道，对不起呀，小吉，你现在变成博士，我们这些屠户是得罪不起你的。鱼幼骂道，龟儿子，你这是故意气我的。鱼幼还准备骂，老龚已经甩着肥硕的屁股下楼去了，他还要摆摊，不到晚上九点钟，他不会收摊。

鱼幼坐着，脸色突然变得难看了。吉星场说，姐，你怎么啦？鱼幼伸手从桌子上扯了一张餐巾纸，抹了抹眼泪，声音颤抖着说，小吉呀，姐怎么老是遇到这样低劣的男人？吉星场说，男人嘛，都有耍个性的时候，女人要理解。鱼幼放声大哭道，我不要，反正离婚几年了，一个人过惯了。吉星场还想安慰，鱼幼抽泣道，小吉，你收拾一下桌子和碗筷，我人不舒服，需要进屋休息一会儿。鱼幼这一睡就是一天，门关上了，老龚只好在客厅蜷缩了一晚上。第二天中午，老龚从外面为鱼幼买了一只烧鸡，喜滋滋地提回来，嘭嘭嘭地敲门，鱼幼说，滚！老龚回头望了望，无限留恋，但鱼幼面无表情，只得悻悻地走了。

和老龚相处，鱼幼掌握着绝对的主动权。在婚姻中吃过亏的女人精明起来，比妖怪还可怕。老龚尝到了鱼幼的厉害手段，在房子里也变得缩手缩脚了。鱼幼采取了更狠的一招：她把老龚买房子的钱退给老龚，这套房子完全属于她一个人的了。怪不得老龚突然蔫了，鱼幼真是打蛇打七寸，收拾男人的功夫到家了。有一天，老龚耷拉着脑袋，一身肥肉松弛，提着一个大编织袋，艰难地进了房子，一样一样地把他的东西放进去。吉星场奇怪了：老龚，你怎么啦？老龚有气无力地说，哪壶不开提哪壶，小吉，我还是不说话最好。吉星场问，说话呀。老龚说，唉，鱼呀，不，就是你姐姐——算啦，我老龚就是把夜壶，屙尿的时候提起来，不屙尿就扔到旮旯去了。吉星场问，胖哥，你和鱼姐闹矛盾了吗？老龚苦笑道，人家的千金小姐放暑假要来住，我就这样被赶走了，哎，想不到她会这样对待我。吉星场开导道，胖哥，不要生气嘛，鱼姐的女儿有那么大的年龄了，她这样做可以理解，等下学期开了学，你回来就是了，你看，我这房间也空出来了，是不是？老龚摇着头说，说得太远了，能不能回来，我无所谓，再见，小吉，吉博士，祝你好运！老龚从裤袋里掏了半天，掏了两把锈迹斑斑的钥匙放在桌子上，无限感伤地说，钥匙交出来了，告诉鱼幼，请她放心。

老龚被鱼幼赶走，房子一下子又空虚了。大学放暑假，二丫丫要在培训机构补课，有可能来这里住，或者干脆不会来住，鱼幼看不惯老龚，一句话就把人给打发走了。在心中，吉星场暗自为老龚感到悲哀，虽然不久以前，吉星场是那么强烈地憎恶老龚。所以，当鱼幼在吉星场面前历数老龚的罪状时，吉星场心里就像刀子在戳，他想到的是红尘对待他的种种无情手段，每一次伤害都是致命的。老龚放在桌子上的钥匙，鱼幼一把抓起来，丢在垃圾桶，嘴里哼哼道，这样东西要来干什么呢？还想回来吗？我把两道门的钥匙换了。鱼幼把新换的大门钥匙递了一把给吉星场，吉星场颤抖着手，接触到鱼幼的手指，冷得像一把钢筋。

导　师

牛，乡下人耕田的工具，老实巴交、低头吃草的动物。然而，走进华京，远离农田和农业，牛变成一个抽象的词。出现在口语，全然具有了不同凡响的意思。吉星场的博士生导师姓牛，简称牛导。社会上的人初听，误以为是导演呢。考入北方大学美学专业之前，吉星场同中国的其他十多亿人一样，对牛教授一无所知。

进了校园，坐在狭小的教室里，看着讲台上一个面部干枯、身体瘦小的老头子，还是不觉得他有多牛气。可是，听了一堂课，印象就变了。老头子将近八十岁了，一堂课讲三个多小时，一直站着，腰不酸腿不软，不喝一口水，不上一次厕所。吉星场被牛导的身体素质吓坏了，老年人常见疾病，他一样也不沾，这不是很牛吗？至于学术成果，不用搜索。同学口里唾沫横飞，一口一个牛导。三句话不离本行，博士嘛。准确地说，应该是专业人士。盯着本专业最高深的地方，想着最陌生的概念。而且，单是牛导所在的北方大学在中国大学中的地位和影响力，就足够说明牛导的本事了。在以后的日子里，北方大学校园里对牛教授有一个补充版本的传说，算是把牛教授从云端拉下来，放进人间烟火。所有的故事一经发生，都是通俗的：早先，牛教授其实姓午，午助教，午讲师，午副教授，混了三十来年，午副教授突然开始发飙，到处吹牛，一下子把自己的姓——午——吹出头，瞬间变成了牛。哈哈，午教授干脆把自己的姓改成了牛，牛教授诞生了。当然，另有一种说法，牛教授，不——牛讲师，曾经在农场放过牛，他曾经做过一个惊世骇俗的实验，实践过一个成语：对牛弹琴。从农场的场友偷偷借来一把破旧的小提琴，黄昏或清晨，对着吃干草的牛演奏名曲。牛也不是想象中的那样愚蠢，听到声音，便竖起耳朵，打了个响鼻，接着低头继续吃干草。牛讲师肚子饿得慌，看到牛吃得惬意，忍不住抓了些干草放在嘴巴里咀嚼，枯燥乏味。牛讲师恍然大悟：原来，研究美学，同牛吃干草的原理基本相同。干草于人，琴声于牛，美学之于庸众，不过是觉知方面的个体差异而已。从此，对于美学，牛讲师放弃向外诉求，沉默下来，心内体味，十年不到，终于小成。返回北方大学，重新走上讲台，便有著述出版，闻名于世。而其他同行，在农场十年，除了放牛喂猪，从未触及专业，返回大学，专业完全荒废，悔之晚矣。牛讲师摇身一变，赫然一牛教授也。

牛导讲课是从骂人开始的。国内美学专业的所谓名人，在他嘴里连根牛毛都不如。骂完了，才开始点名。五六个学生，点了名之后，一会儿又记不住学生的姓名了。牛导干脆笑道，反正你们都是我身上的毛，要名字干什么？牛教授这人，大约是经历太过复杂，性格也变得复杂，复杂到矛盾的地步。刻板又诡诈，严厉又顽皮，随和又摆谱，内敛又放肆，说话处事就像孩子们最喜欢的跷跷板，不在这个极端，便在另一个极端。牛教授可不是一个平衡状态的人，思维、情绪、智力，波澜起伏，特别有意思。最初，吉星场想通过谦恭殷勤的态度巴结牛导，见了面，一叠高帽子送过去，老牛白眼一翻，咳咳，咳，根本不吃这一套。

牛导对吉星场的印象竟然欠佳，师生之交简直就是孽缘。吉星场学籍档案中出现了一个当代罕见的词语：农场。牛导很快也知道了，神经受了刺激，主动地挑出这个话题，同吉星场展开私人谈话。牛导想知道，他的农场和二十多年后吉星场的农场之间有什么不同。对吉星场来说，农场可是个羞于启齿的地方。贫穷，纷争，官司，斗殴，离婚，所有的厄运，聚集在青春，吉星场宁可去死也不愿对此详加描述。牛导与吉星场之间，典型的信息不对称，这种对话必然让牛导失望至极，而吉星场一败涂地。吉星场读过牛导的传记，无比熟悉牛导的农场，牛导越想从吉星场那里了解农场最新的情况，吉星场越是要逃避掩饰，他凭着良好的记忆力，把牛导的农场往细节上引导，让牛导陷入自我回忆的境界之中。牛导的农场似乎也不是一段十分美好的记忆，除非他自愿，任何学生均不敢在他面前提起半个词。牛导的老婆在他籍籍无名、陷入困厄之际，竟然弃他而去，同牛导当时颇为得势的一位同学结婚，并且有了三个孩子。而牛导，一气之下，竟然在农场做了节育手术。这是牛导的传记上读不到的内容，牛导深以为恨。

北方的气温降得早，九月中旬，吉星场便穿上一件崭新的毛衣，鱼幼亲手编制的。毛衣的胸前织着一朵花，虽然是暗淡的蓝，却也引起了牛导的反感。牛导干瘦的脸严肃得像一块墓地，眼睛释放出冰冷的光芒。牛导讲康德，时常望着天花板，等学生做完笔记，他才放下头，一脸怨怒，目光直射吉星场。吉星场能够感受到目光的压力和分量，却一时未能理解。等到同学中暗自传出他的诨名，吉星场才觉得蹊跷。花里菩提。同学都这样称呼吉星场，谁取的这个诨名？谁呀？就是牛导。牛导？不可能！那么严肃正经的老人，同学生开这样的玩笑，不是很掉价吗？不相信吗？好，过一段时间，什么问题都明白了。牛导正在主持编撰《中华美学大典》，鸿篇巨制，工程浩大，几百个学生按照分工，埋头做事，心无旁骛。在新招的博士生中，吉星场是唯一被拒斥在这项巨大工程之外的学生。吉星场有些失落，他不明白牛导为何这样歧视他，羞辱他，完全不具有一个美学大师应有的气度。但是，中国人有句话：老还小。这样理解牛导的行为，似乎正确得很。一个学者，老到一定阶段，学问通了，智慧通了，没有伙伴，无聊至极，便要任性撒野，像一个宠坏的孩子。

前不久，中央电视台突然搞了个百家讲坛，好几位中外著名学者出场亮相，引起了巨大的社会反响。于是，各省市电视台纷纷仿制，各式各样的学术讲坛如雨后春笋。哎呀，文科学者的春天来了，名利双收的事，谁不动心呢。有人打起了牛导的主意，三番五次上门来请，牛导一口回绝。然而，游说说情的人多了，激怒了牛导，牛导便笑道，我这头老牛走不动了，让我拔根牛毛来吧。牛导要他的学生出场，面对众多学生，随意挑一个，无需了解姓名和学术水准：就是你，一根毛，你可以代表我去参加活动了。在牛导面前，学生就是一根牛毛，风一吹就跑十万八千里远。走出校门，牛导身上的一根毛瞬间便幻化为另一个牛导，法力上身，功夫了得！真是这样神奇！

牛导老眼昏花，面对众多学生，选谁呢？在幽暗中，吉星场胸前的一朵花在绽放，越来越艳丽惹眼。啊哈，一朵花，就是你，好小子！花里菩提，你可以代表我牛某！吉星场比较老实，点到名，身体发抖，如临大敌，不知道老头子会找什么方法折腾他。老头子笑道，好男一枝花嘛，一枝花，开会去！吉星场搔首弄姿，面色通红道，导师，我是个男人，不是一枝花呀。牛导指着吉星场胸脯上的花，笑道，还说不是，佛祖拈花微笑，以心传心，摩诃迦叶，法力上身，好得很！牛导这样一说，吉星场无法拒绝，一段时间，几乎成了专业的会议代表。同学们戏称吉星场为牛须，一是说吉星场个子高，二是长脸，虽然牛脸比较狭窄，但也需须发衬托。出席活动多可不是件好事，那会影响学业！大家都知道牛导在戏弄吉星场，像戏弄一朵花的春风，摇曳不止。牛导平常插科打诨，但关键时刻从不含糊，不通人情，从不慈眉善眼，想通过他的博士论文答辩谈何容易！因此，多数学生并不想沾牛导这方面的光，仍是老老实实在图书馆坐冷板凳，苦钻学业，同时参与《中华美学大典》的编纂。吉星场在电视里露脸，但他没有知名度，露了等于白露。蹩脚的普通话暴露了牛毛的虚弱，不过，能在华京的会议上讲方言或方言普通话，另一些人看来也算真正的牛人。从牛毛推知牛教授，电视观众的心理得到极大满足，牛导更加出名了。

如今的社会，全能的天才比较少了。搞学术的人，高度专业化，只是在面前的一亩三分地里才有存在感。学术界所谓牛人，也像牛一样，局限在某个小圈子里。当然，正是因为牛人生活在小圈子里，很多人会在华京走冤枉路。绕了半天，还是原地踏步。俗话说，隔行如隔山，小圈子就是某个行业的巅峰。只在此山中，云深不知处。真人不露相，任凭外人瞭望，云遮雾绕。不过，牛人识牛人，虽然牛人自囿于几十年修筑的小圈子，但也不妨出现这样一种格局：一个乒乓球世界冠军的书画作品出现在书画大赛现场，或者，一个哲学系教授出现在通俗歌手大赛的评论席上。专业之外的拙劣和无知并没有被专业的门槛限制，反倒绿灯大开，畅行无阻。比如北方大学美学博士的座位牌放在一个专业性最高的研讨会、颁奖会或评委会上，没有人会发出质疑。普通观众和舆论需要的是刺激眼球、鼓励消费欲望，北方大学、博士这两个概念可以提升消费档次，就像矿泉水瓶印上某某山深层岩石泉水，其实是从公厕洗手的水龙头接来的普通水一样，水喝到嘴里，口感不会变成美酒，某某山深层岩石泉水是可以无限遐想的。读博士的第一年，吉星场多次充当牛教授的牛毛在华京四处飞舞，电视、报纸、广播电台、杂志，甚至时髦的网络，到处都是他这根粗壮的牛毛在闪闪发光，真是光鲜得很呢。赞扬吉星场的说他牛，挖苦吉星场的说他装，傻冒。不管怎么说，吉星场参与一系列与美学相关的非美学专业活动。什么文学、绘画、书法、雕塑、摄影、歌手赛，吉星场要么是特邀嘉宾，要么是评委。在介绍到吉星场身份的时候，主持人首先渲染的是一头巨大的牛——牛教授——隐身于舆论营造的阴影，牛不现身，一根牛毛现身了，观众们掌声雷鸣，牛毛健壮，牛自然健壮。

话说次年，吉星场同华京文艺界人士混得比较熟了，学业上却呈现了巨大的危机。一群坐图书馆的同学或多或少都有了收获，有的在C刊连续发文章了，有的开始准备撰写博士毕业论文了，只有吉星场还沉浸在象征京城繁华显赫的荣耀世界，成了一名业余的社会活动家。从芙蓉市、从华阳省、甚至从木鱼县来的人，吉星场都充当过接待者，虽然吃饭唱歌洗脚泡桑拿打牌喝茶聊天不需要他掏钱，但他得陪着，主要是联系人、召集人，全程陪侍，不仅耗时巨量，关键是喝得醉醺醺的，头重脚轻，没法潜心看书。芙蓉市云梦区的白乐在京学习两个月，蛐蛐区区委书记苏幕遮来京开会一周，木鱼县副县长来京旅游三天，后来又来了华阳理工学院的同事——到蛐蛐区挂职副区长锻炼的顾轻狂来京看病，这些人物，吉星场像伺候老爷一样，小心翼翼，唯恐得罪了他们，给自己的亲朋好友带来想不到的麻烦。这一年十一月，华京天气已冷，鱼幼突然打电话说要飞来，顺便给他带一件毛衣，她亲手织的。又是一件毛衣，吉星场身上已经有了鱼幼织的毛衣，他不会觉得重复的。天冷了，毛衣暖和着身子，吉星场恍惚感觉到鱼幼的手指在身上游走。一针一线，都是鱼幼的力量和心思。吉星场感激不已——这个人才是他心甘情愿去接待的。

鱼幼的到来姗姗来迟——她不是一个人来的，她肩负着重大的历史使命——与她同车的还有蛐蛐区的几个人，挂职副区长顾轻狂，另有两个年轻姑娘，嘻嘻哈哈的大学毕业生。他们是驾车来的。司机小蒙从部队转业回来，通过区政府当办事员的父亲到了蛐蛐区政府，成为临聘司机。小蒙在华京当了几年兵，有一些粗略的地理知识，他这次开车来，主要是弥补当兵那几年的遗憾，要把故宫、颐和园和八达岭这些地方游一遍。他们几个人先游了长城、北戴河，后来到故宫、颐和园，又看了升旗仪式，再送鱼幼到京华大学去看二丫丫——在京读了三年的大学生——鱼幼了却她美好的京华梦，畅游京华大学校园，最后才找到吉星场，解决一件最重要的事情。

小蒙的车刚好坐满，单出吉星场一人，好在吉星场比较熟悉路线，相约在北方大学附近的小馆子吃饭。馆子虽然小，却是有个小雅间，刚好坐下六个人。馆子人手不够，倒了一杯茶，便没有了下文。顾轻狂占据了桌子主席的位置，习惯性地发号施令，显得踌躇满志，轻车熟路。他现在所管的事几乎就是吉星场早先管过的，文教卫，重心在高校拆迁建修规划。华阳理工学院周围的民居全部拆除，那些卖菜的摊子自然消失。老龚不知去向，鱼幼也不在校门口摆摊卖油茶了。吉星场诧异道，不摆摊挣钱，吃什么？司机小蒙正在埋头读一本官场小说，听到此话，突然抬头笑道，鱼姐现在当老板，挣大钱了，摆摊干什么？吉星场笑道，鸟枪换炮，哟，挣什么大钱呢？小蒙说，跟着顾区长混，枪林弹雨不挨刀！顾轻狂骂道，龟儿子小杂毛，胡说些什么！小蒙马上改口道，说错了，应该是跟着苏书记混才是！鱼幼笑道，哪个女人跟男人混嘛，小蒙，你仔细研究一下手里的官场小说再发言好了！小蒙果然低下头读书了，再也没有插嘴说话。一会儿，菜上来了，顾轻狂招呼喝酒，桌面又热闹起来。

鱼幼主动端起酒杯给顾轻狂敬了三杯酒，两个年轻姑娘只好硬着头皮，站起来给大家敬酒，勉强喝了半杯，脸红到杯子里去了。顾轻狂笑道，吉博士，你知道我兴师动众到华京这一趟的目的么？吉星场说，愿闻其详。顾轻狂得意地笑道，老苏让我来华京找一家最有档次的园林绿化公司，一环扣一环，楼房街道修好了，下一步就该搞绿化美化了嘛。吉星场说，不就是栽几棵树种几株草吗，跑到华京没必要吧？顾轻狂笑道，此言差矣，天下的草木都一个样，老苏需要的是设计，怎样栽树怎样种草，你懂吗？吉星场说，政府管的事，你们自己才懂，老百姓知道什么。顾轻狂笑道，不一定，比如鱼姐，她现在可是半懂啰，不信你问问她。鱼幼羞涩地说，哎呀，我是个外行，不过是挣了点儿劳力钱，还是不说了吧。小蒙抬起头来，笑道，鱼姐，像你那样挣劳力钱，全中国人恐怕个个都成了百万富翁啰。顾轻狂咳了几声嗽说，老吉，说正经事，老苏现在想法有些超前，他想把蛐蛐区的园林绿化搞得别具一格，要中西结合，特别要与国际接轨，你说，我该咋办呢？我想了想，就到华京来烧香，求你这尊真佛，钱不是主要的，关键要与众不同！

按照顾轻狂的设想和要求，吉星场调动了所有的人际关系打探、了解，总算找到了一家名气颇大的丽京园林绿化公司，然而，这家公司提供的方案被苏幕遮在电话里直接否决了。顾轻狂扭着吉星场，又找了几家咨询商谈，均不合苏幕遮要求，不免心烦气躁。眼看在华京呆的日子已久，每日耗费巨大，顾轻狂压力增大，死活要吉星场给个出路。吉星场说，隔行如隔山，我一个学生，确实是爱莫能助。吉星场想起华京电视台有个做节目的栏目记者——这个记者叫什么来着——丁准，当时自称老乡，其实是芙蓉市的人，吉星场从来没有把芙蓉市当成自己的家乡，所以，基本上把这个老乡忘了。现在事情来了，吉星场只得开口：喂，老乡，有空聚一聚啊？丁准说，好啊，没问题，我请你。吉星场说，我给你打电话，能到场就算给了面子，买单的事你就别操心了。丁准人缘好，吉星场要求的人士是园林绿化，丁准稀里哗啦喊了两桌子的人，顾轻狂不愿意出现在这样的场合，便委托吉星场去侦察虚实，同时，鱼幼也陪着，见识场面。

酒桌上，丁准介绍在场的人的身份和姓名就花了二十分钟，吉星场一个也认不得。酒足饭饱，两桌人跑了大半，剩下几个没有什么特别爱好的老人。丁准笑道，吉博士，这个要理解啊，华京这地方，风土人情就是这样，自古以来食客多啊，明知道是蹭饭，你也得由着来，说不定哪天你就到别人那里蹭饭去了。看着稀稀拉拉的几个人，吉星场马上皱起了眉头，丁准笑道，这几位才是高人，不显山露水，等一会儿你就知道了。几个人走进附近的茶楼，位置一坐定，吉星场便借着酒醉直抒胸臆，鱼幼不断地示意他住嘴。茶泡好了，丁准才介绍喝茶的几位人士，牛哄哄，都是大腕。一个瘦得只剩几块骨头形状的中年人，面色苍白，左手腕上却拴了一根红色的绸带，再加两串佛珠，坐在椅子里，轻飘飘地笑，好像一股风都可以把他刮到天花板上。此人搞雕塑，号称雕塑大师的石墨。泥巴、石膏、金属、水泥、面粉，任何材料都行。石墨的作品据说一件已经卖到二十万元了，当然，那是国际价格，以美元统计。石墨是华京美术学院教授，现已辞职，自己搞了个文化艺术公司。丁准直接称呼石墨为石总，石总喝茶的时候，吉星场看清了他的右手，青筋暴露，每一根都在皮肤奔跑，似乎可以看见它们奔跑的线路，从厚厚的羽绒服跑到围巾，突然在脖子上痉挛，最后钻入耳后的头发。旁边身着深红色皮夹克、头发蓬乱、眼大无神的中年男子，名叫哈罗，是个宗教学家，他的职业却是京华大学园林设计专业的教师。“哈罗。”丁准得意地介绍道，天之骄子，我们时代的俊杰，人类灵魂的导师，不务正业的典型专业人士。丁准说，明明是物质与物质打交道，偏偏要把自己变成一堆精神，哈罗！丁准说话的时候好像在对着天空中的神灵交谈，无人应答。哈罗呷了一口茶，方才用微弱的声音回答：符号！说话专业一点儿，小丁！丁准最后介绍的是一位怪物——收藏家南道里，名字怪怪的。“当今世界，第一不务正业之人，本来是国有银行的行长，突然爱上了收藏！”丁准用一种夸张的声音描述了南道里的与众不同。听到这种说法，鱼幼便插嘴问，收藏什么呢？丁准笑道，他收藏货币。哈罗再次抗议道，不专业，不务正业的记者，最好重新到传媒大学深造，从幼儿园开始！丁准得意地笑道，我们这个行业，对其他行业有太多的热情，没法专业啊，全世界都如此！南道里笑道，小丁，你终于谦虚一次，神降尘世了。

鱼　幻

顾轻狂满载而归。五个人，皆大欢喜。司机小蒙感觉最为明显，他掌握方向盘的手比来华京的时候沉重。顾轻狂带了一份协议在身上，每过五分钟都要翻开看一眼，幸福之情写在眉宇之间。不过，这个协议是草案，必须拿回蛐蛐镇给苏幕遮看了才能定夺。签协议一方是华京美都园林设计公司，老总是国内国际知名的雕塑家石墨。石墨是华京的大腕，先前，芙蓉市出面没请动，想不到拐弯抹角，一个蛐蛐镇就把这尊大神给搬来了。

石墨之所以屈尊纡贵，愿意坐飞机到蛐蛐镇现场出谋划策，只是陪同他的朋友收藏家南道里收藏地球上常见的一个小动物：蛐蛐。蛐蛐镇的名气，在史书上已有记载。蛐蛐镇的蛐蛐，曾经是中国古代帝王幼年时期必备的玩物之一。南道里的收藏品中，就有几件古代皇帝用过的器皿，陶土烧制的罐子。敢以蛐蛐镇命名，证明蛐蛐镇这个地方还有历史资源可以挖掘。石墨很快要来蛐蛐镇了，顾轻狂必须马不停蹄地赶回去，请人在工地上搜寻，看有没有斗蛐蛐的文物。华京美都园林设计公司只负责蛐蛐区园林绿化设计，至于施工设计，石墨说，由华京美都指定，保证设计理念能百分之百实现。这个要求苏幕遮已经答应了顾轻狂：只要石墨能来，先把人诓来了再说。

不久，大名鼎鼎的石墨从飞机上下来了。第二天，华阳日报，芙蓉晚报，芙蓉都市报，芙蓉电视台，全都有了这个报道。石墨此行的真正目的，随行的另一个重要人物南道里，都没有出现在报道里。石墨和南道里屁股后面跟着一群记者的镜头，每隔一两分钟他都要回过头来望一望，看看记者在拍些什么。在满是泥浆、水泥等建筑废渣的蛐蛐镇走了两个小时，搜到了几只沾着泥水的陶罐，有人说，这是斗蛐蛐的罐子。石墨和南道里如获至宝，立即和几只罐子合影，然后，才和苏幕遮等人合了影。

苏幕遮是历史学研究生，和石墨聊了几句，便一拍即合，觉得蛐蛐的园林绿化风格应该走古典文化路线。大师石墨拿起铅笔，在草稿纸上胡乱画了几幅图，传神的东西就窜到眼睛里来了。

接下来，园林绿化的施工协议却出现了麻烦。华京美都园林设计公司指定了一家华京的公司，在电话里就被苏幕遮否决了。这家公司是新成立的，名叫华京魔幻园林绿化工程公司。苏幕遮一听这名字气就上了头，什么鬼玩意？魔幻？不伦不类的术语，一听就是个外行搞出来的，并且，注册资本只有两百万元，单单是资质审查就过不了关。苏幕遮语气强硬，要么另外推荐几家来面谈，要么拉倒，合作破产！因为此事是吉星场牵的线，害得他一个月内坐了四趟飞机。从华京到芙蓉市，天哪，总里程达到了骇人听闻的一万三千多公里！吉星场不参与业务谈判，他只是吃饭的时候才到现场调解气氛。石墨带了个助手，气势汹汹，大有踏平地球之势。后两次，鱼幼充当了石墨的助手，石墨的神色缓和多了。协议最终达成，互有妥协。按照政府工程合同招标要求，华京魔幻园林绿化工程公司增加了注册资金，从两百万陡然上升到一千万，走完正常的程序，拿到了施工协议。

谈判成功！苏幕遮、顾轻狂、石墨、鱼幼等人欣喜若狂，驱车到蛐蛐区郊外一家农家乐喝酒庆祝。苏幕遮举起高脚酒杯向鱼幼祝贺，大家都举起酒杯向鱼幼祝贺，吉星场莫名其妙：为什么是鱼幼？顾轻狂拍手笑道，只缘身在此山中啊，吉博士！石墨举起酒杯一口喝尽，笑道，现在，我向大家隆重介绍，华京魔幻园林绿化工程公司的老总——鱼幻女士！鱼幼笑道，算啦，还是称呼我为鱼幼吧，大家已经习惯了。苏幕遮干了酒，亮着杯底严肃地说，必须得改名字，改称呼，堂堂的公司老总，千万富翁，按照法人代表的名字来称呼，名正言顺！吉星场犹豫着，把酒喝了，慢慢地坐下来思考鱼幻这个名字。等到喝第三杯酒的时候，他想起了，鱼幼有两个身份证，另外一个身份证上面的名字就是鱼幻。

华京魔幻是个什么玩意儿呢?

苏幕遮举起酒杯，意味深长地研究着公司的名字。顾轻狂笑道，书记，这是一个奇妙的组合——一个地名加两个人名，大家开动脑筋，准备回答书记提问！“华京魔幻是个什么玩意儿呢?”吉星场肚子里旋转着这个问题，石墨已经开口了：魔就是墨，幻就是幻！苏幕遮骂道，废话！屁话！顾轻狂说，魔是石墨的墨的谐音，本身是魔鬼的魔，幻是幻想的幻，鱼幼的幻！苏幕遮说，呸！越说越复杂！石墨伸手搭在鱼幼的肩上，得意地说，这个公司是我石某和鱼幼爱情的结晶！鱼幼猛地把石墨的手掀下来，怒气冲冲地骂道，龟儿子喝疯了，谁和你有爱情的结晶！石墨更加得意地笑了起来：初中生都知道，石墨是可以变成钻石的，我们这个公司做生意赚的钱，全部用来买钻石！哈哈！这就是结晶，至于爱情嘛，那就是撒点儿味精罢了。

苏幕遮严肃地说，石总，钱我们足额支付，建筑质量必须保证啊，不然……石墨说，这个问题由鱼幻女士负责，她全权负责，我不管，法人代表是她！

鱼幼这样旋风似地青云直上，确实出人意料，然而，鱼幼这样招摇，横生枝节，颇令吉星场苦恼。吉星场离开蛐蛐镇不到两年，鱼幼先是接了个小项目的工程，华阳理工学院对面的农贸市场建修，找了一笔小钱。现在，她不缺钱了。更重要的是，她学会了和政府、企业和社会多个阶层的人打交道。文化知识的欠缺不足畏惧，鱼幼有多方面的优势可以弥补、替代，比如美貌和装饰，读懂别人的内心，特别是准确掌握心理最阴暗的部分，这种本领就可以称为智慧了。与苏幕遮打交道，是她自己的本事。吉星场从没给苏幕遮打过电话有什么私人诉求，苏幕遮要把项目给鱼幼做，确实是看中了鱼幼的为人。帮助吉星场那么多年，不图回报，吉星场名义上的姐姐——其实并无血缘瓜葛——这样的女人实属罕见。另外，吉星场被老龚毒打，差点儿憋出神经病，苏幕遮隐隐约约也觉得不安。

鱼幼在华阳理工学院门口摆摊，突然有一天被区政府的人围住了，带头的是顾轻狂，顾轻狂冷笑道，鱼幼，你假冒吉星场的姐姐在大学门口摆摊，挣的钱够了吧，赶快撤走，不然，我让派出所的人把你铐起来，控告你诈骗！鱼幼笑道，顾轻狂，亏你和吉星场还是老乡，当面一套背后一套，算什么好汉！你当了副区长就不得了吗？我鱼幼见得多，把你的上司叫来——我认得他——苏幕遮，看他怎么说？顾轻狂给苏幕遮打电话，说大学门口有个摆摊的妇女要泼，指名道姓要见书记呢？苏幕遮事情忙，忍不住笑道，何方神圣，要我苏某人大动干戈？顾轻狂笑道，吉星场有个姐姐——天知道他们是什么关系？姐弟？夫妻？情人？他妈的乱七八糟的，一个摆摊的妇人，脾气大得很，老子真想收拾她一回！苏幕遮笑道，顾副区长，你这种心态，当领导干部要犯错误！赶紧把她带来，我有话要说！顾轻狂声色俱厉地说，这位妇女，你得罪了苏书记，他要法办你，跟我走，马上到苏书记的办公室去！鱼幼大摇大摆去见苏幕遮，苏幕遮却给她倒了一杯茶，平静地笑道，上一次，为拆迁的事，你弟弟被一个蛮横无理的家伙给打残了，我觉得很对不起他，也对不起你，但是政府决定的事，任何人都没有办法，你有困难直接说出来，好歹我和你弟弟还是朋友，我得称呼你为鱼姐呢。苏幕遮这么通情达理、平易近人，那才像当大领导的人嘛，哪像顾轻狂，子系中山狼，得志便猖狂！顾轻狂见苏幕遮对我那么客气，他立马改了态度，当面恭恭敬敬地称呼：鱼姐，鱼姐！鱼幼爱理不理，顾轻狂更加谦卑，追了上来问，鱼姐，要不要做工程项目，我帮你的忙？鱼幼笑道，我什么都懂球不了，做啥工程项目哟，要是哪里可以摆摊，给我找个位置还可以！顾轻狂讪笑道，我说真的，绝不开玩笑！鱼幼半信半疑地说，什么项目？顾轻狂说，华阳理工学院对面的农贸市场，世界上最简单的建筑工程，我算了一下，做下来，你可以几年不用摆摊了。鱼幼就这样接下了工程项目，但是，她根本不用操心，所有的事情都有人安排有人做，真正的老板是顾轻狂，他在操控！这个方面，居然连苏幕遮都上当了。苏幕遮专门把顾轻狂喊到办公室问，工程项目的事怎么能让一个妇女做——她是不是只会摆摊？顾轻狂笑道，书记，请放心，这个女人可厉害呢，她什么都懂！

“鱼姐可厉害呢，她什么都懂！”顾轻狂到华京，一见面就开口颂扬鱼幼，做工程不劳而获，看在钱的份上，鱼幼没有计较顾轻狂的无礼，反倒是时时为着顾轻狂做事，也有看在苏幕遮的面子上的意味。“小吉，你姐姐可厉害呢，她什么都懂！”苏幕遮也这样赞扬鱼幼了，吉星场便陷入了深深的不安。估计鱼幼当的这个法人代表也是傀儡，她不过是装门面，做了人家的挡箭牌——这个，有必要提醒她，吉星场忍了又忍，对鱼幼说，姐，老实说，你了解石墨这个人吗？鱼幼说，不了解，怎么啦？吉星场又说，你和他一起做这么大的生意，你不怕他？鱼幼说，为什么要怕？吉星场说，我感觉到这有点儿像蚂蚁和大象一起跳舞……鱼幼说，你担心大象踩死蚂蚁，是吗？吉星场说，对呀，一只蚂蚁被踩死了，无声无息，谁知道。鱼幼笑道，你怎么没想过，蚂蚁只需要一根头发，就可以顺着往上爬，从一楼爬上三十楼，从山脚爬上山巅，离升起的太阳，不足一尺远，多么伟大。呵呵。

手　机

鱼幼和石墨住在一起了。丁准告诉吉星场，鱼幼和石墨坐在一辆车里搂着亲吻，旁若无人。丁准笑道，鱼幼是你的姐姐吗？吉星场说，是啊，难道这个还有假？丁准嘿嘿嘿笑了，他说，石墨为什么是石墨，最终没有变成钻石——就因为他太喜欢女人，不，应该说他太招女人喜欢，谁叫他挣那么多的钱？和石墨同居的女人，最长时间不超过半年，要么挣了一笔钱远走高飞，要么太乏味，被强行摆脱，鱼幼，嘿嘿，走着瞧。

鱼幼的生活，吉星场实在不想去干预——前一段时间，为了她的工程项目，他陷得太深，前前后后，耽误了近三个月。这可害苦了人，牛导已经公开宣布，不承认吉星场是他的学生，这是致命的。牛导动气的原因是他满八十大寿的时候，吉星场坐飞机到了蛐蛐镇，正好是在偏僻的农家乐庆祝鱼幼的合同谈判成功，那里手机信号不好，等接到信号时，手机里装满了谴责他的短信，同门师兄师姐师弟师妹三十多人同时张嘴骂他，真把吉星场给骂哭了。这还不是最严重的，更严重的是牛导的嘴巴，他的杀伤力就像热核武器，一旦释放，万物化为齑粉。牛导不承认吉星场是他学生，消息从校内扩展到社会，蔓延到牛导的所有社交圈，这就等于宣判了吉星场的死刑——既然不是牛毛了，谁还理睬你呢。吉星场终于看清了自己的形象，富丽堂皇，巍峨显赫，不过是借了别人的声势——那是别人积累了几十年的资本，可以借点儿小钱给你用，但不许你浪费，尤其不允许你比主人还慷慨大方——一旦越界，对不起，人家把本钱收回去，你就成了一个穷光蛋，衣服裤子都没穿，还洋洋自得呢。

能不能通过博士论文答辩？肯定不能。

能不能顺利毕业？绝对不能。

牛导牛哄哄，谁的话说得动他？这就是民间所谓的店大欺客，他的牌子在那里竖着——几十年不倒的金字招牌，谁敢碰他一下？搞学术的牛就牛在这里，只要在他掌控的范围之内，他的话语权绝对不能够分享。名气越大、成就越高的学者，越是这种牛脾气。当初，出于崇拜心理——吉星场觉得自己还不够成熟，现在想来，凭什么崇拜一个人，而不是学术和真理？——挑选了牛导，没去考虑过师生关系和别的问题。不管怎么样，读三年博士不能如期毕业将是巨大的遗憾，要是拖延两三年才拿到博士学位，将是终生的耻辱啊。

吉星场想尽办法，借助各种各样的人，通过各种各样的机会，想求得牛导的谅解，求他放过一马，但是，牛导根本不听解释——唉，真的就是这么一头牛，遇到了，毫无通融的可能。牛导这样僵硬，搞得吉星场没法待下去了。听他的课，经常走神，他那上气不接下气的喉咙，强打精神的乐观，不经意义齿落到讲台上，学生们仍是全神贯注，没有一个人咳嗽，空气里没有风，死气沉沉，时间也几乎停止了运行。满了八十岁的牛导正在加速衰老，就像一个乘坐长途列车的旅客昏昏沉沉地打盹，突然广播里说要到终点站了，周围的旅客开始收拾行李，腿脚焦躁不安，这人也必然乱了阵脚，陷入混乱。

与两年前比，牛导失去了活泼的天性，可能是身体健康急速恶化所致，站三个小时讲课的神话难以延续，就连坐着讲课，思路常常陷入混乱，说过的话，刚过了两分钟，又拿来说了。老人最可怕的现象就是语言上出现反复循环，有时候，牛导讲着讲着，突然张大嘴巴，不知道该说些什么。下午的时候，他还会突然入睡，学生不忍心惊动，便悄悄翻开书自习。吉星场担心等不到他毕业，牛导身体出现意外——但出现在八十多岁的人身上，一切多么正常合理！

吉星场的担忧终于变成了现实，春节之后，还是正月初二，牛导在家里走路，突然滑倒，人送到医院一检查，情况还不是最坏：老爷子只是摔断了左腿，脑子没问题，内脏正常运转。牛导的三个子女均不在身边，两个在海外，一个在上海。有一个学生春节没回家，发现这种情况后，立即通知回家过春节的同学返回华京，轮流在医院尽孝心伺候老人家。春节，从芙蓉市到华京的飞机票特别紧俏，苏幕遮、顾轻狂、白乐想方设法也只能买到初十以后的票，吉星场无奈，只得托人情挤兑了一张特快火车票，赶到华京已经初七，算是最后一个到达的。牛导度过了最初的心理危机，对学生的依赖性降低到了最低程度。吉星场风尘仆仆走进医院病房时，牛导正在喝牛奶，喝完了，牛导竟然问，你来干什么，这里没有你的事，回家过春节去吧。

吉星场失去了获得牛导谅解的最佳时机，人在华京，举目无亲，加上寒假之中，校园行人寥寥，草木萧索，寒气袭人，异乡漂泊，无所依傍，禁不住心中一片悲凉，孤独得快要跳入人工湖去了。尤其黄昏时分，一个人在寝室里，捧着本书，渐渐被黑暗包围，凄凄惶惶，竟有世界末日之感。吉星场掏出手机，无聊地翻着屏幕，寥寥几个电话号码，他能回忆出号码的主人，甚至通话的场景和内容。手机对他是没什么用处的，那是他为鱼幼奔走几个月的唯一纪念。鱼幼要给他劳务报酬，四千块钱，数量不多，但还是诱人。因为牛导大发雷霆，吉星场心情坏到了极点，他拒绝了钱。鱼幼苦苦哀求，他收下了手机——他带在身上联系几个人物——顾轻狂、白乐、苏幕遮、丁准、石墨、鱼幼，合同谈成了，手机自然作废。长期没联系的电话号码就像生锈的锁，钥匙放进去打不开不说，还担心钥匙拗断。何况春节期间，几个电话都不适宜主动联系。要是一不小心拨通，人家拿起手机一看，咦，怎么是吉星场，新年大节有什么事吗？吉星场说，不好意思，太无聊了，问候一声。打电话问候？太务虚了吧，你以为自己是大演说家，在电视里讲几句话，可以让别人激动得痛哭流涕的。顾轻狂干脆关机，白乐在通话中，苏幕遮无人接听，算啦，再看，石墨，算了，他和鱼幼怎样了，是不是像丁准说的那样过眼云烟了？丁准呢，记者这个行业，少惹麻烦算了，哪次吃饭不是跟着一大群人，吉星场最讨厌！

鱼幼呢？这个连名字都改成了鱼幻的女人，当上什么老总，早先的亲切感完全消失了，这是个陌生得自己都无法认识的女人，吉星场不愿意回想与她有关的任何事物，还是保留过去的记忆更好吧。华京魔幻四个字就像一件不合身的衣服穿在鱼幼身上，合同签订，公司马上到账三千万，石墨立即把他注入公司的一千万转走，而且，还多转了两百万，一千三百万马上要给南道里，是南道里的一千万在关键时刻发挥了作用，三百万是风险收入。剩下一千七百万，石墨取了个小数，三十万买了辆黑色奥迪车，车轮嗡嗡地转动。不久，鱼幼学会了驾车技术，奥迪车便长期出现在鱼幼的屁股下。一出门，戴着一副宽边墨镜，遇到门卫，便把墨镜朝上，搁在脑门上，瞪着眼睛，一口纯正的北京话，吆三喝四的，谁还认得这是个从边陲之地来的无业女子？

吉星场的手指在屏幕上摩挲了一会儿，终于按动了键，“呜

——呜——呜——”寒风一样呜咽的声音把时间的尺度拉长，突然，响起一声低沉而疲惫的声音：“喂——”吉星场赶紧用华阳方言回答道，我是小吉！手机那边也换成了华阳口音：小吉呀，你在哪里？吉星场的声音立即变得悲凉：我在华京，一个人哪。鱼幼的声音也变得温柔，却是十分沧桑：在哪里？我马上赶公交车来见你！鱼幼从公交车下来，一把扯开裹着头和脸的围巾，四处张望，站在树下等候已久的吉星场脸则冻麻木了，嘴唇连张开说话都很困难，他咳了咳嗽，伸开双臂，一把抱住了羽绒服里的人，激动得又咳了几声嗽。鱼幼把头埋在吉星场胸前，听清了吉星场的呼吸才说道，小吉，你生病了吗？吉星场取了手套，也取了鱼幼的手套，捏着她冰冷的手指问，冷吗？鱼幼说，小吉，我们现在干什么？吉星场哆嗦道，我很冷，找个温暖的地方吧。鱼幼带着吉星场找了家小馆子吃涮羊肉，吃到冒汗了，鼻子耳朵还是冷冰冰的。走出馆子，外面一阵狂风袭来，两人只好戴上手套、裹好围巾，只露出两对黑亮亮的眼睛在说话：“还冷吗？”“冷，赶快找个温暖的地方吧。”

出租车无声地停在一片呼啸着的树林前，鱼幼熟练地打开车门，下来拉开后面的车门，招呼吉星场下车。雪亮的车灯光消失后，鱼幼搂着吉星场，快步穿过林荫道，上了台阶，只见一片辉煌的灯火从玻璃门一涌而出，吉星场的眼睛花了。他被鱼幼拉着手，踏入酒店的大门，方才站定了，四处张望。守门的两个高个子男子一丝不苟地站在门边，偶尔开门，寒流袭入，他们也会习惯性地躲避，然后，优雅地注目行礼。鱼幼在前台办理好入住手续，拿了房卡，得意地扯下围巾，把一头长发放下来，挥手带吉星场进了电梯。

走廊上已经非常暖和，房间里更是温暖，中央空调的热风像洪水一样涌入，轰隆隆地响着。摘下手套和围巾，吉星场抱着鱼幼，半天不说话。等到身体完全恢复知觉，两人才脱去了厚厚的羽绒服、毛衣、毛裤，仅仅剩下衬衣和汗衫，夏天的味道似乎来了。鱼幼抚摸着吉星场的脸和脖子，吉星场的手揽着鱼幼的腰肢，软软的、发出一股淡淡的芬芳。鱼幼柔声问，冷吗？吉星场哆嗦着说，冷，搂紧我啊。鱼幼的手开始抚摸吉星场的胸脯和腹部，痒酥酥的，像有一群春天的虫子在咬着嫩黄的叶子。吉星场身子一软，便和鱼幼一起倒在了床上。房间里，顶灯、壁灯、床前灯、台灯、落地灯、卫生间的灯，同时燃烧着，火光和热汇合而成巨大的河流，淹没了大床。表面宁静而内部躁动不已，人和床的状态几乎同步，一切都是自然的，水到渠成、瓜熟蒂落。鱼幼跳到地上，飞快关了灯，黑夜才真正降临了这个狭小的空间。

吉星场的嘴唇灼热难忍，他轻轻地接触着鱼幼的额头和鼻子，接触到鱼幼嘴唇的时候，一股冰凉的液体顺着鱼幼瘦削的脸流了下来，鱼幼身体战栗起来，她鼻子里发出呜呜的声音，喉咙一上一下，抽搐着。鱼幼哭了，却没有声音。吉星场的手轻轻地解开鱼幼的衬衣，从光滑的背脊抚摸到椭圆形的肩膀，鱼幼顿时放开声音，号啕大哭道，我错了，一直都错了，原谅我啊，小吉。鱼幼扭曲着，在吉星场怀里挣扎，她的脸变得惨白，眼睛空洞，嘴里呼吸微弱，呻吟道，小吉，救救我吧！

道　歉

太阳比以往升得早，升得快，华京的每栋建筑和每个房间都充满日光。一起床，吉星场就感受到一种逼迫，他得马上出门，走入寥廓的白昼，清理一下思绪混乱的头脑。低温的天气有天然的益处，让人理智，而冲动常常要浪费人体的热量。吉星场和鱼幼的身体重新包裹在厚厚的羽绒服、毛绒裤和皮靴里，只剩一部分脸，窄窄的一部分，刚好眼睛能够转动，接受外界的光线刺激。

两人步入一家肯德基，学着小青年的架势，点了两只炸鸡翅、一份薯条、两杯可乐，在靠窗的位置消磨时光。吉星场的脸突然瘦了，眼睛凹陷，周围的夜色似乎并未完全消退。鱼幼伸手触摸了一下，吉星场笑道，脸没洗干净吗？鱼幼说，三十多岁了，你过的还是学生的生活，一点儿没变。吉星场说，这不好吗？鱼幼笑道，你不觉得自己缺少了很多东西，比如……吉星场伸手握住鱼幼的手，白嫩纤长的手指，冷冷的，敏感的，像一把荒凉的骨头，“你好冷……”鱼幼迅速收回了手，缩进毛衣袖口，低头吮吸杯子里的可乐，“我是天生的低温，有人还说，我是冷血动物呢！”吉星场强行地把鱼幼的手从袖子里抓出来，放在手掌，像个可怜的爬行动物，他笑道，谁说的？我可没说过这样的话！鱼幼叹息道，命中只有八角米，走遍天下不满升，我相信命，小吉，你呢？吉星场说，你命不好吗，二丫丫在京华大学成绩那么优异，下一步，你就跟着出国吧。鱼幼的手蜷缩了一下，随后便紧紧地握着吉星场的手，鱼幼不说话，瞪大了眼睛，望着吉星场，两行细细的泪渗了出来。吉星场用餐巾纸擦干了鱼幼的脸，责怪道，你看，你怎么又哭了？鱼幼缩着肩膀，喃喃道，小吉，你理解我吗，我得有自己的生活。吉星场抓着鱼幼的手，仍是一片荒凉的冷，他说，你说得对，我当了三十多年的学生，还得来华京这个地方读一个博士，到时候也是个空名，我想通了，不要这学位也罢，回到蛐蛐镇，混个生活还是没问题。鱼幼眼里突然闪出惊喜的光芒，她的手产生了力量，捏着吉星场的手腕问，小吉，博士毕业了，你要回华阳理工学院？吉星场笑道，我正有这个打算。鱼幼笑道，为什么呢，你不喜欢华京吗？全国各地的人涌到这里来，都想留在这里呢。吉星场叹息道，算啦，我筋疲力尽了，被别人殴打、羞辱、诽谤、歧视，我受够了。鱼幼两只手绞在一起，情绪也受了感染，笑道，我这人呢，罪也受够了，福也享尽了，我不知道上天为何要这样折腾我？我不想折腾了，疲惫了，就想找个地方，安安静静地混日子，小吉，这可能吗？

正午，太阳释放了最大的热量。华京市的人都在暖气屋子里吃饭、喧嚣，大街上，仍然只有呼啸的寒风，不断疾驰往来的车辆。吉星场和鱼幼搂抱着，在空旷的颐和园漫无目的地游荡。结冰的鲲鹏湖像一块大米糕，映射着惨白的日光。溜冰留下的印迹像可疑的铁轨，引诱着人，又警告着人。吉星场和鱼幼都不敢踏上冰面，不会游泳，也不会溜冰。两人绕着湖面，越搂越紧，渐渐不能呼吸，便在一片小树林里站着，互相呼出白色的水汽。脸贴着脸，鼻子顶着鼻子，眼睛对着眼睛，却是什么也看不见了。吉星场突然张开嘴，咬住鱼幼的嘴唇，鱼幼躲避不及，脸涨得通红，她唯恐周围有行人。吉星场还不满足，涎皮赖脸，继续用嘴唇咬鱼幼的耳朵和鼻子，鱼幼笑道，小吉啊，你真是缺女人……吉星场呼吸急促，语无伦次，“鱼，我只喜欢你，你跟我过日子吧。”鱼幼又用冰冷的手抚摸着吉星场的脸，咯咯咯咯地笑道，急什么呢，我会把所有的一切都给你的。

听说导师对吉星场的印象如此恶劣，又断言吉星场拿不到博士学位，鱼幼觉得有必要陪吉星场去看望这个脾气古怪、性情暴烈的老人。两人买了一袋进口奶粉和几只苹果，赶到医院的病房，只见一群学生正站着围观老头子吃饭。老头子正在骂人：统统给我出去，你们成天这样围着我，把我当成动物来饲养，我受够了！吉星场一到，同学们立刻以异样的目光打量着他，有人说，识趣些，老头子正在发脾气呢，你这不是送上脸去挨耳光吗？吉星场一下子挤到牛教授面前，把牛教授吓了一跳，他丢下手里的汤匙，紧张地望着吉星场问道，你是谁？吉星场笑道，我是你的学生。牛教授问，你叫什么名字？吉星场说，我叫吉星场。牛教授笑道，你不是我的学生，我没听说过这个名字。吉星场说，你承不承认，我都是你的学生。牛教授突然吼叫道，滚出去！因为过于激动，牛教授开始剧烈地咳嗽。这时候，鱼幼灵敏地站了过来，伸手为牛教授按摩肩膀和胸脯。牛教授缓过神来，态度有所缓和，他问鱼幼：你是什么人哪，来这里干什么？鱼幼笑道，我是吉星场的姐姐。牛教授摇着头说，不认识。鱼幼说，吉星场是你的学生，我是他姐姐，来向您赔罪。牛教授反问道，你赔什么罪呀？鱼幼笑道，吉星场去年耽误了很多上课时间，他是为了我的生意，所以，对不起啦，老人家。牛教授笑了，他说，你们在谈恋爱啊，耽误了学业？鱼幼辩解道，我是吉星场的姐姐，姐姐和弟弟谈什么恋爱呢，老人家，吉星场结婚都十多年了。牛教授笑道，你这个弟弟不学无术，是个大花花公子，他这一辈子啊，彻底完了。鱼幼焦急不安地哀求道，老人家，您救救他吧。牛教授笑道，不行啰，我说话算数，你就是请联合国主席来谈，都没有用的。

两人走出门来，吉星场便指责道，刚才，你为什么要说是我姐姐？鱼幼反问道，你什么意思？吉星场气愤地说，你是不是后悔了？鱼幼奇怪地偏着脸问，小吉，你在说什么？我后悔什么了？吉星场说，你答应要和我在一起的。鱼幼笑道，你神经病哟，我那样说是为了救你，老头子要是知道你耽误课程是为了一个女人，你说会产生什么后果？吉星场说，好吧，我还有那么多同学在场，他们把你当成我的姐姐，会有什么后果？鱼幼笑道，小吉，你想得太多了，我是来救场的，说两句谎话，等麻烦解决了，再给大家解释也不迟。

吉星场第二次带着鱼幼去医院见牛教授，牛教授的态度已经大有好转了。他还赏赐了一张凳子让吉星场坐，吉星场看凳子上有一大摊水渍，四处寻找擦凳子的纸巾，牛教授说，坐下！吉星场说，有水也得坐下！吉星场一屁股坐下去，裤子很快浸湿了，冷冰冰的液体沾在皮肤上，像是小时候溺尿那种感觉，他恨不得马上跑到厕所，脱去裤子，光溜溜地走回来。鱼幼仍然发挥她的特长，为牛教授做全身按摩，牛教授像个小孩子一样，得意洋洋地教训医院的护士：你们的专业性太差了，得多学习呀。一个多小时，按摩完毕，鱼幼头发有些凌乱，脸红红的，手浸出微弱的汗液。吉星场起身，屁股一下子被牛教授看见，牛教授说，小吉，裤子湿了，你尿裤子了！周围的同学立即发出一片笑声，吉星场红着脸解释说，凳子上有水，刚才，您强迫我坐下的。牛教授笑道，小子，又傻又呆又蠢又痴，给你开玩笑的话，难道你就听不懂吗！周围又是一片笑声。

受此羞辱，吉星场恨死了牛教授。这是个为老不尊的人物，尤其不尊重学生，吉星场苦笑道，鱼，老子想退学，这里一天也待不下去了。鱼幼笑道，傻小子，你没发现牛教授已经原谅你了吗？吉星场反问道，何以见得？鱼幼骂道，蠢货，老家伙凭什么同一个学生开玩笑，这点儿小意思都不懂吗，看你这智商，还博士呢？吉星场委屈地说，老头子喜怒无常，搞得我灰头土脸，在同学圈里是笑料，在社交圈里成笑柄，这人被践踏，被踩扁了，还得像橡皮泥一样，把伤口揉捏成更漂亮的玩物，真是的！鱼幼笑道，小吉，你就忍了吧，等你拿到了博士文凭，你也可以去折磨那些小年轻嘛。吉星场狠狠地说，我有病吗，折磨别人干什么，我只想自己舒服些罢了，你觉得老头子的生活很有意思吗？鱼幼叹息道，也怪可怜的，腿断了身边一个亲人也没有，全仗着一群学生。吉星场说，学生，哼哼，有几个是真心的，只要拿到博士文凭，几个会理睬这个老头子！老头子那么聪明，这些还没看透吗？

流　氓

牛教授放了吉星场一马，吉星场心却被刺痛了。他已经拿定主意，不管能否拿到博士学位，他都要回华阳理工学院。华阳理工学院已经整体搬迁到蛐蛐镇，以前被视为偏安一隅的蛐蛐分院不再受到地理上的歧视，大有正统嫡传的味道。院长慕云雪承诺，只要吉星场回学院，不管博士是否顺利拿到毕业证，新建美学系的系主任绝对是吉星场。还有一个原因，鱼幼愿意跟他过日子，那套旧房子还摆在那里，只需简单装修马上就可以入住。

因为这种心态，吉星场并不惧怕牛教授。然而，鱼幼觉得既然到了华京，读三年书，拿不到博士学位，空手而归，回原单位也是脸上无光。古人都懂得衣锦还乡，拿博士学位是必需的事了。牛教授一条腿断了骨头，另一条腿也十分脆弱，医生建议他坐轮椅稳妥些，牛教授便坐了轮椅到教室上课，然而，推轮椅是比较麻烦的事，牛教授干脆在家里上课，牛教授的家务渐渐也落到学生身上。好几个学生轮流做家务，牛教授家里旺了人气，一时间，吃饭的碗和筷子每顿饭要摆七八双。牛教授感叹不已，“哎呀，人到晚年了，我这头牛身上只剩几根毛了，还是凑拢些更暖和些吧。”于是，学生的各种关系便开始混进牛家来蹭饭了。恋人、妻子、老乡，杂七杂八，竹根乱窜，吃饭的人都称牛教授为爷，有的自称儿子，有的自称孙子。牛教授习惯于把他的轮椅当交椅，稳坐其中，享受儿孙拱卫的幻境。鱼幼混了两顿饭，竟然改变角色，亲自下厨房当起伙夫来了。鱼幼这个动作感动了吉星场的其他同学，大家都喜欢吉星场这个大姐：美丽贤惠，善解人意，拿得出一手好菜。吉星场不便辨明他和鱼幼的真实关系，时间长了，也跟着其他同学喊鱼幼为姐。

鱼幼就这样闯入了牛教授的家——一个极度空旷缺乏女人的男人世界——鱼幼对另一个很牛的男人私人生活产生了强烈的兴趣。前一个男人是雕塑家石墨，不修边幅而浪漫风流。在牛教授家，鱼幼感受到的是一种近乎宗教般狂热的禁欲和自省的宁静氛围，牛教授简单乏味的生活、刻板的言行、书房里离奇古怪的书籍和文物，把鱼幼带入另一个苍凉的精神领域，牛教授像个虔诚老教徒，他要带领的是一群崇拜他的新教徒。在这个封闭的空间，鱼幼突然对她和吉星场之间的肉体缠绵和贪婪产生了恐慌和厌恶。很快，鱼幼变得老气横秋，她躲进了这个老人的城堡，陪伴老人一起拒绝声色犬马的华京世界对她的侵袭。

吉星场约鱼幼看电影或逛公园，鱼幼总是找借口拒绝。在电影院阴暗的包厢，吉星场的兴趣根本不在电影故事，他的手老是不安分地活动。一会儿粗暴地伸进鱼幼的胸衣，揉捏得她肌肉骨骼疼痛，银幕上纯洁美好的爱情被银幕下一头野兽横冲直撞的野兽破坏了。鱼幼非常生气，她宁可躲在牛教授阴暗的书房里翻阅那些她看不懂的图书，也不愿意被吉星场搞得心烦意乱。在公园，暮色降临，男女情侣相伴而入，鱼幼本来心情尚好，手挽着吉星场，花前柳下，窃窃私语，可只要是稍微偏僻的角落，吉星场便会原形毕露，兽性大发，吓得她尖叫起来：吉星场，你想干什么？吉星场厚颜无耻地笑道，我喜欢你，控制不了。鱼幼苦恼地说，我害怕，害怕呀。吉星场不解地问，我们交往十多年了，而且，还那个了，你怕什么？鱼幼难过地低下头，泪水从鼻尖垂落，她说，吉星场，我对你很失望，你知不知道？吉星场问，为什么呢，我是真心喜欢你的。鱼幼冷笑道，小吉，你太缺乏自制力，这一点，你甚至还不如二三子！吉星场着急了，委屈地嚷道，不，不，我，我……鱼幼用了缓慢的声调说，再坚持半年，你拿到了博士学位，我们回到华阳理工学院，那个旮旯虽然破旧，可有我们的窝呀，我们天天在一起，安全又温馨，不要说跟你过一辈子，就是来世再做夫妻，我也心甘情愿，但是，你现在这样猴急，撒野，公共场合，一点儿规矩都没有，像个畜生，暂时你不要碰我了！说完，撂下吉星场，匆匆走了。

鱼幼一席话，像把锐利的尖刀，一下子把吉星场的皮剥光了。他鲜血淋淋，在野外狂嚎，找不到可以遮蔽羞耻和伤痛的事物。原以为自己高尚、纯洁、钟情，没想到在鱼幼面前，自己成了个下三滥，还是什么博士、大学教师呢。在牛教授家里，鱼幼有意冷淡吉星场，盛饭夹菜，从来就没有吉星场的份。别的同学骄傲地宣称：鱼姐给我夹菜了！吉星场低着头，不声不响地用筷子把饭粒往嘴里刨。牛教授有时候打招呼道，小吉，不要客气，吃菜呀。吉星场低沉着声音说，谢谢。不管怎么样，鱼幼是千方百计要避免出现和吉星场单独见面的机会了。吉星场在客厅，鱼幼进厨房。吉星场进厨房，鱼幼进书房。吉星场追到书房门口，鱼幼哐啷一声关上了门。牛教授习惯安静，他被惊动了：谁关门那么大的声音？鱼幼生硬地说，风吹的。牛教授感叹道，这几年，植被破坏厉害，华京的风也越来越大了。

终于，逮住一个机会。鱼幼从大学外面理发回来，吉星场像一头野兽突然从树林里冲出，抓住鱼幼的手，恶狠狠地问，你到底是怎么想的？鱼幼的手被扭痛了，但吉星场没有松开。跟着吉星场，来到人工湖边，鱼幼大声说，放开我！吉星场手一松，鱼幼拔腿就跑，吉星场反应敏捷，又窜了上去，揪住了鱼幼的手，眼里滴着红色的液体，声音颤抖：告诉我，可以吗？鱼幼扭过脖子，揉搓着手，不拿脸对着吉星场。吉星场说，对不起。吉星场伸手揽住鱼幼的肩膀，鱼幼狠狠地挥手，冷冷地说，别碰我！吉星场的脖子围着鱼幼绕了大半圈，一张脸终于与另一张脸对照上了。吉星场说，为什么？鱼幼嘴唇翕动，低声道，不为什么，我不喜欢你了。吉星场脑袋轰的一声闷响，仿佛遭了木棒的突然袭击，身体发软，恐惧地望着鱼幼如霜的脸庞，自言自语道，为什么呢？鱼幼说，我想留在华京……吉星场呼吸急促，追问道，你以前说的话不算数了？鱼幼摇着头说，以前？算了吧，我，还有二丫丫，出国留学的事，我不可能不考虑这些……吉星场蹲下身子，用手紧紧地捂住脸，含糊其辞地说，怎么会这样，怎么会这样……鱼幼双手环抱胸前，面部僵硬，好像一座石膏像，一动也不动。夜晚静下来，人工湖卷过来大团冷风。手机响了。鱼幼从皮包里掏出，看了看，摁了开关。在屏幕幽蓝的光线映照下，鱼幼的脸凹凸不平，好像水里动荡的波纹，极不真实地晃动着。过了一会儿，手机又响了。鱼幼打开翻盖，接听之后，干净地说，马上回来！说完，鱼幼迈着大步，身影消失在树林之后。

博士顺利毕业，吉星场并没有想象中的幸福和喜悦。一个噩耗，晴空霹雳，让吉星场赤脚在华京的大街小巷不停地奔走了两个昼夜。最后，他体力衰竭，倒在京郊一条铁轨边，差点儿成了二十一世纪的海子。

牛教授在宣布本届博士全部顺利毕业的时候，还宣布了另外两件大事，每一件，都值得他的学生举杯狂欢、大事庆祝。牛教授带完吉星场这一届博士，便彻底休息了。学生们拥抱在一起，欢呼道：哈哈，我们成了牛教授的关门弟子了，值得喝酒三杯呀。牛教授干瘪的嘴唇翕动着，声音枯涩，宣布了第二件重要的事情：在当了三十年鳏夫之后，我将续弦——和三十五岁的鱼幻女士喜结良缘！同学们一听，脑袋瞬间爆炸了：什么？没听错吧，牛教授要结婚？鱼幻女士？鱼幻是谁？这时候，鱼幻从书房里慢慢地走出来，笑道，从现在起，我不是你们的大姐，我是你们的长辈——你们应该喊我师母了！“天哪，师母，你太年轻了吧。”同学们尖叫起来。在众人狂呼乱叫的时候，吉星场不见了。“吉星场，小吉，小吉，你在哪里？”北方大学校园里响起叫魂般的声音，“好事情哪，你姐姐当了教授夫人了！”

吉星场的心在独自流血。在华京郊外，吉星场奈何不了这座巨大的城市，他就像一只受伤的老鼠，从肮脏的小水道逃亡，不敢把血迹残留在地面。鱼幼这一步跨得太远了，以后，吉星场怎么面对？鱼幼当了师母，突然成了长辈，从前种种事物彻底颠覆，最初的邻居，后来的姐弟，最近的恋人，天哪，师母——绝对叫不出口，吉星场宁可断绝和牛教授的师生关系，也绝不会从他嘴里出现这种称呼。命运真是捉弄人啊，当初，不是鱼幼一如既往地帮助，吉星场可能一辈子就陷落在南辕农场那个泥潭里了。吉星场摆脱了困境，到了芙蓉市，又改变了鱼幼的命运，尤其是吉星场到了华京，鱼幼简直是如鱼得水——事情竟然有了这样可悲的结局！

吉星场悄然离京，他把手机扔在郊外的草丛，断绝了京城的一切来往。他的博士学位证书是同学用挂号信寄到华阳理工学院来的。没有荣耀，只有说不出口的耻辱。当初崇拜的牛教授成了踏在自己头顶的一只旧靴子，吉星场摆脱不了。华阳理工学院的院长慕云雪亲自开小车从机场把失魂落魄的吉星场接回学院，路上兴奋地说，我们的美学系有希望了，牛教授的关门弟子来了，美学大师诞生了！吉星场长长地叹息了一声，什么话也说不出口。

呕 吐

从内心说，吉星场虽然拿了个美学博士，过了几年，又评上了教授，但他对美学却极度恶心，只要别人提到牛教授这个名字，他就会本能地心烦意乱，进而呕吐不止。他需要时间来治疗。实际的工作没有给他提供这样的机会，慕云雪破格提拔吉星场担任美学系主任，他要忙政务，搞课题，拿项目，开研讨会，带研究生事情可比想象的多呢。这对年富力强的吉星场来说，都不在话下，他的苦恼和压力是暂时没找到住的地方。学院新修的二十六栋教师宿舍尚未交工，他只能回到原来的房子——一个所有权属于鱼幼的空间。在这里，吉星场从未安心睡过一个完整的夜晚。虽然鱼幼写了一封信来告诉他，房子随他怎么住都行，但从前种种往事，今日种种境况，百感交集，常常让他从梦中哭醒。原本是两人婚姻的巢穴，一下子空了，剩下一个人的肉体，羁縻其中，灵魂随时都寻求逃离的契机。白昼里事物多，这等心事可以压抑，夜里有闲，那就不得了呢，想尽办法也控制不住。他最爱做的梦是与鱼幼在华京那个寒冷的公交车站紧紧搂抱的场景。在那一刻，虽然天寒地冻，但他分明感觉到他的灵魂突破了肉体和衣服的重重阻碍，与鱼幼的灵魂实现了融合。两个灵魂脱离时空界限，却有了真切的信任和依赖性，在虚无的世界里获得存在，获得完善。一次真实的经历居然会反复地变为梦境，这个梦境，可能就是灵魂的残缺之处，它阴暗、自卑、贪婪，时时刻刻充满对物质的饥渴感，所以，一旦入睡，肉体松弛，它便张牙舞爪，欲壑难填。车门打开，身着蓝色羽绒服裹着朱红色围巾的鱼幼走了下来，吉星场伸手去拉，想不到鱼幼被风刮跑了。泪水撕破了吉星场脆弱的肉体，把他抛弃在黑暗处，他放声大哭道，心，你回来吧。鱼幼就是他的心，蓝色羽绒服、朱红色围巾包裹着的一团灵魂，没有质量。

华阳理工学院正在全力以赴，争取升格为重点大学，所有专业的系主任日子都不好过。处于升级冲动的慕云雪正在把学院变成一架高速运转的行政机器，以应付那些不堪其苦的接待应酬和花样繁多近乎苛刻的检查考评。会议，一个接着一个，从上午九点开到下午六点，从学院开到风景区，从芙蓉市开到北京上海，飞机火车，轮船汽车，吉星场又变成了会议贩子。会议一结束，觥筹交错，歌舞升平，肉体紧张而繁忙，吉星场暂时忘却了内心的伤痛。

慕云雪对华阳理工学院美学系提出的建设目标是，在学术成就上三年赶上北方大学美学系。这个事情不难，牛教授彻底退休了，北方大学美学系能挑大梁的几个都是吉星场的师兄，水平和名气同吉星场在同一个层次，吉星场站着就可以摘到桃子吃。而奋斗目标就有些遥不可及了，慕云雪说的是五年必须培养出一个像牛教授那样在国内有影响力的美学大师。但是，这事情急得不得了，慕云雪连培养对象都指定好了：吉星场。吉星场，牛教授的关门弟子之一，当然是培养中国第二个牛教授的最佳材料。不提牛教授这个词，吉星场的神经还比较正常，这个名词本来被吉星场沉入湖底，永远不见阳光，不起波澜。慕云雪一提牛教授，吉星场立即火冒三丈：哎呀，牛教授，天下的美学难道是牛教授一个人研究得了的么？慕云雪笑道，吉教授，牛教授不是你的导师？吉星场问，是啊，这又怎么啦？慕云雪说，导师是学生的骄傲，吉教授，你就用不着为导师谦虚了吧。吉星场蹦的一下，从椅子上弹到地上，他刷的一声站了起来：骄傲，谦虚，牛教授与吉星场没有一毛钱的关系，他是他，我是我！美学嘛，国内的大师随便列举，国内的有朱光潜、李泽厚，国外的有黑格尔、康德、车尔尼雪夫斯基，随便挑一个也比牛教授强吧！从未有人敢在院行政会议上向慕云雪猛烈发炮，从未有人见过温顺如绵羊的吉星场会突然变成一头愤怒的狮子，有人扯他的衣服下摆，让吉星场熄火，吉星场嗓音变了调，喑哑道，慕院长，我只是就事论事，表达学术上的见解，丝毫没有挑战你的权威的动机啊！等吉星场冷静下来，慕云雪笑道，我敬重你的为人，很正直，很好嘛，但是，作为院长，我坚持我的理念，华阳理工学院将会是中国第二个北方大学，很自然嘛，华阳理工学院美学系也会与北方大学美学系并驾齐驱，华阳理工学院出现中国第二个牛教授似的美学大师，在逻辑上是成立的，呵呵，没问题了吧。

吉星场的异议没有改变慕云雪的个人决定。相反，其他系的主任副主任自动疏远了他，唯恐沾染了吉星场身上的戾气，有人甚至预测到了吉星场将来的悲惨结局。即使躲在华阳理工学院这种平常的高校，吉星场还是逃避不了牛教授这个词的侵袭。慕云雪每次提到美学系的工作，一开口就是牛教授，吉星场听了，脸色煞白，胃里痉挛，浑身直冒虚汗，感觉比晕车还难受。实在承受不住了，吉星场就会上厕所呕吐，吐完了，脸青面黑回来，慕云雪还在谈牛教授，吉星场只得又上厕所呕吐。吉星场这种习惯性的动作引起了慕云雪的反感，慕云雪有一次突然下令整顿会风，开会期间不准上厕所，会议室的门被死死地关上，这可苦了吉星场。吉星场只得在公文包里放了一些塑料袋，只要有人一说牛教授，他立即咿哩哇啦，朝着塑料袋里吐秽物，搞得会议主持人慕云雪眉头紧锁。慕云雪关心地问，吉主任，要是身体不舒服，就请上医院吧。吉星场真的去了医院，从蛐蛐区人民医院到芙蓉市的所有大医院，医生们的诊断结果就是：神经性呕吐症，病因不详。列出的治疗处方大同小异，无非一些套话，什么少熬夜，早睡眠，作息有度，心中无事。不管怎么样，这个症状是存在的，而且越来越严重了。

最严重的时候，只要提到美学这个词，吉星场胃里也会立即翻江倒海，食物和胃液顷刻间喷射而出。按照医生建议，吉星场慢慢疏远了美学专业书籍，大量时间，他坐在图书馆期刊阅览室翻看一些消遣性的杂志，以了解奇闻逸事为乐。他最反感哪个同事或学生一见面就谈美学，他喜欢进茶馆，与社会朋友闲聊，或者逛菜市场，什么也不买，就看那些贩子怎样做生意。他所做的一切都是为了一个目的：转移注意力，减少神经性呕吐症发作的机会。

学院办公会，只要涉及美学方面，吉星场每次都是委托副主任李白金去听院长讲话。时间长了，学院知道吉星场容易呕吐的病情，凡是开会干脆就不通知吉星场。顺理成章，李白金成了系上的实际负责人。不过，李白金有一个致命的缺陷，他只是一个本科生，而且不是学美学的。起初，李白金还比较谦虚，每次都把会议内容和文件通报给吉星场，后来，看到学院对吉星场的态度冷淡，慢慢也不理睬吉星场了。系上一些趋炎附势之徒开始聚集在李白金周围，明里暗里，对吉星场进行攻讦，说吉星场自命清高，目中无人，呕吐是装出来的，世界上哪里有什么神经性呕吐症嘛，只有个精神病人会呕吐，装疯卖傻，哼，读个博士就了不起吗？难道华阳理工学院美学系离了吉星场就会垮掉？

濮　水

吉星场闲逛的范围便从城区扩展到郊外的旷野。他戴着草帽，穿着农民的布褂子和宽敞的短裤，手里拿着一把蒲扇，脚上系着一双草鞋。天一亮，就下楼，匆匆忙忙走出街道和公路，避开大量上班的人和来往的车辆。蛐蛐镇旁边，一条小河流，在汇入芙蓉江的地方形成大片沙洲，长满芦苇，与家乡南辕镇那个泥塘有些相似。吉星场就坐在沙洲附近的水码头，望着风从芦苇上吹过来，朋友似的亲切和熟悉。这条小的河流隐藏在高大成片的麻柳林，若不细听，流水的声音往往会被风的声音淹没。这是一条未被污染的小河，它的上游源自高峻的清凉山。清凉山是距离芙蓉市最近的一座山，海拔将近两千六百米。在芙蓉市民眼里，清凉山比远处耸立的大雪山高大得多。有人说，这条小河的源头就在大雪山深处，不然，盛夏时节水温仍是冰凉无比。吉星场发现，每隔两到三周，总有一只小木船从码头出发，逆流而上，船上有一个老翁，手里拎着渔网，见了水深的地方就撒下去。起网的时候，老翁用手掌比一下鱼的身子，凡是比手掌长的才捡起来，放入腰间挂着的竹篓，其余的小家伙，全倒回河里。

吉星场站在岸上观看老翁打鱼，混熟了后，他就坐上了那只小船，看两岸的风景。小船在树影和清风中穿行，吉星场像做梦一样，进入一种完全陌生的境界。阳光像瀑布，从树干上向下倾泻，遇到树叶和枝丫，飞溅而起五彩斑斓的云朵。小河的水清澈得像一块透明的玻璃，船桨一点，河水便从一个光滑的整体碎裂成无数闪烁的光斑，向着河底，缓缓下沉。船体轻快，像一把水做的刀子，扎进平静而冗长的日子，一切凝固之物，便迎刃而解。喜欢水啊，但凡哲学人士，没有不受这柔弱之物的洗涤与启发，吉星场看见这至清至纯流淌不息的水，枯涩的内心仿佛已经获得滋润，个人生命开始弥漫出美丽的雾霭，皮肤上聚集的焦躁和痛感得以平息。

自从老翁把吉星场带到小河的深处，吉星场仿佛找到一个世外桃源，这里有的是缓慢的时间、无尽挥霍的阳光、源源不绝的水和茂盛的植物。吉星场在小河边踩出一条模糊的泥路，像寻找记忆一般，在陌生而荒凉的空间里独行。他为小河取了一个秘密的名字：濮水河。濮水一词，义出庄子垂钓于濮水的典故。从来钓不来鱼的吉星场模仿着庄子，守着属于他一个人的河流，用食物去引诱这些野外生长的鱼类。学院里有些钓鱼爱好者看见吉星场扛着渔具，便邀请他一起，吉星场拒绝了。他钓鱼的技术差，这是其一，重要的是他不希望任何人来玷污他心中的濮水河，他要守住现实的秘密。吉星场发现，在无人的地方，他的神经性呕吐症基本消失了。

因此，吉星场往往天亮以前就到了河边，天黑以后才慢慢回家。钓上小鱼，他都要把它们放回河里，他舍不得这些小家伙死在自己手里。当然，他希望钓到一条大鱼，来自我证明不是装样子钓鱼。吉星场就这么用心，这么有志气，日复一日，往返于濮水和华阳理工学院，头上的草帽在阳光和雨水的交替袭击下，已经显得破烂不堪。晚上回家，草帽上沾满野外植物细碎的种子，顺便把这些种子一粒一粒撒在楼下的空地上，第二年就发芽生长，开放出奇异的花朵。

吉星场的努力最终获得了回报，他在端午节这天钓到一条大鱼。大鱼的身子潜伏在河水中，它贼亮的头偶尔冲出水面，像一个个性倔强的顽童，拖着钓竿在河里上窜下游。吉星场便由着大家伙的个性，举着钓竿，在河边被动地跑着。那家伙聪明，它不向河流下游跑，而是逆流而上，去顶撞河中的树枝和水草。越向上游走，河水越浅，河面上的水草越是茂盛。那家伙游到一处水潭，突然嗖的一声，飞了进去。吉星场猝不及防，整个身子被这股爆发的力量带走了。他飞进了一大片水泽，大片的青草包围了他，陷落在浅滩的淤泥中，脑袋结结实实，砸在一根被洪水冲倒的松木上。

吉星场是被夕阳暖醒过来的，他的脑袋和胸脯上沾着稀泥。让他倍感欣慰的是，除了身体打着冷战，提到美学这个词，他胃里痉挛呕吐的症状缓和多了。吉星场整个身体在泥浆中翻滚起来，好像胎儿在母体里运动，他获得了前所未有的安宁和平静。此后，他每周都要到濮水河的淤泥中去泡一泡，打几个滚，来缓解神经性呕吐症的折磨。长期的户外生活，让吉星场看起来更像是镇郊的一个老农民。他的皮肤黑得像夜里出行的贼，头发、耳朵、脖子、手脚指甲，衣服裤子，皮肤的每个褶皱，都沾染着洗不干净的泥土，走到哪里，就有一股泥土的腥味。靠着这股腥味，吉星场得以消除失眠，获得好梦。他梦见的总是儿时的情景，在溪流中捉螃蟹，在水田里割稻子，个子很矮小，稻穗很高大，小手握着镰刀，还够不上。天空蓝得快要流泪，明晃晃地摇荡，大片的阳光倾洒在稻田里，田里水又冷又深，双腿黏乎乎的，在淤泥越陷越深。“救命啊。”吉星场在床上挣扎，凄厉地呼喊，一个人在暗夜中醒来，突然想到自己是在远离家乡的一个陌生地方，肢体的寒冷禁不住渗透到骨骼深处。

有时候，他竟会莫名其妙怀念南辕镇那个潮湿陈旧的四合院，镇上堆满烂泥和垃圾的街道，泥塘边飘雪般的芦苇花，老家黄泥村漏雨的瓦房。泥呀，黏乎乎的，整个乡下都是这样。粘在衣服裤子上，遇到一块水田或一条溪流，把泥浆洗干净，湿漉漉的坠着，注意力全在一层皮肤上，胡思乱想自然就断绝了。若是赤脚走路，身体的重量在柔软的泥中压出一种实在的感觉，人也得高度集中注意力，稍不注意，可能就跌在地上，搞得一身邋遢，十分狼狈。

吉星场就这样在有泥的濮水边闲逛。只要心情烦乱，胃里翻腾得受不了，他就要脱光衣服，跳到濮水河的泥沼打滚。吉星场的这个隐秘，没能保持多久，系上的人差不多都知道了，疯传开来，便说吉星场要自寻短见。院长慕云雪听到下面的议论，便问道，吉教授，听说你在跳河，你是在锻炼身体，还是有别的想法哟？吉星场笑道，慕院长，你担心我会自杀吗？慕云雪笑道，大名士嘛，特立独行是风度，但是，要注意舆论影响啰，吉教授，华阳理工学院暂时还禁不住风吹雨打的。吉星场早就知道外界有这种议论，菜市场一个老头子的儿子也在学院教书，老头子说，学院里很多人都在说吉教授得了精神病，成天想跳河自杀呢。吉星场心里骂道，你才是精神病呢，这么大年龄，基本的鉴别力都不具备，白活了几十年。老头子又笑道，我看吉主任好好的人，哪里像呢。哦，就是的，入乡随俗嘛。这一年，芙蓉市的市民还没有兴起野外暴走这种体育锻炼方式。

还　乡

华阳理工学院升格为大学已成定论。慕云雪把这一消息放在学院建校五十周年校庆筹备会上宣布，具有特别的目的。学院始建于新中国成立之初，在华阳省只能算一所年轻的大学。正因如此，慕云雪才把校庆当成头等大事，他要趁这个机会结识联络省委省政府和国家部委领导，希望能调集各种资源把华阳理工学院建设成为名副其实的重点大学，而不是改一个校名。慕云雪最不喜欢的就是那些名不副实的事物，他给吉星场安排的工作任务相对比较轻松。吉星场作为美学系的系主任，需要他亲自飞一趟华京，把北方大学美学系的系主任闫申邀请到华阳理工学院来开一个座谈会，落实他的设想，追赶上北方大学，培养美学大师。吉星场爽快地答应了，北方大学现任美学系主任闫申是他的师兄，曾经在牛教授家多次吃饭，一个电话，闫申就答应了。说完，闫申笑道，怎么没请牛导啊，老爷子在家闲得无聊，巴不得出门来凑热闹？吉星场说，八十多岁的老人，请出来，万一出现健康问题，你们这些牛导的信徒不把小吉剁成肉泥，算啦！闫申笑道，说得有理！

吉星场轻松完成了使命，没想到慕云雪的话没说完，还有一个附带的特别任务：把八十来岁的牛教授请到华阳理工学院！吉星场说，牛教授坐轮椅了。慕云雪说，下了飞机，我到机场去推轮椅。吉星场说，听说，牛教授耳朵聋了，眼睛也看不见了。慕云雪说，只要牛教授是活的，在主席台坐两分钟，记者把照片拍了就行了。吉星场说，听说，牛教授躺在病床上，长期使用氧气机呢。慕云雪终于生气了，怒吼道，吉主任，你连说了三个听说，我现在要你坐飞机去看，到底是怎么回事，这一次，请不来牛教授，你就不要再当系主任了！吉星场突然脸一红，嗓门炸了一串词语出来：“我辞职，不当了——主任，教授——都不当了，我回乡当农民，可以了吧。”慕云雪咆哮道，那好吧，你被开除了，可以走了。

吉星场义无反顾地乘车返回了南辕镇。他戴着破草帽，穿着皱巴巴的棉布衣服，脚上系着草鞋，一个人胆战心惊，把从前那些熟悉的地方重新走了一遍。他很庆幸没有碰上以前的熟人，只是在坐摩的回黄泥村的时候，他被疾驶而过的小车里的一个人发现了：小吉！小吉！喊的人是红尘，红尘的车紧紧追随，终于在鲤鱼村附近的榕树边追上了吉星场。确认是吉星场，红尘满脸涨红，几乎流下眼泪来：你疯了吗，怎么一副叫花子打扮？吉星场笑道，疯不疯有什么关系呢？红尘冷笑道，不务正业，扶不起的阿斗，原以为你这个大学教授可以教育好吉娃娃，你这样疯疯癫癫的，可别把吉娃娃带坏了。红尘告诉吉星场，她和二三子很快也要到芙蓉市做生意了。这几年，他们靠着采气队挣了不少钱，估计在芙蓉市买两三个门面经营没什么问题。吉星场大笑道，哦，你们发财了，祝贺你们！红尘骂道，滚远些，别在老娘眼皮底下丢我的脸！吉星场笑道，还那么大的气干什么，我回乡里当农民去了。

已经有五年多没回老家了，突然回来一趟，才觉得村里比过去更加荒凉和萧条。像吉星场这样年龄的儿时小伙伴，几乎全都跑到广东福建浙江打工去了，留下来的是七老八十、耳聋眼盲的老人，还有一群叫不出名字的小孩子。回想小时候，院子里，村子中，家家户户，大人小孩，热热闹闹，人满为患。如今，老家这种模样，令吉星场睹物伤怀，嘘唏不已。

黄泥村在孤山后山，四围崇山峻岭，一条小黄泥路迤逦山间，时常淹没在茂密的林木和草丛中。在黄泥村之上，吉星场站在村口的大榕树下，仰望东山日出，儿时种种心酸和幸福，一齐涌上心头。生活在黄泥村的人，大半辈子在山里转悠，眼睛里装满了各种植物的叶子、花、果实和种子，其他的事物，往往视而不见。有空的时候，向山峰上望去，总是云遮雾绕，不知远近。太阳和月亮升起于东山，沉落于西山，天空像一面大镜子，照着它们满身光芒，神出鬼没。

小时候，吉星场对太阳和月亮的来去感到神秘，他一心想走出孤山，看看太阳和月亮走到哪里去了。他那样好奇，一颗不安的心在山里飘荡了十多年，终于飘了出来。他看见日夜流逝的南辕河，又看见带着现代气息的木鱼县城，天空中插满电杆。电线从危险的山崖直奔峡谷，穿过密密麻麻的砖瓦房，最后，消失在暮霭沉沉的田野之上。在老家的每一寸土地上，吉星场都能发现儿时的那些生活经历，那样逼真，那样详细，那样清晰……他走路的脚步却比儿时更沉重，更艰难，因为他是一个人在走，一个人在自己的回忆中漫步。

吉星场回老家后，一天也没轻松下来。旧历七月，孤山上下，梯田坝子，秋风一过，谷子一天比一天饱满。金黄的稻穗低垂着，随时可能被风刮倒在水田里。趁着雨季未到，村里的老人小孩，凌晨四点便起床，打着电筒去田里收割，晚上十一点还不能收工。吉星场的父母年过七十，仍然舍不得废弃种田的事儿。吉星场的哥哥全家到广东打工，他们家的几亩田也种上水稻。现在，全都要吉星场的姐姐和姐夫来收割，无论如何，吉星场也不能袖手旁观。

他戴着草帽，穿着父亲的破衣服，裤管挽得高高的，露出白色的大腿和黑色的腿毛，赤着脚，踩着路上的硬土和碎石，一阵阵清晰的痛从脚心向大脑里钻，一直钻进记忆深处。小时候，他就是这样跟着父母收割水稻的。天不亮，他和姐姐、姐夫一起下田，光脚陷进淤泥里，痒酥酥的好像无数虫子在腿上爬行。太阳升起，田里明晃晃大片的水上，浮荡着新割放的稻草。姐姐和姐夫两人站在正方形的拌桶前，不停地挥动手里的稻子，稻子砸在拌桶里的木架上，稻穗便下雨一样，沙沙地脱落在拌桶之中。姐夫歪着草帽，黧黑的脸在阳光里熠熠生辉。姐姐头发蓬乱，肩膀上沾满谷粒和稻草，汗水湿透了背心和肩膀。吉星场喘着气，挥动手里的镰刀，一手握着湿润而臃肿的稻茬，越来越显得力不从心。

干了两天，吉星场整个人皮肤黑得像钻了煤炭窑子，手指上割了几道又粗又长的伤口，缠着纱布，血色和泥浆混合在一起，已成污黑。第三天，姐姐心疼他，不准他下田。吉星场坚持要下田，才干了一个多小时，人就开始晕眩。看那天上的太阳，突然从雪亮变为漆黑，然后，整个人什么也不知道了。

姐姐和姐夫赶完父母的活儿，又急急忙忙回家收割自家的水稻。吉星场躺在凉椅里，一身上下的骨头和肌肉都在疼痛，好像被一群流氓揍了一顿。吉星场感叹自己就是生得贱，这里骨肉酸痛，人累得快要散架，先前折磨得死去活来的神经性呕吐症自动隐退了，不需要操心。

刘 裕

阳光穿过院子高处的树木，漫无边际，倾泻而下。地上是金黄的稻穗，一粒一粒，灼伤着眼睛。农村里，左邻右舍，三亲六戚，谁家有了红白喜事，方圆四五里路，几乎全家出动，帮忙送礼，热热闹闹，不亦乐乎。吉星场是大学教授，回村里成了具有轰动效应的名人，所谓十处打锣九处有他了。村子里，人情是躲不了的。尽管身体原因，他不能喝酒，所有邀请他都得送礼赴宴，免得乡里人说他自高自大。

村长刘裕满五十大寿，黄泥村家家户户无一遗漏。刘裕当了二十多年村长，远近几个村都有人来捧场，甚至洛城乡的乡长阮籍也不请自来了。刘裕把五十大寿办得像一场官方的活动，专门安排了两桌贵宾席，把他认为重要的人物请到一起，还摆放了各自的座位牌，并有各方重要人物发言。吉星场作为村里唯一的博士和大学教授，响当当硬邦邦的，与乡长并列上席。自然，鲤鱼村的村支部书记刘高平也来了。

在整个孤山后乡，鲤鱼村是唯一通电的村子。实际上，鲤鱼村沾的是采气队的光。采气队有区供电站专门安装的电线，但电杆占了鲤鱼村的地，鲤鱼村的人也不是省油的灯，他们强行搭线，硬是让全村人家家户户点上了电灯。黄泥村没那等福分，刘村长也没那等本事，即使是他过生，也只是在院子里挂了八盏大马灯，里面灌满了从采气队偷来的煤油。晚上，这些马灯在风中摇曳着猩红的灯光，地上便是高处事物投射下来的黑影。马灯里，煤油燃烧发出劈劈啪啪的声音，像要炸裂似的。

刘裕邀请吉星场时已经特意说明了他的个人想法，在他结束本届村长任期之前，一定要让黄泥村的人点上电灯，把煤油灯彻底扔了。为此，刘裕私下和区供电所所长前前后后喝了不下二十次酒，这个环节的工作算是勉强做通了。跑区公所，跑财政局，跑乡政府，刘裕一双脚跑烂七八双胶鞋，这些单位，基本上也有了初步认可。接电要从鲤鱼村开始，这是一个大问题。村支书刘高平与刘裕同姓，一笔难写两个刘字，每次在乡政府开会，刘裕就要把刘高平拉进街上的小馆子，猛喝一顿，反复称兄道弟之后，刘高平才最终答应去做村民的工作。在鲤鱼村的人眼中，黄泥村的人任何时候都要低人一等，如果轻易让黄泥村的人接通电线，两个村的人平起平坐，鲤鱼村的人还有什么心理上的优势呢。如果没有心理上的优势，凭什么让黄泥村的姑娘嫁给他们村的男子呢。

吉星场的父母巴不得马上接上电，以后坐在家里也可以收看电视节目，免得晚上坐在漆黑的院子里数星星。吉星场在老家待了一周时间，最不习惯的就是村里不通电，到处瞎灯熄火，晚上连门都不敢出。他也有帮助黄泥村接通电的想法，来参加刘裕的寿宴，哪怕把胃喝出血也是值得的，管他什么神经性呕吐呢。吉星场上桌子前已经做出了一副烈士的架势，准备和乡里这些干部拼酒了。

刘村长故意把刘高平的座位安排在吉星场旁边，首先便向刘高平介绍，说吉星场是从南辕区走出去的唯一的博士和大学教授。刘高平看吉星场黑皮瘦骨，一身农民打扮，不太愿意相信刘村长的话。刘村长嗓门越说越大，表明他没有喝酒乱说话。刘高平这才诚惶诚恐，先是不断地赞扬吉星场，后来又不断地赞扬黄泥村出人才。刘村长向阮乡长介绍吉星场，起初，阮乡长的脸也是一百个不信任，吉星场的身上根本找不到一根具有教授气质的汗毛。

刘裕的本意是想在酒桌上把刘高平和阮籍灌醉，趁着两人说酒话，把接通电的事落实下来。吉星场在村里好歹算个人物，敲个边鼓，一起劝酒，刘、阮两个人无论如何也不好意思推辞。刘裕端起酒杯，向在座的亲朋好友倾诉了他的心事，声音带着极度的遗憾：本届村长任期一满，刘某人就要离开黄泥村，到广州去照顾孙子了。他的儿子在广州一家外资企业做了一个管理，找的女人贤惠漂亮，本来，是准备回村来生小孩的，就是因为村里不通电，孙子生在广州，还要刘裕两口子离乡背井去照顾。

刘裕感伤地说，我最大的梦想是在本届任期内让黄泥村的人晚上坐在家里看电视，现在看来，这是不大可能的事。他已经在黄泥村当了二十多年的村长，别的事不说，就是不通电这件事他觉得对不起大家。刘裕的酒端到贵宾席上，眼眶已经湿透，他真的在哭，委屈得像个孩子。刘裕这么一哭，刘高平的心绪突然变得很坏。刘高平本意是想陪阮籍高高兴兴地喝酒，便端着酒杯，再三等阮乡长发话。阮乡长抽了抽鼻子说，他感冒了，只能以茶代酒，大家便以茶代酒。吉星场端着茶，喉头干涩，生硬地吐出几句恭维阮乡长的话，希望乡长帮助黄泥村接通电。阮籍白眼一翻，盯着刘裕笑道，老刘，怎么帮？刘裕笑着拍了拍刘高平的肩膀：高平，我这当哥的不称职，还得向你学啊。阮籍顺水推舟笑道，高平书记，这事儿可得出力哟。刘高平立即嚷道，喝酒，喝酒！吉星场纠正道，不是喝酒，是喝茶！阮籍应声道，好，好，好，喝茶！

吉星场害怕喝酒，阮乡长这样做正中下怀，他草草吃了几口饭，便离席而走。走到厨房门口，差点儿撞倒一个熟人，他赶紧扶起来，那人亲热得双手抓住吉星场不放，一直拖到昏暗的油灯下，看了半天才说出第一句话。这人就是刘婉儿，吉星场以前四合院的邻居，曾经无数次帮助过穷困潦倒的吉星场。刘婉儿把吉星场安放在厨房里一张小凳子上，她忙着灶上的事，嘴里絮絮叨叨，抱怨吉星场这么多年不回来看望她和老冯。吉星场心里充满感激，脸上堆满愧疚。刘婉儿用油腻腻的手摸着吉星场的脸，心疼地喊“我的儿啊”，眼泪盈盈，闪着潮湿的光。

刘婉儿平静下来后，吉星场了解到一些他们的情况。冯梦退休好几年了，身体不太好，最近患上了糖尿病，血压和血脂都有些问题，每天必须服药。老两口住在木鱼县城大儿子家里，刘婉儿的主要事情，除了照管孙子读书，就是照顾老冯。现在，刘婉儿和刘村长是亲家。她的二儿子在芙蓉市打工，娶的妻子就是刘村长的小女儿。刘婉儿回南辕区，还有一个重要事情，她的弟弟刘彻底三天后也要办五十寿宴。到时候，她的侄女刘细君也要从外地回来。吉星场突然想起，办寿宴的刘彻底是刘细君的爹嘛。这个，必需的。

吉星场心里一声巨响，身体里几块骨头好像断裂了似的痛，额头沁出一股冷汗。刘细君，这个人完全在记忆中消失了，现在，她的名字又从刘婉儿的口里出现，很快，她的身体还要在鲤鱼村打鱼子垭口出现，事情怎么这么凑巧呢。刘婉儿其他的话，吉星场一句也听不进去，他心里只装着刘细君三个字。十多年了，刘细君的形象完全淡漠，吉星场只记得自己夸过的海口：等我十年。等了十年又怎么样？难道还要相信算命先生说的，他吉星场是刘细君的贵人？

阮籍回乡上值班，刘裕和刘高平拿着打狗棍把阮籍的摩托车送出村口，立即回过头来寻找吉星场。吉星场蹲踞在刘裕厨房外的一块大石头上，望着山下那一片闪烁的电灯光出神。刘裕和刘高平陪着吉星场望着鲤鱼村散射出来的电灯光，各自心中感受大不一样。刘裕长叹一声，拍了吉星场的肩膀一下，吉星场猛然醒过来，尴尬地笑了。

刘裕把刘高平和吉星场拉回贵宾席，命令他老伴把桌上的菜肴热了一遍，然后从床底掏出一瓦罐烧酒来，在每个人面前先倒了一海碗，他自己张嘴一骨碌，碗就见底了。刘高平人年轻，端起海碗，做了个喝酒的动作，酒就不见了。两个人咧嘴笑着，看吉星场怎样喝酒。吉星场端起海碗，闭着眼睛，做了个自杀的动作，一碗烈酒像火焰一样，从口腔蔓延到喉咙，最后聚集在胃里，熊熊燃烧。随后，脑门子一热，胃里的酒气一拥而上，整个上半身立刻麻木，脑袋像个空口袋，被风吹起来，飘来飘去。刘裕和刘高平几乎同时拍手鼓掌，吉星场看两个人的影子重叠起来，然后又移开，变成更多的影子，摇来摇去。

刘彻底

接下来的事，吉星场完全记不起了。奇怪的是，醒来后，他居然发现自己躺在刘高平家里。从昨天到了今天，夜晚已经过去。刘高平两口子正在厨房忙碌，饭熟菜香，气味从饭厅飘到客厅，转了几个弯，又飘到卧室里，诱惑着吉星场干瘪的肠胃。刘高平的儿子是高三学生，正坐在客厅，捧着英语教材大声朗读。吉星场挣扎着，头重脚轻，勉强站了起来。刘高平的房子五楼一底，漂漂亮亮一幢小楼，外面贴着白色的瓷砖，周围的楼房要么没这么高，要么没贴瓷砖，对比甚为鲜明。

与刘高平的楼房媲美的一幢楼房，中间相隔四五幢楼，同样是五楼一底，贴着白色瓷砖。吉星场问刘高平那家人是谁，刘高平笑道，刘彻底，他有个姐姐刘婉儿，你可能认识。吉星场明白，那幢楼就是刘细君娘家的。站在窗口，可以清楚地看见刘细君的娘在门口宰杀鸡鸭，血淋淋的羽毛映射着阳光，特别刺眼。吉星场言不由衷地赞美道，啊哈，真正的富人呐，住的，吃的，不简单！刘高平脸上横着笑，自言自语：人家生了个好女儿，就是该他得意。说完，他把嘴巴凑近吉星场的耳朵边说了一句粗话，吉星场没听清楚，只闻到一股酒发酸的味道，从刘高平胃里散发出来，又夹杂着口腔里食物的残渣。吉星场胃里一阵痉挛，一团酸水，从口里夺路而出，他哇的一声，只听见地上如瓢泼般，流质状的东西倾覆了一地。吉星场这一吐，几乎是把肠肝肚肺都吐出来了。

刘高平的老婆从厨房冲出来，愤怒着脸做清洁，刘高平把吉星场扶到沙发上半躺着，给他倒了一杯醒酒的白开水。吉星场浑身虚汗，上气不接下气，在沙发里竭尽全力控制着身体，避免继续出丑。正在尴尬之时，巷子里突突突突来了一辆摩托车，刘高平的老婆在厨房高喊一声：乡长来了！刘高平赶紧下楼，把阮籍接上来，饭厅里早已摆满一桌子菜，刘高平的老婆还在厨房忙乎。阮籍毫不客气坐了上席，一把将病态的吉星场揽在身边，紧紧握住吉星场的双手说，吉主任，吉博士，惭愧，惭愧，昨晚上乡政府有急事，没能陪你喝上两杯，今天专门来补上！吉星场被刚才的呕吐折腾得死去活来，他半睁着眼，半张着嘴，神情痴呆地望着阮籍，一脸茫然：这家伙怎么叫我吉主任！

阮籍在面前摆了四个海碗，全斟满了白酒，让吉星场挑选，吉星场才领教过一海碗烈酒的威力，哪里还敢接招！刘高平赶紧替吉星场打圆场：昨晚吉教授喝醉了。阮籍瞪圆了眼睛问，醉了怎么到你家来了？刘高平笑道，吉教授非常浪漫，他要来打鱼子垭口看渔翁晚上捕鱼，我就把他背到我家里来了。阮籍问刘高平，黄泥村接电的事情协调得如何。刘高平胸有成竹地说，鲤鱼村的思想工作基本做通了，还有极个别的，脑壳不好剃。阮籍用筷子夹起一块肥厚晶莹的腊肉放进嘴里，吧唧吧唧地咀嚼起来，牙齿缝隙里渗透出一些词语，组成了松散的句子：你说的就是刘彻底嘛，超生子女最多，最古怪，这个群众，嗯。

阮籍吃完这块腊肉，刘裕也正好赶到。刘裕首先问吉星场昨晚睡得如何，吉星场摇摇头说不知道。刘高平笑道，这个我最清楚，吉教授没在澄溪看到晚上打鱼的人，他跳到溪水里，可惜溪水太浅，没淹死他，他就飞到我家楼上来了。刘裕端起海碗向刘高平敬酒，感谢刘高平昨晚救了吉教授。刘裕连倒了三海碗白酒灌进肚子，向阮籍赔罪，说昨晚没陪好。阮籍笑道，刘村长，你只需要把吉主任照顾好就够了，黄泥村接电的事情包给我阮籍和刘高平两个人。刘裕狂笑一声：好！他又朝自己肚子里灌了一海碗白酒，然后张着嘴巴喘气。

刘高平把阮籍倒的一海碗酒交给吉星场，吉星场不敢接过来，刘高平毫不犹豫，把海碗端过去，连着自己面前的海碗，一口气把酒灌进肚子里，红着眼睛，看着阮籍笑道，阮乡长，吉教授的酒我帮他喝了，你老人家吩咐的事情我一定照办，不然，你撤我职务！刘裕接下来又喝了三海碗白酒，分别表达对阮籍、吉星场和刘高平的敬意。刘高平如法炮制，三海碗白酒下肚，面不改色心不跳。阮籍毫不示弱，他要学武松，来个三碗不过冈，刘裕赶紧伸手阻止道，阮乡长，今天，你是酒桌上最大的官。

阮籍连忙纠正：刘村长，就凭这句话你就该罚酒三杯！刘裕无辜地望着阮籍：我说错了么？阮籍倒了三海碗白酒，让刘裕喝了再说。刘裕昨晚已经喝得半醉，他愣着眼睛看了看碗里的酒，又看了看阮籍，然后，猛然张开大嘴，将酒一股劲儿地吸进身体里，站起来，摇了摇屁股，又坐下，一句话也不说。阮籍满意地点点头，慢慢地说道，最大的官是吉主任，吉教授！阮籍说完，得意地笑了。昨晚，他向芙蓉市的几位朋友打了电话，证实了吉星场系华阳理工学院教授、博士，还是什么系主任。刘高平和刘裕齐声道，主任？阮籍冷笑道，说了你们也不懂，反正主任比县长的职务高，乡长算个球！说完，又从裤袋里掏出一张皱巴巴的报纸，交给刘高平和刘裕看上面的寻人启事。慕云雪在报纸上刊登的寻人启事清清楚楚写着吉星场的身份：华阳理工学院教授、美学系主任。吉星场心里骂道，慕云雪这厮，太可恶了。阮籍干呕了几声，看样子，他也喝得差不多了。刘高平还要劝酒，阮籍伸手拦着道，先听我说话，酒一会儿再喝。刘高平和刘裕红着脸，恭恭敬敬地坐着，不敢醉酒。

阮籍像背诵课文一样，把南辕区在外面混了一官半职或挣了大钱的老乡大名单念了一遍，吉星场居然以系主任的身份赫然在列。阮籍最感兴趣的是活跃在华阳省内特别是芙蓉市的一些名人。芙蓉市毕竟是华阳省的政治和文化中心，要办事必须往芙蓉市跑，认得两个老乡也不会两眼一抹黑，像个叫花子一样受人白眼。放大一些，只要是在芙蓉市工作的人，管他有无官职有无钱财，阮籍认为都值得结交。阮籍本人每年要跑几趟芙蓉市，什么顾轻狂、公输、白乐，每次见面都要喝酒。刘高平补充说，他认识顾轻狂，好像是洛城乡的人。阮籍接过话题强调道，不是好像，是真的洛城乡人，老家在麻柳村，去年为他家修房子，我跑了好多趟。

刘裕喝醉了，一直没说话。突然，他反应敏捷起来，接下话题说，乡长，我们吉主任老家接电的事，恐怕要给您添麻烦了。阮籍打断刘裕的话说，今天，我阮籍就是专门为接电的事而来。刘裕望着阮籍，肃然起敬。阮籍忽然回过头来问吉星场：顾轻狂好像是哪所大学的教授？吉星场笑道，以前和我是华阳理工学院的同事，现在到蛐蛐区政府当挂职副区长去了。刘裕问，挂职副区长是个什么玩意儿？阮籍说，复杂，一两句话说不清。刘裕说，没文化，乱说话，打嘴巴。阮籍疑惑地问，顾轻狂以前怎么没提到过你？吉星场笑道，我到华京读了几年书，没官职，没钱财，没名气，怎么提得到？阮籍恍然大悟，呵呵笑了。

刘高平还想劝酒，阮籍说，酒留到下次吧，我们去做一下个别群众的工作。吉星场留在刘高平家里休息，刘高平把阮籍和刘裕带到刘御底家门口，劝说刘御底同意黄泥村的人接电。当初，为了接电，鲤鱼村的人同采气队的工人打架，刘御底额头上挨了一铁棍，现在还残留着伤痕。刘御底一挑一挑，把粪池的粪便挑到庄稼地，准备把粪池空出来。两天后，他要办五十寿宴，到时候，客人多，粪便也会很多。刘高平站在粪坑边，看着刘御底用长柄塑料勺舀粪，一边赞扬刘御底：老辈子，准备这么多肥料，今年收成不错嘛。刘御底不理睬刘高平，他已经看见了附近散步的阮籍，嘴里冷冷地送出一些含混不清的声音：接电的事情不要来说了，我额头痛得很呢。刘御底是鲤鱼村接电的功臣，不是他奋不顾身，第一个站出来用额头挑战采气队的铁棍，鲤鱼村可能至今仍然用不上电。那个时候，刘高平刚从部队退伍回家，担任村委委员，什么也不懂，跟在老村长的屁股后，东看看，西瞧瞧，被打架的场面吓蒙了。嘿，农村人，以前个个胆小怕事，怎么就变得天不怕地不怕了呢。

刘御底这个人脑筋死，算盘精，心胸小，手脚狠，村里的人无论远近都不愿意与他交往。他有五个女儿，每年每家必须向他上缴一万元。几个女儿，有的挣大钱，有的挣小吉，有的穷得裤子也穿不上。刘御底不管这些，他要的钱必须收，从不考虑女儿的钱是借还是偷得来的。刘高平开玩笑说，刘御底就是鲤鱼村里的首富，不仅在村里第一个盖上了五楼一底的楼房，还在外面贴上了雪白的瓷砖，被村里人戏称为白宫。有人估计，刘御底家的存款不会少于五十万，他就那么一个宝贝儿子刘秀儿，读到初二，休学了。在广东漂了几年，又回来读书，嘴角的胡须都长青了。俗话说，人生二十一，四毛都长齐。一晃眼，刘秀儿已是二十出头的人了。今年也上高三，明年该考大学了。刘御底宠爱刘秀儿，刘秀儿的裤袋成天塞满了钞票，吃饭穿衣特别奢华，人长得白白胖胖，像个城里的公子。村里人，从老到少，无不在背后鄙视刘秀儿：考不上大学，文也文不得，武也武不得，以后在农村恐怕只能当个废物，饿死下场。刘御底和老婆耳朵里怎么听得惯这样恶毒的挖苦话呢，他们就是要把刘秀儿打扮得像个城里人，吃好，穿好，玩好。刘御底也清楚刘秀儿是个草包，他偏偏就要和村里人对着干，而且，屡屡放话出来：再怎么糟糕，刘秀儿以后也绝对不会当农民。大家都等着看刘御底的笑话，刘御底多少有些触动，在暑假，只要天一亮，他就要把刘秀儿从床上抱到书桌前，为刘秀儿泡一杯牛奶，准备一大袋零食，诱哄刘秀儿哇哇地读书。

这刘秀儿太贪玩，在学校最喜欢进电子游戏厅，放假后，成天就躺在床上看电视，要么就整天睡懒觉。刘御底两口子在庄稼地里忙来忙去，脸晒得像个碳团，回到家里，仍然笑嘻嘻地望着刘秀儿伸懒腰打呵欠。刘御底这样溺爱刘秀儿，几乎招致了五个女儿的一致反对，尤其以刘细君抗议态度最为强烈。

刘细君，家里的老大，后面四个妹妹，都是她想法设法弄出去打工的。有三个跟着她，在外面做药材生意，找了点小钱，勉强能够过日子。另外一个，在芙蓉市混了几年，一事无成，最后都跑到广东打工，嫁给了外省老男人，日子过得窘迫。刘御底要求每人每年拿一万给他，除了刘细君经济条件优裕，另外四个根本拿不出来。没办法，刘细君一个人帮助四个妹妹把钱拿了。这样，刘细君每年要拿出五万元来供养父母和弟弟。刘细君并不是吝惜她的钱，主要是怨恨父母偏袒弟弟，让弟弟成了个花花公子。刘细君的儿子阿瞒比刘秀儿小三岁，从小在一所私立学校读书，现在据说正在准备托福考试，最近两三年肯定就出国留学了。当初，刘细君建议父母把刘秀儿送到阿瞒读书的那所学校，说不定成绩和阿瞒差不多。父母舍不得让阿瞒外出读书，结果搞到现在这种地步，估计明年考个中专学校就很难。

即便刘秀儿一塌糊涂，刘细君的母亲还大言不惭地说，考不上大学无所谓，他们养得起刘秀儿，反正家里有钱。在刘秀儿能否考上大学这个问题上，刘彻底的处理方法很简单，他直接把任务交给刘细君。刘细君一口回绝，出钱她可以，读大学必须硬考，她不过是个生意人，与大学根本沾不上边儿。刘彻底一个老农民，他能做的事就是耍横，直接赏了刘细君两个耳光，刘细君嘴角流血，半张脸水肿了好几天。

这次刘彻底五十大寿，刘彻底最担心的是刘细君记仇不回家。若是刘细君真的不回家，刘彻底这寿宴办起来，经济上恐怕不那么合算，能否捞回本钱，不好说。刘细君承诺，掏两万元来支付各种费用，刘彻底白得礼钱，这个好处实在太诱人了。最近几天，刘彻底夫妇一边准备着寿宴，一边眼巴巴等着刘细君回来。刘彻底每天派刘秀儿到乡场上给刘细君打电话，刘细君的手机总是处于关闭状态。刘彻底的老婆有空就到村口的榕树下守望，从太阳升起到落山，从鲤鱼村通往南辕镇的公路逐渐模糊，最后融入苍茫的夜色，才失望地回家，不断咒骂刘彻底。

人　情

黄泥村终于可以接电了。

好事多磨。经过阮籍和刘高平的斡旋，鲤鱼村的人全部答应了黄泥村，准许黄泥村的电线从刘彻底的户头开始接起。刘彻底答应的条件是黄泥村的电表由他查看，黄泥村每家每户多交五毛钱作为管理费（含线损费）交给刘彻底。刘高平当面给刘彻底算了账，黄泥村用电的大概有五百户人，单这一笔费用每月就高达二百五十元。村里有人不服，刘彻底就高喊道，看我的额头，被铁棍打凹了，谁要来做这工作，先让我用铁棍把他额头上的骨头打凹了再说！

刘彻底这样说并没有夸张。当初，采气队之所以屈服，答应鲤鱼村的人接电，若不是刘彻底的额头骨头被打凹，恐怕没那么容易。没有人同刘彻底争这每个月二百五十元的补贴，没有人愿意自己的额头被打凹。村里人嘲笑刘彻底是凹脑壳，有些人换一种称呼，叫刘彻底为二百五。总之，刘彻底确实赚到了钱。

刘彻底的五十寿宴也办得风风光光。刘细君回来时专门开了一辆红色的小轿车进村，轿车里放满了烟花、鞭炮和烟酒。刘细君身着黑色棉质长裙，白皙的皮肤像冰块，滑入水一般的颜色。她修长的手指拿着手机，一直在打电话。轿车里出来两个小平头青年男子，身着白色衬衣黑色长裤，以流利的动作把烟花、鞭炮摆放在院子里。很快，劈劈啪啪的爆炸声中，天空就窜起五颜六色的火焰和光华。第二天上午，镇上开来一辆四轮车，车上下来七八个红男绿女，他们唧唧喳喳，七手八脚，从车上搬下一些乐器和音响。中午开饭，这些男女开始唱歌跳舞。

刘高平、刘裕和阮籍三个人都参加了刘彻底的寿宴，这在村里简直成了特大新闻。“养女儿好啊。”村里人见了刘彻底，交口称赞。刘细君这次回来真的是人大面大，村里的人手上都握有她的名片，她现在已经是一家公司的老总，注册资金不少于两百万元。提起刘细君，刘高平嘴巴里的口水便随着话语飞了出来：天哪，龟儿子，那么年轻就有两百万的本钱，什么概念，百元一张的钞票，像秋天树上的落叶，得落多少个日子才落干净呢。

吉星场根本没想到，自己和刘细君重逢，又是在南辕镇上的客来喜饭店。人世间，这种巧合要多少年才有一次呢。饭店的老板换了人，吉星场也不担心会遇到哪个熟人来追问。阮籍无意之间把吉星场和刘细君安排在他的左右手的位置，暂时避免了两人的尴尬。

阮籍要发展洛城乡的经济，他在四处招商引资。刘细君作为洛城乡走出去的成功商人，自然进入了阮籍的法眼。刘细君的公司取名就是她儿子的名字：阿瞒。阮籍专门派人在最近出版的工商企业黄页上查询过，证明确实有这么一家名叫阿瞒的公司。命名为阿瞒，源于这家公司以前属于阿瞒的爹，同时，这也符合一个女人的心理。无论多么伟大的女人，都会把丈夫和子女视为自己最重要的财产。阿瞒那么优秀，刘细君寄希望儿子的名字能给她的生意带来好运。刘细君自我介绍说，她的公司还是做的药材生意。刘细君不喝白酒，逼得刘高平和刘裕也只能顺应阮籍的要求，大家都端红酒。

刘细君起身敬酒的时候，吉星场一直在观察刘细君的变化。时间对男女是不公平的，再美丽再讲究的女人，都会在时间面前惨败。女人的生活质量会通过一张脸来显示，凡是饱经风霜、历经沧桑的，生活状况一定非常糟糕。而养尊处优、充满幸福感的女人，会单纯得像个孩子。刘细君的脸尽管化了妆，但还是掩饰不了内心的疲惫和无助。她华丽衣衫遮蔽下的肌骨呈现出无法抗拒的劳损，眼神黯淡而分散。听刘高平说，刘细君离婚多年，现在一个人养着儿子，经营着前夫抛弃的产业，很不容易地活着。据她说，生意经营到最好的时候，前夫突然同一个年轻的女大学生私奔了。刘细君强忍着愤怒和屈辱，接着经营药材生意，为的是她贪婪的爹和堕落的弟弟。刘高平介绍的内容，吉星场全都知道。吉星场想知道的是，刘细君和荒唐市那个董局长，后来怎么回事，刘高平从不知道，吉星场也不便主动提及。刘高平瞎说乱扯，反正是酒话，没人当真的。

这个女人如今孑然一身的遭遇，让吉星场想起一句古话：求仁得仁，亦复何怨！当初，她无情地拒绝吉星场，跟着那个退休老头子，最终走到现在这种地步，应该没有什么遗憾和后悔。吉星场希望她眼睛里流露出半点忧伤和失落，以证明她当初的选择是错误的。实际上，吉星场这是自作多情，她的脸冷冷地绷着着无比精致的五官，僵硬的表情像水泥凝固成的。她身体散发出一种陈旧的膏药气味，说明她的皮肤过敏症并未痊愈。她端起酒杯走近吉星场，脸上的笑似乎在刻意掩饰眼睛里的忧伤。

“都是洛城乡的人，都在芙蓉市，你们认识?”阮籍观察到刘细君和吉星场敬酒时的肢体语言，察觉到了不为人知的默契和战栗。“不认识。”刘细君淡然答道。她用杯子轻轻碰了碰吉星场的视线，敏捷地闪过身，退回到座位上。刘高平和刘裕从未喝过红酒，他们提不起神，便在座位上打盹。阮籍见状，答应他们可以喝白酒。刘高平和刘裕如涸辙之鲋忽得西江之水，立刻来了精神，大呼小叫，不断碰杯。阮籍受不了白酒的诱惑，也加入了拼酒的阵营。“鳜鱼来了！”服务员上了一道菜，报上菜名，大家没注意。阮籍粗鲁地骂道，什么鳜鱼，叫鲈桂就是了，大家都是本地人，说那些洋玩意儿干什么！服务员受到责备，只得用了颤抖的声音再次报了一次菜名：红烧鲈桂！“啊！”吉星场和刘细君几乎同时叫了起来。阮籍本来正在和刘裕、刘高平全神贯注地划拳喝酒，被两人这么一吼，兴趣立刻转移到鲈桂来了。

小时候，夏天晚上，刘高平经常跟在叔父刘长卿的屁股后，去看叔父怎样捉鲈桂。澄溪流到打鱼子垭口一带，水缓潭深，两岸草绿苔青，夜间，鲈桂从水下游到岸边，钻进水草，吞噬那些粗心大意的小鱼。刘长卿蹑手蹑脚，像个老贼，熟练地下了河，等待时机。刘高平咽着口水，大气不敢出，忽然听得一阵水响，刘长卿在水里破口大骂：狗日的！刘高平知道，又一条鲈桂被抓住了。大嘴大眼，浑身青黑花斑，还散发着铜绿色，一张嘴永远在发怒，丑得出奇的鲈桂总是让刘长卿爱恨交加，欲罢不能。逮住一条，刘高平眼里闪一下影子，鲈桂就被刘长卿送到南辕镇上兜售给那些端国家饭碗的人。刘高平流着三尺长的口水，追到半路，被刘长卿骂了回家：龟儿子，想吃这玩意儿，至少要等到下辈子。

从刘高平的小洋房到刘彻底的小洋房，再到打鱼子垭口，是一条新铺的水泥路。采气队的人不多，但往来的车不少，这路是他们掏钱修的。要不了多久，这条路可能还会铺油，像城里那种，黑黑的，油油的，滑滑的，看着心里就一百个舒服。孤山深处，澄溪的源头，有一股碗口大的泉水，终年哗哗流淌，沿路又汇入两条小溪，在孤山半山腰，洛城乡修了一个大堰塘把它们全拦截下来，剩下的水才流到打鱼子垭口。采气队的人用焊接的钢管直接从大堰塘把水引下来，作为自来水。刘高平正在和采气队商量，鲤鱼村的人也要接采气队的自来水。估计采气队会吸取上次接电的教训，不然，再出现一个刘彻底式的人物，说不定人也得罪了，事情也搞砸了。

刘高平手挽着醉醺醺的阮籍，旁边是陪行的刘裕、刘细君和吉星场。他们一路走，一路听见刘高平在得意洋洋地吹嘘鲤鱼村的美好生活。这几年，南辕镇引以为豪的鲤鱼村打鱼子垭口的天然气井，现在已经正式投产，日夜不停地通过巨大的管道向能源匮乏的三湘省输气。

当年，气井打通的时刻，正是傍晚，鲤鱼村弥漫着一股臭鸡蛋的气味。从地底上来的天然气携裹着大量泥浆，呼呼地冲上天空。鲤鱼村的人没见过井喷，仿佛从噩梦中惊醒过来，一群群惊慌失措，不要命地向村外逃窜。经过反复的压井，井喷控制成功。技术员试气点火，只听见砰的一声，油嘴上喷射出烈烈的火焰。火焰越烧越旺，向天空里伸展，好像一个艳丽的荡妇。井下巨大的压力在油嘴上嗞嗞地喷着天然气，如同地底爬出来的毒蛇在天空中游弋。打鱼子垭口的夜红了，好像伤口在溃烂流血。村里年轻人在欢呼庆贺，村里老人却在摇头，他们看见的是不祥之兆。

村支书刘高平却笑得合不拢嘴巴，打鱼子垭口的储气量巨大，至少可以开采三十年。隔三差五，市里、县上不断有记者来采访报道，鲤鱼村属于市政府打造的小康村示范村，刘高平则成了全县村长中的名人。气井建成后，大部分人迁走，彩钢搭建的工棚空旷下来，只有少量工人留守值班，村里人也占不到什么便宜，有些人开始盗窃采气队的东西，从金属到塑料，从线缆到管道，拆卸下来卖不了钱也可自用。采气队不堪村民骚扰，抓住了盗窃者只能交给镇上的派出所，这些人很快放出来，盗窃又出现了。

在采气队的人眼里，鲤鱼村的人就是一群公开行窃的贼。当然，在鲤鱼村的人眼里，采气队的人也好不到哪里。最初，气井刚打通，采气队每天挤满了近百的工人，全是身强力壮的男人。这些男人，不管是否结婚，看村里的女人时眼睛确实像一把剔骨刀，恨不得把女人的衣服和皮肤一起剥下来。村里一家废弃的砖窑里曾经发生过一起强奸案，一个刘姓的姑娘晚上从镇上回来，被一群男人拖进煤窑。第二天下午，一条多事的狗窜进煤窑用嘴叼出一条鲜艳的女式裤衩，这个姑娘才被人发现。赤身裸体、奄奄一息的姑娘躺在煤窑里，身边放着三百元钱和二十斤粮票。县公安局的人来调查侦探，最终不了了之。

当事的姑娘不愿意透露任何信息，姑娘的父母甚至有些舍不得三百元和二十斤粮票，主动要求公安局放弃调查工作。村里人最初群情激奋，纷纷操起农具，大有把采气队砸毁的气势。可看到当事人无动于衷的态度，慢慢也淡了心肠，草草收场。姑娘的父母只能抱怨女儿运气差，丑事已经发生了，再怎么惩罚坏人是无法弥补好人的损失的。后来，姑娘远嫁他乡，姑娘的父母出门打工，事情便被人们彻底忘掉了。

自从镇上出现歌舞厅洗脚房，气井的技术员和工人白天在打鱼子垭口上班，晚上除了几个值班的人，基本上都赶到镇上玩去了。这些操着外省口音的男性对本地那些贪财的女人充满诱惑力，鲤鱼村有几家妇女都大胆地同在外打工的男人离婚，宁可同这些男人在镇上同居，过一种没有名分的夫妻生活。本地的老人最讨厌这些采气工人，败坏了鲤鱼村几千年来淳朴的社会风气，搞得男盗女娼、鸡飞狗跳。

村支书刘高平的堂弟媳妇与一名五十岁的老工人生下一个小孩，超生罚款还是那老工人拿的，现在小孩长到五岁，村里人都骂那是野种。那老工人调走后，那女人不知羞耻，很快又找了一个四十来岁的男工人。刘高平的叔父刘长卿经常带人到镇上的出租屋去捉奸，总是扑个空。曾经有一次，刘长卿亲手捉奸在床，把儿媳妇和那男人的衣服裤子抱到乡政府门口抗议，遭到赶场的乡下人嘲笑，没等政府出面解决，自己就偃旗息鼓。在村里的一群老人中，刘长卿是第一个后悔当初同意气井施工进村的。他多次找算命先生看村里的风水，意见非常集中，都说是天然气井毁了刘家的龙脉，村里才出现这么多怪事。据算命先生预测，如不采取措施，鲤鱼村在三年内可能会有灭顶之灾。

刘长卿把算命先生的话说给刘高平听，刘高平一笑置之，安慰叔父：二十世纪，人类要讲科学，不要讲迷信。刘长卿奈何不了当村支书的侄儿，便自作主张搞了些歪门邪道。采气队的人早晨出门，经常发现他们门口泼了牲畜的鲜血，有时候机器上贴了些画在纸上的符咒，或者道路上撒着煮熟的粮食。这种污染环境卫生的行为迫使采气队每天要雇人来清理现场，大家都知道是刘长卿所为，不过，采气队肯支付做清洁的工钱，村里不少人还愿意来做这份工作。

在刘高平家里吃过夜饭，吉星场才明白最近几天他作为贵宾的真正原因。刘高平的儿子明年高考，现在的成绩肯定考不上大学，希望吉星场能施以援手。这个不算，真正让吉星场产生压力的是阮籍，阮籍硬塞了一口袋孤山上采集的草药给吉星场，说是治疗神经性呕吐症的祖传特效药。阮籍在酒桌上简单讲述了这种草药的神奇之处，让在场的听众听得目瞪口呆。

在孤山的最高峰，有一些悬崖峭壁常年被云雾遮蔽，很少有人能看清楚它们的模样。每年六月，夏天的阳光终于冲破云雾的阻挠，照射在悬崖峭壁之上。加上夏天暴雨频发，崖壁上会迅速生长出一种类似于苔藓的植物，名叫月亮草。月亮草的种子是由一些外来的鸟类从西方的雪山上衔来的。在长途飞行中，嘴里衔着这种雪国的种子，鸟们可以消除饥饿和困乏。据说，月明之夜，鸟们飞到孤山之巅，短暂歇息。望着空寂的山谷和满天月辉，鸟们为了排遣孤独，便互相鸣和。嘴里的种子自然从树枝上掉落，落进崖壁的缝隙。

这种草，美其名曰月亮草，其实是见月生长的。从萌芽生长到完全枯萎，不超过一周时间。采集草药的人需要特别的胆量和运气，才可以在云里雾中，采集到这神仙似的生命。在华阳省的所有药店，是见不到这种草药的。然而，在木鱼县，个别老中医的口中，念念不忘的，就是月亮草的名字。

阮籍说，这种草药的服用方法也很神奇。服药者躺在床上，熬药的瓦罐放在床附近，用木柴做燃料，火不见光，慢慢煎熬。等到满屋子香气弥漫，服药者昏昏欲睡，呼吸均匀，药物随空气进入体内，大约五个时辰，才能完成治疗。服药者苏醒过来，下床之后，顿觉神清气爽，全身通畅，如婴儿般祥和圆满。

阮籍一番胡话，说得吉星场心花怒放。吉星场从心底里感激自己这次成功的逃亡，他算是找到了救世主。阮籍走后，刘高平才把阮籍的意思转告吉星场，希望吉星场帮助阮籍的儿子阮铖，一个成绩不大好的高三学生。当然，帮不了忙，也没关系，一袋子草药就当是交个朋友。阮籍说得轻松，送的礼物却那么神圣和实用。他居然知道吉星场为神经性呕吐症所累，加上几天的交往，让吉星场不得不佩服这个人太厉害了。中国人所说的人情练达，大不了就是阮籍这样的人，做事稳打稳扎，从不显山露水，直达圣贤境界。刘高平毕竟是个农村人，见识和阅历有限，做起事来太逼仄，太局促，难免让人接受不了。同意黄泥村的人接电，好像是他个人的恩情，而且，刘高平故意让吉星场看见，这个人情是做给吉星场的。吉星场不喜欢刘高平过分的算计。

晚上，刘高平把吉星场带到打鱼子垭口，看所谓的渔民抓鲈桂。到了，吉星场才觉得失望。旧历七月初，没有月亮升起，打鱼子垭口上也是一片漆黑。澄溪基本宣告干涸，河底残留的水流散发出一股恶臭，令人避之不及。什么野生的鲈桂，什么渔民，统统见鬼去吧。吉星场把月亮草分了一半给刘细君，刘细君再三推辞，最后才勉强答应接受，这种药物也许可以解决她的顽症。但刘细君坚持说要付钱买，吉星场笑道，刘总，真的要付钱吗？刘细君认真地说，生意场上的人，得把钱作为第一条规矩吧。吉星场笑道，你看我是生意场上的人吗？刘细君果断地说，你是不是不重要，但我是。吉星场笑道，那你什么时候付钱给我呢？刘细君笑道，等市场上有了定价，我第一时间付账。吉星场笑道，刘总要把月亮草推向市场吗？刘细君自信地说，鄙人有这个打算。

混　账

一辆黑色的轿车停靠在南辕镇客来喜饭店门口，车头和屁股挂着几个交叉并列的圆圈。有人说，啊，电视里有这个东西，奥运会标志，北京举办奥运会了，这种车会越来越多的。一会儿，两个穿白色衬衣的男子从饭店走了出来，后面又是一伙人，说着话，走向这辆轿车。轿车轻捷地驶过街道上的泥水，迅速奔跑，一溜烟便不见了。

吉星场不情愿地坐在车上，看着泥浆溅射的街道被抛弃。他确实不想这时候回华阳理工学院，旁边坐着的是蛐蛐区副区长顾轻狂，顾轻狂惬意地望着车窗外，外面不断闪过农田和瓦屋，深有感触地说，老吉，我们都是农民的儿子，能从这块贫瘠的土地上走到外面的世界，多么不容易啊。吉星场冷笑道，副区长，不知道你看过中央电视台的节目没有？顾轻狂笑道，小吉，大学教授的日子舒服着呢，看电视，读报纸，指点江山，我顾某一个农民的儿子，一个小公务员，哪有你那样的清福呀，我忙得裤子都快跑掉了。吉星场笑道，别急嘛，副区长，等我把话说完吧。顾轻狂突然冷静地看着吉星场，等着吉星场嘴巴翕动。吉星场被看得不好意思了，反问道，副区长，你那眼神好像要吃人的样子，太凶了。顾轻狂扑哧一声笑了：龟儿子，酸溜溜的，有屁就放！吉星场笑道，那个东方之子的栏目，好几个家伙自称农民的儿子，后来都进了监狱，写悔过书的时候呢，还是一口一个农民的儿子，哎呀，太伤害农民了吧。顾轻狂正色道，不一样，那些人变了质嘛。吉星场笑道，小顾，看看你这副模样，还敢自称农民的儿子，这不是闹笑话吗？顾轻狂骂道，龟儿子，小吉，你以为穿上农民的衣服裤子就是农民的儿子了吗，单位不给你发工资，最多半年就饿死你，信不信？吉星场笑道，我是农民的儿子，这话是我说的吗？顾轻狂骂道，懒得和你馋嘴，你龟儿子这次闯了大祸，区委书记都骂你了，我看你回去怎么交差，你以为苏幕遮不敢收拾你？吉星场冷笑道，要不是阮籍这家伙拍马屁，私下通风报信，我谅你跑遍地球也找不到我的。顾轻狂说，小吉，也不是我说你，三十多岁的人了，一点儿不成熟，现在的社会谁有耐心同你捉迷藏？我回来找你，实在是受人之托，一是苏幕遮，二是慕云雪，两个都是我的领导，我得罪不起，还有，那个牛教授，不知道请那么一个人物来干什么？在主席台上坐了五分钟就睡了，拍照的人就惨了，专门拍他，怎么办？花那么多钱请他坐飞机来，待了两天就走了。早知道这样，还不如派人到他家里拍照，效果不是一样的！司机转过头来，吉星场认出来了，他就是小蒙，小蒙说，关键是老头子自己要出来散心，他是自己申请来的。吉星场若有所思，连续说道，哦，哦，哦。

顾轻狂说，小吉，要是你觉得在慕云雪那里干着不爽，还可以到区政府来，博士呢，暂时有一个绿色通道，很容易进人的。

吉星场说，算啦，算啦，我有几斤几两，我自己清楚，要是我想在政府干，我就不会去读什么博士了。顾轻狂笑道，过时不候，人各有志，呵呵，识时务者为俊杰。小蒙笑道，吉教授，读了博士，这么牛，你还后悔吗？吉星场说，牛个啥呀，小蒙，学院里现在都称呼人的官职了，教授、博士这个词只有印在书上了。顾轻狂说，我和苏幕遮、慕云雪有一个共同的观点，我们认为你的脑筋不正常，哦，还有一位——你的姐姐——鱼幼，不，鱼幻女士，也就是牛教授的夫人，她也持共同的观点，吉星场不是个正常的社会人，是个魔鬼，妖怪！小蒙笑道，那个鱼幻女士，简直是长了翅膀在飞，突然就变成老总，转眼间，又变成了教授夫人，哈哈，连慕云雪和苏幕遮也要毕恭毕敬地喊她师母呢。吉星场不吱声，头垂着。顾轻狂笑道，小吉，从前，你喊姐姐的那个人，现在喊师母是不是不习惯呢？小蒙笑道，肯定不习惯嘛，吉教授也许正是为了躲避这种情况才回家的，是不是？顾轻狂说，其实，这种情况，最舒服的还是男人，你看到没有——那个牛教授，活得只剩一口气了——会议主持人介绍到他老婆的时候，他那眼睛突然放出光彩来了。小蒙笑道，那叫回光返照，花下鬼，嗨嗨，俗话说，七十岁来想要个妈，八十岁来想要个家！吉星场突然冷笑道，小蒙，他妈的你年龄这么小，怎么什么都懂！顾轻狂笑道，小吉，你别小瞧了小蒙，他虽然只是个高中毕业生，可人家以前是给首长开车的哟。小蒙笑道，吉教授，我考你一个问题，什么级别以上的官才能成为首长？

区政府的奥迪车靠近华阳理工学院了，小蒙问，吉教授，回家还是先到办公室？吉星场说，不是在一处吗？顾轻狂笑道，小吉呀，你有所不知，华阳理工学院已经改名了，全称：华阳理工大学。新办公楼已经落成，完成了搬迁，说不定还有你的一间办公室，看慕云雪是不是撤了你的职？吉星场犹豫片刻道，算啦，还是先回家看看，万一慕云雪把我给开除了，我不是自取其辱吗？顾轻狂骂道，小吉，你到底是个孬种，有本事直接去办公楼，试试看！

吉星场忐忑不安地爬上又小又旧的楼，一眼看见走廊尽头有一堆东西，书呀热水瓶呀被子呀皮箱呀，他走近一看：咦，怎么回事？全是他的东西，和生活垃圾混合在一起。他赶紧取钥匙开门，打不开，锁已经换了。他在走廊上站了一个小时，方才有一个邻居打招呼：老吉，这么多天没见面，你到底干啥去了？吉星场说，老家有点儿事儿，回去耽误了一段时间。这人说，有人谣传你辞职了，这不，连你的房子都卖了呢。吉星场大惊，脸色骤变：啊，房子卖了？这人说，有个女的，她说是你姐姐，喊了陌生人来，收拾了半天，把你寝室的东西搬到走廊上了，你赶紧看看，丢失了什么贵重的东西没有？吉星场笑道，一堆旧书，谁看得起？

最毒不过女人心。鱼幼居然把他的东西扔进垃圾堆，在她眼里，吉星场纯粹是一堆垃圾，必须迫不及待地予以清除。吉星场不甘心于鱼幼对自己的处理方式，他在走廊上坐了一个小时，渐渐才想通了。覆水难收，落花成泥，先变后化。彼此彼此，从此以后，永不往来。

鱼幼的绝情之举，瞬间，世界变成了摄氏零度，吉星场的内心反倒恢复了平静。慕云雪会对他做出如何过分的举动？开除？免职？调离岗位？他不再担心，无所谓了。反正这次是慕云雪请他回来的，他一无所求。慕云雪看着一身农民打扮的吉星场从门外走来，脸上流露出了复杂的笑容。慕云雪坐在他装修得豪华大气的新办公室里，身体躺在黑漆大办公桌后一张巨大的高靠背真皮旋转沙发里，西装革履，气宇轩昂。吉星场衣服上沾着黄泥村的尘土，衣服裤子皱巴巴的，活像一个乡下进城乞讨的老乞丐。

慕云雪低头签署文件，吉星场喊道，慕院长！不——哦，慕校长！慕云雪挥动右手，示意吉星场自己挑沙发上的位置坐下。慕云雪挑了一个最远的位置，搁了半个屁股，等慕云雪说话。慕云雪一边在文件上签名，一边简单介绍学院最近的工作情况，然后耸了耸喉结，满脸严肃地说，吉星场，说话算数，我要撤销你美学系主任的职务！吉星场说，可以接受，还有别的惩罚措施没有？慕云雪见吉星场一本正经，面不改色心不跳，脸上慢慢浮起浅浅的笑容，那是以前吉星场最熟悉的表情。吉星场以为慕云雪要用柔情来迷惑自己，便平静地说，在校长宣布下一步的惩罚措施之前，请容许我表达个人意见。慕云雪好奇了，突然抛出一个笑脸：请讲。吉星场说，本人不适合华阳理工学院的教学工作，请院长准许我辞职。慕云雪呵呵笑道，老吉呀，你这不是穿着裤子放屁吗？吉星场问道，何以见得？慕云雪笑道，你回来干什么？要辞职你直接走了就是嘛。吉星场站起来，激动地说，那我马上走！慕云雪骂道，好不容易差人从千里之外把你逮回来，你说走就走，那么容易？吉星场笑道，那你让回来干什么？慕云雪斩钉截铁地说，离了张屠户，要吃带毛肉，也不是我慕某人要你回来，而是大学生要你回来！我们也要顺从民意嘛。吉星场吁了一口气，缓缓道，哎呀，年轻人，他们哪里是要我回来嘛，我只是一块配牌而已。慕云雪笑道，是啊，这个我懂，但社会就是这样现实，大家只认成功者，我们也只能顺应时势，对不对？吉星场面露难色，犹豫着说，慕校长，你知道，我身体不够好，经常要恶心呕吐的。慕云雪笑道，呕吐又不会死人的，怕啥！吉星场无话可说了，心里想，有时候，人真的是生不如死啊，可是，谁理解我的苦楚呢？

美学系的学生先前在大会上领略了北方大学美学大师牛教授的风采，尤其对牛教授的嫡传弟子吉星场感兴趣。学生们确实是集体联名上过书，强烈要求吉星场回来上课。吉星场夹着两本教材，一瘸一拐，刚刚走进灯火辉煌的阶梯教室，全场黑压压的人头顿时骚动起来。学生们掌声如雷，好像迎来了一位救世主。吉星场向学生们道歉说，我有神经性呕吐，动不动就想吐的，讲课过程只能尽量控制，要是出了丑，请大家谅解。打了预防针，吉星场讲起课来无所顾忌，酣畅淋漓地发挥，学生们听得很嗨，齐声高喊：牛教授，牛教授！吉星场赶紧捂住耳朵，冲进厕所，大肆呕吐。结果，两个小时的课，吉星场连续跑了五趟厕所。每吐一次，身体就软一寸。吐到最后，胆汁吐光了，只能磕巴着牙齿，哦哦哦地干呕。最初，吉星场所以为学生们是真的崇拜牛教授，呕吐的时候总是痛不欲生。过了两天，才发现学生们纯属恶作剧，故意让他出洋相，呕吐起来不那么难受，只是呕吐成了条件反射，仍旧控制不住，倾其所有。上了一周课，吉星场整个人吐得廋骨嶙峋，连走路的力气都没有了。终于，在一个阳光灿烂的日子，吉星场晕倒在讲台上。三个力大气粗的小伙子背着吉星场，直接往医院狂奔，唯恐吉星场死掉了。医院检查的结果如前：神经性呕吐症。没什么药物可用，输液，补充能量和水分。卧床休息。

住院期间，慕云雪亲自来看望，并安慰吉星场好好疗养：身体是革命的本钱。过了些许时日，吉星场有力气下床步行了。然而，走在校园里，很多熟人见面都笑着打招呼：升官了哈，老吉，你是春风得意嘛。吉星场苦笑道，春风得意？你们没看见我快病死了吗！说话的人觑了觑面黄肌瘦的吉星场，笑道，否极泰来嘛。说完，匆匆走了。怎么回事儿？吉星场困惑了。吉星场蹲厕所，看见挡板上有人用圆珠笔画了幅漫画，写着学院里某某升官，院长升校长，系主任升院长，其中就有吉星场的名字。哈哈哈，开玩笑，龟儿子多事儿，无聊。不几天，慕云雪便找他谈话了。地点还是慕云雪的办公室，但气氛非常凝重。慕云雪语重心长地说，系改院了，工作上加担子了，好好扛着吧。过了些日子，吉星场走完干部提拔任用程序，被正式任命为艺术学院院长。旧办公室的东西早已被几个工人搬进了装修好的办公室。一切都顺理成章，不好好工作，怎么行呢。吉星场私下找过慕云雪，阐明了自己的意愿：我觉得，李白金来干更合适。慕云雪气愤地说，吉星场，搞清楚，李白金干什么合适不由你安排，你干什么也不由你安排，这是华阳理工大学行政会反复酝酿做出的决策，干部任用是严肃的。

走出慕云雪的办公室，吉星场才发现门口挂着的是大学校长办公室的牌子。动作真快呀。原来，慕云雪搞的是这个玩意儿。国内很多学院在抢着改称大学，慕云雪似乎也未能免俗。过了一段时间，吉星场才体会到学院改大学绝不是徒有虚名，而是有实实在在的好处。华阳理工大学这次趁着改校名，一口气申请到了五个博士点和十二个硕士点，明年又有三个专业将要升格为重本专业，加上原有的四个重本专业。可能要不了几年，现在表面屈居普通本科院校之列的华阳理工大学就会真的晋升重本行列了。

吉星场以前的美学系撤销，合并入新建立的艺术学院，同时撤销合并入艺术学院的还有美术学院和音乐学院。现在，吉星场这个院长是货真价实的院长，相当于以前三个系主任的职务总和。很多院系的负责人开玩笑说，吉星场真的是升官了。名称和实际的权力都提升了一大截，吉星场突然变得引人注目。华阳理工大学的文科系在外默默无闻，在内属于后生之辈，为多数人所不屑。慕云雪选吉星场担任艺术学院院长，看重的无非是吉星场在学界的影响力，他那块牌子——牛教授的关门弟子。忠心耿耿的李白金被调入哲学系，吉星场替李白金遗憾，干了那么多的工作，还是为吉星场做了嫁衣。顾轻狂终于正式调任蛐蛐区政府去当副区长去了，求仁得仁，一分付出一分收获，也算合情合理。吉星场对美术和音乐一窍不通，专业方面的事还得交给以前两个系的系主任也就是现在另外两个副院长来干，他只对美学方面的事感兴趣，他这个院长实际上只是三分之一的院长。

一次蓄意的偷逃，演变成了长达近两个多月的休假。重新回到华阳理工学院，吉星场气色大有好转。吉星场这次回木鱼县老家疗养的效果非常好，他的神经性呕吐基本痊愈。除了给大学生上课那段日子，其他时候，没有不良反应。只要不提到牛教授和美学，吉星场完全就是个身体强健的男人。在心里，吉星场暗自感激洛城乡的乡长阮籍，那半袋草药发挥了神奇的药效。一个人身体没有病，才谈得上精神方面的其他追求。这一点，吉星场比较认同慕云雪的看法。慕云雪在德国留学时本来身体虚弱，但那时有空就会去山地滑雪，回国时已经练就了一副钢筋铁骨，来华阳理工学院才能胜任如此繁杂的事务，并且干出了一番轰轰烈烈的事业。

新分配给吉星场的房子一百五十平方米，三室两厅，双卫生间，吉星场一个人在空旷的屋子里，有空就在几个房间来回走动，他把这种兴奋的举动成为家中的旅行。吉星场也热爱体育锻炼了。每天，他都要穿着短衣短裤，到体育馆打一个小时的篮球或网球。吉星场的肺部、心血管和心脏变得年轻，校园里，走起路来，经常是健步如飞。扛着一袋米上五楼的家，也不再气喘吁吁。上下楼，进出门，总是昂首挺胸，高视阔步。慕云雪开玩笑说，吉星场是人生第二春大爆发，现在是不是可以考虑一下婚姻方面的问题呢。

厌　学

吉星场不是不想解决个人问题，而是吉娃娃在折磨着他。吉娃娃上初一的时候，模样俏丽，门门功课在班上名列前茅。才貌双全，真是个宝贝人儿，人见人爱的角色。走到哪里，红尘就把吉娃娃带到哪里，收获无数羡慕和夸奖。红尘还不过瘾，逢人便骄傲地发布经验：娃娃她爹厉害呢，博士，大学教授，基因啊，真是不得了。那个时候，吉娃娃也是吉星场心中的骄傲。吉星场曾经担心他和红尘离婚会对吉娃娃产生恶劣的影响，事实证明，那是杞人忧天了。可是，读到初二，吉娃娃的学习突然就变得特别吃力了，考试成绩急速下滑，吓坏了班主任。为此，红尘每周开车跑一趟芙蓉市，约班主任和任课老师吃饭、唱歌、洗脚，当然还派发红包。一个学期过去，吉娃娃的学习成绩没半点起色，吓得班主任和任课老师不敢接受红尘的吃饭邀请和红包了。

好好的学生，成绩突然垮了，什么原因？吉娃娃个子接近一米七了，皮肤白皙，五官清秀。从体貌上看，无疑是融合了父母的优点。随便穿什么样的衣服，在人群中一眼就可以揪出她这个美人。虽然红尘对吉娃娃的打扮禁锢得十分严，从未有颜色鲜艳的时装，但天生丽质，灼人眼球，不是吉娃娃自己可以避免得了的。班上、年级甚至整个校园，喜欢吉娃娃的男生大有人在。从初二开始，总是收到太多莫名其妙的礼物，蛋糕呀，布娃娃呀，还有金银首饰呢。吉娃娃问红尘：妈妈，怎么处理这些礼物？红尘骂道，把名字交给班主任，让学校开除那些小流氓！吉娃娃苦恼地说，他们才没你笨呢，谁把真实的名字写出来呀，即使写，也是化名。红尘诅咒道，卑鄙，下流，无耻，下贱，狗日的，千挑万选，选了个垃圾学校，上高中再也不会听那个蠢货的话了。

红尘一直以为，吉娃娃是被一群男孩子追逐影响了学习。因此，特别忌讳吉娃娃和男生的交往。班主任似乎也很认同红尘的观点，在吉娃娃的座位周围，安排的全是女生，或者是相貌上多少有些缺陷的男生。受红尘反复警告，吉娃娃基本不敢和男生说话，更不要说其他方面的交往了。看着其他女生和男生有说有笑，一起进出校门，一起到餐馆吃饭，吉娃娃显得落落寡合。一学年过去，吉娃娃的成绩仍是低迷不振。班主任发现吉娃娃情绪更加低落，个别谈话。吉娃娃闷嘴葫芦一个，无论班主任如何开导，就是闭口不言。班主任了解不出个所以然，只好打电话告诉红尘，吉娃娃心理不健康，可以考虑接受心理治疗。治疗？红尘一听，马上要发神经病了。她在电话里咒骂吉星场：老不正经的东西，一定是在华京干了什么缺德的事儿，吉娃娃的脑子犯病了，同你当年一样，神经兮兮的！就是你那个遗传基因！吉星场安慰道，治疗什么嘛，那叫心理辅导，任何人都可以接受的事儿。吉星场反复告诫红尘，不要把心理辅导当成天大的事儿，不要吓坏了吉娃娃！红尘冷静过来，方才稳住神，没有大嚷大叫。红尘在芙蓉市找了一个声名卓著的心理医生——气质高雅、学识渊博、风趣幽默、才华横溢、衣着华贵的女钢琴家——水伊人。水伊人可不只会滴滴答答像下雨一样在琴键上乱按一通的匠人哟，人家是北方大学音乐系毕业，还到欧美国家旅居过七八年，形神不俗，过目不忘。红尘给水伊人取了个临时名字：水阿姨。水阿姨笑呵呵地收了不菲的心理治疗费，来到红尘家里，声称是红尘的生意伙伴，要带吉娃娃去欧洲旅游，吉娃娃乐得把书包直接撂到地板上了。吉娃娃到欧洲巡游半个月，果然换了个人样子，性格开朗了许多，对学习似乎也有一点儿兴趣了。

吉娃娃对水阿姨崇拜得五体投地，言谈举止，衣食住行，什么都在模仿水阿姨。吉娃娃的个性也变了，特别讲究，挑剔，动辄吹毛求疵，嗤之以鼻。红尘问吉娃娃：水阿姨给你灌了什么迷魂汤，你时时处处模仿她？吉娃娃幸福地闭上了眼睛，嘴里说，天哪，读了这么多年的书，总算遇到一位我崇拜的老师了。红尘笑道，为什么这样说？吉娃娃双手合在一起，虔诚地说，水阿姨，人家那气质，那范儿，超尘脱俗，水阿姨的心，像吉卜赛女人的水晶球，能看透人的心思，好喜欢她哟。红尘心想，这钱值得花。吉娃娃以后读高中，一定找到她崇拜的老师，再也不要吝惜金钱了。

吉星场在北方大学读了三年书，返回华阳理工学院，正巧吉娃娃就读高中了。读哪所学校好呢？一分价钱，一分货。好学校，好老师，就得出高价呀。红尘信了这个道理，她没有找吉星场商量，自作主张，直接托人把吉娃娃送进了芙蓉市里仁学校，芙蓉市民习惯称之为贵族学校。吉星场以家长的身份偷偷去里仁学校考察过多次，发现这所学校名不虚传，办教育非常专业。里仁学校是红尘听朋友介绍的。红尘伪装成学生家长，潜入校园，看了教室、寝室和食堂，看了学生学习、睡觉和吃饭的情况，心里拿定了主意：吉娃娃就读这所学校吧。当然，里仁学校在媒体上也有很多宣传，教学质量高，非常的高。不过，收费也不菲。在钱的方面，红尘没有丝毫的顾虑。教育就是投资嘛。全封闭管理，每年费用几大万呢。红尘用做生意的脑瓜子计算，觉得合情合理。里仁学校虽然规模小，每个年级就那么几百人，高考成绩却是十分显赫：每隔一两年，总会出现一个全省第一名。这样的荣耀和知名度，当然会让家长无比自豪。吉娃娃进入这所学校一年多，红尘已连续两个夏天沉浸在里仁学校高考成绩的喜悦和自豪之中。

吉娃娃穿的、用的、玩的都是奢侈品，衣服鞋帽，动辄上千元。学习机，复读机，电子词典，买一个丢一个，只要吉娃娃高兴，红尘一点儿也不心痛。吉娃娃分数一有上升，就拿大笔的钱来奖励。结果，吉娃娃挥金如土，耗费了大量时间和精力，成绩便急剧下滑。吉星场笑称，红尘这是拿钱来把吉娃娃的成绩搞垮。红尘横着脸说，钱是我的，吉娃娃也是我的，爱怎么用钱就怎么用，你管得着吗？在老师那里，红尘也是拿钱开路，逢年过节，礼品红包总是少不了的。对所有老师，她只有一句话：严格管理，不听话可以打！可是，她大量送出的这些礼物，老师们接了，还敢打吗？读到高二，吉娃娃的老毛病又犯了。成绩越来越差，越差越任性，越任性越差。恶性循环，把班主任也给吓坏了。电话不敢打到红尘那里，只能打给吉星场：吉教授，这孩子真的让老师搞不懂，多操操心吧。

吉星场吓得背心冒冷汗，这才意识到问题的严重性。他给红尘打电话，说找个时间坐在一起，认真商量商量对策。问题严重到什么程度呢？据班主任说，吉娃娃连教室也不进了。红尘说，不可能，真有这些问题，老师应该告诉我的。吉星场反问道，那老师为什么不告诉你，而是给我打电话？红尘说，是不是老师嫌我送的礼少了？冲动之下，红尘甚至还有一个设想，按照吉娃娃的月考成绩按月给每个老师发奖，这样，老师该尽心尽力了吧。红尘得意洋洋把想法说给吉星场听，满以为吉星场举手赞成，没想到吉星场当头一瓢冷水：吉娃娃连教室都不进了，你还想这些办法！睁眼把现实看清楚吧。红尘一着急，马上对吉星场破口大骂：赶快想办法，教授，博士，什么狗屁大学教授，连自己的女儿都教育不好，还好意思教育大学生，简直是误人子弟！

说到子女教育，吉星场真还拿吉娃娃没办法呢。当父亲的和女儿坐在一起，怎样心平气和地对话，聊些什么，这就是一大学问。吉星场教训人的大道理一套是一套，但要一本正经，说给自己的女儿听，确实开不了口。在吉娃娃面前，吉星场的心会变得异常柔软，他唯恐语词和态度生硬，伤害了女儿。大约是觉得自己和红尘离婚的事有负于吉娃娃，吉星场说话总是底气不足。吉娃娃学习走下坡，当爹的自然有不可推卸的责任。吉娃娃在学校到底是怎么回事儿？这个问题必须搞清楚。在家里，吉娃娃从不提学校的任何事儿，红尘从老师那里也了解不到什么。现在，吉娃娃的内心是个黑箱，必须打开，看个究竟。红尘先前请的那个水平甚高的心理医生水伊人已经出国定居了，她到底对吉娃娃施了什么魔法，无从得知。吉星场安慰红尘道，看我的，让她开心，开心后就会说话了。红尘把吉娃娃送来，吉娃娃背着个沉重的大书包，佝偻着腰，畏畏缩缩，像个被抓了现行的小偷。吉星场笑了，他取下吉娃娃肩头的书包，让女儿把腰杆直立起来，抬头挺胸。吉星场顺着吉娃娃的心，展开话题。给吉娃娃买她喜欢吃的零食，喜欢穿的衣服，还陪她看动画片，同时交流感受，绝口不提学习方面的事情。有老爹陪着，吉娃娃当然开心啰。但不涉及学校和学习，这让红尘坐不住了。红尘打电话责骂道，迂老夫子，还让我来吧。过了几天，红尘打电话来，欣喜若狂地说，吉娃娃愿意谈论学校的事情了。吉星场问，谈些什么呢？红尘说，她聊的是学校老师。吉星场问，吉娃娃怎么就开口了？红尘得意地笑道，老娘自有诀窍，暂时不告诉你，蠢货。吉星场问，谈的具体内容，说给我听听。红尘带着吉娃娃，赶车来了。一进门，屁股没落下座位，红尘嘴里便噼里啪啦，把吉娃娃说的话全倾倒出来了。什么稀奇古怪的事，简直不知所云！裤裆的拉链没拉上，春光乍泄。讲课要先爬上讲台宣布纪律。身上一股臭味，满教室学生都捂着鼻子。一节课九十个“是不是”。乡下老农民，全身衣服加起来价格不到三百元。哈哈哈，猥琐猥琐，猥琐得很。说到猥琐这个词，吉娃娃突然加大了嗓门，得意地笑了。红尘哈哈大笑，她听懂了吉娃娃的话。这么不尊重老师，老师怎么教？在吉娃娃的心里，学校的老师如此不堪，丑陋至极，红尘不是又白花钱了！吉星场问，上课不专心，成天就关注这些吗？吉娃娃笑道，全班同学都清楚，不信，自己去问问好了。红尘哈哈大笑道，宝贝女儿啊，可惜老娘给你掏的高价，简直是浪费！吉娃娃说，我想转学到普通学校，也给你们节约一笔钱。红尘说，不行，不行，其他学校会更差的。吉星场脸色发青，把吉娃娃从电脑前叫来，扬起手，差点儿扇耳光，但看见吉娃娃满脸鄙夷的神情，又放了下来，叹气道，这么没教养，哪里像我吉星场的女儿！红尘冷笑道，假正经，你以为自己不得了！谁人背后无人说，谁人人前不说人！吉娃娃好不容易开口说话，你要是一个耳光打下去，她又把嘴巴闭得紧紧的，你咋办！吉星场叹气道，不是说一分价钱一分货吗，缴费这么高，吉娃娃怎么会这样轻视里仁学校？红尘冷笑道，吉娃娃有这么挑剔，我有什么办法让她喜欢里仁学校的老师？吉星场重重地拍了一下大腿，感叹道，完了。红尘问，为什么？吉星场问，还有哪所学校的老师能够教得下来？红尘抱着吉娃娃，抚摸着她的小手问，乖女儿，你要谁来当你的老师？吉娃娃十分干脆：水阿姨！吉星场：哦，哦，红尘，你干的好事啊！吉娃娃望着红尘：妈妈，我要水阿姨！红尘：水阿姨出国了。吉娃娃：我也要出国。吉星场：哦，红尘，看你的了。红尘：乖女儿，你爸爸当你的老师，可以吗？吉娃娃：爸爸不够格，他只能当爸爸。红尘：说个子曰呢。吉娃娃：一见面就问，吃饱了吗，作业完成了吗，还有钱用吗。红尘：这不好吗？吉娃娃：哎呀，一个大学教授，面对子女，怎么这样庸俗！爸爸竟然同里仁学校的老师一样！你没听过水阿姨说话，那才叫有档次，有品位！红尘：吉星场可是北方大学博士哟，全中国第一，还是教授哟，你还看不起？吉娃娃：我只喜欢水阿姨，她才是全世界第一！红尘：妈妈呢？吉娃娃：妈妈，不要说你了，你竟然用钱来贿赂我，搞腐败！吉星场：啊，红尘，怪不得你这么失败！

吉星场对吉娃娃的审美观和价值观无法理解，那个水伊人——吉娃娃心中完美无缺的偶像——用出国定居的方式构造了一个教师的神话，但彻底脱离现实的土壤，也是个虚无缥缈的事物。吉星场和红尘对吉娃娃的教育宣告失败。红尘不再骂吉星场了。吉星场问，下一步怎么办？红尘冷冷地说，先把高中混完，再出门打工。

吉娃娃在寝室躺了两周，自己收拾行李回家了。过了两天，学校政教处才向红尘正式下达逐客令，看着一份盖着鲜章的文件，红尘的心就开始滴血！吉娃娃能成天坐在家里吗？不行的。她快十七岁了，完全发育成了个大姑娘。红尘外面的生意不能放弃，和三朋四友歌舞升平的生活方式不能停止，一个大姑娘独自在家，万一二三子有啥歹念——绝对不能在家！怎么办？红尘给吉星场打电话说，吉娃娃暂时到你那里住一段日子，等她心情好了，再送到学校！

实际上，红尘对吉娃娃的教育，早就惹过祸事，只是红尘不好意思直接告诉吉星场罢了。吉星场在华京读博士期间，就发生过吉娃娃负气出走的事件。好在那时红尘人在木鱼县，鞭长莫及，红尘和吉娃娃的矛盾总能在一触即发的紧张局势下缓和。但红尘岂是个轻易让步放弃的人呢？红尘的个性，喜欢孤注一掷。为了吉娃娃，她果断地处理了木鱼县的所有资产和业务，然后，带着二三子来到芙蓉市，在繁华的华阳大道边旁边搞了个花好月圆影楼。距离影楼二十米，红尘开了一家叫回归山庄的中餐馆，经营地方特色菜肴。回归山庄出现在闹市，很吸引眼球。经营餐馆只是个名，红尘的想法就是要吉娃娃考上名牌大学。如今，吉娃娃不进教室了，又修改了意图，准备把吉娃娃送到海外留学。留学的事，太简单了，就是钱嘛。

吉娃娃一到吉星场家里，便躲进一个房间，紧闭房门，不声不响。红尘坐在客厅，吉星场最害怕和她单独面对的时刻，他坐卧不安，心烦意乱。二三子在楼下，他不上楼，就坐在车里听音乐。红尘坐了很长的时间，只是叹气，一句话也说不出来。吉星场不停地抬起手腕看时间，红尘问，几点钟了？吉星场笑道，两个钟头。红尘有气无力地说，再坐一会儿，吉娃娃这一过来，我真不敢回家面对现实。吉星场笑道，二三子的修养真是好啊。红尘笑道，为什么这样说呢？吉星场说，你耽误了这么长的时间，他也不摁喇叭。红尘说，他知道我的脾气，只要摁喇叭，我马上在窗户上喊他滚蛋。吉星场笑道，一物降一物。红尘得意地张大嘴巴，舌头像火焰一样飘了出来，自我感叹：我还是以前的样子，大概是二三子年龄大，成熟了。吉星场叹息道，我们都老了。红尘笑道，成熟的老了，小的又开始不成熟了。吉星场突然想起冰箱里还有几只苹果，他赶紧拿出来，又找了小刀，递给红尘。红尘笑道，蠢啊，小吉，我都马上要走了，你才想起这个！吉星场笑道，家里是从来没有客人的，哎哎，我就是蠢呢。

红尘把苹果和小刀拿到厨房，重新洗了一遍，又才坐在沙发里，慢慢地削苹果，一边不经意地问，小吉，现在博士学位也拿到了，教授也评了，还当上了院长，我看你升官发财，满面红光，正是自我感觉良好的时候吧。吉星场谦逊地说，哪里，哪里，不过是混口饭吃。红尘突然翻脸道，告诉你，这辈子再努力也当不了美国总统，混到这个地步就差不多了，以后多花些工夫在吉娃娃身上，吉娃娃的前途怎么办？

吉星场说，你说的是让吉娃娃留学嘛，如果她愿意，我看也可以。红尘笑道，吉娃娃连教室都不进，我还送她出国，我再多的钱嘛，也舍不得这样让她浪费掉，我有个想法……吉星场专注地听着，红尘偏偏不说，她在卖关子，这个小聪明的女人，任何时候都充满了牌桌子上积累起来的人生智慧。红尘削完了一个苹果，正要递给吉星场，突然醒悟过来，把刀子递给吉星场，笑道，自己来！凭什么还想当老爷！吉星场笑道，我是从不吃水果的。看着红尘狂嚼乱咬，个人的天性暴露在进食方面，吉星场笑了。红尘笑道，不吃，那苹果哪来的！伪君子，撒谎也没点儿技术含量！吃完，红尘又拿起一只苹果，慢慢地削了起来。她的手有些苍老，估计是牌桌上劳累的吧。红尘一边削，一边说，算啦，吉娃娃是把我的心伤透了，我打算把她带到餐馆，跟着我学做生意算了。吉星场迟缓地说，真要是不愿意读书，也未必不可以。红尘瞪大了眼睛，诧异地望着吉星场：你是吉娃娃的爹吗？你这个狗娘养的，说的是人话吗？

吉星场笑道，话是你说的呀，我不过是同意你的观点而已。

红尘骂道，老娘回去就把吉娃娃的姓改了，凭什么还要跟着你姓——吉星场，你没有人性，吉娃娃不读大学，让她走我的老路，唉……红尘眼里的泪水夺眶而出，她突然丢下削了一半的苹果和刀子，高声地呻吟道，我受伤了。红尘手上削掉了一块皮肤，鲜血直流。吉星场在屋子里东翻西找，什么包扎的东西也没找到。红尘高声骂道，我快痛死了，蠢——小吉，快给我拿张白纸来！没等吉星场动作，红尘自己用手捏住伤口，一口气跑下楼，去车里找药用胶贴。吉星场拎着红尘的皮包，紧追着下楼，这时，二三子已经启动了汽车，红尘身子进了车厢，只剩一条小腿在车门外。吉星场上气不接下气，把皮包塞在车门里，也没看清红尘的位置，只听得女人骂道，蠢驴，你伤着我的眼睛了。二三子突然把头伸出车窗，吉星场很多年没看见的二三子，彻底暴露出来了。二三子就一副病态，脸上完全没有了男性的特征，嘴脸和表情越来越女性化，吉星场看着非常熟悉，好像在哪里见过似的。

二三子走后，吉星场想起，二三子的长相竟然越来越像红尘。他再一细想，觉得红尘的长相越来越像个男人，简直就是二三子的翻版。发现这个秘密，吉星场独自一人在家里开心地笑了。据说这是男人和女人在一起生活久了出现的夫妻相。吉星场对着镜子反复观察，很满意自己目前长相。联想到个人婚事，他觉得自己单身是正确的选择，他必须保证自己长得像自己，而不是别人的复制品，或者别人是他的复制品。当然，他很庆幸，吉娃娃长得像自己，这是他的骄傲和荣耀。吉娃娃突然来到家里，表面上是学习上的灾难，吉星场心里却升起了一股暖意。

商　会

木鱼商会成立了。木鱼商会的前身是芙蓉市木鱼县同乡会。

有人觉得同乡会这种牌子太俗、太土，难以应对复杂变化的社会形势，所以，便改了名。

事情简单得不得了。商会就是同乡会，同乡会就是聚餐会。聚餐地点在红绸宾馆，与红尘的回归山庄相距不到两百米。最初，约定地点在回归山庄，等到场的人多了，临时又改在了红绸宾馆。芙蓉市里生活着的人，凡是与木鱼民间商会，就是一群老乡，经常聚集在一起，叙旧怀乡，也没别的意图和动机。虽说是民间聚餐活动，但组织流程和活动方式全是官场那一套规矩。会长是德高望重的瞿文雅，他不参与任何实际事务。副会长兼秘书长是公输，曾在吉星场那里碰了一鼻子灰的著名房地产老板。另有几大干事，忙里忙外，均是热心的后辈，吉星场一个也不认识。

不知是谁出的主意，每张餐桌上还打了座位牌，就餐者的身份、职务和官职一定醒目地出现。身份、职务和官职什么也没有的人，年龄大的就打一个老字在姓前，简称老张老王，女的则是在后面加姨，赵姨钱姨。直接打名字的就是小字辈，可以直呼其名。

在人群找了很久，吉星场终于找到了自己的位置。可能是根据公输的判断标准，吉星场有幸列入了贵宾席的名单。他仔细地观看了一圈，同桌的都是熟人。瞿文雅、公输不说了，白乐、顾轻狂这些做到副区长以上的政府官员也赫然在列。吉星场的头衔打得有点儿奇怪，比别人要多一个称谓：院长、教授、北方大学美学大师牛教授的关门弟子。吉星场坐在那里，脸一阵红一阵青，他恨不得把牌子直接扔到垃圾箱。最可怕的事还有，他的旁边座位牌上竟然是这样一个人物：薇薇安咖啡加盟店总经理鱼幼。吉星场屁股里好像扎了一枚长长的钉子，他不断地起立，向周围扫视，希望能有一个空座位逃遁。幸亏鱼幼没来，他拿定了主意：只要鱼幼一出现，他立即借故离开。白乐、顾轻狂来得晚，在他们抵达的时候，所有座位牌已突然撤除。据说，刚才有人打电话通知了。

白乐、顾轻狂坐定，公输便宣布：商会活动正式开始。几百张嘴巴、几百双手，在一个狭窄的空间忙碌起来，吃菜、喝汤、聊天、套近乎，哎呀，热闹得相互说话都听不清了。鱼幼来的时候，吉星场已经喝了半斤52度五粮液白酒，浑然不觉身边多了个人。鱼幼的笑也是一团模糊的肉在蠕动，吉星场也笑了，同样，脸上一团模糊的肉在蠕动。吉星场成了牛教授的代言人，而不是鱼幼，这是为什么？吉星场心事重重喝着酒，鱼幼礼貌性地坐了十分钟，便跑到位置相对较远的一桌子去了。那里，坐着的全是女眷，红尘、吉娃娃、二丫丫，最后，还来了一个更为离奇的人——刘细君，天哪，她们全是与吉星场生活有着或有过密切关系的女性。酒桌子上没有女性，男人们的嘴巴便放肆起来，反正老人瞿文雅听力不好，随便说荤笑话，无所谓。吉星场唯恐大家拿鱼幼作为开荤的话题，他警惕地望着每一张醉醺醺的嘴巴，幸好这一群高雅的男人谈论的是克林顿和莱温斯基的丑闻，若干年的事了，非常安全而又有趣，大概互联网又发掘了什么新的看点吧。

刘细君是新人，她刚来芙蓉市，生意上的事多，来晚了，一桌一桌地敬酒赔罪。因为认识她的人少，加上很多人吃饱喝足了，坐在位置上闲聊，刘细君机械地说着好话，赔着笑脸，效果似乎并不好。走到吉星场这一桌，瞿文雅已经被人扶回家去了，白乐、顾轻狂另有饭局奔赴，只剩下吉星场伏在椅子上，天旋地转。吉星场笑道，你怎么到了芙蓉市，以前不是在云贵省荒唐市吗？刘细君笑道，下一次请你吃饭，慢慢讲给你听好了。刘细君走到红尘面前，简单作了自我介绍。红尘回忆起了，她笑道，哦，想起了，南辕农场四合院那个婉姐，是不是？她的漂亮侄女儿，久闻大名，终于见到真人了，听说是在云贵省——很有钱啰，是不是？刘细君笑道，姐呀，我也是听姑妈说，你在四合院住过……红尘目光含笑，指着鱼幼说，还有一位哟，从前都是四合院的，又走到一起来了，这个世界太小，我们才三十来岁，地球就走遍了，大家都成了胡汉三，当还乡团了，哈哈哈，这样也好！

吉星场喝吐了。他进了三次厕所，蹲在地上，肠肝肚肺一起吐，肚子里吐空了，满口苦汁，也不知是胆汁还是胃液。他佝偻着腰，浑身冷汗，面部扭曲，一个人蜷缩在桌子下。几个女人说着话，还是鱼幼眼睛明亮，她告诉吉娃娃：去扶你爸爸，他好像醉了。红尘也发现了，“烂酒，没那个本事就不要丢丑了！”刘细君笑道，乖女儿，跟我一起去看看你爸爸！吉娃娃扯了扯吉星场的头发和胡须，吉星场抬起一张肮脏的脸，一眼见到是刘细君，赶紧站了起来，笑着说，没事，你们说话去吧。吉娃娃果然跳着笑着，跑到鱼幼那里去了。刘细君伸手拉了一下吉星场的袖子问，能不能承受？不然，我开车送你回家！吉星场说，不用了，我坐着休息一会儿，等她们聊天好了。刘细君柔声道，我公司的事情多啊，得回去了，先走一步哈。刘细君走到鱼幼面前，拿出几张名片分发给鱼幼、红尘、二丫丫和吉娃娃，然后匆匆走了。

红尘笑道，命里有时终须有，命里无时莫强求。鱼幼笑道，你说的是她吗？红尘说，阴差阳错，错也错不过，这一次，就看吉星场的了。吉娃娃挽着鱼幼的手说，刚才那个阿姨，她的脸和腰，好细呀。红尘说，你看看，人家名片上写的什么？吉娃娃拿起名片，认真读了起来：阿瞒生物药材公司总经理刘细君，哈，又是一个女老总，妈妈，这个阿姨比你还厉害呢。红尘打断吉娃娃的话说，要说厉害嘛，鱼阿姨才算，从京城回来，马上要出国了，人家开的是咖啡加盟店，国际公司呢！鱼幼从皮包里取了一张名片递给吉娃娃，笑道，我呢，一点儿本事也没有，只是靠着二丫丫，凑热闹，二丫丫马上到法国读硕士去了。红尘说，吉娃娃，喊你爸爸过来，我送你们回家！

吉星场过来了。红尘笑道，鱼幼，你怕不认识这个人了？吉星场挥手道，你好！鱼幼说，你好！吉星场说，我得回家了，吉娃娃，你回哪个家？你跟着谁走？吉娃娃笑道，你喝醉了，我跟妈妈走。红尘笑道，你还是跟着爸爸走吧，妈妈餐馆里还有些事情！吉娃娃说，那也好啊，反正我习惯了。鱼幼说，我开车送你，吉娃娃，还有你爸爸！吉星场说，不用了，我打的。鱼幼说，我开车的技术还可以，保证把你们父子安全送到家！红尘说，好吧，你们回家了马上给妈妈报个平安，我看你爹醉得要死了。

黑色的奥迪。二丫丫和吉娃娃自动坐在后排，英国，日本，美国，澳洲，七大洲四大洋，天南海北地聊了起来。吉星场坐在副座，脸上痛苦不堪。鱼幼一边开车一边自言自语道，本来不准备回华阳省的，就是几个老朋友在那里煽风点火，把我给骗回来了。吉星场鼻子里发出哼哼的声音，既像是回答又像是醉酒的呻吟。到了华阳理工大学教师宿舍区，吉星场还在迷迷糊糊地哼哼，吉娃娃说，到了。车停下来，吉娃娃等着吉星场迟缓地把身子从车里挪出来，扶着吉星场，给鱼幼和二丫丫招手。鱼幼突然打开车门，走了下来，抱着吉娃娃猛地亲了一口，无限感叹地说，要听爸爸的话呀，不要成天坐在家里，你看，你长得比阿姨高了，小时候，你是吃过阿姨的奶的。

吉娃娃欣喜地望着鱼幼：哦，真的吗？

小算盘

二丫丫马上要到法国读研究生了，吉娃娃却连高中教室都害怕踏一个脚印，红尘的心不免严重失衡。红尘对吉娃娃用心良苦，二三子对二丫丫不闻不问，两个孩子的学习却是天壤之别，这个世道真不公平。高中读不完咋办？红尘每次给吉星场打电话都要追问这个问题。在滔滔不绝的牢骚中，手机电池耗光了电，吉星场才放下发麻的手臂，他的脑子可能比红尘更为混乱。

吉娃娃令红尘绝望，红尘又开始有了别的想法。生意上的事情，红尘开始隐瞒二三子。多挣些钱，吉娃娃就算在社会上找不到事做，也不至于像当年的红尘那样为了钱沦落，遭人践踏凌辱。二三子本来话少，红尘就以为他不知道或没有什么意见。二三子平生的爱好除了女色就是酒，自从去年查出“三高”，基本上不近女色。和红尘分床睡觉，也有了两三年。现在，喝酒也没以前那副饿相，从红尘手里转到二三子手里的钱越来越少。二三子身体的萎靡状令人怀疑在吸毒，他本来个子瘦小，皮肤蜡黄，少了酒的刺激，眼睛暗淡无光，成天垂头丧气。红尘当老板倒是越当越精神，一身名贵衣服，加上经常对手下发号施令，已经培养出一种领导人颐指气使、养尊处优的气度来了。平常，二三子自惭形秽，基本上是不会与红尘同路的。红尘的女朋友开玩笑说，干脆把二三子离了，身边那么多优秀的男人，随便找一个也可以带出来见观众。但是，这些人并不了解二三子挣钱的才干，加上二三子对红尘忠心耿耿、言听计从，不在外面拈花惹草，红尘怎么可能舍得扔弃二三子呢。二三子不过三十来岁，身体衰朽得像个六十来岁的老头，不能不说是以前纵情酒色、恶意透支身体的报应。

对红尘来说，鱼幼简直像一只苍蝇，总是在她捧着碗吃饭的时候来恶意地骚扰。红尘刚刚在华阳大道中段开了一家名叫回归山庄的餐馆，鱼幼的薇薇安咖啡加盟店就在一公里外的步行街，还国际连锁店呢，咋呼咋呼，吓死人。什么玩意嘛，不伦不类。据说，鱼幼找了个五十来岁的法国老外，现在，她和法国老男人长期打飞的，往返于芙蓉市和巴黎两座世界都市。芙蓉市民喜欢把这座城市称为世界都市，在他们头上，每天有无数的波音飞机和空客飞向世界各国，然后，又从世界各国飞到芙蓉市来。红尘最讨厌头上的飞机声了。不分昼夜，轰隆轰隆，一大堆金属从空气里升起，呼啸而去，或呼啸而来。低劣，笨拙，粗鲁，一堆噪音在自我炫耀，天空一只鸟儿也没有。烦啊，机场是该迁到郊外了。

自从在商会活动上见到了鱼幼，吉娃娃的魂就被鱼幼勾走了。红尘要吉娃娃在回归山庄陪她料理生意，实际上是害怕吉娃娃交往上不良的男女。吉娃娃在回归山庄待不住，一转眼，人就溜到鱼幼的咖啡加盟店去了。在那里，吉娃娃可以看到无数高雅时尚的男性和女性，看他们时尚的打扮，服饰的品牌，谈吐的格调。让吉娃娃高兴的是，鱼幼会抽空耐心地为她化妆，脸，脖子，手指，为她梳头发、编辫子，然后，一个香喷喷、水灵灵的大姑娘出现在红尘面前，笑眯眯地问，妈妈，漂不漂亮？红尘脸上笑着，心里却是一百个诅咒：鱼幼，臭女人，小恩小惠，把吉娃娃打扮得像个风尘女子，你这不是让吉娃娃学坏吗？红尘不准吉娃娃到鱼幼的店里，吉娃娃皱着眉头说，我就是喜欢，我还想当咖啡店的店员呢？红尘骂道，店员，多下贱哪。吉娃娃说，咖啡和音乐，让人雅致有格调，哪里就下贱得了呢，要说下贱，开饭馆才是嘛，一身油烟味，像个仆人！红尘骂道，胡说！不煮饭做菜，饿死你呀！

然而，叛逆的吉娃娃说干就干，她真的就到鱼幼的店里站柜台去了。红尘气急败坏，又不好意思直接到店里喊人，便命令二三子：到鱼幼的店里，马上把那个孽障给我喊回来！二三子正在影楼上躲着喝茶，接到红尘的电话，感觉影楼突然坍塌到地底之下，黑漆漆的一片全是废墟。二三子为难地说，我……恐怕不适合去那种场合吧？红尘笑道，一朝被蛇咬，十年怕井绳，老师傅，你要洁身自好吗？二三子笑道，我这人自制力差，万一又被人引诱，怎么办？红尘骂道，二三子，你现在这副模样，就是搭上一百万送过去，人家会要你吗？蠢货，做梦去吧。二三子辩解道，你想错了，我肚子上还有一块刀疤，睡梦中就会吓醒。红尘说，去，把人带回来再说吧！二三子犹犹豫豫去了。一会儿，二三子打电话说，吉娃娃不肯跟我过来。红尘说，把电话递给吉娃娃，我要同她说话。二三子说，吉娃娃不接电话，怎么办？红尘说，店老板在吗？二三子说，不在。红尘说，滚回来，让我来。二三子说，好吧。

几天后，吉娃娃自己就来到回归山庄了。红尘笑道，怎么不继续上班呢？吉娃娃垂着头说，商店被工商局的人暂时查封，说是出售假冒伪劣产品。红尘笑道，不是国际连锁店吗？怎么还会有假冒伪劣？吉娃娃骂道，一定是哪个阴险小人在背后诬告！红尘说，那也不一定，万一是商店出售的产品本身有问题，消费者捍卫自己的权益也是对的呀。吉娃娃说，不可能，鱼妈妈——咖啡是鱼总亲自从法国进口过来的，难道还有问题吗？吉娃娃嘴里的“鱼妈妈”让红尘心里五味杂陈，这个傻丫头居然要认鱼幼为妈妈了，红尘心中真是又痛又恨，她只能骂鱼幼无耻，竟然来抢自己的女儿，公司被查，活该！

没过几天，吉娃娃又得意洋洋地告诉红尘：工商局把产品归还给商场了，商场的监控录像调出来，发现有几个顾客形迹可疑，有点儿像竞争对手在搞鬼。红尘笑道，是吗？吉娃娃进入角色太深，她一本正经地分析道，很有可能，当然，也不排除其他原因。红尘问，老总是什么看法？吉娃娃说，鱼妈妈还在法国，她只是打电话询问了一些事情。鱼幼回来后，重新把商场的监控录像调出来看了几遍，最后，怀疑对象竟然变成了二三子。吉娃娃说，太过分了，想不到他是这么一个猥琐阴险的小人。红尘骂道，小孩子，不懂不要乱说！吉娃娃说，二三子鬼鬼祟祟到了咖啡店，没过两天工商局那里就接到投诉电话了，不是他还能是谁呢？红尘冷笑道，要查清楚谁，那还不容易？直接问工商局的人就行了嘛。吉娃娃说，工商局才不得说呢，三个狡猾的家伙不问青红皂白，来了就把咖啡和饮具往执法车上扛，嘿嘿，我是第一次见到这么不讲道理的事。红尘笑道，丫头啊，社会上的事，你不知道的多着呢，妈妈让你回学校读书，你应该听话。吉娃娃点着头说，鱼妈妈也这样劝我，她不要我在咖啡店上班了。红尘暗自骂道，好个鱼幼，有你受的罪了。

吉娃娃答应回学校读书，条件是高二读完，就到法国留学。红尘反问道，为什么一定是法国留学？别的国家呢？吉娃娃笑道，法国好啊，有鱼妈妈经常来看我，还有我的好朋友二丫丫姐姐，我就不孤单了。

请　托

刘细君打来一次电话，说她弟弟刘秀儿的事儿。高考，哎呀，成绩差，大笨蛋，羞死人，平常考试，五门功课加起来还不足三百分，读什么大学呢？但是，不讲道理的刘彻底给刘细君下了死命令：必须读，哪怕是冒牌的学校也得读，不能让村里人看笑话。刘细君问吉星场有没有什么办法，吉星场说，难啊，高考是多么严肃认真的事情，谁做得了这个人情呢。刘细君说，吉教授，吉院长，先别把话说死，给我留点儿希望吧。吉星场心想，我要是答应了你，不就是把我逼上绝路了吗？刘细君，难道你会变糊涂？

担任艺术学院院长，需要吉星场直面的事情太多了。慕云雪对吉星场也越来越严厉，多次在会议上点名批评。吉星场一个三十多岁的大男人，耳朵和脸却娇嫩得像少女似的，容易羞涩和愧疚。他特别介意其他院系干部的反应，所以每次开会心里都是七上八下，极不踏实。要是慕云雪某一次无意表扬了他一次，甚至是艺术学院或艺术学院的某一件小事，他都会喜形于色，手舞足蹈，一脸兴奋好几天。每日清晨起床后，吉星场坐在书桌前，把问题想清楚后才拎着公文包出门。走进院长办公室才记起自己忘了洗脸、吃早餐。

春节过后，刘高平便一个又一个的电话打到吉星场的手机上，他极力想知道今年大学高考招生的政策。刘高平的儿子看高三以来的诊断考试成绩，根本上不了线。不知道他从哪里得知，大学里有个什么点招录取的方式。刘高平千方百计想让儿子走这条路线读大学。吉星场本人担任艺术学院院长不过半年，招生方面的事情一无所知。他侧面问过其他学院的院长，大家都说，每年政策不一样。现在，距离高考还有几个月，最好的办法是以不变应万变，耐心地等待、观望，胡乱打听也不起什么作用。刘高平以为吉星场在打官腔，竟然在一个周末，风尘仆仆，租了一辆面包车，赶到芙蓉市订了一桌菜，再三邀请吉星场赴宴。这个刘高平，人生活在乡下，打探情报、招兵买马的本领还不算低，他居然邀请到白乐、顾轻狂、公输这些人物。这几个人，除了白乐，其他两个人都是吉星场深恶痛绝的，他怎么可能去呢。吉星场谎称有病，刘高平说在场的有医生，可以及时诊治。刘高平死缠烂打，令吉星场怒不可遏。吉星场干脆关掉手机，不予理睬。不一会儿，电话又打到办公室来了。

刘高平说要把车开到华阳理工大学来接人，吉星场气急败坏，一下子把话说反了：我不在大学，不在办公室。大约过了三分钟，刘高平就出现在吉星场的办公室门口，吉星场尴尬地看着刘高平，一时连倒茶打招呼的应酬礼仪也忘了。吉星场连续不断地说，对不起，我在加班。刘高平脸上也泛起尴尬的神色，结结巴巴地说，本来我不想打扰吉院长，但乡长阮籍……吉星场一听到阮籍的名字，立马换了一种态度问道，乡长在哪里，赶快请他进来！

刘高平告诉吉星场，乡长阮籍这次来芙蓉市参加现代农业观摩会，时间大概要持续一周左右。阮籍的儿子今年高考，阮乡长也可能会了解一下高考招生方面的事情。不过，今晚，阮乡长有可能来，也有可能来不了。为了答谢阮籍赠送的草药，吉星场跟着刘高平乘车来到红尘开的餐馆：回归山庄。刘高平特意订了个雅间，名叫明月厅，一张大桌子，周围坐了几个抽烟的人。刘高平直接把吉星场推到白乐身边空着的位置，看来这桌菜并不是为宴请他订制的。白乐才是今天宴会的最佳男主角，他官职最大，已经是云梦区的区长。公输和顾轻狂一直在望着白乐，互相配合着笑。他们的快乐取决于白乐，白乐每笑一次，他们至少要笑三次。刘高平端起酒杯看了看席上空着的几个座位，用洪亮的声音清了清喉咙道：各位老乡，各位朋友，宴会正式开始了，首先请白区长讲话！公输和顾轻狂带头哗哗地鼓掌，其他人也跟着鼓掌。白乐笑道，老刘，何必搞这么正规呢，我们不过是几个老乡加朋友聚会而已。白乐拒绝讲话，他拿起筷子号召大家夹菜，说这一桌菜全是家乡味道，他得多吃菜少说话才是。不说话，刘高平是做不到的，他还是举起酒杯，依照位置一个一个地敬酒。吉星场一边吃菜，一边盯着空着的几个座位，私下问，刘细君会不会来？刘高平说，吉教授对美女很感兴趣吗？吉星场笑道，刘细君不是你们一个家族的吗，一笔难写两个刘字啊。刘高平咳了咳嗽道，刚刚打过电话，刘细君今晚有事，来不了。

不一会儿，门口又进来了三个人，吉星场对他们非常熟悉：红尘、吉娃娃、二三子。吉娃娃背着黑色的双肩包，沉甸甸的。三人坐在紧挨着的空座位，只剩下一个座位，是留给洛城乡乡长阮籍的。刘高平拿起手机给阮籍拨打，阮籍说今晚来不了。刘高平方才招手示意大家安静下来，说是有惊喜的事要发生。满座人神情肃然，翘首以待，不知道刘高平葫芦里卖的是什么药。

厨房里的厨师满脸堆笑，托着两只热气腾腾的大盘子，风一般来到桌前：红烧鲈桂！原来是这玩意儿！刘高平宴请大家，秘密就在这里。他专程从木鱼县洛城乡乘车来芙蓉市，就是为了送来两条大的鲈桂，让芙蓉市的老乡们尝尝。白乐伸出筷子，红尘伸出筷子，接着，其他人也伸出筷子。不到一分钟，鲈桂就从盘子里消失，变成了一个抽象的概念，供大家探讨。红尘是饭店店主，她希望刘高平组织人员专门收购鲈桂送到芙蓉市来，这样店里可以经营鲈桂这道特色菜。刘高平说，我找的鲈桂是野生的，要碰运气，不是每天都有。白乐笑道，这个好办，在芙蓉市附近找块地皮，搞人工养殖就成了。

公输凑过一张油脸，望着白乐笑道，白区长，鲈桂可以人工养殖么？顾轻狂一脸鄙夷的神色，讽刺道，现在，连人都可以试管婴儿，养一条鱼算什么问题！公输立即端起酒杯，赔笑道，白区长，马上批一块地给我，以后请你老人家来指导我养殖鲈桂，再交给红尘来做菜！红尘笑道，不行，人工养殖的味道没有野生的鲜，我这是野生菜肴，不能砸了回归山庄的店牌。二三子突然发话道，我这就跟着刘高平去捉野外的鲈桂，这个职业比当农民好多了。红尘骂道，活糊涂了吗？好不容易脱了乡村，你又想那种满身泥浆的生活？吉娃娃吃了饭，马上要去学校上晚自习，二三子本来想多聊几句，红尘恶狠狠地说，开车！二三子只得走了。

吉娃娃重新进入教室读书，吉星场心里暗自高兴，这都是鱼幼的功劳。吉娃娃就爱听鱼幼的话，口口声声“鱼妈妈”，叫得吉星场也是复杂。唉，鱼幼，鱼幼，真是吉星场躲不过的一个人。刘细君呢，另外一个女人也是。喝到酒酣，刘高平就拿起手机乱打电话了。白乐笑道，老刘，你真的是不把刘细君请来就不甘心吗？刘高平笑道，那当然，来了才有情调嘛，吉教授，是不是？吉星场醉醺醺地望着刘高平两片鲜艳的嘴唇，耳朵哄哄的响，没听清楚，“老刘，什么情调？”白乐、顾轻狂和刘高平三个人几乎同时张开嘴巴狂笑道，老吉，你还藏得深呢，旧情人，多么好的情调，哈哈哈！

吉星场仿佛突然被人在公众场合脱光了裤子，个人隐私暴露无遗，羞愧得脸红，幸亏喝醉了，多一层红色也无所谓。白乐笑道，老吉，你真是个风流种啊，到底有多少女人，从实招来！吉星场尴尬地笑道，老白，别笑话我了，三十多岁的老单身汉，哪个女人愿意跟着我这样的穷光蛋！顾轻狂笑道，小吉，这个你放心，既然白区长如此关心你，他老人家一定是有办法的哟，你要相信领导嘛。吉星场说，我听不懂你们在说什么呢。白乐拍着大腿笑道，继续装蒜，吉教授，过一会儿我们真的把你裤子扒了，再丢到大街上，让路人看看！刘高平说，白区长的意思是，你和刘细君的爱情故事一定要讲一段出来，其实，我们都知道了，现在，看你是不是存心撒谎呢。吉星场说，陈谷子烂芝麻一大堆，算啦，那些丢脸的事不要说了，饶过小吉吧。顾轻狂笑道，不是陈谷子烂芝麻，小吉，你现在单身，刘细君暂时也没结婚，很有希望旧情复燃哟。吉星场说，不存在，不存在了。顾轻狂笑道，抓紧时间嘛，也许还有希望，要是过一段日子，刘细君恐怕真的嫁给其他男人了，到时候，别后悔哟。真的，别后悔哟。

揪　心

刘高平的儿子高考分数没上华阳理工大学的录取线。整整一个夏天，刘高平急得团团转，他自己已经不好意思再给吉星场打电话了。老乡顾轻狂帮他了解过，华阳理工大学的定向生、委培生招收的分数线仅仅低于本科线二十分，现在，只有自费生一个渠道还可以走一走，但得抓紧时机，早做判断。阮籍的儿子倒是让他爹白操心一场，自己争气，高考上了个专科线，摆脱了农民身份，也算了了阮籍的心愿。吉星场本来准备帮阮籍的忙，他的儿子考分是上了华阳理工大学定向生的录取线的。这样的帮助，并不违反原则。定向生听起来不够舒服，但拿的是本科文凭，比专科至少强一倍。阮籍正有此意，他已经向吉星场打过电话。没想到阮籍的宝贝儿子死活不肯读那个所谓的定向生，他觉得这个东西不正规，在大学里低人一等。而且，毕业后还要定向到偏远地区干五年以上的时间，才能说调动的事情。

刘高平在顾轻狂和吉星场之间轮流说好话求情，希望能把他的儿子塞进定向生或委培生的行列。这个事情，顾轻狂办不到，吉星场也办不到。开学之初，慌不择路，才找了一个自费生的名额。吉星场觉得很对不起这些老乡，不管是否是人家出于自愿，多少吃了人家一两顿饭，还麻烦人家三番五次的打电话，电话打不通，还得舟车劳顿，亲自登门。对于阮籍给他的一袋子草药，他是一百个感激不尽。而让吉星场最棘手的事情一直纠缠着他，简直搞得人寝食难安。这个麻烦事就是刘细君的弟弟也想要读大学，她的老爹交给她一个根本无法完成的任务：刘秀儿的高考总成绩仅有可怜的 279 分。

或许是因为弟弟的事，刘细君多次邀请吉星场吃饭，吉星场倒是陷入了尴尬状态。自从他和刘细君以前的事曝光后，吉星场有意无意都在回避和刘细君见面。谁把他的隐私暴露出来的呢？刘细君本人也许没什么感觉，但吉星场却是如临大敌。在芙蓉市，鱼幼、红尘、刘细君几个女人很容易碰面，任何细小的事情都可能引起大的风波。吉星场不想破坏平静的生活，他尤其需要内心的安宁。早在春节后，刘细君就表现出一种迫不得已和委曲求全的态度。素来强横傲慢的刘细君身段放软，让吉星场觉得无比痛快，他现在被一种疯狂的好奇心驱动着，正在倒流的时光中追寻过去巨大的空白。是啊，心灵的空虚和无聊需要弥补，哪怕已经过时，也是必需的。他希望看到的刘细君怎样丑态百出，比如生硬地拒绝她的邀请，听她在电话里的反应。沉默，呼吸急促，然后又有些委屈，声音颤抖，叹息一声。关上手机，吉星场的快乐更加疯狂，他肆无忌惮地倒在沙发里大笑。笑着笑着，眼泪流出来了，冷冷的液体在脸上纵横。而笑引起的肌肉运动则好像是一场痉挛，胃和肠道在痉挛。胸脯和腹部在气体的作用下不由自主地扩张和收缩，心里的痛越来越强烈，鼻子和喉咙发出呜呜的声音：我怎么又哭了啊。

因此，吉星场总是以手头的工作忙为借口，反复地拒绝刘细君的邀请，实在抵挡不住了，他才勉强参加一次。到底是没读过几天书，刘细君结交的朋友无非就是生意场上那些乌合之众。这些人最喜欢在芙蓉江畔的锦绣芙蓉吃饭喝酒，饭店紧靠着芙蓉市人民公园，著名的园林公园。园林内号称种植芙蓉万株，每至秋日，花繁如春，游客熙熙攘攘，好不热闹。人民公园一带，分布着众多吃喝玩乐一条龙服务的行业。从春节后到端午节，大概四个月的样子，吉星场先后结识了刘细君的朋友不下二十人。有名有姓大概七八个，什么卖药的，挖沙卖的，搞养殖的，搞运输的，搞传销的，修房子卖的，收废品的，不大不小的包工头，坐在一起就是扯生意经。其实，这个不算大问题，问题出在饭桌上。一上桌，菜一口不吃，就是相互灌酒。男的不说，女的也那么野，脱了外衣，挽袖挥拳，像是街头群殴。看吉星场满脸不悦，刘细君一直端坐不动，没加入一群疯子的阵营，但她也无法阻止同伙人的癫狂。

喝醉了，事情还早着呢，唱歌是必须进行下去的项目。锦绣芙蓉旁边有一家歌厅，名叫鸳鸯蝴蝶梦，装修和设备均为一流。一群人东倒西歪，鬼哭狼嚎。醉得不成样子的人就死死地睡在地上，头脑糊涂的人蹲在门口或厕所呕吐，稍微清醒的正在引吭高歌。吉星场冷冷地端着胳膊，一个人坐在沙发角落里，摆出一种拒人于千里之外的姿势。刘细君对吉星场的表现既忧虑又不满，她不断地招呼吉星场同其他人一起娱乐，喝酒唱歌聊天，不要干坐着，把自己孤立出来。有空，她又凑过身子来和吉星场聊天，说生意场上的人都是这样，逢场作戏，说说笑笑，就是混个脸熟而已。

吉星场手里晃动着高脚酒杯笑道，我这样不好吗？刘细君用手指着一个穿咖啡色西服白色衬衣的中年男子说，宋玉，五年前还是芙蓉市教育学院的副教授，后来辞职下海，搞废旧金属收购，现在每年收入三十多万，现在，宋老板吃喝玩乐与一般人没有两样，你看得出他原来的身份吗？吉星场用嘴唇碰了碰杯沿，淡淡地说，钱与身份有什么关系呢。宋玉正在翘着屁股，抖动着腰肢，拿着金属话筒对着电视屏幕声嘶力竭高喊：一时失志不免怨叹，一时落魄不免胆寒……人生可比是海上的波浪，爱拼才会赢！唱得兴起的宋玉突然回过头来，看着刘细君和刘吉星场嚷道：刘老总、吉教授，我们一起来唱《爱拼才会赢》，好不好？刘细君伸手优雅地摇摆着，低头和吉星场说话，宋玉只好一个人继续高吼：三分天注定，七分靠打拼……

宋玉嘴巴没过瘾，又点了一首《迟来的爱》，他握着一只话筒，举起一只话筒示意刘细君过去合唱。刘细君没反应，宋玉便径直走过来用双手把刘细君拖了过去。两个人对视着，有情有义地合唱着《迟来的爱》。从合唱的默契程度看，两人唱这首歌应该是很多次了。空调房里比较热，刘细君脱去外套，脖子、肩膀甚至部分肚脐露了出来，雪白的肌肤像刚刚凝固的油脂，散发出一股冰冷的幽香。同吉星场一样，服用了阮籍赠送的草药，刘细君皮肤上的顽疾消除了，不然，她哪敢穿得这么自信，脱得这么潇洒呢。有了刘细君的加入，宋玉真的进入了大歌星的角色之中，他不断地做出一些调情的动作，为他的演唱增色。吉星场冷笑着，看这家伙怎样表演。一曲唱罢，宋玉得意洋洋地端起酒杯来同吉星场打招呼，吉星场拒绝和他喝酒。宋玉哈哈大笑着，又倒了一杯酒，递给刘细君，强行让刘细君与他喝交杯酒。吉星场眼中喷射着怒火，死死地盯着刘细君，看她怎么反应。刘细君正在犹豫，周围却响起一片掌声和吆喝声。刘细君果断端起酒杯，配合宋玉，真的就喝下了交杯酒。吉星场绝望地闭上双眼，他不敢相信刘细君竟然成了这种货色。这些年来，刘细君在同什么样的人鬼混，什么老总，什么百万富翁，什么女强人，见鬼去吧。

吉星场特别厌恶自己，明明知道参加刘细君的任何活动都是一种折磨和伤害，却偏偏那么下贱，要来这种龌龊地方瞎凑合。他痛恨自己，凡是涉及刘细君的事他总是拖泥带水，丝线缠棉絮，半天理不清。吉星场气咻咻地起身，端起杯子狠狠地喝了几杯红酒，准备上一趟厕所，然后开溜。厕所里到处是呕吐的秽物，连脚都落不下。等吉星场从厕所出来，更让人不能接受的场面出现了。宋玉一手举着话筒，另一只手伏在刘细君的肩膀上，偶尔还不老实地放下来，在刘细君的屁股上旋转。再看刘细君，脸上堆着麻木的笑，嘴巴翕动着，既像在唱歌，又像在说话。吉星场这时头脑异常冷静，他知道下一步该做什么。他倒了两杯酒，自己先拿了一杯，另外一只手又拿了一杯，一步一个脚印，缓缓来到刘细君面前，用目光逼停了两人的歌唱，宋玉满脸鄙夷地地离开，剩下刘细君孤立无援地站着。吉星场眼睛红了，他端起酒杯，荡漾的红酒像鲜血一样映衬得满脸血污。刘细君瞪大眼睛望着吉星场，只见吉星场以飞快的动作，把一杯酒饮入腹中，另一只手举起酒杯，颤巍巍地升起，然后，奋力地倾倒在刘细君的脸上。没等刘细君反应过来，吉星场转过身，一溜烟就跑了。刘细君湿漉漉的脸好像变成了一张厚厚的人皮，经受着众多目光的鞭打。

吉星场窜出蝴蝶梦歌厅，几个步子下了台阶，一屁股坐在芙蓉江畔的石栏杆上，捂着脸呜呜地哭了起来。刘细君很快追了出来，冷冷地站在旁边。吉星场哭的时候，刘细君沉默着。吉星场哭完了，刘细君自言自语道，一个大男人，哭哭啼啼像什么样子呢。吉星场小声地道歉，刘细君平静地说，不必道歉，这么多年了，你怎么一点儿都没变呢。吉星场冷笑道，你变了，变得像啥？刘细君冷笑道，我变不变与你何干！吉教授，我与你早就没有任何瓜葛，你是没有资格打我的。吉星场羞愧地说，可是，你确实不应该……刘细君抢过话说，我只是个小生意人，从来就懂得，挣钱办事不容易，吉教授，拜托你千万不要用教育大学生的大道理来教育我！吉星场辩解道，不是那个意思，我是想……刘细君再次抢过话说，你现在贵为大学院长，我刘细君不过是街头的药贩子，我们之间无话可说！吉星场遭到抢白，一时理屈词穷，只好说，但是，我已经打了你，怎么办呢。刘细君又冷笑道，我这人心胸狭隘，你应该知道一句话吧，叫什么最毒不过妇人心，看我以后慢慢报复你，不然，我就枉叫了刘细君，我是这个世界上体型最大的细菌，毒性也最大，生意场上很多人惹不起我，你也惹不起我的，哼，走着瞧！吉星场笑道，有这么厉害吗？你真是细菌，还是病毒呢？刘细君张口笑了起来，她的小嘴翘翘的，平常不容易见到的牙齿这时候露了出来，依然那么迷人：吉星场，你可能认为我刘某在撒谎，不信，试试看吧。吉星场身体突然打了个冷噤，他迟疑了一下，说话一下子变得比较迟缓困难：也许，不用了吧，这么多年来，我的全身，骨髓、血液，甚至每一根毛发，已经侵袭，不可救药……刘细君咳了两声嗽，打断了吉星场的话，吉教授，没那么夸张吧。吉星场突然意识到刚才的话有些失态，便沉默下来。刘细君转过身，又回到鸳鸯蝴蝶梦的楼上去了，歌声还在继续，芙蓉江上灯火辉煌，芙蓉花一朵一朵地从岸上飘落，夜色朦胧，不知踪影。

吉星场觉得自己又输给了刘细君。冷静地想一想，这个女人有哪一点可取之处，值得一个三十多岁的大男人失去理智呢。若不是为了她的弟弟，刘细君凭什么要一改往日的高傲轻慢，三番五次地打电话献殷勤，又是这里吃那里喝？担任艺术学院院长后，吉星场同人打交道的时候多了，受学院里一些长期从事人事工作的干部影响，他也有了观察人、揣摩人、判断人的一些粗浅经验。这段时间，他也在观察刘细君，她的一言一行，都逃不过长在他脸上的自认为敏锐的一双目光。每次与他对话，刘细君特别害怕与他对视，她的目光四处分散、躲躲闪闪，总给人一种不可靠的感觉。说到底，现在的刘细君纯粹就是一个文化水平不高的小商贩，挣的钱，干的事，想的问题，就那么狭隘的一点点儿，同她那个穷凶极恶的老爹没有质的区别，唯一区别可能就是，一个住在乡下，一个住在城里。一旦帮她弟弟办成了事情，哼哼，真不好说！

幸好，此后相当长的一段时间，刘细君没有给吉星场打电话。吉星场也在忙着大学招生录取的事，成天办公室的电话响个不停，手机更是反复不断地充电。回到家里，座机和手机仍然交替着，一遍又一遍疲惫地响起铃声，吉星场听得毛骨悚然，耳朵里产生了幻觉，老是觉得满屋子都是电话在响，以致吃饭筷子拿不稳，睡觉突然惊醒。第二天到办公室，老办事员吴用看吉星场气色不好，猜测他可能是染了电话病，便委婉地劝告吉星场把座机和手机统统关掉。吉星场觉得不妥，他的座机和手机号码多数亲友同学都知道，电话关掉后，万一有人找他怎么办。吴用笑道，系改院，办公室的电话号码又没变，你告诉他们办公室电话不就得了？吉星场笑道，老吴啊，以前的办公室电话少，现在的办公室电话多，你不是不明白，招生季节，这个办公室电话基本上处于占线状态。吴用笑道，吉院长，要是你不放心，怕得罪领导和朋友，再办张手机电话卡不就万事大吉了吗。

吉星场没按照老吴说的那样另外去办一张电话卡，他只是给红尘发了一条短信，告诉她有事直接来学院找人，或者拨打办公室吴用的手机，把话转达给他也行。第二个人，他觉得应该告诉刘细君，他编了一条短信发给她，说她弟弟读书的事，可直接来学院办公室找，短时间内，手机可能关机。短信编好以后，犹豫再三，他还是发了过去。他觉得自己这样做，算是对得起自己的良心，虽然前不久发生了不快，但涉及人家切身利益的事，还得认真对待才是。至于其他人，只要是同吉星场有过较深交往的，一律都知道他办公室的电话号码。

吉星场这一忙，七八月份转眼就过去了。等到九月中旬，大学开学后，人反倒清闲起来。吉星场打开关闭长达四十多天之久的手机，发现临近九月短短的四五天内，刘细君给他拨打了不下于两百次的电话，马上意识到刘细君在为她弟弟的事操心有可能到了发疯的地步。他马上打电话过去，刘细君的手机要么处于通话中，要么就是关机。他已经连发了三条短信给刘细君，她都没有回复。不仅如此，在七月份手机关机前发给她的短信，刘细君也一直没有回复。七月份，那么忙的时间，晚上回家他都要打开手机看刘细君有没有回复。刘细君一次次让他失望，夜半醒来，冷静一想，又觉得是自己犯贱。明明对方对自己不理不睬，这里却一再自作多情。吉星场啊吉星场，上了半辈子女人的当，什么时候才能真正痛改前非呢。

七月底之后，他才没有打开手机，看半条短信内容。手机通话还可以，人与人之间相当于现场交流，很多信息是可以通过对话的声音来进行直观地判断，准确度更高。短信不一样，形成文字的东西，经过大脑和手指头的双重过滤，很多信息已经丢失，无论是接受者还是发出者，都对短信内容缺乏信心。管那个刘细君是个什么样子，该他做的事他已经仁至义尽了。说实话，吉星场平常是从不看手机短信的，他也极少给别人发短信。自从有了手机，短信这个东西的害处就越来越大了。他翻看了学院一些来应聘的人写的自荐信，一个个戴着硕士博士的头衔，写的自荐信却是盛名之下其实难副，老实的就老实得干巴巴的，华丽的就华丽得四处抄袭或请人代劳，这完全是长期使用短信的后遗症。当年，他和刘细君，相互间写过多少书信。后来，他曾经想向刘细君要回他写的信件，但不好意思开口。后来，伤心之余，把刘细君写给他的书信烧了个精光。他想，万一哪天刘细君提出要求，要回她的书信，到时候他拿不出来，怎么办？这么多年，刘细君一直萦回心头，说穿了，吉星场惦记着的可能还是他那些文采斐然的书信——老男人嘛，一事无成，就剩这么一点儿情怀——怀旧，呵呵，苦涩而甜蜜，够受的了。吉星场啊吉星场，脱了底裤，与凡夫俗子有什么两样！超级自恋，自怨自艾，真的喜欢现在的刘细君吗？对这个女人完全缺乏了解，盲目地爱，执着地爱，说得好听，算是个重情重义的男人，说得不好听，愚蠢至极，不可救药！刘细君这个人，哎，十多年了，物是人非，算啦。

乞　援

教师节前后，刘细君突然发了一条问候的短信。刘细君的心情应该不错，她弟弟读书的事情应该解决好了吧。不过，就凭那点儿总分，走遍华阳省，恐怕也没有哪所正规的大学、大专甚至中专学校敢录取，不懂高考录取的刘细君该不会上了骗子的当吧。带着这种疑虑，吉星场最终忍不住给刘细君打了个电话，问她是怎么回事。刘细君在电话里的笑声很响很甜，看来她没计较吉星场倒她那一脸的红酒，她反过来追问吉星场还在生他的气没有。吉星场冷笑道，废话！我气量再小也是个男人，要是生气的话就不会打这个电话了。刘细君告诉他，刘秀儿被华阳教育学院录取了，不过读书的地点在清凉山上。吉星场心想，清凉山上恐怕只有当和尚，哪来什么教育学院，这个女人一定上当了。吉星场问刘细君是找谁帮的忙，刘细君说，这个你不用管，反正我开车去清凉山看了一趟，有这么一所学校，外面挂了一张牌子，只是校舍比较破旧，同农民住的房子差不多。吉星场意识到她可能找的就是那个宋玉，从前的教育学院教师，如今的废旧金属收购商人。刚开口一问，刘细君就笑道，就是找的宋老板，他在朋友面前打了包票，百分之百的大专学校，何况他也是我的朋友，不应该骗我的！

吉星场火冒三丈，他骂了宋玉一通，然后才教训起刘细君来：所谓隔行如隔山，亏你在芙蓉市混了这么长时间，你怎么相信宋玉那种人的话！刘细君迟疑地问，那我该相信谁？吉星场也不好意思说请她相信自己，只是说宋玉一看就是个坏人，要小心！刘细君爽朗地笑道，你多虑了，吉教授，我在社会上混这么多年，知道哪些人值得信任哪些人不值得信任，我该做什么不该做什么。吉星场说，算我自作多情，好了吧。他没等刘细君说话，直接把手机关了。

不出吉星场所料，十天后，从电话里传出了刘细君一阵猛烈的哭声，她不得不向吉星场乞援了。此前，刘御底专门买了一件价值一百元的红衬衣穿在身上，大包小包帮刘秀儿把行李拎上刘细君的小车，经过将近一千里的路程抵达芙蓉市，准备体验儿子读大学的荣耀。一路上，刘御底对刘细君不惜一切代价帮助弟弟找大学读书赞不绝口，到了芙蓉市，刘细君又请两人到华阳大道的回归山庄吃饭，目的是介绍几个木鱼县的老乡认识，以后好给刘秀儿找个工作或有所照应。刘御底第一次在芙蓉市吃到鲈桂，他高兴得一晚上没睡着。这个玩意儿他小时候在打鱼子垭口的溪水里抓到过，不过舍不得吃，最后还是卖给镇上的工作同志，换了十斤粮票。第二天起床，刘御底嘴巴上还残留着鲈桂的芬芳，他饿着肚子，连早饭也不愿意吃，生怕那味道被冲淡了。刘细君安慰老爹说，以后，刘秀儿大学毕业了，在芙蓉市找个工作，父母一起来芙蓉市，天天吃鲈桂都没问题。刘御底说，那不是坐吃山空，把你家吃穷了？刘秀儿嘴快，讽刺道，别操心，单是把姐姐这辆车卖了，也够你们二老天天吃鲈桂。

刘细君伸长脖子问刘御底：你知道我这辆车值多少钱吗？刘御底说，估不准，总得值两头牛的价钱吧。刘秀儿说，爹呀，姐姐这车是新款的宝马。刘彻底固执地说，我们这些当农民的，一辈子把牛当做宝，哪个吃饱了撑的才会把马当做宝贝。父子三人说说笑笑，车就出了芙蓉市，经过一马平川的平原之后，慢慢地上了清凉山。车在盘山公路上旋转，刘彻底开始晕车呕吐，刘秀儿心里着急，问大学到底在哪里，刘细君说在山上。刘秀儿说，姐姐你莫不是看我不听话，要骗我上山当和尚？刘彻底正吐得翻江倒海，突然听见宝贝儿子说出这等不吉利的话，也顾不了难受，呵斥刘秀儿道，当什么和尚，你姐姐要送你读大学！小车颠簸着，在狭窄的水泥路上蜗行，路边的树木枝丫横斜，几乎挡住了视线。刘秀儿着急道，爹啊，我要回家，不在这个鬼地方读大学了。刘彻底伸手打了刘秀儿一耳光，刘秀儿连忙哀求刘细君道，姐姐啊，老爹打我的脸！刘细君说，莫吵莫吵，快了，快了，大学快到了。

刘细君的宝马车停在一个破旧生锈的大铁门前，周围一下子围了一群学生和家长，他们闹哄哄的，吓得刘细君不敢打开车门。原来，这群人以为宝马车里坐着的是领导，他们刚刚给芙蓉市教育局和政府办公室打了电话，投诉他们上当受骗的经过。走进大铁门，哪里有什么教室和宿舍，明明就是一家废旧工厂。铁门外侧挂着的教育学院的牌子已经被摘下来，扔进路边的水沟。

刘细君马上用手机给宋玉打电话，宋玉大为惊讶，他说这个学校应该没问题，市政府里有个朋友告诉过他。至于闹纠纷，可能是办学方面的一些手续不到位或者关系没理顺。刘细君这才觉得宋玉这人不靠谱，她还是该听吉星场的劝告。刘彻底火气又起来了，要不是看在人多的场合，说不定刘细君又吃了他几个耳光。开车下山返回芙蓉市时，刘秀儿高兴地问，姐姐，是不是不用在山上读大学了？刘细君安慰弟弟道，姐姐在市里给你找了一所大学，现在就开车去读书。刘秀儿拍着手笑道，好啊，好啊，我就喜欢芙蓉市，读不读大学也无所谓了。刘彻底哐啷两个耳光飞上了刘秀儿的脸，他狠狠地骂道，你这个废物，丢我刘家的脸，马上给我回乡下去种田！

刘彻底脾气倔，心眼小，到了芙蓉市，他根本不下车，强行要求刘细君送他回老家，刘细君劝他下车吃饭，刘彻底愤愤不平地说，还吃饭，我都给你们两个气死了！刘细君拗不过，只得马上打电话给吉星场，请他救急。吉星场本来要主持学院的中层干部会议，听刘细君催得急，也只好委托副院长苏丹主持，先把这里的事情解决了再说。刘细君约定的地方还是华阳大道的回归山庄，她亲自选了明月厅这个包间，为吉星场点了一份红烧鲈桂，等候他来。但凡木鱼县的老乡都知道这里是家乡风味的菜肴，有聚会就选回归山庄，心照不宣。今晚，餐厅里没遇到什么老乡，连老板红尘和二三子都不见了踪影。刘细君问店里的服务员，他们说老板可能是参加什么商务活动去了。这样也好，清清静静，有事情可以慢慢商量。刘彻底和刘秀儿痴痴地坐在刘细君旁边，等着吉星场来向他们宣告不可知的命运。刘细君事前警告她老爹和弟弟，在吉星场面前要保持尊严，不要做丢脸的事，也不要说丢脸的话。她没告诉刘彻底，这个即将到来的客人是谁。

小　丑

吉星场不帮忙则已，一帮忙就脱不了手。

华阳理工大学没有任何一个专业招收刘秀儿这种分数的学生，不需要再去打听，吉星场就可以直接回复刘细君。如果这样，刘细君哭着给他打电话又有什么意义呢？吉星场坐在明月厅的雅间里，面对着三个处于绝望状态的人，他也只好强装笑脸来暂时充当一下救世主了。时隔多年，刘彻底可能已经不认识眼前这个大学院长就是以前被他蔑视羞辱的农场职工，他以一种膜拜的神情，关注着吉星场的一言一行，仿佛吉星场是个巫师大神，瞬间就会有救世的灵丹妙药。刘细君的心绪乱了，她也眼巴巴地望着吉星场，希望得到摆脱苦海的良方。

吉星场对刘细君的爹恭敬到了肉麻的程度，连刘细君本人也看不下去。吉星场每次动筷子都要邀请刘彻底先下手，刘彻底抖抖索索，吉星场便微笑着亲自为他夹菜。谈话的时候随时都虔诚地望着刘彻底，并且频频地举杯向刘彻底敬酒。刘彻底啥也不懂，只知道这个男人是个领导，可以解决他儿子读书的问题，所以，吉星场一举杯他就猛烈地干杯，虽然喝的是红酒，没几下子人就醉了。刘细君眼看刘彻底醉的不行，便招呼她爹不要喝酒。刘彻底眼睛一红，立刻拿出家长的威风道，闭嘴，老子要喝酒还要你批准吗？刘细君责怪吉星场道，看你，又把他的毛病喝翻了。刘彻底摇晃着身子，端起酒杯，撞翻了几把椅子，最后气喘吁吁，站在吉星场面前，脸上浮现出成功的得意之情。刘彻底粗声莽气地说，领导，我敬你酒。接下来，刘彻底打着酒嗝，半天也想不起一个词来。刘细君赶紧站起来，忙着喊道，爹。吉星场用手扶着刘彻底的肩膀，安慰道，老人家，您请坐，喝酒随意！刘彻底打肿脸充胖子，他又把赌注压在吉星场身上，兀自倒了三杯红酒，一口气灌进肚子，然后不作声，回到座位上，愣着眼睛自言自语道，我这人没文化，说不来话，就多喝点儿酒，呃呃……呃……话未说完，嘴一嘟噜，一股液体喷射而出，只见桌上、地上到处洒了湿漉漉的一大片。

刘彻底脸色苍白，捂着肚子喊痛，刘细君慌不择路，车几次差点儿闯红灯，好不容易送到芙蓉市人民医院。因为没熟人，急诊市的待诊的人又很多。刘细君打电话四处找朋友托关系，汗水把一条白绸裙湿透了，凸显出她纤细骨头和腰肢。打电话的效果不是很好，看来她那些生意场上的朋友只是嘴上来得甜，真正办事的时候个个都在计较利害得失。刘细君一个劲儿地抱怨自己运气不好，身边刘彻底呻吟一声比一声重。吉星场自告奋勇，给云梦区的区长白乐打了个电话碰碰运气。没想到，白乐爽快地答应，白乐没想过吉星场也会有事求他。白乐有个同学就是芙蓉市人民医院的权威医生，电话一过去，那边就答应马上找人看看。医生问了吉星场几句话，再看了看刘彻底，觉得这家伙纯粹是无病呻吟。吉星场也深有同感，刘御底不过是演戏给刘细君看。只有刘细君当局者迷，三番五次地问医生，她老爹有没有什么大毛病。并且，坚持让刘御底住进病房，为他做全身的仪器检查。刘御底其实没啥毛病，饭也吃得，烟也抽得，护士几次干涉，他才悻悻地把烟收起来。刘御底在医生面前就是叫得凶，各种仪器设备都没查出毛病。医生建议刘御底多休息，饮食清淡，三五天就没事了。

刘细君充满歉意地望着为她奔波不止的吉星场，连声道，真是添麻烦了。吉星场笑道，麻烦大着呢。刘细君心领神会，赶紧从病房闪出来，听吉星场陈说事宜。吉星场明确地说，刘御底内心的愿望恐怕短时间内难以满足，刘秀儿的分数太低。刘细君笑道，我清楚，我现在要解的是燃眉之急。吉星场笑道，你会撒谎吗？刘细君笑道，生意场上的人，撒谎是家常便饭。吉星场正色道，我们先把你老爹哄高兴了，让他安心回家种田，再想办法解决你弟弟读书的事，如何？刘细君不假思索地回答道，我脑子是昏的，现在，全听你的。

刘细君这样无条件地信任自己，吉星场使尽浑身解数来帮助她，这也算报答一种知遇之恩吧。刘细君到底是女人，社会上很多场合不一定吃得开。这一点，吉星场还是保持着相当程度的自信。他让刘细君告诉她爹，吉院长已经办好了刘秀儿读书的事，刘秀儿马上可以把行李运到华阳理工大学，只是比一般学生多读一年。刘御底一个老农民，没必要告诉他，什么大学本科、专科、预科之类的专业术语，只要让他知道，他的宝贝儿子已经迈了一只脚在华阳理工大学的校园，这就够了。

果然，刘御底听了刘细君的话，连医院也不住了，他兴奋得要马上帮儿子把行李送到华阳理工大学。刘细君怎么阻拦也不行，只得打电话问吉星场下一步怎么办。吉星场笑道，让他老人家来，我自有办法。刘细君忧心忡忡开着车，车里坐着两个无忧无虑的男人，一个老得精明刁钻，一个嫩得无知浑厚，让他们高兴一会儿再说吧。刘细君按照吉星场的要求，把车开到他住的楼下，然后打开车门，面无表情，请刘御底和刘秀儿下车拎行李上五楼吉星场的家。吉星场早在家里候着，门大开着，听见楼梯上三个人的声音立即站到走廊上，满脸堆笑道，欢迎，欢迎，欢迎新大学生刘秀儿入学！刘御底像一头牛扛着两只巨大的编织袋，拼命朝门里挤，吉星场一拖，人和编织袋同时挤进客厅，刘御底差点儿摔倒在光滑的红木地板上。刘秀儿找到他的寝室，兴奋地喊他爹帮他铺床叠被。刘细君在门口迟疑着，吉星场示意她进屋，笑道，进来吧，安全的，屋里没有老虎！

刘细君方才侧着身子，小心地进了屋，并不坐下，而是饶有兴趣地考察了一下吉星场的整个房子。一间书房，除了一把椅子，其余的全是书，连脚也落不下。一间大卧室，床上堆满了书籍。一间房子里贴着女孩子最喜欢的明星照片和漫画，是吉娃娃经常要来住的地方。剩下的一间，本来堆满了书，现在让给刘秀儿住，书只好搬到客厅里。刘细君环顾四周，脸上露出诡秘的笑，她低声道，家里的女主人呢。吉星场笑道，一切要等吉娃娃读了大学再说，事情是她说了算。刘细君转过身去，望着吉星场布满灰尘的厨房，连连摇头。然后，看见走廊上晾晒着的是鲜艳的女式内衣，上面印着夸张的卡通人物，估计是吉娃娃的。吉星场倒了一杯白开水递给刘细君，刘细君端着杯子，沉默不语，仿佛陷入沉思。吉星场抱歉地望着刘细君，说家里条件差，暂时只能如此。

安排停当，刘御底带着刘秀儿满意地下楼。刘细君辛苦，要开车把刘御底送回老家去。按照吉星场的设计，刘秀儿将要读的是大专预科，先要在大学复读一年高中课本，明年再参加大学考试，中间可能会学一些大学一年级的内容。明年的试题难度不大，只要不是存心鬼混，一般是可以过关的。当然，为了让刘秀儿意识到这个机会来之不易，先得给他制造一定的紧张感。刘秀儿送走他爹必须马上返回吉星场的家，上午在家里温习高中课本，下午到附属中学去旁听。刘细君没让吉星场下楼送她，她问，吉娃娃什么时候来住？吉星场说，一般是周末，这个问题不大，反正他也住在家里。刘细君笑道，周末她会开车来接刘秀儿，或者让刘秀儿自己赶公交车到她家里去。吉星场说，不必客气，读书的事要等国庆之后再看有没有机会。刘细君叹息道，但愿上天帮助刘秀儿，早点儿找到读书的学校。吉星场回到家里，关上房门，心里一片纷乱。家里突然闯进这么一个外人，不要说吉娃娃，就是他也觉得不方便。暂时把刘秀儿安排住在家里，这个事情他没同吉娃娃商量，也没通知红尘。吉娃娃那种脾气，红尘那种个性，估计周末会有些麻烦，他已经做好了最坏的打算，就是让刘秀儿住进学院招待所，反正那里平常没客人，费用也比较低。只要为刘秀儿找到读书的门路，一切问题就迎刃而解。

刘秀儿这小子不读书，他在吉星场家里怎么坐得住呢。上午，吃了饭就关上门睡大觉，下午根本不去附属中学旁听。睡醒之后，就窜到吉星场的书房里，翻箱倒柜，看书的封面。一不小心，就从一本旧书里翻出一张黑白照片，是吉星场和刘细君的合影。当初，吉星场清理书信和照片时，把与刘细君有关的文字和照片彻底清除了。吉星场也觉得没有留下任何死角，所以，记忆中刘细君才忘得那么干净彻底。晚上，吉星场回家，刘秀儿问吉星场，该怎么称呼他？吉星场笑道，这有什么呢，喊吉老师，吉老乡，都可以。刘秀儿觉得有必要启发吉星场，他单刀直入地问，该喊你叔叔呢，还是喊你哥哥？吉星场心里犯疑，脸上却浮起一层微笑，回答道，随便怎么都行啊。刘秀儿这人读书不在行，歪点子还不少。周末，他把照片揣在书包里，到了刘细君家里又把这个问题提出来，看刘细君的反应，刘细君冷笑道，只能喊吉教授，别的一律不许。

刘秀儿这个问题同时引起了吉星场和刘细君内心的震惊，这小家伙怎么发出这种怪问，难道有人在中间说了些什么。不过，外表上，两人都保持着极度的平静，仿佛什么也没发生过。刘秀儿在他姐姐家里也翻箱倒柜，搜了个底朝天，终于在一捆积着灰尘的药材中搜出一个塑料包。打开一看，原来是一大捆书信，全是吉星场写给刘细君的，刘秀儿捡了几封他感兴趣的书信，读着读着就肉麻，却又难以放弃。刘秀儿偷偷取了一封信塞在自己书包，与那张旧照片放在一起，得意洋洋地背回吉星场家里自己住的那个房间。

吉娃娃发现家里突然来了个不速之客，便责问吉星场：哪来的野物，怎么回事？吉星场笑着解释道，以前一个同学的弟弟，到华阳理工大学来读书，暂时寄宿一段时间，开学后，马上就走。事情逼得很急，吉娃娃一追问，红尘那里肯定就会反应。吉星场这时心里有底，不是很着急。华阳理工大学附近，有一所粮食中专学校，招生困难，今年与华阳理工大学合办大专预科，所办专业为最热门的电子信息。学校实际上属于华阳理工大学一名退休教授所有，租用粮食中专学校的校舍，挂靠华阳理工大学牌子。前期宣传效果比较好，很多家长和学生都有读书的意向，报名缴费的不在少数，一度把分数提得很高。可是，开学后，家长和学生来了之后，没待上几天，纷纷要求退费退学，差点儿崩盘。吉星场已经向那所学校的负责人打了招呼，一旦有补录的机会，尽可能考虑照顾一下刘秀儿。大概是退学的人太多了，学校那边基本取消了分数线，只要有人愿意读，都可以报名。即便如此，刘细君仍然对吉星场充满了感激之情，他至少让自己暂时摆脱了老爹的纠缠。刘秀儿读书不成问题，如果事情进展顺利，最快也就是两周时间，刘秀儿的行李铺盖将搬进他该进去的地方，这场危机将会化解。

现在，吉星场成天都在祈求上天保佑，千万不要在这段时间出纰漏。不管是吉娃娃还是刘秀儿，红尘或刘细君，他都不愿意因他们引发出任何回忆，牵扯到他过去的事情。第二周没等到周末，周一上午，矛盾就爆发了。这种做事节奏，符合红尘一贯的行事风格。吉星场暗中已经为刘秀儿找好了学院招待所的房间，一旦红尘来肇事，刘秀儿马上就住过去。正当吉星场以为自己处理得万无一失之时，红尘在电话里暴怒了，通知他立即回家，不得延误。吉星场估计，红尘是担心吉娃娃，一个半大不小的女孩，而刘秀儿，也差不多处于青春期，两个学生在一套房子里，会不会出其他问题。吉星场噔噔噔噔一口气冲上五楼，还没进门，就听见红尘在房子里破口大骂。真是的，这个没修养的女人，离婚这么多年了，还跑到自己家里来撒野，吉星场拿她没办法。吉星场问吉娃娃：你妈妈怎么啦？吉娃娃嘟着嘴说，你自己问去。吉星场问红尘，红尘把手里紧紧攥着信件和照片扔在吉星场脸上，一只手拎着刘秀儿的红黄双色相间的书包，眼里的火焰和泪水混合着，喷射出来：流氓，伪君子，下流胚，混蛋，蠢货，垃圾，狗男人！

红尘嘴里一连吐了七个肮脏的词，骂得吉星场脸上的笑都无法维持下去了。吉星场问，怎么啦，我又做错了什么？红尘说，吉娃娃房间里丢了东西，我怀疑是这家伙偷的，翻了他的书包，结果翻出来的是这些污七八糟的东西。刘秀儿高声辩解：我没偷东西，她诬陷人！红尘质问吉星场，这信件和照片是怎么回事？吉星场摸头搔首，大为不解，他问刘秀儿：小伙子，你做了什么错事？刘秀儿胆怯地承认，是他私下翻了吉星场和刘细君的东西，所以产生了误会。红尘冷笑道，这不是误会，这是引狼入室，得寸进尺。吉星场笑道，即使有书信和照片，也没什么大不了的。红尘笑中带哭：原来，你和刘细君那个小娼妇一直勾勾搭搭，这个我简直没想到。刘秀儿抗议道，不许骂我姐姐。红尘朝着刘秀儿吼叫道，哪来的野种，这里轮得到你说话！刘秀儿急了，他嚷了起来：不是我要来的，是吉教授要我来的，我不稀罕这里！说完，刘秀儿转身就要走，吉星场赶紧拉着刘秀儿，让他留下来。红尘恶狠狠地说，吉星场，你这房子是要吉娃娃住，还是要外人住，你只说一句，表个态就可以了。吉星场为难地说，不要逼我，刘秀儿在这里最多还住一周时间！红尘斩钉截铁地说，一分钟也不行，不是他走，就是吉娃娃走！刘秀儿一转身走了，吉星场没拉住，他气得直跺脚，连声说，你干脆把我也赶走算了。红尘搂着吉娃娃，一边红着眼睛哭，一边说，你爹是个花心大萝卜，从来没有真心爱过我，他现在还恋着那骚货！吉娃娃受她妈的蛊惑，也用一种尖刻的声音骂吉星场：我们不想见到你了，吉星场，你去找你的初恋女人吧，我在这里陪妈妈！

吉娃娃的话像一把锋利的匕首，突然插进吉星场的心窝，他鼻子一酸，泪水从眼眶向着鼻腔流进喉咙，最后流进空虚的胃，咸咸的，涩涩的，又引起肠道急剧痉挛。他痛得蹲在地上，半天才直起身，踉踉跄跄出了门，向楼下走去。

信　众

吉星场被红尘母女两人赶出家门，晚上一直在办公室加班。刘秀儿肯定是逃回他姐姐那里去了，这个惹事的家伙，不仅让他自己难堪，还让吉星场蒙受了不白之冤，甚至连累了刘细君。吉星场打电话问刘细君：刘秀儿过来了吗？刘细君说，不想提他了，成天躺在沙发上看电视，像一条懒虫，连饭也不吃，看累了就昏睡。她听出吉星场的声音疲惫嘶哑，便好奇地问，你在忙什么呢？吉星场说，这段时间学院事情多，我基本上在办公室加班，所以没时间照顾刘秀儿，请谅解谅解。吉星场不好意思把问题点穿，只是提醒刘细君，多关心一下刘秀儿，最早下周就可以入住学校读书了。刘细君为弟弟的事情得到解决暗自庆幸，直说，要厚礼答谢你哟，吉先生！

刘秀儿开学那天，刘细君开车来吉星场家搬东西，红尘虎视眈眈守在家里。吉星场暗自庆幸没让刘细君和刘秀儿上楼，那红尘眼里已是见不得半个姓刘的人了。红尘躺在沙发上看电视，吉星场一声不吭，搬完东西出门，红尘也没什么反应。刘细君的车在楼下响起，吉星场才发现红尘突然在窗口上闪了一张脸。当天晚上，红尘发了一条短信，通知吉星场：可以回家睡觉了。吉星场一阵冷笑，心想，这也管得忒宽，房子是我的，想进想出是我的自由，凭什么要你来摆布？吉星场把心里的恼怒转移到二三子那个家伙身上，红尘这么猖狂，毫无约束，哪像个当老婆的，他二三子也不闻不问，成天躲在那个影楼里，端着个茶杯，研究他的摄影艺术，据说还信上了佛。红尘脖子上挂着个玉佛，她和二三子每月初一和十五都要到清凉山上的菩提寺，烧香礼佛，态度极为虔诚。菩提寺规模大，三十来个比丘尼。比丘尼之间文化差异较大，各种文化层次的人进了庙子，总有文化程度相近的比丘尼出来应对，做礼佛者的导师。

到了寺庙，红尘也是大鱼大肉、七情六欲的模样，她以为，钱撒得越多，菩萨就越高兴，心中的愿望也越容易满足。庙里的老比丘尼成了她的好友，每次亲自陪她跪拜上香，目睹红尘打开钱包，一沓一沓的红色钞票往功德箱里送。吉娃娃回学校上课，又重新燃起红尘的热情和妄想：一定要让吉娃娃考上名牌大学，甚至出国。她这样对着菩萨说话，二三子便在心中暗笑。最初，二三子充当了红尘的专职司机，红尘一个人进庙拜佛。最近，红尘强行要求吉星场与她一起到菩提寺，每月两次，说是吉娃娃考大学的事必须要亲生父母一起许愿才会感动菩萨。可怜的二三子任劳任怨，充当了红尘和吉星场的专职司机。三个人这种关系竟然走在一起，吉星场觉得太尴尬，红尘笑着拍了拍吉星场的肩膀说，二三子都无所谓了，你吉星场还担心旧情复萌吗？去去去！

吉星场犹豫再三，硬着头皮去了。一路上，红尘的话题围绕着吉娃娃展开，从怀上吉娃娃到吉娃娃出生，再到吉娃娃读小学，再到初中，吉娃娃的传奇故事在红尘嘴里展开。吉星场躺在车上听着，迷迷糊糊就睡了。遇到路颠簸，醒过来，还是听到红尘在孤独地讲述。二三子默默地听着，偶尔还要面带笑容，一边发出“呃呃”的认同声。在红尘嘴里，吉娃娃依然是神童一个，三岁背诵唐诗二十首，五岁会做加减乘除的数学题，八岁在报纸上发表文学作品，天哪，吉娃娃有这么厉害！吉星场听得毛骨悚然，“天才，天才！”红尘爽朗地笑道，就是嘛，小时候是天才，怎么越读书越愚蠢？是不是父亲的遗传基因失效了？吉星场说，有可能！二三子插话道，母亲的遗传基因还在嘛。红尘熟练地扇了二三子一个嘴巴：专心开车，王八蛋，少管闲事！吉星场不说话，只是笑。红尘骂道，去你妈的，小吉，你很开心，是不是？到时候，老娘要你哭都哭不出来！

上次烧香，红尘高高兴兴地坐上车，半路上，与吉星场一言不合，她竟然让二三子停车，强行把吉星场赶下车，让他自己走路下山回芙蓉市。吉星场一个人，在清凉山上的水泥公路上，行走了两个小时，连喝水的地方都没找到。幸亏二三子开车回来，不然，那天吉星场可能走到天黑还回不了家。现在的二三子与以前相比，大不相同了，清心寡欲的脸，平静得像个处女。随着皱纹的增加，二三子越来越像个慈眉善眼的老太婆，而他那副身段子，完全雌性化了。红尘呢，以前像只暴躁易怒的猴子，现在则凶悍强横得像丛林里的猛虎，随时可能发威，扑倒猎物，狠狠地咬个血肉模糊。二三子开车技术非常熟练，但驾驶起来却羞羞答答，躲躲闪闪，简直是大姑娘出门。红尘驾车技术一塌糊涂，在路上却风驰电掣，横行霸道，边开车边骂人。

有一次，她开车送吉娃娃到吉星场家里来，在华阳理工大学教师宿舍门口与保安发生冲突，她居然下车来打了保安几个耳光。那保安嘴角出了点儿血丝，半张脸肿了起来，直接告状到大学校长慕云雪那里，说是这女人骄横跋扈，仗势欺人。保安躺在医院，没两天，报社和电视台的记者就赶过去了，吓得吉星场赶紧到医院去赔礼道歉，那保安看在吉星场平常对他也算尊重，才放弃了向法庭起诉的要求。吉星场这边赶紧找熟人，向电视台和报社的记者说好话，总算没有曝光。赔了些钱和笑脸，这里慕云雪又打电话训斥，吉星场被红尘搞得够呛。现在，一提到红尘的名字，吉星场的神经就要打几个凶猛的颤。

刘秀儿送到他该去的地方，刘细君丢了一个巨大的包袱，一段时间内，不打电话找麻烦，吉星场清静下来，正好可以喘儿口气。然而，学院里的事情又开始麻烦起来。为了提高艺术学院的档次，慕云雪动用所有关系，希望能与法国巴黎的一所大学建立合作关系，双方互派访问学者，时限在六个月到一年。艺术学院首次派遣一名访问学者，时限一年。这个项目拿下来，艺术学院感兴趣的人却不多。年轻人觉得一年时间太短，他们希望出国留学，时间更长，机会更多。年龄大一些的人要么身体欠佳，要么有家累，纷纷拒绝。慕云雪大光其火，觉得艺术学院的人是烂泥扶不上墙，只想在家里当个土包子，哪像干事业的样子？吉星场也觉得丢脸，他没想到艺术学院的人竟然是这种层次，能搞出什么玩意儿呢。慕云雪只好指定吉星场带头去做访问学者，到巴黎去研究美学，镀金回来，身上又多个头衔，多一个光环。

说实话，吉星场也没把这个访问学者当成多大一回事，短短一年，完全是应景，学不了什么，回来后还敢四处声称自己是访问学者吗？这次出国，吉星场没想过学术上能有什么收获，他只是当成公务出差。耽误一年时间，对吉星场无所谓，他只是想到自己那个一身反骨的女儿，自己一旦不在家，要是她和红尘闹起来，火星撞地球，谁救得了那个场合呢。连续几个晚上，他陷入深度的失眠之中，真不知该怎么办。虽然慕云雪已经安排自己，毕竟在大学里有一把年纪了，要商量商量恐怕也是可以的。这一走，艺术学院院长的职务肯定得让出来，回来以后又怎么安排呢？本来，他对当官没有什么兴趣，随时可以不当。这一次，自己全身心投入艺术学院院长这个职务的工作，除了有对慕云雪的知遇之恩产生报答的情绪，确实也与他领会到了当官在中国社会的特殊含义有很大关系。

吉星场自认为担任艺术学院院长，很称职。他知道怎样尊重艺术家和艺术教育。至于行政能力方面，他觉得大学里面，毕竟不同于政府行政部门，知识分子需要的是引导和认同。按照他的风格来塑造艺术学院，整个环境和氛围令人舒心。学院里搞艺术的青年多，个性十足，他们都从心底里认可自己的人品和学问。正当吉星场意气风发之时，慕云雪却让他离开这个工作岗位，他心里多少有郁闷。慕云雪永远是那种雷厉风行的人物，他已经把学院的行政工作交给李白金了。以前，吉星场同情李白金，觉得他为自己做嫁衣，现在发现自己才是在为别人做嫁衣。这真是此一时也，彼一时也。

虽然吉星场那么讨厌红尘，他还是打电话把这件事告诉了她。下半年，吉娃娃就进入高三了，高中毕业，考不上大学怎么办？出国留学，那得花多少钱啊。不出国，吉娃娃的成绩就会好起来吗？说实话，吉星场心里在打鼓，他一点儿不比红尘淡定。果然，红尘有一百个理由反对吉星场出国去当这个访问学者，她的理由最坚定：吉娃娃马上要读高三，必须要吉星场照管。吉星场说，慕云雪定了的事，没办法了。红尘冷笑道，我找慕云雪去，他又不是老虎，能吃了我吗？吉星场连连求饶，说这样影响不好。红尘哈哈大笑起来，骂道，读了几卷臭书的家伙，老是去考虑影响，看我的，让慕云雪见识一下女强人！

红尘说到做到，她真的直接找到慕云雪，同他大吵了一架。吵架的效果立竿见影，慕云雪专门打电话把吉星场请到办公室，详细地询问了他家里的一些情况，希望吉星场把自己的个人要求提出来，凡事可以商量，要是家里有事，也可以不去。吉星场笑道，我可以不去吗？慕云雪笑道，事情已经定了，公布了，恐怕改不了。吉星场说，好吧，我去。慕云雪说，你妻子太凶悍了，她竟然骂我呢，破口大骂。吉星场纠正道，不，前妻。吉星场摇摇头：我无能为力。慕云雪笑道，你同她离婚是正确的。

吉星场心想：说得轻巧，离了婚问题就了了吗？红尘有空就来找茬，他敢以离了婚为借口来阻挡她吗？天下事了犹未了，夫妻是冤家，一日结缘，终身纠缠。这个方面，吉星场比较羡慕二三子，二三子和鱼幼离婚后，鱼幼从来未找过他的麻烦。这些年来，二三子越活越滋润，一副菩萨心肠，不是他浪子回头，而是鱼幼与他一刀两断，尘缘了结。慕云雪慑于红尘的悍勇，做了一些让步，保留吉星场的院长职位，李白金只是暂时主持工作，吉星场哪天回国，哪天就可以返回原岗位工作。但是，吉星场出国的事，绝无推脱的可能。红尘打电话问，慕云雪怎么处理这个事情的。吉星场说，没办法，还得去呀。红尘冷笑道，哪天再去同慕云雪吵架，我不相信他不投降！吉星场说，算啦，以后吉娃娃读书还得求人家呢。红尘笑道，到时候，再去找他吵架，不就得了嘛。

倒 霉

红尘这段时间对吉星场特别客气，把刘细君的弟弟从吉星场家里赶出去，这件事做得有些过分。红尘的说话、动作，比以前柔软得多，吉星场对她的殷勤也不那么反感了。他第一次与红尘同时驱车去参加了吉娃娃的家长会，会议结束后，三个人还一起到芙蓉江畔一家特色菜馆吃午饭。红尘要了一杯红酒，喝了两口，忽然想起吉星场也是可以喝酒的，便又要了一杯红酒。吉娃娃开玩笑说，两口子这么好，干脆复婚算了！红尘嘴里叼着一支烟，眯缝着眼睛，望着烟雾弥漫中的吉星场，似笑非笑道，我随时可以让二三子滚蛋，关键看你爹的了。吉星场惊讶地望着红尘说，你酒量没这么小吧。红尘的声音沙哑起来，好像熬了夜似的：吉娃娃，你爹不要你娘和你了，怎么办。吉娃娃笑道，爹，你不要我了吗？吉星场笑道，我什么时候舍得放弃你，小丫头？吉娃娃问道，那我妈呢？吉星场低着头，沉默着。红尘挖苦道，人家大学教授怎么看得上我这种乡下老太婆呢，大学里有的是年轻的女大学生，还是处女呢。吉星场胃里升起一股醉意，红酒的力量正在发作。他眼皮沉重，昏昏欲睡。

年龄稍微大一些，吃了午饭，瞌睡不请自来。红尘嘴巴叽叽呱呱，一句话也传不进了。突然，吉娃娃惨叫一声，吓坏了吉星场。只见吉娃娃蜷曲身子，双手搂着肚子，哎哟哎哟叫了起来。吉星场问，怎么啦？红尘抱着吉娃娃，眼睛恨着吉星场骂道，这还用问吗？肚子痛，又是你干的坏事！吉星场抱着吉娃娃，三步并作两步，窜到大街边，红尘的车一过来，马上挤了进去。芙蓉市人民医院！吉星场连续打电话找了几个熟人，给吉娃娃找了个医生，临时诊断。吉娃娃脸色苍白，浑身冷汗，手脚颤抖。医生说，入院观察。吉星场在大楼跑上跑下，总算让吉娃娃套上了留置针，输上了液体。红尘坐在病床边，不停地抚摸吉娃娃的脸和头发。过了两个小时，吉娃娃脸色有好转，红尘松了一口气。吉星场如释重负，捡了一张椅子，把屁股安放在上面。这时，手机响了。吉星场说，吉娃娃，学院有事，我得回去了。红尘骂道，你敢走！吉星场说，马上要开会，要迟到了。红尘问，你会不会请假？吉星场面有难色，呢喃道，这个会议很重要，办公室的人说，不得请假！红尘着急了，跺着脚骂道，女儿病了，该不该请假！吉星场只得拿起手机，拨通了办公室的电话。办公室的人问，什么事啊？吉星场说，家事，孩子肚子不舒服，还在住院……办公室的人说，除非严重问题，其他一律不许。吉星场面有难色，望着红尘说，怎么办呢？红尘骂道，你不是请假了吗？吉星场迟疑道，办公室说，除非严重问题……红尘骂道，死脑筋，连谎也撒不来吗？吉娃娃呻吟着，睁开眼睛，笑道，爸爸去开会，妈妈在这里陪我就可以了。红尘着急了，厉声道，你爹呢？吉娃娃说，爸爸晚上来吧。

吉星场赶回大学。原来，大学来了上级领导，有部里的，也有省里的。大家紧张一场，来视察的领导前后待了不到一个小时。事情忙完了，吉星场又打的往医院赶。红尘有事。吉星场一到，她就拿着电话跑了。吉星场坐在床边，不到五分钟，瞌睡虫便来了。他做梦了，梦见自己一个人在开满芙蓉花的江边散步。吉娃娃仿佛在前面奔跑，还是两三岁的模样，偏偏倒倒，憨态可掬。吉娃娃身着红色的毛衣，像一团轻盈的云，跑着，跑着，人就不见了。吉星场着急了，张着嘴大声呼喊，无奈声音发不出来。他想奔跑着，去寻找吉娃娃，腿脚沉重，半个步子也迈不开。吉星场心里恐慌，拿不出办法，眼里便憋出一串泪珠。然后，他被自己的哭声吵醒了。吉娃娃伸手抚摸着他的脸，冷冷的，泪在不停地流淌。吉娃娃说，爸爸，你怎么哭了？吉星场恍然大悟，说道，没有，没有的事。吉娃娃伸出手指，湿湿的，亮晶晶的：还不是？你看！

坐在病房里，吉星场陪了吉娃娃一晚。晚上十点多，红尘带着二三子来了一趟。坐了不到二十分钟，二三子便不停地催促，红尘只得离开。第二天，吉娃娃肚子不痛了。吉星场带着女儿到大街上打的，送她回家。吉娃娃坐上车，吉星场找不到话说，便从钱夹里取了五张百元钞塞在女儿手里，吉娃娃便使劲亲了他一口。走到路上，吉星场突然后悔起来，他觉得不该拿钱给吉娃娃，这会惯坏她的。他掏出手机赶紧给红尘打电话，红尘咯咯咯咯地笑得欢。吉星场问，吉娃娃回家没有？红尘笑道，前脚刚跨进门呢。吉星场说，请她接电话。红尘不高兴了，大声道，有什么屁话嘛，告诉我不一样么？吉娃娃接过电话，声音里也透着不满的情绪：什么事呀，老爹？吉星场说，不要乱花钱。吉娃娃没吱声。红尘一把抢过手机骂道，吉星场，那么一点儿臭钱，还啰啰嗦嗦，改天老子还给你算啦。

没过几天，红尘又打电话找吉星场帮忙。红尘开车出门，在小区门口与一辆黑色奥迪对撞，那车主把她从车里逼出来，直接赏了她两个耳光。红尘这种要强的个性怎么受得了这样的奇耻大辱，当时对方车里是两个青年，她硬打不过，打电话找二三子来，二三子像个病号一样，身体摇晃，动作迟钝，站在那人面前没说上两句话，被对方几只手推搡，便踉跄着撤退了。红尘打电话找吉星场，吉星场知道她又闯祸了，还是只得给白乐打电话，白乐笑道，吉教授，你这个不食人间烟火的家伙又遇到什么麻烦了？吉星场以实情相告，白乐笑道，你前妻的事我不帮，离了婚，还管那么多干什么。说完，白乐的手机就关了。吉星场知道红尘这次惹了大祸，非得搬白乐这尊大神才行，不管他乐不乐意，拿着手机拼命拨打白乐的电话。白乐说，啊，啊，啊，对不起，我正在开会，等开完会，我亲自跑一趟嘛。

白乐从来说话算数，吉星场算是吃了定心丸。这一边，红尘的电话却像催命鬼似的，一次又一次铃声，砸得吉星场脑袋快要爆炸一般。他只得赶到现场，去看看到底是什么情况。红尘的车与那辆黑色的奥迪车均保持着撞击时的姿势，红尘红着脸，眼里射出仇恨的光芒。三个协警站在旁边，无能为力又休闲自得。吉星场一眼看见花台上蹲着两个小青年在抽烟，个子矮矮的，穿着黑色紧身衣裤，满脸不屑，头发卷曲。吉星场冷静地问了协警，然后又问了两个小青年，知道事故责任方是红尘，而且，红尘首先嘴巴动粗，才挨了打。他没敢追问红尘，也找不到恰当的话安慰她。红尘大声地命令吉星场：给我打回来，打死了我赔钱！两个小家伙冷笑道，来呀，奉陪到底！

白乐本人是不可能来这种场合的，他给辖区的交警大队打了电话，交警大队长驾车来了。吉星场没开口打招呼，交警大队长便伸出一双粗大的手掌，从吉星场的肩膀上夺过他的右手，拼命地摇晃，自我介绍道，我叫张辉，是白区长的朋友。同吉星场握完手，自称为张辉的交警大队长又凑到两个小青年面前，互相递了烟，打火点燃，握手交谈。张辉把双方请到附近的茶楼坐下来，一人沏了一杯茶。张辉主张私人协调，不要把事情闹大，因为双方都是他的朋友，假如闹大了，被媒体捅到网上，对所有人都不利。张辉让小青年掏三百元钱来作为打人的赔偿费，小青年二话没说，就取了三百元放在桌子上，看了看红尘，红尘没任何反应，又掏了两百元出来。张辉看着红尘，满脸无奈地说，姐呀，你看这样处理好不好？红尘一巴掌把钱扇在空中，让它们翩跹而下，狠狠地说，我不要钱，我要打人！张辉尴尬地红着脸说，从现场勘察的事实来说，你得负全责。红尘冷笑道，负责就要挨打吗？交通法那条规定的？张辉脸色刷白，态度也恶劣起来：要说懂交通法，有哪个能超过我？反正我的能耐就这么大，你们不服，要请记者自己请，要打官司自己打。张辉一气之下，又驾车走了。两个小青年也走了。

吉星场看着红尘孤零零地坐在茶楼里，心里不免有些同情。他给白乐打了电话，白乐说，老吉啊，劝劝你的前妻，能忍是福。白乐也没说其他的话，从张辉的表情看，对方也是属于惹不起的那种角色。吉星场用颤抖的声音劝红尘忍了，红尘高声骂道，去你妈的，我才不会忍呢。红尘用手捏了捏鼻子，好像有些鼻塞。她没有看吉星场，而是自言自语道，老娘是什么角色，和尚打伞，杀人放火，走着瞧！说完，拎着包，噔噔噔噔下楼去了。吉星场知道红尘的个性，生怕她出意外，专门打电话叮嘱吉娃娃，最近几天要把她娘关照紧一些。

红尘这次受挫比较严重。她终于明白，大城市与小地方是完全不一样的。从前，在木鱼县，在南辕镇，她是属于天不怕地不怕的角色，打了人也无所谓，大不了赔钱；要办事，也是拿钱开路。走到芙蓉市来，玩不转了。现在，是别人打了她，掏钱来消灾。这真是报应，她后悔自己贸然到芙蓉市来做生意，搞得灰头土脸，一个小青年也可以羞辱她。总之，事事不顺，吉娃娃读书一塌糊涂，生意上也难说有好多利润，接连两次开车遇到麻烦。红尘心里动荡着怒火，身体像一枚炸弹，随时可能引爆。

连续几天，红尘心情不好，她觉得自己每个月再忙也要开车到庙里烧香礼佛，好像神灵并不保佑她，什么事情都不如意，什么时间她都想发火。开车连续出事，红尘对自己的驾驶技术产生了严重的怀疑。她那辆车是在木鱼县买的，当时档次还比较高，在木鱼县开了两年，糟糕的路面对车的损毁很严重，开到芙蓉市就成了一辆旧车。红尘觉得，之所以挨那小青年的耳光，可能就是这车的质量造成的。所以，她把这辆破车交给二手车经销商去处理，这里，已经看好了一款宝马车，付了定金，下个月可以拿到新车。

这段时间，因为没车，出门不方便，大部分时间窝在店里，心情压抑。久坐生厌，静极思动。店里的事丢给二三子，她从自己的好姐妹那里借了一辆半新半旧的宝马车来提前体验，有空就在城里转悠，散心。听说芙蓉市的闹市中有一个名叫无相寺的小庙子，烧香很灵，姐妹们劝她去试试。找了半天，她算是找到了。烧香出来，在门口碰到一个面色晦暗的中年男人，一看就是算命先生。那人冲她叫大姐，红尘脸带怒容，本想骂他一顿，但想到刚才在庙里接到的一本小册子上有劝人莫生气的顺口溜，才算忍住了。她知道这种人打着算命占卦的旗号，无非是想骗钱，便掏了十元钱扔给他，直接走了。那家伙在后面追着，“大姐，你听我说——”红尘冷冷地说，我没空，去对那些老年人说吧！摆脱了算命先生的纠缠，红尘心里稍微舒服了一些。反正又找了庙烧香，若是神佛还不保佑她，那只能说她前世带了过，她又用老爹的话来安慰自己：躲脱不是祸，是祸躲不脱。红尘又听说芙蓉市有条叫香榭丽舍大道的什么洋人街，那里女人时装比较多，红尘打算去瞧瞧，购买几件衣服来打扮自己。来芙蓉市以后，吉娃娃操碎了她的心，她几乎没买过一件像样的衣服，这样最好，花钱平衡内心。

那条街道号称香榭丽舍大道，其实也没几家不得了的服装店，它的名声主要是领事馆——这里有法国驻芙蓉市领事馆。这条街是芙蓉市最古老的街道之一，道路不宽，两边高大的梧桐树枝叶覆盖，挡住了天空上的光线。这时，天在下雨，阴沉沉的，仿佛黄昏来临。整条街上没几个行人，只是来往车辆较多。红尘开着车，亮着车灯，缓慢地经过法国领事馆，自然想到马上要出国的吉星场，他好像要去的国家也是法国。她这样想，车慢慢地行驶着，比思维还慢，她突然发现街道左前方有个人像吉星场。恍惚中，她感觉那人正是吉星场。道貌岸然的家伙，竟然同一个身着水色的中长风衣的妇人并肩而行。两人有说有笑，亲密无间，形若情侣。红尘没看出那妇人是谁，她心中如焚，鬼使神差，车仿佛脱缰的野马，径直冲向人行道，刮倒三个精致的花坛后，直奔向吉星场和那妇人。红尘口里叫着“完了完了”，大脑一片空白，两只手脱离了控制，汽车像一只野兽，从地上飞起，砰的一声剧烈撞击之后，她就晕过去了。等她清醒过来时，才明白汽车是撞到了行道树上，树的一截枝丫从空中断下来，扫了一地的叶子，中间残留着淡红的血色。受伤的人不见了，不知道是哪个倒霉蛋，反止暂时还没有人找她麻烦。红尘自己没事，气囊打开了两个，她只是吓晕了。从车里出来，她浑身哆嗦，到街边的小店连吃了两只雪糕，神经才镇定下来。

她打电话通知二三子来处理交通问题，自己蹲在商店门口的台阶上给吉星场打电话，她担心吉星场被车撞了，至于那个妇人，她才懒得管呢。吉星场的手机一直处于通话状态，红尘坐不住了，她的抖动起来，连电话也拿不住，要是吉星场出了祸事，教育吉娃娃的事谁来管呢，她一个妇道人家，没什么文化，平常每次教育吉娃娃换来的就是吉娃娃对她的反教育，无论如何，吉娃娃是不能有事的。一瞬间，红尘觉得天快要垮塌下来一般，她蜷曲着身子，无力地躲避。到下午四点半，吉星场终于回电话了。吉星场说，他在医院照顾一个朋友，朋友上午遇到车祸，正在ICU抢救，还未脱离生命危险。

吉星场安然无恙，这才让她松一口气。不过，他那个所谓的朋友又让红尘的心悬了起来。不管那女人是谁，只要出了人命，她恐怕逃不脱法律的惩罚。红尘躺在家里，一张床散发出死亡的气息，她惶恐不安地等着二三子的电话。奇怪的是，二三子一直没给她打电话，直到过了晚上十二点，她才紧张地拿起手机，想问一下二三子情况到底怎么样。二三子一改平常温顺的脾气，直接告诉她，到了云梦区人民医院再说。

红尘还没进大门，就看见二三子蹲守在医院外面的大理石花坛上抽烟，垂头丧气，一副大祸临头的样子。红尘用肩膀撞二三子，二三子从嘴里拔掉烟头，重重地叹了口气：红尘，麻烦惹大了。红尘焦急地问，人没坏吧？二三子噙着眼泪说，即使不坏掉，也是终身残疾。红尘心想，只要不死人，事情就好说，她已经做好坐牢的准备了，现在看来，情况不至于那么糟糕，赔钱是铁定的。一瞬间，她预订的那辆红色的宝马车就从医院的天空飞走了，剩下来的是被灯光照射得千疮百孔的树冠和夜晚。

在重症监护室外的走廊上，红尘遇到了更为沮丧的吉星场，他眼睛里布满血丝，额头上贴了一块膏药。吉星场运气好，那截树枝砸下来，先是砸在灯柱上，然后才滑下来，速度减缓之后，只划伤了额头。红尘关切地望着吉星场，眼里满是爱怜和歉意。红尘问吉星场，他的朋友如何。吉星场目视着门上的ICU三个字母，什么也没说。红尘不懂三个字母什么意思，吉星场只得补充解释道，还未脱离生命危险。红尘搓着手，反复地自责：都怨我，都怨我。吉星场说，全是我的错，运气太差，我刚从法国领事馆出来，没想到后面一辆宝马车就冲了上来。也许是做贼心虚，吉星场没敢说鱼幼半个字。吉星场隐晦的说，我的朋友被断下的树枝砸倒，当时人就晕过去了。为了救人，吉星场连肇事者都没搞清楚他就抱着伤者朝医院奔跑。事后，他只回忆得出，当时是一辆宝马车。吉星场还不知道肇事者就是红尘，红尘吓得赶紧溜了出来，找二三子商量对策。

二三子结结巴巴，费了九牛二虎之力才告诉红尘事情的真相：被撞伤的人是鱼幼，估计一条腿废了，暂时还不知道内脏有没有大问题。鱼幼这个名字像一枚锋利的钢针直刺红尘的脑部神经，她条件反射似地说，我不是有意的。二三子不相信，鼻子哼了一声。红尘问二三子，她想从侧面打听吉星场知不知道是她惹的祸，二三子冷冷地说，你自己问去，估计应该不知道，吉星场只记得是宝马车撞的，他只赶着救人。红尘转过身向医院冲，她想马上告诉吉星场，她不是有意的。冲到大门上，一时情急，脑袋嘭的一声撞在玻璃门上，她迟疑了一下，马上变得清醒。这时，任何人都不需要她的辩解了，大家关心的是鱼幼。

鱼幼出事后，红尘此番行动还算得体，每天和二三子轮流替换去医院照顾。鱼幼的治疗主要还是靠吉星场的人际关系，他已经第三次利用白乐了。吉星场的脸皮薄，他清楚，再好的朋友都不愿意自己被人利用，这样下去，他和白乐的友谊迟早会走到尽头。红尘算是将功补过吧，吉星场出国之后，照顾鱼幼的事几乎是她一人扛着。吉星场从电话里听说，鱼幼的治疗效果非常好，这不仅令二三子满意，也让他心头的大石头落了地。鱼幼那个法国老男人安德烈中途只来匆匆看了一眼，以后就再也没有露面。然而，受伤后，鱼幼变得有些傻了，她把安德烈称为宠物。红尘说，男女之间语言不通，怎么上床呢？鱼幼笑道，养一只宠物，需要什么语言呢，简单的召唤，有需求就懂了。

忏 悔

鱼幼出院，将近一年，还不能彻底扔掉拐杖走路，她一直不知道开车撞她的人是谁。吉星场从法国回来，首先拜访的人就是鱼幼，她住在华阳大道西段，一个靠近乡村和湖泊的电梯公寓里。吉星场出国前，是红尘在医院照顾鱼幼。出院后，是二三子在照顾鱼幼。红尘没有任何不满，她闯的祸，二三子不过是替她还人情。偶尔有空，她还要带着吉娃娃去看望鱼幼。

鱼幼的左腿废了，医生说，即使以后能走路，也是一瘸一拐的。另外，她的肋骨断了两根，脾脏摘除。最严重的问题是脑子，起初，她什么都记不起，医生以为她脑子坏掉了。二三子每天赔着她，给她讲从前他们经历的事情，高兴的事情她会傻笑，讲到不开心的事情她会像傻子一样流泪，二三子陪着笑，又陪着哭。慢慢地，她脑子就恢复了正常。现在，她唯一搞混淆的是她的婚姻，她一直把二三子当着丈夫，仿佛他们没有离婚似的。红尘带着吉娃娃前来，鱼幼会问，二三子，这个女人是谁，她带着孩子来干什么？二三子撒谎的水平不高，他冲口而出：哎呀，这是咱们家请的保姆，红嫂啊。红尘听了面红耳赤，恨不得在地上找一条缝钻进去。

只有在厨房忙碌的时候，红尘才能抽空溜进来，打二三子几个嘴巴，以示惩罚：去你妈的二三子，你妈才是保姆呢。二三子笑道，谁让你来的？万一鱼幼回忆起是你开车撞她的，到法院去告你，你自己去坐牢吧。红尘口气变软，老老实实地在鱼幼家里干起了保姆的活儿。二三子经常赖在鱼幼家里不走，红尘采用各种办法暗示，那家伙好像生了根一般，就是不跟着她回家。红尘尝试了几次没有效果，也懒得管他了。在夫妻生活方面，二三子纯粹成了废物。因此，晚上二三子是否和鱼幼睡在一张床上，并不重要。反正最近两年来，红尘和二三子也只是名义上的夫妻，一年半载也不想那些事情。时间一长，红尘就觉得这个丈夫要不要都没多大关系。假若二三子要和她离婚，红尘肯定也会毫不犹豫地答应。至于离婚后二三子同哪个女人结婚，她也不介意。这几年，她心里想得最多的其实是吉星场，只要吉星场答应和她复婚，哪怕半夜打电话喊她，她也会马上从床上跳下来。

红尘觉得她与吉星场命中注定要重归于好，到芙蓉市后，她多次梦见一个老人劝她与吉星场复婚。那个老人的面容和声音特别清晰，特别熟悉，红尘一直在回忆，她觉得那应该是生活中经历过的一个人物。“这个老人是谁呢?”红尘求过算命先生。算命先生问，是男是女，你清楚吧?红尘沮丧地说，老人哪能分清性别嘛，我就觉得人慈祥，同庙里的菩萨差不多。同吉娃娃睡在一起，吉娃娃常常被红尘的梦话惊醒。吉娃娃拍打红尘，红尘突然睁开眼睛问，吉娃娃，我是在做梦吗?吉娃娃说，妈妈，你在梦中同谁争吵?红尘拿起吉娃娃的小手擦去自己眼角的泪水，笑道，妈妈梦见有人把你抢走了。吉娃娃好奇地问，谁呀?红尘忐忑不安地说，是个女人，她的态度很坏。吉娃娃搓着红尘的耳朵说，妈妈，说实话，你是不是想爸爸了?红尘紧张地说，谁想那个二三子呢，丢到大街，过三天三夜，捡回来不会少一根毫毛。吉娃娃笑道，不是二三子，我的老爹是吉星场啊。同吉娃娃相处久了，红尘就发现她的女儿比二丫丫聪明，虽然读书成绩不咋样，但颇有心计。就拿吉娃娃同红尘闹矛盾这件事来看，红尘就觉得吉娃娃实际上是在耍手腕，她要想方设法阻止吉星场再婚，所以，吉娃娃隔三岔五往吉星场那里跑。这丫头，长相木讷，心中嘹亮呢。吉星场从法国回来，为吉娃娃买了一大堆衣物、零食和玩具，唯独没有给红尘买任何东西。吉娃娃便要求吉星场到芙蓉市去专门为红尘买一件衣服，说是从法国买给她的。看在女儿的面子上，吉星场只好照着办，当然让红尘喜出望外。

吉娃娃顺利地考上了华阳大学，而且，成绩之好，学校老师颇为惊讶。按理说，吉娃娃重回学校读书，能上个普通本科就不得了，想不到她还能上重本。红尘给远在法国的吉星场报喜：关键时刻，还是基因起作用了。红尘心里又有了望子成龙的欲念，对吉星场来说，总算没有了后顾之忧。不过，吉娃娃能顺利升学，起作用的还是鱼幼。吉娃娃天生喜欢鱼幼，鱼幼说的任何话，吉娃娃也听得进。哎，这个方面，无论是吉星场，还是红尘，都问心有愧的。虽说子女和父母有血缘关系，但教育子女，不是那么回事了。

但是，慕云雪没有马上给吉星场安排下一步的工作，艺术学院已经是李白金在负责，吉星场担心慕云雪可能把先前说过的话搞忘了。他把自己的担忧告诉红尘，红尘说，一个大学校长说话应该算数，让我去办公室找他。吉星场笑道，这次不麻烦你了，自己的事情还是让我自己处理。吉星场在家待了一个月，华阳理工大学才正式通知他去上班，工作岗位是新设的，请他担任人文学院的院长，级别没降低，但分量轻了许多。人文学院是新设的，目前仅有影视与传播和文秘两个专业。吉星场又一次充当了拓荒者的角色，他心潮起伏，百感交集。艺术学院在他的经营下，这两年发展非常顺利，不管是前来应聘的教师还是高考报名录取的学生整体素质都很高，学院的收费和经费也很充足，艺术学院在国内已经小有名气，成了华阳理工大学的一个香饽饽。这时候，当领导的不仅顺风顺水，更重要的是，容易出成绩，容易被大家认可。吉星场小看了李白金，李白金这人一直在政工线上历练，真的是看得准火候。慕云雪请李白金暂时代理艺术学院院长的职务，李白金可能私下使了点儿手腕，学院里的中层几乎一致支持他继续在这个岗位上干下去。离奇的事情是，艺术学院竟然有青年教师写信向慕云雪投诉，说吉星场是个花花公子，成事不足，败事有余，不适宜继续待在院长的岗位。吉星场在慕云雪的办公桌上看到这封信时，脸如土色，全身发抖。慕云雪安慰吉星场：当干部就要经受得住各种质疑，身正不怕影斜。吉星场稍微喘了口气，他坐在慕云雪的办公室里那个真皮沙发上，连续喝了三杯白开水，仍然没能解渴。慕云雪哈哈大笑，用力拍了拍吉星场的肩膀说，这封信不能证明你当院长有罪呀，你看，举的例子还是你当美学系系主任时的事情。吉星场背上的冷汗浸透了衬衫，他像不小心跌落在水里一样，狼狈不堪地爬起来：我当院长尸位素餐，无功即是过，我是个庸人。

吉星场请求辞去行政职务，慕云雪笑道，老吉，你这两年对艺术学院的建设和发展是立了大功的，大家有目共睹，你就不要谦虚了。这次让李白金干艺术学院的院长，主要是看他长期默默无闻的付出这个历史因素，而且，这一年，老李的工作成绩也很显著，他还有三年就退休，到时候，艺术学院还会欢迎你回来的。慕云雪一番话说得吉星场热泪盈眶，吉星场觉得慕云雪这个人光明磊落，做事有手腕，又很讲原则。经过这次职务变更，吉星场对功名利禄的态度更为客观，他觉得自己应对环境变化的能力在增强，或许，这就是人们所说的政治上变得成熟的意思吧。

吉星场这次从欧洲回来，带给华阳理工大学的一个喜讯。艺术学院美术系教师宋元明的一幅油画在法国国家沙龙油画展中获得金奖。这幅作品是宋元明在华阳美术学院读研究生时的一幅习作，吉星场旅法期间，从美术系挑选了几件作品参加画展，竟然拿了大奖。吉星场不仅帮助宋元明争取到了到法国领奖的机会，他还私人掏钱把这幅画购买回来，送进美术系的名人作品展馆馆藏。此前，宋元明在华阳理工大学不过是一个籍籍无名的普通高校美术教师，因为这幅画获奖，国内的众多媒体来采访，宋元明一下子就声名鹊起了。慕云雪是个爱才的领导，立即召开会议，为宋元明筹划专门的美术工作室。华阳日报、华阳晚报、云梦日报、华阳电视台的五个频道、云梦电视台的三个频道连续一周时间进行立体报道。宋元明红了，他被请进省电视台直播间接受专访，他的这幅题为《疲惫》的油画也登载在各类媒体上，广为传颂。

宋元明接受记者采访时，回忆说，他创作这幅油画时还是一个华阳美术学院的硕士研究生，他最喜欢画的题材就是社会底层人物。而这幅画是画的一个裸体女人，从肮脏的巷子深处一家发廊请来的，非常廉价。这个女人来自中国内地最偏僻的山区，没有正式工作。这幅画画完，宋元明几次重返那个巷子，再也没有找到这个女人。在宋元明没有讲述这幅画的创作背景之前，吉星场怀着一种崇敬的心情来审视这幅裸体女人的油画。吉星场不懂美术不懂油画，他仅仅是直观地判断，画家是描摹的他心中的女神。在回国的飞机上，吉星场一度把这个女子同他接触过的某个人联系起来，但他很快加以否定。世界不可能这么凑巧，生活也不可能这么残忍。

吉星场到鱼幼家去看望她，鱼幼竟然孩子似的哭了。吉星场手足无措，二三子莫名其妙，不知道该怎么安慰这个可怜的女人。鱼幼要求二三子暂时离开她家，她有话要和吉星场单独说。二三子焦急不安地问，我呢，什么时候可以回来？鱼幼不耐烦地说，电话通知。二三子眼里闪烁着一种奇怪的光芒，吉星场明白，那是一种嫉妒和仇恨，刻骨铭心的。嘭，二三子用力关上防盗门，鱼幼扭过头去，表情绝望。

鱼幼迫切地想知道是谁开车撞了她，吉星场不敢把实情告诉她，二三子更是不敢吭一声。大家把真相压在心里，特别难受，然后看着被蒙蔽的鱼幼，又一起难受。鱼幼怀疑过红尘，但那辆宝马车的车主另有其人。鱼幼不能单独行走之前，大家都怕伤了她的心，影响她身体的康复。鱼幼伸手来拉吉星场的手，让他抚摸她残损的肢体和皮肤，吉星场拒绝了。他不是医生，没有医生的医术和冷静的头脑，他只有一颗柔软易碎的心，不敢与现实生活中任何坚硬的事物碰撞，他不断地逃避现实，气喘吁吁，山穷水尽。

鱼幼在黑暗中以一种溺水者的声音在诉说，吉星场听不清楚。吉星场发誓说，在我心中，不管你的身体伤残到何种程度，都是最完美的。鱼幼笑了，笑得那么坦然。快乐仿佛一种药物，治愈了身体的伤口。鱼幼用手掰开吉星场的眼皮。一道强光直刺吉星场的身体，他看见的是鱼幼脸上一道暗红色的伤痕，那是车祸最公然的羞辱，也是吉星场倍感羞耻的罪证。

鱼幼平静地告诉吉星场，她以前是个坏女人，今天的遭遇完全是报应。吉星场揉着肿胀的眼球，惊诧地说，鱼姐，你心肠那么好，怎么说出这等话来？鱼幼讲了她离开南辕镇到芙蓉市最初的一段生活经历。芙蓉市打工，一个人在大城市，举目无亲，什么活儿都干过，保姆，推销员，批发市场的搬运，餐馆的洗碗工，不到两年时间，把别人一辈子的苦吃尽了。最绝望的时候，她曾经到华阳政法大学去找过吉星场。不为别的，好歹也算个朋友，能找份工作，有个落脚点，就是当时最大的愿望。可惜，没找到吉星场。后来，到了发廊当洗头妹，差点儿堕落、毁灭。曾经为了钱，还偷偷给美术系的大学生当过人体模特。

吉星场从法国带回来的这幅画上的裸体女人就是鱼幼，她从报纸上看见了这幅画，幸好图像模糊不清，人们暂时还不会把她联系起来。但是，时间长了，很多事情不好说。她开在华阳大道的薇薇安化妆品专卖店还得继续经营，至少还要挣七八年的钱才会收手。鱼幼不想让这幅画保存在别人手里，她想托吉星场把它买下来，到底是私人收藏还是彻底销毁，拿到后再说。鱼幼提出的这个要求不算过分，吉星场一口答应，他没有接受鱼幼给他的买画钱。这幅画到目前为止还是他私人支付的钱买来的，按理说，所有权属于他吉星场。比较麻烦的是，各种媒体宣传说是华阳理工大学艺术学院的馆藏品，他也已经把它交给了美术系，现在，以什么名义和方法把它收回来呢？

狂　躁

俗话说，人走茶凉。当领导的感受尤其强烈，一旦离开原单位，那里就是一片荒原，所有的笑脸都会变得冷若冰霜。若是遇上不厚道的部下，可能还会借机报复羞辱。自从宣布吉星场担任人文学院的院长，他就从未朝艺术学院踏进半个脚印，平常连看风景也不会朝着那个方向。为了鱼幼，他只得丢下老脸，硬着头皮，走进艺术学院的大楼，去打探一下那幅画的下落。上楼的时候，很不幸，遇上了李白金。李白金冷不防地扑上来，给了他一个拥抱，吉星场吓得三魂不见了七魄。李白金笑着问，吉兄，有何贵干？吉星场说，舍不得艺术学院的同事，想来找点儿感情上的慰藉。

李白金把吉星场拖进三楼的一个大房间，这里现在已经改成了舞厅。时下，正值芙蓉市一年一度的商品博览会，艺术学院的学生大量地出现在博览会的各个场所和角落。吉星场从心底厌恶在校学生参加这种商业行为，他担任院长的时候一律不准艺术学院的学生到外面去参加商业演出或服务。现在，李白金一改吉星场的规矩，大张旗鼓地支持那些有演出才干的学生到博览会上去锻炼。离奇的是，三楼这个舞厅里涌进来形形色色的客商或所谓的老板经理这些人物，吉星场担心他们把学校的风气败坏了。尤其是一些能歌善舞的女生，她们的父母送到大学来，绝对不希望她们在学校里这么快就学坏。早几年，社会上就传言说华阳理工大学有女大学生在外面的歌舞厅从事色情服务，最近，又听说有些老板经理把小车开到大学里来接女大学生出去。吉星场一听见这些乌七八糟的传言心里就烦乱，他没亲眼看见，暂时心安理得。

李白金把吉星场推进舞厅，亲自叮嘱舞厅的工作人员照顾好这位重要人物。吉星场，前任艺术学院院长，还需要介绍吗？李白金虚情假意，脱了裤子放屁。李白金话刚说完，就有几个花枝招展的女生大胆地上来邀请吉星场跳舞，吉星场果断拒绝了。他发现昏暗的舞池中那些女生跳舞的时候身体紧紧地贴着男伴，便径直从舞厅走出来，不顾后面紧追不舍的李白金。李白金见吉星场勃然大怒，一边追赶，一边道歉。到底以前是吉星场的部下，李白金还保持着以前那种姿势，战战兢兢，如履薄冰。李白金解释说，堵不如疏，我们的政策可能有些偏颇，但也是出于无奈。吉星场恨恨不已，几乎是在骂人了：乱弹琴，艺术学院是我吉某人创办的，要是学院的名声搞臭了，外面的人还不是把罪行记在我吉某人头上！李白金缩着头辩解：老院长，这几年的孩子不好管了，拜金主义严重，私自去攀附勾引有钱人的人多了，当然，那些有钱人来勾引的话，她们也不会拒绝，到外面出了丑，恶名还是记在艺术学院的头上，所以，我们几个反复商量，慕校长同意，我们就搞了这么一个勤工俭学基地，让艺术学院的学生免费实习，家庭贫困的孩子还可以挣一点儿钱，为家庭减轻经济负担！吉星场发泄了怒气，叹息道，算啦，我过时了，未老先衰了。李白金也叹息道，难啊，艺术学院要保证教师的待遇，我愁的是钱，钱，钱。吉星场笑道，愁个屁呀，谁不知道艺术学院号称华阳理工的四小龙之首，富得流油，老李，你真是领导有方，深得人心哪！李白金的脸红了，他紧握着吉星场的手说，老院长，今天是冒犯了您老人家，马上陪您到街边的小店喝两杯！

吉星场连声说，李院长，在你面前，我不是老人家，只是个小吉，你是我的前辈，年龄比我大，错的应该是我吉某！两人嘴里说着话，手拉着手，互相道歉，来到大学门口的一个小馆子，炒了一碟肉丝，要了一碟花生米，各自倒了半斤白酒，称兄道弟，互相敬酒。这时，学生已经吃过饭，上课的上课，打游戏的打游戏，谈恋爱的谈恋爱，小店里倒也清静。喝到半酣，吉星场借着酒意，大胆地向李白金索要宋元明那幅《疲惫》。李白金问吉星场花了多少钱，他马上从钱夹里取了两千元钱放在吉星场手里问，够不够？不够的话，卡里还可以继续取钱！吉星场推开李白金的钱，意味深长地说，要是我不想要钱，只想要那幅画，老李，意下如何？李白金收起钱夹和笑容，严肃地说，那幅画是我们艺术学院的镇馆之宝，对不起，咱们还得公事公办了。吉星场呵呵笑道，我吉某不过是开个玩笑，老李不要往心里去想啊。李白金捉摸不透吉星场的心思，等吉星场一走，马上叮嘱美术系的老师：一定要把《疲惫》那幅画保管好，任何人如造成损毁、遗失，一定严肃处理。

吉星场把事情原原本本告诉了鱼幼，鱼幼沉吟片刻，微笑道，看来，还得利用二三子那只脑袋才行，吉星场啊，你始终是个书呆子，办不成事的。二三子主动联系华阳理工大学艺术学院，说他的影楼每年将拿出两万元来做美术摄影专业的贫困生奖学金。李白金是蚂蟥听不得水响，一听说两万元钱，眼睛瞪得比嘴巴还大，他立刻邀请二三子来学院详谈相关事宜。红尘狠狠地说，两万元，想得美！到时候两元钱都拿不走！二三子笑道，钱在我手上，话我随时可以收回，怕什么！为了表达学院的诚意，李白金特意吩咐工作人员把那幅画拿出来展览。二三子走到那幅画前，装作十分崇拜的样子，伫立静观，他掏出照相机准备拍摄，立刻被工作人员劝阻。画面上的裸体女人，对他来说，没有任何新意。二三子提议，下次他的影楼将在艺术学院搞一个美术摄影作品联展，李白金兴奋得手舞足蹈，连声说好。

两个月后，美术摄影联展如期举行，二三子把他最得意的作品拿到艺术学院来，有全国一等奖，也有全省一等奖，他甚至还拉来华阳省摄影协会和芙蓉市摄影协会的几个名家凑热闹。李白金见二三子这样慷慨大方，再次把那幅《疲惫》张挂出来，以此鸣谢省市各位摄影家的厚爱。二三子特意戴着一副墨镜，一件玄色风衣衬托出他愈加瘦小的身材。二三子叼着烟，眯着眼睛问李白金：可以拍照吗？李白金点头哈腰笑道，尽管拍，这个阵地全交给你们这些摄影大师了。

这时候，李白金把省市摄影协会的几个大腕带进宋元明的美术工作室。二三子借口上厕所，飞速来到那幅画前，顺手掏出打火机，嘭的一声，火苗蹿上了天空。要烧毁这幅画，不过是分分钟的事情。现在，他只要一点火，这幅画便会付之一炬，万事大吉。李白金在宋元明的工作室没见到二三子，很是着急，便急忙奔来。二三子机警地塞了一截烟在嘴里，打火机上的火苗还在熊熊燃烧。二三子坚定地对内心说，不。他立马点燃了香烟，哈哈哈哈地笑着，伸手去紧握李白金的手。

晚上，二三子两手空空，鱼幼问，为何不把那幅画烧了？二三子微笑道，算啦，那是艺术，早就与你无关了。二三子把相机拍的那张照片翻给鱼幼看，鱼幼凄然笑道，我的身体你还不熟悉吗？二三子赶紧把照片删了。鱼幼现在根本不敢照镜子，她对自己的身体相貌产生了怀疑。红尘制造的这场灾难，当然与吉星场有关，二三子自己也难辞其咎。他现在是把自己的心交给了鱼幼，他也看得出来，红尘的心也是早已飞到吉星场那里去了。如果说以前是同床异梦，现在则是公开分室而居，两个人都在等待对方发出散伙的信号。二三子基本不到红尘的回归山庄，红尘也是井水不犯河水，从不踏上他的影楼半步。

有个深夜，红尘喝酒喝醉了，稀里糊涂地打来电话问二三子：是不是在和鱼幼睡觉？二三子笑道，正在脱衣服，即将睡在一起。红尘笑道，好啊，慢慢睡吧，晚上最好不要梦见我。二三子觉得这次事故给红尘的打击很大，她的神经可能真的受损了。为鱼幼的事，红尘三番五次地准备要向二三子说明她是无意的，都被二三子冷冷地打断了。在吉星场那里，红尘更是没有机会为自己辩解，只要红尘一提到鱼幼三个字，吉星场就会哭，他觉得自己对不起鱼幼。

两个男人都不信任红尘，她觉得自己夹在两座大山之间，这两座大山靠得越来越近，无限地挤压着她，她连呼吸都很困难。因为气紧，呼吸不畅，她几次去医院检查，医生说她没问题，她不信，就是难受。终于，有一天夜半，吉娃娃打电话让吉星场赶到她们的住处，说红尘病得不轻。吉星场不耐烦地说，二三子呢？吉娃娃说，妈妈让我通知你来，如果这时不来，明天可能就见不到她了。吉星场才赶紧坐出租车赶到芙蓉花园，红尘穿着紫色真丝睡衣，整个人已经坐上了窗台，两只脚悬在楼外的夜空中。吉星场一敲门，吉娃娃就兴奋地喊道，爸爸来了，爸爸来了。吉娃娃像小鸟一样飞进吉星场的怀里，他紧紧地搂着她，吃惊地望着悬坐半空的红尘：怎么回事？红尘苦笑道，长时间睡不好，迷迷糊糊总有人在喊二三子出门，我在等二三子回家。吉星场让吉娃娃给二三子打电话，红尘无精打采地说，没用的，二三子是不会回家的。吉星场笑道，红尘，你下来告诉我，二三子到哪里去了。红尘嗖的一下子从窗台滑到地板上，翻了几个滚儿才爬起来。吉星场把红尘扶到沙发里躺着，他拿起手机准备给二三子打电话，红尘笑道，关机了，我没事，你回家吧。吉娃娃示意吉星场不要走，红尘时而清醒，时而迷糊。

果然，还没坐到五分钟，红尘的狂躁症又犯了，她从沙发跳下地，赤脚跑到门边，突然打开房门，她说她听见二三子上楼的脚步声，人马上就要进来。等了一阵，红尘十分沮丧，她颓然倒在沙发，捂着脸呜呜地哭，说二三子同红小妃看电影去了，她得赶紧去抓奸。一个晚上，吉星场就在红尘的反复折腾中陷入焦虑和愤怒状态。天明的时候，红尘终于安静地睡了。吉星场让吉娃娃给她姨妈红小妃打电话，请她来商量怎样为红尘治病。红小妃让吉星场接电话，吉星场有十来年没听到过红小妃说话，那声音还是那么熟悉，只是人样子想不起来。

醉芙蓉

十多年不见，出现在吉星场面前的红小妃，是一位体态丰腴、衣着艳丽的中年妇女，吉星场大为惊讶。红小妃第一次踏进红尘的家门，动作举止略显生疏，她矜持地捂着自己的露膝短裙，坐在沙发上，反复地摆布她那只显眼的 LV 包。她那双腿尽管穿着棕色丝袜但还是挡不住皮肤的白皙，那可能是她身体为数不多还保留着青春迹象的部位。红小妃竭力想掩藏住她的美腿，而她精心装饰刻意张扬的脸，相比之下是那么颓废和萎靡。她的脸上堆积了过多的脂肪，一条又一条加深的皱纹，像黑色的小蚂蚁，在过去的岁月里爬行过来。一身珠光宝气，无法抹去精于算计的脑子造成面部近乎瘫痪的恶劣状态。

红尘头脑清醒了。她向红小妃介绍了三遍，方才把红小妃的注意力吸引过来。红小妃傲慢地昂着头，她耳朵上的坠饰，展示着重力制造的美感。她那张略带歪斜的嘴，可能是长期对别人吹毛求疵产生的变位，不用说话，就可以判断，从里面无法诞生任何具有正面价值的词语。果然，红小妃从自己的包里取出一个小容器缓慢地啜饮几口，就问，吉星场，是不是还在乡下的农场打工？红小妃对吉星场的印象还停留在十多年前，红尘大声说，啊，不，早已不是了！红小妃笑道，农场还发得出工资吗？红尘张开嘴，想要辩解，但她意识到：短时间内，一一纠正一个人的常识错误不那么容易。她告诉红小妃：吉星场在华阳理工大学教书，学院院长，博士。红小妃张开殷红的小嘴，呵呵笑道，慕云雪嘛，老慕，不，小慕，我经常同慕云雪在一起吃饭，有什么事需要办？我马上给他打电话！红小妃挥了挥手机，夸张地笑了。吉星场面带微笑，连连阻止道，不用，不用，受不起。吉星场饶有兴致地观赏着这个女人，让她充分表演。红小妃嘎嘎嘎笑道，小吉，你可能是读书读死了脑筋，大学养的是穷人、懒汉，要不要转行——从政？我打个电话吧，这有多难的事呢。红小妃这话听着刺耳，红尘也觉得她姐姐多事，说话太夸张，便小心翼翼地劝道，姐姐，改天打也不迟。

红小妃问红尘：和二三子离婚没有？红尘沉下脸说，我给二三子留下三天的时间考虑，三天之内不回家就算离婚！红小妃一听，立马从沙发站起来，转身就要走。红小妃曾经发过誓，她与二三子有不共戴天之仇，在世界上，有二三子的地方就没有红小妃，有红小妃的地方也肯定没有二三子。吉星场招呼红小妃坐下来，一起商量怎么对付红尘的精神疾患。红小妃疑惑不解，她说，我妹妹说话做事头脑清醒，哪来的毛病？吉星场告诉她，红尘的精神问题是间歇性的，不乱的时候比正常人还聪明，乱起来连三岁的孩子不如。红小妃的手机不断地发出催促声，谈话间，她已经三次跑到阳台上去通话了。听红尘讲，红小妃的公司最近遇到了大麻烦，税务机关在组织人员查账，她每天都在跑关系，找人消灾。同红尘一样，在木鱼县呼风唤雨，到了芙蓉市就有些玩不动的感觉。

红小妃不是一个低调的人物，每到一处，害怕别人瞧不起自己，便习惯性地说大话，摆谱，看不起别人。吉星场的耳朵里，多次响起相关人士的评议，她却是只缘身在此山中，浑然不觉。损人而不利己的事情，做得太多了，反感她的人实在不少。糟糕的是，最近，替她说话的人正在陆续退出历史舞台，各种负面的东西，先前销声匿迹的谣言，立即就涌出来了。税务机关要查她，摆明了就是背后有人要收拾她。红尘还算乖，她看红小妃坐卧不安，便让红小妃先走。吉星场听了非常着急，他赶紧拦住红小妃问，你走了，我咋办？红小妃脸一横，甩过来一双凌厉的目光，她反问道，你是三岁的孩子吗？你吉星场要干什么，我管得着？我很忙，得走了。

话未说完，二三子就打开门闯了进来，他一眼看见了红小妃，便亲切地喊道，姐姐，你也来了。红小妃转过脸，并不回答二三子。二三子问红尘，我要换洗的衣服在哪里？红尘说，最近，我人不舒服，头痛，你自己找吧。二三子像一只刺猬，耸着身子满屋子乱窜，搞得满头大汗，一无所获。他用手抹着几天没洗的脸，尴尬地向大家告别。红尘一声怒喝，畜生，哪里去？二三子身体像遭了电击，颤抖着，向红尘乞援：我要去……你不是不知道……红尘冷笑道，二三子，你不要太过分，在法律上我们还是夫妻，我可以控告你！二三子死皮赖脸地问，告我做什么？红尘咆哮道，我告你遗弃罪！二三子说，满屋子的人照顾你，也轮不上我嘛。

二三子一溜烟就走了。红尘受此刺激，精神果然又乱了起来。她赤脚跑到红小妃面前，打了红小妃两个耳光，还从厨房拿了菜刀，要砍断红小妃的脚，说是红小妃把她男人拐走了。红小妃吓得躲进厕所，半天不敢出来。吉星场没办法，只得让吉娃娃去药店买了几片安眠药回来，哄骗红尘吃下去。红尘人是疯的，心却是明亮的，她要吉星场同她复婚，才肯服药。吉星场只好假意答应，让她先服药睡去，好让红小妃从厕所里出来。红尘闹了半天，终于筋疲力尽地睡倒在床上。吉星场喊红小妃出来，红小妃还不敢。吉星场把寝室的门反锁起来，红小妃这才三步并作两步，逃命一般逃出门去。吉星场追到楼下的花园边，红小妃惊魂甫定，停下脚步。

吉星场把红尘驾车撞伤鱼幼的前后经过，告诉了红小妃，请她理解二三子，抛弃红尘，照顾鱼幼，自有他的难处。如果诉诸法律，公事公办，红尘肯定要吃大亏。现在，二三子是代人受过，说白了，帮鱼幼也是在帮红尘。红尘从事理上能接受，但从事实上，无法接受二三子照顾鱼幼这种做法。吉星场请红小妃这段时间多关照红尘，只要鱼幼身体痊愈，二三子重新回到红尘身边，便会万事大吉。红小妃苦笑道，那二三子是个好人，鱼幼也不是省油的灯，我担心二三子这一照顾鱼幼，怕是一辈子的事了。吉星场说，我也担心这个问题，但眼前要救急，还有什么好办法？

红小妃严肃地笑道，你可以多出力呀，我妹妹这病，说轻也轻，说重也重，关键是用什么药物。吉星场纳闷道，我也觉得，她这病不像精神病，倒像是……红小妃一下子接过话题说道，心病。吉星场连连摇头，表示无能为力。红小妃客观地分析道，我看红尘和二三子这婚姻算是走到了尽头，要是他们离了婚，以后会怎样？吉星场说，以后的事，谁知道呢。红小妃伸手从包里取了一张名片递给吉星场，说有事可直接打电话与她联系，这段时间，公司事务繁杂，令她揪心。

吉星场握着红小妃的名片，上面印着她公司的名字：金芙蓉建安公司。名片上画着一朵芙蓉花，花瓣颜色却有白、粉、红三种。吉星场一看，哑然失笑，他以为红小妃标新立异，设计不讲科学，世界上哪有这样的芙蓉花呢。来芙蓉市生活了近十年，吉星场还从未正式去欣赏过芙蓉花，白天里工作太多，夜里应酬不少，他和普通的芙蓉市民一样，油盐柴米醋，吃喝拉撒睡，不过是个标准的俗物。红尘的事情让他头痛，红小妃摆明了是要把包袱甩给他，但这太不公平，他和红尘早已离婚多年，缘分已尽，凭什么麻烦是他一个人的？二三子倒好，借机开溜，他也算巧妙地逃脱了红尘。从良心方面说，吉星场没做过对不起红尘的事情，他也可以撒手不管，乐得清闲。

他三番五次地照看红尘，主要是看在吉娃娃的面子上，他不想伤害自己的女儿。红尘似乎揪住了这一点，多次利用吉娃娃来胁迫吉星场做一些分外之事。吉星场一忍再忍，接近爆发的边缘。红尘一再申明她不是有意要开车撞鱼幼，但事实摆在那里，鱼幼差点儿丢了性命，他吉星场也是运气好，侥幸脱逃。这样的女人，谁敢靠近？吉娃娃迫切希望他和红尘复婚，红尘自己也多次暗示，吉星场再傻也明白红尘想干什么，但他就是不能改变他的立场。世界上其他人，吉星场不敢说他看穿了谁，但红尘这女人，他敢说他是看清了的，他尝够了她的折磨和纠缠。

吉星场中午在街上吃了一碗牛肉面，随后跟着一片阳光来到芙蓉江畔，他紧张的神经迫切需要放松了。第一次，置身于千株芙蓉树下，千朵万朵的花开，络绎不绝的芬芳，吉星场一双肉眼穿来穿去，根本忙不过来。原来，芙蓉花真有三色。有些是一树三色花，洁白、粉红、深红交相辉映。有些是一天三色，清晨白、正午粉、下午红，这种花名叫醉芙蓉。常人的感觉是，自然界中水是善变之物，没想到这醉芙蓉也善变，一日三色，估计第二天就得枯萎。在江畔走这么一趟，他算增长了一点儿自然常识。江畔的石头上有一段文字介绍说，醉芙蓉就是芙蓉市的市花。

吉星场从内心反感市花这样的说法。从心底说，他不喜欢花，任何花都太软弱，那种没有持久力的事物，即使拥有美感，也不过像一句漂亮的谎言，经受不住时间的考验。红小妃把易变的醉芙蓉印在她公司的名片上，难道是希望她的公司作一日之美吗？想到这里，吉星场又觉得自己太混账，太庸俗。红小妃，一张小小的名片，让他沉迷于对这个是非颇多的女人的遐想，甚至还爱屋及乌，牵扯到了芙蓉花的常识，他这个大学教授难道就是这样卑下的货色？

过了一天，红尘打电话通知吉星场，她已经和二三子协议离婚了。这件事，在吉星场心中掀起巨大的波澜。吉星场看着声音已经消失的手机，久久不能平静。这个世界，很多事物都是循环的。春夏秋冬，日出日落，花开花谢，月圆月缺，往往给人一种永恒的安慰。虽然时间一去不复返，但一个人在衰老、消亡的过程中，时间有时候缓慢得几乎停滞下来，若是有些事物能循环轮回，未必不是一点儿可怜的补偿。吉星场淡淡地回答道，哦，知道了。他隐约听见红尘如释重负的笑声，这消息突然间让他压力倍增。以后，红尘会有更多的精力来折磨他，吉星场啊吉星场，你怎么办呢。

若是他听人劝告，早点儿结婚，也许红尘不会有纠缠他的机会。但他实在是被糟糕的婚姻折腾够了。他害怕结婚，害怕一切的女人，粗暴的，温柔的，熟悉的，陌生的。像他这把年纪，想让他像一个二十多岁的男青年那样舍命去追任何女人都是不可想象的。若是平平淡淡找一个女人结婚，这样的婚姻与不结婚有什么两样呢。吉星场不结婚，不是怕吉娃娃，吉娃娃没那么大的能量。吉娃娃的干涉可能只是一个借口，那么大一个孩子，可能控制自己父母的婚姻么？

总之，吉星场觉得自己在处理个人婚姻和家庭事务方面算是世界上最失败的人了。无论红尘如何暗示，吉娃娃如何善意地期待，吉星场是绝对不可能与红尘破镜重圆，一百个不可能，一万个不可能。

黄彰武

顾轻狂打电话说，木鱼县来了老乡，晚上有空在红绸宾馆坐一坐，叙叙旧吧。顾轻狂调到笔架山区当代区长已经有三个月，同吉星场也几乎没有什么联系。吉星场被红尘的事搞得焦头烂额，他实实在在想借酒浇愁了。顾轻狂一说，吉星场便早早地来到红绸宾馆，在餐饮大厅，问了半天，才知道自己是来得最早的。

吉星场一个人坐了半个小时，接着来了一个人：黄彰武。黄彰武也是十多年没见面了，吉星场不自我介绍，黄彰武可能也想不起了。请客的主人是顾轻狂，当年，顾轻狂家里穷得锅儿挂着当钟敲，当乡长的黄彰武利用职权免除了顾轻狂家两百多元的公粮提留欠款。在当时，这是天大的恩情。顾轻狂发誓说要报答，这么多年，一直没机会。黄彰武到芙蓉市来，报答的机会来了，至少请黄彰武好好地吃一顿饭吧。

顾轻狂区里的事多，来得较晚。雅间里只有吉星场和黄彰武两个人，简单地叙叙旧，便无话可说了。黄彰武想起吉星场和红尘已经离了婚，便大胆地拉开黑色的公文包，拿出一沓材料给吉星场看。原来，黄彰武是来省城告状的。黄彰武要告的家伙名叫阮石，以前主管煤矿，是市里的人物。阮石把孤山联办煤矿搞垮了不说，还把黄山的家庭给毁了。

听说，如今的红小妃早已成了一个大包工头，任何一个项目接下来都是几百万上千万的额度，她的业务从木鱼县做到芙蓉市，顺风顺水，日进斗金。现在，她在芙蓉市注册了自己的公司，名字不大，能量巨大，圈内的人才知道她的实力。红小妃同黄山离婚大概也有五六年了，黄山还在木鱼县做工程，做的项目资金少得可怜，少的几万，多的几十万，赶不上红小妃的零头。当初，红小妃在孤山联办煤矿做会计出纳，积累了一些经济常识。后来，她壮着胆子到外面揽工程做项目，从二三子那里淘了一些见识，懂得如何同关键人士勾兑，吃饭，唱歌，送礼，打牌，洗脚，跳舞。项目拿到后，操作模式几乎就是流水线似的，不需要费太多精力。社会上闲着的人和钱多的是，只要找好合作者，特别是几个有工作经验的人来做事，挣来的钱比帮别人打工多挣十倍二十倍不止。红小妃嘲笑黄山太老实，所有的主意都是他爹拿，做了这么多年的工程项目，还是那么寒碜，一点儿上进心都没有。有时候，黄山打电话向她请教业务方面的事宜，她也不会保留自己的经验。

最初，红小妃是跟着二三子一起学做生意。那两年，红小妃很多方面需要二三子指点，而色眯眯的二三子从未取消他对红小妃的占有欲望。绝色的红小妃当然逃不过二三子猎艳的目光。那几年的二三子，正当青春，荷尔蒙分泌过剩，在他生活的那个小圈子里，他放纵着欲望，不受道德约束。黄彰武讨厌二三子，因为二三子熟悉黄彰武那一套操作技巧，并且毫无保留地传授给了红小妃。红小妃青出于蓝而胜于蓝，在承包工程这方面的长进实在太过神速，她只打了一年黄彰武的旗号，后来全凭自己的关系和能量去活动，直接打开了工作局面。黄彰武结识的那些人物，全靠他多年称兄道弟积累的江湖道义，办事情有时候起作用，有时候不起作用。红小妃则大不一样，凭她的个人姿色和气质，稍加熏陶渲染，立马在女人堆中脱颖而出。在木鱼县那些年，没有红小妃通融不了人情，县里的人物不在话下，就是层次更高的人物，也喜欢绕着弯子到木鱼县来视察或考察工作，实际上是来找她的。红小妃的青春没有浪费和虚度，在那些豪华宾馆和消费场所，一些大权在握的人物或者所谓的成功人士成为她平视的对象，很快，她又像善于高飞的小鸟，越过眼前的山峰，俯视她曾经钦慕和崇拜的那些大人物了。作为一个乡党委书记，黄彰武与儿媳妇的对话显得越来越吃力。黄彰武经常巴结讨好的顶头上司在红小妃嘴里，成了她开玩笑喊诨名的小丑角色。县里的局长、副县长这些大人物，他们的诨名、私生活以及各自的关系网，红小妃简直了如指掌。

红小妃同黄山的夫妻感情十分亲密，黄彰武喜欢给他的兄弟伙打招呼，提请关照。等到红小妃把黄山丢在一边，黄山的业务每况愈下，黄彰武在所有的公众场合都不再提红小妃是他的媳妇了。他只有一张老脸，经不起别人的羞辱。好在他担任乡长和党委书记的时间很长，大家都很在意他的感受。只要他在场，周围的人一定不谈论红小妃的逸闻琐事。尽管黄彰武全力扶持黄山，黄山的事业还是没多大起色，尤其是与红小妃之间的反差太强烈。黄彰武不想指责儿子，黄山已经尽力了。等到黄彰武调工作进城，到人大做了一个有名无实的闲官，黄山的生意简直没法继续做下去。这时的红小妃公然不把她挣的钱交给黄山了，没过多久，红小妃就同黄山离了婚。好端端一个如花似玉的儿媳妇转眼间游离出黄彰武的家族，成了社会上的绯闻人物，生意场上的人精，社交场合的交际花。最让黄彰武丢脸的就是红小妃公然做了阮石的情妇，而阮石，又从市里调到了省上的重要部门，能量越来越大了。想到这里，黄彰武就气得吐血。

顾轻狂来的时候，黄彰武肚子里的话基本上掏空了。大家肚子都饿了，吃菜喝汤，筷子乒乒乓乓地响，嘴里没有说话的空闲。顾轻狂当了区长，说话也变得守口如瓶了。黄彰武几次拉开公文包，取出材料要给他看，都被顾轻狂轻描淡写地敷衍过去了。黄彰武希望顾轻狂帮忙，他一定要把阮石告翻，但顾轻狂不苟言笑，黄彰武为官多年，知道轻重，也不多说。

喝了几杯酒，顾轻狂的话稍微多一些。他讲的是刘细君的事情，黄彰武坐在旁边，就当听稀奇。顾轻狂笑道，老吉，你知道你的初恋情人是怎么来芙蓉市的吗？吉星场笑道，不知道，她不告诉我，我也从不去追问。顾轻狂说，麻烦呢，刘细君那个阿瞒公司有些货物卖到了芙蓉市，准确地说，就是我现在的笔架山区一个药材公司，收不到欠款，哎呀，真不知道她是怎么知道我的关系的，我有个同学在市法院执行庭当副庭长，她就求我帮忙，强行要从人家账户上把钱划过去，这可难办呢。吉星场说，我一点儿也不知道，她从没告诉我。顾轻狂笑道，老吉啊，你这个初恋情人，呵呵，她知道你我是哥们儿，所以，她成天扭着我说，顾区长，你得救我的命啊，阿瞒公司是等米下锅呢，没有这笔钱，我只有跳楼了。吉星场说，顾区长，你要坚持原则吗？顾轻狂笑道，你说呢，老吉？吉星场笑道，如果不违背原则，还是可以嘛。顾轻狂笑道，假正经的老吉，狐狸尾巴露出来了，是不是？吉星场说，没有，没有，早就成为过去了。顾轻狂笑道，其实，我还在蛐蛐区当副区长的时候，刘细君就在联系我，我们也都是洛城乡的老乡嘛，你一直蒙在鼓里，刘细君嘛，多有心计的女人，她把你写给的情书都给我看了的，呵呵，肉麻呀，小吉！

顾轻狂安排洗脚，黄彰武单独一个房间，顾轻狂和吉星场一个房间，服务员把洗脚桶和器具准备齐了，顾轻狂招手让服务员出去，然后关上门，两人聊天。顾轻狂说，麻烦大呢，你看我的大恩人，他要告状，这个忙我怎么帮？吉星场笑道，鸡毛蒜皮，狗血淋头。顾轻狂骂道，无聊啊，吃饭喝酒洗脚，都可以，唯独这些事不行。顾轻狂说，阮石是省油的灯吗？吉星场说，不认识。顾轻狂说，红小妃是省油的灯吗？吉星场说，不知道。顾轻狂说，讨老婆，娶儿媳妇，最好找个姿色一般的，黄彰武就是教训。

从顾轻狂嘴里，吉星场方才知道了红小妃和二三子的丑事。据说，红尘和二三子结婚后对二三子防范甚严，堪称滴水不漏，但诡计多端的二三子还是钻空子，做出了猪狗不如的事。红尘经营着红红宾馆，二十四小时，寸步不离。二三子要拓展业务，从采气队揽建筑活儿，多挣钞票，红尘也没法反对。那时，红小妃也揽了一些矿上的基础建设，尝试挣钱。钢材水泥奇缺，需要跑关系，到外省拿货。又逢市场上闹三角债，所有交易，一时间全是现款现货。二三子要到云贵省，他有个亲戚，可以从仓库批一些货出来。红小妃听说，想搭船。红尘知道姐姐喜欢赖账，要求先付款给二三子。红小妃不答应。现金给了二三子，万一二三子耍赖，不给货怎么办呢。于是，红小妃便要和二三子一道去云贵省。红尘不答应，她暗自打电话给黄山，黄山哪里阻止得了红小妃这样飞扬跋扈的女人！红尘又委托人打电话找阮石，那阮石的电话关了，据说是出国考察去了。天要下雨，娘要嫁人。红尘在二三子的防盗裤缝了三万元的百元钞，保证不丢钱。为了监视二三了，红尘又花钱请了个开车的帅傅小邓送他们。一周时间左右，平平静静，没出纰漏。红尘正在得意、庆幸，二三子突然打电话说，防盗裤的钱少了两万，货进不回来了。红尘骂道，哄鬼吗？钱缝在防盗裤里，怎么可能？一定是干了什么见不得人的事了！老实坦白，不然，马上离婚！二三子在电话里辩解：我们三个人在馆子里吃饭，吃着，吃着，钱就掉了两万，外面的裤子破了，内裤也破了，还好，没伤着卵子！红尘骂道，裤子会自己破吗？去去去！解释了三天，无济于事。小邓打电话来了，他说，红姐，不怪二哥，要怪云贵省的小偷水平高，一把刀片割破了两层裤子，取走了现金，哦，还好，没伤及身体！红尘冷笑道，小邓，我付了工资给你，你不要被他们收买了，帮着撒谎！小邓说，二哥想撒尿，从凳子上站起来，裤裆里哗啦哗啦响，一大沓红色的钞票落了下来，捡起来一数，只剩一万了。

二三子空手而归，红小妃拿到货了。红尘说，一对狗男女，有猫腻。红尘直接去找红小妃，红小妃冷冷地说，不要在我面前提那个人，我同他绝交，从此，世界上，任何地方，有他无我，有我无他！红尘问，为什么呢？红小妃不说。回家后，红尘问二三子：畜生，你做了什么对不起姐姐的事？二三子闷着嘴，不说话。红尘找小邓了解情况，小邓说，红姐，你放心，他们两个规矩得很，我二十四小时跟着二哥，怎么可能出问题嘛。红尘纳闷道，怪了，两个人回来后竟然成了陌生人，红小妃甚至怨恨二三子，什么原因？小邓笑道，也许是我多嘴，管你们家的闲事，当时，红小妃觉得货物的进价高，怀疑二三子吃了回扣，就这么回事！红尘问二三子：吃亲戚的回扣了？二三子脸涨红了，嘴唇和舌头哆嗦着，说不出来，他一定是气坏了。看样子，红小妃是冤枉二三子了，凭什么呢？过了一段时间，小邓私下告诉红尘：红小妃打电话问了阮石，阮石认为，二三子吃了回扣。红尘再问二三子，二三子不耐烦了，终于开口道，我不是阮石，没本事拿到那么低的价格，什么亲戚嘛，这点儿信任感都没有了。

二三子和红小妃反目成仇，红尘心里倒觉得舒服。只是二三子莫名其妙丢了两万，让她耿耿于怀。她始终怀疑二三子、小邓和红小妃三个人合谋来对付自己。表面上成仇人，一个恨之入骨，一个万分委屈，全是他妈装出来的，把老子当傻子，哼哼。红尘的心不时泛滥出大量的毒汁，腐蚀着她的身体，让她痛苦、困惑、绝望，以致茶饭不思，寝卧不安。那二三子正当盛年，每晚睡觉前三大杯白酒，然后，一通热水浴，赤条条躺在床上，浑身滚烫，像一团燃烧得旺盛的火焰。心里有了猜忌，红尘躲着那团火焰，脏东西，不要玷污了自己的身体。越是这样，二三子越是无法忍受。晚上，躺着，躺着，乌龟般的速度，慢慢靠近红尘。红尘则下意识地退让。一张床，让这只乌龟爬来爬去。红尘干脆躲在沙发上，二三子没了目标。夜半，咚的一声，人摔下床了。二三子哎哟哎呀，直呼救命。癞蛤蟆，可恶。不穿衣服的二三子，四脚朝天，身体一览无余，不，还有一部分，裹在一条黑色裤衩里，蠢蠢欲动。在欲望的驱使下，光溜溜的身体，就像一只可怜的小青蛙。红尘突然感到恶心：哎，当初怎么瞎了眼，找了这么个猥琐家伙！把二三子扶起来，鼻青脸肿，嘴角冒着血丝，眼里满是委屈和乞求。红尘冷言道，蠢物，到底想要什么？二三子眼里一亮，火焰顿时炽烈。红尘哼了一声，说，好吧，算是便宜了你。于是，二三子仰躺在床上，四肢舒展，像一只烧熟了肉鸭。红尘一边脱衣服，一边看着那蠢物，看他有什么反应。哎呀，他在想什么？那蠢物闭上了眼睛，脸上是隐藏不住的得意。丑八怪，狗日的，居然还穿着裤衩！红尘马上联想到丢失了两万元巨款，就是一条裤衩，一条防盗裤！不能便宜了这蠢物！老子要收拾收拾他，让他以后规矩点儿！红尘偷偷拿了把剪刀——二三子不是说小偷在他吃饭的时候用剪刀剪了他的两层裤子吗？红尘冷笑了。红尘一手摁在二三子的腰上，一手小心翼翼，对着二三子的裆部，剪刀咔嚓一响，二三子突然一声惨叫，吓得红尘把剪刀丢到床脚，忙不迭声地问，怎么啦？二三子双手捂住裤裆，从床上跳下来，咚的一声，跪在红尘脚下，连声哀叫：救命啊，救命啊！红尘诧异道，怎么啦，受伤了？红尘伸手拉二三子的手，二三子身子蜷缩，双手捂得更紧，身体抖索，语无伦次，整个人就像屠宰场里即将宰杀的羔羊。红尘生气地推了一把，二三子顿时坠地，号啕大哭，连声叫着：姐姐饶命，姐姐饶命！红尘眼里泪水夺眶而出，她大声呼喊道，畜生，你疯了，姐姐在哪里？二三子充耳不闻，嘴里仍是“姐姐姐姐”，嚷个不休。丧尽天良的畜生，不要脸的婊子，一定有见不得人的事！红尘冲上前，踢了二三子几脚。二三子停止大嚷大叫了。过了一会儿，二三子缓缓从地上爬起来，委屈地说，红尘，你踢痛我了。红尘看二三子的裤衩完好无损，才知道这家伙在装疯卖傻，怒气又来了：混蛋！骗财骗色，没那么容易！

红尘命令二三子跪在床下，让他自己打自己的耳光。打累了，二三子像石头一样倒在床上，昏昏沉沉睡去。俗话说，家丑不可外扬。二三子是自己挑选的男人，结果，几乎相当于引狼入室。二三子不承认他和红小妃之间发生了什么，他只说喝醉了，什么都记不得，醒过来，钱就少了两万。哼，这就是偷腥的代价！红小妃是什么样人，二三子显然认识不够充分。这一次，若不是二三子发神经病，自己露馅儿，红尘根本不相信二三子和红小妃之间会有什么。她那个妖精一般的同胞姐姐，红尘也真是无语了。曾经，在红小妃的嘴里，二三子从来就是垃圾、龌龊货的代名词，这么一个自以为是的女人，为了区区两万元钱，也是禽兽不如啊！红尘再去追问红小妃，红小妃竟然反咬一口，说，二三子在老娘饮料里下了蒙汗药，想奸污我，好在老娘警惕性高，才没有得逞！这样没有底线的东西，应该为自己的罪行付出代价，免得以后再到外面打其他女人的主意。红尘心里骂道，说得好，话说得真漂亮啊！

红小妃从红尘的人生辞典里彻底消失，红尘不想产生任何与红小妃有关的联想和记忆。恶心的二三子是红尘自己找的男人，家丑不可外扬。红尘惩罚二三子的过程是缓慢的，只要她不开心，就把这桩事拿来羞辱二三子。时间久了，二三子在红尘面前便威风自减三分，习惯于做一个贱民。二三子颓废萎靡，后来竟然雄风不举。这下子又把红尘吓坏了。去专科医院检查，医生说，从年龄和身体素质方面判断，不应该出现问题，估计是外力伤害所致。外力伤害？红尘就是拿着剪刀，咔嚓一声，并未造成实质性伤害，怎么会这样？红尘问二三子：谁伤害了你？二三子吞吞吐吐，良久，眼里流出了眼泪。红尘问，是不是我的剪刀？二三子摇着头，不言不语。不管怎么样，二三子受到了极大的伤害，造成了极其严重的后果。对此，红尘有些自责。若是二三子就这样废了，以后这几十年，这夫妻岂不是成了有名无实的摆设？从前呢，到处招惹是非，恨不得阉了那畜生。真的不行了呢，看着成为废物的男人，多少又会产生同情。红尘带着二三子四处求医，老中医说他是房事过度的肾虚症状，开一大堆中药，二三子又不吃，他喜欢喝酒。西医建议二三子进行全面体检，看是否有别的器质性病变。查来查去，二三子的身体没啥问题，就是那方面不行，壮阳养生的药物堆在床头，一天吃三大碗，也不管用。

终于，红尘后悔了。是不是把这废物离了？当初，确实鲁莽和草率，找了这种家伙。她看中二三子的是他挣钱的本事，结婚后，二三子确实也帮家里挣了不少钱，但二三子本人是个使钱如流水的角色。二三子从不管家里有没有钱，挣了就要用光。红尘有一个积蓄的爱好，大钱小钱都往银行的账号里存，二三子在家里翻箱倒柜，连硬币也找不到一枚，急得像一只困兽。红尘便给他打酒喝，家里坛坛罐罐，充满了酒液。二三子坐在窗下，一手握着他的摄影专业书籍，一手紧握着一个玻璃杯子。杯子里常常装的是白酒。他像喝茶一样，随意地喝，大口小口，喝醉了倒地便睡。二三子静得下来，这一点红尘很满意，家里有酒，案上有书，二三子可以几个月不出门，不然，他怎么能精通摄影技术呢。每年四月和十月，二三子就要带上一大笔钱，约上他在摄影圈子里的好友，上青藏高原，下海南岛礁，东边一块平原，西边一片沙漠，见什么就拍什么。回来时，一身泥浆，满脸是阳光灼伤的痕迹，红尘开门一看，这个几个月不洗澡的男人带着臭气回来了，她哐啷一声把门关上，呵斥他到宾馆去洗澡，直到洗得身上闻不到怪味再回来。

最初，红尘很小看二三子搞的这个摄影的玩意儿。一个大男人，成天扛着相机游山玩水，总不能算是有上进心吧。接触一段时间后，红尘才发觉，摄影这玩意儿比她喜欢要的麻将价值重要得多。同二三子一起搞摄影的，都是一些文化程度极高而且相对悠闲的人，哪里是坐在街边乌烟瘴气的茶馆里那些市井小民能比得上的呢，为了十元钱或者百元钱，绞尽脑汁，钩心斗角。比如二三子，身材矮小单薄，其貌不扬，走在木鱼县的任何一条街道上，都不会引起别人的关注。但有了摄影，二三子脑子里的智慧层出不穷，他可以把最普通的事物拍摄得超尘脱俗，令人神往。虽然二三子长期生活在木鱼县的乡镇上，但城里有很多人喜欢他，喜欢他的名字在报纸和杂志上占据的位置，尤其喜欢他充满灵气的作品。到了芙蓉市，二三子简直如鱼得水，他的事业蒸蒸日上，名气愈来愈大，作品越来越值钱。夫妻生活有遗憾，但来自社会的荣耀笼罩在头上，随后又是真金白银的利益收获，红尘也没觉得二三子这个丈夫必须马上赶出家门：管他妈的，当一台生产设备总可以吧。

红小妃一直劝红尘把二三子离了，重新找一个男人过日子。红尘清楚，只要二三子还是红尘的丈夫，哪怕是名义上的，红小妃都不会踏进她家半步。当年，到底是二三子的错还是红小妃的错，恐怕只有他们两个人自己最明白。红小妃把过错全部推到二三子身上，她自己有头有脸，需要一张漂亮的面子，二三子不需要，反正男人生得贱，多些担当有什么呢。红尘没有回应红小妃的话，她回忆自己同红小妃的所有交道，从来都是红小妃占便宜她吃亏，这极不公平。红小妃不仅在钱上占便宜，连红尘的男人也要来抢，事后嘴巴上还要占便宜。想着想着，红尘的气就冲上喉咙来了。

猜　忌

在工作上，吉星场心里窝了一团火。对他来说，工作环境不像前几年那样宽松，束缚太多，规矩太多，禁忌太多，不仅干事放不开手脚，现在连说话也得察言观色、三思而行了。想来想去，可能是自己工作职位发生了变化造成的吧。这么多年，他一直没有能够把自己的角色转换过来，心态当然调整不好。当领导，做的事情多，受到的指责和质疑就多。

坐在办公室，吉星场经常陷入长时间的沉默之中。长期以来，他养成了一种反思的习惯。他参加的会议多，态度也很端正，各种会议他都有记录。他发现，会议中提到的问题好像全都是针对他来说的。特别是慕云雪每次讲话声音很大，目光犀利，经常采用半点名或不点名的方式批评人，吉星场也会听得心惊肉跳，背后发冷。别人开会可以闭目打盹或者翻看手机信息，吉星场做不到，他心理素质不好。开会出来，在走廊上遇到慕云雪，吉星场也会面带羞愧之色，他觉得自己工作没做好，当然会产生负罪感。

最令吉星场苦恼的是，近来，慕云雪屡次在干部会议上公开点名批评他，指责人文学院的管理混乱，工作一塌糊涂。吉星场急得连续好几个晚上失眠，躺在床上苦苦反思，人文学院到底出了哪些问题。结果，脑子越想越乱，浑身乏力，连上班的时间都迟到了。走在学院新修的楼道上，他像一个头重脚轻的巨人，随时可能摔出栏杆，掉到楼下粉身碎骨而死。吉星场心里急，华阳理工大学的众多学院中，人文学院肯定不是最糟糕的，慕云雪为什么对其他学院的问题视而不见，独独对人文学院开炮呢？

他猜测人文学院可能有部分人对他有意见，暗中在告状。这个问题很快被他否定，他来人文学院不到一年时间，各种矛盾还没那么快就汇集到他身上。凭他的为人处世和人品可以判断，这点自信还是有的。或者，慕云雪火眼金睛，自己发现了人文学院的诸多严重问题，才发炮猛攻。吉星场觉得自己在工作中算是个谨小慎微之人，从来没有自我感觉良好过。他对人文学院的了解肯定比慕云雪要准确完全。

想来想去，想不出个所以然。吉星场一身骨头却变得绵软无力，他垂头丧气，走在上班的路上。碰巧李白金风风火火走路经过，亲热地拍了拍吉星场的肩膀问道，老吉，生病了吗？吉星场本想点头，但突然摇了摇头。连续失眠，吉星场动辄发怒，他的心变得又冷又硬，对任何人都缺乏温情。以往，吉娃娃打电话来，他工作再忙，总要停下来，耐心地同她交谈几句。这几天，吉娃娃的电话一来，他几乎不假思索地说，是你妈妈的事情吗？我很忙，过几天再说。说完，就把手机关了。红尘打来的电话，他是不会回复的。红尘自讨没趣，连续几次之后，也不来骚扰他了。

有一次，他兴冲冲地赶到慕云雪的办公室，准备汇报工作，却在门口遇到小吕的阻拦。小吕是新招聘来的职员，对吉星场的认识似是而非，当然，对全校多数大学教师都是似是而非的。小吕仿佛完全不认识吉星场似的，冷冷地说，正在开会。连续多天，吉星场都被这尊门神挡在外面，他心里的火旺起来了。开什么会那么神秘，几天里不见一个部下呢？小吕可能是新来乍到，慕云雪交代什么，他就原封不动地转达什么。也许，慕云雪只是一时之言，说过之后，半个小时可能忘得一干二净。偏偏这小吕的脑袋像个机器人一样，他就一直记得慕云雪说过的这句话。第四天，吉星场又来了，小吕还是无情地加以阻拦。吉星场也不敢造次放肆，他静静地站在门外守候，慕云雪总有出门来的时候。小吕还算心肠好，从办公室里搬了一把椅子放在走廊上，客客气气招呼吉星场坐下。

好不容易，过了三个小时，吉星场听见慕云雪在办公室咳嗽，估计要出门了，吉星场立马站起来，要去迎接。这时候，又有一个学院的院长来找他，被堵在门外。两个院长像小学生一样，在走廊里又足足守了两个小时，方才见到慕云雪出来。吉星场还没开口，慕云雪就果断地说，下午来，我有事。

吉星场明显感到慕云雪的语气不耐烦，他还从来没有遇到过慕云雪有这么大的架子，心里像掉进冰窖似的，一股寒气从骨头里渗透出来。下午，当他再去慕云雪办公室的时候，慕云雪却是春风得意，满面和气，为吉星场泡了一杯茉莉花茶。慕云雪躺在椅子里，身体的疲惫和脸的倦容暴露无遗。这是从未有过的现象。以前，慕云雪任何时候在公众面前总是神采奕奕、精力充沛的样子。看样子，他也遇到了烦心的事情。慕云雪简单听了几句汇报，快速说了几句话安慰吉星场，便拿着公文包匆匆往外走。从下午到晚上，他至少还要开四个不同层次的会议，其中，有三个会议他必须发言。吉星场准备了一肚子工作方面的事，一句还未汇报，慕云雪就这样走了。

吉星场用自己的热脸去贴了慕云雪的冷屁股，心里略微有些不安。一个三十多岁的男人，在社会上多多少少有些经历，怎么做起事来还是这么唐突？他原以为这几年来的行政历练已经把自己变成了铁臂铜身的硬汉，结果稍微遇到芝麻大小的事便乱了方寸，一下子被打回原形。最糟糕的是长在身体最高位置的脸，薄得像一张纸，风一吹就完了。在年终茶话会上，吉星场端着酒杯走到慕云雪前敬酒，身后跟着几个部下，还没开口说话，端酒杯的手就在发抖。这个细节同时被在场的人观察到了，慕云雪，吉星场本人和几个部下。这个尴尬的场面不知道被谁加工成了一个有盐有味的故事，在吉星场身后悄悄流传。吉星场这样丢人的动作出现过好几次，他觉得自己的脸是身体中最年轻的部位，同心脏紧密相连。只要有些紧张，心脏怦怦跳，脸就乱抽筋。

在这个方面，李白金的表现就大不一样。李白金挨批的时候，他端坐如佛，一张老脸深不可测，尤其是他那双眼睛，修炼得像两枚黑漆漆的珍珠，闪着光芒，又极温润。吉星场不得不谦虚地承认，自己还是个毛坯，为人处世各个方面都很粗糙，貌似老练而徒具形似，在需要花费慢功夫的时候，最缺乏心力，不是奶油满脸就是青筋暴露。

吉星场察觉周围空气沉闷压抑，人与人之间基本不说话，心头立马就有一种暴雨将至的感觉。华阳理工大学沉浸在秋日阳光的温暖之中，一幢幢新修的高楼挡住了郊外的农田和青山，从天际线飞来的鸟群拍击着翅膀，努力地飞过大学上空，然后，到了远处，又恢复了优雅和闲适。被吉星场命名为濮水河的那条小河边，已经聚集着众多的塔吊和施工车辆。那条小河边即将出现一个大型楼盘，依山临水，号称盛世田园。吉星场不可能走那条路了，他只能站在人文学院的顶楼遥望。在新修的楼房和街道边，昔日的田野，偶尔会闪现一簇簇野菊花，它们古老的金黄色，丢弃在秋风中，让人们记住任何事物都有自己的历史。

然而，比起别的中层干部，吉星场看得出来，慕云雪是非常信任他的。在召集院长开会的场合，慕云雪只同吉星场一个轻松地聊天对话。换一个人说话，慕云雪立马金刚怒目，举轻若重，空气骤然紧张。院长们都羡慕吉星场获得的这种恩遇，这比在会上发十万元现金的奖励更令人嫉妒。在上下级之间，下级最重视的人际关系仍然是上级。离了上级，下级什么也不是，什么也干不了。吉星场觉得，支撑自己勇敢地走在行政这条路上的力量，就是慕云雪对他的信任。这很重要，他不需要把自己放在一种压力之下来工作，尤其是缺乏信任产生的压力。学院的事，必须得到慕云雪的直接点头才能做，不然做了也等于没做，做了还不如没做。与其他的同事，吉星场也尽量展示友善，没有必要把愉快的合作变成相互猜疑和防范。大多数人都心事重重、面色凝重的时刻，轻松惬意、没心没肺的吉星场反倒像一个小丑，只是吉星场暂时没有觉悟，在得意忘形的道路上独自徜徉。

后来，吉星场才听说，华阳理工大学有人联名写信反映慕云雪的问题。上级正在调查，慕云雪非常窝火。华阳理工大学内部正在纷纷传言写信的人和信的内容，引起很多人的议论和怀疑。这段时间，怪不得吉星场发现周围的人态度和神色这样变态走样，互相看人都很陌生，打招呼都嫌麻烦。幸亏吉星场请假离开了学校，省了许多麻烦。

一件更可怕的事情发生了。吉星场发现自己的神经性呕吐重新发作，来势凶猛。他想，这大概是失眠和焦虑造成的。不能让它占上风，必须把它扼杀在摇篮之中。他想起洛城乡的乡长阮籍送给他的特效药，那种叫月亮草的小草，现在，只有它才能拯救他的生命。他不好意思给阮籍打电话索求那玩意儿，犹豫不决了几天，忍不住还是告诉阮籍，最近，他想回洛城乡去孤山顶峰看秋景。人家阮籍现在是乡党委书记了，说话更有豪情壮志：吉教授，随时欢迎你回来！

月亮草

两年没回老家，吉星场轻松的心情就像重新投胎一样。可是，长途汽车总站却笼罩在阴云之中。天气预报说，下午芙蓉市将有大雨。全省将普降中到大雨，局部地区有暴雨。吉星场从来不管天气预报的内容，他的心中充满阳光，就像他想象中的老家。吉星场向慕云雪请了假，回家找草药治病。

汽车翻越崆峒山时，山里草木湿润得像刚从澡堂里出来那种样子。乌云低垂，天昏地暗，司机不得不打开车灯，缓慢行驶。进入木鱼县境内，则整个天地全是雨在暴虐疾走，公路上、山坡上到处是浑浊的洪流。吉星场在木鱼县城吃了一碗豆花饭一份红烧肉，便急着登上从县城赶往南辕镇的中巴车。这时，暴雨已经淋湿了中巴车，车内上下是污水流淌。吉星场坐在生锈的椅子上，裤子沾着金属，屁股沾着裤子，他的心情仍然是愉快的。倒是司机迟迟不肯上车，据说孤山可能发生了山体滑坡，从城里通往南辕镇的公路也许中断了。县车站正派人去察看路况，只要勉强能够通行，这趟车就发出去，司机也想挣钱。

在车里乘客的催促中，司机犹豫不决地上了车，中巴车呜咽着，被暴雨死死地压在路面上，轮胎在泥水里转动着，随时可能停止。好不容易车到了孤山脚下，却见得公路上各类车堵了长长的两三公里。孤山真的滑坡了，据说情况非常严重，从城里驶来的救护车呼啸着，强行挤过车的缝隙，继续往山上冲。这场暴雨来得有些蹊跷，阳历已经是十月中旬，还像夏天一样，雨又大又急，持续不断。大概待了两个小时，前面的车仍然堵着不动，交警便赶来，一个车一个车地通知回撤，这路阻断不是一天两天的事，至少要一周时间才能修复通车。

中巴车司机让乘客选择，要么回城，要么自己下车走路。吉星场同众多的乘客都选择了下车走路。按照正常行走速度，从这里赶到南辕镇大概要五个小时。吉星场对自己的两条腿很有信心，读初中时，他曾经同村里的几个长辈步行到木鱼县城，当天下午又赶回乡下。反正衣服湿透了，步行可能还暖和一些。吉星场跟着一群乘客，逆着雨水向山上走。人多胆大，天无绝人之路，大家都不相信步行的路也被洪水冲断。

孤山上的雨比起山下尤其厉害，好像有一团巨大的乌云，一直围困在周围，拼命把云里的雨，朝山峰上挤压。公路上几乎是平地起水，洪流纵横，汇成巨大的瀑布，从一个又一个悬崖往下涌流，山谷里传出震耳欲聋的轰鸣声。人走在山崖上，总担心山崖会突然断裂坍塌，双腿不断地打战。

吉星场走路的功夫，到底没法同这些老乡相比，他很快就被甩下来。一个人，走走停停，终于赶到了他曾经造访过的孤山联办煤矿。煤矿的电停了，楼房污黑，四五个赤膊的工人站在栏杆上，望着井口喷射出来的大水，井口被水封死了，井下的煤渣矸石被水携裹着卷出来，像一大群黑色野猪，四处狂奔，叫嚣。吉星场在黄山曾经办过公的小楼上躲了一阵雨，他意外地发现楼下停着一辆黑色的宝马车，牌照还是芙蓉市的。这辆车有些熟悉，他慢慢靠近，宝马车的车窗慢慢打开，一个熟悉的脸孔浮现在雨水中。

车是刘细君的，她坐在车里，脸上无比焦虑和忧愁。看见吉星场，刘细君便从车里走出来，跟着吉星场上了楼。吉星场连续用手机同阮籍联系都没有信号，山里天气恶劣时经常是这样。吉星场问刘细君回来干什么，刘细君说，她在孤山搞了一个月亮草生产基地，这一年多时间，她经常回来。不过，这一次，她是回来探望她母亲的。她母亲患了急性肾衰竭，据说是昨天晚上误吃了鱼苦胆，人还躺在区医院里，等着县里派救护车去抢救。刘细君的老爹平常都在孤山顶峰上的茅草棚里，看守月亮草的生长，几个妹妹全在外地，家里没人照管母亲。

刘细君说，她给阮籍打过电话，三个小时前通过话，阮籍带着乡政府的人在野外抗洪抢险救灾，后来，电话一直打不通。阮籍说，洛城乡野枣村有一口大堰塘溃堤，大堰塘的水加上山洪一起奔涌而下，造成严重的泥石流，现在根本不清楚这次泥石流的危害程度。

听到这个消息，吉星场的心也紧起来了。他的老家就位于大堰塘的下坡地段，不知道那泥石流怎么个走向。刘细君的担忧比吉星场多得多，她既要担心孤山顶峰坐守的老爹，又要担心她躺在医院的母亲，还要担心她投资几十万元的月亮草生产基地，最后才担心她驾驶的这辆宝马车。这一切担心，均源于这场不期而遇的特大暴雨。

两人在小楼上站了一个多小时，天空中的雨丝毫没有减少的迹象，矿井彻底被洪水淹没。矿上的工人纷纷紧闭门户，躺在床上休息。山里除了暴雨袭击花草树木的声音，就是山洪飞沙走石的巨响。看手机上的时间，已接近下午五点，而肉眼所见天色，恍若午夜。刘细君坐不住了，她敲开一个工人的卧室门，掏了一百元钱给那老矿工，请他看护院子里的宝马车，然后，顶着暴雨前行。吉星场劝阻不住，也只好跟着一起行走。很快，两人的衣服湿透了。吉星场干脆把衣服裤子脱了，仅仅穿着一条裤衩，以减轻行走的负担。刘细君不可能也把衣服脱了，她只是每走一段距离就停下来用手拧干衣服上的水。吉星场皮肤白皙，骨骼瘦长，在雨水中晃动着，好像一只白鹤。

走到滴水岩，遇到一处巨大的岩石，下面有一个凹洞，还没有被雨水淋湿。两人就侧着身子暂时避雨，顺便休息一会儿。山里温度低，加上下雨起雾，不时刮来冷风。饿着肚子的吉星场嘴皮发乌，他有些吃不消了。刘细君身体素质更差，她手脚发软，瘫倒在石头上，绝望地垂着头，一声不吭。

暴雨终止的时间是下午六点，天上的云散开，露出一个巨大的空洞，好像这大半天的雨水是从中漏下来的，漏干净了，天色倒还明朗。吉星场拧干衣服裤子，又帮助刘细君拧干衣服，方才继续下山。走到望乡台那个位置，岩石高耸，周围没有大树遮挡，可以把整个南辕区的山水地形看尽。山上的云雾暂时散开，从太阳降落的方向折射过来一丝亮光，清晰地映照出孤山几座山峰的轮廓。

吉星场上下观察，大致看清了大堰塘溃堤造成的泥石流的走向，也明白了大堰塘突然溃堤的原因。首先，孤山靠近南辕区方向的山峰有大量的土石滑坡，滑坡产生的堆积物不断下滑，沉入大堰塘，最终导致大堰塘堤坝崩溃。估计在一瞬间，堰塘里数万吨洪水把筑坝的土石一起推下山崖，后面又跟着来了新的滑坡体，重力加速度，许多沉睡了几百万年的物质快意地享受了自由落体运动。在吉星场的畅想中，苦了大堰塘下面的黄泥村和坝子上的鲤鱼村。泥石流所到之处，玉石俱焚，建筑良田悉数毁弃，动植物荡然无存。

天色已晚，看不清路，接下来的一段路，吉星场几乎是背着刘细君下山的。走到南辕河边，遇到洛城乡乡政府的工作人员在桥边抗洪救灾。过河的桥被冲毁了，今晚只能在桥的这一边停留。明天洪水过后，水位下降，再考虑用渡船摆渡，解决水上交通。乡政府的人介绍说，这次泥石流，黄泥村最惨，村子大部分房子被卷走，幸好村里的人都赶到来凤村，参加一个八十岁老人的寿宴去了，现在知道的是鸡鸭猪狗死得多，暂时没有人员伤亡的报告。吉星场从一个乡政府工作人员手里借了手电筒，向他们讨要了两盒饼干来充饥，然后带着刘细君向白石乡走去。吉星场打电话向阮籍求援，阮籍让他去白石乡找他的好朋友，名叫江淹。吉星场觉得这个名字挺搞笑，与这场特大暴雨之间容易产生联想。

白石乡小得可怜，一条长不足五百米、宽不足十米的青石街加上两边一长排的木板壁瓦房，街上居民不超过三百人。吉星场看了这种情况，心里琢磨着晚上怎么安排刘细君睡觉的地方。他一家一家敲门，请求容纳刘细君留宿。这些人打量了他们一眼，然后飞速地关上门，根本不与他们对话。乡政府的砖瓦房是新修的，耸立在比老街高出五十米的山坡之上，周围全是累累的坟茔。在暮色中，坟茔旁边的柏树丛林里，不断传出乌鸦的哀叫。吉星场问刘细君：晚上怎么办？刘细君不答应去街上不认识的人家借宿。刘细君毛骨悚然，跟着吉星场，来到乡政府找一个名叫江淹的人。江淹被临时抽调去参加抗洪救灾工作去了。整个乡政府的人全抽走，乡政府成了一座空房子，走廊里吹来的风，全部带着坟墓的气息。

没见到江淹，吉星场只得再给阮籍打电话。阮籍发来一条短信，说江淹的门钥匙，放在乡政府门口的大石狮子嘴里。吉星场用电筒照那石狮子，基本轮廓已经模糊，估计有几百年的历史。吉星场根据这石狮子推测，这个地方以前很可能是个寺庙。石狮子的嘴巴，被无数的手抚摸，光滑无比，且口腔深不可测。吉星场细长的胳膊几乎全伸进去了，才在湿漉漉的石穴深处，抓到一个金属样的东西。掏出来，一看，真还是一把钥匙呢。刘细君打死也不同意她一个人住在乡政府，如果吉星场跑到街上去借宿，她孤零零地住在空房子里，与住在墓地有什么不同？不管吉星场如何劝说，刘细君反正要跟着吉星场。

江淹的卧室估计只有八平方米，除了一张小木床，其余堆着的全是书，大大小小，高高低低，散发着霉味。有官场小说，有算命书，还有几本考研究生的专业书。这种场合很容易引起吉星场的共鸣，当年，他的生活方式与江淹是何其相似！刘细君看着众多的书籍笑道，你又找到知音了。别看江淹房子小，他还设计了洗澡的地方。在房子的一角，用砖和水泥砌了一个小隔离间，刚好能够站进一个人，端一盆水，再拉上布帘，就可进行。刘细君要洗澡，她就站在江淹习惯洗澡的位置，拉上布帘。吉星场自动走到房子外面，听着屋里水哗哗响。不一会儿，刘细君就大声喊他进屋，她胆子小，不敢脱离吉星场半步。吉星场只好站在门口，一边同她大声聊天，一边听她用水洗身体。

洗完澡的刘细君，脸红扑扑的，尽管是冷水，还是能激动人心。吉星场笑道，你脸怎么这样红呢？刘细君羞涩地说，我很紧张呢，既怕鬼，又怕人。吉星场笑道，你怕我做啥？刘细君说，我见过的男人多着呢，无一不是些爱乘人之危、占女人便宜的下流货。吉星场沉默不语，他想自我表白，又怕被刘细君说成是伪君子。刘细君打着呵欠，继续发出怪问，等一会儿咱们是睡一张床呢，还是我睡床上，你睡地上？吉星场笑道，这个你放心，我就坐在椅子里，读一个通宵的书，以前，我经常做这样的事情。吉星场真的握着书专心地看起来，刘细君闭着眼睛，强行入睡。等刘细君一觉醒来，看见吉星场还捧着书在看，便叹息道，书呆子，多没意思呢。

第二天一早，天就大亮。暴雨之后，太阳比以往出来得早些。刘细君赶紧起床，请吉星场上床躺一会儿。吉星场口里连说不累，眼睛却转不动了，眼皮重重地粘连在一起。刘细君把吉星场拖到床上，让他好好休息。从昨天下午到今天早晨，这个男人一直处于疲劳状态。刘细君看着吉星场苍白的脸，听着他均匀而有力的呼吸，心中充满爱怜，她发现他的每一根骨头都在喘息。

山洪来得急走得快，到了下午，南辕河的水位就恢复了平常的状态，只是淤泥河沙沉积得多，大道小路被冲毁，行走不那么方便了。沿河两岸，到处是捡浮财的农民。有房子的檩条、盛放粮食的木器、农耕用的铁器、折断的树枝，甚至还有一副刷了红漆的棺材，也被洪水推倒在河滩上。鸡鸭猪狗的尸体在水里发酵后，膨胀得马上要爆炸似的，撂在荒凉的沙滩。乡政府的干部，在挨家挨户访问，登记房屋人员受损情况。有些灾民已经忙着砌墙或搭棚，修建临时居所。

吉星场与刘细君分路而行，一个回黄泥村，一个直接去区医院，都在担心自己家人的安危。从前，吉星场只是在电视上看见过泥石流，传说它的危害十分严重。这一次，他算是亲眼目睹了。听一位当时在山上放牛的老人说，从大堰塘下来，整个堰塘的水，与堤坝上的几千块大石头，只用了不到三分钟的时间。凭想象，那阵势是万千恶魔厉鬼，冲出地狱，悉数奔涌而下，黄泥村山崩地坼，澄溪的河道瞬间被吞噬，狂怒的巨石在泥浆浊浪之上翻滚着，像撕纸片一样，轻而易举撕毁了沿途的山坡，至于山坡上的树木房舍和道路，全被卷入泥石流中，化为齑粉，荡然无存。

吉星场家的房子连地基都看不见了。门前的一叠水田，屋后的一片果园，村口的三棵大黄桷树，以及才接通几年的电线，祖祖辈辈走了几百年的石板路，自童年懂事以来所有熟悉的事物，全在这场灾难中消失。吉星场坐在一堆巨大的土石渣上，被秋天的阳光包围起来，眼前的一切与村庄的历史断裂开来。他搜肠刮肚，绞尽脑汁，无法用记忆恢复他过去的人生。这时候，他才懂得一个古老的村庄对一个人生命的作用。从此以后，这块荒凉的土地，再也不能被他视为自己的故乡了。也许，在梦中，他都会被这场灾难惊醒。

他向慕云雪续了假，需要在此安慰两位老人。慕云雪从电视上获知这场天灾，在电话里说了几句感人肺腑的话语来劝慰吉星场。村里几百户人的房屋都毁了，灾后重建的钱和物质一时凑不拢，灾民们只得各自投亲靠友。吉星场的父母年事已高，从来害怕离开老家，这次看有没有可能劝动老人到他那里住。两位老人暂时寄居在他姐姐家，等待政府的救援。

刘细君打来电话，请吉星场帮忙，她孤身一人在区医院，什么事情也办不了。刘细君的爹一个人守在孤山顶峰，没办法联系。连续操劳，刘细君整个人瘦了一圈，眼眶发黑，头发凌乱，加上没有化妆，看起来就像个农村妇女。从南辕镇到县城的公路正在抢修，主要是孤山一段塌方滑坡屡屡发生，工程量大。刘细君的母亲病情危急，区医院多次催促她母亲转院。刘细君自己联系了一个面包车，师傅答应把人送到孤山的云台村，车只能到达那里。然后大约有三公里的路，需要步行走老路，赶到凤山村，那边就有面包车可以进城了。

那天的暴雨终止后，第二天又发生了大面积的滑坡。孤山联办煤矿两端的路都被土石砸断，刘细君的车陷在里面无法使用。公路没法走了，刘细君很想去孤山联办煤矿看看她的宝马车，但步行的路不经过那里，担心也不起作用。吉星场背着刘细君的母亲从云台村走到凤山村，刘细君在后面吃力地跟着。那场暴雨让刘细君受了凉，她声音嘶哑，不断地咳嗽。上了中巴车，她赶紧打开包，从一只胀鼓鼓的塑料袋里，拿了一大把药塞在嘴里，用矿泉水强行往肚子里灌。吉星场惊讶地看着她吃药的动作。刘细君红着脸，笑容里带着歉意。

刘细君本身的想法是，要她母亲到芙蓉市去医治。省会城市的医院水平，根本不需要怀疑。县医院却习惯性地直接用救护车把刘细君的母亲送到一百公里远的赤城抢救。赤城有一家部队医院，医疗设备和医生水平据说不错。同时间赛跑，救人要紧，当然要舍远求近。吉星场看着病怏怏的刘细君，动了恻隐之心。俗话说，帮人帮到底，送佛送到西。他不顾刘细君的强烈反对，陪着她一起到了赤城。在赤城的最初几天，全是吉星场一个人跑上跑下，找医生，求护士，刘细君什么也干不了。她发了高烧，头重脚轻，走不稳路，也在医院里打点滴，下不了床。这次，幸亏吉星场自告奋勇来了，不然，后果不堪设想。

两天后，刘细君一个妹妹才从芙蓉市赶车过来，从吉星场手里接过照顾她母亲的重担。吉星场惦念着老家的父母，很想告辞，但看着病床上孤立无援的刘细君，几次把嘴里的话吞回肚子。他通过阮籍的手机和姐姐通了电话，救灾的事慢着呢，父母在姐姐家，尽管放心。刘细君多次笑着说，你可以走了。吉星场说，等你把高烧退下去，我马上就走。刘细君说，我这体质差，容易发烧，经常用抗生素，产生了耐药性，恐怕一时难以退烧的。

母亲的病情有了好转，刘细君就开始在病房里精心地化妆。最初，吉星场要跑到走廊去躲避。刘细君笑道，我只是化妆，又不是脱裤子，你躲什么呢。吉星场羞得不好意思，他便守在病房，却是老老实实低下头，尽量不看刘细君做什么。这刘细君嫌她的镜子太小，便频繁地邀请吉星场发表意见，她存心要把吉星场当成一面镜子来使用。吉星场敷衍着，刘细君就要责备他，他只得认真观看，对刘细君脸上的每一个细节进行分析、评判。反复观摩刘细君，如何通过化妆从丑变美的过程。从此，吉星场就开始对女人的美产生了深重的怀疑。上午九点，吃过早饭，刘细君的化妆活动开始了，大约要持续到十一点半，活动才会结束。吉星场压制住心中的不耐烦，尽量用一种平静的语气问，你平常的生活都是这样安排的吗？刘细君一边用力擦拭着她的脸，一边转动着脖子说，生意忙，早上五点钟就要起床化妆，闲下来，才能这样享受生活。刘细君收拾好化妆用品，得意地昂起头笑道，美不美？吉星场冷冷地说，不美。

刘细君对吉星场轻易抹杀她的劳动成果大为不满，她教他怎样恭维女人，赢得女人的欢心。吉星场口里不说，心里在想：人们喜欢到餐馆吃饭，总是觉得那里饭菜比家里香，可能是因为省去了先前繁琐的劳动环节，直接面对的是劳动成果。要是每一个顾客都在餐馆的厨房守着，看着生米生肉乱七八糟地摆在那里，即使加工出来，味道恐怕也好不到哪里去。吉星场已经不喜欢刘细君那张精心加工出来的脸了。同她谈话时，他只听她的声音，再去联想她脸上的表情。而刘细君似乎浑然不知，陶醉在她个人的内心世界。

刘细君的高烧，终于在抗生素的强大威力之下消失了。她迫不及待要出门放风，尽管她体质照样虚弱，不堪一击。吉星场几次说走，都被她挽留下来。她母亲基本痊愈，现在只是输液静养。刘彻底从老家打来电话报平安，家里房子没垮塌，洪水上了二楼，很快就退下去了。整个鲤鱼村都没房子被洪水冲毁，泥石流毁掉的只是黄泥村。刘细君追问，孤山顶峰的月亮草养殖基地怎么样了？刘彻底激动地说，全毁了，差点儿连人都保不住，幸亏捡了一条老命活下来的。祸福难料，喜忧参半。刘细君对她的月亮草养殖基地还带着幻想，她想，再大的洪水不可能把孤山顶峰都冲走了吧。眼下，她要狂欢，庆祝自己和母亲双双病愈，重获健康。

疾 病

大概有三年的时间，吉星场每隔几个晚上都做着同样的一个梦。每次醒来，他都要迅速把梦的内容回忆出来，然后用笔记录下来。他发现，他做的梦真的是雷同的，所有的细节都没有丝毫的变化。

他梦见自己身着黑衣，在一个白色的洞窟里飞速坠落。与他一起坠落的还有巨大的太阳和月亮，远处是无边的黑暗。黑暗中，数不清的星星闪烁着光芒，也以同样的速度在下坠。

他第一次尖叫着，从梦中醒来，周围一片漆黑，死一般的寂静。他感觉不到身体的存在，他最习惯伸手的动作宣告失败，因为他感觉不到手在哪里。他连脑袋在哪里也意识不到，他觉得自己刚才的尖叫完全是幻觉。他想伸直喉咙，张嘴尖叫，但喉咙和嘴巴也意识不到。他很恐惧，不知道此时此刻身在何处，是哪一天，早晨还是正午。一个人完全悬浮起来，与具体的事物脱离了联系。

只是刘细君一阵剧烈的咳嗽，伴随着刺眼的灯光，才唤起他身体的知觉。一个女人雪白的身子扛着一肩长发，像鱼一样游了过去。接着，耳边传来断断续续的呕吐声，间杂着马桶巨大的轰鸣和回声。吉星场麻木的肢体开始复活，湿漉漉的皮肤一阵接着一阵发冷，全身的骨头酸涩，仿佛散了架似的，瘫软在被窝里。

他灭了灯，闭着眼睛，全力地回忆先前发生的事件。白酒在他血液里肆虐，高速地呼啸着，穿过他颈部的血管，像一群毒蛇，疯狂地钻进他的脑髓。他分明感觉到头颅里众多的毛细血管在剧烈疼痛，它们被酒的力量扭曲着，缠绕着，没办法想起什么具体的事物。

刘细君光着身子从卫生间跑回床上，哆嗦着，拼命地往吉星场怀里钻，他才意识到自己做了什么荒唐的事情。在他怀里的这个女人，比想象的还要瘦弱。他摸着她身上一块块冰冷坚硬的骨头，感受到一种死亡的威胁。刘细君咳嗽的时候，胸腔里传出浑浊的声音。这声音牵动她的喉管和喉结，再移动到口腔里，同舌头和唾液一起蠕动。停止咳嗽之后，他又听见她腹部里剧烈的肠鸣，一阵古怪的声音，像黏稠的液体，贴着她的脊骨流淌，冷飕飕地，最后化成了一股风。

吉星场轻声唤醒刘细君，请她把衣服穿上。刘细君这才从床上缓慢地下地，打开灯，穿上睡衣。等刘细君重新躺下，进入梦乡之后，吉星场口里发出细微的叹息：这孩子，身体多么可怜呢。他不敢碰她的身体，那么瘦，皮肤那么白，脆薄得像丝绸，骨头那么明显那么细，一不小心，可能就会咔嚓一声断在皮肤里。

起床时，刘细君无论如何用力也挣扎不起，她哀求吉星场把她抱起来。吉星场摸摸她的额头，好像有一团火焰在飘舞。刘细君又咳嗽了，鼻涕口水弄得满脸都是，她说她热，要把衣服脱了。吉星场说，你又发烧了。刘细君平静地打开包，掏了一大把颜色各异的药物，塞在嘴里，喉结连续耸动，药物就下肚子里去了。吉星场递给她的开水遭到拒绝，她笑着安慰道，我平常吃药都不喝水，长期在外面跑，哪里有那么方便找水吃药呢。刘细君的笑从柔软变得坚硬，好像一把刀子，扎在她自己的脸上。

第二天早晨，太阳在赤城的大街上铺了一层金黄的亮光。吉星场带着刘细君，走在街上，他们的身影，在街边的花台上闪动着，好像夜晚燃烧后留下的灰烬，冷冷的掠过几丝青烟。吉星场请刘细君吃了赤城最有名气的麻辣牛肉面之后，仍然感觉到胃里是空虚的。街上行人稀少，很多上班族还未出门。刘细君不时用自己的脸去摩擦吉星场的肩膀，她的满足感充斥在眼睛里，火辣辣地射出晶莹的光芒。吉星场身体里飘荡着海椒和胡椒的粉末，吃到肚子里的面条，一点儿分量也感觉不到。他口腔里塞满了不断分泌出的唾液。嘴唇干裂，好像在流血。

吉星场没有丝毫犹豫，他马上要赶回芙蓉市。今天早晨，吉娃娃在电话里只对他说了两个字：回来。他预感到红尘那里可能出了大问题，按常理，吉娃娃每次与他通话都要闲聊半天，聊够了，才轻描淡写地提一下正题。吉娃娃这两个字，信息量极大，一路上他颠簸的脑袋都在猜想到底发生了什么。

在汽车站门口，刘细君用手捧着他的脸欣赏了五分钟，一句话也没说。她的眼睛与他凝视，除了不停地转动，什么也发现不了，肉眼无论如何是看不穿肉眼的。刘细君尝试着要看穿吉星场，吉星场也尝试着要看穿刘细君，这样看累了，一无所获。刘细君没有说出任何等待之类的关于未来的词语，她的身体沉浸在清晰而强烈的感觉之中，完全拥有现实的世界。吉星场开口说话，声音有些颤抖：昨晚，我喝醉了，对不起！刘细君笑道，我很清醒，与你无关，你走吧。

在吉星场回老家这段日子里，红尘在床上躺了半个月，不吃不喝，也不说话，浑身乏力。这些时候，红小妃的表现还算对得起姐姐这个称谓。公司的事情处理得及时，没有产生任何负面效果。可能是为了庆祝她化险为夷的本事，她每天一定来红尘的家里陪着。医生说，红尘患的是重度抑郁症，精神疾病的一种，病人必须有亲属陪伴，不然，很容易发生自残甚至自杀的行为。

吉星场的到来也没能引起红尘的兴奋，她直挺挺地躺着，连眼珠子也不动一下。吉娃娃连说三遍“爸爸来了”，红尘仍然无动于衷。红小妃对吉星场的态度，与上一次相比，完全是一百八十度大转弯。她把红尘到医院检查诊断的情况做了详细说明，包括她为红尘支付的费用。吉星场把钱付给她，红小妃大方地拒绝了。多年以来，红小妃希望红尘和二三子离婚的愿望终于实现，她终于可以光明正大地踏进妹妹的家门而不被猜疑，这样的胜利来之不易。像她这样地位的女人，最需要的是荣耀与名声，二三子扫地出门，为她的道德正了名。在红尘面前，她才能够真正地抬起头来，体现大姐的风范。

吉娃娃说，红小妃每天都在拿钱给她用，她好像在弥补这些年来的感情债务。现在，吉星场看那张漂亮的脸心中基本恢复了平静，以前，只有诅咒和仇恨。红小妃是个单身女人，她的财富、年龄和婚姻，经常捆绑在一起，作为报纸和杂志的新闻卖点。红小妃今年成功地入选芙蓉市十大青年女企业家，下个月初，芙蓉市将举行盛大的颁奖仪式。颁奖地点选在芙蓉市国际商务会展中心，芙蓉电视台、华阳电视台将现场直播颁奖仪式。红小妃兴奋地掏出三张票交给吉娃娃，希望他们一家人到场助兴。吉娃娃首先表示要参加，现场有她最崇拜的一个香港女歌星来演出助兴。原来，吉娃娃催他回来是为了这个，他不禁哑然失笑。

自从红小妃与二三子出了丑闻，红尘对她这个姐姐的了解就越来越少。她的企业，她的财富，她的朋友，完全与红尘绝缘。尤其是红小妃的婚姻，她的男人是谁，这个问题就像红尘心头的伤疤，一提就鲜血直流，不提则痒得心慌。红小妃一个人住在芙蓉江畔，她的别墅占地两亩多。别墅周围广植芙蓉，别墅中有一口水塘，号称云梦泽，时常有白鹭掠起，云一样飞去。吉娃娃去过两次，每次都能在水塘里，逮住一只裹着泥浆、爬来爬去的小乌龟。红小妃分担了照顾红尘的事务，吉星场就可以专心干人文学院的工作了。

红小妃获奖的那天，她刻意穿上一件红色的唐装，上面绣着三朵巨大的芙蓉花。虽然天气阴暗，街道上刮着冷风，马上要下暴雨，但她的心情不错，吉星场、红尘和吉娃娃三个人都来了。芙蓉市国际商务会展中心的主体建筑，造型就是三朵相连的芙蓉花，色彩分别为白、粉、红。从会展中心的广场开始，一条宽五十米的云梦大道，两边矗立着的全是高大华丽的三色芙蓉。此时此刻，花事正当繁荣，来客见了，无不仰视叫好，纷纷摄影留念。吉星场拉着吉娃娃的手，另一只手握着红小妃的名片，对照着上面的三色芙蓉花，自然产生一种联想。十大青年女企业家的颁奖典礼，足足搞了三个小时，香港来的那个女明星的表演，不在状态，估计是出场费给少了。吉娃娃很失望，她不断地诅咒主办方。吉星场在那些企业家们长篇累牍互相吹捧的废话中，呼呼大睡而去，他又做了那个在赤城做过的怪梦，醒来时冷汗淋漓。红尘的喉咙里发出干涩的笑声，她的内心失去了快乐，身体却在习惯于表达快乐。

走出会展中心，只见广场积水，四处散落着鲜艳的芙蓉花瓣。刚才，里面热闹地举行颁奖演出，外面却是狂风暴雨，云梦大道两侧的巨大芙蓉树被刮倒一大片，路上断落的树枝上，三色芙蓉花沾着雨水，好像在为刚才的灾祸哭泣。吉星场心痛这些芙蓉花，他请求红小妃停车，然后走出来，一朵一朵地从地上扶起，工整地摆放在路边。吉娃娃责怪道，爸爸无聊。吉星场内心叹息道，这些花本来是开放在空中的，干干净净，漂漂亮亮，只有眼睛才有资格与它们接触。想不到一场灾难，树倒枝断，竟使得这些艳物堕入尘土，遭受路人践踏。

因为获奖开心，红小妃请吉星场、红尘和吉娃娃去她别墅里做客。吉星场没有走进红小妃的别墅，他在外面游荡，亲眼见识了那个世界上最渺小的云梦泽。小小水泽，周围聚集着奇花异石，各色名贵植物，自成一个天地。只是物小名大，总让人遗憾，特别是周围的围墙，堵断天空，居住在其中的人不免有坐井之感。红尘走进别墅，不到三分钟，就操起一根木棍，从红小妃的卧室里，追打出一个中年男人来。那男人穿着丝质睡衣，光着脚，不要命地逃窜，红尘握着棍子紧追不舍。追到水泽边，那男人情急之下，一个猛子扎进水里，不断挥手示意吉星场救命。红尘举着棍子想揍那男人，却鞭长莫及。她神志不清，把这男人误以为是二三子，所以痛击不休。

吉星场一把抱住红尘，抢过她手里的棍子，那男人方才惊魂甫定，从水里爬上来，屁股拖着泥水，一溜烟跑了。红尘浑身战栗，她口里念着二三子，说要二三子来接她回家。吉星场大声地告诉她：我是吉星场。红尘满脸困惑说，我不认识吉星场。红小妃气急败坏地赶来，打了红尘两个耳光，愤怒地说，不要找二三子，早就死了。红尘一听，身体马上瘫软下去。红小妃说，吉星场，送她回家，我这里忙，恕不相陪。

菩提寺

从菩提寺向西走半个小时，就是一大片芦苇丛。春生夏长，秋季飞花，令人神往。那里也有一条小河，紧连着水塘，类似于南辕河边的泥塘，只不过规模小得多罢了。

每天清晨和傍晚，吉星场都要在菩提寺和芦苇丛之间走一个来回，消除他对故乡的思念和焦虑。他已经两年没回老家，而这两年，老家的变化却时刻让他魂牵梦萦。前年暴雨造成的泥石流摧毁了黄泥村，淹没了鲤鱼村，最后，大量的泥沙淤积推移，毁掉了他曾经流连的那片泥塘。听说，南辕镇正在考虑搬迁的事。孤山的水土破坏严重，地质灾害频发，南辕河成了两岸百姓的心腹大患。

差点儿升格为副县长的阮籍功亏一篑，从洛城乡调进城里，做了县志办的普通干部。阮籍有心要研究黄泥村这次已经载入史册的大型泥石流，有空时间，便在孤山广泛调查。发生在他任上的这次地质灾害，实属意外。媒体上曾经有过报道，灾害原因被记者归结为孤山顶峰上的月亮草养殖基地破坏性开发。当初，阿瞒生物药业有限公司，作为洛城乡最大的招商引资项目，无论是乡政府还是区政府、县政府，都在政策上大开绿灯，在环境测评这个环节有所疏漏。阿瞒公司在平整土地、修建便道和厂房工棚的时候，大量使用烈性炸药爆破山岩，直接造成山体坼裂。那场特大暴雨不过是个引信，引爆了这颗定时炸弹。阮籍在这个事情上有着不可推卸的领导责任，受到降职调离的处分。阿瞒公司是罪魁祸首，月亮草生产基地被彻底清除，孤山顶峰正在全力恢复生态。刘细君的父母把老家的楼房卖了，到了芙蓉市，住在她家里。刘细君现在根本不敢回木鱼县，她成了典型的过街老鼠，人人都在喊打。

刘细君脑子灵，她便在清凉山菩提寺附近租了一块三十亩左右的荒地，搞了一个中草药生产基地，专门培植当归。起初，刘细君是想继续培植月亮草，但月亮草只能生长在孤山那种独特的气候和土壤里。清凉山全年降水量偏少，且气温偏低。

吉星场到菩提寺，只是一个目的，照顾红尘。现在，能够照顾红尘的人只有吉星场了。红尘的姐姐红小妃，去年九月一个晚上，独自驾车驶入芙蓉江。第二天，她的死成了芙蓉晚报的头条新闻。据说她的公司资产被法院冻结，资不抵债。红小妃堕江之处，大片三色芙蓉开得绚丽。红小妃的死可能是比较浪漫的，欣赏了艳丽的芙蓉花之后，生命戛然而止。有人说是情杀，有人说是商业谋杀，有人说是意外。

得知这个消息，吉星场心中一阵悲凉。看着红小妃大红大紫，突然间又香消玉殒，人世无常之感，油然袭来。此前，多数时候陪伴红尘的人是红小妃，而不是他。不管红尘现在与她是什么关系，他觉得自己都有责任照顾好她，直到她恢复正常。二三子和鱼幼已经移民法国，与他们的女儿二丫丫在巴黎团聚。家庭残缺的是吉星场、红尘，两人虽然每天在一起，却是各怀心事。吉星场把红小妃的事隐瞒大半年，才告诉红尘。红尘平静地说，我早就知道了。吉星场奇怪地问，你是怎么知道的？红尘说，电视早就报道了。吉星场纳闷的是，红尘明明知道她姐姐出了事，却在他面前一再装出一无所知的样子，经常追问，我姐姐到哪里去了？而当这个事实点破后，她又对她姐姐的死如此冷漠，轻描淡写。吉星场对红尘的畏惧感陡然增强，这个女人的举动，完全不像正常人，也一点儿不像疯子。她到底是个什么样的人呢？吉星场对自己的分析能力产生了怀疑。

此前，红尘反复追问，姐姐到哪里去了，为什么不来看我？吉星场撒谎说，红小妃出国去了，她嫁了个外国男人。红尘头脑清醒，立刻纠正说，出国去的是鱼幼，鱼幼才是嫁的外国男人，叫什么安德烈，对不对？吉星场每天来照顾她，红尘问，你为什么来得这样频繁？吉星场说，我现在当院长了，有时间管吉娃娃，顺便看看你，不可以吗？红尘叹息不已，热泪盈眶地说，算啦，你回去吧，我准备去找二三子，同他复婚，那个没良心的东西，又是好几周不回家来了。可是，一旦吉星场放手，不超过三天，红尘的病情立马加重，吉娃娃的电话一个接着一个，劈空而来。

在华阳理工大学，吉星场侥幸地摆脱了那场影响深远的告状事件，活得比谁都潇洒自在。大学里，谁都不会介意他了，他的存在对任何人都没有威胁，当然也没有好处。他的说话和举动，无论怎样铿锵有力，在别人眼里和身上，都是轻飘飘的，没有丝毫分量。一年多来，在华阳理工大学的生活，是他人生中最轻松却也是最无记忆价值的一段空白。他不知道人们为何会如此忽视他的存在，他仿佛变成了大学里的一棵树，长得很高却是在路边，偶尔有人注意，也不过是一个有色彩和形状的影子，一阵风就可以刮得干干净净。但是，他讨厌纷争，讨厌赤裸裸的交易，讨厌亲密无间的窥伺，讨厌无时无刻不在的精明算计。他像云一样飘逸，却把自己飘逸到了不食人间烟火的荒野。

自从生病以来，红尘对别的事，记忆时而清醒时而模糊，唯独对礼佛烧香之事，从不含糊。她背着所有的人，向菩提寺捐了一笔上百万的巨款，扩建寺庙精舍。而且，建筑工人和建筑方案都由她控制。她聘请的专家连精舍的名字都想好了，名叫般若精舍。每个月，初一十五，上清凉山，进菩提寺，风雨无阻。这种陪伴，耗时长，让吉星场有些吃不消。今年，清凉山上，华阳教育学院那个办得不成功的挂牌学校正好被华阳理工大学拿过来，办成了一个二级学院，慕云雪征询所有人的意愿，希望有人主动到那里任职教书。吉星场第一个自愿报名，也是最后一个自愿报名，当之无愧，成了华阳理工大学清凉山分校的院长。

在相当多的人眼里，吉星场这种选择显得无比荒唐。他也在自我反省，这是不是一种堕落。照顾红尘，方便她进庙烧香，可能有这个原因吧。因为红尘信佛，吉星场出于好奇心，开始翻阅佛经，但他只是把佛经当成一本书、一门学问，他不可能像红尘那样对神佛五体投地。同样进寺庙，吉星场和红尘对佛的理解完全不同，相互之间找不到共同的话题。红尘长期烧香，认识了一大群虔诚信众，都是些文化程度不高的中老年妇女，她也算在寺庙里找到了自己的知音和归宿。

红尘信她的佛，不给吉星场添麻烦。吉星场在清凉山的破房子里，研读自己的专业书籍。这样相安无事、和谐共处的日子，给了吉星场喘息之机，他总算可以苟延残喘了吧。从前，读书的时候，总是有远大得不得了的志向和追求。后来发现，能够过一种普通的正常人生活，就相当不容易了。现在，吉星场把人生的理想定位于安静地读书，目标一降再降，不能再无休止地低下去了。

吉星场的学院，在菩提寺前面，刘细君的当归生产基地，就在菩提寺背后。清凉山不适宜月亮草的生存，刘细君试过几次，彻底放弃了。吉星场前脚刚到，刘细君后脚就跟上来了。但是，他们之间从未有过直接接触交谈。工作忙碌起来，两人都坐在车里，两辆车擦身而过，或前后相续，连招呼都没有。闲暇之时，吉星场陪红尘在附近散步，远远地看见刘细君，两人都会刻意避开。红尘眼睛明亮，她总是最先发现刘细君，并且把这个消息告诉吉星场。吉星场安慰道，别管她，我们走自己的路。有一次，三个人不巧在芦苇丛碰面了，吉星场和刘细君主动地转过身子，尽量不看对方。红尘则坦然地同刘细君打招呼，脸上没有任何怨恨和不满。吉星场对红尘的这种变化感到惊讶，她的内心平静温和，表里如一，没有掩饰伪装。刘细君的出现没有让红尘产生不安全感，吉星场开始佩服红尘的这种心力。心胸狭隘、睚眦必报的红尘，到底是从哪里获得这种力量的呢？

吉星场走在芦苇丛中，心却飞到了几公里外的菩提寺。傍晚时分，彩霞满天，山里云遮雾绕，草木浸润在雾气里，静谧的小路上，传来悠扬的钟声。红尘听到后，欣喜地向着寺庙走去，把吉星场一个人撂在水塘边。看得出来，现在的红尘内心不那么依赖吉星场，她的力量可能在寺庙里，那里众多装饰华丽威严的佛像，真的会让她强大么？站在芦苇丛中，吉星场只感受到秋风的凌厉和自身的渺小。无论是怀乡还是怀人，都是内心虚弱的表现。刘细君在山上的时间很多，要与她见面不过是分分钟的事情。但吉星场不愿意主动去找她，刘细君似乎也不愿意别人去破坏她平静的生活。有一次，在微弱的夕阳光里，吉星场发现刘细君脱下外衣，柔软纤弱的身子游动在芦苇丛。他的心开始乱起来，好像河流突然出现上涨的洪水，浩浩荡荡，放纵恣肆。他差点儿赶过去，紧紧搂住那个充满温度和芬芳的身体。但走了几步，他放弃了自己的想法。

在清凉山居住不到半年，红尘居然和刘细君成了无话不谈的好姐妹。她们之间形成了秘密的友谊，一直把吉星场蒙在鼓里。只要高兴，红尘就会到刘细君的当归生产基地，帮忙除草、施肥。劳动一整天，带着疲惫回到家里休息。刘细君有空的时候，或开车或步行，总要带着红尘到山里采集野菜野果，一边欣赏景色，红尘回来时什么忧愁都忘掉了。现在的红尘，所作所为，比起从前来，简直是判若两人。而刘细君那个弟弟刘秀儿大专毕业，一直在芙蓉市闲着，昏天黑地打游戏、泡女人，刘细君也不着急，仿佛不存在这个人似的。

红尘的健康恢复得非常好，几个月没有出现精神失常之举。吉星场对红尘精神状况的改善极为满意，他忘掉了置身荒野的不快，沉浸在对新生活的向往之中。虽然他减少了陪伴红尘的次数，但为数不多的同行总是令他无比轻松，他明白这种轻松源于今昔强烈的对比。红尘给予他的不再是无尽的压力和焦虑，相当于在某种程度上，把他的生活空间释放大了一些。他甚至一度想象过，和红尘复婚后的幸福生活场景，如果吉娃娃意愿强烈，如果红尘继续保持这种精神状态，什么好事都有可能出现。现在，他是多么珍惜这来之不易的舒适啊！菩提寺一带，位于清凉山的中段，海拔大约在一千五百米左右。住在清凉山上，吉星场觉得自己离天空近了，心中装着的是一些简单而巨大的事物，比如太阳和月亮，带着寒意的星空，时刻变动不居的云雾。芙蓉市熙熙攘攘的几百万人、几十万辆车、数万幢楼和蛛网般连接的街巷和道路，全都在视野之外，因为遥远而渺小。

农历四月初八，传说中的如来佛生日，菩提寺要举行盛大的祭拜仪式。红尘为此提前一个月进行准备，她必须紧随三十信众，从菩提寺向清凉山上行，直接抵达山顶的妙高寺，那里有一尊青铜塑造的大日如来佛像，重达三千吨。往来时间大致需要两天，红尘准备好干粮、寒衣和雨伞，穿得干干净净，面带红光。不过，出发那天早晨天气不好，清凉山飘起小雪，吉星场担心红尘出问题，便阻拦她出门。听说，清凉山的顶峰是雪山，终年积雪，温度从未超过三度。

在这个事情上，红尘暴露了久违的执拗和蛮横。她主意已定，同吉星场交谈时带着神的旨意高高在上，藐视红尘中的俗人。吉星场见她实在要去，打算请假陪她走一趟。红尘冷笑道，你又不信佛，去凑合什么？吉星场说，充当义务保安，保护你可以了吧？红尘认真地笑道，你有七情六欲，去了会玷污佛地，还是不要去了。吉星场还要坚持，红尘放低了声音嘲讽道，刘细君闲着，需要男人，你还是去她那里吧。吉星场本意为红尘着想，遭她这样诛心，便不再坚持，只是让她把手机带着，万一应急还有用处。红尘很干脆，她连手机也不带了。一路那么多人同行，她操心这些干啥。再说，这次活动政府很支持，派了一些警察。沿途维持治安，吉星场的担心，确实像脱了裤子放屁。

旧历的四月天色，一阴就是冬天，空气冷飕飕的。清凉山上是小雪，野外更冷。像红尘这种人，固执是永远的，不在钱财这一方面，必然在鬼神方面。她不可能真正做到像吉星场这样的从容，对任何事物都保持着一定的距离。因此，他们之间最终还是无法交流沟通的。吉星场缩着脖子，一个人走在水塘边，他在看芦苇的嫩芽抽出来没有。草枯叶落，山里一片空旷。冷风一阵一阵，从天而降，像要把人扑倒在地。吉星场习惯性地兜了一圈，准备回办公室看书。在菩提寺外，狭小的水泥路上布满泥泞和湿润的脚印。吉星场心绪不宁，缓慢地走着，像在等待什么，又像在思考什么。他的身后驶来一辆车，车窗打开，是刘细君嘴里喷着热气在招呼，他什么也没想，就直接上了车。刘细君的车开到清凉山下，沿着濮水河岸吃力地行驶了十来里，呈现在眼前的是一片荒凉的河滩。河水枯歇，砂砾累累，汽车竟然可以在上面通过。汽车轮胎溅起浅浅的水花，平静地驶到河对岸。刘细君长长地吁了一口气，她放松脸得意地笑了起来。

一个小时后，汽车有气无力地经过河面，重新回到公路上，刘细君用脸摩擦着吉星场的脸，仿佛两块断裂的冰碰撞在一起。车外，豆子大的雨点飘打在车窗上，声音打碎了窗玻璃，直接刺入吉星场的心脏。他的左胸一阵痉挛，胸腔里砰砰乱跳。暮色提前降临，远处的山，近处的路，消失在黑色的雨水中。吉星场觉得自己整个人和刘细君也在同时消失，他伸出手，死死地抓住刘细君，声音极低地哀求道，救救我。刘细君双手捧着吉星场的脸，好像竭力地把他从水里往岸上拖。她的眼睛在安慰他，黑暗中，她流出的热泪像是鲜血，又像是火焰。

一天以后，吉星场躺在清凉山上一张温暖的小床上，反复地回想发生过的这个故事。一切都是蓄意而为，但看上去竟然像是水到渠成，瓜熟蒂落。偶遇，一个人的身体与另一个人的身体达成一种默契，在颠簸的路途中，想不到的事就发生了。事前、事中、事后，吉星场一直处在高度的焦虑和自责中。他觉得自己和刘细君两个人冒天下之大不韪，在光天化日之下干出了盗贼之事，确实有愧于天下良心。刘细君赤条条一个人，不需要承担什么道德责任，她可以理直气壮、大张旗鼓地喜欢任何一个男人，但吉星场不可以。他觉得自己对不起红尘，尤其是她处在养病状态、把他视为精神支柱的时候，他干出这种事情真的名不副实，就是个伪君子。

已经发生的事把山上这段平静的生活完全打破了，即使红尘一无所知或者永远不知道，吉星场也觉得自己跌落于十八层地狱深处去了，他要为自己的罪孽忏悔。真不知道红尘是真的受到佛教感化或者是自欺欺人，朝圣回来之后，她的精神境界似乎更上一层楼了。红尘说，一个人做事，力量要源于内心。内心就是一盏小小的灯，内心之力，就是点燃灯，让灯发出的光芒。一盏灯，形体虽小，但点燃之后，光明可以充塞世界。红尘算是点燃了内心，她一举一动，都可以让光亮抵达周围的事物。吉星场刚好相反，几乎成了一个小偷或老鼠，畏畏缩缩，躲在阴暗角落。自己是一个影子，周围伴随自己的也是一堆阴影。

最近，他每天刻意躲避着刘细君，从不出门散步，出入都关好车窗，不让人发现他的面目。刘细君有几次大胆地把车停在门口，拼命给他打电话，他不敢应接。过了大半天才敷衍道，我很忙。红尘对吉星场和刘细君没有产生怀疑，她仍旧像往常那样去刘细君的当归生产基地参加劳动，回来后兴致勃勃地讲述一些逸闻趣事。吉星场听得胆战心惊，随时担心露馅，像个纸灯笼，要么被火烧成灰烬，要么被风吹得稀烂。红尘告诉吉星场，她有一个重要决定：下个月，出家当尼姑。

吉星场请她想清楚，要为吉娃娃的个人前途着想。红尘主意已定，铁的意志似乎不可更改。菩提寺的主持答应为她举行落发仪式，让她正式进入佛门，住进她资助修建的般若精舍。吉星场赶紧打电话把这个重要事情告诉刘细君，刘细君笑道，吉教授啊，这事我至少比你提前一个月知道了。吉星场沮丧地瘫软在沙发里，他不明白，刘细君为何也要像红尘一样瞒着他，拿他当傻子，当猴子戏耍，女人们真是可恶呢。

吉星场把这消息告诉吉娃娃，吉娃娃笑道，早就知道了。从吉娃娃那里，吉星场得知，红尘有此打算已非一日妄念，而是时日已久的深思熟虑。时间往前推，至少要算在红小妃出事前。车撞鱼幼、与二三子离婚、红小妃之死，几件大事累积起来，终于把红尘从俗世推向佛门。从考虑到正式公布这个决定，中间可能有多次犹豫和反悔，但大的方向已定，不可逆转。

他　乡

俗话说：天下事，了犹未了。

红尘正式进入菩提寺，有一年的时间，吉星场胆战心惊地坐在清凉山中的小屋子里，等待着红尘可能降临的大灾难。红尘的精神病患得不浅，稍有刺激就要惹祸。即使她进了佛门，但若是精神病发了，恐怕还得被遣送出来，重新交到吉星场手里。吉星场寝食难安，日夜担心的就是这个问题。

每至黄昏或清晨，菩提寺的钟声悠扬地回荡在山野里，吉星场无论在哪个角落，耳朵都会被警醒。一墙之隔，红尘不与吉星场相见，吉星场心里总是惦念不止。这钟声引起的是生活在凡间的人难以割舍的情缘和愁思，不知道红尘听到这钟声是何感受，她会想到近在咫尺的吉星场吗？会想到远在山下的女儿吗？吉星场三番五次鼓足勇气，终于跨进了寺庙大门，他想看看红尘在那里生活得如何。可是，吉星场在庙里大摇大摆逛了好几圈，完全不见红尘的人影。他再大胆，也不敢擅自闯进般若精舍里去。他只能在菩提寺门外感叹，红尘啊红尘，真的是看破红尘、割断尘缘了吗？

红尘进入菩提寺，吉星场没有答应刘细君提出的立即结婚的要求，他心里恐惧、忧愁。刘细君认为她和吉星场有了那种特殊关系，吉星场又没有任何负担，顺理成章就该结婚。女人一旦拥有爱情，要么马上获得幸福，要么立即陷入疯狂。现在，刘细君的主动和大胆让吉星场害怕，她越是主动和大胆，他越是被动和畏怯。

只要吉星场有应酬，刘细君一定要借机参加，暂时的公开身份是女友，全力争取的正式身份是妻子。吉星场习惯了多年以来的单身汉生活空间，慢慢被刘细君侵蚀消化了。刘细君同吉星场朋友的妻子也拉上了关系，她们成了刘细君的同盟军，一起鼓噪吉星场尽快结婚。吉星场被刘细君逼得够呛，他算是尝到这个女人的味道了。他害怕与刘细君一起出门应酬，在那种人多势众的场合，刘细君会想方设法让自己成为聚会的焦点人物，而吉星场，则暗淡无光。这个女人太热衷于表现自我了，她把所有的人都当成了自己的镜子，希望从对方那里看到更丰富更充实的自我形象。吉星场是讨厌这种人物的，一般场合，合得来的人，他竖着耳朵听别人讲话，合不来的人，他就装聋作哑。刘细君则是在表演生活，她夸张地描述自己的个性，不吝体力与人激烈争辩，好为人师，嘴巴上一定要占便宜。半年下来，吉星场的朋友集体性地讨厌刘细君了。刘细君却那么没有自知之明，她竟然四处向吉星场的朋友打电话，侧面打听吉星场何时同她结婚。

华阳理工大学清凉山分校的师生，大概大部分都知道，吉星场有个女友叫刘细君，经常开一辆宝马车，是个做药材生意的贩子。吉星场特别害怕的是晚上，他反复做那个同样的梦。一梦惊醒，清凉山夜色万顷，尽是破窗而入，他冷汗淋漓，仿佛死过一次。刘细君白皙瘦弱、温润如玉的身体无论怎样亲近，都不能消除吉星场的恐惧和乏力。

吉星场觉得自己对不起刘细君，反复向他道歉。刘细君大哭道，道歉管什么用，你一个男人，应该想办法才是啊。吉星场垂头丧气，什么中药西药都吃够了，还有些什么江湖医生的偏方，整个身体散发出药物混合后的怪味，自己就讨厌自己的身体，哪还有什么别的兴趣呢。

刘细君，曾经是他梦寐以求的女人，进入他的怀抱时也是浑身毛病，药物堆着吃。一个三十来岁的女人，全身疾病加起来不下十五种，碰也碰不得，问也问不得。事实上，吉星场的身体表现更为糟糕。医院检查，完全健康，但就是浑身难受。因此，吉星场对刘细君总是冷漠的。刘细君说，吉星场，你不能这样伤害一个你曾经爱过的女人。吉星场沉下头，长长叹息：我也不想啊，但我就是无病呻吟，该怎么办呢。刘细君扑在吉星场怀里哭，她担心吉星场这样下去，不仅结不了婚，有可能勉强结婚后，夫妻关系也维持不了多久。

吉星场后悔他在赤城那晚的荒唐之举，不然，他对刘细君没有任何心理负担。他当时也算是色迷心窍吧，不小心就逾越了尺度。而刘细君简直是飞蛾扑火，明明还在发高烧，竟然做出那种不要命的举动。现在，刘细君每天大袋小包地吃药，呼吸、消化、循环系统，均有不同程度的疾病症候，能努力地活下来已经满足，享受酣畅淋漓的情欲，似乎有些过分。月圆之夜，清凉山里一派浪漫气氛，各种隐秘的事物从黑暗中浮现，模糊的轮廓和缥缈的境界，令人遐想。刘细君洗了澡，身着一件粉红色的系带睡衣，坐在窗台上赏月。她手里举着红酒，不断地啜饮，脸和脖子红润起来，比平常看起来要动人得多。

吉星场在城里和朋友喝得烂醉，被人送到楼上交给刘细君。刘细君正在家里生闷气，吉星场不止一次独自出门喝酒，把她晾在家里，回来也不说明理由。吉星场进屋后直接倒在地上睡了，严格地说，是醉了，人事不省。刘细君懒得理他，嫌他身子脏，一身酒臭味。她已经洗了澡，生怕吉星场弄脏了她的衣服，干脆爬到窗台上去坐着。

吉星场口里乱叫乱嚷，刘细君更加害怕，她从床上拖了一张被单裹在身上，重新爬到窗台上。可能是喝得太多，她垂下头，昏昏沉沉，竟然睡着了。中间，她模模糊糊听见吉星场呕吐，然后又听见吉星场踏着拖鞋进浴室洗澡，后来，模模糊糊重新睡着了。

在梦中，刘细君恍惚走进了南辕河那片无边无际的芦苇荡，她看见泥塘里水草幽绿，奇形怪状的癞蛤蟆在泥潭里爬行，她身子发软，双腿迅速陷落下去，一会儿，仿佛头顶已被烂泥封住，双眼漆黑，呼吸困难，她吓得大声惊呼：救命啊，救命啊。这时，她听见一种巨大的声音，带着强大的力量，猛地一下撕破了她的身体，她骨头里的血喷了出来，在空中形成红色花朵。一会儿，她鼻子里嗅到一股芬芳，好像是兰花。她就仰着头，望着天空，只见幽蓝的天空中，一束晶莹剔透的兰花缓缓坠落。她赶紧伸出手，去接住那束奇异的花。那束花像云一样飘入她的手掌，她得意地笑了。这时，只见吉星场恶狠狠地走过来，一脚从空中踏下来，做了一个孙悟空的动作，刘细君手里的兰花瞬间就变成了一堆粪便，散发出恶臭，怎么也弄不干净，吉星场得意地笑着走了。

“吉星场，你这个混蛋!”

刘细君愤怒地骂道，她的声音把自己唤醒了。

醒来时，吉星场光着身子，紧紧地把她搂在怀里，吉星场的声音在夜里是黑色的，像一群晦气的乌鸦在聒噪：细君，你发高烧了，又在说胡话。

刘细君眼里流着泪，张开小嘴，迎向吉星场的胡须，前所未有的温暖和满足。吉星场抱着皮肤滚烫的刘细君说，刚才在窗台上睡着了，着了凉，赶紧吃药吧。刘细君嘴里含着吉星场的嘴唇，她滚烫的体温仿佛要把吉星场彻底融化掉似的。那一刻，她身子轻飘飘地，像云一样从睡衣和裤衩里游出来，飘向吉星场。吉星场闭上眼睛，刘细君变成一片明亮的光辉，穿过吉星场骨骼和细胞的缝隙，照射着他汹涌起伏、高速循环的血液，最后，灼热的皮肤贴在他的心脏上，剧烈地跳动。

吉星场受到这热的鼓舞，骨头一根根竖立起来，身体的力量传递到手掌、肩膀、胸脯、大腿，然后，他像一个披着铠甲的勇士，顶天立地，站了起来，一步一步，坚定地走向刘细君散发出的光芒。他站在空中，突然与坚硬的月亮撞击，轰的一声，坍塌在地，整个身子化为破碎的月光，仿佛在河面流淌。

“吉星场，你终于成功了。”

刘细君从黑暗中伸出一只白皙瘦弱的手臂来安慰他，他以为在做梦，不敢回答。刘细君又伸出另一只手臂来，吉星场这才确信，他不是在做梦。是的，他成功了，他真正地拥有了刘细君，这个伤痕累累却仍旧完整地属于他的女人。

第二天，一个自信的男人出现在刘细君面前，刘细君不敢相信，他就是吉星场。她咳着嗽，吃着药，庆贺自己作为女人最伟大的成就。刘细君终于体验到了一个女人还能拥有这样利己的价值，作为女人，这样生活会更完善。从今以后，刘细君将要退出轰轰烈烈的事业，她要隐退到家里，做一个默默无闻的家庭妇女。至于她的阿瞒公司，她将视若草芥，即使贱价处理也要转让给别人。十多年来，她一个女流之辈独自在江湖支撑的苦日子给她的教训太过深刻，青春还未热烈，就过早地迎来晚年的疾病。现在，她要把失去的青春抢回来。

吉星场带着刘细君在省外旅游，飞机轮船，汽车列车，风尘仆仆地享受幸福，不到十天，就被吉娃娃的电话打断了。吉娃娃请吉星场赶紧回家处理急事，吉星场一猜就是红尘。下了飞机，在从机场狂奔芙蓉市的出租车上，吉星场心里纳闷不解。难道红尘在寺庙里精神病又犯了，被赶出来了，要他去接人？要是这样，他就真的完了。不是这样的事，还能是什么呢？

人猜对了，但事猜错了。红尘确实出了大事，但不是精神病，而是被公安机关的人从般若精舍里逮走。像红尘这样跳出五行的圣人早已与世俗脱节，她能有什么大问题呢？

通过朋友打听，吉星场才搞清楚事情原委。原来，红尘的事涉及她姐姐红小妃，红小妃自知泥菩萨过河自身难保，便找红尘商量对策，红尘确实精神压力很大，但也不至于发疯。她在想办法保护红小妃，保不了人，竭尽全力也要保财。红尘资助菩提寺修筑精舍，名义上是行善，暗中却是在隐藏财富。红尘被带走的时候，从她居住的床底下当场就用锄头掏出三个保险柜，不知道里面具体的内容。不久，在红小妃的别墅，又从云梦泽里挖出四个保险柜，具体物件不详。

如果说以前红小妃是在一定程度上装疯的话，这一次应该就是真的疯了。精神病院医院出具的诊断鉴定报告证明，红尘已经从重度抑郁症转化为了精神分裂症，她的健康状况让她无法承担法律惩罚，她本人只能取保候审，服刑方式也是监外执行。总之，红尘的麻烦大了，吉星场真正的苦日子来了。

吉星场把这件事情平静地告诉了刘细君，请她自己斟酌。刘细君垂着头，半晌没有回应。吉星场说，结婚的事，可能无限期地推迟，你怎么办？刘细君流着泪说，我真的倒霉，算了吧。刘细君拎着包，一言不发，径直钻进车门，开车走了。

宝马车驶出吉星场的视线。仰着头，无力瞪着天空。几朵云，迅速靠近街边的楼房和树。低下头走路，撞着一辆送货的三轮车。金属碰到手臂，衣服刮破，皮肤撕开，殷红的血，大量地流出来，染透雪白的衬衣，吉星场痛得晕了过去。

2014 年 10 月 6 日，第一稿，绵阳三里村
2015 年 8 月 3 日，第二稿，洪雅瓦屋山村